요석 瑤石

요석 瑤石

「원가」에 대한 새로운 생각‥

효성왕과 경덕왕의 골육상쟁

서정목 지음

글누림

이 책은 한 공주의 파란만장한 삶을 소재로 통일 신라 권력 투쟁사와 망국사를 정리한 것입니다. 이 연구의 머리는 신라 제34대 효성왕 즉위년[737년]에 지어진 향가 「원가」에 대한 국문학계의 현존 연구 결과들에 대한 의문으로부터 시작합니다. 그 꼬리는 이 「원가」의 향찰에 대한 국어학계의 최신 해독, 가사의 내용 파악, 시의 형식과 구성으로 마무리됩니다. 그리고 이 노래 창작의 동기와 이 노래가 지어진 시대의 정치적, 사회적 실상에 대한 탐구가 몸통을 이루고 있습니다.

이 책에서 저자가 현대 한국사학계의 통설과 다르게 설정한 가설은 크게 세 가지입니다. 첫째, 신목왕후의 어머니, 즉 김흠운의 아내는 제29대 태종무열왕의 딸 요석공주이다. 둘째, 제34대 효성왕은 제33대 성덕왕과 원비 엄정왕후의 아들이고, 제35대 경덕왕은 성덕왕과 계비 소덕왕후의 아들로서 이들은 이복형제이다. 셋째, 김순원은 제30대 문무왕의 정비 자의왕후의 친정 동생이고, 제33대 성덕왕의 계비 소덕왕후의 친정아버지이며, 제34대 효성왕의 계비 혜명왕비의 친정 할아버지로서, 이 집안에서 3대에 걸쳐 3명의 왕비가 배출되었다.

이 세 가지 가설로부터 시누이 요석공주 후계 세력과 올케 자의왕후 후계 세력 사이의 정치적 갈등을 설정하여, 이 하나의 원리로 모든 신라 중대 정치적 사건과 그 시대 인간의 삶이 반영된 향가들을 설명하고자 하는 이 시도는, 위험하긴 하지만 21세기 벽두 대한민국에서 인문학을 공부한 사람이 명운(命運)을 걸 만한 과업이라고 생각합니다. 왜냐하면 이 연구를 통하여 우리는 현재까지의 국사학계의 인식과는 전혀 다르게, 통일 신라가 멸망한 원인이 '시누이와 올케', '형과 아우' 사이의 싸움에 있었다는 보편적 진실과 교훈을 얻을 수 있기 때문입니다.

이 책이 다루는 향가 「원가」는, 태자 승경이 즉위하기 직전에 강력한 힘을 가진 신하 신충과 '훗날 경을 잊지 않기를 이 잣나무를 두고 맹세한다.'는 약속을 하였으나 즉위하여 공신들을 상 줄 때 신충에게는 상을 주지 않아서, 신충이 왕을 원망하여 지었다고 합니다. 국문학계의 통설은, 이 신충이 아직 벼슬길에 나가지 않은 백면서생이라고 하지만, 그것은 상식에 어긋나는 것으로 틀린 주장입니다. 신충이 이 노래를 그 잣나무에 붙였더니 잣나무가 누렇게 시들었고, 이에 크게 놀란 왕이 신충에게도 작과 녹을 내리자 잣나무가 다시 살아났다고 합니다.

어떻게 하면 이 믿기 어려운 희한한 이야기를 실제 있었던 역사의 진실 속으로 끌어들여 생명을 부여할 수 있을까요? 어떻게 하면 이 황당한 이야기를 인간의 삶과 밀착시켜 재생하여, 일반 독자들이 고개를 끄덕이며 1200~1300여 년 전의 서라벌의 정치적 상황과 왕실의 고뇌와 피비린내 나는 골육상쟁의 비참함을 연민의 눈으로 바라볼 수 있게 하는 드라마로 재구성할 수 있을까요?

저자의 30여 년 향가 강의 가운데 「원가」에 관한 것은, 이 스토리를 믿을 수 있는 실제 극으로 만들려고 노력한 것에 다름 아닙니다. 그런데 이 책에서 밝히는 생각들이 정립된 것은 35년 교수 생활에서 30년도 더 지난 마지막 시기 2010년대의 몇 년이었습니다. 그러니 그 전에 배운 학생들은 이런 말을 들은 적이 없고, 어지러운 공상과 앞뒤도 맞지 않는 남의 학설들을 소개하는 내용만 들었습니다. 그 학생들은 이 과목에 관한 한 등록금을 헛낸 것이었습니다. 그러나 기왕 듣기 시작했으니 조금 더 써서 이 책을 읽으면, '그때 선생이 왜 그렇게 헤매었는지' 알 수 있을 것입니다. 그때 저자는 신라 사회에 대하여 아무 것도 모르고 가르쳤고, 그 모르기는 은퇴한 지금도 마찬가지입니다.

최근에 한 편 한 편의 논문을 쓸 때마다 얼마나 많은 새로운 사실들이 드러나는지 놀라웠고, 중간 정리를 하는 지금 아직도 모르는 것이 얼마나 많을지 두렵습니다. 그러니 연구하여 가르친다는 것이 바로 죄를 짓는 일이었습니다. 이 책이 그 죄를 조금이라도 덜어주어 독자들이 향가를 알고, 「원가」를 알고, 신충을 알고, 효성왕을 알고, 경덕왕을 알고, 골육상쟁의 비참함을 알고, 태종무열왕, 문무왕의 화려한 시대뿐만 아니라 신문왕부터 혜공왕에 이르는 시기인 통일 신라의 망국사도 알고, 그리하여 우리가 누구인지를 아는 데에 도움이 되기 바랍니다. 그들이 바로 우리이고, 우리가 바로 그들처럼 싸우고 있는 것입니다.

새로 즉위한 왕은 왜 자신을 도운 신하에게 상을 내리지 못 하였을까요? 왜 '잣나무를 걸고 한 약속'을 지키지 못 하였을까요? 이 왕은 불과 5년 동안 왕위에 있다가 아무런 사인도 없이 승하하고, 화장당하여 동해에 산골(散骨)된 제34대 효성왕입니다. 그의 사후에, 이미 2년 전에 태자[부군]으로 책봉되어 있던 아우 헌영이 즉위하였습니다. 그가 제35대 경덕왕입니다. 이 두 왕이 이복형제일 것이라는 가설이 이 믿기 어려운 스토리를 해명하는 열쇠입니다. 그 후 경덕왕의 아들 제36대 혜공왕이 고종사촌 형 김양상[제37대 선덕왕]에 의하여 시해됨으로써 태종무열왕의 후손들이 왕위를 이은 통일 신라는 막을 내립니다.

저자는 통일 신라, 제31대 신문왕[재위 기간: 681년 7월-692년 7월]부터 제36대 혜공왕[765년 6월-780년 4월] 때까지, 지금으로부터 1334년 전부터 1235년 전 사이 99년간에 이 땅에서 벌어진 골육상쟁의 비극을 중심으로, 전해 오는 기록들을 검토하고 그 시대에 산 사람들의 족적을 추적하여 서라벌에서 실제로 일어났던 일들을 최대한 사실에 가깝게 재현하고자 하였습니다.

물론 현존 기록만으로는 이 노래를 둘러싼 수많은 수수께끼들을 풀 수 있는 충분한 힌트를 얻어낼 수 없습니다. 부득이 역사 기록의 빈 칸은 합리적 상상력으로 메우는 수밖에 없었습니다. 이 일은 은퇴하여 소일거리로 과거를 반추하는 사람의 무딘 상상력에 의한 fiction과 기록에 남은 역사적 fact가 혼재된 factional한 글쓰기입니다. 역사상의 fact는 모두 원문을 밝히고 저자가 직접 번역하였으며, 기록에 남지 않은 사실에 대하여 저자가 상상력으로 재구성한 fiction은 명시적으로 또는 문장에서 '-었을 것이다.', '-로 생각된다.' 등으로 구별하였습니다.

이 책에서는 선학들의 잘못된 학설에 대하여 언급하지 않으려 애쓴 곳이 많습니다. 온 세상의 모든 정보를 접할 수 있고, 스마트폰 속에 그동안의 연구 결과가 모두 들어 있으며, 어려운 한자는 전자 옥편을 열어 비슷하게 그리기만 하여도 음과 훈이 즉각 눈앞에 펼쳐지는 시대에 사는 저자가, 그 척박한 환경에서 원전을 필사해 가면서 공부한 분들의 업적을 비판한다는 것은 전혀 불공평한 일이기 때문입니다. 그러나 어쩌겠습니까? 어차피 학문이란 기존하는 학설을 보완하여 조금이라도 더 나은 합리적 설명을 찾아가는 것일 수밖에 없습니다. 판단의 기준은 누구의 설명이 더 합리적이고 진실에 가까운가 하는 것입니다. 전해 오는 기록은 다 알고, 다 정확하게 번역한다고 생각합니다. 그렇다면 설명의 성공 여부는 빈 칸에 대한 상상력의 합리성, 논리성이 좌우할 것입니다. 사서에 남은 기록 사이사이의 빈 칸을 누가 얼마나 더 그럴 듯한 상상력으로 채우는가, 그것의 다툼만 남아 있을 뿐입니다.

이와 관련하여 특별히 언급해야 할 일은, 그동안 중국을 여행한 분들이 인터넷에 올린 기행문이나 중국 불교 관계 연구 논저들에 등장하는 두 스님, 지장보살의 화신으로 숭앙되는 안휘성(安徽省) 청양(靑陽) 구화산(九華山)의 등신불 김교각(金喬覺) 보살과 사천성(四川省) 성도(成都)의 정중사(淨衆寺)에 주석하여 500 나한 가운데 455번째 나한으로 존숭되는 정중종(淨衆宗)의 창시자 무상선사(無相禪師)의 정체에 대하여 잘못 알려진 내용을 이 책에서 올바로 고칠 수 있었다는 점입니다.

지장보살의 화신으로 숭앙되는 김교각 보살은 33대 성덕왕[효명]의 왕자로 잘못 알려져 있습니다. 그러나 그는 성덕왕의 형 제32대 효소왕과 성정왕후의 아들입니다. 김교각 보살은 696년생입니다. 효소왕은 677년생입니다. 696년에 20세입니다. 696년에 효명은 오대산 북대에서 수도하고 있었습니다. 효명이 김교각을 낳을 수 없습니다. 702년 효소왕이 승하한 후에 외할머니 요석공주는 오대산에 가 있던 22세의 셋째 외손자 효명을 데려와 성덕왕으로 즉위시키고 새 왕에게 형의 왕비와 아들을 책임지게 하였습니다. 그 아들이 714년에 당 나라로 숙위를 갔다가 717년에 돌아온 김수충입니다. 중국 기록에는 수충이 당 나라에 온 당시의 왕인 성덕왕의 왕재[사실은 양자(?)]인 줄로 알고 그렇게 기록되어 있는 것입니다. 그 김수충이 719년 다시 당 나라로 가서 안휘성 지주 청양의 구화산에서 75년 동안 수행하고 794년에 99세로 입적하여 최초의 등신불이 된 김교각 보살입니다.

500 나한 중 455번째 나한으로 존숭되는 정중종의 창시자 무상선사는 성덕왕의 셋째 아들이라고 잘못 알려져 있습니다. 그는 684년생입니다. 성덕왕은 681년생입니다. 성덕왕이 무상선사를 낳을 수는 없습니다. 무상선사는 『삼국사기』에는 687년 2월에 출생한 것으로 되어 있는[그러나 사실은 684년생인], 제31대 신문왕의 넷째 아들 원자 김사종(金嗣宗)입니다. 그는 효소왕의 아우로서 부군(副君)으로 책봉되어 있었으나 700년 '경영의 모반'에 연루되어 폐위되었습니다. 그 후 경주 군남사로 출가하여 스님이 되어 있던 그는, 728년[성덕왕 27년]에 당 나라에 사신으로 가서 장안 황궁에서 당 현종을 만났고 '안사(安史)의 난'으로 사천 성으로 피난 온 현종을 다시 만나 성도의 정중사에 주석하게 되었습니다. 그가 '무억, 무념, 막망'의 삼구 설법으로 중생들을 교화하고 762년에 79세로 입적한 무상선사입니다. 중국 기록에는 그가 당 나라에 온 시점의 왕인 성덕왕의 왕자로 잘못 적혀 있는 것입니다.

그들은 각각 신문왕 사후와 효소왕 사후에 왕위 계승 서열 1순위 후보였으나 나이가 어려서, 무상선사는 혼외 출생의 동복형 이홍[효소왕]에게, 김교각은 출가하여 오대산에서 수도하던 삼촌 효명[성덕왕]에게 왕위를 내어 주었습니다. 그리고 왕자들을 둘러싼 왕위 계승의 골육상쟁 속에서 마음의 병을 앓다가 훌훌히 고국을 등지고 당 나라에 가서

10

혹독한 수련을 거쳐서 무상(無上)의 진리를 깨치고 열반(涅槃)의 세계로 들어갔습니다. 왕위 계승을 두고, 초원 유목민의 최강자 우선 원리와 중원 유교 농경민의 적장자 우선 원리 사이의 문화 충돌로 빚어진 피비린내 나는 권력 투쟁의 와중에서 시달리던 두 왕자는, 이렇게 속세의 번뇌를 떨쳐 버리고 오늘날까지도 존숭 받는 보살과 나한이 되어 탐욕에 찌든 속세의 중생들을 구원하고 있습니다.

당 나라에서 성불한 이 두 왕자의 정체를 소상히 밝힐 수 있었던 것은 인터넷이나 스마트폰에 힘입은 바 큽니다. 수많은 중국 기행문에서 제기된 '이 두 신라 왕자가 왜 우리 역사에는 한 줄도 나오지 않는가?' 하는 의문, 불교학계에서 중국 측 자료만 보고 두 왕자를 성덕왕의 왕자라고 하는 잘못된 글들 사이에서, 서울에서 한국 문화사를 정통으로 공부한 사람으로서 올바른 답을 찾아내어야 하겠다는 책임감이 크게 작용하였습니다. 역사를 보는 분들은 인터넷의 중국 기행문이나 『삼국유사』를 믿지 않는 것 같습니다. 불교사를 연구하는 분들은 중국 측 기록만 보고 『삼국사기』와 『삼국유사』는 보지 않는 것 같습니다.

『삼국유사』의 향가부터 공부하기 시작하여 『삼국사기』도 보아야 하고 인터넷의 수많은 중국 기행문도 읽어야 하며 불교사 논문도 읽어야 하고 신라 중대 정치사에 관한 논저도 읽어야 하는 저자는, 운 좋게도 이 모든 매듭을 단칼에 풀 수 있는 검을 『삼국유사』에서 찾아내었습니다. 그것은 '효소왕이 692년 즉위할 때 16살이었고, 성덕왕은 702년 즉위할 때 22살이었다.'는 기록입니다. 효소왕은 677년생이고 성덕왕은 681년생입니다. 그들은 부모가 혼인한 683년 5월 7일보다 더 먼저 태어난 문무왕의 손자들입니다. 모든 공은 이 기록을 남긴 일연선사께 돌려야 할 것입니다. 『삼국사기』는 이에 대하여 일언반구도 하지 않았고, 성덕왕의 즉위 과정에 관하여 한 마디도 하지 않았습니다.

저자가 칼날을 세워 선학들을 비판하는 것은, 우리 세대가 향가 문학과 신라 중대 정치사라는 이 학문 분야를 바로 잡지 않으면, 앞으로 일본 학자나 중국 학자들이 바로 잡을 것이라는 위기감 때문입니다. 과거의 향가 연구는 결함이 많고 현재의 향가 연구는 멈추었습니다. 신라 중대 정치사는 제 길을 찾지 못하고 헤매고 있습니다. 신라 시대의 말, 문학, 사회를 알기 위하여 협력해야 할 이 여러 분야들은 현재 접점을 찾지 못한 채 서로 말도 나누지 않고 따로 놀고 있습니다. 우리 학문 후속 세대들은 한자, 한문을 몰라서 우리 역사와 문화를 중국인, 일본인들이 마음대로 해석하여도 일언반구 대응하지 못할 것입니다. 앞으로 그 누가 있어 선학들이 놓쳤을 수도 있는 문맥을 찾아내어 잘못 기술된 역사와 잘못 감상된 문학 작품들을 제 자리에 앉힐 수 있겠습니까? 저자의 날선 비판에 마음을 상할 분들은 그 뜻을 헤아려 주기 바랍니다.

국어를 연구하는 분들에게 당부합니다. 고전문학이나 역사 연구자들이 접근할 수 없는 언어 연구 주제들이 『삼국사기』, 『삼국유사』에 가득 들어 있습니다. 텅 빈 광활한 처녀지가 설화와 전설과 시와 말과 사람 삶의 족적 사이에 펼쳐져 있습니다. 그 처녀지의 소재들은 모두 언어로 되어 있고 문장으로 되어 있습니다. 국어 연구자들이 그곳으로 진출하여 그 넓은 영토를 점령하기를 권합니다. 그 속에 들어있는 단어 하나하나가 무엇을 의미하는지, 한자를 이용하여 적은 우리 말 단어나 문장이 어떻게 해석되어야 하는지, 그 복잡한 한문의 문장 구조가 통사론적으로 어떻게 분석되고 한국어로 어떻게 번역되어야 하는지, 그것을 논

12

증하는 것은 바로 국어 연구자들이 해야 할 일입니다.

 저에게, 학문의 길이 어떤 것인지 보여 주시고 한국어에 대한 모든 사고의 바탕을 마련해 주셨으며 향가 해독을 가르치신 이기문 선생님, 김완진 선생님, 그 데모로 날밤을 지새우던 동숭동에서부터 관악으로 이어진 두 분 선생님 은혜를 입지 못했으면 이 책은 세상에 태어나지 않았을 것입니다. 한문 문장의 구조 파악과 독해, 번역 능력을 길러 주신 정요일 선생님, 고전문학계의 연구 상황 파악과 문학적 해석을 도와 준 성호경 교수, 한국사에 대한 역사적 실증과 중국 고대사 관련 길을 안내해 준 조범환 교수께 감사드립니다. 영문 초록을 다듬어 준 서강목 교수, 서윤주 교수, 중국에서 사진들을 보내 주고 여러 수수께끼들을 함께 풀어주신 김재식 선생, 1박 2일의 경주 촬영 여행에 동행해 준 서상목 사장, 오대산과 단양의 사진들을 주선해 준 김병용 교수, 저자의 정년기념 논문집과 이 책을 맡아서 출판해 주신 역락의 이대현 사장과 글누림의 최종숙 사장, 이태곤 편집장과 직원들께 감사드립니다. 더 뜸을 들이지 못하고 서둘러 간행하는 까닭은 이 책을 기다리고 계시는 고향의 어머니께 소일거리를 마련해 드리기 위해서입니다. 아흔이 넘으신 어머니는 『향가 모죽지랑가 연구』를 읽으시고 '고종사촌이 무섭다는 말이지.' 하셨고, 저는 '예, 할머니의 외손자가 무섭습니다.'고 답하였습니다. 평생을 살아오면서 '할머니의 외손자들인 형님들을 본받으라.'는 아버님의 말씀이 큰 힘이 되었습니다. 아버님께 감사드립니다.

2016년 3월 8일

心遠齋에서 저자 識

1. 통일 신라[총 127년] 왕위 계승표

29태종무열[7년]-30문무[20]-31신문[12]-32효소[10]

33성덕[35]-34효성[5]

35경덕[23]-36혜공[15]

2. 통일 신라 왕의 자녀들

29태종무열-30문무[법민]--------소명

인문   31신문[정명]-32효소[이홍] --------수충[김교각]

문왕   인명   보ㅅ내[보천]

노단   33성덕[효명] --------원경(?)

개원   사종[무상]-지렴 중경[효상태자]

마득   34효성[승경]

거득   35경덕[헌영]-36혜공

개지문   왕제

고타소/품석   사소/효방--37선덕

요석/김흠운

지조/김유신

3. 통일 신라 왕과 배우자

29태종무열/??-고타소

무열/문명-30문무/자의-31신문/흠돌의 딸

무열/보희--요석/흠운---신목/31신문-32효소/성정 ------수충

33성덕/엄정------원경(?)

중경

34효성/박씨

34효성/혜명

33성덕/소덕--35경덕/삼모

35경덕/만월-36혜공/신보

36혜공/창사

14

4. 통일 신라 왕비 집안

가야 구형--무력--서현/만명--유신----진광, 신광, 삼광, 원술, 원정, 원망, 장이
　　　　　　　　　정희/달복--흠돌/진광--<u>신문 첫왕비</u>/31신문
　　　　　　　　　　　　흠운/요석--신목/31신문---------32효소---수충
　　　　　　　　　　　　　　　　　　　　　　　33성덕--34효성
　　　　　　　　　　　　　　　　　　　　　　　보ㅅ내
　　　　　　　　　　　　　　　　　　　　　　　사종--지렴
　　　　　　　　　　　　　　　　　　　　　　　?근질

　　　　　　　　　문명/29무열-30문무/자의/<u>신광</u>
　　　　　　　　　보희/29무열--요석/흠운--신목/31신문---------32효소--수충

24진흥--구륜--선품--<u>자의</u>/30문무--31신문
　　　　　　　　순원-------------진종-------------충신
　　　　　　　　　　　　　　　　효신
　　　　　　　　　　　　　　　　혜명/34효성
　　　　　　　　　소덕/33성덕-35경덕/만월---------36혜공
　　　　　　　　　　　　　　　　왕제
　　　　　　　　　　　　　　　　사소/효방---------37선덕
　　　　　　　　운명/오기-------대문-------------<u>신충</u>
　　　　　　　　　　　　　　　　의충-만월/35경덕-36혜공

달복/정희--흠돌/진광--<u>신문 첫왕비</u>/31신문
　　　흠운/요석--<u>신목</u>/31신문----------32효소
　　　　　　　　　　　보ㅅ내
　　　　　　　　33성덕
　　　　　　　　사종[원자, 부군, 무상선사]--지렴
???　---<u>성정</u>/32효소---수충[김교각]
원태---<u>엄정</u>/33성덕------원경(?)
　　　　　　　　중경[효상태자]
　　　　　　　　34효성[승경]
???-----------------박 씨/34효성
김순정------------------삼모/35경덕
김의충------------------만월/35경덕---36혜공
　?유성-----------------------------<u>신보</u>/36혜공
김 장-------------------------------<u>창사</u>/36혜공

15

「원가」의 창작 시기는 『삼국유사』가 말한 대로 신라 제34대 효성왕 즉위년[737년] 봄이다. 창작 동기는 신충이 효성왕을 지지한 것을 후회하고 원망하는 시를 지음으로써 전략적 전환을 하겠다는 뜻을 표현한 것이다. 736년 가을, '훗날 경을 잊지 않기를 이 잣나무를 두고 맹서하겠다[他日若忘卿 有如栢樹].'는 약속 아래 신충은 자신의 세력권을 떠나 태자 승경을 지지하기로 하였다. 효성왕 즉위 후 논공행상 때 신충이 공신록 명단에서 빠졌다. 대립하고 있던 세력이 반대하였기 때문이다. 이 시기 신라 조정은 태자 승경을 지지하는 세력과 태자의 이복동생 헌영을 지지하는 세력이 대립하고 있었다.

이 두 왕자의 아버지 제33대 성덕왕은 702년 형 제32대 효소왕이 26세로 승하하자 수도하고 있던 오대산 효명암[오늘날의 상원사]으로부터 국인(國人)들에 의하여 모셔져 와서 22살에 즉위하였다. 702년 그때 서라벌 월성의 대궁에는 금방 승하한 효소왕의 왕비 성정왕후와 그의 아들 김수충이 있었다. 김수충은 696년에 효소왕과 성정왕후 사이에서 태어난 것으로 보인다. 702년에 7살이었다. 왕위를 삼촌에게 빼앗긴 것이다. 효소왕과 성덕왕의 외할머니 요석공주는 새로 즉위한 성덕왕에게 죽은 형의 왕비와 아들을 책임지게 하였다. 수충은 효소왕의 친아들이

16

지만 자라기는 성덕왕의 아들로서 자랐다.

성덕왕은 704년 아간 김원태의 딸 엄정왕후와 혼인하였다. 효소왕의 왕비로 성정왕후를 간택하고, 성덕왕의 왕비로 엄정왕후를 간택한 세력은 성덕왕의 외할머니와 그녀의 형제들이다. 이미 문무왕비 자의왕후, 신문왕비 신목왕후가 모두 사망하여 왕실에는 성덕왕의 혼인을 결정할 여인 권력자가 없었다. 국인들로 표현된 그들은 제29대 태종무열왕의 자녀들이고 제30대 문무왕의 아우와 누이들이었다. 그 국인들의 핵심에는 신목왕후의 어머니, 성덕왕의 외할머니 요석공주가 있었다.

681년 8월 8일 제31대 신문왕이 즉위한 직후 자의왕후와 요석공주는 '김흠돌의 모반'으로 신문왕의 장인 김흠돌[김유신의 사위]와 그의 사돈인 김군관, 흥원, 진공 등을 죽이고 김흠돌의 딸인 신문왕의 첫 왕비를 폐비시켰다. 그 왕비는 665년 8월 왕자 정명이 태자로 책봉될 때 태자비가 되었었다. 신문왕은 683년 5월 7일 요석공주와 김흠운 사이의 딸인 신목왕후와 재혼하였다. 이 혼인 전에 그들에게는 효소왕, 보ㅅ내태자, 성덕왕의 세 아들이 있었다. 신문왕과 신목왕후는 내외종간이다. 신목왕후가 신문왕의 고모 요석공주의 딸인 것이다. 김흠돌과 김흠운은 잡찬 김달복과 김유신의 누이 정희의 아들로서 형제간이다.

684년[687년 2월은 오류] 신문왕과 신목왕후 사이에서 원자 김사종이 태어났다. 원자는 정식 혼인한 왕과 왕비 사이의 맏아들을 가리키는 말이다. 부모가 혼인하기 전인 677년에 태어난 효소왕은 신문왕의 원자가 아니다. 691년 3월 1일 신문왕과 요석공주는 원자를 제치고 첫 아들왕자 이홍을 책봉하여 태자로 삼았다. 692년 7월 신문왕이 승하하고 태자 이홍이 즉위하여 효소왕이 되었다. 이때 원자 사종을 지지하는 세력과의 타협으로 원자 사종을 부군으로 책봉하였다. 그런데 696년에 효소 왕과 성정왕후 사이에서 김수충이 태어났다. 삼촌인 원자 김사종이 조카인 왕자 김수충을 제치고 즉위하기는 어려워졌다.

이 시점에서 원자 김사종을 지지하는 세력은 반란을 일으켰다. 700년 5월의 '경영의 모반'이 그것이다. 이 모반의 주동자는 이찬 경영이고 동조자는 중시(中侍)인 대아찬 김순원이었다. 김순원은 자의왕후의 동생으로 문무왕의 처남이다. 요석공주는 경영을 죽이고 김순원을 파면하였으며, 원자 사종을 부군으로부터 폐위시켰다. 이 반란으로 700년 6월 1일 신목왕후가 사망하고 효소왕이 다쳐서 702년에 승하하였다. 이때 요석공주는 폐위된 부군 넷째 외손자인 원자 김사종과, 7살인 종손 효소왕의 왕자 김수충을 제치고, 오대산에 들어가 스님이 되어 있던 셋째 외손자 효명태자를 데려와서 성덕왕으로 즉위시켰다.

714년 2월, 19살에 김수충은 당 나라에 숙위로 갔다. 당 나라 현종은 그를 총애하여 주택과 의복을 주고 조당에서 큰 잔치를 베풀어 주었다. 715년 12월, 성덕왕은 자신과 엄정왕후 사이의 아들인 '왕자 중경'을 태자로 책봉하였다. 중경은 태자로 책봉될 때 '왕자 중경'으로 적혔지 '원자 중경'으로 적히지 않았다. 중경은 성덕왕의 원자, 즉 맏아들이 아니다. 그는 아무리 이르게 잡아도 707년생이다. 9살쯤에 태자로 책봉된 것이다. 이때 수충은 20세였다. 당 나라에 가 있는 사이에 4촌 동생이 태자가 되어 버린 것이다. 효소왕 사후 시동생에게 왕위를 빼앗기고 이제 태자 자리마저 시동생과 동서 엄정왕후 사이에서 태어난 중경에게 빼앗긴 효소왕의 왕비 성정왕후는 항의하였을 것이다. 이에 성덕왕은 많은 위자료를 주고 716년 3월 성정왕후를 대궁에서 내보내었다.

717년 6월, 태자 중경이 사망하였다. 그의 시호가 효상(孝殤) 태자이다. 殤은 '일찍 죽을 상'이다. 그는 빨라야 707년생일 것이므로 많아야 10살 정도에 죽은 하상(下殤)이다. 717년 9월, 당 나라에 가서 현종의 융숭한 대접을 받고 집까지 얻어 살고 있던 김수충이 귀국하였다. 성정왕후가 4촌 동생에게 태자 자리를 빼앗긴 사정을 당 나라에 가 있던 아들 수충에게 알렸을 것이고, 당 현종도 미래의 신라 왕이 될 것으로 보고 융숭하게 대우했던 수충이 태자 자리를 빼앗긴 것에 대하여 동정하여 귀국을 주선해 주었을 것이다. 그가 올 때 공자[문선왕], 10철, 72 제자의 도상을 가지고 왔다는 것도 의미심장하다. 유교 도덕률은 적장자 우선의 원칙 아래 움직인다. 문무왕의 종손, 신문왕의 장손, 효소왕의 맏아들이 둘째 숙부 성덕왕의 둘째 아들 중경에게 태자 자리를 빼앗긴다는 것은 유교의 가르침에서 볼 때 있을 수 없는 일이다.

중국(中國) 안휘성(安徽省) 지주(池州) 청양(靑陽)의 구화산(九華山)에는 지장보살의 화신으로 추앙받는 등신불 김교각(金喬覺) 보살이 있다. 당 나라 비관경(費冠卿)이 지은 『구화산 화성사기』에 의하면 김교각 보살은 신라 왕자인데 721년 24살에 당 나라에 와서 75년 동안 수도하고 794년에 입적하였다고 되어 있다. 그러나 794년에 99세였으면 696년생이고 24세 되던 해는 719년이다.

김교각은 중국에서는 성덕왕의 왕자 중경으로 잘못 알려져 있다. 『삼국유사』에 의하면 성덕왕[효명태자]은 693년(?) 5월 8일 형 보ㅅ내태자와 함께 오대산에 들어가서 스님이 되어 있었다. 그러므로 성덕왕이 696년에 김교각을 낳을 수 없다. 702년 효소왕이 갑자기 승하하자 요석공주는 오대산에서 22세의 효명태자를 데려와서 성덕왕으로 즉위시켰다. 이때 요석공주는 성덕왕에게 형수인 효소왕의 왕비 성정왕후와 효소왕의 아들 김수충을 책임지게 하였다. 이른바 형사취수(兄死娶嫂)의 풍습이 적용된 것이다.

성덕왕은 714년에 왕자 김수충을 당 나라에 숙위로 보낸다. 그리고 715년에 자신과 엄정왕후의 아들인 김중경을 태자로 책봉하였다. 717년에 수충은 귀국하였다. 와서 보니 태자 중경이 사망하여 왕실은 상중이었다. 크게 소리 내어 항의할 수도 없는 상황이었다. 그 후로 김수충은 신라 역사에서 흔적도 없이 사라졌다.

이 김수충이 719년에 다시 당 나라로 가서 김교각이란 이름으로 수도하여 성불한 것이다. 김교각이 열반한 지 3년 후에 썩지 않은 그의 육신에 제자들이 금을 입혀 육신불을 만들어 구화산의 '육신보전(肉身寶殿)'에 모셔 두었다. 이것이 세계 최초의 등신불이다. 그리고 1999년 9월 9일 착공하여 2013년 8월에 완공된 99미터의 황금 동상이 그의 99세 열반을 기념하여 그 곳에 세워졌다. 김교각이 성덕왕의 아들이라는 것은, 성덕왕이 형의 아들을 양자처럼 키워서 중국에 숙위 보낼 때 자신의 아들인 것처럼 해서 보냈기 때문에 그렇게 기록된 것이다. 그가 성덕왕 13년[714년]에 당 나라에 와서 왕자라고 했으니 성덕왕의 왕자로 잘못 기록한 것이다. 성덕왕의 양자라고 보는 것이 옳다.

신문왕의 원자 김사종(金嗣宗)은 728년 7월 사신으로 당 나라에 가서 과의(果毅) 벼슬을 받고 숙위하였다. 그는 그 전 707년에 이미 경주의 군남사에서 출가하여 승려가 되어 있었다. 그를 이어 그의 아들 김지렴(金志廉)도 733년 12월에 당 나라로 갔다. 이 두 부자가 조카인, 그리고 사촌형인 김교각을 만나서 불법을 들었을 가능성이 있다.

중국 사천성(四川省) 성도(成都)에는 정중사(淨衆寺) 터가 있다. 정중(淨衆) 무상선사(無相禪師)는 이곳에서 수도하고 성불하여 500 나한 가운데 455번째 나한으로 존숭된 정중종(淨衆宗)의 창시자이다. 이 무상선사도 신라 왕자이다. 그는 684년생이며 729년 46세에 장안에 도착하였다고 되어 있다. 그런데 그가 세상에는 성덕왕의 셋째 왕자로 잘못 알려져 있다. 그러나 무상선사가 성덕왕의 셋째 아들이라는 것은 틀린 말이다. 『삼국유사』에 의하면 성덕왕은 702년에 22세로 즉위하였다. 성덕왕은 681년생이다. 국사학계에서는 성덕왕을 691년생으로 추정하지만 그것은 『삼국사기』를 잘못 읽고 이끌어낸 틀린 연대이다. 국사학계처럼 성덕왕이 691년생이라고 보면 아들이 아버지보다 나이가 많다. 서정목(2013)처럼 성덕왕이 681년생이라면 그는 무상선사보다 겨우 4살 많다. 681년생인 성덕왕이 684년생 무상선사를 낳았을 리가 없다.

이 무상선사가 『삼국사기』에는 687년 2월[실제로는 684년생]에 출생한 것으로 기록되어 있는 제31대 신문왕의 넷째 왕자인 원자 김사종(金嗣宗)이다. 신문왕과 신목왕후는 683년 5월 7일 혼인하기 전에, 677년에 제32대 효소왕, 679(?)년에 보천태자, 681년에 제33대 성덕왕의 세 아들을 낳았다. 무상선사는 부모가 정식 혼인한 뒤인 684년에 태어난 넷째 왕자로서 정식 혼인 관계에서 태어난 맏아들, 즉 원자인 것이다. 687년 2월은 아마도 사종의 아우인 김근질이 태어난 연월인데 『삼국사기』가 오류를 범한 것으로 보인다. 신문왕의 원자는 684년에 태어난 것으로 기록되었어야 한다.

성덕왕은 아우 김근질을 726년에, 그리고 김사종을 728년[성덕왕 27년 무진년, 당 현종 개원 16년]에 당 나라에 사신으로 보낸다. 김근질은 낭장을 받고 돌아오고 김사종은 과의를 받고 숙위하였다. 김사종이 장안에서 당 현종을 알현하고 아들 지렴의 당 나라 국학 유학을 청하는 것이 『삼국사기』에 기록되어 있다. 그 뒤 '안사의 난'으로 사천성 성도로 피난 온 현종이 다시 그를 접견하고 성도의 정중사에 주석하게 하였다. 무상선사는 그곳에서 수도하여 79세인 762년에 입적하였다. 그를 성덕왕의 왕자라고 적은 것은 다음과 같이 해석된다. 신문왕의 왕자인 김사종을, 성덕왕 27년에 당 나라에 사신으로 보내면서 왕자라고 적어 보내었다. 그러니 성덕왕의 출생년도를 모르는 당 나라 사람들은 김사종이 당 나라에 온 그 당시의 왕인 성덕왕의 왕자라고 오해하고 그렇게 적었을 것이다. 무상선사의 출생년도는 『삼국사기』의 687년이 틀렸고, 본인이 직접 밝혔을 자신의 생년에 토대를 둔 중국 측 기록의 684년이 옳을 가능성이 크다. 중국 기록 이것저것을 보고 편찬한 『삼국사기』는 사실 관계가 틀린 것이 많고 글자의 오식도 많다. 『삼국사기』는 국사학계의 통설과는 달리 믿을 수 없는 책이다. 경우에 따라 『삼국유사』가 더 정확한 사실을 적고 있다.

신라의 속사정을 보면, 무상선사는 성덕왕의 아들일 수 없고, 김교각 지장보살은 성덕왕의 친아들이기 어렵다. 성덕왕의 왕자들은, 엄정왕후의 소생으로는 조졸한 원경(?), 태자로 책봉되었으나 곧 사망한 중경, 효성왕이 된 승경이 있고, 소덕왕후의 소생으로는 경덕왕이 된 헌영과 743년[경덕왕 2년]에 당 나라에 사신 갔다가 돌아온 왕제가 있다.

이제 우리는 사천성 성도의 정중사지와 문수원의 무상선사[정중무상, 무상공존자]와 안휘성 구화산의 최초의 등신불 지장보살 김교각이 누구인지 정확하게 밝힌 셈이다. 무상선사는 31대 신문왕과 신목왕후의 넷째 아들인 684년생 원자 김사종이다. 지장보살 김교각은 32대 효소왕과 성정왕후의 아들이고 성덕왕의 양자였을 696년생 김수충이다. 이 두 왕자 외의 어떤 인물도 그에 해당하지 않는다.

그들은 각각 신문왕 사후와 효소왕 사후에 왕위 계승 서열 1순위였으나 나이가 어려서, 무상선사는 혼외 출생의 동복형 이홍[효소왕]에게, 김교각은 오대산에서 출가하여 수도하던 삼촌 효명[성덕왕]에게 왕위를 내어 주었다. 그리고 왕자들을 둘러싼 왕위 계승의 골육상쟁 속에서 마음의 병을 앓다가 훌훌히 고국을 등지고 당 나라에 가서 혹독한 수련을 거쳐서 무상의 진리를 깨치고 열반의 세계로 들어갔다. 무상선사의 가르침인 삼구(三句) 설법은 '무억(無憶), 무념(無念), 막망(莫妄)'이다. 그리하여 두 왕자는 속세의 번뇌를 떨쳐 버리고 오늘날까지도 존숭 받는 보살과 나한이 되어 속세의 탐욕에 찌든 중생들을 구원하고 있다.

이 두 경우의 왕위 계승은 누가 주도한 일일까? 신문왕 사후는 자의왕후도 사망한 후이다. 왕실에는 신문왕의 계비 신목왕후만 있다. 신목왕후 혼자서 원자를 제치고 이홍을 태자로 책봉하여 왕위에 올렸을까? 그러기 어렵다. 그 신목왕후는 700년 5월의 '경영의 모반' 직후인 6월 1일에 사망하였다. 702년 효소왕이 승하하였을 때에는 왕실에 여인 어른이 아무도 없다. 『삼국유사』에는 '702년 효소왕이 승하하자 국인이 장군 4인을 보내어 오대산에 가 있던 효명을 데려와서 성덕왕으로 즉위시켰다.'고 하였다. 국인의 정체는 누구일까? 신목왕후의 어머니일 수밖에 없다. 신목왕후의 어머니는, 신목왕후의 아버지 김흠운이 태종무열왕의 사위이므로, 태종무열왕의 딸 요석궁의 공주일 수밖에 없다. 그가 속칭 요석공주로 그 공주의 어머니는 문명왕후에게 꿈을 판 언니 보희라는 설이 유력하다. 그 요석공주가 정식 혼인 관계에서 태어난 넷째 외손자와 외증손자를 제치고, 혼외 관계에서 태어난 첫째 외손자와 셋째 외손자 둘을 부당하게 왕위에 올린 것이다.

720년 3월 성덕왕은 자의왕후의 친정 동생인 김순원의 딸 소덕왕후와 재혼하였다. 이것은 717년 6월부터 720년 3월 그 2년 9개월 사이에 정치 세력 구도에 변화가 있었음을 암시한다. 『삼국유사』가 「왕력」에서 성덕왕의 선비 엄정왕후, 후비 소덕왕후라고 한 것으로 보아 엄정왕후가 사망한 후에 소덕왕후가 들어온 것으로 보인다. 그러나 엄정왕후의 거취에 관하여 분명하게는 알 수 없다. 717년 6월에 아들인 태자 중경을 잃은 후 엄정왕후는 힘든 세월을 보내었다. 그리고 효소왕의 아들인 수충을 태자로 책봉할 것인지, 아니면 자신의 아들인 중경의 아우 승경을 태자로 책봉할 것인지가 논의되는 조정의 의논에 시달렸다.

순원은 700년 5월의 '경영의 모반' 때 중시에서 파면되어 성덕왕의 외할머니 요석공주와 대립하고 있었다. 요석공주는 이 일로 700년 6월에 딸 신목왕후를 잃었고, 702년 7월에 첫 외손자 효소왕도 잃었다. 요석공주와 순원은 정적 관계이다. 그런 순원의 딸이 새 왕비로 선택되었다는 것은 요석공주가 사망하였다는 것을 뜻한다. 남편 김흠운이 전사한 655년 요석공주가 20여 세였다면 720년쯤에 85세 정도 된다.

요석공주는 681년 8월 8일 시숙인 김흠돌과 그를 추종하는 세력들을 '김흠돌의 모반'으로 주륙하고 김흠돌의 딸인 왕비를 출궁시킨 후, 자신과 김흠운 사이의 딸을 683년 5월 7일 신문왕의 계비로 넣고 실권을 장악하였다. 그리고 687(?)년 2월에 태어난 원자 사종을 제치고 그 전 677년에 정명태자와 자신의 딸 사이에서 혼외로 태어난 이홍을 691년

3월 1일에 태자로 책봉하게 하고, 692년 7월 신문왕의 사망 후에 태자 이홍을 즉위시켰다. 그리고 700년 '경영의 모반'에 연루된 부군 원자 사종을 폐위시키고, 702년 효소왕이 승하한 후 오대산에 가 있던 셋째 외손자 효명태자를 데려와 성덕왕으로 즉위시켰다. 이렇게 왕실의 중요 결정을 도맡아 하였던 신라의 측천무후 요석공주가 사망한 것이다.

이 권력의 공백 상태를 치고 들어온 세력이 소덕왕후의 아버지 순원 이다. 소덕왕후는 720년 3월 혼인하여 724년 12월 사망하였다. 그 사이 에 헌영과 그의 아우, 그리고 사소부인을 낳았다. 이제 왕위 계승 경쟁 은 엄정왕후의 아들 승경과 소덕왕후의 아들 헌영 사이에 이루어진다.

724년 봄 왕자 승경이 태자로 책봉되고, 12월 소덕왕후가 사망하였 다. 소덕왕후는 5년 동안 왕비의 자리에 있었다. 소덕왕후의 아들임이 확실한 왕자는 헌영[경덕왕]이다. 그런데 헌영에게는 743년[경덕왕 2년] 12월 당 나라에 사신으로 파견되는 왕제가 있다. 그리고 성덕왕에게는 제37대 선덕왕의 어머니인 사소부인이라는 공주가 있다. 헌영과 그의 왕제, 그리고 사소부인이 소덕왕후의 아들이라면, 헌영의 형인 태자 승 경은 절대로 소덕왕후의 아들일 수 없다. 태자 승경은 성덕왕의 첫 왕 비 엄정왕후의 셋째 아들임에 틀림없다.

737년 2월 성덕왕의 승하로 즉위한 제34대 효성왕은 박 씨 왕비와의 관계가 불투명한 채로 순원의 손녀로 보이는 혜명왕비와 다시 혼인하였 다. 『삼국유사』「왕력」에 따르면 '혜명왕비의 아버지가 진종 각간'이다. 『삼국사기』「효성왕」조의 '이찬 순원의 딸 혜명을 들여 비로 삼았다 [納伊湌順元女惠明爲妃]'의 '순원'은 '진종'의 오식이다. 진종 각간은 순 원의 아들일 것이고 혜명은 순원의 딸이 아니라 손녀이다. 효신은 진종의 아들이다. 충신은 효신의 형이다. 효성왕이 즉위할 때 신충은 승경을 밀었고, 효신은 헌영을 밀었다. 이복형제 승경과 헌영으로 대표되는 두 세력의 왕위 계승전이 성덕왕 말년 737년의 정치 구도였다.

'「角弓(각궁)」을 잊을 뻔하였다.'는 효성왕의 말 속의 '각궁'은, 주 나라 말기 동주와 서주로 나뉘어 싸운 유왕(幽王)의 아들들 평왕(平王)과 휴왕(攜王)처럼 형제 사이에 싸우고 있는 두 왕자들의 왕위 쟁탈전에서, 이 눈치 저 눈치 보며 유리한 쪽을 찾아 변절을 거듭한 신충의 처지를 가장 잘 상징하는 『시경』 「소아」 편의 부(賦) 「각궁」의 교훈을 뜻한다.

신충은 「원가」를 지어 궁정의 잣나무에 붙이고, 잣나무 뿌리 위 흙에 아마도 '소금을 뿌려서' 잣나무를 시들게 하였을 것이다. 효성왕은 이것을 하늘의 노함으로 포장하여 상대 세력에 대한 원성으로 여론화하고 헌영을 미는 세력으로부터 양보를 얻어내었을 것이다. 신충도 이 노래를 통하여 힘없는 효성왕을 떠나 힘센 헌영의 편으로 가려는 뜻을 표명하였다. 헌영을 미는 세력은 순원의 손녀를 효성왕의 왕비로 들이고 순원의 외손자 헌영을 태자로 책봉하고, ------ 등등의 조건 아래 신충의 전략적 전환을 받아들이고 그에게 작과 녹을 내리는 것에 동의하였다. 신충은 잣나무 아래의 소금을 걷어내고 물을 흠뻑 주었을 것이다. 시들던 잣나무가 살아나는 것은 이런 경우밖에 없다.

신충은 공신 등급을 받은 지 2년 후인 효성왕 3년[739년] 1월에 승진하여 이찬으로서 중시가 되었다[이후 744년[경덕왕 3년]까지 5년간 재임]. 739년 2월 헌영이 파진찬이 되고, 739년 3월 순원의 손녀 혜명이 왕비가 되고, 5월에 헌영이 태자로 책봉되고, 740년 8월 후궁의 아버지 파진찬 영종이 모반을 일으켜 복주되는 그 기간 내내 신충은 중시로서 헌영의 편에 서서 효성왕을 압박하였을 것이다. 742년 5월 효성왕이 승하하고, 헌영이 경덕왕으로 즉위한 후 3년까지 중시 직을 유지한 것이 이를 증명한다. 신충이 중시 직에 있을 때 효성왕을 시해하였을 것이다. 신충은 경덕왕 16년[757년] 1월 상대등이 되어 6년이나 최고위직에 있다가 경덕왕 22년[763년] 8월 기상 이변에 대한 책임을 지고 면직되었다. 그는 스스로 벼슬을 버리고 피세한 사람이 아니다.

신충은 변절하여 승경을 도왔고, 보상이 없자 「원가」와 '잣나무 황췌'의 정치 공작으로 다시 헌영을 미는 세력인 효신 쪽으로 변절하여, 효성왕을 배신하고 세력이 더 큰 헌영 쪽에 가담함으로써 이름, '믿을 信', '충성 忠'을 부끄럽게 한 사람이다. 이를 보여 주는 것이 '이로 하여 양조에서 총애가 현저하였다[由是寵現於兩朝].'는 『삼국유사』의 따끔한 일침이다. 이복형제끼리 왕위를 놓고 서로 대립한 적대적 두 조정에서 총애가 두드러졌다는 것은 충신불사이군(忠臣不事二君)을 욕되게 하였음을 꾸짖는 말이다.

저자는 '신충이 김대문의 아들이다.'고 추정한다. 그의 형제로 생각되는 사람은 경덕왕의 왕비 만월부인의 아버지이고 혜공왕의 외할아버지인 김의충이다. 739년[효성왕 3년]에 중시 의충이 사망하여 「원가」의 작가 신충이 중시를 이어받았다. 신충이 중시, 상대등으로 재임하는 이 시기의 권력 실세는 자의왕후, 소덕왕후, 혜명왕비의 친정인 김순원 집안이다. 김순원은 경덕왕의 외할아버지이다. 이 집안사람을 제외하고는 누구도 이렇게 영달할 수 없다.

자의왕후의 여동생, 즉 김순원의 누나가 운명이다. 그 운명의 남편이 북원 소경[원주]의 야전 사령부 군대를 이끌고 서라벌로 쳐들어와서 '김흠돌의 모반'을 진압한 김오기이다. 그 김오기의 아들이 『화랑세기』를 지은 김대문이다. 『화랑세기』는 김오기, 김대문이, 자의왕후, 요석공주, 신문왕, 효소왕을 지키기 위하여 일으킨 자신들의 친위 군사 쿠데타를 정당화하기 위하여 지은 책이다. 당연히 신문왕의 장인 김흠돌을 나쁜 편으로 하고 자의왕후, 요석공주, 신문왕을 좋은 편으로 하여 기술될 수밖에 없다.

자의왕후와 운명이 자매이니 신문왕과 김대문이 이종사촌이다. 김대문의 아들 김신충과 신문왕의 아들 성덕왕이 6촌이다. 성덕왕의 아들 경덕왕은 신충에게 7촌 조카이다. 그렇지만 소덕왕후와 성덕왕이 혼인함으로써 소덕왕후와 5촌인 신충과 경덕왕이 6촌이 되었다. 소덕왕후의 친정 조카인 김충신, 효신에게 경덕왕은 고종4촌이다. 효성왕은 어머니가 엄정왕후이므로 아버지 촌수를 따라서 충신, 효신, 신충에게 그대로 7촌 조카이다. 이 충신, 효신이 7촌 조카인 효성왕을 죽이고 고종4촌인 경덕왕을 왕위에 올렸다. 신충의 경우에는 7촌인 효성왕을 죽이고 6촌인 경덕왕을 즉위시킨 것이다. '한 촌이 천리다.'라는 속언이 여실하다 할 것이다. 신충에게 충신, 효신은 아버지의 외가, 즉 진외가의 진외종조부 김순원의 손자들로서 6촌이다.

나이 지천명에 벼슬을 버리고 피세하여 지리산에 들어가 은둔한 사람은 대내마 이순이다. 그가 산청에 단속사를 짓고 나라의 평안과 임금의 복을 빌었다. 그 단속사의 금당 벽에 고려 시대까지도 남아 있었다는 진영은 이순을 그린 것이다. 「신충 괘관」은 '신충이 벼슬을 버리고 은둔하였다.'가 아니라, '신충의 작록 탐함과 변절', 그리고 '이순의 벼슬 버림과 피세'로 나누어 읽어야 한다.

28

「원가」의 해독에서 가장 중요한 것은 '汝於多支'의 해독이다. '多'는 '아름다이 여길 多'이다. 왕이 신하의 공을 칭찬할 때 쓰는 한자이다. '汝'는 '너'이고 '늘 於'는 '-를'이다. '너를'이 목적어이므로 그 뒤에 오는 단어는 타동사이라야 한다. '多'가 그 타동사이고 '支'은 그 '多'를 풀어서 뜻으로 읽으라는 표시[지정문자]이다. 이 '너'는 배경 설화 속 태자의 말 '他日若忘卿 有如栢樹[훗날 경을 잊지 않기를 이 잣나무를 두고 맹서한다.]'의 '경'을 신충이 시 속에 반-간접 화법[semi-indirect speech]으로 인용하여 오면서 '너'로 바꾼 것이다. 완전 간접 화법이라면 '나'가 될 자리이다. 그러므로 이 '너'는 신충 자신을 가리키는 대명사이다. 이 '너'를 '임금'이나 '잣나무'로 해석하는 것은 틀린 것이다. 하물며 '汝於多支'을 '너다히'로 해독하여 '잣나무같이'로 해석하는 것이야, 어찌 인간과 역사와 시를 아는 사람의 해석이라 하겠는가?

「원가」의 구성에서 유의할 것은 망실된 두 행의 정체이다. '후구망(後句亡)'이라 되어 있지만 실제로 망실된 것은 제9행, 제10행이 아니다. 노래의 내용으로 보면 제9행, 제10행은 남아 있다. 망실된 것은 제5행, 제6행이다. 그 증거는 노래 속에 '달이 그림자 내린 못 가의/ 흘러가는 물결에의 모래로다'의 주어가 없다는 사실이다. 그 주어를 포함하는 구가 지금의 제5행 앞에 있어야 통사적으로 완성된 노래가 된다. 노래 내용으로 보아도 현존 제8행의 '세상 모든 것 잃은 처지여'의 뒤에 올 내용은 따로 없다. 그러면 지금의 제7행의 첫머리 '모습이야'는 10행 향가의 제9행 첫머리에 나오는 독립어, 호격어의 역할을 하는 것이다.

핵심어 : 원가, 신충, 요석공주, 김순원, 효소왕, 성정왕후, 성덕왕, 엄정왕후, 소덕왕후, 김사종, 무상선사, 김수충, 김교각, 등신불, 효성왕, 혜명왕비, 경덕왕

Yoseok(瑤石): A Princess of Shilla

A new Study on "Wonga": The Internecine Feud between King Hyoseong and Kyeongdeok

SUH, Chung-mok(Sogang University)

"Wonga" was created by Sinchoong in 737 A.D. as was written in *Samkukyusa* apparently. The motivation for creating this poem was to express the author's regret of supporting King Hyoseong and to make a political plot to allude a change in the political stance, and get a higher title and more salary.

In autumn of 736 A.D., Sinchoong had changed his political side and helped the Crown Prince Seunggyeong believing the Prince's promise to give him an important position. But his name was missing in the list of the meritorious retainers after the accession of Prince Seunggyeong to the throne as King Hyoseong. In this period, the political party supporting the Crown Prince was confronted with that supporting his younger brother Heonyeong, and the new king might have been unable to keep his promise under the eye of the opposite power.

About a generation before 736 A.D., Prince Hyomyeong, the father of the two Princes, ascended to the throne as King Seongdeok in 702 A.D., brought from Mt. Odae by the VIPs of the court after the abrupt death of his elder brother, King Hyoso. At that time, the widowed Queen Seongjeong and her son Kim Soochoong were remaining in Seorabeol.

King Seongdeok should have had to take care of his elder brother's wife Queen Seongjeong and adopt his nephew Soochoong. In 704 A.D., King Seongdeok married Queen Eomjeong who was a daughter of Kim Wontae. King Seongdeok accredited his nephew Kim Soochoong the Tang dynasty China in 714 A.D. The so called VIPs of the court who made King Seongdeok and selected Queen Eomjeong were sons and daughter of the great King Taejongmooyeol, that is, siblings of the 30th King Moonmoo. At the center of this power group was the Princess Yoseok who was the maternal grandmother of King Seongdeok.

Prince Joonggyeong, who was one of the sons of Queen Eomjeong, was created the Crown Prince in December 715 A.D. Just after that, Queen Seongjeong who was the mother of Kim Soochoong, was forced out of the palace in March 716 A.D. In June 716 A.D., however, the Crown Prince Joonggyeong died. At the news of these changes in Seorabeol, Prince Kim Soochoong who had been in Tang since 714 A.D., returned to Shilla in September 717 A.D.

After two years of staying in Shilla, Prince Kim Soochoong went back to Tang in 719 A.D. He was 24 years old at that time. He became a Buddhist priest and eventually was made the first life-size golden Bodhisattva in Mt. Kuhwa, Ahnwhi Province, China. His name as a Buddhist priest is Kim Kyogak[金喬覺]. The short period of his staying in Shilla must have been a great turbulence with various changes in the political power relation. He might have left Shilla dismayed at the bloody struggle around the crown in the royal family, deeply realizing the futility of this world just like Siddhārtha.

Nowadays he is wrongly known as King Seongdeok's Prince. Kim Kyokak must have been born in 696 A.D. because he died in 794 A.D. at the age of 99 in *Mt. Kuhwa Hwaseongsagi* by Bigwangyeong. In 696 A.D., King Seondeok lived in Mt. Odae as a Buddhist Priest as *Samkookyoosa* says. Therefore, Kim Kyokak cannot be a King Seondeok's biological son, but must be an adopted son. This point has not been made before. The officials of Tang couldn't know this situation and might have recorded him as a King Seongdeok's Prince.

Prince Kim Sajong, who was the fourth but legally the first son of King Shinmoon, went to Tang as a diplomatic delegate in 728 A.D. He might have met his nephew Kim Kyogak, who was a Buddhist priest, and learned the Zen Buddhism from him. He became the Zen master Kim Moosang, and opened a new branch of Zen Buddhism in China, the Jeongjoongjong. He was very much revered by the Chinese people of the time, and was canonized as the 455th of the 500 Arahans in the Jeongjoong Temple in Cheongdoo(成都), Setuan(四川) Province, China.

Today he too is wrongly known as the third Prince of King Seongdeok. He was born in 684 A.D. and went to Tang in 728 A.D. when he was 45 years old. King Seongdeok was born in 681 A.D. as *Samkookoyoosa* says (also mistakenly known as born in 691 A.D. in the books and articles on Korean History). Therefore, Zen master Moosang cannot be a son of King Seongdeok. He is Prince Kim Sajong, the fourth but the first legal Prince of King Shinmoon, who was recorded as born in February, 687 A.D. in *Samkooksaki*. Zen master Moosang is not a King Seongdeok's son but his younger brother.

In 720 A.D., King Seongdeok got married again to Queen Sodeok who was a daughter of Kim Soonwon. Kim Soonwon, who was deprived of the position Jungsi at the rebellion of Kyeongyeong in 700 A.D., had been the political enemy of Princess Yoseok ever since. The fact that his daughter became the queen suggests that there had been a great change in the court. Around 720 A. D., Princess Yoseok, the core of VIPs of the Shilla court, might have passed away. In spring 724 A.D., Seunggyeong was created the Crown Prince, and Queen Sodeok died in December of the same year.

Prince Seunggyeong must be a son of Queen Eomjeong. Prince Heonyeong, however, was a son of Queen Sodeok. This was the matrix of the structure of political powers in the last years of King Seongdeok. Two political powers, one represented by the Crown Prince Seunggyeong, who would be King Hyoseong, and the other by Heonyeong who would be King Kyeongdeok in time, were acutely confronting each other. The poem "Kakkung" in Confucius' *Sigyeong* symbolized so well the situation of Sinchoong who repeated betrayals.

Sinchoong attached the poem "Wonga", which alluded his regret of supporting King Hyoseong and his intention of changing the political stance, to a big nut pine tree in the Royal Court, and might have sprinkled salt on the roots of the tree, making the tree wither. The opposite side accepted this meaning of the poem, and agreed with King Hyoseong to make Sinchoong a meritorious retainer. Afterwards Sinchoong might have removed the salt and watered the tree, making it revive. Sinchoong became Jungsi in 2 years.

After King Hyoseong died in 742 A.D., Prince Heonyeong ascended to the throne as King Kyeongdeok, and raised Sinchoong to the Sangdaedeung in 757 A.D. It was the highest official position in Shilla of the time. It is certain that Sinchoong changed his political side to King Kyeongdeok. Sinchoong was fired in August 763 A.D., accused as responsible for an abnormal weather. Sinchoong was not a wise man of virtue who resigned an official position to turn his back away from the filthy influence of the secular world. He himself was a part of the dirty secular world.

In the course of this relation about the author of "Wonga", I also figured out that Sinchoong was a son of Kim Daemoon, who wrote *Hwarangsegi,* and was one of the greatest men of letters at that time. Kim Daemoon was born between a military general Kim Oki and Woonmyeong who was a sister of Queen Jaeui, the wife of King Moonmoo. Another son of Kim Daemoon should be Kim Euichoong. He was the father of Queen Manweol, the wife of King Kyeongdeok.

Because Queen Jaeui, Woonmyeong and Kim Soonwon were brothers and sisters, King Shinmoon, Kim Daemoon and Kim Jinjong(son of Soonwon) were first cousins each other. So were the members of next generation; King Hyoso, King Seongdeok, Choongshin, Hyoshin, Euichoong and Sinchoong were cousins once removed each other. These close internecine relations for the power of the Crown were stale enough to keep the palace of Seorabeol far away from the common people, and that might be the hidden root of the fall of Shilla.

One of the most significant words in this poem is '多' in the phrase '汝於多 攴'. '汝' is the pronoun 'you', and '於' is the accusative case mark '-rul' in Korean. Therefore, '汝於' is an object of this clause. The object '汝於' must be followed by a transitive verb. The '多攴' must be the transitive verb. The '多' in the Chinese classics means 'to praise a vassal'. The '攴' is a mark to show that the word in front of it must be read as its meaning. The pronoun '汝, 너, you' in this poem refers to Sinchoong who is called '卿, 그대, thou' by the Crown Prince in the background lore of this poem. Sinchoong changed this noun to '汝, you' in free indirect narrative of the poem.

In addition, the two lost lines of this poem might be the fifth and the sixth one, even though it is usually said that "the last ones are lost"(後句亡). There is no subject of the predicative phrase '沙矣以攴如攴[모래로다, be a sand]' in the sixth line. There must have been two lines including the subject of 'be a sand' in front of the fifth line in the original poem.

<Key Words : Wonga, Sinchoong, Princess Yoseok, Kim Soonwon, King Hyoso, Queen Seongjeong, King Seongdeok, Queen Eomjeong, Queen Sodeok, Kim Sajong, Zen master Jeongjoong Moosang, Kim Soochoong, Buddhist priest Kim Kyokak, life-size golden Bodhisattva, King Hyoseong, Queen Hyemyeong, King Kyeongdeok>

제1장

지킬 수 없었던 약속

지킬 수 없었던 약속

1. 우리는 향가와 통일 신라를 제대로 알고 있는가

민족의 역사가 문자로 기록된 이래, 우리 시대를 제외하고는 가장 찬란했을 것으로 보이는 시대, 통일 신라는 어떤 시대였을까? 그 시대는 사실은, 우리가 배운 것과는 전혀 다른 시대였다. 우리가 배운 신라 중대사는 『삼국사기』, 『삼국유사』의 내용과 매우 다른 납득하기 어려운 이야기들로 가득 차 있다. 그 이야기들은 대부분 이 사서들의 한문으로 된 기사들을 정확하게 읽지 못하고 번역하지 못하여 내용을 제대로 파악하지 못한 상황에서 섣불리 지어진 것들로 보인다. 이 분야에서 한문교육이 얼마나 중요한지 보여주는 실제 사례이다

우리의 문화사에서 이 시대의 문화유산 가운데 제일 중요한 것이 무엇일까? 불국사, 석굴암, 감은사 탑, 성덕대왕 신종[에밀레종], 상원사 동종 그런 것인가? 그럴 수도 있다. 그러나 그런 것은 미술사에서 할 일이다. 그것도 미술적 아름다움에 대해서만 그들이 할 수 있다. 그 미술

품을 창건하고 주조하기 위하여 조달한 재물들이 어디서 왔는지, 그 재물들을 모으는 데에 수탈당한 백성들의 삶은 어떠했는지, 석가탑의 무영탑 설화에서 드러나는 것 같은 그것의 건립에 동원된 예술가들의 통한의 삶은 어떠했는지, 에밀레종의 주조 설화에서 드러나는, 공출할 숟가락 몽둥이 하나 없는 집안에서 딸을 잃은 어머니의 애긋는 듯한 아픔 같은 민초들의 상처는 어떠했는지, 그리고 궁극적으로 왜 그런 것을 만들었는지, 그런 것들은 그 종소리, 지붕의 곡선, 부처님 미소의 아름다움을 예찬하는 것이 중요한 미술사가가 말하지 못한다.

그것을 말할 수 있는 사람들은 사회학자들이다. 사회학자들이 신라 사회를 제대로 연구해야 한다. 건축사는 건축학자가 하고, 사상사는 철학자가 하고, 정치사는 정치학자가 하고, 미술사는 미술학자가 하고, 문학사는 문학자가 하고, 언어사는 언어학자가 하고, 공학사는 공학자가 하고, 농업사는 농학자가 하고, 의학사는 의학자가 하고, 음악사는 음악학자가 하고, 등등으로 나누어서 연구해야 한다.

기록된 역사 속에는 인간 삶의 총체적 모습이 들어 있다. 그러므로 그 내용은 모든 학문 분야의 연구 대상이 된다. 어떤 만물박사가 있어 이 모든 분야의 세부 사항을 다 안다고 역사를 연구한다는 말인가? 어차피 총체적 역사 기술은 여러 분야의 연구를 집대성하는 일일 수밖에 없다. 각 학문 분야가 역사에 기록된 자신들 분야를 연구하고, 그 다음에 역사가가 그것을 모아서 총체적 역사를 기술하는 것이 옳다.

통일 신라의 문화사 기술에서 어문학과의 연구자가 해야 할 가장 중요한 일은 무엇일까? 그것은 '향가(鄕歌)'를 연구하는 일이다. 향가는 제대로 연구되고 있을까? 우리는 향가에 대하여 제대로 알고 있을까?

향가, 그것은 단순히 노래로 생각할 것이 아니다. 이름이 향가라서 노래이지 이미 곡은 사라지고 가사만 남아서 기실 그것은 '詩(시)'이다. '詩'란 무엇인가? '詩'란 말로써 생각과 정감을 표현한 것이다. 말은 신라 시대 말이다. 신라 시대 말을 아는 것, 이것은 언어학자가 해야 하는 일이다. 그런데 향가와 관련된 그 일은 김완진(1980, 2000)에서 거의 다 이루어졌다. 생각은 신라 시대에 일어난 일에 대한 시인의 생각이다. 정감은 그 일에 대하여 시인이 가졌던 느낌이다. 전문가들은 그 외에도 시에 대해서 더 말할 것이 있겠지만 여기서는 이 정도로 충분하다. 그러므로 향가에 대하여 논하는 것은 신라 시대의 말에 대하여 논하는 것이고, 신라 시대의 일에 대하여 논하는 것이며, 신라 시대 사람들의 느낌에 대하여 논하는 것이다.

신라 시대의 일에 대하여 모르고, 신라 시대의 말에 대하여 모르고, 어찌 신라 시대 사람들의 느낌에 대하여 논하고, 향가에 대하여 논할 수 있겠는가? 그런데 신라 시대의 일에 대하여 아는 사람들은 신라 시대의 말에 대하여 모르고, 신라 시대의 말에 대하여 아는 사람들은 신라 시대의 일에 대하여 모른다. 그리고 향가 연구는 신라 시대의 말도 모르고 신라 시대의 일도 모르는 고전문학 연구자들이 주로 연구해 왔다. 거기에 더하여 『삼국유사』의 번역은 신라 시대의 일도, 말도, 향가도, 문학도 모르는 사람들이 맡아 왔다.

이러니 어찌 향가가 제대로 이해되었고 신라인의 느낌이 우리에게 전달되었다고 할 수 있겠는가? 향가를 둘러싼 수많은 수수께끼들은 그것이 신비로운 세상의 요정들이나 귀신들의 이야기라서 수수께끼가 된 것이 아니라, 무지한 후손들을 만났기 때문에 수수께끼로 남아 있는 것이다. 역사 기록을 제대로 읽지 못하고, 역사 기록의 행간에 암시된 숨은 진실을 캐어내지 못하고, 이 일과 저 일 사이의 인과 관계를 연결시켜 이해할 줄 모르면 무지하다 할 수밖에 없다.[1]

하물며 '元子(원자)'와 '王子(왕자)'를 구분하지 못하여, 『삼국사기』 권 제8 「신라본기 제8」 「신문왕」 조에서 687년(?) 2월에 태어났다고 한 제31대 신문왕의 '원자'를, 691년 3월 1일 태자로 책봉된 '왕자' 이홍과 동일인이라 하고, 그 태자 이홍이 제32대 효소왕이 되었으니 효소왕이 6세에 즉위하여 16세에 승하하였다고 하면서, 『삼국유사』 권 제3 「탑상 제4」의 「대산 오만 진신」 조에서 일연선사가 '효소왕은 692년 16세에 즉위하여 702년 26세에 승하하였다. 이 해에 성덕왕이 22세로 즉위하였다.'고 한 기록은 효소왕의 나이를 10살 올린 기록이라고 하고, 이런 것 때문에 『삼국유사』는 믿을 수 없는 설화집이라고 하는 사람들에 이르러서야 무슨 말을 섞을 수가 있겠는가? 일연선사가 무엇이 아쉬워서 효소왕의 나이를 열 살씩이나 속였다는 말인가?

두 왕의 저 나이는, 제32대 효소왕이 677년생이고 제33대 성덕왕이

---

1) 저자는 『삼국사기』, 『삼국유사』에 사용된 그 수많은 벽자(僻字)들을, 뜻도 모르고, 음도 몰라서 옥편을 찾아 읽고 이해하는 데에 이 책을 쓰는 시간의 상당량을 소모하였다. '暾[밝을 교, 褫[벗을 치], 曬[쬘 쇄], 斫[찍을 작], 幢[깃발 당]' 등등 모르는 글자는 몰라서 기가 찼고, '耆[늙을 기, 힘셀 기, 즐길 기, 이를 지], '多[많을 다, 나을 다, 아름다이 여길 다, 전공 다, 마침 대], 惡[모질 악, 나쁠 악, 똥 악, 미워할 오, 부끄러울 오, 어찌 오, 감탄사 외]', 厥[그 궐, 빠질 궐, 머리 숙일 궐], 識[알 식, 표할 지, 깃발 치] 등등 아는 줄 안 글자들은 왜 또 그리도 다양한 의미를 지니는지 원망스러웠다. 거기다가 이것이 음독할 한자어인지 훈독하여 풀어 읽어야 할 우리 말 단어인지 판단하기 어려운 글자들에 부딪히면, '아아, 이 분야를 공부한다는 것은 한자와 한문을 안 배운 우리 세대에게는 불가능한 일이구나!' 하고 느낀 적이 많았다. 이런 것을 무지하다 할 수밖에 없다. '알 識(식)'은 글자를 안다는 뜻도 포함할 터인데 글자를 모르니 무식하다 할 수밖에 없다. 그러나 어쩌리오? 이가 없으면 잇몸으로라도 살아야지. 꿩 대신 닭이라는 말도 있다. 그러니 이 수업을 들은 학생들이야 '어느 외국 사람들의 이야기이지?' 하고 첫 시간부터 지레 포기하였을 것을 이해할 수 있다.

681년생이라는 것을 증언한다. 그러면 이 두 왕의 부모 신목왕후와 신문왕이 혼인한 683년 5월 7일보다 더 전에 그들이 태어났다는 것이 드러난다. 그러면 통일 신라 최대의 내란인 681년 8월 8일의 '김흠돌의 모반'의 원인이 밝혀진다.

김흠돌은 665년 8월 왕자 정명[신문왕]이 태자로 책봉될 때 태자비가 된 왕비의 친정아버지이다. 그 정실 태자비에게는 16년 동안 아들이 없었다. 이 왕비는 아버지가 난을 지은[作亂] 데에 연좌되어 왕비가 되자말자 출궁되었다.

그리고 683년 5월 7일에 신문왕과 신목왕후는 정식으로 혼인하였다. 이 정식 혼인한 왕과 왕비의 맏아들이 '원자'이다. 신문왕의 원자는『삼국사기』에는 687년 2월 태어난 것으로 되어 있다. 그러나 그 원자로 추정되는 정중종의 창시자 무상선사는 684년생이라 한다. 그러면 무상선사가 원자라야 하지 687년생 왕자가 원자일 수 없다. 무상선사가 후궁 소생이 아닌 한 신문왕의 원자 출생년도는 684년이 옳고『삼국사기』가 말하는 687년 2월이 틀렸을 것이다.[2]

---

2) 신문왕의 원자는 김사종(金嗣宗)으로 판단된다. 그는 728년[성덕왕 27년] 당 나라에 사신으로 가서 수도하여 정중종(淨衆宗)을 창시한 무상선사(無相禪師)이다. 그런데 중국 불교사 기록에는 무상선사가 684년생이라고 한다. 687년 2월의 '원자생(元子生)'이라는 『삼국사기』의 기록은 어떻게 된 것일까? 이것부터 풀어야 할 수수께끼가 된다. 도대체 김부식 할아버지는 왜 아무 데서도 안 적은 '元子生(원자생)'이라는 정보를 687년 2월에만 적어서 첫출발부터 헤매게 만드는가? 저자의 해석은 687년 2월은 김사종의 아우 김근질이 태어난 달이라는 것이다. '아우의 생월을 형, 그것도 원자의 생월로 착각하여 적다니—'. 저자가 틀렸기를 바란다. 그러나『삼국사기』는 주로 당 나라 실록,『구당서』, 『신당서』,『책부원구』, 그리고 북송의 사마광이 쓴『자치통감』을 보고 가위로 오리고 풀로 붙여 짜깁기한 책이지 원 사료를 보고 작성된 역사서가 아니다. 아니 보고 적을 원 사료가 많이 없었다. 500년 뒤에 우리 후손들이 대한민국사를 쓴다고 할 때, 그땐들 어쩌겠는가? 4.19에 관하여, 5.16에 관하여, 12.12에 관하여 쓴다면, 특히 5.18에 관하여 쓴다고 하면 미국 국무성에 보고된 주한 미 대사관이나, CIA에 보고된 서울 지국의 공식 보고서를 보고 쓰는 것이 진실에 가깝지, 어찌 시중에 돌아다닌 찌라시들이나

이렇게 효소왕이 16세에 즉위하였다고 하면 당연히 그가 혼인하였을 것으로 보게 된다. 그러면 716년[성덕왕 15년]에 출궁하는 성정왕후는 효소왕의 왕비가 되고, 성덕왕의 선비는 『삼국유사』의 「왕력」이 말하는 대로 엄정왕후로 확정된다. 『삼국사기』가 '성정{또는 엄정이라고도 한다}왕후'에 대하여 잘 모르고 틀린 주석을 붙인 것이다.

그러면 714년[성덕왕 13년]에 당 나라로 숙위 간 왕자 김수충은 당연히 효소왕과 성정왕후의 아들이다. 그리고 715년에 성덕왕과 엄정왕후의 아들 중경을 태자로 책봉하자 이에 항의하여 716년에 성정왕후가 출궁하였고, 수충이 부랴부랴 717년 9월에 귀국하였다. 그런데 717년 6월에 태자 중경이 사망하였다. 이제 남은 왕자는 중경의 아우 승경뿐이다. 중경의 사망으로 하여 상심한 엄정왕후가 사망하였던지(?), 아니면 유폐시켰던지(?) 720년[성덕왕 19년] 성덕왕은 김순원의 딸 소덕왕후와 재혼하였다. 소덕왕후는 헌영을 낳았다. 이 혼인이 추진되는 서라벌의 정치적 지형에서 수충은 더 이상 왕위에 오를 가능성이 없어졌다.

김수충은 719년 당 나라로 다시 갔다. 그 김수충이 김교각이란 이름으로 안휘성(安徽省) 지주(池州) 청양(靑陽)의 구화산(九華山)에서 수도하여 지장보살의 화신이 되었고 99세로 열반한 그의 육신에 금을 입혀 육신보전(肉身寶殿)에 안치하여 오늘까지 전해온다. 거기에는 그의 99세 열

그것을 보고 베낀 일간지 기사나, 하물며 한국 정부가 남긴 공문서를 보고 쓰는 것이 진실에 가깝다 하겠는가? 그런 데에 무슨 진실이 들어 있겠는가? 하기야 '카더라 방송'에는 나중에 보면 진실이 많이 들어 있었다. 역사서란 그런 것이다. 이겨서 살아남은 자의 관점에서 사료가 수집되고 해석되고 가감되어, '필집자(筆執者)[붓 잡은 이'를 뜻하는 이두 단어]'가 집권자들의 마음에 드는 사료만 골라 그들의 마음에 들게 해석하여 그들의 마음에 들도록 써 둔 것이다. 인간이 기록을 남기는 유일한 동물이지만, 제게 불리한 기록은 인멸할 줄도 아는 간지를 가진 영악한 동물이라는 것을 잊어서는 안 된다. 기록을 제대로 해석해야 하는 까닭이다.

반을 기념하여 1999년 9월 9일 9시 9분에 착공한 99미터 높이의 동상이 서 있다. 효소왕의 왕자 수충은 보살의 반열에 오른 것이다. 그 지장보살의 화신 김교각이 신라 제32대 효소왕의 왕자임이 틀림없다.

724년에 엄정왕후의 아들인 승경이 태자로 책봉되었지만, 강력한 세력을 가진 헌영의 외가에서 태자 승경을 밀치고 외손자 헌영을 왕위에 올리려는 책략을 세운다. 이 과정에서 이미 출가하여 스님이 되어 있던 원자 김사종을 성덕왕은 728년에 당 나라에 사신으로 보낸다. 당 현종은 그에게 과의 벼슬을 주고 머물러 숙위하게 한다. 이 신문왕의 원자 김사종이 나중에 '안사(安史)의 난'으로 사천성(四川省) 성도(成都)로 피난한 당 현종을 다시 만나 성도의 정중사에 주하며 무억(無憶), 무념(無念), 막망(莫妄)의 삼구 설법으로 정중종(淨衆宗)을 창시하였다. 그 후 79세 되던 762년에 앉은 채 열반하여 500 나한 가운데 455번째 나한이 되었다. 이 무상선사가 신라 제31대 신문왕의 왕자인 것은 틀림없는 일이다.

736년 가을에서 겨울 사이 이복 아우 헌영과 왕위 경쟁을 벌이고 있던 태자 승경은 조정의 중신[소판으로 병부령이었을 듯하다.] 신충에게 잣나무 아래서 바둑을 두면서 즉위하면 잊지 않겠다고 맹약을 한다. 737년 2월 성덕왕이 승하하고 태자 승경이 제34대 효성왕으로 즉위한 직후에 공신들을 상 줄 때 헌영의 외가 측의 반대로 효성왕은 신충을 공신록에 넣지 못하였다. 신충이 효성왕의 무력함을 보고 정치적 처지를 바꿀 결심을 하고 효성왕을 민 것을 후회하는 시를 지었다. 신충의 시 「원가」는 이러한 정치적 배경을 가진다. 효성왕은 739년 5월 김순원의 아들인 김진종의 딸 혜명왕비와 재혼하였다. 그는 혜명왕비에게 정을 붙이지 못하고 후궁에게 빠졌다. 혜명왕비가 후궁을 투기하여 족인들과 모의하여 죽였다. 효성왕은 재혼한 지 불과 1년 3개월만인 740년 8월에 왕비가 죽인 후궁의 아버지 영종이 모반한 사건을 겪었다. 효성왕은 742년 5월 사인(死因) 없이 승하하고 화장당하여 동해에 산골되었다. 신라 중대에서 왕릉이 없는 유일한 왕이다.

효성왕을 이어 헌영이 왕위에 올랐으니 그가 제35대 경덕왕이다. 경덕왕의 아들 제36대 혜공왕은 고종사촌 형 상대등 김양상에게 시해되었다. 성덕왕의 딸 사소부인의 아들인 김양상이 자립하여 제37대 선덕왕(宣德王)이 되었다. 여기서부터는 신라 하대이다.

이러면 다 될 일을, 우리 국사학계는 공연히 '원자'와 '왕자'도 구분하지 못하는 한 연구자의 납득하기 어려운 말에 속아서, 효소왕이 687년 2월에 태어난 원자이며 6세에 즉위하여 16세에 승하하였다고 하고, 혼인도 하지 않고 왕자도 없었다고 하였다. 이렇게 우리 국사학계는 통일 신라의 멸망 시작 시점인 이 연대를 잘못 추정함으로써 『삼국유사』의 682년의 「만파식적」 조에 나오는 태자 이홍{효소대왕}, 「혜통항룡」조의 효소왕의 왕녀, 「백률사」 조의 어른 효소왕, 「진신수공」 조의 진신 석가에게 망신당한 효소왕과 「대산 오만 진신」, 「명주 오대산 보스 내태자 전기」 조의 성덕왕의 즉위 과정에 관한 기사들을, 10년 후의 일을 10년 전의 일인 것처럼 잘못 적은 것이라 하면서, 『삼국유사』를 역사서로서는 믿을 수 없는 책이라 한다. 이것은 선조가 남긴 기록을 모독하는 일이다.

2. 잣나무가 중심이 아니다

태자 승경은 왜 신하와 잣나무를 두고 맹서한 약속을 즉위한 후에 지킬 수 없었을까? 736년[제33대 성덕왕 35년] 가을 태자 시절, 승경은 고위 관리 신충과 잣나무를 두고 '훗날 경을 잊지 않기를 이 잣나무를 두고 맹서한다.'고 맹약하였다. 그러나 737년 2월 왕으로 즉위한 후에 신충을 '공신 등급'에 넣지 못하여 약속을 지킬 수 없었다. 왜 그랬을까? 태자 승경은 제34대 효성왕으로 즉위한 후에 아우 헌영의 외가 세력인 순원 집안의 압력으로 공신 등급을 뜻대로 정할 수 없었다.

『삼국유사』의 권 제5에 있는 「피은(避隱) 제8」 편의 「신충(信忠) 괘관(掛冠)」 조에는 「원가(怨歌)」가 실려 있다. 이 기사 속에는, 전후 사정을 감안하여 정리하면 (1)과 같은 믿기 어려운 스토리가 들어 있다. 저자의 30여 년 향가 강의 가운데 「원가」에 관한 것은, 이 믿기 어려운 스토리를 믿을 수 있는 실제 극으로 만들려고 노력한 것에 다름 아니다.

이 스토리를 해석할 때 가장 중시해야 할 사항은 무엇일까? 일연선사는 무엇을 말하려고 이 기사(記事)를 『삼국유사』에 실었을까? 이에 대한 관점을 바로 세우지 못 하면 이 노래에 대한 해설은 잘못된 길로 들어선다. (1a~f)를 보고 어느 항목이 가장 중요한지 곰곰이 생각해 보자.

(1) a. 737년 2월에 제33대 성덕왕이 승하하였다.

b. 그 몇 달 전인 736년 가을에서 겨울 사이에 태자 승경이 궁정의 잣나무 아래에서 현사(賢士) 신충과 바둑을 두면서 '훗날 그대를 잊지 않겠다.'고 잣나무를 두고 약속하였다. 신충은 일어나 절하였다.

c. 몇 달 뒤 효성왕은 즉위하였고, 공신들을 상 줄 때 신충을 잊어 버리고 등급에 넣지 않았다.

d. 신충이 이를 원망하여 「원가」를 지어 잣나무에 붙였다. 잣나무가 누렇게 시들었다.

e. 이를 보고받은 효성왕이 크게 놀라 '내가 만기를 앙장하느라 각궁을 잊을 뻔하였다.'고 하고 신충에게 작을 높여 주고 녹을 올려 주었다. 그러자 잣나무가 다시 살아났다.

f. 신충은 이로 말미암아 효성왕, 경덕왕 두 조정에서 총애가 현저하였다.

이 스토리에서 가장 중요한 것은 무엇일까? 저자는 그것은 우리가 믿기 어렵다고 하는 대상이 되어야 한다고 본다. 무엇을 믿기 어려운가?

'잣나무가 시들다가 되살아났다.'를 믿기 어려운가? '원망하는 노래를 잣나무에 붙였더니 잣나무가 시들었다.'를 믿기 어려운가? '작록을 주니 잣나무가 다시 살아났다.'를 믿기 어려운가? 그럴 수도 있을 것이다. 자연의 법칙에 어긋난 이 이야기를 믿기 어려운 일이라 할 수도 있다. 그러나 그것은 자연의 문제이다. 자연의 문제는 자연과학자들에게 맡기면 된다. 그들이 해석하는 대로 하면 된다. 그러니 그것은 믿기 어려운 일이라 할 수 없다.

(1b)에는 '상록수인 잣나무가 지니는 영원성을 걸고, 영원히 변치 않을 금석 같은 맹약(盟約)을 하였다.'가 들어 있다. 이것이 이 이야기의 시발점이다. 그런데 이 문장에서 '잣나무'가 중요한가, 아니면 금석 같은 '맹약'이 중요한가? 당연히 '맹약'이 중요하다. '맹서하면서 한 약속' 그것이 이 문장의 핵심어이다.[3]

---

3) 잣나무를 중시한 대표적 연구가 김열규(1957)이다. 학부에서 김열규 선생님께 '잣나무

'잣나무'는 맹약을 보증하는 증거물로서 보조적 소재에 지나지 않는다. 『시경(詩經)』 「왕풍(王風)」 편의 부(賦) 「대거(大車)」에 유래하는 이 맹서하는 약속은 '유여교일(有如曒日[밝은 해를 두고 맹세한다.])'는 말로 동양 전통 사회에서 관용구화 되어 있었다.[4] 이것은 이 스토리의 '유여백수(有如栢樹[잣나무를 두고 맹세한다.])'에 나오는 '잣나무'도 '교일(曒日)'과 같아서 얼마든지 다른 말로 바꾸어 쓸 수 있음을 의미한다. 그것이 거칠부(居柒夫), 김춘추(金春秋)가 사용한 '교일(曒日)'이든, 태자 승경이 사용한 '백수(栢樹)'이든, 백제 장군 윤충이 사용한 '백일(白日)'이든 아무 문제가 되지 않는다.

그 맹서에 속아 고구려 보장왕도 가두었던 김춘추를 풀어 주었고, 그

의 수목 상징'을 배운 후로 저자는 내내 이 스토리에서 잣나무가 중요한 것처럼 생각하고 살았다. 양희철(1997:509)은 이 노래의 성격에 대하여 그동안 논의된 연구 결과들을 둘, 즉 애니미즘(주가설)과 서정시설로 나누어 소개하고 있다. 그 속에는 이 노래를 『삼국사기』, 『삼국유사』와 관련지어 그 시대의 정치, 사회적 맥락에서 해석하는 부류는 아예 없다. 그러나 박노준(1982)은 왕자 수충과 승경 사이의 갈등이나 외척 순원의 역할을 중시한 것 등으로 보아 단순히 서정시로 처리한 것이 아니다. 김종우(1974)의 '관작을 몹시도 희원하는 노래'라 한 것도 단순히 서정시로 본 것은 아니다. 이것은 인간 삶의 갈등을 노래한 것으로 본 것이다. 이러한 사회적, 정치적 맥락 속에서 이해하는 경향이 과거에도 있었다. 저자가 「원가」의 내용과 배경 설화를 은행에서 정년퇴직한 친구에게 조금 얘기해 주자, 그 친구는 대뜸 "그거 '권력 투쟁 이야기' 아니냐?"라고 하였다. 약간만 사회과학적 감각이 있는 사람이면 누구나 이 이야기를 권력 투쟁으로 보게 되어 있다. 저자는 그런 감각으로 이 책을 쓴다. 그러면 이 이야기에서 잣나무는 중요한 것이 아니다. 잣나무가 시들다가 다시 살아난 것도 중요한 것이 아니다. 하물며 잣나무에 정령이 깃들어 있어 인간의 원이 지극하면 반응한다는 식의 목이(木異) 현상을 이용하여 이 노래를 설명하는 것을 과학적 연구라 할 수는 없다. 중요한 것은 맹약의 내용이 무엇인가, 왜 그러한 약속을 할 수밖에 없었는가, 그 약속을 지키지 못한 이유는 무엇인가, 어떻게 하여 다시 약속을 지킬 수 있었는가, 그리고 왜 이런 이야기가 『삼국유사』에 남아 1300년 가까이 된 오늘날까지 우리를 고민하게 하는가? 그런 것이다.

4) '曒'는 '밝을 교', '皦'는 '흴 교'이다. '噭'는 '입, 부리 교'로 '날짐승의 입'을 가리킨다. '曒日[교일]'은 '밝은 해'를 뜻한다. '暾'은 '아침 돈'으로 '暾日'은 '아침 해'이다. '有如曒日(유여교일)'은 제2장에서 자세히 살펴보기로 한다.

맹서에 속아 고타소의 남편 김품석도 대야성 성문을 열고 항복하러 나갔다가 부하들을 죽게 하고 도로 성안으로 들어와 일가족이 자살하였다. 거칠부는 젊어서 고구려에 불교를 배우러 유학 갔다가 만난 스님 스승 '혜량(惠亮)법사'와의 약속을 지켜 후일 고구려로부터 신라로 온 그를 진흥왕에게 소개하여 진흥왕으로 하여금 혜량법사를 융숭하게 대우하여 승통으로 삼고 백좌강회와 팔관회법을 설치하도록 하였다.

그 맹서에 속아 평생을 눈물로 지새운 여인들은 또 얼마나 많았던가? '하룻밤을 자도 만리장성을 쌓는다.'는 스토리에 나오는 여인은 장성 쌓으러 간 남편을 기다렸고, 그 여인과 하룻밤을 보낸 나그네는 그 하룻밤의 약속으로 평생을 그 남편을 대신하여 만리장성을 쌓았다. 나그네와 여인은 무엇을 두고 맹약을 하였을까? 그것은 '돌'이라도 좋고, '하늘'이어도 좋고, '소나무, 대나무, 금강석'이라도 좋다. 무엇이든 변하지 않는 대상이 있으면 우리는 그것을 걸고 절대로 마음 변하지 않을 것을 맹서하고, 또 맹서한다. 잣나무, 그것은 보조적 수단일 따름이다.

'「원가」를 지어 잣나무에 붙였더니 그 잣나무가 누렇게 시들었다. 왕이 신충에게 작록을 내리니 그 시들던 잣나무가 다시 살아났다.'가 믿기 어려운가? 하나도 어렵지 않다. 한때는 그것이 참으로 믿기 어려웠다. 『삼국사기』 권 제9 「신라본기 제9」 「효성왕」 조에 의하면 효성왕이 즉위한 것은 737년 2월이다. 그리고 신충이 중시(中侍)가 되는 것은 739년 정월이다. 이 두 연대는 '신충이 효성왕의 즉위를 도왔는데 벼슬 안주어 「원가」를 지어 잣나무에 붙였다. 그랬더니 잣나무가 시들었다. 이에 효성왕이 놀라 신충에게 벼슬을 주었더니 잣나무가 되살아났다.'고 하는 국문학계의 정설이 거짓말임을 보여 준다. 무엇이 거짓말일까?

만약 효성왕 즉위 직후에 신충이 「원가」를 지었다면 그 잣나무는 23개월 뒤에 되살아난 것이 된다. 어떤 잣나무가 2년 동안이나 시들시들하다가 되살아날 수 있는가? 이것이 나의 의문의 출발점이었다. 이것은 진리에 어긋난다. 난초 한 분이라도 키워 보았으면 시드는 난 잎을 다시 되살아나게 할 수는 없다는 것을 다 알게 된다. 그런데 그 벼슬이 무슨 재주로 2년 동안 시들던 잣나무를 소생시킬 수 있다는 말인가?

그러면 신충은 벼슬 받기 직전인 739년 정월 어느 날 아침에 「원가」를 지었고 대낮에 바로 벼슬을 받았을까? 즉위한 지 2년이나 지났는데 왜 그때 와서야 신충은 효성왕을 원망하는 「원가」를 지었을까? 2년 동안은 그 원망을 어떻게 참고 살았을까? 이렇게 질문을 던지면 학생들은 모두 놀란다. 한 번도 생각해 보지 않았으니 그럴 수밖에. 그러고는 모두 그렇게 배웠다고 제 탓이 아니라고 한다. 이래서 선생의 죄가 크다. 선생이 모르면 학생은 알 길이 없다. 그러나 대학의 문학 선생도 고등학교의 국어 선생도, 아무도 이 수상한 이야기에 담긴 비밀을 캐어 보려 하지 않았다. 이 문제를 제기한 논저조차 이 세상에는 단 하나도 없다. 그런데 우선은 시들던 잣나무가 되살아나는 기적이 일어날 수 있는 것일까, 그것부터 의심스러웠다. 그래서 30년 이상을 헤매다가, 2015년 4월 초 서강(西江) 곁 삼개[麻浦] 옛 새우젓 장터 옆에 새로 지은 아파트 단지의 뜰을 지나가면서 저자는 소스라치게 놀랐다. 이 아파트는 무슨 연유에서인지 포구나무[팽나무]를 정원수의 주종으로 하고 있었다.5)

---

5) 혹시, 삼개가 포구였음을 생각하고 그 언덕에 포구나무를 심는 것이 어울린다고 생각하였을까? 2016년 2월 24일 마지막 교정이라고 다짐하며 이 책을 다듬는데, '아! 내 나이 일흔이 내일 모레인데, 이 금쪽같은 세월의 1년을 사람 구실도 못하고 골방에 들어앉아 이 일에 바쳤구나!' 하는 생각이 떠올라서, 1년 전에 시작한 일을 너무 오래 끌었음을 후회한다. 할 일이 태산 같은데….

그런데 그 많은 포구나무 중 가운데에 있는 다섯 줄기로 나뉘어 올라간 가장 큰 나무가 4월이 되었는데도 움을 틔우지 않고 있었다. 옆에 있는 다른 포구나무들은 다 새파란 싹이 돋아 새봄을 맞이할 채비를 하고 있는데 유독 이 나무만 앙상한 가지인 채로 쓸쓸하게 서 있었다. 우리는 그 길을 지나다니며, '아깝다. 너무 큰 나무를 옮겨 심었다. 노거수(老巨樹)가 멀리 왔으니 살기 어렵겠다. 아까운 나무만 죽였구나.' 하고 탄식을 하였었다. 그런데 어느 날 조경회사 사람들이 와서 그 포구나무의 줄기에 영양 주사를 수없이 꽂고 뿌리에 물을 흠뻑 주어 작은 못을 만들어 놓았다. '에이, 그런다고 이미 죽은 나무가 다시 살아날까, 헛일 하고 있다.'고 혀를 끌끌 차고 지나다녔다.

그 날, 저자가 놀란 그 날은 그 포구나무가 움을 틔우기 시작한 날이다. '아! 이럴 수도 있구나!' 고등학교 3학년 때로부터 치면 50년 묵은 체증이 한꺼번에 해소되었다.[6] 그리고 사흘 동안 아무 것도 못하고 서정목(2015d)에 매달렸다. 다른 아이디어는 이미 다 옛날의 강의 카드에

---

[6] 그 나무가 소생한 후, 다음과 같은 요지의 팻말이 세워졌다. "이 '팽나무'는 제주도 성읍 마을에서 옮겨 온 것으로 300년 이상 된 것이다. 남해안 포구에는 이 팽나무가 한두 그루씩 서 있다. 그래서 포구나무라고도 한다. '팽나무'라는 말은 '팽' 소리를 내며 대총의 열매가 날아가는 데서 붙여진 이름이다." 아, 이렇게 동심을 자극하여 날로 하여금 60여 년 전의 초등학교 2학년 때로 되돌려 놓을 수 있는 사람이 있다니…. 1956년부터 57년까지 우리는 거제도 장승포 아주 탑골에 살았다. 거기는 함경도에서 온 피난민 수용소가 있었고, 우리는 그 피난민 수용소의 학교를 다녔다. 그 마을에는 잘 생긴 포구나무가 있었다. 그 포구나무 푸른 열매를 따서 시눌대로 만든 대총에다 넣고 쏘면 '팽' 소리를 내면서 열매는 동생들을 향하여 날아갔다. 거제도를 떠난 뒤로 한참 뒤 2000년대 초반 어느 설날 아버님, 어머니를 모시고 형제들과 그 탑골 마을에 갔다. 아버님은 '이 나무가 맞다.'고 하셨고 우리 형제들은 '포구나무가 너무 작아졌다.'고 하였다. 2015년 여름, 할머니, 어머니의 직계비속으로 이루어졌던 그 큰 집안이, 이제는 내 아내의 직계 비속만으로 좁아진 가족들과 지세포에 머물면서 어느 새벽 다시 혼자서 그 마을로 갔다. 포구나무는 여전하였다. 할머니 한 분이 우리를 기억하고 있었다. '아! 그때 이 마을에 선생님 가족이 살았었지….'

적혀 있었다. 「신충 괘관」을 다시 번역하여 '신충의 작록 탐함과 변절(變節)', 그리고 '이순의 벼슬 버림과 피세(避世)'로 나누고, 『삼국사기』의 연대들을 다시 확인하고, '잣나무가 시들다가 소생'하는 것이 '정치적 책략임'을 논증해 나갔다.

그러니 이제 남은 믿기 어려운 내용은 (2)에 열거한 것들로 압축된다.

(2) a. 그 태자는 왜 신하에게 잣나무를 두고 맹서하며 약속하였을까?
 b. 그 태자는 왜 왕이 되지 못할까 두려워하고 있었을까?
 c. 효성왕은 왜 왕이 된 뒤에 약속을 지키지 {못하였을까, 않았을까}? 즉, 왜 신충을 공신록에 넣지 {못하였을까, 않았을까}?
 d. 효성왕은 잣나무 시듦 사건 후에 어떻게 신충에게 작록을 줄 수 있게 되었을까?
 e. 궁극적으로 효성왕은 누구이고, 경덕왕은 누구인가? 이들의 관계는 어떻게 되는가?

'태자가 왕이 되기 위하여 신하에게 맹서하며 약속한 것'이 믿기 어려운가? 그럴 수도 있을 것이다. 그 약속을 어기고 공신들을 상 줄 때 등급에 넣지 못하여 상을 주지 못한 것이 믿기 어려운가? 그럴 수도 있을 것이다. '효성왕, 경덕왕 두 조에 걸쳐 총애가 현저하였다.'를 믿기 어려운가? 아니다. 그것은 『삼국사기』가 정확하게 증언하고 있다. 믿을 수 있는 일이다. 그런데 이런 일은 자연의 일이 아니다. 인간의 일이다. 인간의 일은 믿기 어려운 것이 있을 수 있다.

그 믿기 어려운 일이 믿기 어려운 일이 되는 까닭은 무엇인가? 그 일이 우리의 상식을 벗어났기 때문이다. 인간은 불가사의한 동물이고 예측불가능한 동물이다. 우리의 알량한 상식으로는 이해할 수 없는 일이 얼마든지 일어날 수 있는 것이 인간 세상이다. 그런데 상식적인 일이든, 비상식적인 일이든 인간의 일이 일어나는 데에는 인과가 있다. 즉, 원인이 있고 결과가 있는 것이다. 그러므로 아무리 비상식적이어서 우리가 믿기 어려운 일이라 하더라도 그 일의 원인을 찾아내면 그러한 비상식적인 결과가 나오게 된 과정을 설명할 수 있다. 이것이 이 책을 쓰면서 저자가 시종일관 견지한 신념이다. 어떻게 하면 이 믿기 어려운 희한한 이야기를 실제 있었던 역사적 사실 속으로 끌어들여 생명을 부여할 수 있을까? 이 황당한 이야기를 인간의 삶과 밀착시켜서 재생하여, 일반 독자들이 고개를 끄덕이며 1200년~1300년 전의 서라벌의 정치적 상황과 왕실의 고뇌와 피비린내 나는 골육상쟁의 비참함을 연민의 눈으로 바라볼 수 있게 하는 드라마로 재구성할 수는 없을까? 지난 30여 년 동안 1년에 한 번씩 이 노래를 가르치며 저자는, 궁리하고, 따져 보고, 공상하면서 밤잠을 못 이루고 고뇌하였다. 이제 그 어지러웠던 생각의 흐름을 정리하고, 그 생각이 스스로 보여 주는 논리적 흐름에 따라 그 시대의 서라벌의 정치적 상황과 정쟁의 흐름을 재생하기로 한다.

그 시대의 정치적 상황을 재구성하면서 저자가 조심하였던 것은, 현대적 편견에 사로 잡혀 오늘날 내가 경험한 좁은 시야로 본 세상을, 나도 모르게 그 시대에 투영하고 있는 것은 아닐까 하는 우려이었다. 그러지 않기 위하여 가능한 한 현대적 삶을 버리고, 1200년~1300년 전의 그 시대로 되돌아가서 사고하고 생활하면서, 평생을 통하여 틈만 나면 경주를 중심으로 이 나라의 온 유적지를 돌아다니고자 하였다.

거기에 가면, 대왕암 앞에 서면, 929번 도로에서 감은사 두 탑을 보면, 원효대사가 거쳐간 골굴암 마애 석불을 보면, 원효대사가 중창한 기림사 뒷길을 올라 용연 폭포 앞 개울 바위에 앉으면, 월지와 동궁터를 보고 월성에 올라 보면, 태종무열왕릉과 그 뒤의 4개의 왕릉을 보면, 단양 신라 적성비 앞에 서면, 양양에서 소금강을 거쳐 월정사 옆 그 옥빛 냇물을 거슬러 올라 지금의 선재길을 걸으면, 상원사 동종 앞에 서면, 그 동종의 떨어져 나간 종유(鐘乳) 하나를 바라보고 있으면 느낌이 왔다.

〈**함월산**(含月山) **용연.** 기림사 뒤 동해안 감은사에서 월성으로의 최단 접근로 곁에 있다. 682년 5월 신문왕은 문무왕릉이 바라보이는 이견대에서 용을 보고 '만파식적'과 '흑옥대'를 얻었다. 대궐을 지키던 태자 이공[=이홍, 효소왕]이 그 소식을 듣고 말을 타고 부왕을 마중 왔다. 태자는 옥대에 붙은 장식 용을 보고 진짜 용이라고 하였다. 신문왕은 "네가 그것을 어찌 아느냐?"고 물었다. 태자는 떼어내어 물에 넣어 보시라고 하였다. 그리했더니 그 장식 용이 진짜 용이 되어 승천하였다. 그곳에 생긴 못이 용연이다. 이 설화 속의 효소왕은 몇 살이나 되었을까? 이 설화는 저자에게 효소왕이 687년 2월에 태어났다고 적힌 신문왕의 원자가 아니라는 확신을 갖게 하였다. 그 확신에 「대산 오만 진신」의 '효소왕이 692년에 16세로 즉위하여 702년에 26세로 승하하였다.'는 기록이 더해져서, 부모가 683년 5월에 혼인하기 전인 677년에 효소왕이 태어났다는 사실을 밝혔다. 그 사실이 저자로 하여금 만년의 이 금쪽같은 세월 1년을 통일 신라 정치사를 완전히 새로 쓰는 일에 통째로 바치게 하였다.〉

지금은 무디어졌지만, 젊은 날 죽령 아래쪽에서 남한강의 물줄기를 따라 남에서 북으로 차를 몰고 천천히 흘러가서 군간교를 지나 온달산성 밑에 이르면, 진흥왕대에 이사부(異斯夫),[7] 비차부(非次夫), 무력(武力) 등이 적성 사람 야이차(也尒次)의 안내를 받아 죽령을 넘어 적성을 점령하고 북진하는 그림이 떠올랐었다.[8]

그리고 그 빼앗긴 계립현(雞立峴[문경]), 죽령 서쪽의 고토를 회복하고자 절치부심하며 군대를 이끌고 남하하여 을아단현(乙阿旦縣)의 온달산성을 공격하다가, 그 가파른 언덕을 오르다가 유시(流矢)에 맞아 말에서 떨어져 숨진 평강왕[平原王] 공주의 남편 온달의 최후가 떠올랐고, 그의 시신이 담긴 관이 움직이지 않자 공주가 전쟁터에까지 와서 '이제 생사가 정해졌으니, 그만 돌아갑시다.' 하니 관이 움직여 장례를 치를 수 있었다는『삼국사기』권 제45 「열전 제5」 「온달」조의 이야기 (3)이 떠오르고, 가슴 저림이 느껴졌었다.

(3) a. 전쟁터로 떠남에 즈음하여 맹서하여 말하기를[臨行誓曰], 계립
　　　현과 죽령 이서의 땅을 우리나라로 되돌리지 못하면 돌아오지
　　　않겠다[雞立峴竹嶺已西不歸於我則不返也].
　　b. 드디어 가서 아단성 아래에서 신라군과 싸우다가 흘러온 화살

---

7) '異斯夫'는 '苔宗'이라고도 적는다. '苔'는 '이끼 태'이다. 이끼의 중세 한국어 어형은 '잇'이다. 여기에 접미사 '-이'가 붙어 '잇기'가 되었다. '異斯'는 '잇'을 음독자로 적은 것이다. '苔'는 '잇'을 적은 훈독자이다.
8)『삼국유사』권 제2 「기이 제2」, 「효소왕대 죽지랑」조에는 「모죽지랑가」가 실려 있다. 이 노래의 주인공 죽지랑의 아버지가 삭주 도독사가 되어 춘천 쪽으로 부임하기 위하여 죽지령을 넘어올 때 고개 길을 닦아 주는 거사가 있었다. 죽지랑의 어머니 꿈에 그 거사가 집으로 들어왔고 죽지랑의 아버지 술종공도 같은 꿈을 꾸었다. 사람을 보내어 알아보았더니 거사가 이미 사망하였고 죽은 날과 꿈꾼 날이 같은 날이었다. 바로 그 지역이 죽지령[죽령] 북녘이다.

에 맞은 바 되어 길에 떨어져 죽었다[遂行與羅軍於阿旦城之下
爲流矢所中路而死].

c. 장례를 치르고자 하였으나 영구가 움직이려 하지 않아 공주가
와서 관을 쓰다듬으면서 말하기를[欲葬柩不肯動公主來撫棺曰],
죽고 사는 것이 정해졌습니다. 이만 돌아갑시다[死生決矣 於乎
歸矣] 하니, 드디어 들어서 장례할 수 있었다[遂舉而窆].

<『삼국사기』 권 제45 「열전 제5」 「온달」>

온달 동굴 안의 우물은 산 아래 진을 치고 끈질기게 산 정상에 있는
산성을 향하여 기어오르던 온달의 고구려 군사들이 먹던 물일 것이다.
군간교(軍看橋) 아래 드넓은 자갈밭에 설치된 야전 병원에서 치료 받은
군사들은 고구려 군사들이었을 것이다. 1990년대 후반 어느 날 밤에 그
곳을 지날 때는 마치 부상병들의 신음 소리가 들리는 듯이 북으로 흐르
는 남한강 물이 울었다. 그렇게 조심하려 하였으나, 이 산성은 패장(敗
將)의 이름을 달고 있고, 그 지방에는 패장을 중심으로 하는 온달 설화
가 많이 남아 전해 오고 있다.[9] 이 산성에서 온달과 맞서서 새로운 강
토 한강 유역을 사수한 신라 장군이 누구였는지 역사와 실화는 전해 주
지 않았다. 왜 이렇게 되었을까? 그때도 원래 고구려 백성이었던 지금

---

9) 온달이 전사한 곳이 서울의 아차산 아래인가, 단양의 아단산성(阿旦山城) 아래인가로
학설이 나뉘어 있다. 글자 차(且)와 단(旦)의 문제일 것이다. 글자 하나, 획 하나에 역사
가 달라진다. 글자를 중시하되 와(訛)와 오(誤)가 있을 수 있음을 유념해야 한다. 그러
나 그것은 한자, 한문을 배우지 못한 우리 세대가 잘 할 수 있는 일이 아니다. 하물며
앞으로 누가 할 수 있겠는가? 중국 사람, 일본 사람이 할 것이다. 그들이 우리 선조들
이 남긴 사서들을 마음대로 농단하는 날이 올 것이다. 이 생각을 하면 모골이 송연해
진다. 여기서는 설화의 분포를 좇아 아단성을 단양으로 비정하였다. 그러나 평강왕의
공주가 남편의 전사지까지 왔다는 것이 마음에 걸린다. 평양에서 단양까지 신라 영토
를 가로질러 공주가 올 수 있었을까? 아차산 아래라 해도 무방하다. 온달은 아단성 아
래까지 못 가고, 한강을 건너지 못하고 전사했을 가능성도 있다.

의 단양군 영춘면 사람들의 조상들은 새로운 점령자 신라보다는 원래의 주인 고구려를 그리워한 것일까?

〈**온달산성**. 충북 단양 영춘면에 있다. 온달은 고구려 을아단현이었던 이 산성을 탈환하기 위하여 원정에 나섰다가 유시(流矢)에 맞아 말에서 떨어져 전사하였다. 아내 평강왕 공주가 움직이지 않는 관을 수습하러 전장까지 왔다. 이 성을 사수한 신라 장수가 누구였는지 역사는 전해 주지 않는다. 사진은 단양군청에서 보내 주었다.〉

군 복무 시절 들었던, 최전방 부대 주변의 산간 구석구석에 산재해 있는 독립 가옥 사람들이 원래 이북 사람들이어서 그들의 가족이 북한에서 고위직에 오른 사람도 있다는 소문들이 생각났다. 아! 그럴 수도 있겠구나. 원 고구려 백성들은 갓 진주한 신라 군대를 점령군으로 보았을 수도 있겠구나. 그러니 신라 적성비가 '옛 고구려 사람으로 우리에게 협조하는 자에게는 아이차처럼 대대로 관직을 주고 상을 주겠다.'는 진흥왕의 약속을 담고, 그런 내용을 담고 거기에 그렇게 서 있지.10)

〈**신라 적성비**. 충북 단양 적성면에 있다. 진흥왕 때 고구려 땅으로 진출하는 이사부, 비차부, 무력 등의 이름이 적혀 있다. 적성인 출신 아이차가 공을 세워 벼슬을 주었고, 고구려 사람으로서 신라를 도우면 벼슬을 주겠다는 진흥왕의 약속이 들어 있다. 사진은 단양군청에서 보내 주었다.〉

어디를 가도 부닥치는 유적과 설화는 이렇게 현대적 상황과 맞물려 그 시대 우리 선조들의 삶도 또한 인간의 삶이라서 우리와 같은 현실적 삶의 고뇌와 애환을 담고 있을 수밖에 없었을 것이라는 달관적 체념에 이르게 하였다. 민간의, 백성의 역사 인식이 무서움을 깨닫게 한다.

---

10) 이 단락을 써 놓고 며칠 뒤, 『삼국사기』, 권 제45 「열전 제5」 「온달」에서, 온달이 신라에 빼앗긴 땅을 되찾기 위하여 영양왕에게 군사를 내어줄 것을 상주하는 말 속의 '唯新羅割我漢北之地爲郡縣 百姓痛恨 未嘗忘父母之國[신라가 우리 한강 이북의 땅을 나누어 군현으로 만들어서 백성들이 통한하여 아직도 부모의 나라를 잊지 못하고 있습니다.'를 읽고는 간담이 서늘하였다. 내가 무엇에 씌었나? 왜 이러고 있는 것일까?

우리 죽은 뒤 먼 훗날 다시 누가 있어, 운 좋게 향가를 가르치고 「원가」를 가르치게 되어 이 문제에 부닥치게 되면, 또 30년 이상을 생각해야 겨우 지금의 저자가 사고하는 수준에 올까 말까 할 것이다. 그것을 생각하니 그 30여 년의 시간이 너무 아까웠다. 그래서 저자의 사고를 정리하고, 학문 후속 세대들이 이로부터 새로운 생각을 전개하여 저자의 사고의 부족함을 보완하는 것으로 좀 더 쉽게 공부해 나갈 수 있게 하기 위하여 이 책을 쓰기로 하였다.

3. 신충은 피은하지 않았다

신충은 정말로 벼슬을 버리고 남악으로 피세(避世)하였을까? 아니다. 신충은 벼슬을 버린 적도 없고 남악으로 피세한 적도 없다. 그러면 왜 그런 것처럼 가르치고, 배우고 있는가? 그것은 국문학계가 역사 기록, 『삼국사기』와 『삼국유사』의 관련 문장을 잘못 읽었기 때문이다.

태자가 왕이 되기 위하여 신하에게 도움을 청하다니—. 그 태자는 왜 왕이 되지 못할까 두려워하였을까? 이 이야기의 이면에는 신라 중대 정치사의 중요한 비밀들이 숨어 있다. 현재까지 진행된 향가 연구는 이 비밀들을 푸는 데 실패하였다. 그리하여 「원가」라는 의미심장한 노래의 진가(眞價)를 제대로 파악하지 못하고 모두가 논리적이지도, 현실적이지도 않은 논지들을 군맹무상(群盲撫象)하듯이 펼치고 있다.

그리고 한국사 연구 결과들에도 그 당시의 왕실을 둘러 싼 정치적 상황을 제대로 파악한 논저가 없다.[11] 그 결과 태자 승경이 왜 왕위에 오르기 위하여 신충의 도움을 필요로 했는지, 또 즉위 후에 왜 신충을 공신 등급에 넣지 못했는지, 효성왕은 왜 그렇게 불행한 삶을 살았는지, 헌영은 어떻게 형인 효성왕의 태자로 책봉되어 결국 경덕왕으로 즉위하게 되었는지에 대한 제대로 된 답을 아무 데서도 찾을 수 없다.

나아가 왜 경덕왕은 아들을 낳기 위하여 표훈대덕을 상제에게 보내어 여아를 남아로 바꾸어 오게 하는 무리수를 두었는지, 또 그렇게 태어난 혜공왕은 왜 정사를 망쳐 도적이 벌떼처럼 일어나고 결국 김지정의 반란 통에 태후, 왕비와 더불어 고종사촌 형 김양상에게 시해 당하였는지 등에 관한 답이 아무 데도 없다. 그 결과로 태종무열왕의 후손들이 왕위를 이은 통일 신라가 멸망한 것이 눈에 보이는데도 그에 주목하여 논의를 진행한 논저가 없다. 태종무열왕의 자손들이 왕위를 이은 신라 중대 왕실을 둘러싼 온갖 정치적 쟁투와 골육상쟁의 과정, 즉 통일 신라 망국사가 제대로 파악되어 있지 않은 것이다.

이것을 몰라도 될까? 그 속에는 우리의 삶에 도움이 될 만한 역사적 교훈이 들어 있지 않은 것일까? 그럴 리가 없다. 강력했던 통일 왕조가 고구려 멸망 668년부터 치면 112년 만에 멸망했는데 그 멸망의 직접적 원인이 없을 리 없고, 그 멸망의 사연 속에 후세들에게 교훈이 될 만한 인간의 실수가 없을 리 없다. 다만 과거의 연구자들이 그것을 찾아내는 데 실패하였을 뿐이다.

그 실패는 제일 먼저 『삼국유사』 권 제5 「피은 제8」 「신충 괘관」 조의 제목을 잘못 읽은 데서 출발한다. 이 제목 「신충 괘관」은 '신충이 관을 벗어 걸었다. 즉, 신충이 벼슬을 버렸다.'의 뜻이 아니다. 그런데 모

11) 성덕왕의 즉위 과정에 대하여 논의한 조범환(2015)가 비로소 제대로 된 논의를 펼치기 시작하였다. 앞으로 신라 중대 정치사에 대한 이러한 연구가 쏟아질 것이다.

두 이것을 '신충이 벼슬을 버리고 지리산에 은둔하였다.'고 잘못 번역하고, 그 번역에 빠져들어 헤어나지 못하고 그 이후의 모든 역사적 사실들을 잘못 이해하여 옳지 않은 해석을 하고 있다.(양희철(1997:509-10, 531-33)에 그동안의 연구가 요약되어 있다.) 『삼국사기』 권 제9 「신라본기 제9」 「경덕왕」 22년 8월의 기사 (4)가 명백하게 보여 주듯이 '그 해 여름에 기상 이변이 있었고, 상대등 이찬[2등관위명] 신충과 시중 김옹이 그 후 면직되었다.' 이것은 풍우가 순조롭지 않은 것을 최고위직의 두 인물에게 책임을 지워 면직시켰음을 적은 것이다. 경덕왕은 흉흉한 민심을 달래고 정치적 위기를 극복하였을 것이다.

상대등과 시중의 면직 기사에 이어서 '대내마[10등관위명] 이순이 왕의 총신이 되었지만 홀연히 하루아침에 세상을 피하여 산에 들어가 여러 번 불렀으나 나오지 않고 단속사를 짓고 거기 살았다.'는 기사가 나온다. '괘관(掛冠)', 즉 관을 벗어 걸고, 벼슬을 그만 두고 속세를 떠난 사람은 대내마 이순이지 상대등 이찬 신충이 아닌 것이다.

(4) a. 경덕왕 22년[763년], 가을 7월 서울에 큰 바람이 불어 기와가 날리고 나무가 뽑혔다[秋七月 京都大風 飛瓦伐樹].
   b. 8월 복숭아와 오얏이 다시 꽃을 피웠다[八月 桃李再花].
   c. 상대등 신충, 시중 김옹이 면직되었다[上大等信忠侍中金邕免]. 대내마 이순은 왕의 총애하는 신하가 되었으나 홀연히 하루아침에 세상을 피하여 산에 들어가서 여러 차례 불렀으나 나오지 않고 머리를 깎고 중이 되어 왕을 위하여 단속사를 새로 짓고 거처하였다[大奈麻李純爲王寵臣忽一旦避世入山 累徵不就 削髮爲僧爲王創立斷俗寺居之].
      <『삼국사기』 권 제9 「신라본기 제9」 「경덕왕」 22년>

두 이야기를 적은 이 기사를 『삼국유사』 권 제5 「피은 제8」 「신충 괘관」 조는, 앞부분 『삼국사』 인용에서는 하나의 이야기로 합쳐서 '신충이 두 벗[김옹과 이순]과 더불어 벼슬을 버리고 지리산에 피은한 것으로 되어 있다.'고 적고 있고, 뒷부분 『별전』을 인용한 데서는 '피은한 사람이 직장 이준*{『고승전』에는 이순이라고 한다.}*라고 적고 있는데, 어느 것이 옳은지 잘 몰라서 둘 다 실어 둔다.'고 하였다. 그런데 『삼국사기』에는 그런 기록이 없고 (4)처럼 적혀 있는 것이다.

이 노래는 '괘관'이나 '피은'과 관련된 것이 아니다. 이 노래는 공신 등급에 들지 못한 것을 원망하고 태자 승경을 도와 준 것을 후회하며 다시 원래의 파벌로 돌아가려는 정치 공작을 한 노래로 효성왕 즉위[737년 2월] 직후에 지은 노래이다. 상대등 신충이 기상 이변에 대한 정치적 책임을 지고 시중 김옹과 함께 면직된 것은 결코, 깨끗한 선비가 적절한 때에 벼슬을 그만 두고 자연에 은거하여 수신에 전념하는 괘관, 피은이라 할 수 없다. '신충이 괘관하고 경덕왕 22년 8월 이후에 「원가」를 지었다.'는 통설은 틀린 학설이다. 「신충 괘관」을 '신충이 괘관하였다.'고 번역한 것은 모두 틀린 것이다. 국어국문학계로서는 새롭고 올바른 연구 방향을 마련하기 위한 반성이 필요한 일이다.

나아가 이 시의 시대적 배경에 대한 전망을 제공해야 하는 국사학계의 이 시대에 관한 글들은 역사적 사실과는 매우 다른 납득하기 어려운 이야기들로 가득 차 있다. 다른 논저도 다 그렇겠지만 우리 모두가 읽는 대표적인 예 하나만 든다. 이 책 집필을 다 마치고 나서 저자는 국사편찬위원회(1998), 『한국사 9』「통일신라」의 (5)와 같은 기술들을 읽고, 이런 내용들을 읽지 않고 이 책을 쓰기를 참 잘 했다는 생각을 하였다.

(5) a. 聖德王 때에 이르러 신라의 전제정치는 그 극성기를 구가하며
--- 萬波息笛으로서 상징되는 평화를 누리게 되었다.(95면)

b. 효소왕은 6세의 어린 나이로 왕위에 올랐는데, 母后가 섭정하
는 등 스스로에 의한 정상적인 왕위수행은 어려웠을 것으로
생각되기 때문이다.(96면)

c. 김순원은 이제 성덕왕·효성왕의 父子 兩代에 걸쳐서 이중적
인 혼인을 맺은 셈이다. 또한 이때 효성왕의 혼인은 姨母와 혼
인하는 전형적인 族內婚이라고 할 수 있다.(103면)

d. 진골귀족의 이러한 반발은 첫 번째 왕비의 父로 추정되는 永
宗의 세력에 의하여 8월에 일어난 모반사건으로 구체적으로
표현되었다.(103면)

이런 기술들은 제1장 제1절에서 요약하여 보이고, 또 제3장~제7장
에서 저자가 실증적으로 논증하는 대로 역사적 진실과 매우 다른 역사
인식이다. 또 성정왕후의 출궁을 엄정왕후의 출궁(100면)이라 하고, 효
성왕이 소덕왕후의 아들이고 3세에 어린 나이로 태자로 책봉되었다
(101면)고 하는 데에 이르면 그 필집자(筆執者)가 역사 기록을 제대로 읽
었는지 의아한 생각이 든다.

이런 역사 인식은 『삼국사기』를 잘못 읽은 데서 나온 오해이고 『삼
국유사』의 내용을 무시한 데서 나온 무리한 설명이다. 그럴 리야 없겠
지만 역사적 진실을 알고도 이렇게 썼다면 역사 왜곡에 대한 책임을 면
하기 어려울 것이다. 혹시 필집자가 진실을 밝힐 능력이 없어서 이렇게
썼다면 진실이 모두 밝혀진 지금은 올바로 고쳐야 할 것이다. 저자가
이 책에서 주장하는 내용이 틀렸으면 국사학계는 저자의 생각을 수정해
주기 바란다.

제2장
『삼국유사』의 「신충 괘관」

『삼국유사』의 「신충 괘관」

1. 신충은 벼슬을 버리지 않았다

『삼국유사』「신충 괘관」조는 도대체 어떻게 구성되어 있는가? '신충이 벼슬을 버리고 두 벗과 더불어 남악으로 피세하였다.'는 것은 『삼국사기』의 해당 부분, 즉 경덕왕 22년[763년] 8월의 기사를 잘못 읽은 것이다. 전혀 다른 이야기를 적고 있는 두 단락을 나누지 않고 합쳐서 하나의 문장으로 만들어 읽었다.

그러나 이것이 『삼국유사』 자체의 잘못은 아니다. 『삼국유사』는 『삼국사』는 그렇게 되어 있지만 『별기』에는 '괘관한 사람이 이준*{또는 이순}*이라고 한다.'고 명시하고 있다. 그리고 이 서로 다른 기록을 둘 다 실어 두니 깊이 생각해 보라고 당부하고 있다.

신충은 괘관하지 않았고, 763년[경덕왕 22년] 8월 이찬으로서 상대등에서 면직되었다. 더 이상 높은 관직이 없고, 관등도 각간[1등관위명] 바로 아래인 이찬[2등관위명]으로서 최고위 관등이다. 나이 50세에 벼슬을 버리고 조연[산청 부근]의 작은 절을 단속사로 고쳐 지은 이는 대내마 이순이다. 단속사는 신충과 아무 관련이 없다.

『삼국유사』 권 제5 「피은 제8」 「신충 괘관」 조에 대하여 대부분의 논저들은 '신충이 괘관하다.'처럼 설명한다. 아예 그 제목을 '신충이 벼슬을 그만 두다.'로 번역한 책도 있다. 그러나 이러한 설명이나 번역은 완전히 틀린 것이다. 전후 사정을 전혀 고려하지 않고 글자에만 매달려 역사적 사실을 잘못 파악한 것이다.

「신충 괘관」과 「원가」, 이 두 제목처럼 어울리지 않는 이야기는 『삼국유사』에 따로 없다. '신충이 벼슬을 버리고 속세를 피하여 은둔하였다.'는 「신충 괘관」과 '신충이 상을 받지 못하여 왕을 원망하는 노래를 지어 잣나무에 붙였더니 잣나무가 시들었고 왕이 작록을 주자 잣나무가 소생하였다.'는 「원가」는 합리적으로 연결될 수 있는 이야기가 아니다.

'벼슬을 버리고 속세를 피하여 은둔할 사람'이 왜 '상 받지 못한 것을 원망했겠는가?' 상 받지 못한 것은 젊은 시절의 일이고, 속세를 떠난 것은 늙어서의 일이니 그럴 수도 있는 것인가? 그러면 그것은 '될성부른 나무 떡잎부터 알아본다.'는 속담에 어긋난다. 실제로 신충은 젊어서 「원가」를 지은 것도 아니다. 「원가」에 대한 많은 연구 논저들에서 우리는 '신충이 젊은 사람이고, 벼슬하기 전에 태자 승경과 약속하고, 그 약속이 지켜지지 않아 「원가」를 지어 잣나무에 붙이고, 잣나무가 시들고 효성왕이 놀라서 벼슬을 주고, 잣나무가 되살아나고—'와 같이 설명한 글을 볼 수 있다. 그러나 이는 이 노래에 대한 온당한 이해라 할 수 없다.

박노준(1982:140)은 "원가의 산문 기록에는 문자로 표현된 것 이상의 사실이 내재해 있는 듯하다." 하고 효성왕 즉위 시의 정치적 상황을 정밀하게 분석하고 있다. 그 당시의 한국사학계의 연구 결과 가운데 취사선택하여 최대한 수용하면서 진행된 선생의 연구 결과는 현재로서는 이 노래의 창작 배경에 대한 최고의 연구서이다.

그런데 그런 최고의 연구서마저 (1)에서 보듯이 「원가」에 의한 잣나무 황췌 사건으로 신충이 처음 관직에 나간 것으로 보고 있다.

> (1) a. 애당초 왕이 신충을 즉위 즉시로 발탁치 못한 이유는 신충을 반대하는 세력 때문이라고 봄이 어떨까. 이 노래 가사에 의하면 신충이 흔들리는 물결 때문에 왕의 모습을 보지 못함을 한탄하고 있는데, 이로 보면 신충 그도 자기가 관직에 오르지 못하는 원인을 왕의 소홀이나 불찰에다 돌리지 않고 세사의 불여의에 돌리고 있는 인상을 강하게 풍겨 주고 있다(146면).
> b. 신충은 정치적으로 많은 기복을 겪은 인물이다. 처음에 관로에 발을 들여놓을 때도 그러하였고, 후에 경덕왕 말년 관직에서 면직당할 때 또한 반대파에 의해서 물러나게 되었다. 원가는 그러한 인물이 처음 관직에 오르기 위해서 몸부림쳐 본 흔적으로서 의의가 있는 노래로 해석되어야 할 것이다(156면).
> c. 요컨대 이 노래는 조선조의 사림과 선비의 기품을 연상하게 하는 작품이라고 보았다(161면).

저자가 이 책에서 신충을 성덕왕 말년에 이미 고위직에 있는 노회한 노정객으로서 승경[효성왕]과 헌영[경덕왕] 사이에서 변절을 거듭하며 작록을 탐한 인물로 보고, 이 노래는 태자 승경의 즉위를 도운 것을 후회하고 헌영을 지지하는 세력에게로 돌아갈 변절 의사를 내비침으로써 전략적 전환을 꾀한 정략가라고 보는 것과는 정반대의 논지이다. 『삼국사기』권 제9「신라본기 제9」경덕왕 22년[763년] 조의 기록에 따라「신충 괘관」조를 정확하게 읽으면, 그것은 당연하게도 '신충의 작록 탐함과 변절', 그리고 '이순의 벼슬 버림과 피세'로 나뉘어 읽힌다. 신충은 괘관한 적이 없고 '기상 이변'과 관련하여 정치적 책임을 지고 시중 김옹과 함께 면직된 것이다.

나아가『삼국유사』권 제5「피은 제8」「신충 괘관」조의 '공신들을 상 줄 때, 부제(不第)하였다, 작록(爵祿)을 주니 잣나무가 소생하였다.'를 '공신들에게 벼슬을 줄 때, 신충에게는 벼슬을 주지 않았다, 벼슬을 주니 잣나무가 소생하였다'와 같이 읽으면 안 된다. 이 구절들은 '공신들을 상 줄 때 공신 등급에 신충을 넣지 않았다. 공신 등급에 넣어 작을 높여 주고 녹을 올려 주었더니 잣나무가 소생하였다.'로 읽어야 한다.

그렇긴 하지만 그 책에서도 신충이 "왕족 중에서도 이른바 거물급에 속해 있었던 인물임은 분명한데(154면)"로 적어 정치적 비중이 큰 인물임을 인정하고 있다. 그리고 젊을 때의 일인지 나이 든 후의 일인지에 대해서는 말하지 않고 있다. 여기까지는 상당히 타당한 설명을 한 것이다. 그러나 그 책은 "처음 관직에 오르기 위해서 몸부림쳐 본 흔적으로서 의의가 있는 노래로 해석되어야 할 것이다."나 "조선조의 사림과 선비의 기품을 연상하게 하는 작품이다."고 함으로써 갑자기 올바른 궤도에서 일탈해 버렸다.

신충은 노래를 지은 때로부터 2년 뒤인 효성왕 3년[739년] 정월에 이찬[2등관위명]으로서 중시(中侍)에 임명되었다. 그리고 경덕왕 3년[744년] 정월까지 만 5년 동안 중시로 재직하였다. 이찬은 각간(角干) 바로 아래 관등으로서 왕의 아들이나 원로 고위 진골 귀족이 오를 수 있는 관등이다. 중시는 집사부의 장관으로 왕명 출납, 왕의 시위(侍衛) 등을 담당한 관직이다. 현대의 대통령 비서실장 겸 경호실장 격이다.

그리고 신충은 757년[경덕왕 16년]부터 763년[경덕왕 22년]까지 무려 6년 동안 최고위 관직인 상대등으로 재임하였다. 상대등은 귀족회의를 주재하고 의결 사항을 왕에게 아뢰어 실행하게 하는 직책이다. 이 귀족 회의는 한 사람이라도 반대하면 의결되지 않는다는 화백 제도를 채택하고 있어서 강력한 왕권 통제 기능을 하였다.

그가 어느 정도 지위의 인물이고 몇 살 정도의 인물인지 이로써 알 수 있다. 중시가 된 739년에는 50대이고 상대등이 된 757년에는 60대 후반 70대라고 보아야 정상적이다. 737년 봄에 이 노래를 지을 때의 신충이 젊은 선비였다고 설명하는 것은 옳지 않다. 선비라는 보장도 없다. 신라 시대의 '사(士)'는 문사를 가리키는 말만은 아니다. 그 말은 무사(武士)도 포함한다. 오히려 무사를 가리키는 경우가 더 많다. 그러므로 이 노래를 지을 때의 신충은 50대의 노회한 원로 귀족 정객으로 제33대 성덕왕[35년 재위], 제34대 효성왕[5년 재위], 제35대 경덕왕[23년 재위] 시기의 파란만장한 서라벌 정가를 헤쳐나간 처세의 달인이다.

'상 안 준다.'고 왕을 원망하는 사람은 절대로 '늙어서 벼슬을 버리고 은둔하지 않는다.' 조그만 권력이라도 행사해 본 사람은 이를 다 안다. 말 한 마디로 원하는 것이 척척 이루어지는 높은 자리, 생각하는 대로 정하여 남에게 알리고 강제하고 요구할 수 있는 공식적인 권한을 쥐고 있는 자리, 모호한 규정을 해석하거나 없는 규정을 새로 만들어 자신의 입맛에 맞게 실행할 수 있는 자리, 그런 자리에 앉아 본 사람은 그 알량한 권력의 달콤함을 잘 안다. 그것을 쉽게 포기하기가 참 어렵다.

임기가 정해져 있는 자리도 그 정해진 기간이 다 차 가면 얼마나 허전하였던가? 그리고 임기를 마치고 물러난 후에 느끼는 염량세태(炎凉世態)는 얼마나 견디기 어려운 쓸쓸함이었던가? 맹상군(孟嘗君)처럼 다시 권세를 되찾아올 수도 없는 처지에서 한 번 주어진 권력을 내려놓기는 쉽지 않은 일이다. 그런데 그런 자리에 오를 수 있는 모든 기회를 박탈당하는 퇴직이나 면직을 해 보라. 이렇게 자의가 아니게 물러나 야인이 되면 아무 자리나 불러 주면 좇아가야 하는 신세가 된다. 그런 처지가 되는 것, 신충처럼 상대등까지 지내고 기상 이변에 대한 책임을 지고 면직된 것, 늙어서 벼슬 물러나 은퇴하는 것은 누구나 하는 것이고, 그것은 세상을 피한 것도 피하여 숨은 것도 아니다.

왜 이런 오해가 생겼을까? 그것은 「신충 괘관」 조가 두 가지 주제로 이루어져 있기 때문이다. 하나는 효성왕이 즉위한 바로 그 해[737년] 봄에, 앞으로 우대하겠다는 태자 승경의 약속을 믿고 새 왕의 즉위를 도운 신충이 공신 등급을 받지 못하여 왕을 원망하는 「원가」를 지었다는 것이다. 다른 하나는 경덕왕 22년[763년] 8월에 대내마(大奈麻[10등관위명]) 이순(李純)이 나이 지천명(知天命[50세])에 이르러 벼슬을 사직하고 남악으로 숨어들어 속세를 피하였다는 이야기이다. 이 두 이야기는 전혀 별개의 것으로 서로 대조적인 일화(逸話)이다.[1]

---

1) 『삼국유사』에는 이렇게 대조적인 두 일화를 적어 한 쪽의 '안 좋음'과 다른 쪽의 '좋음'이 돋보이게 한 기사가 여럿 있다. 권 제3 「탑상 제4」에 실린 경남 창원의 불모산(佛母山)을 배경으로 하는 「남백월 이성(二聖) 노힐부득 달달박박」, 역시 권 제3 「탑상 제4」에 실린, 고구려 보장왕이 도교를 믿자 보덕이 절을 남쪽으로 옮겨 고구려가 멸망했다는 「보장봉로 보덕이암(寶藏奉老 寶德移庵)」, 「원왕생가(願往生歌)」가 실린 권 제5 「감통(感通) 제6」 「광덕(廣德) 엄장(嚴莊)」 등이 그러하다.

2. '사작록(賜爵祿)'은 '벼슬을 준 것'이 아니다

왜 이런 잘못된 해석이 70여 년 이상 이 땅의 학계를 지배하고 있는 것일까? 그것은 중요 단어의 번역이 잘못 되었기 때문이다. 난무하는 오역을 오역인 줄도 모르고 베끼고 또 베끼어 아무도 원전을 원 뜻에 맞게 번역하지 못하였기 때문이다. 그것을 알기 위해서는 이 「신충 괘 관」조를 정밀하게 분석하여야 한다. (2)~(4)가 「신충 괘관」조의 모두이다. 번역은 필자가 직접 하였다. *{   }*는 세주이다.

(2) a. 효성왕이 잠저 시에 현사 신충과 더불어 궁정의 잣나무 아래
       에서 바둑을 두면서 일찍이 일러 말하기를[孝成王潛邸時 與賢
       士信忠 圍碁於宮庭栢樹下 嘗謂曰], 훗날 만약 경을 잊는다면
       유여백수하리라[他日若忘卿 有如栢樹] 하였다. 신충이 일어나
       서 절하였다[信忠興拜].
    b. 몇 달 뒤에 왕이 즉위하여 공신들에게 상을 줄 때 신충을 잊
       어 버리고 부제하였다[隔數月 王卽位 賞功臣 忘忠而不第之].
       신충이 원망하여 노래를 지어 잣나무에 붙이니 나무가 홀연히
       누렇게 시들었다[忠怨而作歌 帖於栢樹 樹忽黃悴].
    c. 왕이 이상히 여겨 사람을 시켜 알아보게 하였더니 노래를 얻
       어서 바쳤다[王怪使審之 得歌獻之]. 크게 놀라 말하기를[大驚
       曰], 만기[임금 일]를 앙장하느라 거의 각궁을 잊을 뻔하였구
       나[萬機鞅掌 幾忘乎角弓]. 이에 불러서 사작록하였더니 잣나무
       가 되살아났다[乃召之賜爵祿 栢樹乃蘇].
    d. 노래는 말하기를[歌曰],
       質 좋은 잣이[物叱好支栢史]
       가을에 말라 떨어지지 아니 하매[秋察尸不冬爾屋支墮米],

너를 重히 여겨가겠다 하신 것과는 달리[汝於多支行齊教因隱]
낯이 변해 버리신 겨울에여[仰頓隱面矣改衣賜乎隱冬矣也].

달이 그림자 내린 연못 갯[月羅理影支古理因淵之叱]
지나가는 물결에 대한 모래로다[行尸浪 阿叱沙矣以支如支].
모습이야 바라보지만[皃史沙叱望阿乃]
세상 모든 것 여희여 버린 處地여[世理都 之叱逸烏隱第也].
후구는 잃어 버렸다[後句亡].[2]

e. 이로 하여 총애가 양 조정에서 현저하였다[由是寵現於兩朝].

(3) a. 경덕왕*{*왕은 즉 효성왕의 아우이다.*}* 22년 계묘년에 충이
   두 벗과 더불어 서로 약속하여 벼슬을 그만 두고 남악[지리산]
   에 들어갔다[景德王*{*王卽孝成之弟也.*}* 二十二年癸卯 忠與二
   友相約 掛冠入南岳]. 다시 불렀으나 나아오지 않고 머리를 깎
   고 스님이 되어 왕을 위하여 단속사를 창건하고 은거하여 평
   생 골짜기에 살며 대왕의 복을 봉축하기를 원하였다[再徵不就
   落髮爲沙門 爲王創斷俗寺居焉 願終身立壑 以奉福大王]. 왕이
   허락하였다[王許之]. 남은 진영이 금당 뒷벽에 있는데 이 사람
   이다[留眞在金堂後壁是也]. 남쪽에 이름이 속휴인 마을이 있는
   데 지금은 와전되어 소화리라 한다[南有村名俗休 今訛云小花
   里].

   b. *{「삼화상전」에 의하면 신충봉성사가 있는데 이와 더불어 혼
   동된다[按三和尚傳 有信忠奉聖寺 與此相混]. 그러나 그 신문왕
   의 시대는 경덕왕으로부터 백년이나 떨어졌고, 하물며 신문왕*

---

2) 여기서의 「원가」의 해독은 김완진(1980:137-44)을 따랐고 현대 한국어로의 해석도 그
   책대로 하였다. '후구망(後句亡)'은 뒤에 제9행, 제10행이 있었으나 전해 오지 않는다
   는 뜻이다. 이 노래가 원래는 10행 향가인데 지금은 8행만 전해 온다는 말이다. 그런
   데 이 후구망은 좀 깊이 생각해야 할 필요가 있다. 지금 남은 맨 뒤의 두 행은 제9행과
   제10행이다. 망실된 두 개의 행은 그 앞에서 찾아져야 할 것으로 보인다. 해독에 관한
   모든 문제와 시의 형식에 관해서는 제8장에서 논의한다.

과 _그 신충의 일은 전생의 일이니, 즉 이 신충이 아님이 분명하다_{然計其神文之世 距景德已百餘年 況神文與信忠 乃宿世之事 則非此信忠明矣. _마땅히 상세히 살펴라_{宜詳之}.}*

(4) a. 『별기』에 말하기를[又別記云], 경덕왕 때에 직장 이준*{『고승전』에는 이순이라 함}*이 있어 일찍이 발원하기를 나이가 지천명에 이르면 꼭 출가하여 절을 짓겠다고 하였다[景德王代有直長李俊*{高僧傳作李純}* 早曾發願 年至知命 須出家創佛寺]. 천보 7년 무자년에 나이가 쉰에 이르자 조연의 작은 절을 큰 절로 새로 지어 단속사라 이름 짓고 몸은 역시 머리를 깎고 법명을 공굉장로라 하고 20년 동안 절에서 살다가 죽었다[天寶 七年戊子 年登五十矣 改創 槽淵 小寺 爲大刹 名斷俗寺 身亦削髮 法名孔宏長老 住寺二十年乃卒].

b. 앞의 『삼국사』에 실린 내용과 같지 않아 두 가지 다 적어두니 궐의하기 바란다[與前三國史所載不同 兩存之闕疑].

c. 찬양하여 말하기를[讚曰], 공명은 못 이루었는데 귀밑털 먼저 세고[功名未已鬢先霜] 임금 은총 비록 많으나 한평생 바쁘도다[君寵雖多百歲忙] 저편 언덕 산 자주 꿈 속 들어오니[隔岸有山頻入夢] 가서 향불 피워 우리 임금 복 빌리라[逝將香火祝吾皇]. <『삼국유사』 권 제5 「피은 제8」 「신충 괘관」>

(2)는 「원가」의 창작 배경 기사로서, (2a)의 효성왕의 신충에 대한 유여백수(有如栢樹)한 맹약, (2b) 효성왕 즉위 후 공신들을 상 줄 때 부제(不第)함과 「원가」를 창작하여 그 잣나무 붙였더니 잣나무가 누렇게 시듦[黃悴], (2c) 작록 하사와 잣나무의 다시 살아남[蘇生], (2d) 「원가」의 가사, (2e) 효성왕, 경덕왕 양조에 총애를 입음으로 이루어져 있다.

이 기사에는 번역하고 해석하기 까다로운 말들이 많이 있다. 그런데 그 말들은 모두 이 기사의 핵심어들이다. 이 핵심어들에 대한 번역과 해석이 잘못됨으로써 이 노래의 해석이 올바른 길로 들어서지 못하였다. 차례로 중요 어휘들에 대하여 설명하기로 한다.

신라 제34대 효성왕은, 『삼국사기』 권 제9 「신라본기 제9」의 「효성왕」 즉위년의 기사에는 휘가 승경으로 제33대 성덕왕의 제2자이고 어머니는 소덕왕후라고 기록되어 있다. 그러나 효성왕이 소덕왕후의 아들이라는 것과 성덕왕의 제2자라는 것은 숙고의 대상이 된다. 그의 생모는 소덕왕후가 아니고 엄정왕후이다. 소덕왕후는 법적인 어머니이다. 제2자는 살아 있는 아들만 헤아린 것으로 모든 아들을 헤아리는 차자(次子)와는 구분된다. 재위는 737년에서 742년까지 5년 동안이다. 제31대 신문왕의 손자이고 제30대 문무왕의 증손자이다. '잠저 시'는 '왕이 되기 전'이다. 즉 '태자 시절에'라는 뜻이다.

'현사'는 '어진 선비'로 번역하여 관직에 나가지 않은 선비로 보는 경향이 있다. 그러나 신라 시대의 사(士)는 무사도 포함하는 개념이다. '어진 (고위) 인사'의 뜻이다. 신충이 효성왕과 궁정(宮庭)의 잣나무 아래에서 바둑 둘 때 벼슬이 없었다고 보는 것은 틀린 것이다. 그는 아마도 무사 출신의 고관일 것이다. 신충은 바둑 둔 지로부터 2년 후인 739년[효성왕 즉위 3년] 정월에 이찬으로서 중시가 되어 744년[경덕왕 3년] 정월까지 만 5년 동안 중시 직에 있었고, 757년[경덕왕 16년] 정월에 상대등이 되어 763년[경덕왕 22년] 8월까지 6년 8개월을 상대등 직에 있었다. 그런 사람을 736년[성덕왕 35년] 가을 태자 승경과 바둑 둘 때 초야에 있는 글 읽는 선비로 본 것이 이 노래에 대한 해석에 결정적 장애가 되었다.[3] 신충은 736년 가을 소판 정도의 관등으로 병부령[현재의 국방장

괜 정도의 높은 관직에 있었을 것이고, 왕위 계승의 향방을 결정지을
만한 위치에 있었던 것으로 보인다.

「신충 괘관」에서 '태자 승경과 신충이 잣나무를 두고[有如栢樹] 맹약
한 일'은 성덕왕이 승하하기 몇 달 전에 일어났다. 언제쯤일까? 『삼국사
기』의 권 제8 「신라본기 제8」, 「성덕왕」 조는 (5)처럼 끝난다. 성덕왕은
737년 2월에 승하하였다. 그 일은 737년 성덕왕 승하 몇 개월 전 일이
다. 그렇다면 736년 가을부터 겨울 사이쯤의 일이다. 가을에도 시들지
않는 푸른 잣나무를 직접 보면서 약속한 것이다. 까다롭고 전거(典據)가
있는 말인 '有如(유여)'에 대해서는 절을 달리 하여 살펴보기로 한다.

> (5) (성덕왕) 36년[737년] 봄 2월, 사찬 김포질을 당에 파견하여 하정
>   하고 또 *{旦은 且의 잘못이다.}* 토산물을 바쳤다[三十六年 春
>   二月 遣沙湌金抱質入唐賀正 旦*{旦恐且之訛}*獻方物. 왕이 승하
>   하였다[王薨]. 시호를 성덕이라 하였다[諡曰聖德]. 이거사의 남쪽
>   에 장사 지내었다[葬移車寺南]. <『삼국사기』 권 제8 「신라본기
>   제8」 「성덕왕」>

(2b)에는 '不第(부제)'가 있고 '樹忽黃悴(수홀황췌)'가 있다. '공신에게
상을 줄 때 부제(不第)하였다.'에서 '부제'라는 말은 '급제하지 못했다.

---

3) 이에는 '현사(賢士)'를 '어진 선비'로 번역하고 마치 조선 시대의 글 공부만 한 문사, 즉
무사와 대립되는 선비로 본 현대적 편견이 작용한 것으로 보인다. 문무 양반 제도가
확립된 것은 고려 시대에 와서의 일이다. 신라 시대의 '士(사)'의 개념을 정립해야 한
다. 『삼국유사』 권 제2 「기이 제2」, 「효소왕대 죽지랑」 조에는 '죽지랑의 사를 중시하
는 풍미를 아름다이 여기고[美郎之重士風味]'라는 절이 나온다. 여기서의 士(사)는 득오
를 가리키는 말이다. 득오가 문사였겠는가, 무사였겠는가? 그는 '죽만랑지도(竹曼郎之
徒)'에 속한 낭도(郎徒)였다. 무사다. 『삼국사기』, 『삼국유사』의 '사'는 문사보다는 무사
를 가리키는 경우가 더 많다.

등급에 들지 못했다. 공신록에 이름이 오르지 않았다.'는 말이다. 이 말은 '등급에 들지 못했다, 상을 받지 못했다'는 뜻이다. 공신록에 이름이 들지 않았다는 말이다.

이 '부제(不第)'를 모든 연구자가 '벼슬을 주지 않았다'로 번역하였다. 그러면 신충은 잣나무 아래서 태자 승경과 바둑 둘 때 벼슬이 없었고「원가」를 지을 때도 벼슬이 없었다는 말이 된다. 그래서 벼슬 없는 사람에게 벼슬을 주지 않았다는 말이 된다. 이것은 조금만 생각해 보면 상식에 어긋난다는 것을 알 수 있다.

태자가 즉위할 때 공을 세운 사람들은 현직 고위 신하들이다. '공신들을 상 준다.'고 하였지 않은가? 부왕 성덕왕이 승하하여 태자 승경이 정상적으로 즉위하는 데에 공을 세운 사람들은, 장례식도 하고, 귀족 회의도 열어 다음 왕을 결정하고, 즉위식도 하고 등등 수많은 일을 한 고위 신하들이다. 그 고위 신하들 가운데 일정한 숫자를 1등 공신, 2등 공신, 3등 공신 등으로 나누어 적절히 작을 높여 주고 녹을 올려 주는 것이 '공신들을 상 준다.'는 말이다. '부제하였다'는 말은 바로 그 공신의 등급에 들지 못했다는 말이다. 신충은 태자의 즉위를 도울 만한 고위 관등의 인사로 핵심 관직을 맡고 있었을 것이다.

만약 태자가 아닌 사람이 벼슬 없는 불한당들을 몰고 와서 쿠데타를 일으켜 왕을 죽이고 자신이 자립하여 왕이 되고 나서 공신들을 상 준다고 하면 그때는 벼슬 없는 산적 같은 자들에게 '벼슬을 주었다.'고 할 수 있다. 그러나 이 상황은 그런 왕조 교체의 혼란기가 아니지 않은가? 724년[성덕왕 23년] 봄에 정상적으로 책봉된 태자가 13년 뒤 부왕이 승하하자 737년[성덕왕 36년] 2월 정상적이고 정해진 절차에 따라 왕위에 오르는 것이다. 무슨 벼슬 없는 백면서생이 공을 세운다는 말인가? 있을 수 없는 일이다. 신충을 벼슬 없는 젊은 선비일 것으로 보는 것은 적절하지 않다. 신충이 벼슬 없는 선비라고 보고 '부제'를 '벼슬을 주지 않았다.'로 번역하여 진행된 논의는 상식을 벗어난 논의이다.

또 대부분의 논저들은, 이렇게 '벼슬 받지 못하고 무관으로 있던' 신충이, 효성왕 3년[739년] 정월에 '이찬 신충을 중시로 삼았다.'는 기사에서 첫 벼슬길에 나간 것처럼 해석하였다.[4] 이로써 이 노래는 원 의미와는 달리 걷잡을 수 없는 나락으로 굴러 떨어졌다. 그러니까 국문학계에서 통용되는 '효성왕이 약속을 잊고 신충에게 벼슬을 주지 않았다. 그것을 원망한 신충이 「원가」를 지어 잣나무에 붙였다.'는 논의는 '부제'를 잘못 번역함으로써 이 노래의 진짜 의미를 알 수 없게 만들어 버린 범죄 행위에 가까운 것이다.

왜 그러한가? 이찬(伊湌)은 신라 17관등 중 2등관위명이다. 각간(角干) 바로 아래이다. 첫 벼슬길에 나가는 자가 받을 수 있는 관등이 아니다. 왕자급, 아니면 진골 고위 인사나 가질 수 있는 爵(작)이다. 집사부의 중시는 오늘날의 대통령 비서실장 겸 경호실장에 해당하는 왕의 최측근 기밀 명령 출납을 맡던 관직이다. 효성왕은 즉위 3년[739년] 정월에 이찬 신충을 중시로 삼고, 이어서 2월에 왕자 헌영[나중의 경덕왕]을 파진

---

4) 양희철(1997:513)은 739년에 중시 의충이 죽자 신충이 중시가 되는 것이, 신충이 첫 관직을 받은 것은 아니라고 정확하게 해석하고 있다. 이것이 효성왕이 '잣나무 황췌 사건' 후에 신충에게 첫 관직을 준 것처럼 해석했던 그 앞의 연구자들보다는 훨씬 나아간 점이다. 그것은 옳다. 그러나 그도, 신충이 태자 승경과 바둑을 둘 때에는, 그리고 신충이 「원가」를 지을 때에는 그에게 벼슬이 없었다고 본다는 점에서는 아무런 차이가 없다. 「원가」를 지은 후에 중시가 아닌 어떤 관직을 받은 것으로 보고 있다. 그것은 틀린 것이다. 저자의 주장은, 신충은 그 전인 성덕왕 때부터 파진찬, 소판 정도를 거치고 이 시기에 이찬이 되는 관등의 사람이라는 것이다.

찬(波珍湌[4등관위명])으로 봉한다. 왕자도 처음에는 4등관위인 파진찬밖에 안 된다. 문무왕도 즉위 시의 기록에 보면, 태종무열왕이 즉위하여 파진찬으로서 병부령을 맡은 것으로 기록되어 있다.[5] 4등관위인 파진찬이 그 정도이다. 김유신의 아들 삼광도 파진찬이다.

어찌 이찬 신충이 736년 가을에 백면서생이었겠는가? 백면서생에게 무슨 권한과 권력과 세력이 있어 태자가 '잣나무를 두고 맹서하며' 도와주기를 간청했겠는가? 739년[효성왕 3년] 3월에 효성왕은 이찬 순원의 딸[이것이 이상하다. 손녀라야 정상적이다. 후술한다.]인 혜명왕비와 재혼하고, 5월에 파진찬 헌영을 태자로 봉하였다. 이 헌영이 742년 즉위하여 경덕왕이 되었다. 경덕왕은 즉위 16년[757년] 정월에 이찬 신충을 상대등으로 삼는다. 상대등은 귀족회의 의장이다. 이 회의는 전원 찬성의 화백제도를 채택하고 있어 한 사람만 반대하여도 의안이 통과되지 않았다. 강력한 왕권 견제 기능을 가진 것이다. 상대등은 60대 이상은 되었을 원로가 맡는 것으로 보이는 최고위 관직이다.[6] 어찌된 것인가? 이런 사람을 무관의 선비나 처음 관직에 나가기 위하여 몸부림치는 사

---

5) 『삼국사기』 권 제6 「신라본기 제6」, 「문무왕」, 즉위 시의 기록에 '太宗元年以波珍湌爲兵部令[태종 원년[654년]에 파진찬으로서 병부령이 되었다.'고 기록되어 있다. 그리고 655년 2월에 태자로 봉해졌다.

6) 대부분의 상대등은 이찬이나 각간 급이었다. 그런데 720년[성덕왕 19년] 상대등 인품(仁品)이 죽어 그 후임으로 아주 특이하게 대아찬(大阿湌) 배부(裵賦)가 상대등이 되었다. 대아찬은 5등관위명이다. 이로 보면 배부는 6부의 하나인 한지부 출신의 귀족으로 상대등을 맡을 정도의 위치이지만 관위는 파진찬으로 올라가지 못하는 한계를 가진 것으로 보인다. 727년에 배부가 노쇠하여 사직을 원했으나 허락하지 않고 궤장을 내린 것으로 보아 그는 매우 나이가 많았음을 알 수 있다. 728년 상대등 배부가 노쇠로 사직을 청하므로 허락하고 이찬 사공(思恭)을 상대등으로 삼았다. 732년에는 각간 사공, 이찬 정종, 윤충, 사인이 장군이 되었다. 상대등이 장군을 겸하는 것이다. 그리고 효성왕 즉위하여 737년 3월에 이찬 정종을 상대등으로 삼았다. 이로 보면 737년 2월 성덕왕 승하 시에 귀족 회의를 주재하여 태자 승경을 즉위시킨 상대등은 사공이라고 보아야 한다. 신충은 이 회의의 구성원이었을 가능성이 매우 크다.

람으로 이해해서야 어찌 앞뒤가 맞다고 할 수 있겠는가?

'부제'는 '합격하지 못함'이고, '제(第)'는 '집, 차례, 순서, 등급, 과거, 급제. 시험에 합격함'의 뜻이다. 저자가 확인한 사전에는 아무 데에도 '부제'를 '벼슬을 주지 않음'이라고 뜻풀이 한 것이 없다. 이 '부제'라는 말은 '공신들을 상 줄 때 그 등급에 들지 못했다는 뜻'이다. 신충은 이미 높을 대로 높은 이찬에 가까운 고위 관등(소판[3등관위명] 정도)로 핵심 관직을 맡고 있었을 것이다. 그 관직은 왕위 계승을 좌우할 수 있는 병부령 정도의 직책이라야 어울린다. 그러니까 태자가 특별히 불러서 '내가 즉위하여도 그대는 아버지 때와 마찬가지로 그대로 그 자리에 있다가 더 높은 자리로 승진될 것이니 걱정 말고, 원로 귀족 회의에서 나를 지지하여 아우를 지지하는 세력을 설득하여 눌러 달라.'고 '유여백수' 하면서 맹서하여 약속한 것이다. 이것이 태자 승경이 신충에게 '약속한 내용'이다.

그러면 그 약속이 지켜졌는가? (2c)에는 '만기를 앙장하느라고 거의 각궁을 잊을 뻔하였구나[萬機鞅掌 幾忘乎角弓]!' 하는 말이 나온다. '임금의 많은 일을 관장하느라고'야 어떻게 이해하든 틀리지는 않는다. 그러나 '각궁(角弓[뿔 활])'은 그렇게 넘길 일이 아니다. 대부분의 번역서가 뒷 문장을 '공신을 잊을 뻔하였구나!'로 안일하게 번역하고 이 '각궁'이 '신충'을 가리키는 것으로 해석하고 넘어갔다. 어찌하여 '각궁'이 '공신'인가? '뿔 활'이 어떻게 하여 공신이 되는가? 조금도 생각해 보지 않고 선행 번역서들의 오류를 베끼고 또 베끼어 그대로 답습한 번역이다.[7]

7) 이병도(1975:417)에서는 '角弓(각궁)'을 번역하지 않고 그대로 두고, 주를 붙이기를 "『시경』 「소아」의 편명인데 주의 유왕이 구족을 멀리 하고 간사한 신하를 좋아하므로 골육이 서로 원망하여 이 시를 지었다고 함. 여기서는 '공신'이라는 뜻."이라 하였다. 이 번

저자가 보기에는 이 '각궁'이, 이 시 「원가」를 이해하는 데에 핵심 단어이다. 이것이 효성왕과 경덕왕의 관계, 그리고 태자 승경과 신충의 맹약을 이해하는 데에 키 워드인 것이다. 충성과 배신과 변절과 눈치 보기라는 왕과 신하 사이의 모든 관계가 이 단어 '각궁' 속에 들어 있다. 이 '각궁'에 대해서도 절을 달리 하여 살펴보기로 한다.

'帖於栢樹 樹忽黃悴(첩어백수 수홀황췌)'는 '잣나무에 붙였더니 나무가 홀연히 누렇게 시들었다.'로 번역된다. 이는 '栢樹乃蘇(백수내소)[잣나무가 이에 다시 살아났다.]'와 관련하여 이해된다. 이는 논리 전개상 다음 절에서 논의하기로 한다.

그 다음에 '잣나무 황췌' 사건 후에 '작록을 하사하니 잣나무가 다시 살아났다'의 '작록 하사'는 새로 처음 벼슬을 주었다는 말이 아니다. 이미 벼슬하고 있는 사람에게 이미 있는 '작위'에 작위를 더 올려 주고[예컨대 소판을 이찬으로 올림], 이미 받고 있는 '녹'에 더 많은 녹을 얹어

역과 주석은 정확한 것이다. 다만 '각궁'에 대한 설명이 좀 더 필요하다. 효성왕과 경덕왕 사이에 왕위 계승 경쟁이 있었을 것이라는 설명이 붙었으면 더 좋았을 것이다. 그런데 그 뒤의 번역서들이 아예 '각궁을 거의 잊을 뻔하였다.'를 '공신을 거의 잊을 뻔하였다.'로 번역함으로써 사태는 악화되기 시작하였다. 그 최악의 예를 김원중(2002 : 557-58)에서 볼 수 있다. 이 번역서는 '角弓'을 '가깝게 지내던 사람'이라 번역하고, ≪시경≫ <소아>의 편명. 주 나라 유왕은 간사하고 아첨을 일삼는 신하들을 가까이 하고 골육지친을 멀리하였다. 이로 말미암아 생긴 혈육 간의 불신과 원망을 이 시에 적고 있다.'로 주석하였다. '각궁'이 어떻게 하여 '가깝게 지내던 사람'이라는 뜻을 가지는가? '뿔 활'이 어떻게 '가깝게 지내던 사람'이 되는가? 어느 사전에 그렇게 뜻풀이 되어 있는가? 이런 번역서를 보고 자라고 연구할 한문 모르는 후손들이 '각궁'의 진정한 뜻을 어떻게 알 수 있겠는가? 『시경』을 달달 외고 있어야 할 중국 문화를 공부하는 사람이 번역한 책이 이 정도이니 다른 책은 일러 무엇 하겠는가? 효성왕의 이 말은 「각궁」의 시가 주는 교훈을 잊고 있었다는 말이다. 형제 사이에 싸우느라고, 아우 헌영을 지지하는 순원 측이 강경하게 반대하여 '신충을 공신 등급에 넣어 작과 녹을 올려 주는 일을 실행하지 못했다.'는 말이다. 이런 의미가 '가깝게 지내던 사람을 잊을 뻔하였다.'라는 번역에서 어떻게 간취되겠는가? 오히려 눈가리개가 되어 진실을 보지 못하게 방해만 할 뿐이다.

주었다는 말이다. 신충은 승경과 바둑 둘 때 이미 높은 관작이 있고 봉록을 받는 처지이다. 그러므로 '부제(不第)'를 '벼슬을 안 준 것'처럼 번역하거나 해석하고, 이 '사작록(賜爵祿)'을 '벼슬을 주었다'고 번역하거나 해석한 것은 모두 틀렸다.[8] '사작록(賜爵祿)'은 '작위와 봉록을 주었다.'로 번역해야 한다. '작'은 '벼슬 작'이고 '녹'은 '봉록'이다. 그러므로 이미 있는 작은 한 등급 올리고 봉록을 더 올려 주었다는 말이다. 그리고 그 오역으로부터 이 노래 「원가」에 대한 오해가 시작되었다.

(3a)는 '경덕왕 22년[763년]에 신충이 두 벗과 함께 벼슬을 그만 두고 남악[지리산]에 들어가 단속사를 지었다.'는 것이다. 그의 '진영'이 (단속사의) 금당 뒷벽에 있고, 남쪽 마을 이름이 속휴리였다고 한다.[9] 이 기사가 문제의 기사이다. 이 기사는 무조건 틀린 기사이다. 그런데 그 틀린 책임이 『삼국유사』에 있다 하기가 어렵다. 얼핏 보면 일연선사가

---

8) 이 '사작록(賜爵祿)'도 이미 갖고 있는 작보다 높은 작을 주고 이미 받고 있는 녹을 더 올려 주었다는 뜻이지 '벼슬을 주었다.'는 뜻이 아니다. 한문 구절 하나를 잘못 번역하면 어떤 결과에 이르는지 이 노래는 뼈저린 교훈을 준다. 글자 하나 잘못 읽어 '원자'와 '왕자'를 구분하지 못하고, 687년 2월에 출생한 '신문왕의 원자'가 691년 3월 1일에 태자로 봉해진 '왕자 이홍'과 동일인이어서 효소왕이 6살에 즉위하여 16살에 승하하였으므로 효소왕이 692년 16살에 즉위하여 702년 26살에 승하하였다고 한 『삼국유사』권 제3 「탑상 제4」「대산 오만 진신」을 믿지 않고, 나아가 『삼국유사』의 기사들을 믿지 않은 결과 신라 중대, 통일 신라라는 그 중요한 역사적 고비를 엉망진창으로 만들어 버린 연구 결과가 이를 가장 잘 보여 주는 사례라 할 것이다. 한국학을 전공하는 연구자들에게 한자, 한문 공부를 다시 시켜야 한다고 해도 과언이 아니다.

9) 단속사에 있었다는 진영, 이 그림이 누구를 그린 그림인지를 밝히면 이 문제는 결판난다. 신충을 그린 것일까? 이순을 그린 것일까? 현재까지 국문학계에서 통용된 학설대로 신충이 단속사를 지었다면 신충을 그린 그림일 것이다. 그러나 이 책의 주장대로 신충은 괘관하지도, 지리산에 은둔하지도 않았다면 그 그림은 대내마 이순을 그린 것이다. 저자는 그 그림이 신충을 그린 것이 아니라 이순의 진영일 것으로 생각한다. 성호경 교수의 제보에 의하면 이륙의 문집 『청파집』에는 단속사에 대한 기록이 있는데, 그 기록에는 그 절에 솔거가 그린 면류관을 쓴 두 왕, 효성왕과 경덕왕의 그림이 있고, 이순의 진영이 있다고 적혀 있었다고 한다. 『삼국유사』가 말하는 진영은 신충의 진영이 아니라 이순의 진영인 것이다.

『삼국사기』를 잘못 읽은 것 같지만 그래도 『별기』의 내용과 달라서 둘 다 실어 둔다고 하였으니 전적으로 일연선사의 책임이라 할 수 없다. 책임은 『삼국사기』와 『별기』의 차이를 꼼꼼히 따져 보고 역사적 사실에 따라 어느 것이 옳은 것인지 판정했어야 할 현대 한국의 연구자들에게 있다. 그들은 그 일을 하지 않은 것이다.

(3b)는 신충봉성사에 대한 기록이 있는데 이 신충은 경덕왕보다 100년쯤 더 전인 신문왕 때, 그것도 신문왕의 전생의 일이므로 이 신충과 그 신충은 동명이인이 분명하다는 것이다. 옳은 말이다. 신충봉성사에 대한 기록은 『삼국유사』 권 제5 「신주 제6」 「혜통항룡」 조에도 있는데 요약하면 (6)과 같다.

> (6) a. 처음에 신문왕이 등창이 났다[初神文王發疽背]. 혜통에게 방문해 주기를 청하였다[請候於通]. 혜통이 이르러 주문을 외니 일어나 움직였다[通至 呪之立活].
>
> b. 이에 말하기를[乃曰], 폐하께서 전생에 재상의 몸이 되어 잘못 재판하여 착한 사람인 신충을 노예로 만들었습니다[陛下曩昔 爲宰官身 誤決臧人信忠爲隸]. 신충이 원한이 있어 생생이 보복을 하고 있습니다[信忠有怨 生生作報]. 지금의 나쁜 등창도 또한 신충의 소행입니다[今玆惡疽亦信忠所]. 마땅히 신충을 위하여 가람을 창건하여 명복을 빌어 써 이를 풀어야 할 것입니다[宜爲忠創伽藍 奉冥祐以解之].
>
> c. 왕이 깊이 그러하다고 여겨 절을 창건하고 신충봉성사라고 이름 지었다[王深然之創寺 號信忠奉聖寺].
>
> d. 절이 이루어지자 하늘에서 노래가 있어 말하기를[寺成 空中唱云], 왕이 절을 창건하니 고통에서 벗어나서 하늘에 태어나 원

한이 이미 풀렸도다 하였다*{혹 다른 책은 이 일을 「진표전」
에 싣고 있으나 이것은 틀린 것이다}*[因王創寺 脫苦生天 怨
已解矣*[或本載此事於眞表傳中 誤]*]. 그로 말미암아 그 노래
들린 땅에 절원당을 지었다[因其唱地 置折怨堂]. 절원당과 신
충봉성사는 지금도 있다[堂與寺今有].

<『삼국유사』 권 제5 「신주 6」 「혜통항룡」>

　(6)의 기록은 섣불리 말하기 어렵지만 신문왕에 대한 그 시대의 평가
가 어떠했는지를 간접적으로 말해 준다고 할 수 있다. 물론 전생의 일
이라는 방패막이를 설치하고 있지만 신문왕이 전생에 재판을 잘못하여
애매한 신충을 벌주어 노예로 만들었다는 것이다. 신문왕은 전생에 좋
지 않은 재상이었던 것이다. 그런 사람이 이승에 와서 다시 '김흠돌의
모반'으로 수많은 아버지의 신하들을 주살하였다.10) 그에 대한 평가가
신라 시대에도 안 좋았음을 보여 주는 것이, 전생에 범한 잘못까지 끌
어다 대어 비판하고 있는 이 기록이다. 『삼국유사』가 얼마나 무서운 책
인지를 여실히 보여 준다 할 것이다. 그런데 어찌하여 신문왕은 현대
한국의 국사학계에서는 삼국 통일 후 중앙집권적 왕권을 강화하고 성덕
왕의 치세를 마련한 좋은 왕으로 평가되고 있을까? 감은사는 부왕 문무
왕의 은혜에 보답하기 위하여 지은 절이라고 한다. 아니다. 감은사는 문
무왕이 호국 사찰로 짓다가 미완성으로 둔 것을 신문왕 때에 완성했을

---

10) 신문왕 즉위년[681년] 8월의 '김흠돌의 모반'에 대한 자세한 분석은 서정목(2014a)를
　참고하기 바란다. 특히 정명태자와 김흠운의 딸[훗날의 신목왕후] 사이에 혼외자로
　태어난 이홍[효소왕], 보천, 효명[성덕왕]의 세 아들의 존재가 이 모반의 직접적 원인
　이었음을 밝힌 것은 그 책에만 있다. 16년이나 태자비로 있다가 금방 왕비가 된 무
　자한 딸을 둔 친정아버지가 일으킨 모반이다. 이것을 말하지 않는 신라 중대 정치사
　는 모두 틀린 것이다. 그런데 이것을 밝힌 논저가 하나도 없다.

따름이다. 그는 결코 좋은 왕이 아니다.

(4a)는 『별기』라는 기록에, 천보 7년[경덕왕 7년[748년]]에[11] 직장 이준*{또는 이순}*이 나이 50에 이르러 벼슬을 그만 두고 단속사를 짓고 20년 동안 살다가 죽었다는 기록이 있다는 것이다. 앞에 보인 『삼국사』에 있는 (3a)와 「별기」의 (4a)가 서로 다른 것이다. (3a)는 '신충이 두 벗과 더불어 괘관하고 단속사를 지었다.'는 내용이고, (4a)는 '직장 이준{혹은 이순}이 조연[경남 산청의 단속사 터 근방]의 작은 절을 단속사로 크게 고쳐 짓고 피은하였다.'는 내용이니 다른 것은 틀림없다.[12]

일연선사 자신은 이 문제에 대하여 (4b)처럼 적었다. '괘관'과 관련된 이야기가 앞에 적은 『삼국사』 소재의 (3a)와 뒤에 적은 「별기」의 (4a)가 서로 달라서 둘 다 적어 두니 '闕疑'하라는 말이다. '闕'이 무엇 뜻일까? 이 말의 뜻은 '숙이다(稽: 상고하다, 헤아리다), 파다(掘), 짧다(短), 빠지다, 대명사 그(其), 돌궐족 궐(闕)'이다. 이 '의문을 궐하다'는 어떻게 번역해야 하는가? 필자는 '의문을 헤아리다'나 '의문을 파다' 정도로 이해한다.[13] 왜 이렇게 서로 다른 두 기록이 남았는지 고개를 기울이고 헤아

---

11) 천보(天寶)는 당 현종의 세 번째 연호이다. 현종이 즉위하던 712년 9월 8일에 그의 아버지 예종은 선천(先天)이라는 연호를 지었다. 현종은 이듬해인 713년 연호를 개원(開元)으로 바꾸었다. 그리고 다시 741년에 천보로 바꾸었다.

12) 이 단속사는 원래 금계사(錦溪寺)였다고 한다. 수많은 신도에 몸살을 앓던 지주가 금강산 유점사에서 온 도승에게 신도를 줄일 수 있는 방법을 묻자 그 도승은 절 이름을 단속사(斷俗寺)로 바꾸라고 했다 한다. 이에 그렇게 하니 그때부터 속세의 신도들이 발길을 끊고 절은 불에 타 망하였다고 한다.

13) 이병도(1975:417)에서 '의심을 덜고자 한다.'고 한 이래 김원중(2002:559) '의심나는 점을 없애고자 한다.' 등으로 '의문을 덜다'로 번역한 책들이 많다. 적절하지 않은 번역이다. '두 가지 기록을 다 실어 두었으니 의문을 덜기 바란다.'는 논리상 맞지 않다. 두 가지 다 실어 두면 후세에 의문만 가중시킬 뿐이다. 일연선사가 두 기록을 다 둘 때는 어느 쪽이 옳은지 판단하지 않고 후세의 독자들에게 판단을 맡긴다는 의미이다. '궐의'는 '의심나는 점을 깊이 생각해 보라.'는 뜻이다.

려 보라는 말이다.

의문을 헤아리는 길은 무엇일까?『삼국사기』를 보는 길밖에 없다.『삼국사기』권 제9「경덕왕」22년 조에는 (7)과 같은 기록이 있다.

(7) a. 경덕왕 22년[763년], 여름 4월 사신을 당 나라에 보내어 조공하였다[二十二年 夏四月 遣使入唐朝貢].

 b. 가을 7월 서울에 큰 바람이 불어 기와를 날리고 나무를 뽑았다[秋七月 京都大風飛瓦伐樹].

 c. 8월 복숭아와 오얏이 다시 꽃이 피었다[八月 桃李再花].

 d. 上大等信忠侍中金邕免大奈痲李純爲王寵臣忽一旦避世入山累徵不就剃髮爲僧爲王創立斷俗寺居之.

 e. 후에 왕이 음악을 즐긴다는 말을 듣고 즉시 궁문에 와서 간하여 아뢰기를[後聞王好樂 卽詣宮門 諫奏曰], 신이 듣기에 옛적에 걸과 주가 주색에 빠져서 음탕한 음악이 그치지 않고 이로 인하여 정사가 무시되고 늦어져서 드디어는 나라가 패멸하였다 합니다[臣聞 昔者桀紂 荒于酒色 淫樂不止 由是 政事浚遲 國家敗滅]. 앞에 있는 수레 자국을 밟으며 뒷 수레는 마땅히 경계해야 합니다[履轍在前 後車宣戒]. 엎드려 바라건대 대왕께서는 과오를 고치고 스스로 새로워지서 영원한 국가의 수명을 누리게 하소서[伏望 大王改過自新 以永國壽]. 왕이 그 말을 듣고 감탄하여 곧 음악을 좋아하는 것을 그치고 그를 정실로 이끌어 왕도의 묘리와 세상을 다스리는 방책을 설하는 것을 듣기를 며칠 동안 하였다[王聞之感歎 爲之停樂 便引之正室 聞說道妙 以及理世之方 數日乃]. <『삼국사기』권 제9「신라본기제9」「경덕왕」>

(7d)는 한문 원문만 제시하였다. 문장도 구분하여 끊지 않고 원전 그대로 붙여 적었다. 어떻게 끊어 읽어야 할 것인가? 첫 문장의 주어는 '上大等信忠侍中金邕'이다. '상대등 신충, 시중 김옹'인 것이다. 서술어는 무엇일까? '免(면하다)'이다. 주어가 '上大等信忠侍中金邕'이니 그 뒤에 나온 '면'은 동사이다. 타동사인가, 자동사인가?

타동사이면 '면' 뒤에 나오는 '대내마 이순(大奈痲李純)'이 목적어가 된다. '신충, 김옹 등이 대내마 이순을 면직했다.'가 된다. 가능할까? 그럴 수도 있을 것이다. 그러면 그로써 문장이 끝나고 다음 문장이 시작되어야 한다. 이어지는 말은 '위왕총신(爲王寵臣)'이다. 이것이 다음 문장의 주어가 되는가? 안 된다. 이 말은 '왕의 총애하는 신하가 되다'이다. 주어가 없다. 이 문장의 주어는 '대내마 이순'이 되어야 한다. '대내마 이순이 왕의 총애하는 신하가 되다.'라는 말이다. 무엇이 잘못되었는가? '免'을 타동사로 본 것이 잘못된 것이다.

그러면 자동사라고 보고 해석해 보자. '면'이 자동사나, 피동사이면 '상대등 신충, 시중 김옹이 면직되었다.'가 된다. 혹은 타동사라 하더라도 그 목적어는 생략되어 있어 '상대등 신충, 시중 김옹이 직을 면하였다.'가 된다. 따라서 (7d)의 첫 문장은 '면'에서 종결되어야 한다. '대내마 이순'은 다음 문장의 주어이지 결코 첫 문장의 목적어가 될 수 없다.

그런데 (3a)에는 '신충'이 주어가 되어 있고, 그 보충어가 '두 벗과 더불어'라고 되어 있다. 두 벗이 누구누구이겠는가? '시중 김옹'과 '대내마 이순'일 것이다. '김옹'이야 같은 급인 이찬이니 신충과 벗이 될 수 있다. 그러나 대내마는 10등관위명이다. 그도 이찬 신충과 벗이 될 수 있었을까? 불가능한 일이다. 그리고 '두 벗과 더불어'에 해당하는 전치사와 그 목적어 '與二友(여이우)'와 비슷한 말도 (7d)에는 아예 없다. 그러므로 이 (3a)는 내용상으로도 완전히 틀린 문장이다. 문장 구조상 절대로 그런 해석이 나올 수 없다.

따라서 (7d)를 (3a)와 비슷한 내용으로 이해하는 것은 절대로 올바른 해석이 아니다. '免(면)' 뒤에는 문장이 나뉘는 정도가 아니라 단락이 나뉘는 정도의 큰 간격이 있다. (7d)의 바로 앞에는 '8월에 복숭아와 오얏이 다시 꽃이 피었다.'가 있다. 그 앞에는 '가을 7월 서울에 큰 바람이 불어 기와를 날리고 나무를 뽑았다.'가 있다. 바로 기상 이변이다. 경덕왕은 이 기상 이변에 대하여 정치적 책임을 질 희생양이 필요하였을 것이다. 그래서 상대등과 시중을 면직시킨 것이다. 따라서 단락은 (7b)의 '秋七月京都大風'부터 시작되어 (7d)의 '上大等信忠侍中金邕免'까지 이어진다. 거기서 한 단락이 끝나고 '大奈麻李純'부터는 새로운 문장이 시작될 뿐만 아니라 새로운 단락이 시작되는 것이다. '免'과 '大' 사이에는 큰 단락의 경계가 있다. 그러므로 (7b~e)는 (7')으로 번역되어야 한다.

(7') 가을 7월 서울에 큰 바람이 불어 기와를 날리고 나무를 뽑았다. 8월 복숭아와 오얏이 다시 꽃이 피었다. 상대등 신충과 시중 김옹이 면직되었다.

　대내마 이순은 왕의 총신이 되었는데 홀연히 하루아침에 속세를 피하여 산으로 가서 여러 번 불렀으나 나오지 않고 머리를 깎고 중이 되어 왕을 위해 단속사를 짓고 살았다. 후에 왕이 음악을 즐긴다는 말을 듣고 즉시 궁문에 와서 간하기를, ―

(7d=7') 속에는 763년[경덕왕 22년] 8월에 일어난 일 두 가지가 함께

적혀 있다.

첫째 일은 상대등 신충과 시중 김옹이 면직된 것이다.[14] 즉, '上大等信忠侍中金邕免[상대등 신충과 시중 김옹이 면직되었다.]'가 명백하게 하나의 문장을 이루고 있다. '김옹'은 (8c)에서 보듯이 경덕왕 19년[760년]에 시중으로 임명될 때도 '김옹'으로 나왔기 때문에 그 이름이 '김옹면'이 아닌 것은 확실하다.

(8) a. 19년 봄 정월 도성의 인방[동쪽]에서 북을 치는 것 같은 소리가 들렸는데 뭇 사람들이 그것을 일러 귀신의 북 소리라 했다 [十九年 春正月 都城寅方 有聲如伐鼓 衆人謂之鬼鼓].

b. 2월 궁중에 큰 못을 팠다[二月 宮中穿大池]. 또 궁 남쪽의 문천 위에 월정교, 춘양교 두 다리를 세웠다[又於宮南 蚊川之上 起月淨春陽二橋].

c. 여름 4월 시중 염상이 물러나고 이찬 김옹을 시중으로 삼았다 [夏四月 侍中廉相退 伊湌金邕爲侍中]. <『삼국사기』권 제9「신라본기 제9」「경덕왕」>

그러므로 단속사를 지은 사람은 신충이나 김옹이 아니다. 지리산 단속사 터에서 신충의 흔적을 찾는 것은 어리석은 일이다. 거기서 찾을 것은 신충의 흔적이 아니라, 이순인가 이준인가 하는 사람의 흔적이다. 더욱이 「원가」의 흔적을 찾아 단속사 터를 답사하는 것은 잘못된 일이다. 지리산 답사에서 산청의 단속사 터 부근을 지나면서 「원가」를 지은 신충이 창건한 단속사 터가 여기라고 가르치는 것은 틀린 것이다.

둘째 일은 대내마 이순이 괘관하고 피세하여 중이 되어 조연에 있던

---

14) 경덕왕 6년[747년]에 중시(中侍)라는 관직 명칭을 시중(侍中)으로 고쳤다.

작은 절을 큰 절로 고쳐 지어 단속사로 하고 살면서 왕이 여러 번 불러도 안 나왔는데, 후에 왕이 음악을 좋아한다는 말을 듣고는 와서 올바른 정사를 간하였다고 되어 있다.

이것이 『삼국사기』에 있는 것 모두이다. 비슷한 기록이 다른 데에는 없다. 이러면 단속사는 이순이 창건한 것이다.

그렇지만 『삼국유사』는 (4a)에서 보듯이, 『별기』에는 이준이 단속사를 창건하였다고 적었다. 그리고 『고승전』에는 이순으로 되어 있다고 하였다. 여기까지는 별 문제가 없다. 그냥 이순과 이준이 동일인이라고 생각하면 된다. 그러나 그 연대를 천보 7년[경덕왕 7년[748년]]이라고 하여 경덕왕 22년[763년]보다 15년 더 이른 해에 그 사람이 괘관하고 피세하여 단속사를 지은 것처럼 적은 것은 설명하기 어려운 일이다.

『삼국유사』의 (3a)는 『삼국사기』의 (7d)를 잘못 읽고 쓴 것이다. 그렇지 않고 다른 『삼국사』가 있었다면 그 책이 (7d)처럼 되어 있지 않고 '신충이 두 벗 김옹, 이순과 더불어 피세하여 단속사를 지었다.'고 되어 있었을 것이다. 그러나 『삼국사기』에는 『삼국유사』의 (3a)처럼 신충이 두 벗과 더불어 괘관하고 피은하였다는 이야기가 없다.

일연선사의 말씀대로 필자가 '궐의'한 결과는, (3a)가 진실이 아니고 (4a)가 진실이라는 것이다. 그러나 연대는, 만약 이준이 이순이라면 (3a)의 763년이 진실이고, (4a)의 748년이 잘못된 것이다.[15] 그러나 그것은 알 수 없다. 단속사를 이순이 지은 것이 확실하다면 763년이 진실이고

---

15) 이순의 괘관 연대가 경덕왕 7년[천보 7년]일 수도 있다. 혹시 괘관한 사람이 천보 7년의 직장 이준과 경덕왕 22년의 대내마 이순 두 사람일 수도 있다. 현재로서는 『삼국사기』의 기사대로 할 수밖에 없다. 그것은 경덕왕 22년에 대내마 이순이 괘관하고 피세하여 지리산에 들어가 단속사를 지었다는 것이다.

748년이 잘못된 것이다. 만약 748년이 옳고 763년이 틀렸다면 단속사를 지은 사람은 이순이 아니고 이준이라야 한다. 그러나 단속사를 지은 것은 이순일 것이다. 이준은 단속사를 짓지 않았을 것이다. 왜 그런가? 『삼국사기』가 그렇게 적고 있기 때문이다. 『삼국유사』는 여기에 관한 한 무관여적이다. 『삼국유사』는 『별기』가 그렇게 적고 있다고 인용하였을 뿐이다. 『별기』가 잘못 되었을 확률이 큰가, 『삼국사기』가 잘못 되었을 확률이 큰가? 당연히 『별기』 쪽에 혐의를 둘 수밖에 없다.

이제 「신충 괘관」 후반부의 (3a)는, 신충이 상대등에서, 김옹이 시중에서 면직된 것이 이순이 괘관하고 피은한 것과 거의 동시인 763년 8월에 일어남으로써 두 이야기를 섞어서 '신충이 김옹, 이순 두 벗과 괘관하고 피은한 것처럼 만들어진 이야기'이라는 결론에 이르렀다. 이렇게 한 것이 일연선사의 실수라 하더라도 선사에게는 책임이 없다. 선사는 『별기』에는 '{이준, 이순}이 조연의 소사를 고쳐 지어 대찰로 만들어 단속사를 창건했다.'고 되어 있다고 적었다. 그리고 앞 기록과 두 기록이 다르니 '궐의하라'고 하였다. 설사 앞의 내용이 『삼국사기』를 잘못 읽어서 나온 것이라 하더라도 뒤에 『별기』의 다른 내용을 붙이고 '둘이 서로 다르니 궐의하라.'고 했으니 선사는 할 일을 다 하였다.

애초에 이찬[2등관위명] 신충과 대내마[10등관위명] 이순이 벗이라는 말 자체가 성립되지 않는 말이다.[16] (4a)가 왜 연대를 천보 7년[748년]이라고 잘못 적었는지는 아직 알 수 없지만 그것은 『별기』의 오류로 볼 수밖에 없다.

---

16) 요새로 치면 장관을 거치고 총리를 지낸 국회의장급 인물이 6급 주사 정도의 중간급 공무원과 친구가 되어 함께 피은하였다는 말이니 진실의 근방에도 안 간 논리이다. 정상적으로는 그 앞에서 눈을 들어 제대로 쳐다볼 수도 없는 위계의 차이가 있다.

양주동(1942, 1981:609-11)에서는 『삼국사기』 권 제9 「경덕왕」 22년 의 '八月桃李再花上大等信忠,侍中金邕免大奈麻李純一'에서, 선사(禪師)가 '免(면)'을 빠뜨리고 『삼국유사』에 옮겨 적었다고 지적하고 있다. 그 책 은, 또는 시중의 이름을 '金邕免(김옹면)'으로 읽었을 수도 있다고 하여 우리를 빙긋이 웃게 한다. 그러나 김옹면으로 읽었다고 해도 '上大等信 忠侍中金邕免大奈麻李純爲王寵臣'은 '상대등 신충, 시중 김옹면, 대내마 이순이 왕의 총애하는 신하가 되었는데一'로 되어 '신충이 두 벗과 더 불어 서로 약속하기를一'이라는 문장이 나올 수는 없다.

그러니까 '免(면)'에서 한 문장이 끝나고 '大奈麻(대내마)'부터는 다른 문장이 시작되는데 이 '免'을 보지 못하고 마치 '상대등 신충이 시중 김 옹(면)과 대내마 이순이라는 두 벗과 함께 — 세상을 피하여 산에 들어 간 것'처럼 적었다는 것이다. 만약 『삼국사』가 『삼국사기』라면, 『삼국 사기』에는 (7d)와 같이 되어 있으니 이것은 일연선사의 실수이고, 『삼 국사』가 다른 책이라면 그 책이 잘못된 것이다.

그런데 양주동 선생의 이런 지적은 읽지도 않고,[17] 또 일연선사가 「신 충 괘관」 조의 뒷부분 기록에서 '괘관한 사람이 이준이라.'고 하고 있는 것은 읽지도 않고 앞의 기록만 읽고, 『삼국사기』의 해당 기록을 확인하 지도 않고, '신충이 두 벗과 더불어 괘관한 것'처럼 설명하고 있었으니 「원가」가 제대로 해석될 리가 없다. '효성왕이 즉위하면 보답할 터이니 좀 도와 달라고 잣나무를 두고 맹세해 놓고, 도와주어 즉위시켰더니 공

---

17) 저자도 그 책의 이 부분을 서정목(2015d)를 투고할 때까지도 알지 못하였다. 이 문장 을 『삼국유사』가 잘못 인용하였다고 길게 쓴 부분을 읽고 심사자 한 분이 그런 학설 이 『고가연구』에 있다고 지적하였다. 아마 고전시가 연구자들에게는 상식이었을 것 이다. 그러나 국어학 전공자는 그런 부분은 잘 안 읽고 향찰 해독만 파고 있다. 시야 를 넓혀야 하고 인접 분야 연구자들과 서로 소통하여야 한다.

신들 상 줄 때 공신 등급에 넣지 않아, 상 주지 않는다고 왕을 원망하여 약속의 증거물이 된 잣나무에 붙였더니 잣나무가 시들었다.'는데, 웬 '괘관'이 나오고 '피은'이 나온다는 말인가?

'신충이 괘관하고 두 벗과 더불어 산에 들어가 단속사를 짓고 속세의 더러움을 피하여 은둔하여 산 것처럼' 잘못된 해석이 70여 년 이상 이 땅의 학계를 지배하고 있는 것은, 이 '궐의'를 '의문을 덜기 바란다.'로 번역하여 '의문을 풀기 바란다.'로 이해하고, 마치 '의문이 다 풀린 듯이' 의문을 제기해 보지도 않은 연구자들에게 그 책임이 있다.

3. '각궁(角弓)'은 공신이 아니다

'유여'와 '각궁'은 무엇을 의미하는가? 이 두 말은 『詩經(시경)』에 전거(典據)를 두는 유래가 깊은 말이다. 역사가 있는 말인 것이다.

'유여'는 '(잣나무가) 있어 같을 것이다', '잣나무(너)같이'의 뜻이 아니다. 앞의 것이야 직역이니 틀렸다 할 수는 없다. 그러나 '잣나무(너)같이'라고 해석하는 것은 부끄러운 일이다.

(2a)에는 태자 승경이 '만약 훗날 그대를 잊는다면 유여백수(有如栢樹)하리라.'고 하면서 도와줄 것을 청하였다는 말이 있다. 이 구절의 원문 '有如栢樹'의 '有如'는 『詩經(시경)』「王風(왕풍)」편의 3장 장4구의 賦(부)「大車(대거)」에 나오는 말이다.

(9) 大車[큰 수레] - 『詩經』「王風」 번역 : 저자

大車檻檻(대거함함)	큰 수레 덜커덩 덜커덩
毳衣如菼(취의여담)	갈대 싹처럼 푸른 털옷 입은 이
豈不爾思(기불이사)	어찌 그대 생각 않을까만
畏子不敢(외자불감)	그대 두려워 감히 못 가네

大車嘽嘽(대거톤톤)	큰 수레 덜커덩 덜커덩
毳衣如璊(취의여문)	문 옥처럼 붉은 털옷 입은 이
豈不爾思(기불이사)	어찌 그대 생각 않을까만
畏子不奔(외자불분)	그대 두려워 감히 달아나지 못하네

穀則異室(곡즉이실)	살아서는 한 집에 못 살아도
死則同穴(사즉동혈)	죽어서는 한 구덩이에 묻히리라
謂予不信(위여불신)	날더러 믿기지 않는다 하면
有如曒日(유여교일)	밝은 해 두고 맹세하리. [3장 장4구]

[단어 풀이: 毳衣: 천자와 대부의 옷, 菼: 갓 돋은 갈대의 푸른 잎, 爾: 淫奔者가 서로 부르는 말, 璊: 옥의 붉은 색, 穀: 곡식 먹고 삶, 曒日: 밝은 해]

이 시에 대한 해석은 둘로 나뉘어 있다. (10a, b)가 그것이다. 여기서는 어느 것이든 상관없다. 그러나 시대적 배경으로 볼 때는 (10a)가 더 진실에 가까울 것으로 보인다. 그렇긴 하지만 2000년 이상을 살아서 숨 쉬는 시가 되려면 (10b)와 같이 애절한 사연을 품고 있다고 하는 것이 더 그럴 듯한 면도 있다.

(10) a. 주 나라가 쇠하였는데 대부가 폭정을 하였다. 백성들이 대부
       가 무서워 도망가서 가족끼리도 뿔뿔이 흩어져 살았다. '살

아서는 같은 집에 못 살아도 죽어서는 한 구덩이에 묻히자.'
하며 나를 믿지 못하겠거든 '밝은 해[曒日]를 두고 맹서한다.'
는 것이다.

b. 남녀가 미천할 때 서로 사랑을 나누었다. 남자는 출세하여
대부가 되었다. 여인은 옛 정인이 큰 수레를 타고 가는 것을
먼발치에서 바라보면서, '살아서는 한 집에서 못 살지만 죽
어서는 한 무덤에 묻히고 싶다.'는 애절한 심정을 읊고 '나를
믿지 못하겠거든 밝은 해를 두고 맹세한다.'고 하였다.

처음에는 (10a)로 말미암아 지어졌지만 후세에 오면서 민중들의 삶으
로부터 (10b)와 같은 해석이 추가되었을 가능성이 크다. 오늘날도 우리
는 젊어서 사귄 미천한 여인을 고위 인사가 되어서까지 버리지 않고 함
께 산 사람들을 그 면에서는 칭찬하고 존경한다. 그것은 그만큼 많은
여인이 출세한 옛 정인으로부터 버림받았음을 뜻하는 것이기도 하다.
시대가 좋아져서 이제는 '버림받았다'는 관념은 없어지고 '쿨하게 끝내
었다.'는 표현이 자리 잡은 세상이 되었다. 그러나 그 마음에 남은 앙금
이야 예나 지금이나 사람 삶인데 무엇이 다르랴.

'有如(유여)'는 『삼국사기』에 이 용법으로 3번 나온다. (11a)는 김춘추
가 고구려에 가서 감금되어 있을 때, 선도해(先道解)의 귀토설화(龜兎說
話)를 듣고 고구려 보장왕에게 거짓 영토 반환 노력의 맹서를 하는 서한
에 있는 문장이다. '謂予不信 有如曒日(위여불신 유여교일)'의 '유여(有如)'
의 용법이 『시경』과 똑같다. (11b)는 김군관의 증조부 거칠부(居柒夫[荒
宗])가 고구려의 스승 혜량대사에게 나중에 우리나라에 오시면 잘 모시
겠다고 맹서하며 한 말이다.[18] (11c)는 김춘추의 큰 딸 고타소가 사망한
대야성 전투에서, 백제 장군 윤충이 김품석의 부하인 아찬[6등관위명]

서천(西川)과 항복하면 살려 주겠다는 맹서를 하면서 한 말이다. 이것이 거짓이라고 주장한 사지[13등관위명] 죽죽(竹竹)의 말을 듣지 않고, 김품석은 성문을 열고 항복하러 나가다가, 윤충이 항복한 장졸들을 다 죽인다는 말을 듣고 황급히 돌아와 가족을 죽이고 자살하였다. 천하에 이런 못난 장군이 있다니. 이렇게 죽은 고타소의 원한을 갚겠다고 고구려로, 당 나라로 군사를 빌리러 가서 백제를 멸한 것이 김춘추이다.19) '유여

18) '荒(황)'은 '거칠 荒'이다. '荒宗(황종)'은 훈독자로 그의 이름을 적은 것이고, '居柒夫'는 '음독자+음독자+훈독자'로 그의 이름을 적은 것이다. '夫(부)'가 문제인데 현대적 훈으로는 '지아비 夫'이다. '宗'과 '夫'가 '집+아비'로 이루어진 신라 시대의 우리말을 적는 훈차자임을 알 수 있다.

19) 『삼국사기』에는 동일한 사건을 서로 다르게 적은 세 가지 기록이 있다. 태종무열왕의 딸 고타소가 사망한 642년[선덕여왕 11년]의 대야성 전투와 고구려 청병에 관한 기록이다. (1) 「신라본기 제5」 (선덕왕 11년) 8월 윤충이 대야성을 함락하여 품석, 죽죽, 용석 등이 전사하였다. 이때 품석의 아내도 함께 죽음을 당했는데 춘추의 딸이다. 겨울에 청병 온 김춘추에게 보장왕이 죽령 이북의 땅을 돌려주면 군사를 내어 돕겠다고 하자 김춘추는 그것은 신하의 일이 아니라고 답하여 별관에 갇혔다. 이를 본국에 알리자 선덕여왕은 대장군 김유신에게 명하여 결사대 1만을 거느리고 구원하게 하였다. 결사대가 한강을 지나 고구려 남쪽 지경에 들어가니, 보장왕은 이 말을 듣고 김춘추를 놓아 돌려보냈다. (2) 「열전 제1」 「김유신 상」: 백제가 대량주를 침공하여 김춘추공의 딸 고타소랑도 남편 품석과 함께 전사하였다. 청병 온 김춘추에게 보장왕은 마목현(麻木峴[문경]), 죽령(竹嶺)을 돌려주지 않으면 돌아갈 수 없을 것이라 하고 김춘추는 그것은 신하가 할 수 없는 일이라 하여 옥에 갇혔다. 왕의 총신 선도해(先道解)에게 청포 300보를 주고 「귀토설화」를 들은 김춘추는 보장왕에게 마목현과 죽령의 두 영을 돌려주도록 왕에게 청하겠다는 거짓 편지를 보내었다. 60일 약속이 차자 김유신이 3천의 용사를 뽑아 출전을 기약하였는데, 이 군사기밀을 고구려 간첩 중 덕창이 보장왕에게 보고하였다. 이 두 사유로 보장왕은 김춘추를 돌려보내었다. (3) 「열전 제7」 「죽죽」: 품석은 사지[13등관위명] 검일의 아내가 아름답다고 빼앗았다. 검일은 원한을 품고 윤충이 쳐들어오자 창고에 불을 질러 내응하였다. 성을 지킬 수 없이 되자 품석의 부하 아찬[6등관위명] 서천(西川{혹은 汸湌(방찬) 紙之那(저지나) 라고도 쓴다.}*이 윤충에게 살려주면 항복하겠다고 하고, 윤충은 그렇게 할 듯이 받아들였다. 윤충에게 속은 서천은 품석에게 문 열고 나가 항복하자고 했고 죽죽은 백제는 믿지 못할 나라라며 말렸다. 품석은 서천의 말을 따라 성문을 열고 장졸들을 먼저 내보냈다. 윤충은 복병을 두었다가 모두 죽였다. 이를 들은 품석은 돌아와서 처자를 죽이고 자결하였다. 죽죽은 성문을 굳게 닫고 성을 지키다가 전사하였다. 이 세 가지 기록이 적고 있는 역사적 진실은 하나이다. 그런데 동일한 사가가

백일(有如白日)'이라 한 것이 특이하다.

(11) a. 글을 왕에게 보내어 말하기를[移書於王曰], (마목현, 죽지령)
두 령은 본래 대국의 땅이니 신이 귀국하여 우리 왕에게 그
것을 돌려주기를 청하리이다[二嶺本大國地分 臣歸國請吾王還
之]. 나를 일러 믿지 못한다면 밝은 해를 두고 맹세하리이다
[謂予不信 有如曒日].

<『삼국사기』 권 제41 「열전 제1」「김유신 상」>

b. 거칠부가 말하기를[居柒夫曰], 만약 사의 말과 같다면 사와
더불어 좋은 일을 나누기를 밝은 해를 두고 맹세하리이다[若
如師言 所不與師同好者 有如曒日].

<『삼국사기』 권 제44 「열전 제4」「거칠부」>

c. 윤충이 말하기를[允忠曰], 만약 이와 같다면 공과 더불어 좋
은 일을 나누지 않는다면 흰 해가 있어 증거가 될 것이다[若
如是 所不與公同好者 有如白日].

<『삼국사기』 권 제47 「열전 제7」「죽죽」>

『삼국유사』에는 이 '유여'가 「신충 괘관」의 '有如栢樹(유여백수)'로 딱
한 번만 나온다. 하나뿐이어서 안타깝지만 어쩔 수 없다. '유여'의 뒤에

왕을 중심으로, 김유신을 중심으로, 죽죽을 중심으로 기술하면서 약간씩 다르게 적
은 것이다. 한 사람이, 같은 책 안에서 동일한 사건을 적어도 이렇게 달리 기록되는
데, 하물며 다른 사람이 다른 책에서 기록하면 동일한 사건이 얼마나 다르게 적힐
수 있겠는가? 역사 해석은 어렵고, 진실은 하나밖에 없다는 것이 역사학을 힘들게
한다. 이상은 2015년 6월 12일 서강대학교 인문과학연구소가 주관한 '삼국유사의 재
조명'이라는 학술대회에서 토론자로 참석한 저자가 배포하고 읽은 토론문의 일부이
다. '역사적 진실은 하나'밖에 없기 때문에 과거의 학설과 다른 새 학설이 나오면 어
느 하나는 가짜일 수밖에 없는 것이 역사학의 숙명이다. 그러므로 역사를 연구하는
자는 누구든지 자신의 잘못이나 실수가 지적되면 흔쾌히 받아들이고 다시 검증하는
겸허함을 미덕으로 삼아야 제대로 된 공부를 할 수 있다.

오는 말은 상황에 따라 달라질 수 있다. 그것이 '잣나무'이든 '백일'이든 '교일'이든 아무 문제가 안 되는 것이다. 일연선사는 태자 승경이 신충과 맹서하며 약속할 때 한 말 "이 잣나무가 사철 변하지 않듯이 '경을 아름다이 여겨 가겠다.'고 하는 나의 이 말은 영원히 변치 않을 것이오."를 『시경』의 '유여교일'에 유래하여 이미 관용구화 되어 있는 이 표현에서 '교일' 자리에 '백수'를 넣은 것이다.

사실이 이러한 데도, 「원가」의 제3행의 '汝於多支行齊'를 '너다히 녀져'로 해독하고 '너(잣나무)처럼 가져'로 해석할 것인가? 그렇게 해서는 시의 의미 맥락이 통하지 않는다. 이 행은 '너를 아름다비 너겨 녀져[경을 아름다이 여겨 가리].'로 해독되어야 한다(제8장 참고).

「角弓(각궁)」은 『詩經(시경)』「小雅(소아)」편의 8장 장4구로 된 부(賦)의 이름이다. 이 시는 늙은 신하들에 업힌 두 왕자가 각각 자신의 나라를 세우고 서로 반목하여 싸우는 바람에 신하들이 갈피를 잡지 못하는 상황을 풍자한 것이다. 시의 내용은 (12)와 같다.

(12) 角弓[뿔 활] - 『詩經』「小雅」 번역 : 저자

騂騂角弓[성성각궁]   길 잘 든 뿔활도
翩其反矣[편기반의]   줄 늦추면 뒤집어진다네
兄弟昏姻[형제혼인]   형제 친인척
無胥遠矣[무서원이]   멀리하지 말지어다.

爾之遠矣[이지원의]   그대가 멀리하면
民胥然矣[민서연의]   백성들 따라 하고
爾之敎矣[이지교의]   그대가 가르치면

民胥傚矣[민서효의]　　　백성들도 본 받으리.

此令兄弟[차령형제]　　　이 의좋은 형제들
綽綽有裕[작작유유]　　　너그럽고 겨르롭게 지내지만
不令兄弟[불령형제]　　　우애 없는 형제들은
交相爲癒[교상위유]　　　서로가 배 아파하네.

民之無良[민지무량]　　　백성 중 안 좋은 자
相怨一方[상원일방]　　　서로 원망하여
受爵不讓[수작불양]　　　벼슬 받아도 겸양 모르고
至于己斯亡[지우기사망]　제 몸 망치는 지경 이르렀네.

老馬反爲駒[노마반위구]　늙은 말 도로 망아지 되어
不顧其後[불고기후]　　　뒷일 생각 않고
如食宜饇[여식의어]　　　남보다 배 불리 먹으려 하고
如酌孔取[여작공취]　　　더 많이 마시려 하네.

無教猱升木[무교노승목]　잔나비에게 나무 타는 법 가르치지 말라
如塗塗附[여도도부]　　　진흙에 진흙 바르는 꼴이리니
君子有徽猷[군자유휘유]　군자 빛나는 도 지녔으면
小人與屬[소인여속]　　　소인들 이를 따르리.

雨雪瀌瀌[우설표표]　　　눈비 펄펄 내리지만
見晛曰消[현현왈소]　　　햇빛 보면 녹아버리는데
莫肯下遺[막긍하유]　　　몸 굽혀 따르려 하지 않고
式居屢驕[식거루교]　　　늘 교만하게 구네.

雨雪浮浮[우설부부]　　눈비 펄펄 내리지만
見晛曰流[견현왈류]　　햇빛 보면 녹아 흐르는데
如蠻如髦[여만여모]　　그대 오랑캐 같이 하니
我是用憂[아시용우]　　나는 늘 이것이 근심이라네. [8장 장4귀

　　이 시의 창작 배경으로는 (13)에 보인 몇 가지 학설이 있다. 더 있을
수도 있다. 그 가운데 저자가 보기에 가장 타당해 보이는 것은 (13a)이
다. (13b)는 실제 노래에 그런 내용이 없다. (13c)도 군신들의 불화는 맞
는 말이지만, 형제 사이의 골육상쟁을 정식으로 지적하여 말하고 있지
는 않다. 노래의 내용은 '형제 사이의 다툼'을 말하고 있음에 틀림없다.

(13) a. 주 나라 말 포악한 유왕(幽王)이 후궁 포사(褒姒)에게 빠져 태
　　　 자 의구(宜臼)를 폐하고 포사의 소생 백복(伯服)을 태자로 삼
　　　 았다. 이에 의구는 어머니의 친정 나라인 서신(西申)으로 달
　　　 아났다. 외할아버지 신후(申侯)는 기원 전 771년 흉노의 일파
　　　 인 견융(犬戎)을 불러들여 유왕과 백복을 죽였다. 신후와 노
　　　 후(魯侯) 등은 의구를 추대하여 왕으로 삼고 견융이 횡폐화
　　　 시킨 수도 호경(鎬京)을 떠나 낙읍(洛邑[낙양])으로 천도하였
　　　 다. 이를 동주(東周)라 하고 의구를 평왕(平王)이라 한다. 이
　　　 에 주 나라 고토 호경에서는 천도를 반대한 괵공(虢公) 한(翰)
　　　 이 다른 왕자 여신(余臣)을 왕으로 추대하였다. 이를 서주(西
　　　 周)라 하고 여신을 휴왕(携王)이라 한다. 평왕과 휴왕은 친형
　　　 제간이다. 기원 전 760년 평왕 11년에 진문후(晉文厚) 희구
　　　 (姬仇)가 휴왕을 살해하여 이왕병립(二王竝立)의 시대는 10여
　　　 년 만에 끝이 났다. 이 시에서 말하는 형제는 이 두 왕이다.
　　　 노마는 신후와 괵공을 뜻한다. 이 시는 이왕병립으로 평왕과

휴왕 사이에서 누구를 따라야 할지 모르고 우왕좌왕하는 공경(公卿)들과 형제간의 불화로 인륜이 무너지는 현실을 보고 '원숭이에게 나무타기를 가르치지 말라.'고 풍자한 것이다.

b. 모서(毛序)에는 이 시에 대하여 '주 왕실의 부형들이 주 유왕을 풍자했다. 구경(九卿)을 친애하지 못하고 참소와 아첨을 좋아하여 골육(骨肉) 사이에 서로 원망했으므로 이 시를 지었다.'고 하였다. 이 설에 대하여 방옥윤(方玉潤)은 '시 중에 아첨이나 참언에 대하여 풍자한 말은 없고 오로지 형제들과는 소원하고 소인배들과는 친근하다는 언사만 있으니 이것이 이 시의 대지이다'고 했다.

c. 한서(漢書) 유향전(劉向傳)에는, 유향이 황제에게 봉사(封事)를 올려 말하기를, "여왕(厲王)과 유왕(幽王) 시절 조정의 군신들은 서로 불화하여 비방하며 원망했다. 그래서 시인이 '선량하지 못한 백성들이 서로 상대방을 원망했다[民之無良 相怨一方].'라고 하였습니다."고 되어 있다.

'골육 사이에 싸우느라' 일을 제대로 못하였다, 즉 '각궁의 교훈'을 잊고 있었다는 기록으로 받아들이는 것이 정확한 해석이다. 즉, 아우 세력과 권력 분배 문제로 서로 다투었던 것이다. '이왕병립(二王立立)'까지는 아니라 하더라도 왕의 눈치를 보아야 할지, 왕의 아우와 그의 외삼촌, 외사촌들의 눈치를 보아야 할지,[20] 신라의 신하들은 형제 사이인 동주의 평왕과 서주의 휴왕이 대립하여 이러지도 저러지도 못했던 주나라 신하들과 같은 상황에 놓였던 것이다.

「원가」 연구에서 이에 대하여 언급한 것, 그리고 그 분야의 최근의

20) 소덕왕후가 경덕왕의 어머니이므로 경덕왕에게는 소덕왕후의 형제가 외삼촌이 되고 친정 조카가 외사촌이 된다.

이해를 볼 수 있는 것은 양희철(1997:512)이다. 그러나 그 책도 (14)와 같이 적어 이병도(1975:417)에서 한 걸음도 나아가지 못하고 있다.

(14) 시경 소아(小雅)에 속하는 팔장 장사구(八章 章四句)의 작품명이
다. 이 작품은 유왕(幽王)이 형제혼인(兄弟婚姻)의 구족(九族)과
친하지 않고 간사한 무리들의 참(讒)만을 믿어 서로 원망하므로
이 노래로써 풍자한 작품이다. 이로 보면 윤영옥의 지적처럼
신충은 왕의 가까운 친척임을 알 수 있다.

왕의 가까운 친척이라는 것이 무슨 의미가 있겠는가? 모두 진골이고 김 씨이고 내물왕 후손인데 가깝고 멀고가 무슨 의미가 있겠는가? 진흥왕이 내물왕의 5세손이다. 태종무열왕은 내물왕 8세손이다. 거칠부는 내물왕의 5세손이다. 김군관은 거칠부의 증손자이다. 그러면 김군관은 내물왕 8세손이다. 김흠운은 내물왕 8세손이고 그의 아버지 달복은 7세손이다. 달복의 아들 김흠돌도 8세손이다. 문무왕은 9세손이고 신문왕은 10세손이다. 신문왕 즉위 시에 이미 장인 김흠돌을 죽이고, 동서 천관을 죽이고, 상대능 겸 병부령 김군관을 죽이고, 그렇게 아버지와 할아버지의 신하들을 죽였다. 성덕왕은 11세손이며 효성왕, 경덕왕은 12세손이다. 신충이 당연히 그 가계의 가까운 친척이다. 그러지 않으면 이찬이 될 수가 없다. 모두 왕실 내의 인물이고 가까운 친척이다. 당연한 말을 당연하게 하는 것이야 틀리지는 않겠지만, 왕의 가까운 친척이라는 것이 여기서 무슨 의미가 있겠는가?

이후로 이 단어에 주목한 논저는 없다고 보아도 될 것이다. 모두 (13b, c) 정도의 이해에 머무르고 있다. 「각궁」을 (13a)와 같은 의미의

시로 보아 형제 사이의 골육상쟁으로 이해한 사람은 없다.

시 「각궁」은 형제 사이의 다툼을 풍자한 것이다. 일연선사는 이 「각궁」을 통하여 효성왕과 경덕왕의 골육상쟁과 그 사이에서 오락가락한 신충의 변절과 작록만 탐한 늙은 말 같은 행위를 절묘하게 풍자하고 있다. (12)의 제5장(章=聯)인 다음 4구(句=行) (15)를 다시 읽어 보자.

(15) 老馬反爲駒(노마반위구)   늙은 말 도로 망아지 되어
     不顧其後(불고기후)   뒷일 생각 않고
     如食宜饇(여식의어)   남보다 배 불리 먹으려 하고
     如酌孔取(여작공취)   더 많이 마시려 하네.

원 시(詩)야 휴왕을 옹립한 괵공 한과 평왕을 옹립한 신후를 풍자한 것이라 한다. 그렇지만 외손자 의구[평왕]를 옹립한 신후는 꼭 헌영의 외할아버지 순원 같고, 효성왕을 즉위시키는 데 공을 세웠다고 작록을 탐하고 있는 신충은 어쩐지 휴왕을 옹립한 괵공 한처럼 보이지 않는가?

물론 정통성이 주 나라의 경우는 평왕에게 있고 휴왕에게 있지 않으며, 신라의 경우는 정통성이 효성왕에게 있고 헌영에게 있지 않으니 다르다 할 수도 있다. 그러나 어찌 아는가? 720년경부터 거취가 불분명한 엄정왕후의 아들인 효성왕에게 정통성이 있는지, 724년에 승하한 법적 왕비 소덕왕후의 아들인 헌영에게 정통성이 있는지 누가 아는가? 그것을 판정해 줄 곳이 귀족 회의이고, 그 회의가 신충 같은 사람들이 모여서 논의하고 있는 화백 회의인데야 어쩌겠는가. 그때도 어김없이 회의 구성원들은 누가 왕이 되는 것이 자신에게 유리한가 하는 기준으로 양쪽을 저울질했을 것이다. 정통성이고 대의명분이고 그런 것은 문제가

되지 않는다. 그것은 결정하고 난 뒤에 갖다 붙이면 되는 것이다. 참으로 아픈 역사의 진실이 그 시대에도 있었던 것이다.

「각궁」은 원래 동주의 평왕과 서주의 휴왕이 이왕병립하여 형제가 서로 싸움으로써, 인륜이 무너지고 이 왕 눈치 저 왕 눈치를 보느라 이리 붙고 저리 쏠리는 벼슬아치들의 딱한 모습을 풍자한 시이다. 특히 휴왕을 민 괵공 한과 외손자 평왕을 민 신후를 노마에 비유하여 작록을 탐하고 재물을 탐하지만 뒷일을 감당하지 못하는 무능한 신하들을 풍자한 시이다. 그리고 주 나라는 서서히 쇠망해 갔다. 그것이 「각궁」의 진정한 교훈이다.

737년 2월 성덕왕 승하 후에도 태자로서 왕위에 오른 효성왕과 그의 아우 헌영 사이에 골육상쟁이 있었다. 그것은 외손자 헌영을 미는 순원의 집안과 태자 승경 사이에서 이쪽 눈치 저쪽 눈치 보면서 우왕좌왕하는 신하들의 행위 때문에 생기는 일이다. 신충은 처음에는 대의명분을 좇았다. 그러나 그도 그것으로 말미암아 먹을 것이 적어진 노마가 되었다. 어쩔 수 없었을 것이다. 순원이라는 거대한 세력이 큰 아들, 태자, 그런 모든 명분을 밀치고 순원의 외손자 헌영을 내세우고 있었다.

그 골육 싸움에 통일 신라라는 민족사 최대의 호기가 지금처럼 서서히 기울어 가고 있었다. 어떻게 하여 한 집안이 망하고, 왕가라면 그 집안의 망함이 어떻게 하여 한 나라의 망함으로 이어지는지 이보다 더 적나라하게 보여 주는 예가 따로 없다. 이 형제 사이의 골육상쟁은 어디에서부터 비롯하는 것일까? 어떤 과정을 거쳐 어떻게 마무리될 것인가? 그에 대한 상상이 필요하다. 어차피 『삼국사기』도 김부식이 쓴 것이고, 『삼국유사』도 일연선사가 쓴 것이다. 역사적 사실 그대로가 책 속에 들어앉아 있을 리도 없고 그럴 수도 없다. 어차피 『향가 모죽지랑가 연구』
도, 『요석』도 서정목이 쓴 것이다. 거기에서 많은 것을 얻을 수는 없으
리라. 다만 지금까지의 연구자들이 『삼국사기』, 『삼국유사』를 제대로
읽지 못했다는 것만은 확실하다. 그것은 번역을 보면 안다. 제대로 된
번역서가 없다. 이것만 깨달아도 된다.

왜 이렇게 되었을까? 1968년부터 50년 동안 이 나라 국어국문학계에
몸담은 저자는 다음과 같은 반성을 한다. 어학과 문학의 경계선이 너무
두껍다. 우리의 대화는 항상 겉돌았다. 진지하게 서로의 분야에서 큰 고
민이 무엇인지, 그것을 서로 도우며 풀 수 있는 길은 없는지 협의해 보
지 못하였다. 30여 년 동안 '향가 해독이 양주동(1942/1981) 수준에 머
물러서는 더 발전할 수 없다. 김완진(1980) 해독에 토대를 두고 문학적
으로 해석해 보라.'고 아무리 말해도 그러는 사람이 없었다.

한국사학에 대해서는 저자도 할 말이 없다. 좋은 사학과 교수들을 여
럿 친구로 두었지만 그동안 이런 문제를 꺼내어 논의해 볼 기회가 없었
다. 역사 논문을 읽을 능력도 시간도 없었고 『삼국사기』, 『삼국유사』를
원전으로 읽을 엄두도 내지 못하였다. 만년에 들어서 가르치다가 막힐
때마다 후배 교수들에게 슬쩍 슬쩍 던져 본 질문에 돌아온 답은 거의
모두 그런 것은 아직 연구되지 않았다는 것이다.

지금 느끼는 것은 바로 이것이 문제라는 것이다. 국어학, 국문학, 국
사학의 협동 작업이 필요하다. 아니면 세 분야 사이에 긴밀한 소통이
이루어져야 한다. 한국학의 중심인 이 세 분야가, 이 책에서 저자가 분
노를 이기지 못하고 예의 없이 거칠게 내뱉은 언사들로 하여 정신을 차
리게 되었으면 죽어도 여한이 없을 것이다.

제3장
『삼국사기』 속의 신충

『삼국사기』 속의 신충

1. 신충은 효성왕의 충신이 아니다

　신충은 실제로 어떤 사람일까? 그가 괘관한 적이 없다는 것과 그가 어떤 인물인가는 별개의 문제이다. 신충은 변절자이다. 신충은 원래 순원 세력권에 있었을 것이다. 그러나 성덕왕이 위독할 때 어차피 차기 왕위는 태자 승경이 계승하게 된다는 것을 알았다. 그는 이때 승경과 '훗날 내가 왕이 되어도 그대는 아버지 때처럼 높은 자리를 유지하고 더 좋은 자리로 승진할 것이니 나를 밀어 달라.'는 약속 하에 태자를 지지하여 즉위시켰다. 이는 외손자 헌영을 미는 순원 세력에게 밉보이는 결과를 낳았다. 그들은 효성왕이 신충을 공신 등급에 넣는 것을 용인하지 않았다. 공신에서 빠지고, 「각궁」의 노마(老馬)처럼 더 많이 먹으려다가 실익을 차리지 못한 신충은 실속 없는 무능하고 힘없는 효성왕을 배신하고 다시 순원 세력으로 돌아간다. 그 변절의 의사를 표현한 것이 「원가」이다.

신충이 괘관한 적이 없다는 필자의 주장은 증명을 필요로 한다. 그
증거는 어디에 있는가? 그 증거는 『삼국사기』로부터 온다. 『삼국사기』
권 제9 「효성왕」 조와 「경덕왕」 조에는 (1)과 같은 기록이 있다.

> (1) a. 효성왕 3년[739년] 봄 정월 조고묘에 참배하였다[三年 春正月
> 拜祖考廟]. 중시 의충이 죽어서 이찬 신충으로 중시를 삼았다
> [中侍義忠卒 以伊飡信忠爲中侍]. 선천궁이 완성되었다[善天宮
> 成]. 형숙에게 황금 30냥, 포 50필, 인삼 1백근을 주었다[賜邢
> 璹黃金三十兩布五十匹人蔘一百斤]. <『삼국사기』권 제9「신라
> 본기 제9」「효성왕」>
>
> b. 경덕왕 즉위년[742년], 경덕왕이 즉위하였다[景德王立]. 휘는 헌
> 영이다[諱憲英]. 효성왕의 동모제이다[孝成王同母弟]. 효성왕이
> 무자하여 헌영을 책립하여 태자로 삼은 고로 물려 받을 지위
> 를 득하였다[孝成無子 立憲英爲太子 故得嗣位]. 비는 이찬 순
> 정의 딸이다[妃伊飡順貞之女也].
>
> c. 3년[744년] 정월에 이찬 유정(惟正)을 중시로 삼았다[三年 春正
> 月 以伊飡推正爲中侍].
>
> d. 16년[757년] 봄 정월 상대등 사인이 병으로 면직되고 이찬 신
> 충을 상대등으로 삼았다[十六年 春正月 上大等思仁病免 伊飡
> 信忠爲上大等]. 3월에 내외 여러 관리들의 월봉을 없애도 다시
> 녹읍을 주었다[三月 除內外群官月俸 復賜祿邑]. <『삼국사기』
> 권 제9「신라본기 제9」「경덕왕」>

앞에서 본 대로 737년 봄 신충은 상을 타기 위하여 「원가」를 짓고
작과 녹을 받았다. 그런데 (1a)에서 739년[효성왕 3년] 정월에 이찬으로
서 중시가 되었다. 그가 효성왕 즉위년인 737년에 처음 벼슬길에 나간

것이라면 불가능한 일이다. 2년 만에 이찬의 관등을 받고 중시가 될 수는 없는 일이다. 그는 성덕왕과 효성왕의 교체기에 이미 소판[3등관위명] 이상의 관등으로 병부령 정도의 관직에 있었을 것이다.

그 다음에 '잣나무 황췌' 사건 후에 '작록을 하사하니 잣나무가 살아났다'의 '작록 하사'는 처음 벼슬을 주었다는 말이 아니다. 이미 벼슬하고 있는 사람에게 있는 '작위'에 작위를 더 올려 주고[예컨대 소판을 이찬으로 올림], 이미 받고 있는 '녹'에 더 많은 녹을 얹어 주었다는 말이다. 이 '부제(不第)'를 '벼슬을 안 준 것'처럼 번역하거나 해석하고, 이 '사작록(賜爵祿)'을 '벼슬을 주었다'고 번역하거나 해석한 논저는 모두 틀린 것이다.

(1c)에서 보듯이 744년[경덕왕 3년] 정월에 중시가 이찬 유정(惟正)으로 교체되었다. 효성왕 3년부터 경덕왕 3년 사이에는 중시 교체의 기록이 없으므로 신충은 이 5년간 중시로 있었다고 보아야 한다. 그런데 이 5년은 보통의 5년이 아니다. 효성왕이 승하하고 경덕왕이 즉위하는 큰 일이 있었다.

(2b)부터 (2h)까지에서 보듯이 739년 정월부터 742년 6월까지의 효성왕 후반기 3년간에 엄청난 일들이 벌어지고 있다.

> (2) a. 효성왕 2년[738년] — 당에서 사신을 파견하여 조칙으로 왕비 박씨를 책봉하였다[唐遣使 詔冊王妃朴氏].
>
> b. 3년[739년] — 봄 정월 조고묘에 참배하였다[三年 春正月拜祖考廟]. 중시 의충이 죽어서 이찬 신충으로 중시를 삼았다[中侍義忠卒 以伊飡信忠爲中侍]. 2월 왕의 아우 헌영을 제수하여 파진찬으로 삼았다[三年 — 二月 拜王弟憲英爲坡珍飡].

c. 3월 이찬 순원의 딸 혜명을 들여 비로 삼았다[三月 納伊飡順元 女惠明爲妃].

d. 여름 5월 파진찬 헌영을 봉하여 태자로 삼았다[夏五月 封波珍 飡憲英爲太子].

e. 4년[740년] 봄 3월 당이 사신을 파견하여 부인 김 씨를 책봉하여 왕비로 삼았다[四年 春三月 唐遣使冊夫人金氏爲王妃].

f. 가을 7월 붉은 비단 옷을 입은 여인 하나가 예교 아래로부터 나와 조정의 정사를 비방하며 효신공 집 문을 지나가다가 홀연히 보이지 않았다[秋七月 有一緋衣女人 自隷橋下出 謗朝政 過 孝信公門 忽不見].

g. 8월 파진찬 영종이 모반하여 복주하였다[八月 波珍飡永宗謀叛 伏誅]. 이보다 먼저 영종의 딸이 후궁으로 들어왔다[先是 永宗 女入後宮]. 왕이 그를 매우 사랑하여 은혜를 입기를 날로 심하였다[王絶愛之 恩渥日甚]. 왕비가 투기를 하여 족인들과 모의하여 그를 죽였다[王妃嫉妬 與族人謀殺之]. 영종이 왕비의 종당을 원망하여 이로 말미암아 모반하였다[永宗怨王妃宗黨 因 此叛].

h. 6년[742년] ― 여름 5월 ― 왕이 승하하였다.[六年 ― 夏五月 ― 王薨]. 시호를 효성이라 하였다[謚曰孝成]. 유명으로 법류사 남쪽에서 구를 태우고 동해에 산골하였다[以遺命 燒柩於法流 寺南 散骨東海].

<『삼국사기』 권 제9 「신라본기 제9」 「효성왕」>

　　이 3년 동안에 일어난 큰일은 6가지 정도가 된다. (2b)에서 보듯이 이 3년 동안의 중시가 신충이었다는 사실을 잊어서는 안 된다. 그리고 중시는 왕의 측근에서 왕의 기밀 명령을 출납하는 직책이다. 이 큰일들이 중시와 관련 없이, 중시가 모른 채 일어났다고 생각할 수 없다.

첫째, 신충이 중시로 취임한 후에 제일 먼저 일어난 일은 (2b)에서 보듯이 왕제 헌영을 파진찬[4등관위명]으로 삼은 것이다. 관직은 밝혀져 있지 않지만 어떤 중요 직책을 맡았을 것이다. 그냥 넘기면 그만일 기사이다. 태종무열왕 즉위 후 원자 법민도 파진찬으로서 병부령[국방장관 격]을 맡았다. 그러므로 헌영이 파진찬이 되는 것은 특별한 일은 아니다. 그러나 그가 소덕왕후의 아들로서 순원의 외손자라는 것을 잊으면 안 된다.

둘째, (2a)에서 당 나라에서 책봉한 왕비 박 씨를 739년 3월 이전에 어떻게(?) 했을 것이다. 이것은 추정이다. 기록이 없다. 다만 효성왕 즉위 시에 당 나라 사신 형숙이 왔고, 당 현종은 그때 왕과 왕비를 책봉하였다. 그러므로 다음에서 보는 대로 '순원의 딸(?)'을 새 왕비로 들이려면 그 전에 박 씨 왕비가 사망하거나 폐비되는 수밖에 없다. 당 나라에서 두 왕비를 책봉하였다는 말이 없는 한 박 씨 왕비는 왕궁에 없어야한다.

셋째, (2c)에서 보듯이 739년 3월 순원의 딸(?) 혜명을 새 왕비로 들였다. 720년[성덕왕 19년] 3월에 혼인하여 724년 12월에 사망한 성덕왕의 둘째 왕비 소덕왕후도 순원의 딸이다. 그러므로 이대로라면 효성왕은 이모와 혼인한 것이 된다. 왕제 헌영은 이 왕비 혜명의 친조카가 된다. 즉 혜명이 헌영의 친이모인 것이다. 효성왕에게도 혜명이 친이모일까? 보장되지 않는다. 효성왕은 소덕왕후의 아들이라는 기록만 있지 소덕왕후의 아들이라는 보장이 없다. 기록은 후세의 것이고 기록 속의 어머니 자리는 최종 왕비인 법적인 어머니가 차지하는 자리이다.

넷째, 새 왕비가 들어온 지 2개월 만에 (2d)에서 보듯이 739년 5월 효성왕의 아우 헌영을 태자로 봉하였다. 이것이 가장 큰 일이다. 젊은 왕이 금방 새 왕비를 들였는데 무슨 까닭으로 아우를 태자로 봉했을까? 이런 것이 예사로 보이는가? 혜명왕비는 왜 자신이 아들을 낳아 그 아들이 왕위에 오르는 것을 보기를 포기하였을까? 여자가 왕비가 되면 왕자를 낳아 그 왕자가 왕이 되어 대비가 되고, 손자가 왕이 되어 왕대비가 되고 대왕대비가 되는 것보다 더 좋은 일이 어디에 있겠는가? 언니의 아들이 얼마나 좋기에 남편의 왕위를 언니의 아들에게 물려주는 데에 동의하였을까? 사가(私家)에서도 이런 일은 일어날 수 없다. 상식적으로는 전혀 납득할 수 없는 일이다.

다섯째, (2g)에서 보듯이 740년 8월 후궁의 아버지 영종이 모반하여 죽였다. 후궁의 아버지가 왜 모반하였겠는가? 왕이 후궁을 찾지 않아서? 턱도 없는 일이다. 왕이 찾지 않는 후궁은 시든 꽃처럼 벌, 나비가 안 오는 것이고 뒷방에 앉아 한숨으로 세월을 보내는 것이다. 그것을 감수하는 것이 후궁 자리이다. 그런데 그 후궁의 아버지가 모반하는 것은 무엇 때문일까? 왕이 후궁을 너무 사랑하였고 왕비가 그것을 투기하여 후궁을 박대하기 때문에 생기는 일이다. 그런데 서라벌에서 일어난 일은 그보다 더 한 일이다.

여섯째, 드디어 (2h)에서 보듯이 742년 5월 효성왕의 의문에 찬 승하 사건이 있다. 효성왕의 사망이 정상적인 죽음이었을까? 그럴 수도 있고 아닐 수도 있다. 모든 가능성을 열어 놓고 생각해야 한다. 왜 화장은 하고, 뼈는 왜 동해에 뿌리는가? 이런 것이 모두 읽히지 않았단 말인가? 아니면 읽고도 무정하게 그냥 넘어갔다는 말인가?

(2e)에서 '당이 사신을 파견하여 부인 김 씨를 책봉하여 왕비로 삼았

다.'는 굉장한 중요성을 가진다. 혜명왕비가 김 씨라는 것이다. 그러면 당연히 그의 아버지(?) 순원도 김순원이다.[1] 이로써 이 집안이 왕실임을 알 수 있다. 단순한 외척이 아니다. 왕과 가까운 친척이 그들의 딸을 계속하여 왕비로 들이고 있는 것으로 보아야 한다.

그 후 742년 5월 헌영이 경덕왕으로 즉위하였다. 이미 739년 5월에 태자로 책봉되어 있었으니 저자에게는 정해진 수순을 밟아간 것으로 보인다. 이 모든 수순이 자신을 죽음으로 몰아가고 있다는 것을 효성왕은 몰랐을까? 몰랐으면 그는 바보이다. 알았으면 살기 위하여 혜명왕비와 뜻을 맞추고 새 장인 김순원(?)이나 그의 아들들, 새 처남들과 사이좋게, 사이좋게 안 싸우고 지나갈 수 있지 않았을까?[2] 그러나 그를 그렇게 하지 못하게 만든 요인이 있었을 것이다. 여자 문제를 빼면 다른 가능성은 별로 없다.

효성왕도 주 나라 유왕(幽王)처럼 포사(褒姒) 같은 여인을 만난 것일까? 그 포사를 웃게 하기 위하여 봉화에 불을 피우고, 자꾸 피어오르는 봉화 때문에 매번 군대를 출동시켰던 제후들이 나중에는 왕을 불신하고, 그리하여 막상 신후(申侯)가 견융(犬戎)을 불러들여 호경(鎬京)에 쳐들

---

1) 『삼국유사』 권 제1 「왕력」, 「효성왕」 조에는 혜명왕비의 아버지가 '각간 진종'이라고 되어 있다. 순원의 두 딸이 차례로 성덕왕의 계비와 효성왕의 계비가 되어 효성왕이 이모와 혼인하였다는 결과를 낳게 되는 『삼국사기』 권 제9 「신라본기 제9」 「효성왕」 조의 기록이 무리하게 보인다. 혜명왕비의 아버지는 '이찬 순원'이 아니라 '각간 진종'이라는 『삼국유사』의 기록이 정확한 것이다. 그런데 『삼국사기』가 그렇게 실수한 데에는 까닭이 있을 것이다. 제7장에서 상론한다.

2) 효성왕의 아버지인 성덕왕은 그렇게 한 것으로 보인다. 성덕왕은 704년 봄에 혼인하여 아마도 아들을 셋이나 낳은 것 같은 엄정왕후를 어떻게(?) 했는지 그 왕비의 거취가 불분명한 채, 720년 3월 '이찬 순원'의 딸과 재혼하였다. 이 이가 소덕왕후이다. 소덕왕후는 아이를 셋쯤 낳고 5년 만에 사망하였다. 이 혼인을 추진하였을 김순원이 무서운 사람인 것이다.

어 왔을 때는 아무 제후도 군대를 출동시키지 않는 늑대 소년이 되어 포사의 아들 백복(伯服)과 함께 살해된 것처럼, 그도 그런 포사를 만났을까? 가능성이 있다. 그러나 그의 죽은 후궁이 포사일 가능성은 없어 보인다. 만약 그 후궁 때문에 그가 그들과 사이좋게 지내지 못했다면, 그 후궁이 죽은 뒤에는 그들과 사이좋게 지낼 수도 있었을 것이다. 그러나 그러지 않은 것은 후궁이 포사가 아니라 그 후궁을 질시하는 세력이 있었음을 암시하는 것이다. 후궁은 효성왕의 사랑을 너무 많이 받아 다른 사람에게 피해를 입은 것이다. 당연히 그 다른 사람은 왕비 혜명의 친정 집안사람이다.

이 모든 사건을 겪고 신충이 경덕왕 3년[744년] 정월까지 중시에 있었다는 것은 그가 효성왕 승경의 편에 섰던 처지를 바꾸어 효성왕의 아우 헌영의 편으로 돌아섰음을 뜻한다. 즉 김순원의 세력권으로 돌아갔다는 말이다. 안 그랬다면 중시 직을 유지할 수 없었을 것이다. 그는 다시 변절하였다. 그리고 중시가 된 지 18년이 지난 경덕왕 16년[757년] 정월에 신충은 상대등에 올랐다. 그 후 763년[경덕왕 22년] 8월에 면직되었다. 장장 6년 8개월 동안 상대등 직에 있은 것이다.

이는 중시가 된 시점부터 잡아도 그가 최소 장장 24년 8개월 정도 최고위직 근방에 있었음을 의미한다. 물론 744년[경덕왕 3년] 정월에 이찬 유정이 중시가 되는 것으로 보아 중시를 그만 두고 쉬다가 다시 상대등에 취임하였을 수도 있다. 그런 신충이 763년[경덕왕 22년] 8월에 면직되고 「원가」를 짓고 피세하여 남악으로 들어갔을까? 그럴 가능성은 전혀 없다. 신충은 경덕왕 22년 이후에 「원가」를 지은 것도 아니고 괘관하고 피세한 것도 아니다.

(3) a. 경덕왕 22년[763년], 가을 7월 서울에 큰 바람이 불어 기와를 날리고 나무를 뽑았다[秋七月 京都大風飛瓦拔樹]. 8월 복숭아와 오얏이 다시 꽃이 피었다[八月 桃李再花]. <u>상대등 신충과 시중 김옹이 면직되었다[上大等信忠侍中金邕免].</u>

b. <u>대내마 이순은 왕의 총신이 되었는데 홀연히 하루아침에 속세를 피하여 산으로 가서</u> 여러 번 불렀으나 취임하지 않고 <u>머리를 깎고 중이 되어 왕을 위하여 단속사를 짓고 살았다</u>[大奈麻李純爲王寵臣忽一旦避世入山累徵不就剃髮爲僧爲王創立斷俗寺居之]. <『삼국사기』 권 제9 「신라본기 제9」 「경덕왕」>

그런데 (3a)에는 신충과 김옹의 면직 사유가 없다. 신충이 면직 당하기 직전 기록은 <u>7월에 태풍이 불어 기왓장이 날고 나무가 뽑혔으며, 8월에 복숭아, 오얏이 다시 꽃 피었다는 이상한 기상 현상</u>이다. 심한 태풍과 기상 이변이 일어난 것이다. 이에 대한 책임을 물어 경덕왕은 최고위직인 상대등과 시중을 면직시켰을 가능성이 있다. 민심을 수습하기 위하여 경덕왕은 상대등 신충과 시중 김옹을 면직시켰을 것이다. 그렇다면 신충은 결코 괘관한 것이 아니다. 기상 이변에 대한 책임을 지고 면직된 것이다.

이 기록이 『삼국유사』에 잘못 인용되어 신충의 「원가」가 「피은 제8」에 들어 있다. 그러나 신충은 피은한 적이 없다. 피은한 것은 대내마 이순이다. 그러니까 저자의 주장은 『삼국유사』 권 제5 「피은 제8」에 들어 있는 「신충 괘관」은 둘로 나누어, 신충의 「원가」 관련 내용은 제목을 「효성왕대 신충」으로 하여 권 제2 「기이 제2」에 넣고, 나머지 내용은 제목을 「경덕왕대 이순 괘관」으로 하여 권 제5 「피은 제8」에 넣는 것이 원래의 『삼국유사』의 편찬 원칙에 합당하다는 것이다.

(4)에서 보듯이 724년[경덕왕 23년] 정월에는 이찬 만종을 상대등으로 삼고 아찬[6등관위명] 양상을 시중으로 삼았다고 되어 있다. 이 아찬 양상이 나중에 경덕왕의 아들 혜공왕을 시해하고 제37대 선덕왕으로 오른 성덕왕의 외손자이다. 혜공왕은 고종사촌 형에게 시해된 것이다. 신충은 상대등을 끝으로 면직되어 은퇴한 것이 틀림없다.

> (4) a. 23년 봄 정월 이찬 만종을 상대등으로 삼고 아찬 양상을 시중으로 삼았다[二十三年 春正月 伊飡萬宗爲上大等 阿飡良相爲侍中].
> b. 3월 패성이 동남으로 가고 양산 아래 용이 나타났다가 갑자기 날아갔다[三月 星孛于東南 龍見楊山下 俄而飛去]
> c. 겨울 12월 11일 유성이 혹은 크고 혹은 작은 것이, 관찰하는 자들이 헤아릴 수 없었다[冬十二月十一日 流星或大或小 觀者不能數. <『삼국사기』 권 제9 「신라본기 제9」 「경덕왕」>

『삼국사기』는 이렇게 명백하게 신충이 변절하여 효성왕을 배신하고, 김순원 세력에 가담하여 헌영을 태자로 삼고 왕위에 오르도록 하는 모든 공작을 해 나갔음을 적고 있다. 그런 신충을, 마치 벼슬을 버리고 지리산에 은둔하여 깨끗하게 산 선비처럼 설명하는 것은 진실에 대한 모독이다. 그런 연구는 진리를 추구하는 학문을 한 것이 아니다. 앞에서 본 『삼국사기』의 효성왕 3년부터 6년까지의 3년 사이, 신충이 중시 직에 있던 그 기간에 일어난 일에 대하여 읽지 않았거나 잘못 읽은 것이다. 서서히 옥죄어 오는 이복아우의 외가 세력, 새 어머니의 친정 세력의 압박에 숨이 막혀 가는 것 같은 효성왕의 저 비참한 상황을 주목하지 않은 것이다.

2. 「원가」는 효성왕을 원망하기만 한 시가 아니다

신충과 김순원 세력은 어떤 약속을 하였을까? 자신들을 배신하고 태자 승경을 밀어 즉위시킨 신충이, 후회하고 「원가」를 지어 효성왕을 떠나 헌영을 미는 순원 세력에게로 다시 되돌아가겠다는 변절 의사를 표시하였을 때 순원 세력은 어떤 조건 아래 신충을 다시 받아들였을까?

그에 대한 답은, 순원의 딸(?) 혜명을 왕비로 들이고, 순원의 친외손자 헌영을 태자로 봉한 후에, 효성왕을 시해하고 헌영을 왕위에 올린다는 원대한 계획의 실행 하수인이 되라는 조건이었다. 아니 신충은 그 모든 것을 자신이 기획하고 실천하고 이익을 챙긴 몸통일 수도 있다. 제7장에서 밝혀지는 대로 그가 순원의 누나의 손자라면 이 모든 것은 저절로 해결되는 것이다. 그것이 (2)에 보인 효성왕 시대에 일어난 일들에 다 들어 있지 않은가?

박노준(1982:140-61)은 '효성왕이 순원파의 견제 때문에 신충에 대한 배려를 할 수 없었을 것이라.'고 정확하게 추론하고 있다. 그러나 그 책은 태자 승경을 소덕왕후의 아들로 보고, 이 대립을 승경과 소덕왕후 소생이 아닐 것으로 보이는, 즉 성정왕후의 소생으로 보이는 왕자 수충의 대립으로 설명하고 있다. 즉, 그는 왕자 수충을 한 그룹의 대표로 삼고, 태자 승경과 그의 외할아버지라고 그 책에서 보고 있는 순원을 다른 한 그룹의 대표로 삼은 것이다. 그리고 신충이 수충 그룹과 승경 그룹 가운데 승경 그룹을 선택한 것으로 보고 있다. 그리하여 뒤늦게 승경 편에 가담한 신충에게 원래의 승경파인 순원파가 견제한 것으로 설명한 것이다. 그러나 이는 이후의 역사 전개 과정과는 동떨어진 것으로서 전혀 성립할 수 없는 가설이다. 그 근거는 다음과 같다.

첫째, 이 논의에는 커다란 문제점이 들어 있다. 그 문제점은 성덕왕의 왕비를 성정왕후로 보는 점이다. 현존하는 어떤 사서에도 성덕왕의 왕비가 성정왕후라는 기록은 없다. 704년 성덕왕이 혼인할 때 왕비는 승부령 소판 김원태의 딸이라고만 되어 있지 성정왕후라는 말은 없다. 『삼국유사』 권 제1 「왕력」은 성덕왕의 선비가 배소왕후인데 시호가 엄정이고, 후비는 점물왕후인데 시호가 소덕이라고 하였다. 그러므로 성덕왕의 왕비는 엄정왕후와 소덕왕후 두 사람이다.3)

『삼국사기』의 성덕왕 15년[716년] 조에는 출궁하는 왕비가 있다. 이 왕비가 성정왕후인데 '달리는[一云]' 엄정왕후라고도 한다고 했다. 이 '一云'은 틀린 것이다. 후술하는 바와 같이 성덕왕의 왕비는 엄정왕후이고 성정왕후는 효소왕의 왕비이다.

둘째, 왕자 수충이 성덕왕과 엄정왕후 사이에서 난 아들이라는 보장

---

3) 『삼국사기』 권 제8 「신라본기 제8」, 「성덕왕」, 조에서는 즉위 3년 기록에 '여름 5월 승부령 소판*{구본은 반이라고도 했으나 지금 고친다.}* 김원태의 딸을 들여 비로 삼았다[夏五月 納乘府令蘇判*{舊本作扳 今校正}*金元泰之女爲妃].'고 하였다. 성덕왕의 장인이 소판3등관위명]으로 되어 있다. 『삼국유사』 권 제1 「왕력」은 성덕왕 조에서 '선비는 배소왕후이다. 시호는 엄정이고 원태 아간의 딸이다[[先妃陪昭王后諡嚴貞元大阿干之女也]. 후비는 점물왕후이다. 시호는 소덕이고 순원 각간의 딸이다[後妃占勿王后諡炤德順元角干之女].'고 적고 있다. '소판과 아간이 차이가 커서 어느 쪽이 옳은지 모르겠다.' 해 버리면 안 된다. 아마도 아간은 엄정왕후가 왕비가 될 때 그 아버지의 관등일 것이다. 그때는 그가 승부령도 아니었을 것이다. 소판이라는 관등과 승부령은 김원태의 최종 관등이고 관직이다. 이 경우 『삼국사기』는 최종 관등과 관직을 적은 것이고, 『삼국유사』는 그 일이 있던 당시, 즉 딸을 성덕왕의 비로 들이던 당시의 관등을 적은 것이다. 그렇다면 아간[6등관위명]은 왕의 장인이 되기에는 좀 낮은 관등일지도 모른다. 아니면 엄정왕후가 왕비가 될 때 그 아버지는 좀 젊었기 때문일 것이다. 그러면 소덕왕후가 왕비가 될 때 그의 아버지 이찬 순원은 연만했다고 보아야 한다. 성덕왕의 첫 왕비 집안은 그렇게 큰 세력을 가진 집안이 아니다. 그에 비하여 소덕왕후의 아버지 각간 순원의 집안은 거의 최고의 세력을 가진 집안으로 보인다.

이 없다. 이 왕자 수충에 대하여 깊이 추구해야 한다. 수충에 대한 기록을 (5)에서 보기로 한다. 그는 714년[성덕왕 13년] 2월 당 나라에 숙위 갔고 717년[성덕왕 16년] 9월에 돌아왔다. 이 사람이 성덕왕의 아들일까? 아니다. 이 사람은 절대로 성덕왕의 아들일 수 없다. 왜 그런가?

(5) a. (성덕왕) 13년[714] 2월 ─ 왕자 김수충을 당으로 파견하여 숙위하게 하니 현종은 집과 비단을 주고 써 총애하며 조당에서 연회를 베풀어 주었다[春二月 ─ 遣 王子金守忠 入唐宿衛 玄宗賜宅及帛以寵之 賜宴于朝堂].

　　b. 16년[717년] 6월에 태자 중경이 죽어 시호를 효상태자라 하였다[六月 太子重慶卒 諡曰孝殤].

　　c. 16년[717년] 가을 9월에 당으로 들어갔던 대감 수충이 돌아왔다. 문선왕, 10철, 72 제자의 도상을 바치므로 그것을 태학에 보냈다[秋九月 入唐大監守忠廻 獻文宣王十哲七十二弟子圖 卽置於大學]. <『삼국사기』 권 제9 「신라본기 제9」 「성덕왕」>

　제33대 성덕왕은 704년 봄에 승부령 김원태의 딸 엄정왕후와 정식으로 혼인하였다. 수충이 엄정왕후 소생이라면, 즉 수충이 성덕왕과 엄정왕후의 정식 혼인 후에 태어난 맏아들이라면, 그는 성덕왕의 '원자'로 적혀야 한다. 그러나 그는 결코 '원자'로 적히지 않고 '왕자'로 적혔다. 이로 보면 수충은 엄정왕후의 둘째 이하 아들이거나 후궁의 아들일 수밖에 없다. 수충이 엄정왕후의 아들이라면 빨라야 705년에 태어났을 것이고 당 나라에 갈 때 많아야 10살이다. 어리다. 그런데 엄정왕후의 둘째 이하의 아들이라면 더 어린 8살 정도에 당 나라에 간 것이 된다. 너무 어리다. 나이뿐만 아니라 수충이 '원자'로 적히지 않았다는 것 하나만으로도, 그는 성덕왕과 엄정왕후의 소생이 아님에 틀림없다. 수충은 성덕왕의 아들이라면, 성덕왕이 엄정왕후와 혼인하기 전에 후궁에게서 낳은 아들일 것이다. 그러면 11살쯤에 당 나라에 간 것이 된다. <u>수충을 엄정왕후와 성덕왕의 소생으로 보는 학설은 어떤 것이든 이로써 완전히 틀린 학설이 된다.</u> 그러면 수충의 출신은 해결되었는가? 확실히 성덕왕과 후궁 사이에서 난 아들인가? 알 수 없지만 가능성은 아주 낮다.

다른 가능성은 수충이 제30대 문무왕의 아들일 수 있다는 것이다. 문무왕은 681년에 56세로 승하하였다. 수충이 문무왕의 아들이고 문무왕 승하 직전에 태어났다면, 수충은 당 나라에 간 714년에는 33세이다. 문무왕이 50세에 낳은 아들이라면 39세이다. 그로 보면 수충은 문무왕의 후궁 소생일 가능성이 있지만 그의 아들들이 'ㅇ명'이라는 이름을 가진 것을 보면 그렇다고 하기도 어렵다. 수충이 문무왕의 아들이라면 성덕 왕대에는 왕숙(王叔)으로 적혀야지 왕자로 적혀서는 안 된다.

수충이 제31대 신문왕의 아들이라면 더 어린 나이이다. 당 나라에서 활동할 때 30대 정도의 나이라면 신문왕의 아들일 가능성이 크다. 그러나 신문왕의 아들이라면 성덕왕 때에는 왕제(王弟)로 적혔어야 한다.

제32대 효소왕은 무자하다고 하였으므로 이를 믿으면 수충이 효소왕의 아들일 수는 없다. 그러나 이를 믿으면 안 된다. 효소왕이 6살에 왕위에 올라 16살에 승하하였다고 한 옛 학설에서는 효소왕이 혼인도 하지 않고 아들도 없는 것으로 처리하였다. 그러나 서정목(2013, 2014a) 이후의 새 학설에서는 효소왕이 16살에 즉위하여 26살에 승하하였으므로 그에게 아들이 있을 가능성은 열려 있다(제5장, 제6장 참고). 왕자 아닌 다른 사람을 왕자라고 하여 사신으로 보낸 경우일 수도 있다. 이 정도에서 그친다. 후술할 것이다. 여기서는 성덕왕 15년[714년] 2월에 당 나라에 숙위[인질]로 간 왕자 김수충이라는 인물이, 신라 중대 최고 수수께끼의 인물, 우리가 이 책에서 그 정체를 꼭 밝혀야 하는 인물이라는 것을 기억해 두기 바란다.

셋째, 효성왕이 소덕왕후의 아들이라는 보장이 없다. 효성왕이 소덕왕후 소생이라면 소덕왕후의 아버지인 김순원이 자신의 외손자인 효성왕을 민 신충을 견제하였다는 것이 합리적이지 않다. 물론 외척 세력인 순원이 왕당파로 보이는 신충을 견제하였다는 설명이 가능하기는 하다. 그러면 왕당파인 신충이 적대적 외척인 순원의 외손자를 민 것이 역시 설명하기 어렵다. 이렇게 신충이 원래 순원의 외손자인 태자 승경의 편이 아니기 때문에, 태자 승경이 신충에게 도움을 청했다고 설명하고 싶을 것이다. 그러면 순원파가 태자 승경을 미는 것이 확실한 정황을 찾아야 한다. 그런데 『삼국사기』가 보여 주는 이후의 역사 전개는 순원 세력이 효성왕을 지지하기는커녕 사사건건 대립하는 것으로 보인다. 순원 집안이 태자 승경을 밀고, 신충이 태자 승경을 밀지 않았는데 나중에 잣나무 아래의 약속으로부터 태자 승경을 밀었다고 보는 것은 모든 역사적 사실에 합치되지 않는다. 김순원 집안은 처음부터 끝까지 승경의 편이 아니었다. 그들은 승경의 아우 헌영의 편이었다.

넷째, 승경을 소덕왕후 소생으로 보면 다 같은 소덕왕후의 아들인 효성왕과 헌영이 불화를 빚는 현상을 설명할 수가 없다. 순원 집안의 딸인 혜명왕비가 들어오자 말자 효성왕은 헌영[경덕왕]을 태자로 봉한다. 이상하다. 그 당시의 의술이 얼마나 발전했기에 혜명왕비는 2달 만에 '남편이 아들을 낳을 수 없다.'고 판단한다는 말인가? 더욱이 효성왕은 후궁인 영종의 딸을 사랑하였다. 혜명왕비가 투기를 하여 친정 집안인 순원의 족인들과 모의하여 그 후궁을 죽였다. 후궁의 아버지는 왕비의 종당을 원망하여 모반하였다. 이 '영종의 모반'을 진압한 것이 효성왕일까? 그렇게 쓴 논저들이 있다. 틀린 것이다. 그럴 리가 없다. 사랑하는 여인, 죽은 후궁의 아버지를 효성왕이 죽였을 리가 없다. 그것은 혜명왕비의 친정 집안 김순원 세력의 사람들이 한 일이다. 김순원이나 그가 이미 죽었다면 그의 아들이나 손자가 실권자임을 알 수 있다. 붉은 비단옷을 입은 여인이 조정의 정사를 비방하며 효신공의 문 앞을 지나갔다고 한다. 효신공이 그 당시 실권을 쥐고 있던 김순원의 손자이었을 것이다. '효신공', '김효신', 그의 정체를 찾아야 한다.

위에서 든 여러 가지 이유로 저자는, 해독을 제외하고[해독은 김완진(1980)이 최고봉이다.] 각각의 향가의 창작 배경을 그때까지는 가장 잘 설명하여 향가 연구의 최고봉으로 인정하는 박노준(1982)를 「원가」에 관해서도 부정한다. 물론 이미 서정목(2014a)에서 「모죽지랑가」도 죽지랑 사후의 만가(輓歌)라고 봄으로써, '실세(失勢) 이후의 죽지랑의 초라한 모습을 안타깝게 생각하면서 그를 기린 노래'라는 박노준(1982:138)의 설명도 부정하였다. 그 이유는 그러한 설명이 모두 양주동(1942/1981) 식의 낡은 해독에 바탕을 두고 시의 내용을 파악하였기 때문이다. 그런데 이에 덧붙여 창작 배경에 대한 설명도 더 천착해야 할 문제가 많이 남아 있는 것이다.

저자는 승경을 엄정왕후 소생으로 보고, 이 대립을 요석공주의 후계 세력인 승경과 자의왕후의 후계 세력인 소덕왕후 소생 헌영의 대립으로 설명한다. 그러면 김원태의 딸인 엄정왕후가 낳은 아들인 태자 승경을 소덕왕후의 친정아버지 김순원 집안에서 달가워했을 리가 없다. 이것이 신라 중대의 정치적 갈등의 진정한 모습이다. 이것은 왕당파와 외척 세력 사이의 갈등이라 하기 어렵고 현존 한국사학계의 신라 중대 정치사 연구가 말하는 왕권 강화와 진골 귀족 세력의 거세는 더더욱 아니다. 그런 설명은 근거가 없는 것이다.

제31대 신문왕부터 효소왕, 성덕왕, 효성왕, 경덕왕, 제36대 혜공왕에 이르는 왕들은 왕권을 강화하기는커녕, 문무왕비 자의왕후, 문무왕의 형제자매들, 장모 요석공주, 외할머니 요석공주, 외할아버지 김순원 집안 세력에게 쪽도 쓰지 못한 채 신하들에게 휘둘리어 통치력을 발휘하지 못하고 나라를 망친 암군들이다. 그들이 통치한 681년부터 780년까지 99년 동안은 암울한 시대로 백제와 고구려로부터 빼앗아 온 전리품이 없었으면 왕권을 유지할 수 없었을 만큼 형편없는 시대이다.

문무왕만큼 강한 왕권을 행사한 왕은 신문왕부터 그 이후 단 한 사람도 없다. 신문왕의 왕권 강화라는 말이 성립하려면, 문무왕 시대에는 왕권이 약하였고 신문왕 즉위 후에 왕권을 강화시켜서, 그의 아들, 손자들 대에서 강력한 전제 왕권이 수립되었다는 것이 증명되어야 한다. 그러나 저자가 읽은 『삼국사기』, 『삼국유사』의 그 시대를 증언한 기록들에는 그런 증거가 하나도 없다. 전혀 그렇지 않다. 신문왕 이후에는 왕권이 점점 더 약화되어 간 것으로만 보인다. 왜 그럴까? 우리는 역사를 제대로 읽을 줄 모르는 몇몇 소위 역사 기술자들에게 속은 것이다.

사서를 잘 읽어 보면 그 책들은 신라가 망조가 들어도 더 이상 들 수 없을 정도로 들어서 쇠락과 퇴조의 비탈길을 굴러가고 있는 브레이크 없는 손수레 같은 나라라는 것을 말하고 있다. 그렇게 많은 반란이, 각간, 이찬, 소판, 파진찬 등 그렇게 높은 고위 관등의 인물들에 의하여 일어나는 시대가 그 전에 언제 또 있었는가? 반란의 횟수만 헤아려도 왕권 강화니, 삼국 통일 후 평화 속의 문화 창조니, 그런 말을 하지는 않았을 것이다.

백제, 고구려 멸망 후 그들이 한 일은 왕자들을 들러 싼 집안싸움과 당 나라에의 속국화, 모든 문물 제도의 당화(唐化) 외에 따로 없다. 백제, 고구려 멸망 후의 신라는 썩어 문드러진 나라이다. 그 쇠락의 원인도 인류 보편적 원리인 '외적이 사라지면 평화 속에 안주하게 되어 전쟁에 대비하지 않고 나약해져서 멸망해 간다.'는 그런 유형이 아니다.4) 그 원인은 단 하나, 신문왕의 부정(不貞)한 행위로 인하여 초래되어 요석공주가 자신의 사적 감정에 따라 휘두른 안방 권력에 의한 왕위 계승의 부당성이다. 효소왕은 아우인 원자 사종을 제치고 왕이 되었고, 성덕왕도 원자 사종과 효소왕의 아들 수충을 제치고 왕이 되었다. 성덕왕과 엄정왕후의 아들 효성왕 승경과 성덕왕과 소덕왕후의 아들 경덕왕 헌영은 이복형제 사이에 왕위를 놓고 죽고 죽이는 싸움을 벌였다. 통치의 정당성을 상실한 것이다.

처음 승경이 태자로 책봉될 때도 김순원 집안은 그것을 막으려 했을 것이다. 그러나 혼인한 지 5년 만에 죽은 소덕왕후가 낳은 헌영은 너무 어렸다. 두 왕자의 아버지 성덕왕도, 살아 있는 큰 아들 승경을 제치고 작은 아들 헌영을 태자로 봉하는 데에 동의하지 않았을 것이다. 그리하

---

4) 『맹자』의 「고자장구(告子章句) 하」의 한 구절을 들어 둔다. '入則無法家拂士 出則無敵國外患者 國恒亡[나라 안에 법도를 지키는 오랜 가문이 없으며 보필하는 현명한 선비가 없고 나라 밖에 적국과 외환이 없으면, 나라는 항상 망하기 마련이다. 然後知生於憂患而死於安樂也[그런 연후에야 우환에서는 살 수 있으되 안락에서는 죽게 마련이라는 것을 알 수 있다.]'

여 724년 봄에 승경이 태자로 봉해졌다. 그리고 724년 12월 소덕왕후는 사망하였다.

　김순원 집안 세력은 성덕왕 승하 후 어쩔 수 없이 태자 승경의 즉위를 받아들였다. 신충 등이 대의명분을 들어 태자를 폐할 수는 없다고 버티었을 것이다. 태자 승경은 신충 등의 도움을 받아 겨우 즉위하였다. 그러나 이것이 원하는 바가 아니었던 순원 세력은 효성왕이 신충을 공신 등급에 넣는 것에 반대하였다. 여기서 「원가」가 탄생한다. 이 노래는 태자 승경을 도와 즉위하는 데에 공을 세웠지만 실권자인 순원 집안의 적이 되어 공신 등급에 들지 못한 <u>신충이 태자를 도운 것을 후회하는 노래이다.</u> 그는 이 노래를 지음으로써 순원 집안 세력에게 자신이 되돌아가고 싶어 한다는 의사를 전달하였다. 그리고 일정한 조건 아래 효성왕의 이복아우 헌영을 미는 세력에게로 되돌아갔다. 원래 거기가 그의 세력권이었다.

　그리하여 순원 세력은, 신충을 다시 받아들여 공신 등급에 넣고 작과 녹을 하사하는 데에 동의하였다. 그것이 '잣나무 시듦 사건'으로 신충에게 작과 녹을 하사하였고 '잣나무가 소생'한 까닭이다. 노회한 신충의 책략이 성공한 것이다. 그러면 신충은 순원 세력에게 무엇을 해 주기로 약속하였을까? 아무런 반대급부 없이 순원 세력이 신충을 공신 등급에 넣는 데에 동의하고 자신들의 편에 넣어 주었다고 생각하는 것은 어리석은 일이다. 정치는 그렇게는 되지 않는다. 상대방의 양보를 얻어내려면 자기가 얻는 것보다 더 큰, 그러나 자기에게는 중요하지 않은 그런 것을 상대방에게 내어 주어야 한다. 신충에게는 무엇이 그런 것이었을까? 자기에게는 어마어마한 자손 대대의 영화와 호사가 걸린 이권, 자신이 효성왕을 떠나 헌영의 편으로 가는 것, 그것을 순원 세력에게서 얻어내기 위하여, 그가 순원 세력에게 내어 줄 수 있는 것은 무엇이었을까? <u>그것은 효성왕이었다.</u> 이리하여 군주를 팔아먹는 신하가 나오고, 상관을 배신하는 부하가 나오고, 심지어 아버지를 죽이는 아들이 나오고, 형을 죽이는 아우가 나오고, 조카를 죽이는 숙부가 나오는 것이다.

그런데 이 과정은 매우 치밀하고 교묘하게 그리고 절묘하게 이루어졌다. 제일 먼저 손댄 것이 왕비였다. 효성왕 2년에 이미 당 나라의 책봉을 받은 박 씨 왕비를 건드린 것이다. 어떤 방업이었는지는 모르지만 일단 그 왕비가 사망하였거나 아니면 폐비되었다고 보아야 한다. 박 씨 왕비를 폐하고 나서 그 다음에 헌영을 파진찬으로 하였다. 그 다음에 순원 집안의 또 다른 딸 혜명을 왕비로 들인다. 그 다음에는 헌영을 태재부군으로 봉한다. 이 과정 내내 신충은 중시이다. 효성왕의 최측근이다. 그가 효성왕을 설득하였을까, 협박하였을까? 최소한 그는 충실하게 순원 집안 세력의 요구 사항을 효성왕에게 전달하는 깃털[혹은 몸통] 역할을 하였을 것은 틀림없다. 그리고 최소한, 그들의 요구 사항을 수용할 수밖에 없는 효성왕으로부터 답을 받아내어 그들에게 전달하는 역할을 하였다. 최대한은? 이 모든 과정이 '현명하다 한' 그의 책략에서 나왔을지도 모르는 일이다. 그렇다면 효성왕은 협박 받았을지도 모른다.

그리하여 그는 중시가 된 이후로, 아니면 그 전 공신에 들지 못한 때부터, 이 파벌 싸움에서 헌영의 편을 들었다. 그렇지 않았다면 경덕왕 즉위 시에 중시 직에서 쫓겨났을 것이다. 그가 효성왕 승하 후에 경덕왕 아래에서 3년이나 중시 직을 맡았다는 것은 효성왕 편으로부터 경덕왕 편으로 돌아섰다고 볼 때 이해 가능하다. 이것이 '이로 말미암아 두 조정에서 총애가 현저하였다[由是寵現於兩朝].'는 말의 뜻이다. 그는 그 격변기의 효성왕 시기에 헌영을 편들어 그를 파진찬으로 승격시키고, 왕비 박 씨를 폐하고, 순원 집안의 딸 혜명을 새 왕비로 들이고, 헌영을 태자[부군]으로 봉하고, 후궁의 아버지 영종을 모반으로 몰아 죽이고, 드디어 효성왕이 승하하게 되는 그 과정에서 내내 순원 집안의 편에 섰다. 아니 순원 집안이 그 자신이었을지도 모른다.

그 밖에도 박노준(1982:151)은 순원을 반왕당파로 보고 그의 집권을 왕비를 정점으로 하는 외척 세력의 발호로 본다. 그러나 저자는 왕당파 대 외척파, 반왕당파의 대립을 인정하지 않는다. 김순원은 외척이긴 하지만 왕실 최측근이므로 그도 왕당파이다. 기본적으로 왕당파와 진골 귀족 세력의 대립, 왕당파와 외척의 대립, 왕당파와 비왕당파의 대립, 그런 것은 통일 신라 시대에 없었다. 그것은 현대 한국의 신라 중대 정치사 연구자들이 근거 없이 꾸며낸 허구에 지나지 않는다. 그들의 그러한 주장 뒤에는 『삼국사기』나 『삼국유사』에서 가져온 증빙 사료가 없다. 저자는 이 faction에서 상상하여 구상한 모든 역사적 상상에 『삼국사기』나 『삼국유사』에서 가져 온 증빙 사료를 붙이려 노력하였다.

이제 우리 눈앞에는 김순원이라는 거대한 산이 서 있다. 이 산을 정복할 수 있을 것인가? 그가 누구인지 밝혀낼 수 있을 것인가? 순원이 누구인지를 알기 위해서는 문무왕비 자의왕후를 알아야 한다. 자의왕후는 (6)에서 보듯이 파진찬 선품의 딸이다.[5]

---

5) 波珍湌(파진찬)'과 '海干(해간)'은 같은 단어를 서로 다른 한자를 이용하여 적은 것이다. '波珍湌'의 '波'는 음독자이다. '바다'의 '바'를 적은 것이다. 소리도 가깝고 의미적 연관성이 있는 '波'를 사용한 것이다. '珍'의 옛 훈은 '돌 珍'이다. '波珍'은 '*바돌'을 적은 것이다. '바다 海'의 훈은 중세 한국어에서는 '바롤'이었다. 둘째 음절의 '룰'은 고대 한국어에서는 '돌'이었을 가능성이 있다. 그러면 '*바돌'을 얻을 수 있다. 이 4등관

(6) a. [661년] 문무왕이 즉위하였다[文武王立]. 휘는 법민이고 태종
　　 왕의 원자이다[諱法敏 太宗王之元子]. 어머니는 김씨 문명왕후
　　 로 소판 서현의 막내딸이며 유신의 누이 동생이다[母金氏 文
　　 明王后 蘇判舒玄之季女 庾信之妹也]. ― 비는 자의왕후이다[妃
　　 慈儀王后]. 파진찬 선품의 딸이다[波珍飡善品之女也]. <『삼국
　　 사기』 권 제6 「신라본기 제6」 「문무왕」>

b. 이름은 법민이다[名 法敏]. 태종의 아들이다[太宗之子也]. 어머
　 니는 훈제부인이다[母 訓帝夫人] 비는 자의*{ 혹은 눌*왕후이
　 다[妃 慈義*{一作訥}*王后]. 선품 해간의 딸이다[善品海干之
　 女] <『삼국유사』 권 제1 「왕력」 「문무왕」>

파진찬 선품이 누구일까? 이 시기의 가장 중요한 핵심 인물이 문무왕
인데 그의 장인인 선품을 알 수가 없었다. 즉, 문무왕의 처가를 알 수가
없었던 것이다. 아무 데서도 찾아볼 수 없었다. 자의왕후가 선품의 딸이
라는데 그 선품이 누구인지 모르니, 신문왕의 외가가 어느 집안인지도
모른 채 신라 중대 정치사를 논의하고 있었던 것이다. 반쪽짜리 역사가
될 수밖에 없다.

순원에 관한 초기 기록은 (7)과 같다.

(7) a. 효소왕 4년[695년] 개원을 제수하여 상대등으로 삼았다[拜愷元

위명의 우리말 이름은 '바둘칸'일 가능성이 크다. 주로 해군 사령관을 맡았을까? 실제
로 『삼국유사』 권 제2 「기이 제2」 「만파식적」 조에서 682년 5월 초하루 '동해에 작은
산이 떠서 감은사로 향해 오는데 물결을 따라 왕래한다[東海中有小山 浮來向感恩寺 隨波
往來].'는 보고를 한 파진찬 박숙청(朴夙淸)은 해관(海官)이라는 직책으로 적혔다. 이 해
관이 바다를 관장하는 해군 사령관으로 해석된다. 결국 같은 관등명을 적는 이 두 표
기는 '바둘칸'이라는 우리말 단어를 두 가지 방법, 즉 훈독과 음독한 한자를 이용하는
방법으로 적은 같은 단어이다. '飡'과 '干'은 같은 말을 적는 음독자로 보인다. '干'은
'징기스칸' 등에 들어 있는 '칸'을 적은 글자이다. 그러나 '飡'에 대해서는 모른다.

爲上大等].

b. 동 7년[698년] 2월 --- 중시 당원이 늙어서 물러났다[中侍幢元
退老]. 대아찬 순원을 중시로 삼았다[大阿湌順元爲中侍].

c. 동 9년[700년] 5월 이찬 경영*{영은 혹은 현이라고도 한다.}*
이 모반하여 복주되었다[夏五月 伊湌慶永*{永一作玄}*謀叛伏
誅]. 중시 순원이 연좌되어 파면되었다[中侍順元緣坐罷免].

『삼국사기』권 제8 「신라본기 제8」 「효소왕」

(7a)에서 보면 이 시기의 상대등은 개원이다. 태종무열왕의 아들이고
문무왕의 동생이다. 신문왕의 숙부이고 효소왕의 작은 할아버지이다.
(7b)에서는 순원이 698년 대아찬[5등관위명]으로서 중시에 임명되었다.
그러다가 (7c)에서 보듯이 700년에 '경영의 모반'에 연루되어 중시에서
파면되었다.

그러나 그 후에 성덕왕대에 들어서 (8)에서 보듯이 엄정왕후의 거취
가 불분명한 채 720년 3월에 순원의 딸이 왕비로 들어온다. 그리고 그
왕비에 대해서는 724년 12월에 소덕왕후가 사망하였다고 나온다. 이
왕비의 사망은 출산과 관계있을 것이다.

(8) a. 성덕왕 15년[716년] 3월 ― 성정*{혹은 엄정이라고도 한다.}*
왕후를 내보내는데 비단 500필과 밭 200결과 조 1만 석, 주택
1구역을 주었다.[三月 ― 出成貞*{一云嚴貞}*王后 賜彩五百匹
田二百結租一萬石宅一區]. 주택은 강신공의 옛집을 사서 주었
다[宅買康申公舊居賜之].

b. 동 19년[720년] 3월 이찬 순원의 딸을 들여 왕비로 삼았다[三
月 納伊湌順元之女爲王妃]. 6월 왕비를 책립하여 왕후로 삼았

다[六月 冊王妃 爲王后].

c. 동 23년[724년] 겨울 12월에 ─ 소덕왕비가 사망하였다[冬十二
月 ─ 炤德王妃卒]. <『삼국사기』 권 제8 「신라본기 제8」 「성
덕왕」

또 (9)에서 보듯이 효성왕 2년에 이미 왕비로 책봉된 박 씨 왕비가
있었다. 그런데 이 왕비의 폐비 여부를 기록하지 않은 채, 739년[효성왕
3년] 3월에 순원의 딸 혜명이 왕비로 들어온다. 이건 좀 이상하다. 딸(?)
일 리가 없다. 그러나 나중에 논하기로 하고 여기서는 순원 집안의 딸
이라고 생각하자. 그리고 740년[효성왕 4년] 3월에 당 나라는 사신을 보
내어 그 혜명왕비인 부인 김 씨를 왕비로 책봉하였다. 그러면 혜명왕비
의 아버지로 적힌 순원도 김 씨이다. 그가 김순원으로 왕족임을 알 수
있다. 그의 집안은 왕실인 것이다.

(9) a. 효성왕 2년[738년] 당이 사신을 파견하여 조칙으로 왕비 박 씨
를 책봉하였다*{이는 당서에 의거한 것 같으나 아래 문장과
합치하지 않는다}*[唐遣使 詔冊王妃朴氏*{似是據於唐書而與
下文不合}*].

b. 동 3년[739년] 3월에 순원의 딸 혜명을 들여 왕비로 삼았다[三
月 納伊飡順元女惠明爲妃].

c. 동 4년[740년] 3월에 당 나라는 사신을 보내어 부인 김 씨를
왕비로 책봉하였다[春三月 唐遣使冊夫人金氏爲王妃]. <『삼국
사기』 권 제9 「신라본기 제9」 「효성왕」>

이렇게 두 번씩이나 자신의 딸, 집안의 딸을 새 왕비로 들이는 김순

원이 도대체 어떤 인물인지 알 수가 없었다. 30여 년 강의하면서 저자는 신라의 한명회라고 말하였지만, 수양대군도 없었을 신라에서 그가 어떻게 두 번씩이나 부자(父子)에게 자신의 (집안의?) 두 딸을 왕비로 들이는지, 그리하여 아버지와 아들을 동서로 만드는 것인지 알 수가 없었던 것이다. 이 말은 이상하다. 부자가 동서가 되었다니(?)

그런데 그 김순원이 선품의 아들이고, 선품은 구륜의 아들이며, 구륜은 진흥왕의 아들이라는 기록을 보고는 완전히 숨이 멎는 듯이 놀랐다. 이 무소불위의 권력을 휘두른 희대의 인물 김순원이 선품의 아들이라니. 그가 누군지 몰라 헤매던 저자의 처지에서는 궁금했던 모든 것이 이 한 수, '김순원이 선품의 아들'이라는 것으로 다 해결되었다. 그러면 그는 '자의왕후의 동생'인 것이다. 어느 연구 논저에서도 찾아볼 수 없었던 보석 같은 정보가 진서를 필사한 것인지, 위서인지 논란을 빚고 있는 그 필사본 『화랑세기』에 있는 것이다.[6]

진흥왕의 아들 동륜, 사륜, 그리고 구륜, 아무 문제가 없다. 그 구륜의 아들 선품. 그의 아들 김순원, 그리고 선품의 딸 자의왕후, 운명, 그리고 그 운명의 남편 김오기, 문무왕이 당 나라와 싸우기 위하여 최전방에 설치한 북원 소경[원주]에 주둔한 최정예 전투 부대 사령관 김오기. '문

---

6) 김순원이 선품의 아들이라는 정보는 현재로서는 필사본 『화랑세기』에만 들어 있다. 이 정보가 옳다면 모든 것은 해결된다. 자의왕후가 선품의 딸이므로 김순원은 문무왕의 처남이고 신문왕의 외삼촌이며, 성덕왕의 두 번째 장인이고 효성왕의 두 번째 처조부이면서 (법적) 외할아버지이고, 경덕왕의 외할아버지이다. 김순원의 아들은 성덕왕의 두 번째 처가의 처남이고, 효성왕의 (법적) 외삼촌이며, 경덕왕의 외삼촌이다. 『화랑세기』가 진서를 필사한 것이라면 이것이 역사적 진실이다. 당연히 존중해야 한다. 그것이 위서라면 이런 위서를 지은 사람보다 더 뛰어난 신라사 연구자는 과거에 없었다. 그의 상상력은 정확하게 역사적 진실을 꿰뚫고 있는 것이다. 그러므로 그의 저서는 존중되어야 한다.

무왕 18년[678년] 북원 소경[원주]를 설치하고 오기로 하여금 지키게 하였다.7)'는 그 김오기가 바로 자의왕후의 제부이고 김순원의 매부인 것이다. 그 김오기의 아들이 김대문이다.8)

김순원의 집안은 진흥왕의 막내 아들 구륜의 후예로 선품은 진지왕의 후예인 용수, 용춘과 4촌이다. 그러면 김순원은 태종무열왕과 6촌이고 문무왕에게는 7촌 종숙이 된다. 태종무열왕과 김순원은 6촌이다. 김순원의 누나인 자의왕후는 문무왕의 7촌 고모이면서 왕비이다. 김순원은 문무왕의 7촌 아저씨로서 자의왕후의 동생인 왕실 세력이다. 왕실을 편드는 세력을 왕당파라 부른다면 왕당파에 김순원을 제외할 수는 없다. 외척 세력의 발호는 옳은 말이지만 족내혼인 이 경우에는 왕실 세력이 바로 외척 세력이기도 하다. 그러므로 김순원을 제외하고 왕당파를 구성하는 것은 불가능하다.

이 두 집안의 가계도를 보이면 (10)과 같다.

(10) a. 진흥-진지-용수-태종무열-문무-신문-효소/성덕-효성/경덕-혜공
　　　b. 진흥-구륜-선품------순원/자의-??/소덕-??/혜명

---

7) 『삼국사기』 권 제7 「신라본기 제7」 「문무왕 하」 18년[678년]에 '북원 소경을 설치하고 대아찬 오기로 하여금 지키게 하였다[置北原小京以大阿湌吳起守之].'라 하였다. 이 김오기가 북원 소경의 군대를 이끌고 와서 '김흠돌의 모반'을 진압하였다고 『화랑세기』는 적고 있다.

8) 『화랑세기』가 그렇게 써진 이유를 알 수 있다. 그 책은 김오기, 김대문의 입장에서 자기들의 집안에 유리하게, 자기들을 정당화하기 위하여 적은 역사인 것이다.

〈**서악동 고분군**. 저자는 이 왕릉들을, 태종무열왕의 즉위 후에 입종갈문왕, 진흥왕, 진지왕, 문흥
대왕[김용수]의 능을 이장하여 4대조를 모신 왕릉으로 추정한다. 동쪽 바로 아래에 태종무열왕릉
이 있고 그 아래에 김인문의 묘가 있다. 그리고 북쪽으로는 진지왕릉과 진흥왕릉이 있는데 이는
이장하기 전의 위치일 것이다. 이 왕릉들의 뒷산 너머 서쪽 경주시 효현동 산 63에 진흥왕의 외
할아버지 법흥왕의 능이 있다.〉

(10a)의 문무왕과 (10b)의 7촌 고모 자의왕후가 혼인하였다. 그로써
원래 신문왕의 8촌 종조부인 순원이 외삼촌이 되었다. 그러므로 소덕왕
후와 신문왕은 내외종간이다. 성덕왕은 아버지 신문왕의 고종시촌인 소
덕왕후와 혼인하였으니 5촌 사이에 혼인한 것이다. 한 대씩 더 내려온
혜명왕비와 효성왕의 관계는 7촌이다.9)

---

9) 아무리 필사본『화랑세기』는 위서이고 그 내용은 가짜라고 강변하여도 일반인들은 이
미 그것이 진실을 담고 있다는 것을 알고 있다. 선품과 김순원이 부자지간이라거나,
자의왕후와 김순원이 남매일 거라는 추측이라도 한 연구자가 있었다면 우리가 이렇게
암흑 속에서 헤매지는 않았을 것이다. 그 한 수만 알려 주었어도 신라 중대의 그 안개
속의 미로를 백일하에 드러낼 수 있었을 것이다. 필사본『화랑세기』의 내용이 진서를
보고 베낀 것이라면 그 베낀 공적을 높이 사야 할 것이고, 만약 그 책이 위서이어서
그 내용이 지어낸 것이라면 작가의 상상력에 감탄해야 할 것이다. 이 한 수, '자의왕후
와 김순원이 남매지간'이라는 이 한 수로도 그의 상상력은 '통일 신라 역사의 진수'를
밝힌 것이 되고도 남는다. 저자는 김순원이 누구인가에 대하여 1982년에 처음 박노준

700년 5월의 '경영의 모반'은, 아마도 원자가 아니었고 그 밖에도 무엇인지 모르지만 결격 사유가 있는 효소왕을 폐하고, 그의 아우인 부군 원자를 즉위시키려는 움직임이었을 것이다(후술). 경영이 주모자이지만 김순원도 중시로서 일정한 역할을 하였을 것이다. 이 모반 사건에서 700년 6월 1일 신목왕후가 사망하였다. 효소왕과 요석공주는 경영을 복주하고 김순원을 파면하였다. 왜 죽이지 않았을까? 요석공주에게는 김순원이 7촌 재종숙이고 올케 자의왕후의 동생으로서 같은 세력권에 들어 있었기 때문일 것이다. 그리고 요석공주는 부군인 원자를 폐위시켰다. 702년 효소왕이 승하하자 요석공주는 다시 오대산에 가 있는 두 왕자를 데려오게 하였고 보천태자는 울면서 도망가서 아우인 효명태자를 모셔 와서 즉위시켰으니 이 이가 성덕왕이다.10)

저자는 신충이 「원가」를 지을 때도 높은 관직에 있었다고 본다. 또 저자는 신충이 효성왕과 경덕왕 사이에서 노회하게 변절을 거듭하며 작

(1982)를 읽을 때부터 시작하여 30여 년을 골몰하였다. 그는 왕보다 더 강한 힘을 가진 사람이고, 대를 이어 그의 아들, 손자까지도 그에 버금가는 힘을 가진 것으로 보였다. 그의 집안에서 3대에 걸쳐 자의왕후, 소덕왕후, 혜명왕비가 배출되었다. 혜명왕비가 효성왕과 혼인할 때쯤에는 아마 그는 이 세상에 없는 사람이었을 것이다. 그렇다면 죽어서까지 기존 왕비를 어떻게(?) 하고 집안의 딸을 왕비로 들이는 힘을 가진 사람이다. 그는 조선조 말기의 김조순을 떠올리게 하는 인물이었다. 그 안동 김 씨 왕비가 순조비, 헌종비, 철종비 3명이었다. 익종비 풍양 조 씨 집안과 헌종 계비 남양 홍 씨 집안이 중간에 있는 것도, 성덕왕비 엄정왕후 집안과 효성왕비 박 씨 집안이 중간에 있는 것과 비슷하였다. 그리고 나라는 쇠약해졌다. 저자는 그가 자의왕후의 동생이라는 글을 읽고는, 그러면 그렇지. 그 정도는 되어야지. 그리고는 모든 것을 환하게 알 수 있게 되었다. 그리고 이제는 그가 자의왕후의 동생이라는 것을 추호도 의심하지 않는다. 그가 자의왕후의 동생이라는 사실을 모르면, 그와 그의 후손들에 의하여 빚어진 신문왕 이후 신라 중대 정치사의 난맥상을 도저히 설명하지 못한다. 그런데 이제는 그것을 충분히 설명할 수 있게 되었다. 과거의 그 많은 신라 중대 정치사 연구 논저들은 한 편도 그러한 광명을 주지 못했다.

10) 『삼국유사』 권 제3 「탑상 제4」 「대산 오만 진신」과 「명주 오대산 寶叱徒 태자 전기」를 잘 검토하면 이와 같은 사실이 도출되어 나온다(서정목(2015a) 참고).

록을 높여 갔고, 결국은 헌영을 지지하는 세력과 손잡고, 혹은 자기 스스로 헌영을 미는 세력의 몸통이 되어 효성왕을 죽음으로 몰고 간 여러 정치적 행위를 직접 수행한 처세의 달인이라고 본다.[11]

3. 「원가」는 경덕왕 22년 이후에 지어진 것이 아니다

「원가」는 언제 지어졌을까? 왜 지었을까? 아무 필요 없는 논의일지 모르지만 「원가」는 737년 2월 효성왕 즉위 직후에 지어졌다. 창작 동기는, 신충이 태자 승경을 지지하여 즉위시켰으나 공신 등급을 받지 못한 것을 원망하고, 줄을 잘못 선 것을 후회하면서 거대한 세력, 김순원 세력에게로 되돌아가고 싶어 하는 의도를 내보이기 위한 것이다. 아니면 그 자신이 그 세력의 중심 인물이었으나 순원의 외손자인 헌영을 밀지 않고 그의 이복형 승경을 민 데 대하여 후회하고, 효성왕을 폐위시키고 헌영을 왕위에 올리려는 정략상의 변화를 내보이기 위한 것이었다.

1982년 처음 박노준(1982)를 읽을 때 저자는, 왜 「원가」가 경덕왕 때 지어졌다는 이기백(1974)를 그렇게 길고 조심스럽게 비판하고 있는지

---

11) 많은 차이점에도 불구하고 저자의 향가에 대한 접근법은 35년 전, 강원대 국어교육과에서 박노준 선생과 함께 근무하며 논의했던 방법과 같은 궤도에 서 있다. 그 방법은 작품이 지어진 시대적 배경을 『삼국사기』의 실제 역사와 연결시켜 밝히고 그러한 시대적 상황에서 그 작품이 의미하는 바를 해명하는 것이다. 아쉬운 것은 선생이 김완진(1980)을 반영하지 않고 그 책을 예전에 쓴 논문의 해독 그대로 낸 점이다. 그리하여 그 책은 역사적 배경 설명이 진실에 근접해 있음에도 불구하고 작품 자체의 의미는 그 역사적 사실과 밀착되지 못하고 겉도는 것처럼 읽혀진다. 아무리 역사적 배경 파악에 성공해도 해독을 양주동(1942/1981) 등과 비슷한 차원에 머무르게 되면 문학 작품의 진가를 밝혀낼 수 없다.

의아했다.12) '「원가」는 『삼국유사』의 기사대로 효성왕 때 지어진 것이지 경덕왕 때 지어진 것이 아니다.'는 한 문장으로 끝낼 일이었다.

학계 일각에서는 신충이 763년[경덕왕 22년]에 괘관하였다고 보고 그가 그 즈음에 「원가」를 지었다고 주장한다. 그것은 「원가」를 지어 잣나무에 붙이고 잣나무가 시든 후에 작록을 받았다는 『삼국유사』의 기사와는 전혀 다르게 해석한 것이다. 그런데 그 해석은 『삼국사기』의 경덕왕대의 기사와도 부합하지 않는다. 경덕왕 22년의 기사는 기상 이변 후에 상대등 신충과 시중 김옹이 면직되었음을 명백하게 적고 있다. 상대등을 지내고 물러나는 신충이 「원가」를 지어서 경덕왕을 원망하였고 다시 작록을 받았다는 것은 성립되지 않는 말이다. 어떻게 상대등에서 면직된 사람이 왕을 원망하는 노래를 짓고 다시 작록을 받는다는 말인가? 무슨 작을 받았으며 무슨 관직에 취임한다는 말인가? 신충과 경덕왕의 사이가 틀어졌다는 식의 설명은 성립할 수 없다. 「원가」가 경덕왕 22년 후에 지어졌다는 학설은 명백하게 틀린 학설이다.

신충이 즉위를 도운 왕자는 태자 승경이다. 신충이 「원가」를 짓던 시기의 왕은 효성왕 승경이다. 효성왕 승경은 태자 시절 신충에게 '잣나무를 걸고 훗날 잊지 않겠다.'고 맹서하며 도움을 청하였다. 신충의 도

---

12) 박노준(1982)는 이 노래의 배경을 설명하기 위하여 성덕왕대의 어지러운 정사를 지적하고 있다. '중시직의 빈번한 교체', '빈번한 당 나라 사신 파견', '왕자 수충의 귀국' 등을 그 증거로 들고 있다. 기본적으로, 성덕왕 후반기를 전제왕권의 극성기라고 보는 표피적 관찰과는 그 차원을 달리하는 것이다. 그 책은 '이 노래의 제작 시기를 제35대 경덕왕 때로 끌어내리려는 국사학계 일각의 움직임에 응답하기 위해서도 그 지어진 시기를 한번쯤 재검해 보는 작업이 필요하다고 생각한다.'고 하고, 4면에 걸쳐 이기백(1974)의 「원가」가 경덕왕 22년 신충이 상대등에서 면직된 뒤에 지어졌다는 학설을 비판하고, 「원가」는 효성왕 때 지어진 것이 틀림없다고 확정하였다. 이로써 1980년대 초반에 이미 이 노래에 관한 한 국문학계는 국사학계와 결별한 것이다.

움으로 즉위한 효성왕은 여러 가지 사정에 의하여 신충과의 약속을 지키지 못하고 공신들을 상 줄 때 그 등급 명단에 넣지 못하였다. 신충은 이를 원망하여 「원가」를 지었고 그것을 그 잣나무에 붙여 잣나무를 시들게 하였다. 그런데 이 노래의 내용을 잘 검토해 보면 이 노래는 왕을 원망하기만 하는 노래가 아니다. 자신이 줄을 잘못 섰음을 후회하고 뉘우치며, 승경을 즉위시킨 것이 패착임을 깨닫고 후회하는 시이기도 하다. 그 잣나무를 건 약속에 현혹되어 정치적 처지를 바꾸었지만 곧 원래의 위치로 돌아갈 것을 말하고 있는 것으로 해석된다.

이 잣나무 황췌 사건으로 효성왕은 신충을 반대하는 세력을 설득하고, 그 세력도 신충을 용납하여 신충에게 작록을 높여 주는 것에 동의하였을 것이다. 「원가」는 효성왕 즉위 직후에 공신들의 논공행상도 제대로 하지 못하는 무력한 효성왕에 실망하고, 그를 도운 것을 뉘우치며 그 당시의 정국에서 가장 강력한 힘을 행사하고 있는 김순원 집안의 세력권으로 돌아가려 하는 노래이다. 승경의 이복동생 헌영은 김순원의 외손자이다. 처음부터 끝까지 자신들의 고종사촌인 헌영을 밀고 고모부의 전처 소생인 승경이 즉위하는 것을 반대한 사람은 바로 김효신이다. 그러므로 「원가」는 효성왕 즉위 직후 737년 봄에 지어진 것이지, 경덕왕 22년 이후에 지어진 것이 아님이 틀림없다.

신충이 노회한 원로 정객이라는 것은 『삼국유사』의 기사 그 자체로부터도 알 수 있다. 그가 태자 승경과 함께 그 아래서 바둑을 둔 '궁정의 잣나무'는 어디에 있었을까? '동궁'에 있었을 것으로 착각할 수 있다. 신라의 동궁은 문무왕 19년[679년]에 정명태자와 그의 정부 김흠운의 딸, 그들의 아들들을 위하여 지어졌다. 월지, 임해전을 중심으로 하는 궁궐로 월지궁(月池宮)이 원래의 이름이다. '잠저 시'에는 '왕이 되기 전에'라는 말이다. 태자 승경이 동궁의 잣나무 아래서 신충과 바둑을 두었다고 착각하게 되어 있다. 그러나 이 잣나무는 동궁에 있는 잣나무가 아니다. 월성의 대궁에 있는 잣나무이다. 태자 승경은 성덕왕이 병석에 있을 때 정사를 보좌하러 대궁에 있었을 것이다. 신충과 바둑 두며 훗날을 약속한 것도 대궁의 궁정 잣나무 아래에서일 것이다. 그 근거는 효성왕이 즉위한 뒤에 왕으로 있을 때에 「원가」를 지어서 붙인 궁정의 잣나무가 시들었기 때문이다. 대궁의 잣나무임에 틀림없다.

〈**월성 안**. 태자 승경과 신충이 그 아래에서 바둑을 둔 잣나무가 있었던 대궐의 궁정이다. 제5대 파사임금 22년[101년] 2월에 궁성을 쌓아 월성이라 이름하고 7월에 왕이 월성으로 이주하였다. 왕이 있는 성이라는 뜻에서 재성(在城)이라고도 한다.〉

신충이 노회한 원로 정객이라는 추리에는 잣나무가 궁정에 있었다는 것이 중요 근거가 된다. 그 잣나무가 동궁에 있었건 대궁에 있었건 궁정이라는 곳은, 신충이 벼슬 없는 무관(無冠)의 서생이라면 자유롭게 드나들 수 있는 곳이 못 된다. 대궁에 있었다면 더욱 그러하다. 동궁이라 해도 효성왕이 즉위하여 이제 비어 있는 동궁에 신충이 어떻게 들어갔겠는가? 궁정의 잣나무에 노래를 써 붙인 것이 신충이라면, 그가 직접 그런 일을 하였다면, 그는 일단 궁정 출입이 가능한 높은 벼슬아치이지 무관의 백면서생이 아니다. 그러므로 '궁정의 잣나무'라는 말 하나로도 「원가」를 잣나무에 붙이던 효성왕 즉위 직후의 신충이 궁궐에 출입하는 높은 직위에 있는 고위 관리였다는 증거가 되고도 남는다.

잣나무에 노래를 붙이고, '작'을 높여 주고 '녹'을 더 얹어 주는 것이야 이해하기 어렵지 않다. 그렇지만 '누렇게 시들던 잣나무가 다시 살아났다.'는 말은 어떻게 이해해야 할까? 제1장에서 말한 포구나무 회생의 기적을 보고 나서 저자가 진행한 추리는 (11)과 같다.[13]

(11) 잣나무 줄기에 「원가」를 가져다 붙인다. 그리고 잣나무 뿌리 쪽에 소금이나 안 좋은 약을 뿌린다. 그러면 잣나무가 시드는 것처럼 보인다. 작록을 받은 뒤 소금이나 안 좋은 약을 걷어내고 물을 흠뻑 준다. 그러면 잣나무는 다시 살아난다. 신충이 정치적 책략을 쓴 것이다.[14]

---

13) 이 대목을 쓰면서 김완진 선생님이, 1969년에 「청산별곡의 '사슴'」을 쓰게 된 동기, 작은 성냥갑 겉에 그려진 콘트라베이스 같은 큰 악기를 걸머진 사슴을 보고, '사슴이 짒대예 올아셔 奚琴(해금)을 혀거를 드로라.'의 '사슴'이 '사슴'의 탈을 쓴 '사룸'이라는 생각을 하게 되었다는 일화를 떠올렸다.
14) 이 내용을 2015년 6월 12일에 서강대 인문과학연구소 주관의 '『삼국유사』의 재조명'이라는 학술대회에서 서울대의 황선엽 교수가 「원가」의 '유여(有如)'에 대한 해석을 전개하면서 서정목 교수의 최근의 학설이라고 소개하였다. 저자가 투고한 논문서정목(2015d)를 심사하였던지 황 교수는 인쇄도 되지 않은 논문 내용을 먼저 알고 있었다. 이 말을 듣고 그 자리에서 많은 연구자들이 소리 내어 비웃었다. 현재의 학계의 의식 수준을 보여 준다 할 것이다.

이 단락을 써 놓고 저자는 한의과대학에서 본초학을 가르치다 정년 퇴직한 친구를 만났다. 식물이 시들다가 소생하는 것이 이런 논리로 설명되겠는가? 친구의 대답은 '소금이다. 삼투작용에 의하여 나무 속의 수액이 다 빠져 나온다. 다시 물을 주면 살아난다.'이었다.[15] 그리고 자연의 일은 자연과학자의 설명을 따르기로 하였다.

이렇게 하여 '잣나무가 시들고', '소생하는' 현상을 애니미즘(animism)이나 목이(木異) 현상 같은 미신으로 설명하는, 1950년대 이래의 그 몽환적인 통설을 격파하고 과학적인 설명에 이를 수 있게 되었다. 그 외의 어떤 방법으로도 황췌(黃悴)하던 잣나무가 소생한 것을 설명할 수 없다. '향가의 주술성(?)', 그런 것은 그런 것을 믿는 몽상가들에게나 통하는 말이 되게 하리라. 이후에는 아무도 그런 말을 못할 것이다.

효성왕이 신충에게 상을 주기 위하여 계략을 쓴 것일까, 아니면 신충이 상을 타기 위하여 술수를 부린 것일까? 단순히 상대방 세력에게서 양보를 얻어내기 위하여 이런 술수를 부렸을까? 그렇다면 이 사건 후에 작록을 받고 나서도 왕당파 신충과 외척 순원 세력의 대립이 어느 정도 유지되고 지속되어야 한다. 자격이 없다고 주지 않은 공신 등급을 주고, 주기 싫은 작록을 더 얹어준 것이라면 그 한 번의 양보와 타협으로 끝날 일이다. 이어지는 정쟁에서 계속하여 순원 세력과 신충의 왕당파는 대립하고 있어야 한다. 그런데 그렇지가 않다. 그 뒤는 순원 세력과 신충의 밀월 관계만 파악되지 그 두 세력이 대립하고 있는 정황은 전혀

---

15) 고위직의 신충이 직접 잣나무를 황췌시키고 소생시키고 하는 일을 하였을까? 아닐 것이다. 누가 그런 일을 하였을까? 신충이 궁중에 있는 궁녀들 가운데 자신의 심복을 시켜서 했을 것이다. 여기서 '走肖爲王(주초위왕)'이 떠올랐다. 조선조의 기묘사화(己卯士禍)를 촉발한 네 글자가 궁정의 나뭇잎에 나타난 것과 같은 상황이다. 궁녀들에게 나뭇잎에 꿀로써 글을 쓰게 하여 벌레들이 파먹게 한 주체는 따로 있었다.

나타나지 않는다. 효성왕 사망 후 경덕왕 3년[744년] 정월까지도 그는 중시였고, 경덕왕 16년[757년] 정월부터 22년[763년] 8월까지 그는 상대 등으로 재직하였다. 왜 그런 것일까?

신충을 공신 등급에 넣고 작을 높이고 녹을 올리는 것이 이 '잣나무 황췌 사건'으로 가능하다고 생각하는 것은 너무나 단순하고 순진한 생각이다. 그런 술수에 속아 넘어갈 정도로 상대방이 순진한 것도 아니다. 그들은 더 노회하고 오래 권력을 누린 집안이다. 서정목(2015d:41)의 "'하늘이 노했다.'는 식의 여론을 등에 업고 효성왕은 헌영을 미는 세력으로부터 양보를 얻어내어 신충에게 상으로 작록을 준 것이다."와 같은 추측은 틀린 것이다. 그 따위 미신 같은 잣나무 시듦으로 협박하여 넘어갈 순원 집안 세력이 아니다.

그렇다면 처음부터 다시 생각해야 한다. 이러한 것이 아니다. 두 파가 정략적 타협을 한 것으로 볼 수 있는 근거는 아무 것도 없다. 아니 두 파의 존재조차 불투명하다. 신충 스스로 정치적 스탠스를 바꾼 것이다. 그는 효성왕에게 실망하고 헌영을 미는 쪽으로 돌아선 것이다. 정치적으로는 '전략적 전환'이다.

신충은 이 노래를 통하여 태자 승경의 편에 섰던 것을 후회함으로써 순원 세력으로의 변절 의도를 표명한 것이다. 순원 세력은 태자 승경을 즉위 시키는 데 공을 세운 신충이 처음에는 미웠지만, 반성하고 후회하고 그 무능한 효성왕을 원망하는 것이 진정성이 있는 후회인지를 따져 본 뒤에, 저희들 편으로 돌아오겠다는 의지가 확실하다고 보고 공신 등급 속에 넣고 작록을 내리는 데에 동의하였을 것이다. 신충도 이제 공신록 명단에 들었다. 그는 더 이상 효성왕에 대한 미련을 버리고 헌영의 즉위를 위하여 모든 수단을 다 강구한 것으로 보인다.

신충은 '전략적 전환'에 의하여 공신록에 들고 작록을 하사받았다. 그는 효성왕을 배신하고 대립하던 순원 세력에 협력하여 헌영을 태자로 세우고, 헌영이 경덕왕으로 즉위한 뒤에도 중시 직을 유지한 후 나중에 상대등까지 지내고 경덕왕 22년[763년]에 면직되었다. 이 면직은 기상 이변과 관련하여 정치적 책임을 진 것으로 보인다. 그러므로 그가 속세의 더러움을 피하여 지리산으로 숨어들었다는 통설은 잘못된 것이다. 신충은 스스로 벼슬을 버리고 피세, 은둔한 깨끗한 선비가 아니다. 공신 등급에 안 넣어 준다고 왕을 즉위시킨 것을 후회하는 노래 「원가」를 지은 사람이 상대등까지 지내고 면직된 것이다. 그런 사람을 괘관하고 피은하였다고 하면 안 된다. 그러면 '피은'이 부끄러운 말이 된다.

경덕왕 22년[763년]에 젊은 날의 초심대로 나이 50밖에 되지 않았는데 괘관하고 경덕왕의 복을 빌며 지리산으로 들어가 공굉장로(孔宏長老)가 된 사람은 신충이 아니라 이순이다. 그러므로 이 조는 '신충의 벼슬 그만두기'로 읽을 것이 아니다. '신충의 작록 탐함과 변절', 그리고 '이순의 벼슬 버림과 피세'로 나누어 읽어야 한다.

저자의 최근의 저작 활동에 대한 근본 사유(思惟)를 밝힌다. 이 작업이 '필사본『화랑세기』에 현혹되어 일부 기록만 뽑아내어 학계를 흔들어 놓고 있는' 것으로 보이는 모양이다. 여러 심사평들이 그렇게 말하였다. 저자의 주장이 필사본『화랑세기』의 내용과 비슷하다 하더라도, 저자는『화랑세기』의 기사에 토대를 두고 논지를 전개하는 것이 아니다. 저자가 사용하는 주요 논거들은『삼국사기』,『삼국유사』에서 온 것이다. 그 사서들에 있는 해, 달, 경우에 따라 날짜까지 기록된 증언들을 토대로 하여 모든 논지를 전개한다. 다만,『삼국사기』,『삼국유사』에는 없어서 어쩔 수 없이 필사본『화랑세기』에서 가져 온 논거가 둘 있다.

첫째는 '김흠돌이 김유신의 누이 정희와 달복의 아들이고 김유신의 사위라는 것이다.'는 것이다. 그러면 김흠돌과,『삼국사기』가 달복의 아들이라 한 김흠운이 형제가 된다. 이들은 김유신의 생질이다. 그리고 김흠돌이 김유신의 사위라는 것은 그가 가야파 세력임을 뜻한다.

둘째는 '김순원이 선품의 아들이다.'는 것이다. 그러면 김순원이『삼국사기』,『삼국유사』가 공히 말하는 파진찬 선품의 딸인 자의왕후와 남매가 된다. 김순원은 문무왕의 처남이고 신문왕의 외숙부이다. 후에 성덕왕의 장인이 되고 경덕왕의 외할아버지가 되었다.[16]

그런데 이 두 가지 정보는 이 책의 뼈대를 이루는 핵심 정보이다. 저자는 이종욱(1999)에서 이 첩보를 수집한 후로 10년 이상 이 첩보가 사용 가능한 정보인지 아닌지 여러 가지로 검토하였다. 그리고 최종적으로 95% 이상의 확률로 옳을 것으로 보고 사용 가능한 정보라고 판단하였다. 이 두 정보를 활용하여 신라 중대 정치사를 기술하는 것과 그것 없이 기술하는 것 사이에는 천양지차가 난다. 앞으로 신라 중대 정치사를 논의하는 사람은 누구든 이 두 명제를 피해 갈 수 없다. 여기에 대하

---

16) 위서(僞書) 시비(是非)가 있는 필사본『화랑세기』에서는 그 김순원의 집안이 진흥왕의 아들 김구륜의 후손이라고 한다. 자의왕후, 운명, 순원이 선품의 자녀들이고, 선품은 구륜의 아들이며, 구륜은 진흥왕의 아들이라고 되어 있다. 진흥왕의 아들 동륜, 금륜 [사륜, 진지왕], 구륜이 형제이다.『삼국사기』는 '자의왕후가 선품의 딸이라.'는 것은 적고 있다. 그런데 '김순원이 자의왕후의 동생이라.'는 것을 적는 것이 무엇이 그리 어려웠는지『삼국사기』에 그 한 마디가 없어서 신라 중대 정치사 연구가 저 모양이 되었다. 저자는 '김순원이 자의왕후의 동생이라.'는, 현대 한국의 내로라하는 신라사 연구자들 어느 누구도 상상하지 못한 말을 아무렇지도 않게 적고 있는 저 필사본『화랑세기』를 어떻게 대우해야 할지 아직 모른다.

여 자신의 처지를 밝히지 않으면 신라 중대 정치사를 제대로 연구하는 것이 아니다.

이 두 정보가 허위 정보라고 증명할 수 있는 사람이 있으면 증명하기 바란다. '김흠돌과 김흠운이 형제가 아니다.' 그리고 '자의왕후와 김순원이 남매가 아니다.'라는 것이 밝혀지면 저자도 그것을 따를 것이다. 그런데 『삼국사기』, 『삼국유사』의 관련 사항들을 점검하면 '김흠돌과 김흠운이 형제다.'와 '자의왕후와 김순원이 남매다.'는 것이 95% 이상의 확률로 옳을 것이라는 개연성을 감지할 수 있다. 따라서 아무도 이 두 명제가 믿을 수 없는 허위 정보라고 증명할 수 없다. 저자의 논지가 필사본 『화랑세기』와 같다면, 그것은 필사본 『화랑세기』가 진서인 『화랑세기』를 필사한 것임을 의미할 것이고, 만약 필사본 『화랑세기』가 위서이라면 그 위서의 저자인 박창화가 『삼국사기』, 『삼국유사』 등의 우리 사서와 중국, 일본의 사서에 정통하여 신라 중대 정치사의 진실을 훤히 꿰뚫어 보고 있었음을 뜻한다.

그리하여 필사본 『화랑세기』가 김대문이 지은 진서 『화랑세기』를 필사한 것이든 박창화가 지어낸 위서이든 관계없이, 그 내용은 신라 중대 우리 선조들의 삶의 실상을 가장 잘 보여 주고 있는 책이다. 저자의 여러 주장, 그리고 그 필사본 『화랑세기』의 내용이 기존 학계의 연구 결과와 다르다면 그것은 기존 학계의 연구가 사서의 원전을 제대로 읽지 않고 연구된 것으로 진실로부터 한참 벗어난 연구임을 의미한다.[17]

사실이 이러하므로, 『삼국유사』의 기사들을 불신하여 682년의 「만파

---

17) 이렇든 저렇든 현대 한국의 신라 중대 정치사 연구는 서정목(2013, 2014a, 2015a, 이 책 등)에 의하여 치명상을 입었다. 그러니 그 틀린 구도 위에서 더 이상 논저 쓸 생각 말고 새 틀을 짜라. 틀린 논저들을 남겨서 더 이상 세상을 어지럽히지 말라.

식적」에 등장하는 태자(효소大왕), 692년의 「효소왕대 죽지랑」 조의
어른 왕 효소왕, 692년의 「혜통항룡」 조의 왕녀, 693년의 「백률사」 조
에 등장하는 어른 효소왕, 「대산 오만 진신」의 16살에 즉위하여 26살에
승하한 효소왕, 「명주 오대산 寶叱徒 태자 전기」의 24살짜리 보천태자
와 22살짜리로 보이는 성덕왕, 「진신수공(眞身受供)」의 망덕사 낙성회에
참석하여 '진신 석가'에게 망신당하는 효소왕 등의 기사들을 모두 지어
낸 설화라서 역사 연구 자료로서의 신빙성이 떨어지는 것으로 취급한
현대 한국사학계의 연구 태도는 심각한 오류에 빠져 있는 것이다.

『삼국유사』의 기사들은 『삼국사기』와 어긋나지 않으면서 『삼국사기』
의 기사들보다 더 자세하게 역사의 진실을 전해 주고 있다. 『삼국유사』
의 기사들을 신뢰하지 않음으로써 일어난 모든 빗나간 신라 중대 정치
사 연구는 『삼국유사』의 기사들을 올바로 읽지 못한 현대 한국의 연구
자들의 책임이지 절대로 『삼국유사』의 책임이 아니다.

그 한 예로서 '태화 원년[648년]은 태종문무왕지세이어서 효소왕 즉
위 시인 692년보다 45년 앞선 시기이라.'는 일연선사의 계산을 '648년
은 (신라의) 태종무열왕과 문무왕의 치세가 아니고 진덕여왕 즉위 2년
이라서' 틀렸다고 하는 것을 들 수 있다. 여기서 일연선사가 말하는 태
종문무왕지세는 당 태종문무대성황제지세를 일컫는 말이다. 태화 원년
인 648년은 당 태종 정관 22년으로 진덕여왕 2년이다. 신라의 태종무열
왕은 654년에 즉위하여 661년에 승하하였고, 문무왕은 661년에 즉위하
여 681년에 승하하였다. 그런데 그 태종무열왕, 문무왕의 시대를 648년
으로 거슬러 끌고 가서 648년이 신라의 태종문무왕지세라고 할 사람이
일연선사인가? 이렇게 신라 중대 정치사 연구에서는 자신들이 당 태종

인지 신라 태종인지도 구분하지 못한 실수를 무릅쓰면서까지 일연선사를 믿지 않는다니 어떻게 된 것일까?

누구나 사서들을 보고 그 기사 뒤에 들어 있는 그 시대의 실상을 밝히려 하지 않았는가? 그런데 왜 필사본『화랑세기』는『삼국사기』,『삼국유사』의 기사와 일치하는데, 현대 한국의 내로라하는 연구자들의 연구 결과는『삼국사기』와 다르고,『삼국유사』와 다른가? 그러고는『삼국유사』의 기사를 믿을 수 없는 설화라고 치부하고 그 기사들과는 전혀 다른, 아니『삼국사기』의 기사와도 전혀 다른 신라 중대 정치사의 허상(虛像)을 자기들 마음대로 공상하여 쓰고 있다.

기록에 바탕을 두고 그 시대의 인간 삶의 실상을 밝히는 것이 먼저이다. 모두야 아니겠지만 대부분의 신라 중대 정치사 연구는 역사적 진실로부터 멀리 벗어나 있다. 그것은『삼국사기』,『삼국유사』의 번역서들을 보면 알 수 있다. 특히『삼국유사』의 번역서들은 중요하고 어려운 대목은 거의 다 틀려 있다. 저자는 권중달(2009)의『자치통감』번역서를 제외하고는, 현대 한국에서 출판된 역사 관련 번역서들을 신뢰하지 않는다. 그 번역서들의 오역으로 말미암아 국문학, 국사학의 학문 체계가 통째로 흐트러져 있는데 어찌 그런 번역서를 신뢰할 수 있겠는가?

한국학의 미래를 위하여 제대로 된 번역서의 출간은 아무리 강조해도 지나치지 않는다. 그 번역은 전문가들이 연구를 거쳐 사실 관계를 밝힌 데에 토대를 두고 이루어져야 하지, 한문 문장 읽을 줄 안다고 한국사도 한국 문학도 모르는 사람들이 해서는 안 된다. 그러므로『삼국사기』와『삼국유사』의 번역을 해야 할 분야인 한국사학과 국어국문학이 그 일을 하지 않고 이렇게 헛소리나 하는 것은 직무유기이다.

제 4 장

신문왕과 신목왕후, 그리고 요석공주

신문왕과 신목왕후, 그리고 요석공주

1. 신문왕은 문무왕의 원자가 아니다

신라 중대, 즉 통일 신라를 제대로 이해하려면 신문왕 정명에 대하여 정확하게 알아야 한다. 그는 누구인가? 그는 문무왕의 둘째 이하 아들이다. 일반적으로 신문왕이 문무왕의 첫째 아들이고 '장자'라고 생각한다. 그러나 그것은 잘못 알고 있는 것이다. 그가 '문무왕의 장자'라는 말은 옳다. 그러나 그가 문무왕의 첫째 아들은 아니다. 그는 문무왕의 둘째 이하의 아들이다. 원자, 장자, 그리고 왕자는 전혀 다른 말이다.

> (1) a. 문무왕 5년[665년], 왕자 정명을 세워 태자로 삼고[立王子政明
> 爲太子]. 널리 사면하였다[大赦]. <『삼국사기』 권 제6 「신라
> 본기 제6」 「문무왕 상」>
>
> b. (681년) 신문왕이 즉위하였다[神文王立]. 이름은 정명이다*{ 명
> 지라고도 한다. 자는 일초다.}*[諱政明*{明之 字曰怊}*]. 문무
> 대왕의 장자이다[文武大王長子也]. 어머니는 자의*{義는 儀로

도 쓴다}*왕후다[母慈儀*{一作義}*王后]. 비는 김 씨로서 소
판 흠돌의 딸이다[妃金氏 蘇判欽突之女]. 왕이 태자가 될 때
그를 들였다[王爲太子時納之]. 오래도록 아들이 없었다[久而
無子]. 후에 아버지가 난을 모의한 데에 연좌시켜 궁에서 쫓
아냈다[後坐父作亂 出宮]. 문무왕 5년에 태자가 되었다가 이
때 이르러 왕위를 계승하니―[文武王五年立爲太子 至是繼位],

c. 신문왕 3년(683년) 봄 2월, 순지를 중시로 삼았다[三年 春二月
以順知爲中侍]. 일길찬[7등관위명] 김흠운의 딸을 들여 부인으
로 삼기로 하고[納一吉飡金欽運少女1)爲夫人], <『삼국사기』 권
제8 「신라본기 제8」 「신문왕」>

d. 제31 신문왕[第三十一 神文王]. 김 씨이다[金氏]. 이름은 정명
이다[名政明]. 자는 일소이다[字日炤].2) 아버지는 문호왕이다
[父文虎王]. 어머니는 자눌왕후이다[母慈訥王后]. 왕비는 신목
왕후이다[妃神穆王后]. 김운공의 딸이다[金運公之女].3) 신사년

1) 이 '少女(소녀)'에 대하여 '작은 딸', '막내 딸', '어린 딸'로 번역한 논저도 있는데 틀린
것이다. 김흠운의 졸년 655년과 관련지으면 신문왕과 혼인한 683년에 28살 이상이다.
이 '소(少)'자가 '지(之)'자의 오식일 것이라는 이영호(2003:70, 주 92)가 옳다. '김흠운
의 딸이다. 이 '少'는 '之'의 오각임이 분명하다.『삼국사기』 권 제8 「신라본기 제8」
「효소왕」, 즉위년(692년)의 '효소왕이 즉위하였다[孝昭王立]. 휘는 이홍이다*{또는 이공
이라고도 한다.}*[諱理洪*{一作恭}*]. 신문왕의 태자[神文王太子]이다. 어머니 성은 김
씨이다. 신목왕후이다[母姓金氏 神穆王后]. 일길찬 김흠운*{運은 혹은 雲으로도 적는
다.}*의 딸이다[一吉飡金欽運*{一云雲}*女也].'에서 '一吉飡 金欽運女也'라 한 것이 이를
보여 준다.『삼국유사』 권 제1 「왕력」의 '金運公之女'도 이를 말해 준다. 필사본『화랑
세기』에는 소명전군(昭明殿君)과 혼인을 약속했던 김흠운의 딸이 소명전군이 조졸(早卒)
한 후 정명 태자와의 사이에 이공전군(理恭殿君)을 낳았고, 자의왕후의 명에 의하여 동
궁으로 들어갔다고 되어 있다. 이 이가 나중에 신목왕후가 된 것이다.
2)『삼국유사』 권 제3 「탑상 제4」 「대산 오만 진신」에는 그의 자를 日照(일조)라 하였다.
(1b)의 日炤(일초)는 측천무후의 이름 자 照(조)를 피휘하여 炤(초)로 적은 것으로 보인
다. 그러나 이 글자는 '슬플 炤(초)'이다. 왕의 자(字)에 들어갈 만한 글자가 아니다.『삼
국유사』 「왕력」의 이 '炤(소)' 자가 정상적으로 피휘한 글자로 보인다.
3) 金運公(김운공)은 金欽運公(김흠운공)을 줄인 말로 보인다.『삼국사기』 권 제47 「열전
제7」에는 이 사람의 이름이 金歆運(김흠운)으로 되어 있다. 한자를 달리 썼지만 같은
사람이다.『삼국사기』 권 제8 「신라본기 제8」 「신문왕」 즉위년의 기록에 비는 소판 흠

에 즉위하였다[辛巳立]. 11년 동안 다스렸다[理十一年]. <『삼
국유사』 권 제1 「왕력」>

(1a)에서 신문왕은 태자로 책봉될 때에 분명히 '왕자 정명'이라고 기
록되었다. 신문왕은 즉위 시의 기록에는 (1b)에서 보듯이 '문무대왕의
장자'라고 기록되었다. 이 장자는 맏아들이란 말일까? 원자와 같은 뜻
일까? 그럴 리가 없다. 이 자리는 보통 '○○왕의 태자', 또는 아주 드
문 경우 '○○왕의 원자'라고 적히는 자리이다. 원자라 하지 않아 맏아
들이 아님을 증언한 책이, '장자'라 하고 있으니 '원자', '장자', '왕자'
는 무엇인가 변별되는 의미가 있는 단어들임에 틀림없다. 그런데 '장자'
로 기록된 사람은 여러 사람이다.

그 외 어디에서도 신문왕 정명을 '문무왕의 원자'라고 적은 기록이
없다. 왜 이럴까? 정명은 문무왕의 원자가 아니기 때문이다. 그러면 그
는 태종무열왕의 원손일까? 아니다. 정명은 아마도 문무왕 즉위 전에
태어났을 것이다. 문무왕이 626년[진평왕 48년]에 태어났으니 20세에
정명을 낳았다 쳐도 정명은 645년생이다.[4] 그런데 왕자 정명은 665년
에 태자로 책봉될 때 (1b)에서 보는 대로 이미 태자비를 맞이하였다. 그
러니 그는 이때 15살쯤 되었을 것이다. 그러면 650년생이 된다. 문무왕
법민이 25살일 때이다. 그러니 그는 문무왕의 첫 아들이 아닐 가능성이

돌(鋏炙)의 딸인데 후에 아버지가 난을 일으키는 데에 연좌되어 출궁되었다고 한 것과
비교해 보면, 『삼국유사』 권 제1 「왕력」은 683년 5월 7일 정식으로 재혼한 김흠운의
딸 신목왕후를 정식 왕비로 적고 있음을 알 수 있다.

4) '문무왕 비편(碑片)'에 따르면, 문무왕은 56세에 사망하였다. 681년에 56세였으니 역산
하면 626년[진평왕 48년]에 태어난 것이다(조범환(2015:95-96)). 왕자 정명은 665년 8월
태자로 책봉될 때 태자비[김흠돌의 딸]과 혼인하였으니 그때 15살쯤 되었을 것이다. 그
러면 그는 650년[진덕여왕 4년]생쯤 된다. 681년 즉위할 때 31세쯤 된다.

크다.

태종무열왕이 654년 3월~4월에 즉위하여 661년 6월까지 만 7년밖에 재위하지 않은 것을 고려하면 정명은 태자로 책봉될 때 12세 이상만 되었어도 태종무열왕 즉위 전에 태어난 것이 된다. 정명은 태종무열왕이 즉위하기 전에 태어났다. 그러면 그는 무열왕 즉위 후에는 '원자'가 아니라 '원손'으로 불리었어야 한다. 그런데 그렇게 적히지 않았다.

'정명이 원자로 적히지 않았다.'는 사실은 무엇을 의미하는가? 이는 그가 문무왕의 맏아들이 아님을 의미한다. 그리고 그것은 문무왕의 맏아들이 따로 있었다는 것을 의미한다. 문무왕의 맏아들은 거의 확실히 할아버지 태종무열왕이 즉위하기 전에 태어났다. 그러므로 그가 출생했을 때는 원손이 아니었다. 그런데 할아버지가 즉위한 뒤 태종무열왕 2년[655년] 3월에 아버지 문무왕이 원자로 적히어 태자로 책봉되었다. 문무왕의 맏아들도 원손이 되고 태손이 되었을 가능성이 크다. 그런데 그 원손, 태손이 일찍 죽었다. 신문왕 정명은 문무왕의 맏아들이 아니고 둘째 이하의 아들이다. 원손은 사망한 그의 형이 가졌던 칭호이다.

'원자'는 원비의 맏아들을 가리키는 말이다. 정식 왕비가 낳은 맏아들이라는 말이다. 차비나 후궁에서 나거나, 혼외의 아들은 『삼국사기』에 '원자'로 기록되지 않는다. 그러니까 원자는 어머니가 원비가 아니어도 안 되고 맏아들이 아니어도 안 된다. 신라에는 원자로 적힌 사람이 셋뿐이다. 법흥왕, 문무왕, 그리고 신문왕의 원자이다. 신문왕은 한 번도 문무왕의 '원자'라고 적힌 적이 없다. 그러면 그의 어머니가 원비가 아니었는가? 아니다. 자의왕후는 문무왕의 원비이다(서정목(2015e)).

태자로 책봉될 때도 즉위할 때도 '원자'로 적힌 사람은 신라에서는 문무왕이 유일하다. 법흥왕은 태자로 책봉될 때의 기록은 없고 즉위할 때만 원자로 기록되었다. 고구려에서는 태자로 책봉될 때 원자로 적힌 사람이 한 명도 없다. 유리왕, 모본왕, 장수왕이 모두 태자로 책봉될 때는 '왕자'로 기록되었고 즉위할 때는 셋 모두 '원자'로 기록되었다. 또 한 명의 원자, 태조왕의 원자 막근은 숙부 차대왕에게 살해되었다. 백제에서 즉위 시에 원자로 기록된 7명 가운데 4명은 태자로 책봉될 때도 '원자'로 기록되었다. 나머지 셋은 태자로 책봉될 때의 기록이 없다.

신라에는 법흥왕, 문무왕, 신문왕의 원자 이 세 사람을 제외하고 나머지 태자로 봉해진 사람이나 즉위한 사람들은 누구도 '원자'라고 기록되지 않고 '장자', '차자', '제2자', '왕자' 또는 다른 관계의 지칭어로 적혔다. 신문왕은 즉위 시에 '문무대왕 장자'라고 적혔다. 자비왕도 소지왕도 '장자'라고 적혔다. 백제의 구이신왕은 전지왕의 장자로, 비유왕은 구이신왕의 장자로 기록되었다. 문주왕의 태자 삼근왕도 장자라고 적혔고 성왕도 무령왕의 장자로 적혔다. 법왕은 혜왕의 장자로 적혔다. 이 '장자'는 매우 특이한 용법을 보이는 것으로 새로운 해석이 필요한 단어이다.

'장자(長子)'는 무엇인가? 모른다. 추정한다면, '여기서의 장자는 살아남아 있는 아들들 가운데 가장 나이가 많은 아들이라.'는 뜻을 나타내는 것으로 보인다. 장자는 맏아들이란 뜻이 아니다. 일단 형이 있었으나 사망하고 살아 있는 아들들 가운데 가장 어른인 아들로 뜻풀이 해 둔다.

정명에게는 형이 있었다. 그 형은 전쟁에서 전사하였을 가능성이 크다. 이것을 보여 주는 것이 (2)의 문무왕의 유조(遺詔)이다. 이 유조의 전문을 정성들여 읽어 보면 죽음을 앞에 둔 문무왕이 얼마나 왕실과 국가

의 장래를 걱정하고 있었는지 잘 알 수 있다.5)

(2) a. 유조에 이르기를[遺詔曰], 과인은 국운이 분분하고, 전쟁하는 시기를 당하여 서쪽을 정벌하고 북쪽을 토벌하여[寡人運屬紛 緝 時當爭戰 西征北討], 강토를 봉하고 반역을 정벌하고 손잡는 이를 불러들여 원근의 땅을 평정하여[克定疆封 伐叛招携 聿寧遐邇], 위로는 종조의 남긴 돌아봄을 위로하고 아래로는 아버지와 아들의 오랜 억울함을 갚았다[上慰宗祧之遺顧 下報 父子之宿冤].

b. 전쟁에서 죽고 산 모든 사람들을 좇아서 상 주어 관작을 내외에 고루 나누어 주었다[追賞遍於存亡 疏爵均於內外]. 병기를 녹여 농구를 만들고 백성들을 인수의 터전에 살게 마련하여 [鑄兵戈爲農器 驅黎元於仁壽], 세금을 가볍게 하고 부역을 덜어주니 집집마다 넉넉하고 사람들이 만족하여 민간이 편안하고[薄賦省徭 家給人足 民間安堵], 나라 안에 우환이 없고 곡식이 창고에 산 같이 쌓이고 감옥은 텅 비어 무성한 풀밭을 이루었으니[域內無虞 倉廩積於丘山 囹圄成於茂草], 가히 유현에 부끄러움이 없고 무사와 백성들에게 빚진 것이 없다 말할 만하나[可謂無愧於幽顯 無負於士人], 스스로는 바람과 서리를 무릅씀으로써 드디어는 고질을 얻고 정치와 다스림에 걱정과 노고가 겹쳐 더욱 병이 심하여졌다[自犯冒風霜 遂成痼疾 憂勞政 教 更結沉痾]. 명운이 가고 이름만 남는 것은 예나 지금이나 마찬가지이므로 문득 대야로 돌아간들 무슨 여한이 있겠는가

---

5) 아버지를 이렇게 고통스럽게 만든 아들을, 감은사를 지어 아버지의 은혜에 감사하려 했다는 효자처럼 호도하는 역사 기술은 후손들이 배울 것이 없는 역사 기술이다. 그는 부도덕하고, 옹졸했으며, 어머니와 장모의 치마폭에 쌓여 할아버지, 아버지의 양장, 현신들을 죽인 나쁜 왕으로 지탄받아야 한다. 감은사는 문무왕이 호국 사찰로 짓다가 미완성된 것을 이어서 완성한 것으로 설명해야 한다.

[運往名存 古今一揆 奄歸大夜 何有恨焉]. 〈『삼국사기』권 제7
「신라본기 제7」,「문무왕 하」〉

(2a)에서 '下報父子之宿冤[아래로는 아버지와 아들의 오랜 억울함을
갚았다].'고 하였다. 이 '父子'는 그냥 아버지와 아들로 '태종무열왕과
문무왕'을 가리키는 단어일까? 그렇게 보는 것은 합리적이 아니다. '아
버지의 숙원', '나의 숙원'을 '부자의 숙원'이라 하는 것은 이상한 일이
다. 이 글은 문무왕의 유조이므로 아버지는 문무왕의 아버지이고 아들
은 문무왕의 아들이라고 보아야 한다.

아버지의 억울함은 김춘추의 딸 고타소의 죽음을 의미하는 것으로
보인다. 그것이 김춘추로 하여금 고구려로, 당 나라로 군사를 빌리러 가
게 한 근본 동인이다. 그리고 둘째 사위 김흠운의 죽음을 포함해도 좋
을 것이다.

그러나 '아들의 억울함'은 무엇이었을까? 이 아들은 문무왕의 아들이
다. 이 구절이, 현존 역사 기록 가운데 유일하게 '문무왕의 맏아들이 전
쟁에서 전사하였다.'는 증언을 하고 있다.6) '문무왕의 원자', 아니 '태종
무열왕의 원손'은 전쟁에서 사망하였을 것이다.7) 그가 죽은 후 665년에

---

6) 『삼국사기』가 왜 이 사실을 기록하지 않았을까? 신라 시대부터 역사 기록에서 원손,
태손의 전사가 치욕이어서 적지 않았을 가능성이 크다. 「신라본기」가 655년[태종무열
왕 2년] 정월의 기록에 고구려가 백제, 말갈과 더불어 북변을 침범하였다고만 적고 태
종무열왕의 사위 김흠운의 전사를 적지 않은 것도 같은 차원일 것이다. 그러나 「열전」
에 김흠운을 넣기로 하고 그의 생애를 기록할 때는 전사 사실을 적지 않을 수 없었을
것이다. 「열전」이 「본기」보다 더 풍부한 내용을 담고 있는 이유가 이런 것이다. 『삼국
사기』의 「열전」이 「본기」보다는 『삼국유사』에 더 가까운 까닭도 이런 데 있다.
7) 필사본 『화랑세기』에는 '정명태자의 형으로 태손(太孫) 소명전군(昭明殿君)이 있었고,
태종무열제의 명에 의하여 그가 김흠운의 딸과 혼인하게 되어 있었으나 조졸하였다.
김흠운의 딸은, 소명제주(昭明祭主)가 되어 소명궁에 있었는데, 소명궁에 자주 들른 자
의왕후를 따라 온 정명태자와 정이 들어 이공전군을 낳았다.'고 되어 있다. 태종무열왕

아우 정명이 태자로 봉해졌다. 그러므로 그는 고구려와의 전쟁보다는 백제와의 전쟁에서 사망했을 가능성이 더 크다. 그렇다면 태종무열왕은 큰 딸 고타소, 큰 사위 김품석, 그리고 둘째 사위 김흠운을 백제와의 전쟁에서 잃었고, 거기에 더하여 원손까지 잃었을 가능성이 크다.

이 태종무열왕의 원손의 전사가 통일 신라를 멸망의 구렁텅이로 밀어 넣는 가장 근원적인 원인이 되었다. 그의 약혼녀가 김흠운의 딸이다. 김흠운도 655년 정월 젊은 나이로 전사하였다. 그 김흠운의 딸이 683년 5월 7일 신문왕과 혼인하였다. 아버지가 전사한 지 28년이나 지난 시점이다. 그 전에 그녀는 정명태자와의 사이에 677년에 이홍을 낳고, 679년(?)에 보천을 낳고, 681년에 효명을 낳았다. 형이 죽으면 아우가 형수를 책임 져야 하는 것, 즉 '형사취수(兄死娶嫂)'가 부여, 고구려의 풍습이었다. 신라에도 이 풍습이 있었을 것이라는 가설이 제기된다.

의 원손이 일찍 전사함으로써 둘째 손자인 정명태자가 죽은 형의 약혼녀를 증(烝)하였고 거기서 태어난 효소왕이 왕위를 이은 것이 통일 신라 불행의 근원임을 알 수 있다. 필사본『화랑세기』가 진서『화랑세기』를 필사한 것이라면 이것이 역사적 진실일 것이다. 필사본『화랑세기』가, 박창화가 상상력으로 지어낸 위서라면, 그러한 구도 설정은 태자 정명이 '원자'가 아니라는 것, 그리고 문무왕의 유조에 '아들의 숙원'을 갚았다고 한 데서 나왔을 것이다. 만약 그렇다면 박창화는 신라 중대사에 관한 한 제1인자라고 할 수 있다. 그 분야 연구자들 가운데 아무도 정명이 '원자'가 아니라서 태자로 책봉될 때는 '왕자 정명'이라 적히고 즉위할 때는 '문무대왕의 장자'라고 적혔다는 사실에 주목한 사람이 없다. 그리고 문무왕의 이 유조에서 말하는 '아들의 사망'에 주목한 사람은 더 더욱 없다. 이 나라 역사 연구자들은 역사 기록을 연구한 것이 아니다. 역사에 관하여 아무 것도 모르던 국문학과의 변형 문법 전공자가 1년 남짓한 기간에 『삼국사기』와『삼국유사』를 읽고『화랑세기』를 참고하여 간단하게 새로 쓸 수 있는 신라 중대 정치사를, 그 많은 사학자들이 그 긴 70여 년 동안 정리하지 못하고 엉망진창으로 헝클어 놓았다. 그들은 광복 후 70년 세월에 뭘 했을까? 이 나라 한국학 각 분야 가운데 신라 중대사와 향가 연구 분야만큼 무성의하고 무능력한 데가 따로 없다. 그들에게 지급된 국민의 혈세가 아깝다. 다시 말한다. '원자'는 '왕자'와 다른 단어이다. '원자'는 한 왕에게 한 명뿐이고 왕자는 원자를 포함하여 다수일 수 있다. 이것은 신라 중대사 전공 교수들만 모르고 다른 사람들은 다 안다. 초등학교 학생도 알 것이다.

이 김흠운의 딸이 신문왕과 혼인하기 위해서는 이미 665년 8월 왕자 정명이 태자로 책봉될 때 혼인하였던 제26세 풍월주 김흠돌의 딸을 쫓아내는 수밖에 딴 방법이 없다. 그 왕비를 두고는, 그 왕비의 아버지 김흠돌[김유신의 사위]를 그대로 두고는 자의왕후도 요석공주도 심지어 신문왕 자신도 권력을 누릴 수 없었다. <u>그것이 681년 8월 8일의 '김흠돌의 모반'의 진정한 이유이다.</u> 김흠돌의 매부 흥원, 제26세 풍월주 진공 등 김흠돌의 인척 장군들이 죽고 상대등 겸 병부령 제23세 풍월주 김군관이 아들[아마도 김흠돌의 사위 제30세 풍월주 천관]과 함께 자진할 것을 강요당했다.

그리고 683년 5월 7일에 김흠운의 딸은 신문왕과 정식 혼인하여 왕비가 되었다. 혼외자 이홍과 보천, 효명은 어떻게 되었을까? 아버지 정명태자가 즉위하여 신문왕이 되어 대궁으로 떠나고 이홍은 동궁에 남았을까? 나머지 둘은 대궁으로 따라갔을까?

그리고 유조는 (3)과 같은 당부의 말로 이어진다. 얼마나 못 미더웠으면 31세도 더 되어 아들을 셋이나 낳고서 즉위하는 아들에게 '가는 사람 잘 보내는 의리'와 '있는 사람 잘 섬기는 예'를 빠트리지 말라고 당부하겠는가? 우리 아버지처럼 '잘 하여라. 너만 믿는다.'로 끝낼 일이다.

> (3) 태자는 일찍 일월의 덕을 쌓으며 오래 동궁 자리에 있었으니 <u>위로는 여러 재신들의 뜻을 좇고 아래로는 뭇 관리에 이르기까지 가는 사람을 잘 보내 주는 의리를 어기지 말며 있는 사람을 섬기는 예절을 빠트리지 말라</u>[太子早蘊離輝 久居震位上從群宰 下至庶寮 送往之義勿違 事居之禮莫闕]. <『삼국사기』 권 제7 「신라본기 제7」「문무왕 하」>

아버지의 이런 유조를 받은 아들 정명태자가 681년 7월 1일 승하한 아버지 문무왕의 상중에, 속된 말로 무덤에 흙도 마르지 않았을 그 시점인[하기야 대왕암에 무슨 흙이 있어 마르리오.] 8월 8일에 '김흠돌의 모반'으로 서라벌을 살육의 도가니로 만들었고, 8월 28일에 문무왕의 재상, 상대등 겸 병부령 김군관을 자진(自盡)시켰다. '인간이 어찌 그럴 수가 있으리오?' 하고 생각하겠지만 인간이기에 그런 짓도 할 수 있다. 1인 독재 세습 권력 유지에 눈먼 인간들이 벌이는 잔혹한 일의 한 예에 지나지 않는 것이다.

그리고 687년[신문왕 7년] 2월 '원자'가 태어났다.[8] 합법적인 혼인 관계에서 아버지가 재위 중일 때 태어난 맏아들이므로 『삼국사기』 권 제8 「신라본기 제8」 「신문왕」 7년 조는 그를 '원자'라고 적었다. 그것 은 이홍이 677년[문무왕 17년] 할아버지 문무왕이 재위하고 있을 때 태 어났지만 혼외자이어서 원손이 될 수 없었던 것과 대조를 이룬다. 효소 왕 이홍의 인생은 첫출발부터 어렵게 시작된 것이다. 이 원자는 누구일 까? 그는 왜 그 후의 역사에서 증발해 버렸을까?

2. 신목왕후는 혼인 시 처녀가 아니었다

이 노래 「원가」의 뒤에 숨어 있는 비밀은 무엇인가? 그 비밀은 655

---

8) '원자생(元子生)'이라는 기록은 『삼국사기』 전체를 통틀어 이것밖에 없다. 그러나 이 희 한한 기록은 신빙성이 떨어진다. 성덕왕이 681년에 출생하였다. 683년 5월에 혼인한 이 부부 사이에 687년에 가서야 그 다음 아이가 태어난다는 것은 합리적이 아니다. 684년쯤에 한 아이가 태어나야 정상적이다. 제5, 6, 7장에서 계속 논의된다.

년[태종무열왕 2년] 정월 백제와의 전투에서 전사한 김흠운, 그의 부인과 그의 외손자 성덕왕과 외증손자 효성왕, 경덕왕의 삶의 고뇌이다. 그삶의 고뇌는 어디에서 유래하는가? 역사에 대한 긴 되돌아봄이 필요하다.

제33대 성덕왕의 아버지이고 제34대 효성왕의 할아버지인 제31대 신문왕은 681년 7월 왕위에 오르고 무슨 일을 하였는가? 그는 아버지 제30대 문무왕이 승하하고 왕위에 오르자 말자 681년 8월 8일 이른바 '김흠돌의 모반'으로, 할아버지, 아버지 시대의 전쟁 공신들인 장인 김흠돌과 김흠돌의 인척인 흥원, 진공 등을 죽였다. 그리고 20일 뒤인 8월 28일 병부령 김군관과 그의 적자 1명을 자진(自盡)하게 하였다.[9] 김군관은 문무왕 20년[680년] 2월 상대등에 임명되었다. 그러다가 681년 8월 상대등에서 면직되었다. 그러므로 그는 '김흠돌의 모반' 때에 상대등과 병부령을 겸하고 있었다. 김군관은 요새로 치면 국회의장 겸, 국무총리 겸 국방장관이다. 문무왕이 신임하여 중용한 양장, 현신일 가능성이 매우 크다.

그리고 (4)에서 보듯이 왕비인 김흠돌의 딸을 출궁시켰다. 아버지가 난을 지어 이에 연좌하여 쫓아내었다고 하였다. 그렇지만 아버지가 난을 지은 원인이 왕비와 무관할 리가 없다. 태자비가 된 지 오래이나 아들이 없었다는 것이 눈길을 끈다. (   ) 속은 저자가 독자들의 편의를 위해 보충한 내용이다.

> (4) a. 왕비는 김 씨이다[妃金氏]. *(그 왕비는)* 소판 흠돌의 딸이다[蘇判欽突之女].

---

9) 필사본 『화랑세기』에서는 김군관의 아들 김천관이 김흠돌의 사위라고 하였다. 그러므로 이때 자진을 당한 적자 1명은 김천관이다.

b. (왕실은) 왕이 태자가 될 때에, (그녀를 태자비로) 들였다[王爲太子時納之]. (그 왕비는), (그 왕비가 태자비가 된 지) 오래이나, 무자하였다[久而無子].[10]

c. (그 왕비는) 후에 아버지가 난을 짓는 데 연좌되어 출궁되었다[後坐父作亂 出宮]. <『삼국사기』 권 제8 「신라본기 제8」 「신문왕」>

그런데 이 단락의 (4b)는 번역하기가 매우 까다롭다. 그리고 그 내용은 아주 중요하다. 이 단락을 제대로 번역한 논저가 거의 없다. 이 문장의 번역은 모든 번역자들에게 번역이 얼마나 어려운 일인지를 깨닫게 하는 시범적인 문장으로 사용할 만한 케이스이다.

이 문장에 대한 번역을 어떻게 하고 있을까 하고 『삼국사기』의 번역서들을 검토하면서, 저자는 매우 놀랐다. 거의 모두 '왕이 태자 시절에 들였으나 오래 아들이 없었다.'나 그와 비슷하게 번역하고 있다. '爲(위)' 자를 빠트린 것이다. 이 문장의 '爲' 자를 번역하지 않은 것은 모두 틀렸다. '하다'이든, '되다'이든 이 문장 속에는 동사 하나가 있는 것이다. 그런데 '왕이 태자 시절에 들였으나'에는 동사 '爲'의 의미가 없다. 동사를 번역하지 않다니, 문법학에서는 생각도 할 수 없는 일이다. 모문의 동사이든 내포절의 동사이든 동사를 번역하지 않는다는 것은 언어학, 그것도 통사론의 관점에서는 용납할 수 없다. 동사가 그 문장에서 가장

---

10) 이 문장을 김종권(1975:161)처럼 '왕이 태자로 있을 때 비로 맞았으나 오래도록 아들이 없었고'로 번역한 것은 완전히 틀린 번역이다. 그 후의 모든 번역서들이 '왕이 태자 시절에 들였으나 오래 아들이 없었다.'나 그 아류로 번역하고 있다. 그러려면 원문이 '王太子時納之'가 되어야 한다. 그런데 (1b)에는 '爲' 자가 들어 있지 않은가? 그동안의 모든 번역은 이 '爲'를 빠트리고 번역하여 엉뚱한 번역이 되었다. 따라서 그런 번역서를 읽고 연구한 연구물들은 당연히 모두 틀린 것이다.

중요하기 때문이다. 한문 문장을 번역할 때는, 아니 어떤 외국어의 문장을 번역하더라도, 하나의 글자도, 비록 그것이 허사라 하더라도 빠트려서는 안 된다. 하물며 문장의 핵심이고 실사인 동사 '爲'를 빠트리고 번역한다는 것을 어찌 상상이나 할 수 있겠는가? 글자가 다르면 의미가 다르고, 글자 하나 있고 없음에 목숨이 오가지 않던가?

번역에서 그 다음으로 중요한 것은, 글자는 없지만 전후 문맥을 보아 당연히 생략된 글자들은 잘 보충하여 문맥을 잡아 기워 넣어야 한다. 기워 넣지 않으면 다른 말이 된다. 그러니까 문리(文理)가 통하지 않은 사람이 번역을 하면 안 되는 것이다. 번역은 그 분야 최고의 고수가 만년에 모든 것을 알고 나서도 실수 없이는 할 수 있을까 말까 한 작업이다. 그 예로는 이 문장의 '久而(구이)'가 제일 좋다. 이도 '오래이나'로만 번역하면 안 된다. 번역은 그렇게 하더라도 문맥은 정확하게 이해하고 있어야 한다. 즉, '오래이나'의 주어가 무엇인가 하는 것을 밝혀야 하는 것이다. 그러나 그렇게 이해한 번역서는 하나도 없었다.

이 단락은 각 문장의 주어가 어느 것인지 잘 파악해야 한다. 모문의 주어와 내포절의 주어가 어느 것인지 문맥에 따라 정확하게 설정하고 번역해야 한다. 이 단락의 (4a)의 첫 문장에서 주어는 '왕비는'이다. 둘째 문장에는 주어가 없지만 당연히 '그 왕비는'이 주어이다. 앞 문장의 주어와 같으니 생략된 것이다.

그러다가 (4b)의 첫 문장은 모문이 '(   )이 그녀를 태자비로 들였다.'가 된다. (   ) 속에 들어갈 생략된 주어로 생각할 수 있는 것은 '왕은', '왕의 아버지는'. '왕의 어머니는', '왕의 할머니는' 등등이다. 665년 8월에는 문무왕이 최고 결정권자이고 문명왕후의 역할도 컸으므로 의미상으로는 문명왕후가 주도하여 문무왕과 자의왕후가 실행하였을 가능성이 크다. 그것까지 생각하고 나면 이 문장의 주어는 일반적인 주어로 '왕실은' 정도로 생각해도 될 것이다. '들이다'가 타동사이므로 목적어는 당연히 '그녀를'이고 보충어는 '태자비로'이다.

그리고 나면 그 다음에 '王爲太子時'가 눈에 들어온다. 여기서는 '爲'만이 동사가 될 수 있다. '爲'가 동사로 당당히 버티고 서 있는 것이다. '王爲太子時'를 보면 '때에'라는 말이 '(   )는 (그녀를) (태자비로) 들였다.'라는 문장 속에 들어가서 '시기'를 나타내어 주는 부사어가 되고 있음을 알 수 있다. 그런데 '때에'만으로는 의미가 완전하지 못하니 보충어절이 하나 필요하였고 그 보충어절이 '왕이 태자가 될'이다. 그러면 '왕이 태자가 될 때에'가 전체로서 '(   )이 (그녀를) (태자비로) 들이던' 시기를 나타내는 부사어가 되어 의미가 완성된다. 그러면 이 문장은 '( )은, 왕이 태자가 될 때에, (그녀를) (태자비로) 들였다.'가 된다.

그리고 그 다음 문장은 '久而無子'이다. 이 문장은 복합문인데 모문의 서술어는 '무자하였다.'이다. 그러면 주어는 당연히 '왕비는' 또는 '왕비에게는'이 된다. 모문은 '(왕비는) 무자하였다.'이다.[11] 그러면 '久而'는 무엇인가? '오래이나'인 그것은 내포절의 서술어일 수밖에 없다. 그것의 주어는 무엇인가? 내포절의 주어를 정해야 한다. 그런데 '오래이다'는 시간을 나타내는 서술어이다. 그러니 주어는 사람이 아니라 시간의 경과를 나타내는 체언이 와야 한다. 그런 명사로는 형식 명사 '지'가 있

11) '왕비는 무자하였지만 왕은 유자하였다.'가 여기서 나온다. 그러면 왕비는 위협을 느낄 수밖에 없다. 친정에 온갖 하소연을 하게 되어 있다. 친정어머니와 아버지가 분개할 수밖에 없다. 그 친정아버지는 김흠돌이고 어머니는 김유신의 딸 진광이다. '김흠돌의 모반'의 실상이 여기서 다 드러나지 않는가? 이 문장 하나만 제대로 번역했어도 우리는 지금쯤 신라 중대 정치사의 진실을 훤히 알 수 있었을 것이다.

다. '○○○○○ㄴ 지가 오래이다.'가 우리말이지 않은가? 그러니 이 내포절의 주어는 '○○○○○○ㄴ 지가'가 된다. '○○○○○'의 내용은? 여기서는 '그 왕비가 태자비가 된 지'이다. 이제 '(그 왕비가 태자비가 된 지) 오래이나, (그 왕비는) 무자하였다.'가 된다. '무자하였다'를 '아들이 없었다.'로 바꾸면 '(그 왕비에게는) 아들이 없었다.'로 할 수도 있다. 이것이 정확한 번역이다. 생략된 내용이 많은 문장을 번역하기 위해서는 이렇게 문법적 관계를 파악하는 것이 선행되어야 한다.

그런데 이렇게 번역한 번역서가 없다. 그러니까 현재 우리가 보는『삼국사기』의 번역은 문리가 통하지 못한 사람들이 한 것이다. 이것이 한국 학계의 현 주소이다. 이런 번역서들을 붙들고 역사를 연구하고 있으니 그 결과가 올바로 나올 리가 없다.

저자가 번역한 것을 모두 모아 다시 한 번 보이면 (4')이 된다.

(4') (왕실은) 왕이 태자가 될 때 (그녀를) (태자비로) 들였다. (그 왕비는) (그 왕비가 태자비가 된 지) 오래이나, 아들이 없었다.

일반적으로 통용되는 오역과 제대로 된 저자의 번역 사이에 어떤 차이가 있는가? 번역이 다르면 내용이 어떻게 달라지는가? 시범적으로 이 케이스를 따져 보기로 한다. 정명태자는 (5)에서 보듯이 문무왕 5년[665년] 8월 태자로 봉해져서 681년 7월에 즉위하였다. 그러므로 그는 만 15년 11개월(약 16년) 동안 태자로 있었다.

(5) 문무왕 5년[665년] 8월 — 왕자 정명을 책립하여 태자로 삼았다 [八月 — 立王子政明爲太子]. 널리 사면하였다[大赦]. <『삼국사

일반적으로 통용되는 오역 '왕이 태자 시절 들였으나 오래 아들이 없었다.'는 정명태자가 태자비와 그 약 16년 사이 어느 때인가 혼인하였다는 말이다. 그런 번역에서는 '오래'가 몇 년이나 되는지 알 길이 없다. 이 오역을 따르면, '약 16년 동안 아들이 없었다.'도 되고, '13년 동안 아들이 없었다.'도 되고, '10년 동안 아들이 없었다.'도 되고, '5년 동안 아들이 없었다.'도 되고 심지어 '1년 동안 아들이 없었다.'도 된다. 아무런 역사적 의미가 없는 말인 것이다.

『삼국사기』가 그렇게 써진 책인가? 그럴 리가 없다. 번역이 잘못 되면 사실을 파악할 수 없고, 사실을 파악할 수 없으면 역사적 진실이 밝혀지지 않고, 그러면 후세의 연구자들은 제 마음대로 해석하여 역사를 왜곡하게 된다. 저자는 『삼국사기』가 후세들에게 제 마음대로 역사를 왜곡할 수 있도록 허술하게 써진 책이 아니라고 믿는다.[12]

정확한 번역 (4') '(왕실은) 왕이 태자가 될 때 (그녀를 태자비로) 들였다. (그 왕비는) (태자비가 된 지) 오래이나 아들이 없었다.'는 665년 8월에 정명태자가 태자로 책봉되면서 태자비도 들였다는 말이다. 이 번역과 앞서의 오역은 어떻게 다른가? 그 차이점을 볼 수 있는 눈이 없으면 역사를 올바로 기술할 수 없다.

정확한 번역을 따르면, 정명태자와 김흠돌의 딸은 665년 8월에 혼인

---

12) 저자는 우리 선조들의 글쓰기가 그렇게 허술하게 이루어졌다고 생각해 본 적이 없다. 잘못된 것은 그 글들이 못난 후손들을 만나 선조들의 글을 제대로 읽지 못하여 번역을 제대로 못하고 역사 해석을 제대로 하지 못하는 일이다. 번역의 중요성이 이보다 더 강조되어야 할 분야가 따로 없을 것이다. 번역을 할 수 있는 사람은 역사를 잘 모르고 역사를 연구하는 사람들은 문장 구조를 잘 몰라 번역을 못한다.

하였다. '왕이 태자가 될 때 태자비를 들였다.'는 말은 그 말이다. 그러
면 그 태자비에게는 16년 동안 아들이 없었다는 말이다. 그러면 신문왕
이 즉위했을 때 그가 몇 살인지가 산출된다. 665년 8월에 15살로 혼인
하였다 치자. 조금 더 이를 수도 있다. 그랬다면 681년 7월 즉위 시에
신문왕은 31살이다. 폐비된 김흠돌의 딸도 681년에 30살쯤 되었을 것
이다. 655년 정월에 젊은 나이로 전사한 김흠운, 그의 딸은 유복녀라
하더라도 683년 5월 7일 신문왕과 혼인할 때는 최소 28살이다. 이들의
나이가 비슷비슷하지 않은가?

역사 기록은 조금도 혼란을 일으키지 않게 적혀 있다. 번역만 정확하
게 하면 혼란스럽고, 모호하고, 기록에 나타나 있지 않고, 그런 것이 없
어진다. 그러므로 '신문왕이 김흠돌의 딸과 언제 혼인하였는지 기록에
없다.'라는 말은 틀린 말이다. 이제 무엇인가가 보이기 시작한다. '爲'라
는 글자 한 자를 빠트리고 번역한 데서는 보이지 않던 역사적 진실이
그 '爲'를 넣어 번역하니 정확하게 드러난다. 글자 한 자 빠트리고 번역
한 것이 역사의 진실을 파악하는 데에 얼마나 큰 장애물이 되는가?

신문왕이 태사로 봉해지던 문무왕 5년[665년] 8월의 기록은 앞에서
본 대로 (5)처럼 되어 있다. 태자비와의 혼인에 대해서는 일언반구가 없
다. 왜 이럴까? 혹시 정명태자는 이때 혼인하지 않은 것일까? 그것은 그
렇지 않다. 김흠돌이 모반하였고 그에 따라 이 태자비는 왕비가 되자
말자 폐비되었다. 나중에 신라의 『국사』에서든 『삼국사기』에서든, 이
폐비된 왕비의 혼인 문제를 자세하게 적을 필요성을 느끼지 않았을지도
모른다.[13]

13) 『삼국사기』 권 제4 「신라본기 제4」 「진흥왕」 6년[545년] 가을 7월에 이찬 이사부가
상주하여 아뢰기를 국사라는 것은 군신의 선악을 기록하여 잘함과 못함을 만대에

전 왕비를 폐비시킨 신문왕은 683년 5월 7일 고종사촌 누이동생인 신목왕후[김흠운의 딸]과 성대한 혼인을 하였다. 이 혼인은 무엇이 특별하였던지 왕실에서 보낸 예물이 (6b)에서 보듯이 『삼국사기』권 제8의 「신문왕」 기사에 상세히 기록되어 있다. 다른 왕의 경우 '○○ ○○○의 딸을 들여 왕비로 삼았다[納○○ ○○○之女爲妃]'로만 적는 것이 정상적이다.

(6) a. 신문왕 3년(683년) 봄 2월, 순지를 중시로 삼았다[三年 春二月 以順知爲中侍]. 일길찬[7등관위명] 김흠운의 딸을 들여 부인으로 삼기로 하고[納一吉湌金欽運少{之의 誤: 저자}女爲夫人],

b. 먼저 이찬[2등관위명] 문영과 파진찬[4등관위명] 삼광을 보내 기일을 정하고[先差伊湌文穎波珍湌三光定期], 대아찬[5등관위명] 지상으로 하여금 납채를 보냈는데 비단이 15수레이고 쌀, 술, 기름, 꿀, 간장, 된장, 말린고기, 젓갈이 135수레이고, 조곡이 150수레였다[以大阿湌智常納采 幣帛十五輿米酒油蜜醬鼓脯醯一百三十五輿租一百五十車].

c. 5월 7일 이찬 문영, 개원을 보내어 그 댁에[14] 이르러 책립하여 부인으로 삼고 그 날 묘시에 파진찬 대상, 손문과 아찬 좌야, 길숙 등을 보내어 각각 처량과 급량, 사량 2부의 부녀 30명씩

보이는 것인데 수찬한 것이 없으면 후대에 어찌 볼 수 있겠습니까[六年 秋七月 伊湌 異斯夫 奏曰 國史者 記君臣之善惡 示襃貶於萬代 不有修撰 後代何觀]. 왕이 깊이 그렇다고 여겨 대아찬 거칠부 등에게 명하여 널리 문사를 모아 수찬하게 하였다[王深然之 命大阿湌居柒夫等 廣集文士 俾之修撰]. 를 보면 신라에 『국사』가 있었음을 알 수 있다.

14) '그 댁'이 어느 집일지 궁금하다. 신문왕은 태자 시절에 동궁에서 살았을 것이다. 그 때 그는 김흠돌의 딸과 살았을까, 김흠운의 딸과 살았을까? 이홍과 보천도 함께 살았을 것이다. 681년생인 효명도 여기서 태어났을 것이다. 그러므로 정명태자는 김흠운의 딸과 살았다고 보아야 한다. 그런데 '그 댁'은 동궁으로 보이지는 않는다. 혹시 신문왕 즉위 후 동궁을 비우고 김흠운의 딸은 어머니의 집으로 가서 살았을까? 그렇다면 '그 댁'은 신목왕후의 어머니 집이었을 가능성도 있다.

과 더불어 부인을 맞아오게 하였는데 수레를 타고 좌우에서 시종하는 관인과 부녀자 등으로 매우 성황을 이루었고, <u>왕궁의 북문에 이르러 수레에서 내려 궁안으로 들어왔다</u>[五月七日 遣伊湌文穎愷元抵其宅 冊爲夫人 其日卯時 遣波珍湌大常孫文阿湌坐耶吉叔等 各與妻娘及梁沙梁二部(女區)各三十人 迎來夫人 乘車左右侍從官人及娘(女區)甚盛 至王宮北門 下車入內].

<『삼국사기』 권 제8 「신라본기 제8」 「신문왕」>

정명태자의 초혼인 태자비와의 혼인에 대해서는 일언반구 언급이 없으면서, 왜 이 28살도 더 된 여인을 계비로 맞아들이면서는 이찬 문영과 김유신의 아들 파진찬 삼광이 날을 받으러 가고, 대아찬 지상이 예물을 300대의 수레에 싣고 가고, 이찬 문영과 개원[문무왕의 아우]가 그 집에 가서 부인으로 봉하고, 파진찬 대상, 손문과 아찬 좌야, 길숙이 60여 명의 부녀자들을 데리고 가서 모셔 오는 것을 자세히 적었는가? 이렇게 희한하게 혼인 과정이 자세하게 적힌 예는 『삼국사기』에서 유일무이하다. 참으로 기이한 일이 아닐 수 없다. 여기에 주목했어야 한다. 이 혼인은 예사 혼인이 아닌 것이다.

그런데 이것을 중국식의 혼인 제도가 시작되는 것으로 다루고 있다. 그럴 수도 있을 것이다. 그렇다면 그 후로도 모든 왕의 혼인에 대한 기록이 꼭 이렇게 성대하거나 자세하지는 않더라도 비슷하게는 적혀 있어야 할 것이다. 그런데 그렇지가 않다. 그 이전, 그 이후 어떤 왕의 혼인식도 이렇게 적힌 기록이 없다. 절대로 중국식 제도가 들어와서 새로운 혼인 절차가 시행된 것으로 볼 수 없다.

하나의 외래 제도가 들어왔다고 판정되려면 오랜 시일이 흘러야 하고 그 이후로도 그런 식의 제도가 반복하여 시행된 것이 줄기차게 기록에 남아 있어야 한다. 단 한 번의 기록을 가지고 그런 식의 외국 제도가 들어왔다고 판정하는 것은 올바른 태도가 아니다. 신문왕의 아들인 성덕왕, 손자인 효성왕, 경덕왕도 첫째 왕비를 내어 보내고 새 왕비를 들였다. 그 여섯 번의 혼인 가운데 『삼국사기』에 적힌 4번의 혼인에 대한 기록은 (7)과 같다.

> (7) a. 성덕왕 3년 — 여름 5월 승부령 소판*{구본은 반이라 했으나 지금 고친다.}* 김원태의 딸을 들여 왕비로 삼았다[夏五月 納乘府令蘇判*{舊本作叛 今校正}*金元泰之女爲妃].
>
> b. 성덕왕 19년 — 이찬 순원의 딸을 들여 왕비로 삼았다[十九年 — 三月 納伊飡順元之女爲王妃]. <『삼국사기』 권 제8 「신라본기 제8」 「성덕왕」>
>
> c. 효성왕 3년 --- 3월 이찬 순원의 딸 혜명을 들여 왕비로 삼았다[三年 — 三月 納伊飡順元女惠明爲妃]. <『삼국사기』 권 제9 「신라본기 제9」 「효성왕」>
>
> d. 경덕왕 2년 — 여름 4월 서불한 김의충의 딸을 들여 왕비로 삼았다[夏四月 納舒弗邯金義忠女爲王妃]. <『삼국사기』 권 제9 「신라본기 제9」 「경덕왕」>

어느 혼인에 날을 받으러 가고, 예물을 보내고, 고위 관인들이 시종해 오는 기록이 있는가? 그 예물들을 품목별로 낱낱이 적은 기록이 있는가? (7a)는 초혼이고, (7b, c, d)는 모두 재혼하는 기록이다. 그런데 같은 재혼 기록인 (6)과 전혀 다르다.

왕비 부친의 관위의 급이 다른가? 다르긴 하다. 그러나 (7a)는 소판[3

등관위명],15) (7b, c)는 이찬[2등관위명] 순원, 그리고 (7d)는 서불한(=각간[1등관위명]) 김의충이다.16) 그런데 (6a)를 보면 신목왕후의 아버지는 일길찬[7등관위명]에 불과한 김흠운이다. 어느 혼인이 더 성대했어야 하는가? 기껏 7등관위인 일길찬의 딸, 28세도 더 된 여인을 재취로 데려오는 혼인이 무엇이 특별하여 이렇게 적었는가?

단 한 번의 성대한 혼인 기록 (6)은 중국식 혼인 제도의 사례가 아니다.17) 이 특이한 혼인 기록은 신목왕후가 특별한 사람이고 신목왕후의

---

15) '소판'은 김원태의 최종 관위일 것이다. 『삼국유사』 권 제1 「왕력」에 의하면 원태는 '아간'이다.

16) 각간(角干)은 舒弗邯(서불한)이라고도 한다. 『삼국사기』 권 제1 「신라본기 제1」 「지마니사금」 조에는 파사왕이 이찬 허루에게 '酒多(주다)'를 주어 이찬 위에 있게 한다는 기록이 나온다. 이 '酒多'는 후에 角干이라고 일러졌다고 하였다. '角'은 중세 한국어에서 '쓸'이다. 고대 한국어에서는 '*스블'이었을 것으로 추정한다. '干'은 음차자이다. 그러므로 角干은 '*스블칸, *스블한'을 훈차자, 음차자로 적은 것이다. 舒弗邯은 이 '*스블한, *스블칸'을 모두 음차자로 적은 것이다. '酒'는 중세 한국어에서 '술'이다. 장음으로 판단된다. '술>수울>수볼>수블'로 소급된다. 결국 '*수블'이나 '*스블'이라는 음을 가진 '角'을 의미하는 고대 한국어를 '수블/스블'이라는 훈을 가진 '酒'로 적은 것이다. '多'는 '한 多, 많을 多'이다. 그러므로 '干 또는 邯을 훈차자 '多'를 이용하여 적은 것이다. '酒多'는 '*스블칸, *스블한'을 모두 훈차자로 적은 것이고, 舒弗邯은 모두 음차자로 적은 것이며, 角干은 앞은 훈차자 뒤는 음차자로 적은 것이다. 이 벼슬은 중세 한국어로 적으면 '쓸칸'이다. 이들은 뿔을 붙인 투구를 썼을 것이다. 이와 더불어 박혁거세 왕을 가리키는 '居西干(거서간)'이라는 말이 있다. '居'는 '棲(서)'와 같은 뜻으로 '서식하다' 우리말로는 '깃들다'의 뜻이 있다. 중세 한국어에는 '깃-'이라는 동사가 있다. '居'는 이 訓을 이용하여 '깃(羽)'을 적은 훈차자이다. '西'는 이 단어의 말음 'ㅅ'을 적은 것이다. '干'은 음차자로 '칸'이다. 그러므로 '居西干'은 '깃칸'을 적은 것이다. '깃칸'은 아마도 독수리 깃으로 만든 왕관을 썼을 것이다. 네이티브 아메리칸의 추장은 화려한 깃으로 장식된 관을 썼다. 시베리아 샤먼도 그러한 깃으로 만든 관을 썼다. 뱅쿠버 UBC 박물관에서 상시 상영되는 네이티브 아메리칸의 북 소리와 춤은, 저 기억의 뒤편에 잠들어 있던, 어릴 때 잠에 취해 듣곤 했던 '굿하는 할머니'의 춤과 북 소리를 불러와서 내 등에 소름이 끼치게 하였다.

17) 그 후로도 이와 같은 중국식 혼인 제도가 시행되었지만 『삼국사기』가 모든 것을 적은 책이 아니니 다른 혼인식은 간략히 적었다고 답변할 준비가 되어 있을 것이다. 그럴 수도 있을 것이다. 바로 그런 것이다. 『삼국사기』가 모든 것을 다 적은 책이 아니므로 『삼국유사』의 「만파식적」이나, '성덕왕의 즉위 과정'이나 '효소왕의 출생 연

혼인이 특별한 혼인이었음을 의미하는 것이다. 특별한 혼인, 그것은 신문왕의 아들을 셋이나 거느리고 있는 태종무열왕의 외손녀가 태종무열왕의 손자인 신문왕과 혼인하는 예식인 것이다.

신목왕후는 혼인할 때 처녀가 아니었다. 유복녀라고 보아도 아버지가 전사한 655년 정월로부터 10개월 이내에 태어났을 것이니 혼인한 683년 5월 7일에는 나이가 28세가 넘었을 것이다. 그리고 이미 정명태자와의 사이에 이홍, 보천, 효명의 세 아들을 낳은 여인이다(후술). 이 예물들은 신문왕의 고모집, 신목왕후의 어머니의 집으로 친정 조카인 신문왕이 보낸 특별한 예물인 것이다.[18] 그것이 역사의 진실이다. 신문왕의 재혼 기록 이후로 어떤 왕의 혼인도 이렇게 기록된 사례가 없다. 이런

도'나, '익선의 죽지랑 모욕 사건'이나, 신충의 「원가」나, 「원효불기」의 요석공주나, 그런 것이 『삼국사기』에 없다고 무시해서는 안 된다. 『삼국유사』는 믿을 수 있는 기록이고 『삼국사기』에 없는 것도 있었다고 인정할 것은 인정해야 한다. 「찬기파랑가」의 '기랑'이 김군관일 것이라는 것은 『삼국유사』에도 없다. 그러면 『삼국사기』는 모든 일을 다 적은 책인가? 훨씬 더 가려 뽑아서 편찬한 책이다.

18) 신목왕후의 어머니가 문명왕후의 딸이라는 말은 없다. 김춘추와 누구 사이에서 태어났는지, 어떻게 하여 김흠운과 혼인하였는지 모르는 일이다. '신목왕후의 어머니가 김춘추와 당 나라 여인 사이에서 태어난 당 나라 국적의 딸이고, 김흠운이 그녀의 호위무사로 당 나라와 신라를 오갔는데, 해상에서 풍파를 만나 무인도에 표류하여 지내면서 서로 사랑하게 되었고, 그 사이에서 신목왕후가 출생하였다.'는 상상을 하고 그것을 소설로 써 놓은 사람도 있다. 당 나라가 신라에서 오는 고위 인사들에게 족쇄를 채우는 일을 하였을 가능성은 충분히 있다. 그러나 김춘추가 648년[진덕여왕 2년]에 당 나라에 간 것을 생각하면 655년 2월에 전사한 김흠운의 아내였을 신목왕후의 어머니가 648년 이후에 출생했다는 것은 앞뒤가 맞지 않다. 신목왕후의 어머니는 늦어도 640년에는 태어났어야 한다. 이 공주의 어머니로 가장 먼저 떠올릴 수 있는 사람은 문명왕후의 언니 보희이다. 『삼국사기』 권 제6 「신라본기 제6」 「문무왕 상」의 시작 부분에는 문명왕후의 매몽(買夢) 기사가 있다. 김유신의 누이 보희가 꿈에 서형산(西兄山)에 올라 오줌을 누었더니 그 오줌이 나라 안[國內][서라벌 안]을 가득 채웠다. 보희는 그 꿈을 비단 치마 한 벌에 동생 문희에게 팔았다. 문희는 치마 한 벌로 꿈을 사서 문명왕후가 되었고 문무왕을 낳았다. 그 보희가 누구와 혼인할 수 있었겠는가? 그도 별 수 없이 태종무열왕의 차비가 되었고 그가 그 공주를 낳았을 것이라는 추측이 가장 가능성이 크다. 필사본 『화랑세기』는 그렇게 적고 있다.

것이 어떤 제도의 시작이고 그 후에 정착되었다는 판단은 논증되지 않는 이야기이다.

신목왕후는 누구의 딸인가? 김흠운(金欽運)의 딸이다. 김흠운은 누구인가? 『삼국사기』 권 제47 「열전 제7」에는 「김흠운(金歆運)」 조가 있다. 그는 655년 정월 조천성[옥천]으로 들어가는 길목인 양산 아래에서 백제 군의 야습을 받아 전사한 태종무열왕의 반자[사위]이다. 그는 잡찬(迊飡) 달복의 아들이다.[19] 이 「김흠운」 조의 주인공 김흠(歆)운이 신목왕후의 아버지 김흠(欽)운과 동일인이라면 681년 8월의 '김흠돌의 모반'으로부터 야기된 통일 신라의 모든 수수께끼가 다 풀린다.

'신목왕후의 아버지가 김흠운이라.'는 이 사실만 정확하게 알고, '김흠운이 태종무열왕의 사위라.'는 것만 똑바로 알고, 그것을 머릿속에 견지하고 '김흠돌의 모반'이 일어난 681년 8월 8일부터 혜공왕이 고종사촌 김양상에게 시해된 780년 4월까지의 『삼국사기』의 기사와, 그와 관련된 『삼국유사』의 기사를 연결하여 읽으면, 통일 신라의 681년 8월 8일 이후 99년 동안의 역사는 신목왕후의 어머니를 통하여 모두 깔끔하게 설명될 수 있다. 역으로 신목왕후의 아버지가 김흠운이라는 사실을 주목하지 않고, 김흠운이 태종무열왕의 사위로서 신목왕후의 어머니의 남편이라는 사실로부터 모든 역사적 사실을 설명하지 않은 역사 연구는 믿을 수 없는 것이다.

그런데 신목왕후의 아버지가 김흠운이라는 것은 (6a)에 있어서 모두

---

19) 3등관위명인 잡찬(迊飡)은 영찬(迎飡)에서 왔다고 한다. 원래 영고(迎鼓)를 관장하는 관직이다. 다른 말로는 소판(蘇判)이라고도 하는데 이 말은 '소도(蘇塗)'를 관장하는 관직이었다고 한다(김희만(2015) 참고). 이들은 훈독, 음독으로 접근할 관등명이 아닌 것이다. '-判'이 어떤 일을 맡은 관직이라는 뜻을 가지는 것이 주목된다. 「찬기파랑가」의 '花判(화판)'도 그렇게 접근해야 할 것으로 보인다.

다 알았다. 그렇지만 그것을 중시하지는 않았다. 그런데 더 중요한 것은 신목왕후의 어머니에 대하여 주목하지 않았다는 사실이다. 김흠운이야 655년 정월에 양산 아래에서 백제 군의 야습에 맞서서 용감하게 싸우다가 전사하였다. 20살이 될까 말까 한 아까운 젊은이가 희생된 것이다. 그러면 그것으로 끝이다. 그가 그 뒤의 역사의 흐름에 직접적인 영향을 미칠 수야 없는 일이다. 죽으면 다 그만인 것을—.

그렇지만 딱 하나 몰랐던 것은 신목왕후의 어머니, 즉 김흠운의 아내가 누구인가 하는 것이다. 이에 대해서는 아무도 관심을 두지 않았다. 이것이 신라 중대 정치사 기술을 엉망진창으로 그르친 가장 큰 패인이다. 어찌 아버지만 알고 어머니는 모른단 말인가? 어머니 없이 태어난 딸이 어디 있다고. 더욱이 아버지는 젊어서 전사하였다는데, 그래서 전사한 뒤에 태종무열왕이 일길찬[7등관위명]을 추증하였다는데. 젊은 나이에 청상과부가 된 이 여인, 신목왕후의 어머니는 서라벌에 살아 있었을 것이 명백하지 않은가?

655년 정월 지아비를 잃은 뒤로부터, 683년 5월 7일 딸을 왕비로 들이는 이 긴 기간 28년 동안 이 미망인이, 남편이 전쟁터에서 용감하게 싸우다가 전사하여 국가 유공자가 되어 있었을 이 미망인이 어린 딸 하나를 키우며 얼마나 백제에 대한 원한에 사무쳐서 이를 갈며 살았겠는가? 그 딸을 어떻게 키우려고 다짐하며 살았겠는가? 이것을 생각하지 않고 신라 중대 정치사를 논의할 수 있겠는가?

사람의 삶은 조그마한 감정 상함에도 돌이킬 수 없는 적으로 돌아설 수 있다. 사람은 조그만 모욕도 못 참고 작은 원한도 철저하게 복수하려 한다. 그런데 지아비가 죽었다. 그녀에게는 하늘이 무너진 것이다.

그녀는 자신의 아버지 태종무열왕, 오라버니 문무왕을 향하여 백제에 대한 원수를 갚아야 한다고 줄기차게 졸랐을 것이다.

그렇게 나라를 위하여 지아비를 바쳤는데, 그렇게 남겨진 단 하나의 혈육인 고명딸이 부왕의 첫 손자와 혼인하여 왕비가 되기로 약속되어 있었는데, 그 약혼자 태종무열왕의 원손, 문무왕의 맏아들이 또 백제와의 싸움에서 전사하였다. 그리고 그 딸이 또 문무왕의 태자, 장자인 정명과 혼외 관계에서 677년에 문무왕의 첫 손자 이홍[효소왕]을 낳았고, 679년쯤에 보천을 낳았으며, 681년에 효명[성덕왕]을 낳았다. 이 딸과 외손자들의 운명을 개척하지 않고, 그 어머니가 왕비 자리를 그대로 순순히 정명태자의 무자한 태자비에게 넘겨주고, 그 아래서 후궁 같은 수모를 받는 딸을 보며 치욕적으로 살아갈 수 있었겠는가? 그렇게 할 어머니는 이 세상에 단 한 사람도 없다.

신목왕후의 아버지가 김흠운이라는 것을 알고, 그리고 그의 아내가 누구인지를 알면, 『삼국유사』 권 제5 「피은 제8」의 「신충 괘관」 조의 「원가」의 '지킬 수 없었던 약속', 태자 승경이 신충에게 잣나무를 걸고 '도와주면 훗날 잊지 않겠다.'고 맹약한 일, 신충이 태자 승경을 도와 효성왕으로 즉위시키는 데 앞장 선 일, 효성왕 즉위 후 신충을 공신 등급에 넣지 못 한 일, 「원가」를 짓고 잣나무가 시들고 신충에게 작록을 하사한 일, 그리고 그 뒤로 일어나는 효성왕의 불행한 인생이 모두 깔끔하게 설명될 수 있다.

그뿐만 아니라 앞선 시기의 「모죽지랑가」, 「찬기파랑가」도 제대로 이해할 수 있고, 뒤선 시기의 「안민가」도 잘 설명할 수 있다. 그리고 그것을 알면 『삼국유사』 권 제3 「탑상 제4」의 「대산 오만 진신」 조와 「명주 오대산 寶叱徒 태자 전기」조가 환하게 이해된다. 바로 신목왕후의 어머니, 신문왕의 장모, 효소왕과 성덕왕의 외할머니가 모든 문제 해결의 핵심 열쇠인 키 스톤, 요석(要石)인 것이다.

3. 신목왕후의 어머니는 요석공주이다

신목왕후의 어머니가 누구일까? 김흠운의 아내가 누구일까? 신문왕의 장모가 누구일까? 이 중요한 요석, 키 스톤이 누구인지를 알기 위해서는 『삼국사기』 권 제47 「열전 제7」의 「김흠운」 조를 자세히 살펴볼 필요가 있다. (8)은 그 「김흠운」 조에서 관련된 부분을 가져 온 것이다.

> (8) a. 김흠운은 신라 내밀왕(내물왕)의 8세손으로 <u>그 부친은 잡찬 달복이다</u>[金歆運 奈密王八世孫也 父達福迊湌].
>
> b. 김흠운은 어려서 <u>화랑 문노의 문하에서 유하였다</u>[歆運少遊花郞文努之門].
>
> c. 영휘 6년[태종대왕 2년[655년]]에 태종대왕은 백제가 고구려와 함께 변경을 침범함에 분개하여 정벌할 계획을 세웠다[永徽六年 太宗大王憤百濟與高句麗梗邊 謀伐之]. 군대를 출동시킴에 이르러 흠운으로 낭당대감으로 삼으니 이에 집에 가서 자지 않고 바람에 머리 빗고 비에 목욕하며 사졸들과 함께 달고 씀을 같이 하였다[及出師 以歆運爲郞幢大監 於是不宿於家 風梳雨沐 與士卒同甘苦]. 백제 땅에 다달아 양산 아래 진을 치고 조천성[현재의 옥천]으로 나아가 치려고 하였다[抵百濟之地 營陽山下 欲進攻助川城]. 백제 사람들이 밤을 타서 갑자기 쳐들

어 와 날이 밝을 즈음 망루를 타고 들어 왔다[百濟人乘夜疾驅 黎明緣壘而入]. 아군은 크게 놀라 어쩔 줄 모르고 혼란하여 진정시킬 수 없었다[我軍驚駭 顚沛不能定]. 적들은 어지러움을 인하여 급히 공격하니 날아오는 화살이 비오듯 하였다[賊因亂 急擊 飛矢雨集]. 흠운은 말을 타고 창을 쥐고 적을 기다렸다 [歆運橫馬握槊待敵]. 대사 전지가 말하기를[大舍詮知說曰], 지금 적들은 어둠 속에서 일어나 지척을 분간할 수 없습니다[今 賊起暗中 咫尺不相辨]. 공이 비록 전사하여도 사람들은 모를 것입니다[公雖死 人無識者]. 황차 공은 신라의 귀골이며 <u>대왕의 사위</u>이므로 만약 적의 손에 죽는다면 백제는 이를 자랑으로 여길 것이나, 우리로서는 큰 부끄러움이 될 것입니다[況公 新羅之貴骨 大王之半子 若死賊人手 則百濟所誇詑 而吾人之所 深羞者矣] 하니, 흠운은 말하기를[歆運曰], <u>대장부가 이미 몸을 나라에 맡겼거늘 남이 알아 주든 안 알아 주든 마찬가지이다</u> [大丈夫旣以身許國 人知之與不知一也]. 어찌 감히 이름을 구하리오[豈敢求名乎] 하며 굳게 서서 움직이지 않고, 종자가 말고삐를 잡고 돌아가기를 권하였으나 흠운은 검을 뽑아 휘둘러 적과 더불어 싸워 수 인을 죽이고 죽었다[强立不動 從者握轡 勸還 歆運拔劍揮之 與賊鬪 殺數人而死]. 이에 대감 예파와 소감 적득도 서로 함께 전사하였다[於是大監穢破 少監狄得相與 戰死]. 보기당주 보용나는 흠운이 죽었다는 것을 듣고는 말하기를[步騎幢主寶用那聞歆運死曰], 그는 출신 골이 귀하고 세력도 영화로워 사람들이 사랑하고 아깝게 여기는 데도 오히려 절개를 지켜 죽었다[彼骨貴而勢榮 人所愛惜 而猶守節以死]. 하물며 보용나는 살아서 무익하고 죽어도 손해가 없다[況寶用那 生而無益 死而無損乎] 하고는 드디어 적에게 나아가 수삼인을 죽이고 죽었다[遂赴敵 殺三數人而死].

d. 대왕이 이 말을 듣고 슬퍼하며 흠운, 예파에게는 일길찬 관위
를 추증하고 보용나, 적득에게는 대내마 관위를 추증하였다[大
王聞之傷慟 贈歆運穢破位一吉湌 寶用那狄得位大奈麻].

e. 그 당시 사람들이 이를 듣고 양산가를 지어 부르며 이를 슬퍼
하였다[時人聞之 作陽山歌以傷之].

f. 그러므로 김대문이 말하기를[故大問曰], 어진 재상과 충성스러
운 신하가 여기에서 뽑혀 나오고 훌륭한 장수와 용감한 군사
가 이로부터 생겨 나온다.'고 한 것은 곧 이를 말하는 것이다
[賢佐忠臣 從此而秀 良將勇卒 由是而生者 此也]. <『삼국사기』
권 제47 「열전 제7」 「김흠운」>

　　김흠운을 내물왕의 8세손이라고 했으니 그는 태종무열왕과 멀어야
16촌이다.[20] 김흠운의 아버지가 잡찬 달복이라 한 점이 특히 주목된다.
그러나 이 기록만으로는 큰 의미가 없다. 김흠돌의 아버지도 잡찬 달복
이라 한 기록이 있어야 이것이 특별하고도 깊이 논의할 일이 된다. 그
러나 『삼국사기』와 『삼국유사』에는 그 정보가 없으니 안타깝다.

　　그런데 김흠돌의 가계에 관한 이 정보가 필사본 『화랑세기』에는 자
세하게 들어 있다. 달복이 김유신의 누이인 정희의 남편이고 그 아들이
김흠돌이라 하였다. 그리고 김흠돌은 김유신의 딸 진광의 남편이다. 그
는 김유신의 사위인 것이다. 이 『화랑세기』의 정보를 『삼국사기』(8a)의
김흠운이 잡찬 달복의 아들이라는 것과 연관시키면 어떻게 되는가? 김

─────────────

20) 내물왕 직계의 왕위 계승은 17내물왕 - 19눌지왕 - 20자비왕 - 21소지왕/22지증왕 - 23
법흥왕 - 24진흥왕 - 25진지왕 - 26진평왕 - 27선덕여왕/28진덕여왕/29태종무열왕으로
이어졌다. 그러므로 내물왕 8세손은 선덕여왕, 진덕여왕, 태종무열왕과 같은 항렬이
다. 눌지왕의 아우들인 보해와 미사흔에서 가계가 나누어졌다면 김흠운은 태종무열
왕과 16촌이 된다. 소지왕이 무자하여 소지왕의 6촌인 지증왕이 왕위를 이었으므로,
김흠운이 지증왕의 형제의 후손이라면 12촌으로 줄어들 수도 있다. 가까운 친척이다.

흠운은 달복과 정희의 아들로서 김유신의 생질이다. 김흠돌도 달복과 정희의 아들로서 김유신의 생질이다.[21] 김흠돌과 김흠운은 형제간이다. 아마도 김흠돌이 형이고 김흠운이 아우일 것으로 보인다.[22]

김흠운의 아내 자신은 태종무열왕의 딸이며 자신의 딸은 태종무열왕의 외손녀이다. 자신의 외손자들은 친정 오빠 문무왕의 손자들이다. 그의 형제들인 개원, 지경 등이 정권의 핵심 실세들이다. 그런데 이들은 어머니 문명왕후에게 눌려 있다. 신문왕의 모후 자의왕후는 시어머니 문명왕후의 아래서 숨도 크게 못 쉬고 말없이 '자눌(訥)왕후'로 살고 있었다. 김흠운의 아내에게는 시어머니 정희의 동생인 법적 어머니 문명왕후가 원망스럽기 짝이 없었을 것이다.

---

21) 왜 김흠돌과 김흠운이 출세하였는지 알 수 있다. 그들은 김유신의 누이의 아들들인 것이다. 크게 보면 김유신 세력권이다. 나아가 김흠운은 태종무열왕의 사위가 되었고, 김흠돌은 김유신의 사위가 되었다. 김흠운은 처가는 왕실이고 외가만 김유신 집안이지만, 김흠돌은 처가도 외가도 김유신 집안이다. 하나는 왕실로 장가들고 다른 하나는 김유신 집안으로 장가들어, 그 딸들이 권력 투쟁의 핵이 된 것이 김흠돌계 화랑도 출신 귀족들의 운명을 가르는 분기점이 되었다. 신문왕의 첫 왕비 김흠돌의 딸과 두 번째 왕비 김흠운의 딸 신목왕후는 4촌자매인 것이다. 누가 언니인지는 알 수 없지만 681년 8월 '김흠돌의 모반'이 일어났을 때 신문왕은 31살 정도이고 이 두 여인은 20대 후반이거나 30대 초반인 것으로 보인다. 그런데 중요한 것은 정비인 태자비 김흠돌의 딸에게는 혼인한 지 16년이 되도록 아들이 없었고, 고종사촌 누이이면서 태자비의 사촌인 김흠운의 딸에게는 신문왕의 아들이 3명이나 있었다는 사실이다. 이러고도 온전하게 집안이 유지되고 왕실이 안정되고 나라가 평안할 리는 없는 것 아니겠는가? 어찌 할 것인가? 이것도 박창화의 창의적 상상력이라 치자. 이보다 더 잘 이 시대의 비극을 설명할 수 있는 희곡의 구성을 짤 수 있겠는가? 하물며 왕당파니 진골 귀족이니, 개념도 불분명한 그런 허구의 이름으로 이 복잡한 태종무열왕, 문무왕, 김유신의 후손들의 죽고 죽이는 갈등 관계를 어떻게 설명할 수 있겠는가? 김흠돌이 가야파의 우두머리였다는 것이 특별히 눈에 뜨이는 정보였다.

22) 그 근거는 문무왕 원년(661년) 7월 17일에 편성된 고구려 정벌군의 조직에서 김흠돌이 김인문, 진주 등과 함께 대당장군으로 임명되어 있기 때문이다. 이보다 6년 전에 낭당대감으로 참전하여 전사한 후 일길찬을 추증 받은 김흠운이 김흠돌보다 형이라고 할 수는 없을 것이다.

태자비의 아버지 김흠돌은 김유신의 사위이고, 김흠운의 아내의 법적 어머니 문명왕후의 친정 조카사위에 지나지 않는다. 그가 병부령 겸 상대등 김군관과 사돈이 되고 또 다른 사돈 진공을 호성장군[수도경비사령관]으로 삼아 위세를 부리고 자신의 딸 태자비의 뒷배를 보아 주고 있다. 그리고 신문왕과 김흠운의 딸 사이에서 태어난 세 아들들을 죽이려 이를 갈고 있었다. 그런데 그렇게 강력하게 태자비를 감싸고 있는 문명왕후는 태자비의 친정 할머니인 정희의 동생이었다.

위의 두 단락이 681년 7월 1일 문무왕이 승하하던 당시의 서라벌의 정치 지형도이다. 한 쪽은 태종무열왕의 딸인 김흠운의 아내와 자의왕후가 중심이다. 다른 한 쪽은 문명왕후, 그의 친정 조카사위 김흠돌, 상대등 겸 병부령 김군관, 호성장군 진공이 중심이다. 한 쪽에는 신문왕의 정부 김흠운의 딸과 둘 사이의 혼외자 3명이 있다. 다른 쪽에는 무자한 태자비 김흠돌의 딸이 있다. 이 정치 지형도에서 어떤 일이 일어나겠는가? 결국 문명왕후가 사망하면 이 정치적 세력 균형이 깨어질 것이라는 것을 사람이라면 누구나 예감할 수 있다. 그리고 둘 중 선수를 치는 세력이 이기게 되어 있다.

(8c)에서 보듯이 태종무열왕은 백제와의 전쟁을 위한 부대 출정에 임하여 김흠운을 '낭당대감[郎幢大監]'으로 삼았다. 이 직책이 심상치가 않다. '낭당[郎幢]'은 진평왕 47년에 설치하고 문무왕 17년에 자금서당[紫衿誓幢]으로 이름을 고쳤다. '낭'은 화랑을 뜻하고 '당'은 기(旗)를 가리키지만 그 기를 상징으로 하는 군영, 부대 단위를 가리키기도 한다. 그러면 '낭당'은 젊은 화랑도의 낭도들로 조직된 부대를 말한다. 자금서당은 군복의 색깔로 부대 이름을 지은 것으로 보인다. 대감은 장군의

아래이고 대두(隊頭)의 위에 있는 직책으로 대체로 아간[6등관위명]급에서 내마[11등관위명]급이 맡았다. 김흠운이 전사한 후에 일길찬[7등관위명]을 추증 받은 것을 보면 그는 출전할 때 8등관인 사찬(沙滄) 정도였음을 알 수 있다.

〈**태종무열왕릉**. 비각에는 귀부와 이수만 있고 비신이 없다. 바로 아래에 김인문의 묘와 김양의 묘가 있다. 이 비신의 내용은 무엇을 담고 있었을까? 그것을 훼손한 세력은 어떤 세력일까? 이 비신의 훼손에 삼국 통일의 본질이 담겨 있을 것이다.〉

그런데 이 기록에서 가장 중요한 것은 (8c)에서 대왕의 반자(半子)라고 한 것이다. '반자'는 또 무엇인가? 사전의 뜻풀이는 '반 아들이라는 뜻으로, 사위를 이름. 여서(女婿)'라고 하였다. 이때의 '대왕'은 태종무열왕이다. 그러니 그는 태종무열왕의 사위이다. 그러면 김흠운의 아내는 누구인가? 태종무열왕의 딸이다. 공주이다. 어느 공주일까?

이를 논의하기 위해서는 태종무열왕의 자녀들에 대하여 알아야 한다. 『삼국사기』와 『삼국유사』에는 태종무열왕의 자녀들에 관한 기록이 그 어느 왕보다 자세하게 남아 있다. 그 내용도 비교적 정확하고 두 사서 사이에 약간의 차이가 있지만 그것은 충분히 설명되는 차이이다.

김춘추의 첫딸 고타소는 먼 옛날 642년[선덕여왕 11년] 8월에 이미 대야성에서 사망하였다. 김흠운이 전사하기 13년 전의 일이다. 그리고 고타소는 김품석과 혼인하였으니 김흠운의 아내일 수 없다. 이제 다른 데서 태종무열왕의 자녀들을 확인하고 그 가운데서 김흠운의 아내를 찾아내어야 한다.

『삼국사기』는 (9)와 같이 태종무열왕의 자녀들을 언급하고 있다. 딸은 (9b)의 지조공주만 기록되어 있다.

(9) a. 태종무열왕 2년[655년] 二年 --- 3월 원자 법민을 책립하여 태자로 삼고[三月 --- 立元子法敏爲太子], 서자 문왕을 이찬으로 삼고[庶子文王爲伊湌], 노차*{*차*는 『삼국유사』와 『자치통감』에는 단으로 되어 있다.}*를 해찬으로 삼고[老且*{且 遺事及 通鑑作旦}**爲海湌], 인태를 각찬으로 삼고[仁泰爲角湌], 지경과 개원을 이찬으로 삼았다[智鏡愷元各爲伊湌].

   b. (같은 달) 왕녀 지조를 대각간 유신에게 출가시켰다[王女智照 下嫁大角湌庾信]. 월성 안에 고루를 설치하였다[立鼓樓月城內].
   <『삼국사기』 권 제5 「신라본기 제5」 「태종무열왕」>

(9a)는 즉위한 이듬해 아들들에게 작위를 주는 것이니 모두 다 기록된 것이 아닐 수는 있다. 개지문, 차득, 마득 등 정실부인 소생이 아닌

아들들은 빠져 있다. (9a)의 '서자(庶子)'라는 용어는 주의가 필요하다. 법민은 '원자'라 하였다. 그렇다면 원자를 제외한 다른 아들들을 서자라고 불렀다는 말이다. 그런데『삼국유사』에는 이들이 모두 문명왕후 소생으로 되어 있고, 서자는 따로 개지문, 차득, 마득 등을 들고 있다.

(9b)를 보면 지조공주는 655년 3월에 태대각간 김유신에게 출가하였다. 김유신은 595년[진평왕 17년]생이니 이때 61세이다. 재혼임이 틀림없다. 이 혼인은 적으면서 김흠운의 아내의 혼인은 적지 않은 것이 참으로 이상하다. 이 지조공주가 문명왕후의 친딸일까? 그렇지 않을 가능성이 크다. 『삼국유사』에는 문명왕후가 딸을 낳았다는 기록이 없다.

『삼국유사』권 제2 「기이 제2」의 「태종춘추공」 조는 (10)과 같이 되어 있다.

(10) a. 영휘 5년[654년] 갑인년에 즉위하여 나라를 다스린 지 8년인 용삭 원년[661년] 신유년에 승하하니 누린 나이가 59세였다 [永徽五年甲寅卽位御國八年 龍朔元年辛酉崩 壽五十九歲].

   b. 태자 법민, 각간 인문, 각간 문왕, 각간 노단, 각간 지경, 각간 개원 등은 다 문희의 소생이니 당시 꿈을 산 징조가 여기에 나타난 것이다[太子法敏 角干仁問 角干文王 角干老旦 角干智鏡 角干愷元 等 皆文姬之所出也 當時買夢之徵 現於此矣].

   c. 서자는 개지문 급간, 거득 영공, 마득 아간과 딸까지 합하여 다섯이었다[庶子曰皆知文級干 車得令公 馬得阿干 幷女五人].
   <『삼국유사』권 제2의 「기이 제2」의 「태종춘추공」>

(10b)를 보면 문명왕후는 아들만 낳은 것으로 기록되어 있다. 만약 지조공주를 문명왕후가 낳았다면 (10b)에 적녀에 관한 언급이 있고 거

기에 지조공주가 들어 있어야 한다. 그러나 그런 것은 없다.

그런데 (10c)에는 서자, 서녀들에 관한 기록이 자세하게 남아 있다.[23] (10c)의 서녀가 둘 있었다는 기록이 주목된다. 이 두 딸 속에는 고타소가 들어 있지 않다. 왜냐하면 고타소는 서녀가 아닐 것이기 때문이다. 김춘추가 문명왕후 문희와의 사이에 법민을 임신하는 축국 사건과 김유신이 문희를 화형하려 한 것으로 보면 김춘추에게는 이때 이미 혼인한 정실부인이 있었다. 그 정실부인이 고타소를 낳았다. 그러므로 고타소는 서녀가 아니다.

『삼국유사』의 이 기록은 고타소를 헤아리지 않고 태종무열왕의 자녀로서 서녀가 둘 있었다는 것을 말한 것으로 해석해야 한다. 이 두 서녀들 중 하나가 지조공주이고 다른 하나가 신목왕후의 어머니일 가능성이 크다. 문무왕은 문무왕비편에 의하면 56세에 승하하였다. 681년에 56세였으니 그는 626년[진평왕 48년]생이다. 고타소는 문무왕보다 적어도 2살 이상 많았을 것으로 보인다. 고타소는 늦어도 624년생이니 사망한 642년에 19살 이상인 것으로 보인다. 지조공주는 655년 혼인할 때 15살 정도는 되었을 것이다. 그는 640년생쯤 된다. 고타소보다 17살 이상 어리고 문무왕보다 15살 정도 어리다. 김흠운의 아내인 공주는 남편이 전사한 655년에 20세쯤 되었을 것이다. 635년생쯤 된다. 문무왕보다 10살쯤 어리고 지조공주보다 5살쯤 많은 언니이다. 이 두 공주가 같은 어머니 소생인지 아닌지는 모른다. 지조공주를 흔히 문명왕후 소생으로 보는데 그것은 이 기록에 비추어 보면 틀린 것임이 분명하다.

지조공주에 대한 정보는 다른 데에도 있다. 그가 김유신과 혼인하였

---

23) 『삼국유사』의 이 기록의 적자, 서자의 개념은 현대의 우리의 개념과 일치한다. 『삼국사기』의 '원자'를 제외한 다른 아들들을 가리키는 '서자'가 이상한 것이다.

기 때문에 당연히 『삼국사기』 「열전」의 「김유신 전」에 있어야 한다. 그 것이 (11)의 기록이다.

(11) a. 가을 7월 1일이 되어[至秋七月一日], 사제의 정침에서 별세하 니 누린 나이가 79세였다[薨于私弟之正寢 亨年七十有九].

b. 대왕이 부음을 듣고 흐느껴 울면서 무늬 비단 1000필, 벼 2000석을 부의로 보내어 장례에 쓰게 하였다[大王聞訃震慟 贈賻彩帛一千匹 租二千石 以供喪事]. 군악대 100명을 내어 주어 주악하게 하여 금산원에 장사 지내고 유사에게 비석을 세워 그 공명을 기록하게 명하고 민호를 정하여 보내어 묘를 지키게 하였다[給軍樂鼓吹一百人 出葬于金山原 命有司立碑 以紀功名 又定入民戶以守墓焉].

c. 처 지소부인은 태종대왕의 제3녀이다[妻智炤夫人 太宗大王第 三女也].

d. 아들 다섯을 낳았으니 장자는 삼광 이찬, 다음은 원술 소판, 다음은 원정 해간, 다음은 장이 대아찬, 다음은 원망 대아찬 이다[生子五人 長曰三光伊湌 次元述蘇判 次元貞海干 次長耳 大阿湌 次元望大阿湌]. 딸은 넷을 낳았다[女子四人] 또 서자 군승 아찬을 낳았는데 그 어머니 성을 모른다[又庶子軍勝阿 湌 失其母姓氏]

e. 뒤에 지소부인은 머리를 깎고 갈옷을 입고 비구니가 되었다 [後智炤夫人落髮 衣褐爲比丘尼]. 이때 대왕이 부인에게 말하 기를[時大王謂夫人曰], 지금 중외가 평안하고 군신이 베개를 높이 베고 근심이 없는 것은 바로 태대각간의 덕택입니다[今 中外平安 君臣高枕而無憂者 是太大角干之賜也]. 생각하면 부 인이 의당 그 집안을 잘 다스리고 모든 일을 정성껏 보살핀 숨은 공이 큽니다[惟夫人宜其室家 徹誠相成 陰功茂焉]. 과인

은 그 은덕을 갚고자 하여 하루도 마음에 잊은 적이 없습니다[寡人欲報之德 未嘗一日忘于心]. 이에 해마다 남성의 벼 1000석을 드립니다[其餽南城租每年一千石] 하였다.

f. 원술은 부끄러움을 이기지 못하여 감히 아버지를 보지 못하고 전원에 숨어살다가 아버지가 돌아가신 후에 어머니를 뵙기를 청하였다[元述慙懼 不敢見父 隱遁於田園 至父薨後 求見母氏]. 어머니가 말하기를[母氏曰], 부인에게 삼종의 의리가 있어 이미 홀로 된 내가 마땅히 아들을 좇아야 한다[婦人有三從之義 今旣寡矣 宜從於子]. 그러나 <u>원술은 이미 돌아가신 아버지에게 아들 노릇을 못 했으니 난들 어찌 그 어미가 되겠는가</u>[若元述者 旣不得爲子於先君 吾焉得爲其母乎] 하고, 드디어 보지 않았다[遂不見之]. 원술은 통곡하며 땅을 치고 물러가지 않았으나 <u>부인은 끝내 보지 않았다</u>[元述慟哭擗踊而不能去 夫人終不見焉]. 원술은 탄식하여 말하기를[元述嘆曰], 담릉의 잘못한 바로써 이 지경에 이르렀다[爲淡凌所誤 至於此極] 하고 이에 태백산으로 들어갔다[乃入太佰山]. 을해년이 되어 당 나라 군대가 매소천성을 쳐들어와서 원술이 듣고 죽어서 전의 치욕을 설욕하고자 하였다[至乙亥年 唐兵來攻買蘇川城 元述聞之 欲死之以雪前恥]. 드디어 힘껏 싸워 공이 있어 상을 받았으나 부모에게 용납되지 않았다[遂力戰有功賞 以不容於父母]. 분하여 한탄하며 벼슬하지 않고 한평생을 마쳤다[憤恨不仕 以終其身].

<『삼국사기』 권 제43 「열전 제3」의 「김유신 하」>

(11c)에서 보면 지소부인은 태종무열왕의 제3녀이다.[24] 그러면 그의

---

24) 지소부인은 지조공주와 같은 사람이다. 조(照)는 측천무후의 이름 자로 피휘하여 소(炤)로 쓴 것이다.

언니가 2명이 있었다는 말이다. 한 사람은 고타소일 가능성이 크다. 다른 한 사람이 남는다. 그 언니가 김흠운의 아내일 것이다. 저 앞 (9b)를 보면 지조공주는 655년 3월에 태대각간 김유신에게 출가하였다. 그러니까 655년 1월에 김흠운이 전사하고 그 2달 뒤에 지조공주는 법적으로는 외삼촌인 김유신에게 출가한 것이다. 이 공주가 김흠운의 아내이었다가 김흠운의 전사 후에 외삼촌인 김유신에게로 출가하였을까? 있을 수 없는 일이다. 그러므로 절대로 지조공주는 김흠운의 아내였다고 할 수 없다.

〈**흥무대왕릉**. 김유신 장군 묘이다. 흥덕왕대에 흥무대왕으로 추존되어 왕릉보다 더 왕릉다운 모습으로 전해 온다. 지금의 능 형식은 후대에 갖추어진 것이다. 태종무열왕릉이나 효소왕릉 등 그 시대에 조성된 왕릉은 이렇게 화려하지는 않다. 이로 보아 문무왕 시대에 조성된 김유신 장군의 처음 묘는 지금과는 다른 형식이었을 것이다. 무력의 손자로 가야 왕실의 후예이지만 어머니가 진흥왕의 동생 숙흘종의 딸 만명부인이므로 왕실의 외손이다.〉

이 김유신과 지조공주의 혼인이 초혼일 리는 없다. 김유신의 부인이 사망하고 재혼한 것으로 보인다. 그러므로 이 지조공주는 '진광, 신광,

삼광, 원술, 원정, 원망 등' 김유신의 자녀들의 생모가 아니다. '장이'는 이름도 특이하여 아마도 지조공주의 아들일 가능성이 가장 크다. 'ㅇ광' 계열과 '원ㅇ' 계열이 어머니가 다르고 장이도 어머니가 다른 것으로 보인다. 김유신의 부인이 차례로 3명일 가능성이 크다. 655년 3월부터 김유신이 사망한 673년 7월 1일까지의 18년 사이에 60~70대인 김유신이 이렇게 많은 자녀를 낳았을 리가 없다.

그런데 (11c)와 (11d)의 연결 관계를 잘못 읽으면 이들을 모두 지소부인이 낳은 것으로 오해하기 쉽다. 즉 '生子五人[아들 다섯을 낳고]……' 의 주어를 지소부인으로 보는 오역이 있을 수 있는 것이다. 이 '아들 다섯을 낳고……'로 이어지는 문장의 주어는 '김유신'이지 지소부인이 아니다. 서자도 적고 있으니 당연히 김유신이 낳은 자녀를 모두 언급한 것이지 지조공주와의 사이에서 낳은 자녀들을 기록한 것이 아니다. 그러므로 김유신의 모든 자녀들이 지조공주의 친자식일 리가 없다. 끝의 한두 명이 지조공주가 낳은 자녀일 가능성이 있으나 보장되지 않는다.

(11e)에서 김유신 사후 지소부인은 출가하여 비구니가 되었다. 이는 지조공주가 김흠운의 아내였던 신목왕후의 어머니이기 어려움을 보여 준다. 이 공주는 아마도 어렸을 때 61세나 된 연만한 김유신에게 출가하여 18년 동안 법적인 외삼촌을 모시고 살다가 외삼촌이 사망하자 욕심 없이 절로 들어가 산 것으로 보인다. 김유신이 61세부터 79세까지의 그 18년 동안에 아들 5명, 딸 4명을 둘 수 있을까? 불가능하다, 그러므로 9명의 저 자녀들이 모두 지조공주의 소생일 리는 없다. 아니 하나도 지조공주의 소생이 아닐지도 모른다.

(11f)에서 보듯이 김유신의 둘째 아들 원술이 당 나라 군대를 몰아내

는 전쟁터에서 죽지 않고 살아 돌아왔다고, 아비와 집안을 욕보인 자식이므로 아들이 아니라 하고, 끝까지 보지 않은 사람이 지조공주이다. 자기가 직접 배 아파 낳은 친아들이라도 그리했을까? 모를 일이다. 인간의 일은 겉만 보고 설명해서는 안 된다. 더욱이 적서의 문제, 처첩의 갈등, 전처, 후처 소생들의 싸움은 겉으로 보기보다는 훨씬 더 심각하고 결사적이다.

『삼국유사』는 그 나머지 한 사람의 공주일 것 같은 인물을 (12)와 같이 등장시키고 있다. 권 제4 「의해 제5」의 「원효불기(元曉不羈)」 조이다. 거기에는 홀로 된 요석궁의 공주가 있다.

(12) a. 스님이 일찍이 하루는 상례에서 벗어난 행동을 하며 거리에서 이런 노래를 부른 적이 있다[師嘗一日風顚唱街云]. 누가 나에게 자루 빠진 도끼를 허락하리오[誰許沒柯斧]. 내가 하늘을 떠받칠 기둥을 찍으리라[我斫支天柱]. 사람들이 모두 노래의 비유를 알지 못하였다[人皆未喩].

b. 이때 태종이 듣고는[時太宗聞之曰], 이 스님이 아마 귀한 부인을 얻어 현명한 아들을 낳으려고 하는 말이구나[此師殆欲得貴婦産賢子之謂爾]. 나라에 큰 현인이 있으면 이익이 막대할 것이다[國有大賢利莫大焉].

c. 이때 요석궁*{*지금의 학원이 이것이다.*}*에 홀로 된 공주가 있었다[時瑤石宮*{今學院是也}*有寡公主]. 왕이 궁의 관리를 시켜 원효를 찾아 데려오게 하였다[勅宮吏覓曉引之]. 궁의 관리가 칙명을 받들어 그를 구하려 하였다[宮吏奉勅將求之]. 이미 남산으로부터 와서 문천교*{*사천이라고도 하고 세속에서는 연천이라 하며 또는 문천이라 한다. 또 다리 이름은 유교라고도 한다*}*를 지나다가 만나니, (원효는) 일부러 물에 빠

져 옷과 바지를 적셨다[己自南山來過蚊川橋*{沙川俗云牟川又蚊川又橋名榆橋}*遇之 佯墮水中濕衣袴]. 관리는 대사를 궁으로 인도하였다. (대사는) 옷을 벗어 말리고 인하여 머물러 잤다[吏引師於宮褫衣曬眼因留宿焉]. 공주가 과연 임신을 하게 되어 설총을 낳았다[公主果有娠生薛聰]. <『삼국유사』 권 제4 「의해 제5」 「원효불기」>

　이 요석궁의 공주는 원효대사와의 사이에 설총을 낳았다.[25] 세상에서 요석공주라고 부르는 그 공주는 누구의 아내이었다가 남편을 잃고 홀로 되었을까? 상식적으로는 김흠운의 아내일 수밖에 없다. 아니면 태종무열왕의 사위가 또 한 명, 젊은 아내를 남기고 먼저 이승을 떠났다고 해야 한다. 그런 이야기는 없지 않은가? 누가 무슨 말을 하든, 저자는 이 공주가 김흠운의 아내이고 신목왕후의 어머니라고 믿는다.

　요석공주는『삼국사기』에 나오지 않는 실재하지 않은 인물이고,『삼국유사』가 원효대사의 이야기를 적으면서 꾸며낸 설화 속의 인물이라고 아무리 강변하여도 세상은 그 말을 믿지 않는다.[26] 한국인 아무나

25) 원효(元曉)의 '元'은 '설날'을 의미한다. '원단(元旦)'은 '설날 아침'이다. '설총(薛聰)'의 '설'도 물론 설날이다. 원효의 '元'은 우리 말 '설'을 한자의 훈을 이용하여 적은 것이고, 설총의 '薛'은 우리 말 '설'을 한자의 음을 이용하여 적은 것이다. 이 두 분의 성은 '설 씨'이다.
26) 저자가『향가 모죽지랑가 연구』를 책으로 간행하기 전에 일부를 논문으로 써서 투고하였을 때의 '심사 수정 지시'에는 '요석공주는 실재하지 않은 사람이다. 그리고 요석궁의 공주라면 몰라도 요석공주라는 말은 쓸 수 없다.'와 같은 것이 있었다. 세상에서는 이미 그 공주를 모두 다 요석공주라고 부르고 있다. 만약 요석궁의 공주가 설총을 낳지 않았는데 그런 말을 지어내었다면, 그것은 요석공주, 원효대사, 설총 세 분에 대한 명예훼손이다. 그러면『삼국사기』권 제46 「열전 제6」 「설총」 조와『삼국유사』권 제4 「의해 제5」 「원효불기」 조를 찢어서 태워야 할 것이다. '분서갱유(焚書坑儒)'가 따로 없다. 이렇게 일반인들의 상식과 동떨어진 곳에 사는 자들이 우리 사회에 있다는 것이 놀라웠고, 그 자들이 우리 국사를 저네들 마음대로 왜곡하고 있는

잡고 물어 보라. '원효대사가 이두를 만든 설총을 낳았다는데 설총의 어머니는 누구인가?'고. 대답은 누구라도 '요석공주.'라고 한다. 그 수많은 어린이 동화 책 전집에 원효대사나 설총이 주인공으로 등장하는 책이 꼭 들어 있다. 거기에 다 그렇게 되어 있다.

〈**월정교**(月淨橋). 왕의 행차가 남산으로 가기 위하여 월성을 나서면 바로 앞에 문천이 있다. 이 문천 위에 경덕왕 19년[760년]에 임금의 행차를 위하여 이 다리와 춘양교를 지었다. 지금 옛 모습대로 복원하는 공사를 하고 있다.〉

온 국민이 다 알고 있는 사실을 가지고, 저희들만 아니라 우기고 있다. 아무리 그렇게 우겨도, 신목왕후의 어머니는 요석궁의 공주이고 설총은 신목왕후의 이부동모의 남동생이다. 신문왕은 설총의 자형이고 설총은 신문왕의 처남이다. 그리고 설총의 어머니가 신문왕의 고모이므로 신문왕은 설총의 외사촌 형님이다. 그들은 내외종간, 즉 고종사촌, 외사

것을 그대로 두어서는 안 되겠다고 결심하였다. 이 책은 역사학 밖에서 그 자들이 왜곡한 신라 중대 정치사를 바로 잡으려 노력한 결과의 중간 보고서이다.

촌인 것이다. 우리는 그 요석궁의 공주를 요석공주라고 부르며 일생을
살아왔다.

〈**유교(楡橋)가 있던 터**. 월정교로부터 20미터쯤 서쪽에 유교가 있었다. 원효대사는 남산에서 오다
가 그 유교에서 일부러 물에 빠졌다. 궁의 관리는 대사를 요석궁에 데리고 가서 옷을 말렸다. 설
화에서는 고려 시대에 학원이 있던 곳이 요석궁 터라 한다. 이 다리 터와 월정교 사이에 경주 향
교가 있다. 학원이 지금의 경주 향교로 이어졌을 것으로 보인다. 요석궁은 바로 이 근처에 있었
던 것이다.〉

　그러니 설총은 신문왕에게 「화왕계」를 일러 줄만한 위치에 있었던
것이다. 그들이 내외종간이고 처남매부 사이이기 때문이다. (13)에 이
사실(史實)의 필요한 부분을 요약하여 보인다.27)

　　(13) a. 신문대왕이 한여름 높고 밝은 방에 계시면서 설총을 돌아보
　　　　　고 말하기를[神文大王以中夏之月處高明之室顧謂聰曰] ― 고

---

27) 이 책의 내용 가운데 통일 신라 시대에 대한 개관적 기술은 서정목(2014a)의 해당 부
　　분과 많이 중복된다. 거의 손질하지 않고 그대로 옮겨오는 것은 그 책의 내용을 별
　　로 고칠 필요가 없다고 보기 때문이다.

상한 이야기와 멋있는 익살로 울적한 마음을 푸는 것이 좋을 것 같소[不如高談善謔以舒伊鬱].

b. 첩은 — 이름은 장미라고 합니다[妾 — 其名曰薔薇]. 지금 임금님의 높으신 덕이 있음을 듣고 향기로운 휘장 안에서 잠자리를 모실까 하오니 임금님께서는 저를 거두어 주소서[聞王之令德期薦枕於香帷 王其容我乎].

c. 또 한 장부가 있어 — 이름을 백두옹이라고 합니다[有一丈夫 — 其名曰白頭翁]. — 그런 까닭으로 비록 삼실로 만든 신이 있더라도 골풀로 만든 신을 버리지 않고서 모든 군자들이 모자라는 데 대비하지 않음이 없었다고 합니다[故曰雖有絲麻 無棄菅蒯凡百君子無不代匱]. 임금님께서도 역시 이런 뜻이 있으신지 알지 못하겠습니다[不識王亦有意乎].

d. 혹자가 말하기를 두 사람이 왔는데 누구를 취하고 누구를 버리겠습니까[或曰二者之係 何取何捨].

e. 화왕이 말하기를 장부의 말이 또한 도리가 있으나 아름다운 사람을 얻기도 어려우니 장차 어찌하면 좋을꼬[花王曰 丈夫之言亦有道理而佳人難得將如之何].

f. 장부가 앞으로 나아가 말하기를[丈夫進而言曰], 나는 임금께서 총명하시어 옳은 도리를 아실 것이라고 일러서 왔는데 지금 보니 그렇지 않사옵니다[吾謂王聰明識理義故來焉耳今則非也]. 무릇 임금된 자로서, 간사하고 아첨하는 자를 친근히 아니 하고, 정직한 자를 멀리 하지 아니 한 분이 드뭅니다[凡爲君者鮮不親近邪佞疎遠正直]. 이로써 맹가는 불우하게 평생을 마쳤으며 풍당랑도 숨어서 벼슬없이 늙었습니다[是以孟軻不遇以終身 馮唐郎潛而皓首]. 옛날부터 이와 같은데 전들 어떻게 하겠습니까[自古如此吾其奈何].

g. 화왕이 말하기를[花王曰], 내가 잘못하였다. 내가 잘못하였다

[吾過矣吾過矣].

h. 이에 왕은 근심하는 쓸쓸한 표정을 지으며 말하기를[於是王
愀然作色曰], 그대의 우언에는 참으로 깊은 뜻이 있으니 청컨
대 이를 써 두어 임금 된 자를 훈계하는 말로 삼게 하라 하
고 드디어 설총을 높은 벼슬로 발탁하였다[子之寓言誠有深志
請書之以爲王者之戒 遂擢聰以高秩].[28] <『삼국사기』권 제46
「열전 제6」「설총」>

　　신문왕과 설총, 둘 사이는 고상한 이야기, 멋있는 익살을 나눌 만큼
가까운 사이이다. 설총은 655년에서 657년 사이에 태어난 것으로 추정
된다. 설총은, 아버지는 원효대사(617년~686년)요 어머니는 요석궁의
공주이다. 이 공주는 그때에 홀로 되어 있었다. 그때에 홀로 된 공주는
누구일까? 태종무열왕의 딸 고타소는 이미 선덕여왕 11년[642년]에 대
야성에서 남편 김품석과 함께 세상을 떠났다. 또 다른 사위 김흠운은
655년 정월 양산 아래 전투에서 전사하였다. 아마도 20여 세였을 것으
로 보인다. 「양산가」는 이 죽음을 애도한 노래이다. 초상 때 장례를 치
르면서 부른 향가(?) 「양산가」는 바로 만가(輓歌)로서 「모흠운랑가」라
이름 붙일 만한 것이다.[29]
　　그렇다면 홀로 된 태종무열왕의 딸 요석궁의 공주는 누구이란 말인
가? 태종무열왕은 또 다른 사위 한 명을 어딘가에서 잃었을까? 그럴 리

---

28) 이 기록 끝에 '김대문은 신라 귀문의 자제로서 성덕왕 3년[704년]에 한산주 도독이
　　되어 전기 몇 권을 지었는데, 그 가운데『고승전』,『화랑세기』,『악본』,『한산기』는
　　아직 남아 있다.'고 적혀 있다. 김부식은『화랑세기』를 본 것이다.
29) 김유신은 79세에 정침에서 운명하였다. 문무왕은 초상 때 100명의 군악대를 보내어
　　취타하고 노래하며 장례를 치르게[치상(治喪)] 하였다. 노래가 장례와 불가분리(不可分
　　離)의 관계에 있음을 보여 준다. 「양산가」와 「모죽지랑가」, 그러 노래들은 만가(輓歌)
　　라는 공통성을 지닌다.

가 없다. 그렇다면 사위를 셋이나 잃었다는 말인데 태종무열왕의 딸은 셋뿐이다.

그 세 딸의 남편 중 하나는 셋째 딸 지조공주의 남편 김유신이다. 그는 673년[문무왕 13년] 7월 1일 자택의 정침에서 문무왕의 문병까지 받아가며 존엄하게 운명하였다.

그 다음 사위로 들 수 있는 사람은 642년[선덕여왕 11년] 8월 대야성에서 처참하게 자살한 김품석이 있다. 그의 아내는 첫딸 고타소이다. 그 고타소의 목을 베어다가 부여의 감옥 바닥에 묻어 죄수들이 짓밟고 다니게 하였다. 성왕의 유해를 섬돌 아래 묻어 짓밟고 다니게 한 신라의 만행에 대한 보복이었다. 신라와 백제는 이렇게 불구대천(不俱戴天)의 원수로 적대감을 극대화하면서 으르렁거리고 싸웠다.

그리고 또 한 사람 655년 정월 백제의 야습에 맞서 용감하게 싸우다가 양산 아래에서 전사한 김흠운이 있다. 그의 아내는 태종무열왕의 둘째 딸일 수밖에 없다. 이 사람이 바로 요석궁의 공주이다. 이 세 사위가 태종무열왕의 사위 모두이다. 그리고 이 세 딸이 태종무열왕의 세 딸 모두이다. 다른 딸과 사위에 관한 기록은 아무 데도 남아 있지 않다. 사실이 이러한 데도 요석궁의 공주는 지어낸 이야기인가? 민중들은 그 요석궁의 공주를 요석공주라고 불렀다.

김품석의 죽음, 김흠운의 죽음이 김춘추를 얼마나 아프게 하였던가? 그리고 얼마나 치열하게 복수의 칼날을 갈게 하였던가? 그리고 김유신의 죽음은 문무왕을 얼마나 안타깝게 하였던가? 또 한 명의 사위가 있어, 어딘가에서 죽었다면 그 기록은 어딘가에 있을 것이다. 그런데 없다. 요석궁의 공주를 제외하고는 김흠운의 아내가 따로 있을 수 없다.

그러므로 신목왕후의 어머니도, 신문왕의 새 장모도 요석궁의 공주를 제외하고는 이 세상 어디에도 없다.

김흠운이 얼마나 훌륭한 죽음을 죽었는지 판단하기는 어렵다. '명성을 탐하지 않는다.'고 했지만 이름은 남아 전하고 있으니 결과적으로 명성을 원했다고 할 수밖에 없다. 자기야 죽어서 이름을 남겼지만, 전선에서 저렇게 죽어 버리면 그 싸움은 진 싸움이 되고 부하들도 모두 죽거나 포로로 잡혀가는 수밖에 없다. 그 죽음이 값진 죽음이 되려면 관창(官昌)처럼, 비록 그는 죽었으나 그 죽음을 보고 남은 장졸들이 힘을 내어 전체 전황을 역전시켜 전쟁을 승리로 이끌어야 한다. 직책이 대감이니 그 위에 장군이 있어서 잘 수습하여 전황을 역전시켰을 수도 있었을 텐데 여기서는 그런 것이 느껴지지 않는다. 『삼국사기』는 「태종무열왕」 2년 정월에 고구려, 백제, 말갈 연합군에게 북쪽 변경의 33성을 빼앗겼다고 적고 있으니 이 싸움은 진 것임이 틀림없다.[30]

대야성 전투에서 도독 김품석도 백제 장군 윤충에게 속아 항복하러 성문을 열고 나갔다가 항복을 받아주지 않고 장졸들을 다 죽이자 도로

---

30) 『삼국사기』 권 제5 「신라본기 제5」, 「태종무열왕」 조에는 김흠운에 관한 기록이 없다. 그러나 태종무열왕 2년[655년] 1월에 '고구려가 백제, 말갈과 더불어 군대를 연합하여 우리 북쪽 변경을 침범하여 33성을 빼앗았다[高句麗與百濟靺鞨連兵 侵軼我北境 取三十三城]. 왕이 사신을 파견하여 당 나라에 가서 원조를 청하였다[王遣使入唐求援].'는 기록이 있다. 이 전쟁에서 김흠운이 전사한 것이다. 『삼국사기』는 특이하게도 급찬[9등관위명] 눌최(訥催), 김유신의 조카 반굴(盤屈), 품일의 아들 관상(官狀[관창이라고도 함) 등의 전사는 적었으면서, 왕의 사위인 김흠운의 전사는 적지 않았다. 문무왕의 원자의 전사도 적지 않았다. 백제의 경우는 성왕의 전사도 적었다. 모든 전사자를 다 적을 수야 없겠지만 왕의 아들이나 사위의 전사 사실을 적지 않은 데에는 그 전사를 수치스럽게 생각한 면이 있었던 것으로 보인다. 왕실의 자제가 명예롭게 전사한 것을 많이 적었으면 후세에 주는 교훈이 더 큰 역사서가 되었을 것이다. 오늘 날 고위층에 병역 기피자가 많은 것도 이 전통을 이어받은 것일까? 왕자나 왕의 사위의 전사를 수치스럽게 생각하지 않아야 강하고 당당한 나라가 된다.

돌아와서 가족을 죽이고 자신도 죽었다. 그런데 대야성이 그렇게 허망하게 무너진 데에는 김품석이 부하인 사지 검일(黔日)의 아내가 아름답다고 빼앗아 검일의 원한을 산 데 있다. 검일은 백제 장군 윤충과 내통하여 창고에 불을 질러 성안을 혼란에 빠트렸다.[31] 이 혼란 하나 바로 잡아 질서를 회복하여 수성하는 일도 제대로 못한 것이 왕족 김품석이다.『삼국사기』권 제47「열전 제7」「죽죽」조는 그렇게 적고 있다. 죽죽은 대야주 현지 출신이었다. 사지[13등관위명]는 너무 낮은 지위이다. 그러나 목숨을 걸고 마지막까지 싸우다가 깨끗하게 전사하였다. 서라벌에서 온 김춘추의 사위 도독 이찬[2등관위명] 김품석의 행실과 현지 출신 사지 죽죽의 행적이 이렇게 차이가 난다.[32] 누가 누구를 위하여 헌

---

31) 『삼국사기』권 제5「신라본기 제5」「태종무열왕」7년[660년] 7월 13일과 8월 2일 기록은 태자 법민이 한 일을 다음과 같이 적고 있다. 7월 13일, "의자왕의 아들 융이 대좌평 천복 등과 성을 나와 항복하자[義慈子隆與大佐平千福等 出降], 법민은 융을 말 앞에 꿇어앉히고 낯에 침을 뱉으며 꾸짖어 말하기를[法敏跪隆於馬前 唾面罵曰, '전에 너의 아비가 나의 누이를 참혹하게 죽여 옥중에 묻어 놓아 나로 하여금 20년 동안 마음을 아프게 하고 머리를 앓게 하였다[向者 汝父枉殺我妹 埋之獄中 使我二十年間 痛心疾首]. 오늘 너의 목숨은 나의 손 안에 있다[今日汝命在吾手中].'고 하였다. 융은 땅에 엎드려 무언이었다[隆伏地無言]." 그리고 8월 2일, "이 날 모척을 잡아 죽였다[是日 捕斬毛尺]. 모척은 본디 신라 사람이었으나 도망하여 백제에 들어가 대야성의 검일과 더불어 모의하여 성을 함락시켰으므로 참하였다[毛尺本新羅人 亡入百濟 與大耶城黔日 同謀陷城 故斬之]. 또 검일을 잡아서 죄를 세어 말하기를[又捉黔日 數曰, '너는 대야성에서 모척과 모의하여 백제 군사를 끌어들이고 창고를 불태워 한 성의 식량을 궁핍하게 만들어 패배하게 한 것이 죄의 첫째요[汝在大耶城 與毛尺謀 引百濟之兵 燒亡倉庫 令一城乏食致敗 罪一也], 품석의 부처를 죽게 한 것이 죄의 둘째요[逼殺品釋夫妻 罪二也], 백제와 더불어 밑나라로 쳐들어 온 것이 죄의 셋째이다[與百濟來攻本國 罪三也].' 하고는 그 사지를 찢어 죽여 시체를 강물에 던져 버렸다[以四支解 投其尸於江水]." 나라를 잃으면 패자는 이렇게 말이 없는 것이다. 이 법민의 행위 속에는 백제의 성왕을 전장에서 김무력 휘하에 있는 삼년산군의 고간 도도가 참혹하게 죽인 자신들의 원인 제공이나, 품석이 검일의 아내를 빼앗은 잘못에 대해서는 조금도 반성하는 빛이 없다.

32) 오늘날 합천 사람들은 죽죽의 충절을 기리고 품석이나 고타소는 언급도 하지 않는다. 이것이 어떻게 보면 먼 훗날의 역사의 심판을 보여 주는 것이라 할 수 있다.

신하겠는가? 두 사위가 모두 이렇게 죽었으니 태종무열왕의 체면도 말이 아니다.

설총 탄생에 조금 앞서서 이 세상을 떠난 태종무열왕의 사위는 김흠운밖에 없다고 보아야 한다. 그러면 김흠운의 딸, 신문왕의 계비, 신목왕후의 어머니는 누구일까? 제1 후보, 아니 기록상으로 남은 유일한 단독 후보는 요석궁의 공주이다. 이 공주를 우리는 어릴 때부터 '요석공주'라고 불렀던 것이다. 이제 이 공주를 세속의 말에 따라 '요석공주'라고 부르기로 한다.

양산 아래 전투에서 남편을 잃은 지 오래 되지 않은 시점에 요석공주는 그 슬픔을 뒤로 하고 원효대사를 만났다. 둘 사이에서 신라 십현(十賢)의 한 사람, 지금에 이르기까지 학자들의 조종으로 삼는[至今學者宗之], 우리 민족 최초의 문자 창제자라 할 만한 최초의 향찰 문자 정리자[속설로는 이두(吏讀)의 창제자]인 설총이라는 출중한 인물이 태어난 것이다. 설총은 태종무열왕의 외손자이다. 물론 요석공주의 곁에는 조실부한 태종무열왕의 나이 어린 외손녀, 김흠운의 딸, 훗날의 신목왕후가 있었을 것이다. 이제 외로운 여아(女兒) 훗날의 신목왕후는 든든한 버팀목 설총이라는 이부동모의 아우를 얻게 되었다. 그 소녀의 주변에는 외숙부 문무왕, 외숙모 자의왕후, 그리고 무엇보다 든든한 어머니 요석공주와 이부동모의 아우 설총이 버티고 있는 것이다.

설총은 「화왕계」(13)을 통하여 신문왕을 에둘러 비판하였다. 이 이야기 속에 꼭 신문왕이 용렬하였다는 표현은 없다. 그러나 꼭 '너 나라 잘못 다스린다.'라는 표현이 있어야 잘못 다스리는 것이 아니다. 문면에서 간접적으로 드러나거나 행간에서라도 그러한 해석을 하게 하는 표현이 있으면 그렇다고 우리는 이해한다. 그것이 글을 읽는 일반적인 원리이다.

저자는 신문왕의 저 '근심하는 쓸쓸한 표정[愀然作色]'의 의미를 헤아릴 수 있을 것 같다. 그렇게까지 할 것이야 없지 않았을까? 신문왕은 681년 즉위 직후에 어머니 자의왕후와 더불어 외가 세력인 김오기의 무력을 동원하여, 김유신의 후광, 할머니 문명왕후의 비호를 받고 있던 김흠돌과 그를 추종하는 군부 핵심들을 주륙하였다. 또 상대등 겸 병부령 김군관과 그 아들을 자진하게 하고 화랑의 도(徒)를 해산하였다. 그리고 김흠돌의 딸인 왕비를 폐비시켰다. 그 왕비에게는 아들이 없었다. 어머니 자의왕후는 곧 돌아가셨고, 조야는 순순히 승복하지 못하는 분위기 속에서 많은 화랑도 출신 귀족들은 앙앙불락하고 있는데, 이 가까운 인척 설총이, 원효와 고모인 요석공주의 아들, 고종사촌[당연히 동생일 듯]이자 처남인 설총이 장미꽃 아첨배, 간신배들을 가까이 할 것이 아니라, 목숨을 걸고 간언하는 할미꽃 같은 경험 많은 노신들을 가까이 하라고 말하고 있다. 그런데 그가 짓는 저 근심하는 쓸쓸한 표정을 어찌 연민의 눈으로 보지 않을 수 있겠는가?

신문왕 7년[687년] 2월에 원자가 태어나고, 4월에 대신을 조묘(祖廟)에 보내어 제사를 지낼 때 그 제문이 (14)와 같은 내용을 담고 있는 것도 같은 맥락에서 이해해야 한다. 아무리 겸양의 표현이라 하더라도 '임금이 임금 구실을 하지 못하고 있음'을 솔직하게 드러내고서 조상의 음덕을 빌고 있다.[33]

---

33) 이 제문에 "태조대왕, 진지대왕, 문흥대왕, 태종대왕, 문무대왕의 영혼에 삼가 아뢰나이다."고 하여 신문왕이 생각한 직계 5대조가 명시되어 있다. 태조대왕은 24대 진흥왕이고, 문흥대왕은 654년 29대 태종무열왕 즉위 시에 아버지 김용수를 추봉한 시호

(14) 이즈막에, 법도는 임금의 다스림을 잃었고 의는 하늘의 거울에
어긋나서 괴이한 성상들이 나타나고 화수가 빛을 잃으니 전전
률률한 마음은 마치 연못과 골짜기에 떨어진 것 같사옵니다[比
者 道喪君臨 義乖天鑒 怪成星象 火宿沉輝 戰戰慄慄 若墮淵谷].
<『삼국사기』권 제8 「신라본기 제8」 「신문왕」>

전쟁은 끝나고 삼한이 자신의 통치권역으로 들어왔으며, 당 나라 측
천무후와 외교적 밀월 관계를 돈독히 해 주는 원측법사까지 있는 이 좋
은 조건을, 김흠돌의 딸인 정비가 앞으로 낳을 아들, 김흠돌의 앞으로
태어날 외손자가 아닌, 고종사촌 누이와의 사이에 이미 태어난 혼외자
이공을 왕위에 앉히려는 탐욕으로 망쳐 버린 통일 신라의 제3대 왕, 신
문왕의 수성(守成)의 어려움을 이해하고도 남을 수 있을 것 같다.

그 탐욕은 어디에서 온 것일까? 왜 그는 정실 태자비에게서는 아들을
낳지 않고 형의 약혼녀였던 고종사촌 누이와의 사이에서는 677년에 이
홍, 679년(?)에 보ㅅ내, 그리고 681년에 효명의 세 아들을 줄줄이 낳았
을까? 이것이 단순히 철없는 젊은 시절에 저지른 불장난의 결과일까?
서정목(2014a:332-33)에서는 이 일을 "젊은 날 혬[철] 없던 태자 시절에
고종사촌 누이와 저지른 불장난 같은 사랑에 기인한다."고 파악하였다.
그러나 그것은 충분한 설명력을 가질 수 없다. 이 설명에는 필연적인

이다. 서악동 태종무열왕릉 위에 있는 4개의 왕릉은 태조대왕릉 위에 입종갈문왕릉
이 있다고 보면 된다. 서악동 고분군의 서쪽 산 너머인 경주시 효현동 산 63에 23대
법흥왕릉이 있다. 『삼국사기』에는 이곳을 애공사 북봉이라고 적고 있다. 법흥왕이 아
들이 없어서 아우이자 사위인 입종갈문왕의 아들 진흥왕을 후계자로 하였다. 진흥왕
은 법흥왕의 외손자이자 조카이다. 진흥왕을 즉위시킨 (외)할머니는 법흥왕비 보도부
인(保刀夫人)이다. 30대 문무왕릉은 동해 대왕암에 있고 태종무열왕릉 아래에는 김인
문의 묘가 있다.

인과관계가 없다. 이 사랑을 우연한 일로 보는 것이다.

그러나 왕실에서, 그것도 태종무열왕과 문무왕이 통치하는 신라 왕실에서 우연히 이런 우발적 사랑 사건이 일어날 수 있는 것일까? 그렇다면 그 일은 단 한 번으로 끝나야 할 것이다. 그 앞에도 그 후에도 그 비슷한 일이 없어야 할 것이다. 특히 그 후에는 이런 일이 다시 반복되어서는 안 될 것이다. 그만큼 이런 일은 사람 삶의 질서를 어지럽히는 일이다. 그런데 이 일이 우연히 한 번 일어난 일이라고 하기에는 너무 많은 비슷한 사례가 있다.

고구려 제10대 산상왕이 형 제9대 고국천왕의 왕비 우 씨를 왕비로 삼았다. 김용춘이 형 김용수의 아내 천명공주와 아들 김춘추를 책임졌다. 성덕왕이 형 효소왕의 왕비 성정왕후와 그 아들 수충을 책임졌다. 효성왕 승하 후 그 아우 경덕왕이 형수였던 혜명왕비를 책임졌을 가능성도 배제되지 않는다. 이 사례들이 우연한 일일까?

형이 죽었다. 형에게는 아내나 약혼녀가 있다. 그 형수나 형수가 될 예정이었던 여인은 어떻게 살아야 하는가? 죽은 남편을 따라 죽을 수야 없지 않은가? 그렇다고 왕비가 될 예정이거나 왕비였던 여인을 다른 남자에게 재가시킬 수 있겠는가? 그런 사정에 놓인 죽은 형의 아우는 어떻게 해야 하는가? 정명이 놓인 처지는 바로 그런 처지이다. '형사취수(兄死娶嫂)'. 이 제도의 개념을 도입하지 않고서는 이 현상들을 제대로 설명할 수가 없다. 그렇다면 정명이 처했던 그 상황, 형의 약혼녀를 책임져야 하는 상황은 특수한 상황이 아니라 일반적인 상황이라고 보아야 한다. 그의 행위는 젊은 날의 철없는 사랑이 아니라 제도적으로 강요된 길, 형을 잃은 아우가 가야 할 길을 간 것일지도 모른다.[34]

형의 약혼녀인 고종사촌 누이와의 사랑은 이렇게 제도적으로 강제된 행위라고 이해한다고 하자. 그렇더라도 왜, 정실 태자비와의 사이에서는 아들을 낳지 않았는데 형의 약혼녀와의 사이에서는 아들들을 낳았는가? 이런 질문은 성립 불가능한 것일까? 그럴 수도 있을 것이다. 그리고 그 책임이 정실 태자비에게 있었을 수도 있다. 그러나 만약 이 질문이 성립 가능한 질문이라면 그 질문으로부터 이 시기의 정치 지형도를 어느 정도 그려 볼 수 있다.

김흠돌, 김유신의 사위이고 문명왕후의 친정 조카 사위이며 문무왕의 외사촌 매부인 김흠돌. 그 권세의 최고봉에 있는 이의 딸에 대하여 정명은 애정을 느끼기 어려웠던 것일까? 그 혼인은 누가 주관하였을까? 아마도 김흠돌의 처고모인 문명왕후가 추진하였을 것이다. 문무왕이야 외가의 조카딸을 며느리로 들이는 데에 특별히 반대할 이유가 없었을 것이다. 그러나 자의왕후의 처지는 어떠했을까? 시어머니 문명왕후의 그늘에 가려서 순종하며 산 것으로 유명하여, 이름마저 '자의*{또는 자눌}*왕후(慈義*{一作訥}*王后)[『삼국유사』 권 제1 「왕력」, 「문무왕」]'으로 벙어리처럼 말없이 산 며느리였던 자의왕후, 즉 자눌왕후로서는 시어머니의 친정 조카딸 진광의 딸인 이 며느리가 썩 마음에 들지 않았을지도 모른다. 맏아들인 태손 소명이 살아 있었을 때는 앞으로 그가 왕이 될 것이니 그의 약혼녀인 김흠운의 딸이 왕비가 되는 것이 예정되어 있었다. 그 며느리는 아버지가 일찍 전사하였으니 친정이 크게 권세를 부릴 것 같지 않았다.

---

34) 필사본 『화랑세기』는, 그 고종사촌 누이는 할아버지의 명으로 형 소명전군과 혼인할 예정이었는데 소명이 조졸하여 그의 제주(祭主) 되기를 자청하였다고 한다. 이 형의 약혼녀를 동생이 제도적으로 책임진 것이지 우발적 사랑이 싹튼 것으로 볼 수 없다.

그러나 맏아들 태손이 전사하고, 둘째 이하의 아들 정명이 태자로 책봉되면서 맞이한 이 태자비는 사정이 달랐다. 그는 친정아버지가 너무 강력한 무력을 지니고 있고 권세가 컸다. 이 며느리가 왕비가 되면 권력의 중심에 그의 친정아버지 김흠돌이 서게 된다. 자의왕후 자신의 설 자리가 좁아진다. 그런데 그 김흠돌은 시어머니 문명왕후의 친정 조카 사위이다. 마음이 편하지 않다. 자의왕후는 심리적으로 시어머니의 치마폭에서 놀던 김흠돌이 눈에 거슬렸고 그의 딸마저도 곱게 볼 수 없었을 것이다. 이 어머니의 심리적 거부감이 정명태자에게 그대로 이전되면 정명도 정실부인을 사랑하기는 어려울 것이다. 그러므로 '김흠돌의 모반'의 이면에는 복잡한 인간의 심리적 갈등이 내재되어 있다.

기본적으로는 문명왕후와 자의왕후 사이에 내재된 '고부간의 갈등'이 깔려 있다. 이것만으로도 문무왕과 문명왕후 사후에 자의왕후의 친정 세력이 중심이 되어 김유신 후계 세력을 거세하리라는 것을 예측할 수 있다. 자의왕후는 시어머니의 세력권에 드는 며느리 김흠돌의 딸을 좋아할 수 없었을 것이다. 이와 대조적으로 큰 며느리로 예정되었던 김흠운의 딸은 아버지가 전사하여 위협적 세력이 아닌데다가 시누이 요석공주의 딸이기 때문에 김흠돌의 딸보다는 더 가까웠을 것이다. 거기에 태손의 사망으로 홀로 된 그의 약혼녀에 대한 자의왕후와 정명의 책임감이 부담으로 작용하였을 것이다.

그 어린 미망인의 어머니 요석공주는 법적 어머니인 문명왕후와 어떤 관계였을까? 문명왕후의 처지에서는, 남편 태종무열왕이 시앗과의 사이에 낳은 딸인 요석공주에 대하여 좋은 감정을 가졌을 리가 없다. 역으로 요석공주도 본어머니인 문명왕후와 좋은 관계를 맺기 어려웠을 것이다. 만약 요석공주의 어머니가 문희의 언니 보희라면, 좋은 꿈을 팔아서 왕비 자리를 동생에게 빼앗긴 데 대한 아쉬움이 남아 있을 수도 있다. 그러므로 요석공주의 처지에서는 문명왕후의 세력권에 있는 정명의 정실 태자비가 눈엣가시일 수밖에 없다. 그런데 정명은 자신의 딸과의 사이에 문무왕의 첫 손자 이홍을 낳은 것이다. 오빠인 문무왕의 손자들이며 자신의 외손자들을 거느리고 있는 요석공주는, 태자비, 아니 이제는 왕비가 된 김흠돌의 딸이 존재하는 한 자신의 딸과 외손자들이 빛을 볼 수 없다는 것을 한탄하였을 것이다.[35]

자의왕후와 요석공주는 올케와 시누이 사이이다. 그러나 이 두 여인 모두에게 문명왕후는 공동의 적처럼 상정된다. 그들에게 그 문명왕후의 친정 조카사위인 김흠돌이 곱게 보일 리가 없고, 그 김흠돌의 딸인 태자비가 귀여울 리가 없다.

태자로 책봉되면서 태자비를 맞이한 정명은 그 태자비의 친정의 무력과 세력에 대한 두려움이 있다. 그런데 설상가상으로 태자비는 혼인한 뒤로 16년 동안 아들이 없었다. 형의 약혼녀, 요석공주와 김흠운의

---

35) 신문왕과 자의왕후, 요석공주는 이홍을 즉위시키려 할 수밖에 없다. 시어머니 문명왕후의 후광을 업고 있는 김흠돌을 제거해야만 자기 친정 세력을 키울 수 있었던 자의왕후『화랑세기』에는 자의왕후의 동생이 운명이고, 운명의 남편이 김오기이며, 자의왕후의 남동생이 김순원이다.]의 처지, 무엇보다 앞으로 누가 왕이 되는가에 따라 생명 부지의 여부가 결정될 어린 혼외자들 이홍, 보스내, 효명을 바라보아야 했던 신문왕 자신의 온갖 콤플렉스, 원효대사와의 사이에 설총을 낳아 세간의 이목이 집중되고 있는 고모 요석공주, 그 요석공주의 딸인 신목왕후의 처지, 그 외에도 수도 없이 나열할 수 있는 그 모든 것이 저자가 이 책에서 말하는 탐욕의 범위에 포함된다. 이런 나라가 온전한 나라가 될 수 없는 것은, 추문을 덮기 위하여 무자비한 총살을 자행하는 집단이 사는 곳이 온전한 인간 사회가 될 수 없는 것과 같다. 지금 한반도에서는 신문왕이 처했던 것과 똑같은 삼대 수성(守成)의 어려움을 보여 주는 집단이, 기업 집단을 포함하여 한두 군데가 아닐 것이다. 모든 파멸은, 물욕이든 명예욕이든, 탐욕에서 시작하여 탐욕으로 끝난다. 사가(私家)도 마찬가지이다.

딸은 677년에 이홍을 이미 낳았다. 그리고 이어서 보ㅅ내를 낳고 681년에 효명을 낳았다. 정명은 어머니 자의왕후가 싫어했을 수도 있는 태자비에게 정을 붙이기 어려웠다.

이것이 665년 8월 왕자 정명이 문무왕의 태자로 책봉되고 나서부터 681년 7월 7일 즉위하기까지의 서라벌의 정치 지형도이다. 여기서 무슨 일이 일어날 것인지는 이미 예정되어 있다.

그 일로 말미암아 할아버지, 아버지가 김유신과 더불어 쌓아올린 민족사 최대의 금자탑 통일 신라의 화려한 유산을 허물어 버린 폭군이 신문왕인 것이다. 그는 자신의 아들 이홍과 보ㅅ내, 효명을 지키기 위하여, 정비인 김흠돌의 딸을 옹호하고 있었을 김흠돌과 그 추종 세력을 일거에 주륙을 내렸다. 그 김흠돌의 세력은 김유신이 키운 신라의 인재들로서 통일 전쟁의 앞장에 섰던 인물들이었다.

신문왕은 어머니 자의왕후와 함께 그 김유신 세력들을 주륙하고 그들과 결별함으로써, 할아버지, 아버지, 할머니, 그리고 진외종조부 김유신이 이룬 통일 신라의 굳건한 기반을 허물어 버렸다. 그 통일 신라는 어쩔 수 없이 화랑도 출신 군부 귀족과 왕실 출신 귀족들, 나아가 가야 출신 세력과 신라 출신 세력이 손잡고 이룬 세력 연합적인 나라였다. 그런데 이제 그 나라를 이루었던 한 축, 화랑도 출신 군부 귀족들이 주륙되고 그 지도자들이 축출된 것이다.

〈**감은사 탑**. 경주 양북면 용당리, 기림사에서 문무대왕릉으로 가는 길의 동쪽에 있다. 문무왕은 호국사찰로 감은사를 짓기 시작하고 임종 시에 불교식으로 장례하여 감은사 앞 동해 바다에 묻 으라고 유언하였다. 감은사 법당 밑 동쪽에는 동해용이 된 문무왕이 드나들게 신문왕이 뚫어 둔 출입구가 있다.〉

이제 신문왕이 즉위하던 시기의 권력 구도가 드러났다. 김유신의 후 광을 업고 문명왕후의 비호 아래 자란, 김흠돌을 중심으로 한 강력한 무력을 지닌 화랑도 출신 귀족 세력을 한 축으로 하고, 요석공주와 자 의왕후로 대표되는 왕실 직계 귀족 세력을 다른 한 축으로 하는 대결로 짜여 진 것이다. 이 대결 속에서 정명 태자의 태자비 김흠돌의 딸에게 서 앞으로 태어날 진짜 '원자'를 기다려 그를 태자로 삼을 것인가, 아니 면 요석공주와 김흠운 사이의 딸이 이미 낳은 혼외자 이홍이 앞으로 왕 위를 계승할 태자가 될 것인가가 정쟁의 핵심 쟁점이 되었던 것이다. 그것이 '김흠돌의 모반'의 진정한 의미이다.

이 '김흠돌의 모반'을, 현대 한국의 신라 중대 정치사 연구자들은 그 동안, 왕권을 강화하려는 신문왕의 조치에 진골 귀족 세력이 반대하였고 그 진골 귀족 세력을 거세한 것으로 설명하여 왔다. 그 후에 일어난 '경영의 모반'도 왕권 강화에 반대하는 세력을 거세한 것으로 설명하거나 왕의 정책에 반대한 것으로 설명하고 있다. 그리고 신라 중대가 마치 왕권을 강화하려는 왕당파와 기득권을 유지하려는 진골 귀족 세력의 세력 다툼의 시대나 되는 듯이 거창하게 설명하고 있다. 이러한 현대 한국의 연구자들이 내어 놓은 연구 결과는 모두 허구이다.

이 이론은 기본 개념이 틀렸다. 왕당파와 진골 귀족 세력으로 구분하는 것이 모순이다. 진덕여왕 이후 이미 성골은 없어졌다. 왕당파라 불리는 사람들도 모두 다 진골 귀족이다. 진골 귀족들 사이에 A 그룹과 B 그룹으로 나뉘어 싸웠다고 해야 설명이 되지, 왕당파와 진골 귀족 세력이 싸웠다고 해서야 어찌 설명이 되겠는가? 진골 귀족 세력은 왕당파를 포함하는 상위 개념이다. 그것 자체로도 이 이론은 성립할 수 없다.

그러면 가야파와 비가야파의 대립인가? 가야계가 다 절멸되는 판에 정작 가야계의 핵심이 되어야 할 김유신의 아들 삼광, 원정은 건재하지 않은가? 그들은 왕당파인가? 가야파와 비가야파의 대립도 의미가 없다. 물론 대부분의 가야파가 김흠돌의 편을 들었기 때문에 그들이 큰 피해를 입었지만 대립의 본질은 그것이 아니다. 가야파를 죽인 왕당파도 진골 귀족이고 가야파도 진골 귀족이다.

그러면 왕당파와 외척의 대립인가? 김순원은 외척이라 왕당파가 아닌가? 왕당파였다가 딸을 왕비로 들여 외척이 되면 왕당파로부터 쫓겨나는가? 그는 진골 귀족이 아닌가? 왕당파와 외척이 대립한 적이 있는가? 족내혼이 대부분인 통일 신라는 외척도 다 왕당파이다. 신라 중대에는 왕당파도 없고 반왕당파도 없다. 그들은 모두 진골 귀족 세력이고,

그와 대립되는 외척 세력도 없다.[36]

신문왕 즉위 시기의 신라에 실재했던 정치적 갈등은 문무왕의 둘째 이하 왕자인 '태자 정명의 태자비 김흠돌의 딸'과 '정명의 정부 김흠운의 딸'의 대립이다. 김흠운의 딸은 태종무열왕의 명에 의하여 원래는 문무왕의 맏아들인 태손 소명전군과 혼인하게 되어 있었다. 그런데 소명전군이 전사하였다. 풍습이 첫 아들이 죽으면 그 약혼자나 부인은 둘째 아들이 책임지게 되어 있었다.

〈**신문왕릉**. 경주시 배반동 453-1, 월성에서 울산으로 가는 7번 국도 동쪽에 있다. 이 왕릉에서 동남쪽으로 효소왕릉, 성덕왕릉이 있다.〉

---

36) 저자가 기존의 신라 중대 정치사 연구가 역사적 진실로부터 멀리 벗어나서 향가를 이해하는 데 도움이 되지 않는다고 아예 밀쳐 버린 이유가 바로 이런 것이다. 신라 중대 정치사는 큰 파벌 개념으로 접근할 것이 아니라 개인적인 친소 관계나 혼맥을 더 중요하게 고려하면서 세밀한 역사적 세부 사항들을 통하여 접근하여야 할 것으로 보인다. 요컨대 『삼국사기』, 『삼국유사』에 없는 말을 지어내어, 왕당파니, 외척이니, 진골 귀족 세력이니에 의하여 신라 중대 정치사를 논의하고 있는 논저들은 모두 역사적 진실로부터 벗어난 허구이다. 전혀 논증이 안 되는 주장이다.

'김흠돌의 모반'의 핵심은 '김흠돌의 딸을 지지하는 세력'과 '김흠운의 딸을 지지하는 세력' 사이의 싸움이다. 제26세 풍월주 김흠돌의 딸을 지지하는 세력은 제25세 풍월주 진공, 흥원, 제23세 풍월주 군관, 제30세 풍월주 천관 등이고, 김흠운의 딸을 지지하는 세력은 자의왕후, 요석공주, 순원, 제27세 풍월주 오기, 대문 등인 것이다. 이것은 후에 효소왕이 되는 신문왕의 혼외자 이홍을 지지하는 세력과 그에 반대하는 세력의 싸움이다. 나머지 사람들은 자신의 이익에 따라 이 쪽, 저 쪽으로 나뉘어 싸웠을 뿐이다.

 김흠돌의 딸에게는 681년 7월 정명이 즉위할 때까지 아들이 없었다. 김흠운의 딸에게는 677년생 이홍, 679년생(?) 보ㅅ내, 681년생 효명의 세 혼외자가 있었다. 이 가운데 이홍이 효소왕이 되었고 효명이 성덕왕이 되었다. 보ㅅ내는 오대산 중대에서 스님으로 살았다. 중대는 지금의 관대리 근방이다. 효명은 북대에서 효명암을 짓고 살았다. 성덕왕은 702년에 왕이 된 뒤 705년에 그 효명암을 고쳐 지어 진여원이라 이름하였다. 오늘날의 오대산 상원사는 그 진여원 터 위에 지은 절이라는 이름을 가졌다.

 나중에 논의할 내용이지만 전체의 흐름을 미리 알 수 있도록 이어지는 정치적 갈등에 대해서도 언급할 필요를 느낀다. 그것은 효소왕 대의 '경영의 모반'과 효성왕 대의 '영종의 모반'이다. 이 모반들도 왕권 강화에 반대한 진골 귀족 세력들의 반발이라고 설명하는 경향이 있다. 합당하지 않다. 효소왕과 효성왕에게 강화할 무슨 왕의 권력이나 있었는가? 그들에게 왕으로서의 권력이 있었어야 그것을 강화하고 말고 하지 않겠는가? 그들은 전형적인 허수아비 왕, 암군이다. 왜 그런지 보자.

700년[효소왕 9년] 5월에 일어난 '경영의 모반'에 대하여 전혀 제대로 파악하지 못한 것이 그동안의 신라 중대 정치사 연구이다. 이 반란은 효소왕에 반대한 것이다. 그 이유는? 효소왕을 지지하고 있는 요석공주, 신목왕후 세력이 약속을 지키지 않으려 했기 때문일 것이다. 약속은 누구와 한 무엇이었을까? 그것은 신문왕의 원자를 지지하는 세력과 한 언젠가 부군인 원자를 즉위시키겠다는 약속이었을 것이다. 원자가 부군으로 있었다는 것은 권력 분할도 있었다는 것을 의미한다. 이 권력 분할에도 문제가 있었을 수 있다. 또 효소왕의 아들이 태어남으로써 부군이 왕이 될 희망이 사라졌을 가능성도 있다. 그러므로 이 반란의 본질은 효소왕에 반대하여 신문왕의 원자 부군[사종?]을 옹립하려는 세력을 효소왕을 지키려는 세력이 거세한 것이다.

효소왕을 지키려는 세력은 요석공주 세력이다. 원자를 옹립하려는 세력은 원자의 인척들일 것이다. 원자의 어머니는 신목왕후이고 외할머니는 요석공주이다. 외가는 효소왕을 지지하고 있다. 다른 인척은 처가일 수밖에 없다. 687(684)년 2월에 태어난 신문왕의 원자는 700년 5월에 14(17)살이다. 혼인하였을 것이다. 그 처가의 대표적 인물이 경영(慶永)일 것이다. 경영은 죽였지만 순원은 중시직에서 파면하기만 하였다.

순원은 살아남았다. 역적으로 몰아 배척하려 했으면 왜 살려두었을까? 한때는 동지였지만 지금은 정적인 사람을 살려두어서 어떻게 하겠다는 것인가? 정적을 죽이지 않으면 처절한 복수만 기다리고 있을 뿐이다. 경영의 모반에 연좌된 중시 순원을 파면만 하고 살려 둔 것은 훗날의 불행의 씨앗이 되었다. 이것이 효소왕을 지지하는 세력의 한계이다. 효소왕은 무엇인가 큰 결함을 지니고 있는 왕임에 틀림없다. 아마도 순원은 막강한 힘을 가진 사람이고 강력한 집안의 후광을 등에 업고 있는 세력가였을 것이다. 훗날의 신라 역사가 어둠의 계곡으로 떨어져 파멸로 치달을 수밖에 없을 것이라는 예감을 하게 하는 요인이다.

740년[효성왕 4년] 8월의 '영종의 모반'은, 영종이 대책도 없이 '울컥' 하여 김순원의 아들이나 손자들에게 대들다가 복주 당한 것이다. 효성왕은 혜명왕비와 재혼한 뒤에 후궁에게 빠져들었다. 그 후궁[영종의 딸]을 혜명왕비의 친정 집안인 김순원 집안사람들이 죽였다. 이에 김순원 집안을 원망한 영종이 '울컥' 한 것이다. 아니면 울컥도 하지 않고 불만에 차 있었는데 김순원 집안이 제거한 것일 수도 있다. 그리고 효성왕은 완전히 실권하고 김순원의 외손자 헌영에게 왕위를 빼앗기는 길을 걷게 되었다. 이 '영종의 모반'은 아무도 왕당파와 진골 귀족 세력의 갈등 속에서 왕권 강화를 위하여 진골 귀족 세력을 거세한 것이라고 하지 않을 것이다. 이를 왕권 강화에 반대하는 '영종의 모반'을 효성왕이 진압한 것처럼 적는다면 그것은 인간사를, 애증의 갈등을 바로 보지 못한 것이다. 즉, 역사를 바로 보지 못한 것이다.

그렇다면 이와 같은 선상에 있는 왕자들끼리의 왕위 다툼, 골육상쟁을 왕당파와 진골 귀족 세력의 갈등 속에 왕권 강화를 위하여 진골 귀족 세력을 거세하였다는 거창한 이론으로 설명하면 안 되는 것이다. 그것은 인간이 어떤 존재인지 모르고 하는 말이다. 자신의 이익에 따라 왕당파도 되고 외척도 되고 소위 진골 귀족도 되는 것이 인간이다. 그것을 신충이 보여 주고 있다. 역사 속에 충신만 있고 지조 있고 용기 있는 사람만 있고 형제간에 우애 있는 사람만 있겠는가? 간신도 있고, 변절자도 있고, 비겁한 사람도 있고, 형제간에 싸우는 사람도 있다. 그런 사람이 더 많다. 왜? 인간은 탐욕스러운 동물이기 때문이다.

이런 구도의 대결에서, 한 그룹에서 가장 큰 이익이 걸려 있었던 인물은 태자비였다가 막 왕비가 된 김흠돌의 딸의 어머니인 진광이고, 다른 한 그룹에서는 정명태자와의 사이에 세 아들을 두고 있는 김흠운의 딸의 어머니 요석공주일 것이다. 이 두 어머니 사이는, 아버지 김유신과 법적 어머니 문명왕후가 남매 사이이니, 고모의 딸이고 외숙부의 딸로서 내외종간, 즉 고종사촌과 외사촌 사이인 것이다. 요석공주가 보희의 딸이라도 마찬가지 관계가 된다. 김흠돌의 아내 진광의 뒤에는 김유신 집안이 있었고, 요석공주의 뒤에는 7촌 고모 자의왕후와 운명, 운명의 남편 북원 소경[원주] 사령관 김오기 등이 있었다. 태종무열왕의 처가와 문무왕의 처가가 세력 다툼을 벌인 것이다. 그 싸움의 승리자는? 답은 어떤 경우에나 '아들의 처가가 이긴다.'이다.

제 5 장

효소왕과 최초의 등신불 김교각, 수충

효소왕과 최초의 등신불 김교각, 수충

1. 효소왕은 신문왕의 원자가 아니다

제33대 성덕왕의 형, 그리고 제34대 효성왕의 큰아버지 제32대 효소왕은 누구인가? 효소왕은 언제 태어나서 언제 승하하였을까? 그는 언제 어떻게 태자가 되었으며 어떻게 왕위에 올랐는가? 그는 신문왕의 첫째 아들이고 태자가 되어 왕위에 올랐지만 태자로 책봉될 때는 '왕자 이홍'이라 기록되었고 즉위할 때는 '신문왕의 태자'로 기록되었다. 왜 그는 '원자'로 기록되지 않은 것일까? 효소왕에 대하여 정확하게 아는 것, 그것이 신문왕 즉위 직후인 681년 8월 8일의 '김흠돌의 모반'과 700년 [효소왕 9년] 5월의 '경영의 모반'을 이해하는 데에 핵심 관건이다.

나아가 효소왕 사후의 성덕왕의 즉위 과정과 성덕왕의 35년에 걸친 긴 치세 기간에 있었던 여러 사건을 설명하는 데에도 효소왕을 잘 아는 것은 긴요하다. 특별히 (1)과 같은 일련의 정치적 사건들은 효소왕을 모르고서는 도저히 설명할 수 없는 일이다.

(1) a. 704년 봄 성덕왕과 엄정왕후 혼인

　　b. 714년 2월 왕자 김수충 입당 숙위 파견

　　c. 715년 12월 왕자 중경 태자 책봉

　　d. 716년 3월 성정왕후 출궁

　　e. 717년 6월 태자 중경 사망, 9월 대감 수충 귀국

　　f. 720년 3월 순원의 딸 소덕왕후와 재혼

　　g. 724년 봄 왕자 승경 태자 책봉, 12월 소덕왕후 사망

　　h. 728년 7월 왕제 김사종 입당 숙위 파견

　　i. 733년 12월 왕질 김지렴 입당 숙위 파견

　이 일들을 설명하는 데에는, 효소왕이 어떤 정체성을 가진 인물이며 어떤 과정을 거쳐서 왕이 되었고, 왜 그렇게 짧은 기간 동안 재위하고 갑자기 승하하였는지 등에 관하여 잘 아는 것이 매우 중요하다. 효소왕의 출생의 비밀과 왕위 계승의 무리함을 아는 것, 그것이 신라 중대 정치사를 설명하는 핵심 키 워드이다.[1]

　그리고 한참 더 나아가면 736년 가을 성덕왕 승하 직전, 『삼국유사』권 제5 「피은 제8」 「신충 괘관」 조에서 태자 승경이 왜 신하인 신충에게 '훗날 경을 잊지 않기를 저 잣나무를 두고 맹서한다.'는 맹약을 하는지, 그리고 737년 2월 성덕왕 승하 후 즉위한 효성왕 승경이 왜 신충을 공신 등급에 못 넣어 상을 주지 못했는지, 신충은 왜 「원가」를 지어 잣나무에 붙이고 잣나무를 시들게 하였는지 등을 설명하기 위해서도, 다시 말하여 「원가」와 「신충 괘관」 조의 설화를 설명하기 위해서도 효소

---

1) 효소왕을 왕위에 올리는 요석공주의 힘이 통일 신라 정치사 전체에 강력한 힘으로 작동하고 있다. 그 공주가 죽으면 어떻게 될까? 무서운 반동, 정치적 반작용이 작동하기 마련이다.

왕이 누구인지를 정확하게 알아야 한다. 그만큼 효소왕은 신라 중대 정치사의 핵심 인물이고 문제아 중의 문제아이다. 이렇게 문제아가 하나 잘못 태어나면 그 집안은 망하고 그 집안이 왕실이면 그 나라는 망하게 되어 있다.

702년 7월 효소왕이 승하하자 왕이 될 아무 자격도 없는, 다시 말하여 태자로 봉해진 적이 없는 그의 아우가 갑자기 어디에선지 나타나서 성덕왕으로 즉위하였다. 그런데 이 효소왕과 성덕왕이 어떤 사이인지, 그들은 몇 살에 즉위하여 몇 살에 승하하였는지 등에 관하여 추측만 난무할 뿐 제대로 정리된 학설이 없다. 특히 효소왕의 나이에 관하여 아예 그가 6살에 즉위하여 16살에 승하한 어린 왕이라고 대못을 박아 놓았다.[2] 그리고 성덕왕이 그의 이복형일 것이라는 설과 성덕왕이 12살에 왕위에 올랐을 것이라는 주장이 대립하고 있다.[3]

이런 주장은 틀린 것으로, '원자'와 '왕자'를 구분하지 않고 (2)의 687

[2] 2010년 어느 날 '효소왕이 6세에 즉위하여 16세에 승하하였으므로 신목태후가 섭정하였을 것이다.'는 조범환(2010)을 읽었다. 그 후 우연히 엘리베이터에서 조 교수를 만났다. 저자는 "『삼국유사』에는 효소왕이 16세에 즉위하여 26세에 승하하였다고 되어 있지 않은가요?" 하고 물었다. 조 교수는 "그 기록은 국사학계에서는 신뢰하지 않는데요" 하고 답하였다. 그 순간, 저자는 여기에 큰 문제가 들어 있다는 것을 느꼈다. 저자는 그때 「모죽지랑가」 연구를 쓰고 있었다. 그 노래의 배경 설화에 등장하는 효소왕이 6살짜리 어린이가 아니라는 것은 명약관화하다. 현대 한국 국사학계가 『삼국유사』의 기사들을 믿지 않는 것은 결코 온당한 태도가 아니다. 『삼국사기』에는 신라 중대에 관한 한 불분명한 기사가 많고, 오식도 많고, 역사적 사실을 잘 모르고 기술한 것도 많다. 이 책에서 저자가 지적한 것만 보아도 『삼국사기』는 오류가 많은 책인 것이 분명하다. 그 방대한 책에 어찌 오류가 하나도 없을 수 있겠는가? 그러나 『삼국유사』는 그 책에서 선택하여 기술하는 신라 중대의 주제에 관한 한 거의 틀린 곳이 없다. 특히 「왕력」의 신라 중대 기사가 그러하다. 신라 중대에 관한 한 우리가 신뢰해야 할 사서는 『삼국유사』이지 결코 『삼국사기』가 아니다.

[3] 통일 신라를 제대로 이해하기 위해서도 효소왕을 정확하게 알아야 한다. 효소왕을 모르는 신라 중대 정치사 연구는 제대로 된 연구가 아니다. '효소왕이 6살에 왕위에 올라 16살에 승하한 신문왕의 원자이라.'고 설명하는 논저들은 학계의 치욕이다.

년[신문왕 7년] 2월에 출생한 신문왕의 '원자'와 691년[신문왕 11년] 3월 1일 태자로 책봉된 '왕자 이홍'을 같은 사람으로 간주한 데서 나온 있을 수 없는 억설이다.[4]

> (2) a. 신문왕 7년[687년] 2월 원자가 출생하였다[元子生]. 이 날 날이 음침하고 어두우며 큰 번개와 우레가 쳤다[是日陰沈昧暗 大電雷].
>   b. 신문왕 11년[691년] 봄 3월 1일 왕자 이홍을 책봉하여 태자로 삼았다[春三月一日 封王子理洪爲太子]. 13일 널리 사면하였다

---

4) 이 전혀 이해할 수 없는 학설에 도전한 것이 서정목(2013, 2014a, b)이다. 저자가 이 문제에 도전한 이유는, 꽉 막혀 옴짝달싹 못하는 향가 연구에 새로운 출구를 마련해 주기 위해서이다. 『삼국유사』 권 제2 「기이 제2」, 「효소왕대 죽지랑」 조에는 향가 「모죽지랑가」가 들어 있다. 이 노래의 배경 설화에서는, 재상을 지낸 죽지랑이 모량리 출신 아간 익선에게 낭도 득오 급간을 징발당하여, 득오가 부역하는 부산성에 가서 휴가를 요청하였으나 거부당하고, 기마와 안장 등의 뇌물을 주고서야 겨우 득오의 휴가를 허락받는 수모를 당하고 있다. 나아가 조정 화주는 이 일로 인하여 익선의 장자를 잡아다가 성중의 연못에서 때를 씻긴다는 이유로 씻기다가 얼려 죽인다. '화주'가 누구인지도 큰 문제였다. 그것을 조정에서 화랑도에 관한 일을 관장하는 직책이라는 통설을 보고는 기가 막혔다. 어떤 관리가 사람을 잡아다가 얼려 죽인다는 말인가? 그런데 필사본 『화랑세기』에는 '화주(花主)'가 풍월주의 부인이라고 되어 있다. 그러면 이 화주는 그때 절정의 권세를 누리던 자의왕후의 동생 운명일 수밖에 없다. 그의 남편이 북원소경[원주]에서 군사를 몰고 서라벌로 와서 제27세 풍월주 김흠돌의 모반을 진압한 제28세 풍월주 김오기이고 그의 아들이 진서 『화랑세기』를 지은 김대문이다. 효소왕은 이 일로 하여 모량리 출신들을 관직에서 내쫓고, 그들에게 벼슬도 주지 않고 승직도 주지 않기로 한다. 이때 원측법사는 해동 고덕이었으나 모량리 출신이므로 승직을 주지 않았다. 원측법사는 당 나라에서 측천무후에게 부처님처럼 생불로 존숭되고[如佛尊崇] 있던 고승이다. 그런데 『삼국사기』 권 제8 「신라본기 제8」, 「효소왕」 즉위년에 원측법사의 제자 도증(道證)이 당 나라에서 서라벌로 와서 효소왕에게 천문도를 바치고 있다. 이 일들이 무관할 수가 없다. 죽지랑 사망 후에 장례식 때 득오는 만가(輓歌)로 「모죽지랑가」를 지었다. 이 이야기를 해명하기 위하여 온갖 논저들을 뒤지다가 저자는 현대 한국 국사학계가 '원자'와 '왕자'를 구분하지 못하고 있는 놀라운 사실을 '소 뒷걸음치다가 쥐 잡는' 격으로 발견하게 되었다. 그런데 그 쥐는 용의 꼬리였고 결국은 용의 몸통인 신라 중대 정치사를 통째로 잡게 커 버렸다. 저자가 신라 중대 정치사를 완전히 새롭게 쓰지 않을 수 없었던 까닭이다.

[十三日 大赦].
<『삼국사기』 권 제8 「신라본기 제8」 「신문왕」>

687년 2월에 원자가 출생하였다. 이 '원자'가 691년 3월 1일에 태자로 봉해진 '왕자' 이홍일까? 그럴 리가 없다. 그런데 현대 한국 국사학계는 이 '원자'와 '왕자'를 구분하지 못하여 이홍이 5살에 태자로 책봉되었고 그가 692년 7월 효소왕으로 즉위하였다고 한다. 그리하여 효소왕이 6살에 즉위하여 10년 재위하고 16살에 승하하였다는 계산을 하고 있다.

이것이 그러하려면 '원자'와 '왕자'가 같은 단어이어야 한다. 국어사전에는 '원자'는 임금의 맏아들이고 '왕자'는 임금의 아들이라고 되어 있다. 임금의 맏아들은 하나뿐이고 임금의 아들은 쌔고도 쌨지 않은가? 임금의 맏아들이 임금의 아들과 같고 임금의 아들이 임금의 맏아들과 같으면 어떻게 되는가? 그야말로 장유유서가 없는 엉망진창의 세계가 될 것이다. 왕위 계승은 원자와 모든 왕자가 피투성이 싸움을 벌여 태자로 책봉되어야 가능하다.

고구려의 호동 왕자는 명백하게 제5대 모본왕의 형인데도 '원자'로 적히지 않았다. 호동 왕자보다 훨씬 더 어린 모본왕이 '원자 해우'로 적혔다. 호동은 '차비(次妃)의 아들'이고 모본왕 해우는 '원비(元妃)의 아들'이었기 때문이다. 모본왕은 제3대 대무신왕이 승하하였을 때 너무 어려 왕위를 이을 수도 없어서 숙부 제4대 민중왕에게 왕위를 내어 주었다. 그러나 호동은 대무신왕 생시에 이미 낙랑공주와 혼인하고 대무신왕을 도와 낙랑을 멸할 정도로 나이가 원자 해우보다 많았다. 왕자 호동은 차비의 아들이어서 원자가 아니다. 그러나 대무신왕은 호동을 좋아하였다. 그래서 대무신왕이 원자 해우를 제치고 호동을 태자로 책봉할까 봐 겁이 난 원비는 호동이 자신을 예로써 대우하지 않으니 장차 범하려는 야욕을 가지고 있을 것이라고 모함하였다. 이것이 인간의 본모습이다. 대무신왕은 호동을 불러 알아보려 하였다. 이 말을 들은 호동은 '아버지에게 어머니의 악행을 일러바치는 것은 아버지를 근심하게 만드는 것으로 효라 할 수 없다.' 하고는 칼을 물고 엎어져 서기 32년 11월 결백을 증명한다고 자살하였다.

원비는 인간답게 모함하였고 대무신왕은 바보 같이 아들을 의심하였다. 호동은 도망가서 새 나라를 세우고 아버지 사후 이복동생이 다스리고 있는 나라로 쳐들어가서 아우에게 빼앗긴 아버지의 나라를 되찾아야 정상적 인간일 터인데 너무 일찍 죽음을 생각하여 패배를 자초하였다. 능력이 거기까지는 안 되었을 것이다. 큰 인물이 되어 나라를 세우는 것, 쿠데타를 일으켜 나라를 차지하는 것이 그렇게 쉬운 일이 아니다. 아무나 할 수 있는 일이 아니다.

'원자'라는 단어는 이렇게 한 사람을 죽음으로 몰고 갈 만한 사연을 낳을 만큼 무서운 말이다. 『삼국사기』의 원자는 맏아들일 뿐만 아니라 '정식 혼인한 왕비가 처음 낳은 아들인 것'이다. '원자'는 아주 좁게 정의하면 원비(元妃)가 낳은 첫아들이다. 그러므로 차비(次妃)나 후궁이 낳은 아들이나, 혼외에서 난 아들은 아무리 나이가 많아도 '원자'가 될 수 없다.[5] 그런데 『삼국사기』는 '장자'를 또 다른 뜻으로 사용하고 있다.

---

5) 이 사실은 서정목(2015e)에서 처음으로 밝혀졌다. 저자는 몇 번씩 '원자와 왕자가 다르니 효소왕이 신문왕의 원자가 아니다. 그러니 효소왕은 6살에 즉위하여 16살에 승하한 것이 아니다.'는 글을 투고하였다가 '현재의 정설에 위배되는 역사 왜곡이라.'는 말 비슷한 이유로 '게재 불가' 판정을 받았다. 692년 즉위할 때 6살인 효소왕이, 어떻게 682년의 「만파식적」 조에 태자로 등장하며, 692년의 「모죽지랑가」 배경 설화의 그 효소왕

대체로 형들이 사망하고 살아남은 왕자 가운데 가장 어른인 아들을 '장자'라고 부른다. 그러면 원자는 훨씬 더 좁은 의미로 줄어든다. 사실이 이러한 데도 '원자'와 '왕자'가 같은 단어로 보이는가.

이 사실, 효소왕이 신문왕의 원자가 아니라 687년 2월에 태어난 원자보다 더 먼저 태어난 혼외자라는 명제를 확립하지 않으면 「모죽지랑가」, 「찬기파랑가」, 「원가」, 「안민가」가 설명되지 않는다. 이 향가들은 신라 중대의 세속의 일을 노래하고 있다. 나머지 향가들 대부분은 속세의 일을 읊은 것이 아니다. 그러므로 이 향가들이야말로 인간의 이야기를 하고 있는 핵심적 향가들이다. 이 향가들이 설명되지 않는다는 것은 향가가 설명되지 않는다는 말과 같다. 향가가 설명되지 않으면 신라 중대의 인간의 삶이 설명되지 않는 것과 같다.

이 향가들은 제32대 효소왕 때로부터 제35대 경덕왕 때에 지어졌다. 그런데 그 사이에는 제33대 성덕왕과 제34대 효성왕이 있다. 효소왕과 성덕왕이 형제이고 효성왕과 경덕왕이 형제이다. 이 형제 왕들 가운데 앞서 즉위한 임금인 효소왕은 10년, 효성왕은 5년 동안 왕위에 있었다. 그리고 효소왕은 26세, 효성왕은 30세 정도의 나이에 승하하였다. 이러한 역사적 사실이 이 향가들 창작의 시대적 배경으로 작용하고 있다.

이 왕들의 아버지, 할아버지가 제31대 신문왕이다. 모든 문제의 발단은 이 신문왕으로부터 유래하였다. 그러므로 신문왕의 혼외자인 효소왕

이며, 692년의 「혜통항룡」 조의 '왕녀'를 둔 그 효소왕인가? 하고 반론했더니, 『삼국유사』는 믿을 수 없는 야담과 설화를 적은 야사이니 그 기록을 논거로 쓰려거든 사료 검증을 거친 뒤에 사용하라고 하였다. 모든 사료를 다 검토하여 '원자'와 '왕자'가 전혀 다른 단어라는 것을 밝혔다. 그리고 그들이 쓴 글 속에 있는 사료 검증에 오류가 많은 것을 보고는 기가 막혔다. 한국사 연구자들은 한문 문장을 읽을 줄 몰랐고 중국사를 고려하지 않고 있었다.

의 출생의 비밀, 이것이 밝혀지지 않으면 제31대 신문왕으로부터 제35대 경덕왕, 그의 아들인 제36대 혜공왕 때까지가 설명되지 않는다. 그런데 그 시대가 바로 신라를 배후 세력으로 하여 당 나라의 소정방(蘇定方)이 660년에 백제를 멸망시키고, 이적(李勣)이 668년에 고구려를 멸망시킨 후의 이른바 통일 신라이다.

효소왕을 제대로 파악하지 못하면 통일 신라를 제대로 파악하지 못한 것과 같다. 효소왕을 제대로 파악하지 못한 모든 신라 중대 정치사 연구를 저자는 불신한다. 딱 한 문장, '효소왕이 신문왕의 원자이다.'나 '효소왕이 6살에 즉위하여 16살에 승하하였다.'는 문장만 들어 있으면, 저자는 그 책, 그 논문은 진실이 아닌 이야기를 하고 있는 것으로 판단하였다. 앞으로도 그렇게 할 것이다. 이렇게 하는 것이, 마치 그들이 저자의 글들 속에 '효소왕은 신문왕의 원자가 아니다.'나 '효소왕은 16세에 즉위하여 26세에 승하하였다.'는 문장이 들어 있다고 하여 '게재 불가' 판정을 한 것과 같은 차원의 보복적 반응으로 보일 수도 있을 것이다. 그렇지만 그들은 '원자'와 '왕자'가 같은 단어라는 허언에 토대를 두고 있고, 저자는 '원자'와 '왕자' 사이의 거리가 하늘과 땅만큼 멀다는 상식적 진리에 토대를 두고 있다. 절대로 같은 차원이 아니다.[6]

효소왕을 그렇게 틀리게 파악하면 신라 중대 정치사가 하나도 제대로 파악되지 않는다. 그러므로 '효소왕이 6살에 즉위하여 16살에 승하하였다.'는 틀린 가설, 즉 역사적 사실과 전혀 부합하지 않는 틀린 가설

---

6) 어찌 종가의 대종손과 막내에 막내를 거치며 지엽 말손으로 이어져 항렬은 높고 나이는 어린 문중 할아버지를 같다고 할 것인가? 뼈대 있는 집안에서 자란 사람이라면 한 문중의 종손과 그의 아우, 사촌, 6촌들 사이의 관계를 잘 알 것이다. 전통 사회에 대하여 이해가 없으면 '원자'와 '왕자'가 같고 '종손'과 '지손'이 같은 것으로 착각하게 되어 있다.

을 토대로 하여 파악한 신라 중대 정치사는 옳을 수가 없다. 그런데 효소왕을 이렇게 틀리게 파악하지 않은 논저가 이 세상에 단 한 편도 없다. 이것이 어떻게 된 일인가? 누가 책임져야 할 일인가?

앞의 향가들은, 다른 향가들과는 달리 실재했던 인물들이 노래와 설화 속에 등장하고 그 노래가 창작된 정치적 배경을 보여 주는 배경 설화들을 갖고 있다. 그 배경 설화들은 효소왕이 6살에 왕위에 올랐다거나, 성덕왕이 12살에 왕위에 올랐다거나, 성덕왕이 효소왕의 이복형이라거나, 신문왕의 첫 왕비 김흠돌의 딸이 폐비되기 전에 보천태자와 성덕왕, 부군을 낳았다거나, 왕권 강화를 위하여 왕당파가 진골 귀족 세력을 거세하였다거나, 효성왕이 소덕왕후의 아들이라거나 하는 등등의 현재 통용되는 내용들로써는 도저히 설명할 수 없는 거대한 미스터리이다.[7] 신라 중대의 왕위 계승 과정과 그 뒤에 들어 있는 이 비밀스러운 이야기가 밝혀져야 중요 향가들의 뜻이 밝혀지고 그에 대한 역사적 의

---

7) 우리는 신라 중대 정치사를 새로 공부하고 새로 써야 하는 중대한 고비에 서 있다. 저자의 주장을 눈 여겨 보는 사람들은 남보다 앞서 올바른 역사를 쓸 것이고, 그러지 않고 과거에 얽매여 있는 자들은 일본 학자들이나 중국 학자들, 나아가 북한 학자들이 먼저 이 문제를 손대야 '아차' 하는 뒤늦은 후회에 빠질 것이다. 그들이 『삼국사기』, 『삼국유사』를 잘못 읽을 리가 없고, '원자'와 '왕자'를 구분하지 못할 리가 없지 않은가? 그들이 온 국민이 다 읽고 있는 필사본 『화랑세기』를 읽지 않는다고 어찌 장담하겠는가? 그 필사본이 진서 『화랑세기』를 베낀 것인지 위서인지, 그 진서 『화랑세기』가 일본에 있었는지, 지금도 있는지 그런 것은 논의의 대상이 아니다. 그 필사본이 언제 어디서 누가 저작한 것인지 불분명하다는 점에서는 위서임에 틀림이 없다. 위서라고 하여 진실을 말하지 않는다고 누가 장담할 수 있는가? 아무런 기록으로도 남지 않은 '카더라 방송' 속에 얼마나 많은 진실들이 들어 있었는가? 『삼국사기』, 『삼국유사』의 기사만을 읽어서는 이해되지 않는 문제를 해결하려면 무엇을 보아야 할 것인가? 『구당서』, 『신당서』, 『자치통감』, 『일본서기』, 『속일본기』, 그리고 신라와 일본 출신의 당 나라 구도승들의 수행유람기 등을 보아야 하는 것 아닌가? 그 기록들보다 필사본 『화랑세기』의 기록이 더 못하다는 말인가? 그것이 순전히 박창화의 상상력에 의한 fiction이라 하더라도 그 정도의 높은 사유를 거쳐 도달한 내용이라면 존중해야 한다.

미가 부여될 수 있다.

이 미스터리의 핵심은 효소왕이 아버지와 어머니가 혼인하기 전에 태어났다는 것이다. 효소왕은 정명태자와 나중에 신목왕후가 되는 김흠운의 딸 사이의 혼외자이다. 김흠운의 아내는 태종무열왕의 딸인 요석공주이다. 그러므로 효소왕은 요석공주의 외손자이다. 성덕왕도 효소왕의 동모제이므로 요석공주의 외손자이다. 성덕왕도 부모가 정식으로 혼인한 시점보다 더 전에 태어난 혼외자이다. 물론 성덕왕의 형인 보천태자도 그러하다.

효소왕은 신문왕의 원자가 아니다. 성덕왕도 보천태자도 신문왕의 원자가 아니다. 성덕왕이 부모가 혼인한 후에 태어났으면 그가 신문왕의 원자로 기록되었을 것이다. 효소왕이 태어난 시기보다 훨씬 뒤인 687년 2월에 태어난 신문왕의 넷째 아들이 원자이다.8) 왜? 그들의 부모인 신문왕과 신목왕후가 683년 5월 7일 비로소 정식으로 혼인하였기 때문이다. 그 전에는? 현대식으로 표현하면 동거 생활을 한 것이다.9)

---

8) 이 687년이라는 연대가 문제가 있을 수 있다. 성덕왕은 681년에 태어났고, 신문왕과 신목왕후가 683년 5월에 정식으로 혼인하였으므로 정식 혼인 후의 첫 아들인 원자는 684년에 태어나는 것이 정상적이다. 중국 기록에는 무상선사가 된 김사종이 684년생이라고 한다. 무상선사 김사종이 신문왕의 원자라면 684년에 '원자생'이라는 기록이 있어야 한다. 687년생 왕자가 원자가 맞다면 그는 무상선사가 아닌 다른 사람이다. 그러면 무상선사는 신목왕후가 낳지 않았을 수도 있다. 다른 여인이 낳았을 수도 있다. 이 김사종과 당 나라에 사신으로 다녀온 성덕왕의 왕제 김근질, 그리고 『삼국유사』 권 제3 「탑상 제4」의 「대산 오만 진신」에 나오는 효소왕의 아우, 「명주 오대산 보ㅅ내 태자 전기」에 나오는 효소왕의 아우인 '부군'과 함께 신중히 고려해야 할 문제이다. 제6장에서 상세히 논의한다.

9) 태자 정명에게는 665년 8월 태자가 될 때 들인 태자비 김흠돌의 딸이 있었다. 그러니 김흠운의 딸과 혼인할 수 없었다. 그의 동거 생활은 현대적 관점으로 보면 축첩 행위이다. 그런데 필사본 『화랑세기』에 의하면 그 김흠운의 딸이 형의 약혼녀였다. 그리고 그 형은 전사하였다. 중앙아시아 유목민들의 풍습에는 형이 죽으면 아우가 형수를 책임지게 되어 있었다. 그 형은 문무왕의 뒤를 이어 왕이 될 예정이었던 태종무열왕의

『삼국사기』는 혼외자를 '원자'로 적지 않는다. 단 한 경우도 예외가 없다. 『삼국사기』에서 원자로 적힌 14명 가운데 혼외에서 태어난 왕자는 한 명도 없고, '원자'로 적히지 않은 첫째 아들 가운데 정비의 아들은 한 명도 없다. 그러니까 신문왕의 원자는 부모가 정식으로 혼인한 후인 687년 2월에 태어난 것으로 기록된 것이다. 서정목(2015e)는 『삼국사기』에 기록된 모든 왕들을 대상으로, 그들이 원자, 왕자, 장자, 차자, 제2자 등등 가운데 어떤 지칭어로 적혔는지를 모두 분석하여 '원자'로 적힌 14명의 왕자들이 모두 원비{정비}의 맏아들이라는 것을 밝히고, 신라 중대 여러 왕들 가운데 오직 문무왕만이 원자이고 나머지 왕들은 모두 원자가 아닌 까닭을 밝혔다. 이에 따르면 677년생인 효소왕은 신문왕의 혼외자이기 때문에 원자가 아니고 683년 5월 7일 신문왕과 신목왕후가 정식으로 혼인한 후인 687년 2월에 출생한 넷째 아들이 신문왕의 원자이다.

이것이 문무왕의 비극이다. 문무왕은 불행한 사람이다. 그 왕은 당나라 군대를 끌어들여서 백제를 멸망시키고, 고구려를 멸망시켜서 동족(?)들을 죽이거나 다른 민족의 노예로 만들면서 평생을 전쟁터에서 살았다. 그 뒤에서는 제가(齊家)가 안 되어 아들이, 그것도 형이 죽어서 대신 태자로 책봉된 둘째 이하의(?) 아들 정명이 저러고 있었다.

문무왕도 태어났을 때는 김춘추의 혼외자이었을 것이다. 그러나 그때는 아버지가 왕이 아니었기 때문에 그의 신분이 원자인지 아닌지를 따질 필요가 없었다. 그렇지만 아버지가 왕이 되고 자신이 태자로 책봉될 때는 이미 문명왕후가 김춘추의 정식 왕비가 되어 있었다. 그래서인지

태손 소명전군이었다.

문무왕은 태자로 책봉될 때도 '원자 법민'으로 적히고 왕위에 오를 때도 '태종왕의 원자'로 적혔다.

그러나 효소왕은 태어날 때[677년]에는 할아버지가 왕이었고, 그때나 아버지가 왕이 될 때[681년 7월]에도 어머니가 정식 왕비가 아니었다. 자신이 태자로 책봉될 때[691년 3월 1일]에는 어머니가 정식 왕비가 되어 있었지만 이미 687년 2월에 동생인 원자가 태어나서 그 자신은 '원자'가 될 수 없었다.

2. 효소왕은 6세에 즉위한 것이 아니다

효소왕은 몇 살에 즉위하였는가? 그리고 몇 살에 이승을 떠났는가? 그가 692년에 즉위하였고 702년에 승하하였다는 것은 (3)을 보면 알 수 있다. 그러나 이 『삼국사기』 권 제8 「효소왕」 조의 기록만 보아서는 그의 나이를 짐작할 수 없다.

> (3) (692년) 효소왕이 즉위하였다[孝昭王立]. 휘는 이홍이다*{또는 이 공이라고도 한다.}*[諱理洪*{一作恭}*].[10] 신문왕의 태자[神文王

---

10) 이 왕의 이름은 이공(理恭)이다. 그런데 '공' 자가 피휘 대상이 되어 음이 비슷한 '홍 (洪)'으로 적은 것이 '이홍'이다. 『삼국유사』는 피휘하기 전의 글자를 쓴 경우도 많고 피휘한 글자와 원 글자를 병기한 경우도 많다. 그러나 『삼국사기』는 대부분 피휘를 적용하여 다른 한자로 바꾸어 쓴 경우가 많다. 그런데 그 피휘 대상 글자를 이름으로 가진 사람이 당, 송 등 중국 황실 사람도 있고, 신라 왕실의 사람도 있고, 고려 왕실의 사람도 있다. 그러므로 일일이 밝히기가 어렵다. 이제 자주적 역사가 기술되려면 중국 측 이름과 관련하여 피휘를 적용한 글자는 원 글자로 복원하여 적는 것이 옳다. 이 책에서는 이 왕의 휘를 이공, 이홍 둘 다 사용하고 병기하기도 한다.

太子]이다. 어머니 성은 김 씨이다. 신목왕후이다[母姓金氏 神穆王后]. 일길찬 김흠운*{運은 혹은 雲으로도 적는다.}*의 딸이다[一吉飡金欽運*{一云雲}*女也]. 당의 측천무후는 사신을 보내어 조의를 표하고 제사를 지냈다[唐則天遣使 弔祭]. 이어 왕을 신라왕 보국대장군 행좌표도위대장군계림주도독으로 책봉하였다[仍冊王爲新羅王 輔國大將軍 行左豹韜尉大將軍 鷄林州都督]. 좌우이방부를 좌우의방부로 고쳤다[改左右理方府爲左右議方府]. 이가 휘를 범하기 때문이었다[理犯諱故也]. <『삼국사기』 권 제8 「신라본기 제8」 「효소왕」>

그러면 어떻게 효소왕이 신문왕과 신목왕후가 정식으로 혼인한 683년 5월 7일보다 더 먼저 태어난 혼외자라는 것을 아는가? 성덕왕도 혼외자라는 것을 아는가? 그것은 저자가 지어낸 말이 아니다. (4)에서 보듯이 『삼국유사』에서 일연선사가 그렇게 적었기 때문이다. 아무도 유의하여 읽지 않았고, 우연히 읽었어도 '에이, 두 왕의 나이를 10살씩 올렸네.' 하고 버린 바로 그 기록이다.

(4) 살펴보면 효조*{조는 달리는 소라고도 함}*는 천수 3년 임진년[692년]에 즉위하였는데 그때 나이가 16세였고[按孝照*{一作昭}*以天授三年壬辰卽位時年十六], 장안 2년 임인년[702년]에 붕어했으니 누린 나이가 26세였다[長安二年壬寅[702년]崩壽二十六]. 성덕이 이 해에 즉위하였으니 나이 22세였다[聖德以是年卽 位年二十二]. <『삼국유사』 권 제3 「탑상 제4」 「대산 오만 진신」>

효소왕이 692년에 즉위하였다는 것은 (3)과 같다. 702년에 승하하였다는 것도 (3)과 같다. 그런데 (3)에는 없는 나이가 (4)에는 있다. 692년에 효소왕이 16세였다 한다. 그러면 그는 677년생이다. 그리고 702년에 26세로 승하하였다고 한다. 10년 재위 후 승하. 정확하다. 702년에 성덕왕은 22세였다고 한다. 그러면 681년생이다. 35년 동안 재위하고 737년에 승하하였으니 57세에 승하하였다. 역시 한 치의 빈틈도 없다.

이렇게 정확한 기록을 왜 못 믿는가? (4)는 70여 세가 넘었을 일연선사의 기록이어서 못 믿는가? (2a)의 '원자'와 (2b)의 '왕자'가 같은 의미를 가진 단어이어서 이 '원자'와 '왕자 이홍'이 같은 사람이라고 하는 35살도 안 되었던 사람이 30여 년 전에 쓴 틀린 주장은 왜 그렇게 알뜰히도 믿어 주어야 하는가?『삼국유사』는 1281년에 간행되어 734년의 세월을 견디어 온 민족의 고전이다. 1987년에 발표된 후 불과 30년도 채 안 되어 서정목(2013, 2014a, b, 2015a)에 의하여 샅샅이 해부되어 주요 주장 하나도 살아남지 못할 만큼 만신창이가 된 그런 잡스런 것과 어찌 비교가 되겠는가?

효소왕은, 687년 2월에 태어난 동부동모의 아우 '신문왕의 원자'를 제치고, 691년 3월 1일 15세에 '왕자 이홍'으로 적혀 태자로 책봉되었다. 그리고 692년 7월 신문왕이 승하하자 16세에 즉위하였다. 그때는 '신문왕의 태자'로 적혔다.

(5)는『삼국사기』에서 효소왕대 10년 동안 일어난 일을 모두 가져 온 것이다.

> (5) a. 원년[692년] 8월 대아찬 원선으로 중시를 삼았다[元年 八月 以 大阿飡元宣爲中侍. 고승 도증이 당 나라로부터 돌아와서 천문 도를 바쳤다[高僧道證自唐廻上天文圖].
> b. 3년[694년] 봄 정월 신궁에 친히 제사지내고 널리 사면하였다

[三年 春正月 親祀神宮 大赦]. 문영으로 상대등을 삼았다[以文穎爲上大等]. 김인문이 당 나라에서 사망하였는데 나이가 66세였다[金仁問在唐卒 年六十六]. 겨울 송악, 우잠 두 성을 쌓았다[冬 築松岳·牛岑二城].

c. 4년[695년] 자월을 세워 정월로 삼았다[四年 以立子月爲正]. 개원을 제수하여 상대등으로 삼았다[拜愷元爲上等]. 겨울 10월 서라벌에 지진이 있었다[冬十月 京都地震]. 중시 원선이 늙어 은퇴하였다[中侍元宣退老]. 서남의 두 시장을 설치하였다[置西南二市].

d. 5년[696년] 봄 정월 이찬 당원을 중시로 삼았다[五年 春正月 伊飡幢元爲中侍]. 여름 4월 나라 서쪽이 가뭄이 심했다[夏四月 國西旱].

e. 6년[697년] 가을 7월 완산주에서 상서로운 벼를 진상하였는데 이랑은 다르나 이삭은 하나였다[六年 秋七月 完山州進嘉禾異苗同穎]. 9월에 임해전에서 군신들에게 잔치를 베풀었다[九月 宴群臣於臨海殿].

f. 7년[698년] 봄 정월 이찬 체원으로 우두주 총관을 삼았다[七年 春正月 以伊飡體元爲牛頭州摠管]. 2월 서라벌의 땅이 움직였고 큰 바람이 불어 나무가 부러졌다[二月 京都地動大風折木]. 중시 당원이 늙어 물러나고 대아찬 순원을 중시로 삼았다[中侍幢元退老 大阿飡順元爲中侍]. 3월 일본국 사신이 도착하여 왕은 숭례전에서 인견하였다[三月 日本國使至 王引見於崇禮殿]. 가을 7월 서라벌에 큰물이 졌다[秋七月 京都大水].

g. 8년[699년] 봄 2월 흰 기운이 하늘에 뻗고 별이 동쪽에 나타났다[八年 春二月 白氣竟天 星孛于東]. 사신을 당 나라에 파견하여 조공하고 방물을 바쳤다[遣使朝唐貢方物]. 가을 7월 동해 물이 핏빛이 되었다가 닷새 뒤에 원래로 돌아갔다[秋七月 東

海水血色 五日復舊]. 9월 동해물이 싸우는데 그 소리가 왕도에
까지 들렸고 병기고의 북과 나팔이 스스로 울었다[九月 東海
水戰聲聞王都 兵庫中鼓角自鳴]. 신촌 사람 미힐이 황금 한 덩
이를 얻었다[新村人美肹 得黃金一枚]. 무게가 백푼이나 되었는
데 왕에게 바치므로 남변에서 제일 높은 작위를 주고 조곡
100석을 하사하였다[重百分獻之 授位南邊第一 賜租一百石].

h. 9년[700년] 인월을 다시 정월로 복귀시켰다[九年 復以立寅月爲
正]. 여름 5월 이찬 경영*{ 영은 혹은 *현이라고도 한다*}*이 모
반하여 죽였다[夏五月 伊飡慶永*{永一作玄}*謀叛 伏誅]. 중시
순원이 연좌되어 파면하였다[中侍順元緣坐罷免]. 6월 세성이
달에 들어갔다[六月 歲星入月].

i. 10년[701년] 봄 2월 혜성이 달에 들어갔다[十年 春二月 彗星入
月]. 여름 5월 영암군 태수 일길찬 제일이 공적인 일을 등지고
사적인 일을 경영하므로 100대의 곤장을 치고 섬에 넣었다[夏
五月 靈巖郡太守一吉飡諸逸背公營私 刑一百杖 入島].

j. 11년[702년], 7월에 왕이 승하하였다[十一年 秋七月 王薨]. 시
호를 효소라 하고 망덕사의 동쪽에 장사지냈다[諡曰孝昭 葬于
望德寺東]. *{『관*{ 관은 당연히 구이다}* 당서』는 말하기를[觀
*{觀當作舊}*唐書云, *장안 2 년[702 년]에 이홍이 죽었다[長安
二年 理洪卒]* 하였다. 여러 『고기』도 말하기를 *임인년[702 년]
에 죽었다[諸古記云 壬寅七月二十七日卒]* 하였다. 그러나 『자
치통감』은 말하기를 대족 3 년[703 년]에 죽었다[而通鑑云 大足
三年卒] 하였다. 이는 곧 『자치통감』의 오류이다[則通鑑誤]}*11)

<『삼국사기』 권 제8 「신라본기 제8」 「효소왕」>

---

11) 『삼국사기』의 신라왕 승하, 즉위, 책봉 시기에 관한 기사는 종합적으로 한 번 정리할
필요가 있다. 『삼국사기』는 『구당서』, 『신당서』, 『자치통감』, 특히 책봉 사항은 『책
부원구』의 기사들을 보고 옮겨 적은 경우가 많다. 그런데 그 책들의 사망, 즉위, 책
봉 시기는 대체로 당 나라 조정에 보고된 시점을 적고 있다. 그러므로 이 날짜가 효

효소왕은 692년에 즉위하여 702년에 승하하였다. 이름은 이홍{또는 이공}이고, 아버지는 신문왕이며 어머니는 신목왕후 김 씨이다. 그 신목왕후는 일길찬[7등관위명] 김흠운의 딸이다. 일길찬은 왕비의 아버지의 관등 치고는 낮은 관등이다.12) 보통은 이찬, 소판, 파진찬이다. 벌써 일길찬의 딸이 왕비로 간택되었다는 것 자체가 주목의 대상이 된다.

그런데 정작 중요한 것은 (3)의 692년 즉위 시의 기록에서 '신문왕의 태자'라고 한 것이다. 만약 그가 687년 2월에 태어난 '원자'라면 이 자리는 '신문왕의 원자'라고 적혀야 한다. 왜 효소왕은 '신문왕의 원자'라고 기록되지 않고 '신문왕의 태자'라고 기록되었을까? 문무왕의 경우 '태종왕의 원자'라고 기록되었다. 법흥왕의 경우 '지증왕 원자'라고 기록되었다. 문무왕은 태자로 책봉될 때도 '원자'로 적혔다. 법흥왕은 태자로 책봉될 때의 기록은 없다. 그 외에는 신라에는 즉위 시에 '원자'라고 적힌 왕이 없다.

고구려에서는 제2대 유리왕, 제5대 모본왕, 제20대 장수왕 등 3명의 왕이 즉위 시에 '원자'로 적혔다. 그들도 태자로 책봉될 때는 모두 '왕자'로 적혔다. 알 수 없는 일이다. 백제에서는 제2대 다루왕,13) 제3대 기루왕, 제14대 침류왕, 제17대 아화왕,14) 제18대 전지왕, 제27대 위덕

<hr />

소왕이 승하한 날이라는 보장이 없다. 예컨대 지렴이 신라를 떠난 것은 733년 12월이지만 당 나라 조정에 도착한 것은 이듬해 정월에 적히는 것과 같은 것이다. 이 두 시점은 2개월 정도 이상의 차이가 난다. 통상적으로 사신이 신라에서 당 나라에 가는 데에 2개월 정도 걸린다. 『구당서』, 『신당서』와 『자치통감』이 차이 나는 것은 무슨 이유에서인지 더 추구할 필요가 있다.

12) 이것은 그가 아주 젊은 나이에 전사하였기 때문이다. 일길찬도 전사 후에 추증한 것이다. 태종무열왕의 사위이므로 오래 살았으면 소판, 이찬을 거쳐 경우에 따라 각간까지 되었을 사람이다.

13) 『삼국유사』 권 제1 「왕력」에는 '제2 다루왕, 온조왕의 제2자이다. 무자년에 즉위하여 49년 동안 다스렸다[第二 多婁王 溫祚 第二子 戊子立 治四十九年].'고 하였다.

왕, 제31대 의자왕 등 7명의 왕이 즉위 시에 '원자'로 적혔다. 이 중 3명은 태자 책봉 시의 기록이 없고 4명은 태자 책봉 시에도 원자로 적혔다. 원자가 왕으로 즉위하는 기록에 그 왕을 'ㅇㅇ왕의 태자'로 적은 것은 단 한 예도 없다. 모두 'ㅇㅇ왕의 원자'로 적었다. 그러므로 즉위 시에 '신문왕의 태자'로 적힌 효소왕은 '신문왕의 원자'가 아닌 것이다. 그는 (2b)에서 보았듯이 태자로 책봉될 때에도 '왕자 이홍'이라고 적혔다. 그는 절대로 신문왕의 '원자'가 아니다. 왜? 나중에 보기로 한다.

(5a)에는 고승 도증이 당 나라에서 돌아와 천문도를 바쳤다고 하였다. 도증은 원측법사의 제자이다. 이것은 『삼국유사』권 제2 「기이 제2」 「효소왕대 죽지랑」조의 원측법사 승직 불수여와 밀접한 연관을 맺고 있을 것이다. (5c)에서는 개원이 상대등이 되었다. 그는 문무왕의 동생으로 효소왕의 작은 할아버지이다. 이 당시의 실세가 어떤 세력인지 알 수 있다. 태종무열왕의 자녀들, 문무왕의 오누이들이 막강한 세력을 쥐고 있었다. (5f)에서 순원을 중시로 삼은 것이 주목된다. 그는 대아찬[5등관 위명]이다. 젊은 왕실 출신 귀족임을 알 수 있다. 효소왕은 695년[효소왕 4년] 자월(子月[11월])을 정월로 삼았다가, 700년 다시 인월(寅月[1월])을 정월로 삼는 월력 조절을 하였다. 당 나라 측천무후가 한 일을 그대로 따라서 한 것이다.[15]

697년[효소왕 6년] 9월 여러 신하들을 임해전으로 불러 모아 큰 잔치

---

14) 『삼국유사』권 제1 「왕력」은 '제17 아화왕*{ 달리는 아방왕이라고도 한다}*, 진사왕의 아들이다. 임진년에 즉위하여 13년 동안 다스렸다[第十七 阿華王 *{一作 阿芳}*辰斯子 壬辰立 治十三年].'고 하여 아화왕이 제15대 枕流王의 아우인 제16대 辰斯王의 아들이라 하였다. 『삼국사기』에 자세한 사연이 있으므로 그를 따른다.

15) 월력을 바꾼 것은 당 나라 측천무후가 무주(武周)의 여황제가 되어 하력(夏曆)을 버리고 주력(周曆)을 택했다가 다시 하력으로 돌아간 것을 그대로 따른 것이다. 당 나라의 영향력이 매우 컸음을 보여 주는 사례이다. 그 밖의 큰 의미는 부여하면 안 된다.

를 베풀었다. 698년 3월 일본국 사신이 도착하여 왕이 직접 숭례전에서 인견하였다. 이 두 기록이 큰 의미를 가질 가능성이 있다. 조범환(2015) 는 임해전 잔치를 신목왕후의 섭정을 받던 효소왕이 직접 통치를 시작한 것이고, 일본국 사신을 인견하는 것은 신목왕후의 친당 정책으로부터 친일 정책으로 전환하는 외교적 사건이라는 가설을 세우고 있다.16) 그리고 이 때문에 신목왕후가 효소왕을 폐위시킬 계획을 세우고 원자를 부군으로 삼았을 것이라고 보고 있다. 그리고 그 즈음에 보천태자와 효명태자가 오대산으로 들어간 것으로 가정하고 있다. 이 가설들은 많은 문제를 안고 있는 것으로 증명되기 어려운 가설이다. 몇 가지 문제점만 지적해 둔다.

일본 사신이 오고 신라 사신이 일본에 간 것을 친당 정책으로부터 친일 정책으로 전환하였다고 보는 것은 수긍하기 어렵다. 친당 정책은 친일 정책과 같은 무게를 가지는 것이 아니다. 측천무후를 따라 월력을 바꾸고 되돌릴 정도의 정사를 펼치고 있는 효소왕이 친당 정책을 친일 정책으로 바꾼다는 것은 생각할 수 없는 일이다. 측천무후 시대의 동아시아에서 당 나라의 영향력에서 벗어난다는 것은 생각할 수도 없는 일이다. 효소왕 8년[699년]에 당 나라에 사신을 보내고 있다. 그러므로 효소왕이 친당 정책으로부터 친일 정책으로 외교 노선을 바꾸었다는 것은 증명되지 않는 무리한 가설이다.

697년의 임해전 잔치도 효소왕 친정의 시작이라고 보기에 무리한 점이 있다.17) 우선 신목왕후의 섭정 자체가 성립되기 어렵다. 효소왕은

---

16) 『續日本記(속일본기)』 3 文武天皇(문무천황) 大寶(대보) 3년[703년]에 신라의 사신 김복호(金福護)의 표에서 '우리 임금이 지난 가을부터 병이 들어 올봄에 돌아가셨다.'고 하였다. 이와 더불어 생각하면 사신이 오갔음을 알 수 있다.

692년 16살에 즉위하여 697년에 이미 21살이나 되었다. 그러므로 신목왕후의 섭정이 있었다 할 수 없다. 신목왕후 섭정 가설은 효소왕이 6살에 즉위하였다는 틀린 통설이 인정되던 2013년 이전에나 성립할 수 있는 가설이지 2015년인 지금까지 유효한 가설이 아니다.[18] 지금은 당연히 효소왕은 16살에 즉위하여 697년에 21살이라고 해야 한다. 그때는 신목왕후의 섭정 기간이 아니라, 외할머니 요석공주의 강력한 영향 아래, 작은 할아버지 개원, 사망한 자의왕후의 친정 세력, 자의왕후의 동생 운명과 그 남편 김오기 등 문무왕의 오누이와 처가 식구들이 실권을 행사하던 시대이다. 여기에 697년에 43세 정도 되는 신목왕후가 끼어

---

17) 임해전에서 잔치를 베푼 왕은 또 있다. 혜공왕도 '5년[769년] 3월에 임해전에 군신을 모아 잔치를 베풀었다[五年 春三月 宴群臣於臨海殿].'고 하였다. 혜공왕이 12세 되던 해이다. 이것도 혜공왕이 친정을 시작한 것으로 보아야 하는가? 8세에 즉위한 혜공왕은 경수태휘[만월부인]의 섭정을 아직 받고 있다. 임해전 잔치가 왕의 친정을 의미하는 것은 아니다. 그보다는 오히려 효소왕, 혜공왕 둘 다 임해전이 있는 월지궁, 즉 동궁에 특별한 인연을 가진 왕들이라는 것이 주목된다. 효소왕은 동궁이 창건된 679년 아버지 신문왕의 태자 시절부터 동궁에서 살았다. 그리고 681년 아버지가 즉위하여 대궁으로 가고, 691년 자신이 태자가 되어 692년 즉위하기 전까지 미혼모 어머니 김흠운의 딸과 외할머니 요석공주의 보살핌을 받으며 이 동궁에서 살았을 것이다. 혜공왕은 2살에 태자로 봉해져서 8세에 즉위하기까지 어린 시절을 외롭게 이 동궁에서 살았을지도 모른다. 임해전에서 잔치를 베푼 두 왕은 동궁과 특별한 인연을 가진, 그리하여 유아적 행태를 벗어나지 못한 미성숙한 왕이라는 공통점을 가진다. 어린 시절을 보낸 집과 마을에 대한 그리움이 우리의 성장 과정에 얼마나 큰 장애와 위안이 되었던가? 서울에서의 삶에 위기가 닥쳐왔을 때마다 고향을 찾고, 거기서 부모, 형제들이 고생하며 사는 것을 보고 이대로 쓰러져서는 안 되겠다는 독한 마음을 먹고 아무 내색도 하지 못하고 다시 발걸음을 돌려야 했던 경험을 가진 사람들은 그 심정을 어느 정도 안다.

18) 서정목(2013)에서 효소왕이 692년 16세에 즉위하여 702년 26세에 승하하였다는 사실이 논증되었다. 그 전까지는 모두 효소왕이 692년 6세에 즉위하여 702년 16세에 승하하였다고 보고 있었다. 이것은 효소왕이 687년 2월에 출생한 신문왕의 원자라고 보는가, 아니면 효소왕은 그 원자가 아니고 그보다 10년 전인 677년에 정명태자와 김흠운의 딸 사이에서 혼전에 혼외자로 태어났다고 보는가의 차이이다. 6세 즉위설은 원자와 왕자가 같은 단어라는 말도 안 되는 착각 위에 서 있는 것이고, 16세 즉위설은 원자와 왕자가 다른 단어라는 상식에 입각하고 있다.

들 틈은 없다.[19)]

〈**임해전 잔치가 있었던 신라의 동궁과 월지.** 이 동궁은 679년 정명 태자와 그의 정부 김흠운의 딸, 그리고 혼외자 이홍, 보ㅅ내의 거주를 위하여 창건하였다. 성덕왕이 되는 효명은 이 동궁에서 681년에 태어났다.〉

 이 임해전 잔치는 좀 달리 설명되어야 한다. 임해전은 동궁의 한 전 각이다. 동궁은 문무왕 19년[679년] 8월에 창건되었다. 태자 정명과 그의 정부 김흠운의 딸, 그리고 그들의 혼외 아들들의 거주를 위하여 지어졌다. 창건 이래 효소왕 즉위 시까지 이 동궁에서 가장 오래 산 사람은 효소왕이다. 이 신라의 동궁에 가장 많은 정이 든 왕자는 691년 태자로 봉해지고 692년 즉위하기 전까지 이 동궁에서 산 왕자 이홍일 것이다. 그는 677년에 태어나서 679년부터 동궁에서 살기 시작하였을 것이며 681년 아버지가 왕위에 올라 대궁으로 옮겨가고 난 후 동궁의 사

---

19) 신목왕후의 아버지 김흠운은 655년 정월에 전사하였다. 신목왕후가 유복녀라 하더라도 그는 655년생이다. 그러면 697년에 43살 정도 된다.

실상의 주인이 되었을 것이다.

왕이 군신들을 어디에 모아 큰 잔치를 베풀었다는 기록 자체가 희귀한 것이다. 그런 잔치는 일상적으로 있는 일이다. 임해전에 불러 모았다는 것은, 물론 월지[안압지]가 있으니 잔치하고 놀기 좋아서 그렇게 한 면도 있었겠지만 효소왕에게는 임해전이 특별한 곳임을 암시한다. 그곳은 그의 힘들었을 것 같은 어린 시절의 동심이 녹아 흐르는 곳이다. 혼외 관계에서 자신을 낳은 어머니[훗날의 신목왕후]가 아버지의 정실 아내 태자비와 싸우고 있고, 외할머니 요석공주가 법적인 친정어머니 문명왕후와 싸우고 있으며, 할머니 자의(儀 또는 訮(눌))왕후가 눈물을 흘리며 벙어리처럼 말없이 시어머니 문명왕후에게 순종할 수밖에 없었던 그 힘들고 불우했던 시절의 동궁을 효소왕은 찾아간 것이다. 효소왕은 어려서 살던 동심이 어린 임해전에 군신들을 모아 놓고 어머니 신목왕후, 나아가 외할머니 요석공주를 모시고 잔치를 벌였을 가능성도 있다.

나아가 697년이라는 시기도 중요한 의미를 가진다. 나중에 보는 대로 696년은 효소왕과 성정왕후 사이에서 왕자 김수충이 태어난 해이다.[20] 이 왕자의 출생을 축하하고 그 첫돌을 기념하는 잔치가 임해전에서 열렸을 것이다. 이 임해전 잔치는 효소왕의 아들 김수충이 태어난 것과 관련되어 있다. 이것이 이 기록이 사서에 남은 이유이다. 이렇게 써야 인간의 역사가 된다. 인간은, 왕이라 하더라도 자신과 자신의 선대가 저

---

20) 서정목(2015d)까지도 저자는 성정왕후와 엄정왕후를 정확하게 이해하지 못하고, 같은 사람인 것처럼 적은 『삼국사기』 권 제8 「신라본기 제8」 「성덕왕」, 15년[716년]의 기사에 따라 성정왕후를 성덕왕과 704년 혼인한 김원태의 딸로 보고 중경, 승경을 성정왕후의 아들이라고 적었다. 틀린 것이다. 서정목(2015e)에서 성정왕후를 효소왕의 왕비로 보고 엄정왕후를 성덕왕의 왕비로 보는 것으로 수정하였다. 따라서 수충은 성정왕후의 아들이고 아버지는 효소왕이다. 중경, 승경은 엄정왕후의 아들이고 아버지는 성덕왕이다.

지른 업보에 따라 한 세상을 힘들고 애증에 시달리며 살아가게 마련이다.

(5g)에서 보면 8년 가을에 동해물이 이변을 보였다. 기상 이변일 가능성이 있다. 무엇인지 모르지만 심상치 않은 느낌을 준다. 병기고의 북과 나팔이 스스로 울었다고 하니 바람이 심하게 불었거나 도둑이 든 것일 가능성이 있다. 더 이상의 확대 해석은 위험하다.

(5h)는 드디어 중대한 일이 벌어졌음을 보여 준다. 9년[700년] 여름 5월 '경영의 모반'이 일어났다. 이 모반에서 경영이 복주되고 중시 순원이 파면되었다. 일단 경영과 순원이 하나의 세력을 이루고 있었음을 알수 있다. 순원의 파면은 매우 중요한 정치적 사실이다. 이후의 순원의 정치적 위상에 비추어 보면 이 파면이 끼친 영향은 매우 크다. 순원의 파면을 주도한 세력은 어떤 세력일까? 효소왕의 외할머니와 그 형제들일 것이다. 이 모반 사건은 효소왕과 그의 어머니 신목왕후, 그리고 효소왕의 외할머니 요석공주에 대한 도전으로 보아야 한다. 여기서 요석공주 세력과 순원 세력 사이에 의가 틀어져서 정적이 되었을 가능성이 엿보인다.

이 모반 사건은 전모가 알려져 있지 않지만 매우 중요한 사건이다. 1942년에 해체 복원된 석탑 속에서 발견된 '황복사(皇福寺) 석탑(石塔) 금동사리함기(金銅舍利函記)'에는 신목왕후(神睦王后)가 700년 6월 1일에 세상을 떠난 것으로 되어 있다.21) 신목왕후는 700년 5월 29~30일쯤에 일어난 이 '경영의 모반'에서 시해되었거나, 아니면 5월말쯤에 시작되어 며칠 간 계속된 이 반란에서 다쳐서 며칠 후에 사망한 것으로 이해

---

21) 이 명문(銘文)은 성덕왕 5년[706년]에 조성되었다. 신문왕의 사망일, 신목왕후의 사망일, 효소왕의 사망일이 날짜까지 정확하게 기록되어 있다. 이 명문에는 '神睦王后(신목왕후)'로 기록되어 있다.

해야 한다. 이 모반의 수수께끼를 풀어 주는 직접적인 기록이 『삼국유사』 권 제3 「탑상 제4」의 (6)과 (7)이다(제6장 참고). 여기서의 진여원(眞如院)은 성덕왕이 즉위한 후 자신이 수도하던 오대산 효명암을 고쳐 지은 절이다. 그 진여원의 터 위에 지은 절이 오늘날의 오대산 상원사(上院寺)이다.22)

(6) a. <u>정신(의) 태자(가) 아우(인) 부군(과) 셔블[新羅]에서 왕위를 다투다가 주멸하였다[淨神太子*{ *저자 주: 與 결락*}*弟副君在新羅爭位誅滅].</u>23) 국인이 장군 4명을 보내어 오대산에 이르러 효명태자 앞에서 만세를 부르자 즉시 오색 구름이 오대산으로부터 셔블에 이르기까지 7일 밤낮으로 빛이 떠돌았다[國人遣將軍四人 到五臺山孝明太子前呼萬歲 即時有五色雲自五臺至新羅七日七夜浮光].

  b. 국인이 빛을 찾아 오대산에 이르러 두 태자를 모시고 <u>나라[國,</u>

---

22) 이 두 기록에 대한 제대로 된 번역과 해석은 서정목(2014a, 2015a)에서 처음 이루어졌다. 제6장에서 상론한다. 이 기록을 처음 읽은 때로부터 1년에 한 번씩 가르치면서 오늘 날의 해석에 이르기까지 저자는 30년이라는 세월을 흘려보내었다. 생애의 가장 큰 숙제 중 하나였다. 이것을 해결하고 눈을 감을 수 있어서 참으로 행복하다.

23) 이 기록 속의 '新羅셔블'라는 말은 매우 조심스럽게 접근해야 하는 말이다. 국명인 '新羅'가 아님은 분명하다. '新羅'는 원래 '徐羅伐, 徐伐, 東京'처럼 우리말 '새벌>셔블>서울'을 한자를 이용하여 적은 것이다. 여기서 '새'는 '東(동)'을 뜻한다. '샛바람[東風]'에 남아 있다. 방향을 나타내는 우리 고유어가 '높새바람[東北風]', '마파람[南風]', '하늬바람[西風]' 등과 같이 바람의 방향을 나타내는 고유어에 들어 있는 것이다. '벌[野]'은 '벌판'을 의미한다. 이 '동쪽 벌판'을 나타내는 '새벌'에서 '싀벌', '셔블'이 나왔고 그 말이 '서울'이 되었다. '새 新', '벌 羅'는 '새벌'을 한자의 훈을 이용하여 적은 것이다. '徐伐'은 '새벌'을 한자의 음을 이용하여 적은 것이다. '徐羅伐'은 '새벌벌'로 '得烏谷, 得烏失[실오실]'처럼 '음독자+훈독자+음독자'로 '벌'을 한 번 더 적은 것이다. '東京'은 '새 東', '셔블 京'으로 '서울'을 적은 것이다. 그러므로 '新羅, 徐伐, 徐羅伐, 東京'은 모두 '새벌>셔블>서울'이라는 우리 고유어를 적은 것으로 경주 지역을 가리킨다. 원래는 도읍을 가리키던 말이 후세에 국명으로 사용된 것이 '新羅'이다.

서블로 돌아오려 했으나 보ㅅ내태자가 울면서 돌아오려 하지 않으므로 효명태자를 나라[國]로 모시고 와서 즉위시켰다[國人尋光到五臺 欲陪兩太子還國 寶叱徒太子涕泣不歸 陪孝明太子歸國卽位].[24] 재위 20여 년 신룡 원년[705년] 3월 8일 비로소 진여원을 열었다(운운)[在位二十餘年 神龍元年 三月八日 始開眞如院(云云). <『삼국유사』 권 제3 「탑상 제4」 「명주 오대산 보ㅅ내 태자 전기」>

(7) a. 정신왕*{ *저자 주: 정신 태자의 오식*}*의 아우가 왕과 왕위를 다투자, 국인이 (아우를 부군에서) 폐하고 장군 네 사람을 보내어 산에 이르러 맞아 오게 하였다[淨神王之弟與王爭位 國人廢之 遣將軍四人到山迎之]. 먼저 효명의 암자 앞에 이르러 만세를 부르니 — 보천은 울면서 사양하였다[先到孝明庵前呼萬歲---寶川哭泣以辭].

   b. 이에 효명을 받들어 돌아와 즉위시켰다[乃奉孝明歸卽位]. 나라를 다스린 지 몇 해 뒤인[理國有年] 신룡 원년[以神龍元年]을 사년[705년] 3월 초4일 비로소 진여원을 고쳐지었다[乙巳三月

---

24) 이 기록의 '國[나래]'라는 밑도 깊은 사유를 필요로 한다. '나래[國]'은 원래 중국에서 왕이 있는 도읍을 중심으로 그 주변 지역을 가리키는 단어이다. '國' 字(사) 자체가 도읍, 수도라는 뜻도 가진다('徧國中無與立談者[도읍 안을 두루 다녀 더불어 담화하지 않은 사람이 없다' : 『孟子』 참고). 일본의 도시 '奈良[nara]'를 보면 '나라'의 원 뜻을 알 수 있다. 이 '奈良[나래]'가 옛 야마토국[大和國]의 도읍지였다. 그러니까 '나라'는 도읍을 중심으로 한 지역을 나타내던 말이 점점 더 큰 지역을 가리키게 되어 왕의 통치력이 미치는 영역을 가리키는 말이 되었다. 일본에서는 '奈良'를 예전에는 '寧樂[nieraku]'라고도 썼다. 지금도 奈良(나라)에 가면 국립나라박물관을 'National Nieraku Museum'으로 적은 것을 볼 수 있다. '寧樂'은 우리 말 '나랑'에서 유래된 [nieraku]라는 일본어를 한자의 음을 이용하여 적은 것이다. 'nieraku'라는 말, 이것은 중세 한국어의 'ㅎ 종성 체언' '나랑'에 정확하게 대응한다. 국어사에서는 중세 한국어의 이 '나랑'이 신라 시대에는 [narak] 정도의 발음을 가졌을 것이라고 추정한다. 일본어는 개음절어이어서 받침이 없다. 15세기의 우리 말 '나랑'이 그 후 마지막 음이 탈락하여 '나라'가 되었듯이, 일본어에서도 그 후 'nieraku'의 마지막 음절이 탈락하고 'niera/nara'와 같은 음을 가지게 되었다. 이기문(1971)을 참고하기 바란다.

初四日始改創眞如院. <『삼국유사』 권 제3 「탑상 제4」 「대산
오만 진신」>

(6)과 (7)은 그동안 많은 오해를 불러일으킨 기사이다. 특히 (6a)와
(7a)가 그러하다. 확실한 것은 (6b), (7b)에서 보듯이 효명태자가 와서 즉
위하였다는 것이다. 이 사람이 제33대 성덕왕이다. 그러면 제32대 효소
왕이 승하하여 새 왕이 즉위하였다는 말이다.

(6a)를 보면 '주멸하였다'가 있다. 죽은 사람이 있는 것이다. 죽은 사
람은 (5j)에서 보았듯이 효소왕이다. (6a)의 의미상의 주어는 효소왕이
다. 어느 명사구가 효소왕이 되는가? 그것은 '淨神太子(정신 태자)'이다.
그러므로 이 명사구는 '정신의 태자'로 번역되어야 한다. 그러면 '정신'
은 '신문왕'이 되고, '신문왕의 태자'는 우리가 다 알고 있는 대로 효소
왕이다. 일연선사는 이 '정신'이 '신문이나 정명의 와(訛)'일 것이라고 정
확하게 주를 달고 있다. 이 '정신태자'를 마치 '정신'이라는 이름을 가진
태자가 있는 것처럼 설명하고 있는 현대 한국 국사학자들의 논저는 모두
틀린 것이다.

(7a)에는 '국인이 폐하고'가 있다. 누군가가 지위에서 폐위된 것이다.
그런데 그 문장의 주어는 '국인이'다. 국인이 누구일까? 복수일 가능
성도 있다. 문무왕의 오누이들로 보인다. 그 핵심은 요석공주이다. 이
문장에는 목적어가 없다. 그런데 그 앞에 '정신왕의 아우가 왕과 왕위
를 다투자,'가 있다. 이렇게 접속문이 형성되면 후행 주절의 목적어는
선행 종속절의 주어가 된다. 그러므로 '폐하다'의 목적어는 '정신왕의
아우'이다. '정신왕의 아우'는 (6a)에 있는 '정신의 태자의 아우'를 잘못
옮겨 쓴 것이다. 그러므로 '정신의 태자'인 '효소왕'의 아우가 폐위된

것이다. 그가 누구인가? 그는 부군에 봉해졌다가 '경영의 모반'에 연루되어 외할머니 요석공주의 분노를 샀던 바로 그 '원자'이다.[25]

여기서 시점을 오래 전 과거로 되돌릴 필요가 있다. 요석공주와 자의왕후는 681년 8월 8일 힘을 모아 김흠돌을 모반으로 몰아 주륙하고 신문왕의 왕비인 김흠돌의 딸을 쫓아내었다. 워낙 상대가 강하여 동맹을 맺었던 것이다. 그리고 자의왕후는 사망하였다. 요석공주와 자의왕후의 후계 세력은 683년 5월 7일에 요석공주와 김흠운의 딸을 왕비로 들이는 데까지는 같은 길을 갔다. 김흠운의 딸과 왕자 정명 사이에 태어난 혼외자 이공, 보천, 효명을 합법화시키는 데까지는 같이 간 것이다. 이 때까지는 두 세력의 이해관계가 합치하였기 때문이다. 그러나 687년 2월 신목왕후가 원자를 낳았다. 691년 3월 1일 태자를 정할 때 신목왕후의 첫아들 이홍을 태자로 책봉할 것인가, 아니면 신목왕후가 나중에 정식 왕비가 된 뒤에 태어난 넷째 아들인 원자를 태자로 책봉할 것인가 하는 시비가 있었을 것이다.

김순원은 691년 3월 1일의 태자 책봉 시에 '원자'를 밀었다. 김순원은 원손도 원자도 아닌 혼외자 이홍을 태자로 삼아 왕위에 올리는 것이 옳지 않다고 생각하였다. 자의왕후의 사후에 세력 경쟁에서 요석공주에게 밀리고 있던 김순원은 차기 왕위가 외할머니와 밀착되어 있는 이홍에게 넘어가는 것이 자신에게 불리하다고 보았을 것이다. 그런데 원자는 이때 5살이다. 그의 형 이홍은 15살이다. 요석공주는 첫 외손자 이홍을 태자로 삼아야 한다고 주장하였다.

---

25) 『삼국유사』의 번역서와 신라 중대 정치사 연구 논저 가운데 이렇게 번역한 것이 단 한 편도 없다. 한문 문장의 독해 능력의 문제라기보다는 신라 중대 정치사에 대하여 잘 모르는 상태에서 번역하였기 때문에 생긴 오역으로 보인다.

할 수 없이 두 세력은 타협하였을 것이다. 이홍을 태자로 삼아 즉위시키는 대신 원자를 부군으로 삼아서 차후의 일에 대비하기로 합의하였을 것이다. 그러면 효소왕의 두 동생, 보천태자와 효명태자는 왕위에 오를 가능성이 없어졌다. 두 왕자는 이 시점에서 서라벌을 떠나 동해안으로 유완을 갔다. 그리고는 진고개를 넘어 오대산 앞 성오평에서 며칠간 유완하다가 어느 날 저녁 이 번잡한 속세의 고뇌를 털어 버리고 홀연히 오대산으로 숨어들어 중이 되었다. 이 두 왕자들이 입산한 시기는 효소왕 즉위년인 692년의 다음 해인 693년의 8월 5일일 가능성이 크다. 그들은 아버지 신문왕의 장례를 치르고 형인 효소왕이 즉위한 후 1년쯤 서라벌에 있다가 오대산으로 갔을 것이다. 아우인 원자가 부군으로 책봉되어 동궁을 차지하자 두 형들은 처지가 난처해졌을 것이다. 저자의 이 주장은 『삼국유사』 권 제3 「탑상 제4」 「대산 오만 진신」 조가 두 왕자의 입산 시기를 648년으로 오산한 것에 근거를 두고 있다. 그 기록은 648년을 효소왕이 즉위한 때로부터 45년 전이라고 하였다. 단순하게 648년+45년=693년으로 계산한다. 물론 신문왕의 상중이었을 그 기간의 특성을 고려하였다.

그러나 그렇게 즉위한 효소왕 치세에 이변이 많았다. 『삼국사기』에는 없지만 『삼국유사』 권 제5 「신주 제6」 「혜통항룡」 조에는 692년 7월쯤의 신문왕의 장례를 방해하는 정공(鄭恭) 같은 사람도 나타나서 죽이고, 그의 친구 만사형통 재주꾼, 효소왕의 딸의 병을 낫게 하여 준 스님 혜통을 왕사로 삼기도 하였다. 또 693년의 『삼국유사』 권 제3 「탑상 제4」 「백률사」 조에는 국선인 부례랑이 적적(狄賊)에 피납되는 사건도 있었다. 권 제5 「감통 제7」 「진신수공(眞身受供)」 조에는 효소왕이 망덕사 낙성식에서 진신 석가에게 수모를 당하기도 하였다. (5g)의『삼국사기』
의 일들도 예삿일은 아니다.

김순원 집안 세력은 외할머니 요석공주의 힘을 등에 업고 이홍이 효
소왕으로 즉위한 것이 대의명분에 어긋난다고 보았을 것이다. 신문왕의
원자는 이때 부군으로 책봉되어 차기 왕위 계승을 바라보고 있었다. 그
런데 신문왕의 원자를 차후에 왕위에 올린다는 약속은 뜻대로 되기 어
려운 약속이다. 그 약속은 효소왕의 아들이 태어나면 실행되기 어려운
약속이 된다. 여기서부터 효소왕의 혼인과 그에 따른 효소왕의 왕자 출
생 여부가 심각한 문제로 제기된다. 만약 효소왕이 왕자를 낳고 그 왕
자에게 왕위를 물려주려고 하면 신문왕의 원자나 그를 지지하는 세력들
은 닭 쫓던 개 신세가 될 것이다.

현재까지 저자가 검토한 기록들에서 효소왕의 혼인에 대한 기사를
한 마디도 볼 수 없다. 연구 결과들에서도 효소왕의 혼인 문제는 거론
되지 않았다. 효소왕이 6살에 즉위하여 16살에 승하하였다고 헛짚었으
니 당연히 혼인 여부는 논의 대상이 될 수도 없었다. 그러나 이제 효소
왕이 16세에 왕위에 올라 26세에 승하한 왕이라는 것이 밝혀졌다. 이것
을 진작 알았으면 당연히 그의 혼인 문제가 논의의 대상으로 떠올랐을
것이다. 효소왕이 혼인하지 않았고 아들 없이 죽었다는 기존의 주장은
논증되지 않는 것이다. 그는 혼인하였을 것이다. 다만 아들을 낳았는지
안 낳았는지는 불투명하다.

(8a)의『삼국사기』에서는 효소왕이 무자하였다고 하고 있다. 그러나
그것은 신중한 검토를 필요로 한다. '무자하였다'는 말은 혼인은 하였으
나 아들이 없었다는 말로 해석된다. 혼인하지도 않은 총각 왕이라면 무

자하였다가 아니라 혼인하기 전에 승하하였다고 써야 할 것이다. 26세에 승하한 한창 나이의 청년 왕이 혼인을 하지 않았다는 것은 합리적이 아니다.

효소왕에게는 『삼국유사』 권 제5 「신주 제6」 「혜통항룡」에서 보는 대로 692년에 이미 왕녀가 있었다.[26] 이 왕녀가 정식 왕비의 딸이라는 보장은 없지만 존재한 것은 확실하다. 그리고 성덕왕의 아들이라 하기 어려운 인물이 성덕왕 시대에 '왕자 김수충'이라고 적혀 있다. 김수충이 성덕왕의 아들이 아니라면 효소왕의 아들일 가능성이 크다. 아니 수충이 성덕왕의 아들이라 기록되어 있다 하더라도 실제로는 효소왕의 아들일 가능성도 크다. 그런데 그 수충은, 성덕왕의 아들이란 말도 없고 효소왕의 아들이란 말도 없다. 그렇다면 이름이나 나이, 주변 상황 등을 보아 그가 누구의 아들인지 추정해야 한다. 그렇게 할 경우 저자의 추리로는 그가 성덕왕의 아들일 확률이 매우 낮다.

효소왕은 혼인하였을 것이다. 이 혼인에 불만을 가진 세력이 모반을 획책한 것이 '경영의 모반'일지도 모른다. 경영은 자신의 딸이 효소왕의 왕비가 되어야 하는데 다른 집안의 딸이 왕비가 되어서 순원과 함께 효소왕, 신목왕후, 요석공주에게 반발하여 원자 사종을 즉위시키려 했을 수도 있다. 그러나 효소왕의 혼인 시기를 16세 경으로 보면 7~8년이나 지난 후에 불만을 표출한 것이 되어 시기상 너무 늦은 셈이다. 다음으로 생각할 수 있는 것은 경영이 687년생인 원자의 장인일 가능성이다. 원자 사종도 700년에 14살이다. 그러나 기록이 없으니 더 이상의 논의

---

26) 이 '왕녀'를 '왕모'의 오식으로 보는 조범환(2011)은 적절한 역사 해석이라 할 수 없다. 그렇게 볼 아무 근거도 없다. 효소왕이 6살에 즉위하여 16살에 승하하였다는 기존의 틀린 주장에 얽매여 있었기 때문에 생긴 역사 해석의 오류이다.

가 불가능하다.

『삼국사기』 성덕왕 시기에는 김수충이라는 정체를 알 수 없는 왕자가 있다. (8b)에서 보는 714년에 당 나라로 숙위 가는 왕자 김수충이 그다. 그리고 그의 어머니로 보이는 성정왕후가 있다. (8c)에서 보는 성정왕후가 그 왕비이다. 그런데 그 왕비가 궁을 나가는데 많은 재물로 보상하고 있다. 이 성정왕후는 누구일까? 『삼국사기』는 이 성정왕후에 {혹은 엄정왕후라고도 한다.}는 이상한 주를 붙이고 있다. 엄정왕후는 성정왕후와 동일인일까? 아니면 두 왕비는 서로 다른 사람일까? 이 두 왕비가 모두 성덕왕의 왕비일까? 누가 원비이고 누가 차비일까?

(8) a. (702년) 성덕왕이 즉위하였다[聖德王立]. 휘는 흥광이다. 본명 융기가 현종의 휘와 같아서 선천에 바꾸었다*(*당서는 김지성이라 하였다)*[諱興光 本名隆基與玄宗諱同 先天中改焉*{唐書言 金志誠}*].27) 신문왕 제2자로 효소왕의 동모제이다[神文王第二子孝昭同母弟也]. 효소왕이 승하하고 아들이 없어 국인들

---

27) '선천'은 당 현종의 즉위년인 임자년[712년]을 가리키는 연호이다. 당 예종은 712년 9월 8일[이융기의 27번째 생일]에 셋째 아들 황태자 이융기에게 황제의 위를 물려주고 선천으로 연호를 고쳤다. 당 현종은 713년에 다시 연호를 개원(開元)으로 고쳤다. 그러므로 선천은 4개월 동안 사용된 연호이다. 당 현종은 712년 선천 4개월, 713년 개원 원년으로부터 29년, 다시 천보(天寶)로 고쳐 14년 도합 44년, 756년까지 재위하였다. 이 구절을 '먼저[先] 천중(天中)으로 고쳤다[改].'로 번역한 책들도 있다. 그래서 성덕왕의 이름이 융기-천중-흥광으로 바뀐 것으로 본 번역서도 있다. 틀린 것이다. 선천이 연호인 줄 모르니 그렇게 번역한 것이다. 성덕왕의 이름은 처음에 융기였다가 당 현종이 즉위한 선천[712년]에 현종의 이름 융기를 피휘하여 흥광으로 고쳤다는 말이다. 『삼국사기』 권 제9 「성덕왕」 11년[712년] 3월 조에 '당에서 사신 노원민을 보내어 왕명을 고치라는 칙령을 내렸다[大唐遣使盧元敏 勅改王名].'고 되어 있다. 신라 왕이 자기네들 황태자 이름과 같은 이름을 가질 수는 없다는 것이 피휘이다. '中'은 향찰이나 이두에서 처격 조사 '-에'를 적는 데에 사용되었다. 그러므로 '선천중에'로 번역하는 것보다 '선천에'로 번역하는 것이 옳다.

이 세웠다[孝昭王薨 無子國人立之].

b. 성덕왕 13년[714년] 2월 — 왕자 김수충을 당으로 파견하여 숙위하게 하니 현종은 집과 비단을 주고 써 총애하며 조당에서 연회를 베풀어 주었다[春二月 — 遣 王子金守忠 入唐宿衛 玄宗賜宅及帛以寵之 賜宴于朝堂].

c. 15년[716년] 3월 — 성정*{ 혹은 *엄정이라고도 한다*}*왕후를 내보내는데 비단 500필과 밭 200결과 조 1만 석, 주택 1구역을 주었다.[三月 — 出成貞*{一云嚴貞}*王后 賜彩五百匹田二百結租一萬石宅一區]. 주택은 강신공의 옛집을 사서 주었다[宅買康申公舊居賜之].

d. 16년[717년] 6월에 태자 중경이 죽어 시호를 효상태자라 하였다[六月 太子重慶卒 諡曰孝殤]. — 가을 9월에 당으로 들어갔던 대감 수충이 돌아왔는데 문선왕, 십철, 72 제자의 도상을 바치므로 그것을 태학에 보냈다[秋九月 入唐大監守忠廻 獻文宣王十哲七十二弟子圖 卽置於大學]. <『삼국사기』권 제9 「신라본기 제9」「성덕왕」>

이제 우리는 신라 중대 최고의 은밀한 미로에 들어섰다. 이 미로를 순리적으로 헤치고 나가는 타당한 설명은 역사적 진실에 가까이 가는 것이고, 그러지 못한 모든 주장은 역사적 진실로부터 멀리 벗어난 엉뚱한 곳에서 헤매는 사람들의 거짓말이다. 이 미로 속에 그 왕자 수충의 정체와 운명이 들어 있다.

그는 몇 살쯤 되어 보이는가? 몇 살쯤에 당 나라로 숙위 가는 것이 일반적일까? 19살쯤? 그러면 696년생쯤 된다. 이것이 핵심이다. 왕자 수충의 나이가 문제인 것이다. 그는 696년생쯤 된다. 누구의 아들일까? 왕자임에는 틀림없으니 왕의 아들이다. 성덕왕의 아들일까? 696년쯤에 성덕왕은 오대산에서 수도하는 중이 되어 있었다. 성덕왕의 아들이기 어렵다. 그런데 왜 '왕자 김수충'이라고 했을까? 김수충이 성덕왕의 혼인 후 원비에게서 태어난 맏아들이라면 '원자'로 적혀야 하는 것 아닐까? 성덕왕의 원자에 관한 기록은 어디에도 남아 있지 않다.

696년쯤에 태어난 왕자는 효소왕의 왕자일 수밖에 없다. 효소왕의 아들 김수충이 태어난 것이다. 효소왕을 계승할 제1의 후보 왕자는 당연히 효소왕의 아들 수충이다. 그가 효소왕의 원자로 기록되지 않기 때문에 정실 원비에게서 난 맏아들인지 아닌지는 알 수 없다. 아마 맏아들은 조졸하고 수충은 둘째 아들일 가능성이 크다. 효소왕 10년의 치세기간에 혼인에 관한 기록이 전혀 없으므로 수충의 어머니로 보이는 성정왕후가 효소왕과 정식 혼인한 원비인지 아닌지도 알 수 없다. 그러나이 두 인물, 왕자 김수충과 그의 어머니 성정왕후가 존재하였다는 사실은 모두 인정해야 한다. 그리고 이 두 사람의 정체를 밝히는 데 필요한 더 나아간 증거를 찾아 길을 나서야 한다. 그런데 과거에는 아무도 이일에 나서지 않아서, 이제서야 우리가 그 항해에 나서고 있는 것이다.

이 대목에서 저자는 오랜 기간 고뇌하였다. 배가 나아갈 수 있는 길이 두 가지였다. 그 두 가지 길을 놓고 이리 가아도 보고 저리 가아도 보고, 여러 번 고쳐 쓰고 또 달리 쓰고, 온갖 짓을 다 하였다. 갈피를 잡을 수 없는 생각들이 어지럽게 얽혀들었다. 그런데 그것은 궁극적으로 바로 『삼국사기』와 『삼국유사』의 기록이 다를 경우 그 가운데 어느 것을 더 존중할 것인가 하는 문제이었다. 왜 그런가?

첫째로 나아갈 수 있는 항로는, 『삼국사기』가 (8a)에서 명백하게 말한 '효소왕이 무자하여 국인들이 그 아우 융기{흥광}을 성덕왕으로 세

였다.'는 말을 존중하고, 또 (8c)에서 말하는 '성정왕후를 엄정왕후라고
도 한다.'는 말을 존중하는 것이다. 그러면 효소왕은 무자하였으므로 김
수충은 성덕왕의 아들이 된다. 그리고 성정왕후는 엄정왕후와 동일인이
어서 성덕왕의 왕비가 된다. 그런데 이 항로에는 너무나 많은 어뢰가
깔려 있어서 도저히 돌파해 나갈 수 있는 길이 아니었다.

　둘째로 나아갈 수 있는 길은, (8a, c)의『삼국사기』의 '효소왕이 무자
하였다.'는 기록과 '성정왕후를 엄정왕후라고도 한다.'는 기록을 틀렸다
고 보는 것이다. 그러면『삼국유사』가 성덕왕의 선비는 엄정왕후이며
후비는 소덕왕후라고 한 사실을 존중하여 엄정왕후와 성정왕후는 다른
사람이라고 보게 된다. 그러면 엄정왕후가 성덕왕의 왕비이니 성정왕후
는 성덕왕의 왕비일 수 없다. 그러면 성정왕후는 효소왕의 왕비이다. 자
연스럽게 왕자 김수충은 효소왕의 아들이다. 이러면 수충은 당 나라에
숙위 갈 때 19살쯤 되고 696년쯤 태어났다. 그때의 신라 왕은 효소왕이
다. 그때 성덕왕이 되는 효명은 오대산에서 중이 되어 있었다. 이것이
올바른 항로이다. 이 항로에는 어뢰가 하나도 없다.

　이 두 항로 가운데 하나를 선택해야 더 나아간 논의가 가능하다. 이
문제가 중요하지 않은 것이어서 아직 답이 없는지, 너무 어려워서 풀지
못한 것인지 저자는 알 수 없다. 후자라면 도전의 가치가 있는 문제이
다. 저자의 판단으로는 이 문제는 매우 중요한 문제이다. 그러나 그것은
매우 복잡한 문제이기도 하고, 생각하기에 따라서는 아주 간단한 문제
이기도 하다.

　첫째 항로, '수충이 성덕왕의 아들'이라는 항로를 가려니 수많은 어
뢰들이 선수에 걸리었다. 그 가운데 가장 큰 어뢰는 714년 2월에 당 나

라에 숙위 가는 수충을 왜 '원자 김수충'이라고 하지 않고 '왕자 김수충'이라고 했는가 하는 점이다. 그가 맏아들이 아닐까? 아니면 그의 어머니가 원비가 아닐까? 그 다음 어뢰는 그의 출생 시기이다. 702년 7월에 즉위한 성덕왕은 704년 봄에 혼인하였다. 수충이 맏아들이라 해도 빨라야 705년생이다. 그러면 수충이 '원자'로 적혀야 한다. 그런데 그렇지가 않다. 그러면 수충이 둘째 이하 아들이고 그렇다면 그는 707년 이후 출생이다. 714년 당 나라로 갈 때는 8살 미만이다. 너무 어리다. 그가 19살쯤 되는 청년이라면 그가 출생한 696년은 성덕왕이 즉위하기 전이다. 그런데 그때 성덕왕은 오대산에 가 있었다. 어머니 성정왕후의 신분이 정식 왕비가 아닌 것으로 보아야 '원자'로 적히지 않은 것을 설명할 수 있다. 그런데 스님인 효명태자=성덕왕이 언제 그 여인을 만나 수충을 잉태시킨 것인가?

그 다음 어뢰는 수충, 중경, 승경이라는 성덕왕의 아들들의 이름이다. 수충, 그리고 중경과 승경은 어머니가 서로 다른 것으로 보인다.

또 (8c)처럼 성정왕후가 성덕왕의 왕비 엄정왕후이기도 하다고 하면 이 왕비는 희한하게 시호를 둘 가진 왕비가 된다. 이것은 비상식적이다. 왜 죽은 뒤에 붙이는 시호가 둘씩이나 되겠는가? 성정왕후와 엄정왕후는 같은 사람이 아닐 것이다. 이것도 큰 어뢰이다.

그런데 가장 상식에 어긋나는 어뢰는 715년 12월 왕자 중경이 태자로 책봉되고 716년 3월에 성정왕후가 출궁하였다는 사실이다. 만약 중경이 성정왕후의 아들이라면 이것은 있을 수 없는 일이 된다. 자신의 아들이 태자가 되었는데 출궁할 왕비가 이 세상 어디에 있는가? 아들이 왕이 되면 대비가 되어 권세를 누릴 것이고, 아들 왕이 죽어 손자가 왕이 되면 왕대비가 되어 천하를 호령할 수 있다. 그 좋은 기회를 버리고 대궁을 출궁하면서 기껏 집 한 채와 땅 얼마를 받고 떠날 바보 같은 왕비가 이 세상 어디에 있겠는가? 천하를 그 따위 몇 푼의 재물에 넘길 사람은 이 세상에 아무도 없다. 사가의 맏며느리도 아들이 종손이라면, 어떤 희생을 치르고서라도 그 아들을 붙들고 시아버지, 시어머니, 남편이 죽은 후에 종가댁 맏며느리 출신의 안방마님으로 군림할 기회를 기다리며 이를 악물고 참기 마련이다. 그러므로 절대로 성정왕후는 중경의 친어머니가 아니다. 성정왕후는 절대로 엄정왕후와 동일인이 아니다.

또 717년 6월에 태자 중경이 사망하고 717년 9월에 수충이 귀국하는 것도 특이하다. 716년 중경의 사후에 왜 바로 수충을 태자로 책봉하지 않고, 8년이나 세월이 흐른 후인 724년 봄에 엉뚱하게 승경을 태자로 책봉하는지도 설명하기 어려운 일이다.

수충을 성덕왕의 아들로 보면 합리적으로 설명할 수 없는 수많은 생각들이 꼬리에 꼬리를 물고 떠오른다. 이 어뢰들을 모두 제거할 수 없는 한, 첫째 항로로 배를 모는 것은 옳지 않다. 누구든지 수충이 성덕왕의 아들이라고 주장하려면 이 모든 어뢰를 합리적으로 제거한 뒤에 해야 한다. 그러지 않으면 그 주장은 폭침되고 말 것이다.

둘째 항로로 나아가려니 당장 『삼국사기』의 '효소왕이 무자하였다.'는 기록을 부정해야 하는 것이 마음에 걸렸다. 그리고 성정왕후를 달리는 엄정왕후라고도 한다는 저 말도 안 되는 주가 눈엣가시였다. 그럴리가 없는데. 어느 사서에 어느 왕비가 시호가 둘이었다고 적힌 경우가 있는가? 없다. 성정왕후와 엄정왕후라는 두 개의 시호를 가진 왕비가 있다고 버젓이 적어 놓은 이 『삼국사기』의 기록을 어찌 믿을 수 있겠는가? 그렇다고 해서 『삼국사기』 자체가 왕자 수충의 정체를 밝힐 수 있는 정보를 담고 있는 것도 아니다. 『삼국사기』에 막혀서 첫째 항로에 깔린 저 치울 수 없는 수많은 어뢰들에 일일이 부딪혀 배를 폭침 당하고 수장될 필요야 없다. 그까짓 『삼국사기』가 무엇이라고. 그것은 이것저것 모아서 보고 정리하여 편찬한 것으로 수많은 오류를 포함하고 있는 책임 없이 써진 방대한 사서이다. 이 크지만 부실한 어뢰 하나만 치우면 두 번째 항로는 그 외의 어뢰가 하나도 없는 순항로이다.

『삼국유사』는 성덕왕의 선비(先妃)가 살아서 배소왕후였고 죽어서 '엄정'이라는 시호를 가졌다고 적고, 후비(後妃)는 살아서 점물왕후였고 죽어서 '소덕'이라는 시호를 가졌다고 적었다. 이것은 정확한 것이다. 『삼국사기』의 (8a)의 효소왕이 무자하였다는 말과 (8c)의 성정왕후가 엄정왕후이기도 하다는 저 이상한 기록을 무시하고, 『삼국유사』의 가르침을 따라서 사유하면 만사가 수월하게 풀린다. 그것이 진실이기 때문이다.

이 두 항로 가운데 하나를 선택해야 하는 것, 그것이 신라 중대 정치사 연구에서 가장 어려운 일이다. 저자는 경험칙을 존중하기로 하였다. 저자가 부딪힌 문제에서 『삼국사기』의 기록과 『삼국유사』의 기록이 다를 때 면밀하게 검토해 보면 거의 모든 경우 『삼국유사』가 옳고 『삼국사기』가 글렀다. 저자는 그 경험칙을 따르기로 하였다.

『삼국사기』는 효소왕에 대하여 상세한 정보를 주지 않는다. 『삼국유사』는 효소왕에 대하여 많은 암시적인 기록들을 남기고 있다. 그리고 무엇보다도 『삼국유사』 권 제1 「왕력」에서 성덕왕의 선비의 시호가 '엄정'이라고 함으로써, '성정왕후'를 일운(一云) '엄정왕후'라고도 한다는 『삼국사기』의 저 틀린 기록 (8c)를 속이 다 후련하게 정면으로 부정하고 있다. 물론 『삼국유사』 권 제1 「왕력」은 효소왕에 대하여 혼인 유무를 알 수 없게 기록하였고 왕비에 대한 정보도 주지 않는다. 그렇지만 역사적 사실은 『삼국유사』가 말하는 대로 성정왕후와 엄정왕후는 다른 사람이라는 것이다. 엄정왕후는 성덕왕의 왕비이다. 성정왕후는 효소왕의 왕비이다. 따라서 김수충은 효소왕의 아들이다.

이제 696년에 효소왕의 아들 김수충이 태어남으로써 신문왕의 원자가 즉위할 가능성은 더욱 더 없어졌다. 그리하여 원자를 지지하는 세력은 효소왕을 폐위시키고 신문왕의 원자를 왕위에 올려야 왕실의 권위가 선다고 주장하였을 것이다. 이 세력은 흔히 말하듯이 추상적인 왕권 강화에 반대한 것이 아니라 구체적으로 효소왕에게 반대한 것이다. 이 시기에 효소왕을 떠받치고 있는 세력은 외할머니 요석공주와 그 공주의 형제들, 그리고 신목왕후이다. 이 세력에 맞설 세력은 효소왕에 반대하여 신문왕의 원자를 지지하는 세력 외에 따로 있을 수 없다. 원자도 이제 14살이나 되었다. 이러한 상황에서 터진 반란이 '경영의 모반'이다.

24살이나 된 효소왕은 외할머니 치마폭에 싸여 외할머니가 시키는 대로 외할머니의 동생 개원을 상대등으로 삼고 가까운 친척들과만 중요 정사를 의논하고 있었다. 김순원은 이찬 경영과 더불어 이런 생각을 가지고 부군인 '원자'를 즉위시키려는 반란을 일으켰다.[28] 경영은 아마도 원자와 가까운 인척일 것이다. 제일 설명하기 좋은 상황은 경영이 원자의 장인이라는 것이다. 그러나 기록이 없다. 아무 증거가 없지만 그래도

---

[28] 이 모의의 중심인물이 효소왕의 어머니 신목왕후라는 것이 조범환(2015)의 생각이다. 그러나 그럴 가능성은 없다. 신목왕후는 어머니 요석공주의 영향 하에 있었고, 측천무후처럼 아들들을 황위에 올렸다가 귀양 보내고 다시 올리고 하는 정도의 권력을 가졌다는 증거가 없다. 신목왕후는 효소왕 편에 섰다가 시해 당했을 것이다.

그가 원자의 장인일 것이라는 것이 저자의 직감이다. 이것이 700년 5월의 '경영의 모반'의 내막이다.

효소왕의 외할머니 요석공주는 경영을 죽이고 중시 김순원도 역모에 연좌되었으므로 파면시켰다. 그리고 원자를 부군에서 폐위시켰다. 그러나 순원을 죽이지는 않았다. 7촌 재종숙이고 문무왕의 처남이기 때문에 올케 자의왕후와의 인연을 생각했을 것이다. 김순원이 파면된 후 서라벌에 있었는지, 그리고 다시 관직을 받았는지는 알 수 없다. 그러나 중시에 임명될 때 대아찬이었던 순원이 『삼국사기』 권 제8 「신라본기 제8」 「성덕왕」 조의 소덕왕후 혼인 기록에 '이찬 순원'으로 나오고, 『삼국유사』 권 제1 「왕력」 「성덕왕」 조에는 소덕왕후의 아버지가 '순원 각간'으로 되어 있으니 관등은 계속 올랐다고 보아야 한다. 그러니 그는 서라벌에 있었을 것이다. 그렇다면 여전히 그는 효소왕이 즉위한 것이 대의명분에 어긋나는 것이고 원자가 즉위하는 것이 옳았다는 생각을 하고 있었을 것이다. 그것은 요석공주의 생각과는 다른 것이었다. 그러므로 일단 요석공주는 이때 김순원의 정적이 되었다고 보아야 한다.

지금까지의 논의를 정리하면 효소왕 즉위 시부터 성덕왕 즉위 시까지의 정치적 상황은 (9)와 같이 정리된다.

(9) a. 692년 16세[677년생]의 이홍이 효소왕으로 즉위하였다. 그는 신문왕과 신목왕후의 첫째 아들로서 혼외자이다.

b. 효소왕의 즉위에 반대하고 넷째 아들 원자[687년 2월생]을 지지하는 세력과의 협상으로 6세의 원자를 부군으로 삼았다.

c. 696년 효소왕과 성정왕후 사이에 왕자 수충이 태어났다.

d. 700년 5월 원자를 지지하는 세력이 효소왕을 폐위하고 원자를

즉위시키려는 '경영의 모반'을 일으켰다. 이 반란에서 신목왕
후가 사망하고 효소왕이 다쳤다. 요석공주는 경영을 죽이고
중시 순원을 파면하였으며 원자를 부군에서 폐위시켰다.

e. 702년 효소왕이 승하하자 요석공주는, 넷째 외손자 원자도, 외
증손자 수충도 배제하고 오대산에 가서 스님이 되어 있던 셋
째 외손자 효명[681년생]을 데려와서 성덕왕으로 즉위시켰다.

〈**효소왕릉**. 경주 조양동 산 8. 월성에서 울산으로 가는 7번 국도의 동쪽에 있다. 신라 중대 왕릉
가운데 가장 초라해 보인다. 하기야 그의 조카 효성왕은 화장 후 동해에 산골되어 왕릉을 남기지
도 못하였다. 북서쪽 인접한 곳에는 그의 아우 성덕왕의 능이 최초로 둘레석과 난간을 두른 전형
적인 왕릉의 모습으로 앉아 있다.〉

이 '경영의 모반'은 신목왕후의 죽음을 초래하였고, 딸을 잃은 요석
공주의 철권, 강권 통치를 불러왔다. 요석공주는 이 모반에서 효소왕 후
의 왕위 계승자로 지목되었던 원자를 (7a)에서 보았듯이 '부군에서 폐위
시켜 버렸다.' 원자를 지지하는 세력, 김순원 세력과의 약속을 저버린
것이다. 이제 원자는 왕위로부터 멀어졌다. 그리고 그로부터 2년이 지

난 702년 7월 효소왕이 승하하자, 요석공주는 부군이었던 16세의 원자를 제치고, 효소왕과 성정왕후의 아들인 7살 수충도 제치고, 오대산에 가서 중이 되어 있는 신문왕과 신목왕후의 왕자 보천과 효명을 데려와서 즉위시키려 하였다. 보천은 울면서 도망가고 22세의 효명이 와서 즉위하였다.

그렇게 요석공주와 등졌던 김순원은 720년[성덕왕 19년]에 재등장한다. 어떻게? 김순원은 딸을 성덕왕의 계비 소덕왕후로 들인다. 그리고 739년 3월 『삼국사기』에 의하면 이찬 순원의 딸인 혜명, 『삼국유사』에 의하면 진종 각간의 딸 혜명을 효성왕의 계비로 들인다.29) 이후 김순원은 성덕왕의 빙부로서 권력을 누렸고, 또 효성왕의 처할아버지로서, 또 경덕왕의 외할아버지로서 권력 실세가 되었다. 김순원이 죽은 후에는 김진종, 김충신, 김효신 등이 이어서 그 권세를 누리는데 이들은 김순원의 아들과 손자들로 보인다.

이제 우리 눈앞에는 김순원이라는 거대한 산이 서 있다. 이 산을 정복할 수 있을 것인가? 그가 누구인지 밝혀낼 수 있을 것인가? 김순원이 누구일까? 아무 데도 그 힌트가 없다. 그러나 필사본 『화랑세기』에는 놀라운 정보가 있다. 그에 따르면 순원은 파진찬 선품의 아들이다. 저자는 김순원이 선품의 아들이라는 것을 입증해 줄 증거를 『화랑세기』에 의존하지 않고 『삼국사기』, 『삼국유사』에서 찾으려고 눈에 불을 켜고 샅샅이 뒤졌다. 그러나 아직 그 두 사서에서는 순원이 선품의 아들이라

---

29) 『삼국유사』 권 제1 「왕력」에는 혜명왕비의 부(父)가 '진종 각간'이라고 되어 있다. 이 것이 옳다. 김진종은 김순원의 아들일 것이다. 『삼국사기』 권 제9 「신라본기 제9」 「효성왕」 3년 조는 '이찬 진종의 딸'이라고 적을 것을 김순원 집안에서 왕비가 또 나왔으니 착각하여 '이찬 순원의 딸'이라고 적은 것이다. 제7장에서 상론한다.

는 것을 말해 주는 단서를 찾지 못했다. 할 수 없이 그 필사본에 기대기로 한다. 김선품, 그는 누구인가?

자의왕후가 파진찬 선품의 딸이라는 것은 우리 모두가 안다. (10)에서 보듯이 『삼국사기』 권 제6의 661년 문무왕의 즉위 시의 기사와 『삼국유사』 「왕력」에 명백하게 적혀 있다.

(10) a. [661년] 문무왕이 즉위하였다[文武王立]. 휘는 법민이다[諱法敏]. 태종왕의 원자이다[太宗王之元子]. 어머니는 김씨 문명왕후인데 소판 서현의 막내딸이고 유신의 누이동생이다[母金氏 文明王后 蘇判舒玄之季女 庚信之妹也]. — 왕비는 자의왕후이다[妃慈儀王后]. 파진찬 선품의 딸이다[波珍飡善品之女也]. <『삼국사기』 권 제6 「신라본기 제6」 「문무왕 상」>

b. 제30 문무왕[第三十文武王]. 이름은 법민이다[名法敏]. 태종의 아들이다[太宗之子也]. 어머니는 훈제부인이다[母訓帝夫人]. 왕비는 자의*{의는 눌이라고도 한다}*왕후이다[妃慈義*{一作訥}*王后]. 선품 해간의 딸이다[善品海干之女]. 신유년에 즉위하였다[辛酉立]. 20년간 다스렸다[治二十年]. 능은 감은사 동쪽 바다 가운데 있다[陵在感恩寺東海中].
<『삼국유사』 권 제1 「왕력」>

김순원은 자의왕후의 동생이다. 그는 문무왕의 처남이고 신문왕의 외삼촌인 것이다. 그의 집안은 문무왕의 처가이고 신문왕의 외가이다. 전형적인 외척 세력이다. 그런데 선품은 구륜의 아들이고 구륜은 진흥왕의 아들이다. 구륜은 진지왕 사륜의 동생이다. 선품과 용수/용춘이 4촌이다. 자의왕후/순원과 태종무열왕이 6촌인 것이다. 순원은 문무왕/요석

공주에게는 7촌 재종숙이다. 김순원의 집안은 왕실의 외척일 뿐만 아니라 바로 그 자체가 왕실인 것이다. 이것이 족내혼의 비극이다.

『삼국사기』, 『삼국유사』에서는 그렇게 눈을 씻고 찾아도 보이지 않는 순원의 정체를, 『화랑세기』는 그냥 순원이 21세 풍월주 선품의 아들이고, 그의 누나가 자의왕후이고, 운명이며 운명의 남편이 28세 풍월주 김오기이고, 그 김오기가 북원 소경[원주]의 군대를 끌고 서라벌로 와서 모반한 27세 풍월주 김흠돌을 죽이고, 그 김오기의 아들이 김대문이고, 『화랑세기』는 김오기가 향음으로 쓰기 시작한 것을 김대문이 이어서 한문으로 다시 썼다고, 이렇게 아무렇지도 않게 쓰고 있었다.[30]

---

30) 다시 필사본 『화랑세기』가 문제된다. 신라에 대하여 공부하는 사람은 누구도 이 논쟁으로부터 자유로울 수 없다. 성호경 교수는 함께 술만 마시면 항상 "1964년에 도굴되었다가 1966년 도굴범들이 잡혀서 발견된 '黃龍寺九層木塔 金銅刹柱本記(황룡사구층목탑 금동찰주본기)'에 용수(龍樹)의 이름이 나온다. 그런데 그 필사본 『화랑세기』에는 용수가 황룡사 창건 이전에 죽은 것으로 적고 있다. 박창화는 황룡사 찰주본기가 발견되기 전에 죽었다. 그러니 그 책은 지어낸 위서임이 분명하다."고 필자를 비난한다. 위서인들 어떠랴. 못 보고 정보 없이 쓴 것은 틀리더라도, 보고 정보를 확보하고 쓴 것은 정확한 것이다. 그것이 학문이다. 같은 자료를 보고도 남들은 다 밝혀내지 못한, 김순원과 지의왕후가 남매라는 사실을, 그는 밝혀내었다는 것이 중요하다. 그런데 필자가 살펴본 '황룡사구층목탑 금동찰주본기'의 관련 기록은, 그 필사본 『화랑세기』가 위서라는 것을 증명하기는 커녕 오히려 진서를 보고 베낀 것이라는 주장이 더 합당하다는 것을 보여 준다. 그 내용은 다음과 같다. "선덕여왕 12년[643년]에 자장(慈藏)이 중국에서 돌아오고자 하여 남산의 원향선사(圓香禪師)에게 머리를 조아리니 원향이 '내가 관심(觀心)으로 그대의 나라를 보매 황룡사에 9층의 탑을 세우면 해동의 여러 나라가 모두 그대의 나라에 항복할 것이다.'고 하였다. 자장이 귀국하여[643년 3월 귀국] 선덕여왕에게 이 말을 아뢰니 왕이 듣고 이간 용수(伊干 龍樹)를 감군(監君)으로 하여 대장(大匠)인 백제의 아비○(阿非○)와 소장(小匠) 200인을 거느리고 이 탑을 만들도록 하였다. 선덕여왕 14년[645년]에 시작하여 이듬해에 모두 마쳤다[필자 주: *『삼국사기』에는 645년에 완성되었다고 하였다. '아비○'는 『삼국유사』의 권 제3 「탑상 제4」, 「황룡사구층탑」에는 '아비지(知)'로 되어 있다.}*." 필사본 『화랑세기』에는 김용수가 황룡사 9층 목탑 창건 이전에 죽었다는 기록이 없다. 다만 "용수전군이 죽기 전에 부인[천명공주]와 아들[김춘추]를 용춘공에게 맡겼다."고 되어 있다. 여기서 용수가 젊어서 사망하였다고 할 수 있을까? 아니 언제 사망하였는지 알 수 있을까? 불가능하다. 그런데 그가 몇 살에 사망하였는지 추리할 수 있는

이 진서 『화랑세기』도 이긴 자의 기록이다. 자신들이 북원 소경[원주] 주둔 군대를 거병하여 화랑도 마지막 시기의 지도자들인 27세 풍월주 김흠돌, 26세 풍월주 진공, 흥원, 나아가 23세 풍월주 김군관, 30세 풍월주 김천관 등을 역모로 몰아 죽인 일을 정당화하기 위하여 기록한 것일 수 있기 때문이다. 분명한 것은 북원의 군대가 서라벌까지 오는 데에 장기간의 시간이 소요된다는 점이다. 어느 쪽이 먼저 군대를 일으킨 것인지는 명백하다. 서라벌의 김흠돌이 먼저 반란을 일으켰으면 북원 군대가 오기 전에 이미 김흠돌이 이긴 것으로 상황이 끝났을 것이다.

근거가 있다. 이제 그 추리를 해 보기로 한다. 그 근거는 필사본 『화랑세기』의 '용춘은 선덕여왕의 사신에서 물러나 천명공주를 처로 삼고 태종을 아들로 삼았다. 그리고 태화 원년[진덕여왕 2년, 648년]에 70세로 이승을 떠났다.'는 것이다. 그러면 용춘은 황룡사 9층 목탑 창건 시기인 645년에 67세이다. 용수가 용춘보다 두어 살 많다고 보면 용수는 645년에 69세이다. 황룡사 9층 목탑을 완성한 후에 용수가 사망했다면 그는 70세에 사망한 것이 된다. 용수가 30세쯤에 춘추를 낳았다면 이때 춘추는 40세쯤 된다. 천명공주는 65세 정도 될 것이다. 용수가 40세쯤의 아들 춘추와 65세 정도 된 아내 천명공주를 68세 정도 된 아우 용춘에게 맡긴 것으로 볼 수 있다. 천명공주는 처녀 때 용춘을 용수보다 더 사랑했다고 한다. 어머니 마야왕후가 잘못 판단하고, 진평왕이 용수를 사위로 삼아 왕위를 물려주려고 하여 양보한 것처럼 되어 있다. 그러므로 '황룡사구층목탑 금동찰주본기'에 그 목탑을 처음 만들 때의 감군이 이간 용수로 기록되어 있다고 해서 필사본 『화랑세기』가 위서라는 주장을 할 수는 없다. 필사본 『화랑세기』에는 용수의 사망 시기가 황룡사 9층탑 창건보다 더 앞이라는 흔적도 없다. 그리고 『삼국사기』, 『삼국유사』를 다 보아도 용수의 사망 시기가 황룡사 탑 제작 시기보다 앞선다는 증거는 없다. '황룡사구층목탑 금동찰주본기'는 645년 창건으로부터 226년 뒤인 경문왕 11년[871년]에 동북쪽으로 기울어진 탑을 개수하면서 872년에 박거물(朴居勿)이 작성한 것이다. 이간 김위홍(金魏弘)이 책임을 맡았다고 되어 있다. 『삼국사기』에는 경문왕이 871년 정월에 유사에게 개조하라는 명을 내리고, 873년 9월에 9층 22장(丈)의 탑이 이룩되었다고 적고 있다. 김춘추는 642년 8월 딸 고타소를 대야성에서 잃었다. 그의 나이 37세쯤 되어서이다. 사망 시의 고타소의 나이는 19세 정도이다. 김춘추는 고타소를 18세 정도에 낳았다. 문무왕은 681년에 56세로 승하하였다. 김춘추와 문희 사이에서 법민이 태어났을 때는 625년이고 642년에 법민은 18세이다. 법민이 태어난 625년에 김춘추는 20세쯤 된다. 625년에 고타소는 3살쯤 된다. 이 여러 인물들의 나이를 보면 여기서 추정한 김춘추, 용수, 용춘, 천명공주의 나이가 사실에 가깝다는 것을 알 수 있다.

그런데 사실은 그 반대이다. 자의왕후가 먼저 제부 김오기에게 전갈을 보내어 호성 장군으로 임명하고 군대를 몰고 와서 김흠돌을 처단하라고 명령하였고, 북원의 군대가 서라벌에 당도한 후에 허둥지둥 그에 반발하여 서라벌 군대를 동원하여 맞싸운 것이 김흠돌, 진공, 흥원 등이다. 상대등 겸 병부령 김군관은 이때 거의 중립적인 위치에서 눈치를 보았을 것이다. 사돈 김흠돌을 편들려니 역적이 될 것이고 왕실 편을 들려니 아들이 운다. 곤란한 처지였다. 그러다가 681년 8월 28일 적자 1명과 함께 자진하라는 명을 받고 사약을 마셨다. 진정한 충신이기 때문에 그랬을 것이다. 거칠부의 증손자이고 진지왕의 외손자인 그는 선덕여왕 시대부터 그릇이 크다고 알려졌고, 선덕여왕이 군관을 폐아로 데리고 있던 보량에게 '네가 데리고 있는 한 아이가 나의 열 아이보다 낫구나. 잘 기르기 바란다.'고 당부했다는 화랑이다. 23세 풍월주가 되었다. 내가 그런 처지에 놓였다면, 어차피 역모로 몰릴 것이 뻔한데 이판사판으로 서라벌의 모든 군대를 동원하여 싸웠을 것이다. 그랬으면 결과가 어떻게 되었을지 모르는 일이다. 그러나 역사는 이미 흘러갔다.

681년 7월 1일 제30대 문무왕이 승하한 후 제31대 신문왕이 즉위하면서 처절한 권력 쟁탈 전쟁이 서라벌에서 벌어졌다. 그 내전의 원인은 무엇이었을까? 여기에 대한 답이 그동안의 신라 중대 정치사 연구 논저 아무 데도 없다. 아니, 이 주제는 질문조차 제기되었는지 의심스럽게 방치되어 있었다. 이것이 중요한 일이 아니어서 그랬을까? 아니다. 누가 먼저 말했는지 모르지만, '삼국 통일 후 왕실은 왕권을 강화하려 하였고, 이에 대하여 진골 귀족 세력들이 반발하였는데 그 대표적 예가 김흠돌의 모반이다.'는 그 이론, 그 틀려먹은 이론이 눈을 가려서 진실을 보지 못하게 막은 것이다.

　김흠돌의 모반의 핵심 원인은 신문왕의 혼외자 이홍이다. 이 손자 이홍을 위하여 자의왕후는 이홍의 어머니 김흠운의 딸을 왕비로 들여야 했다. 그러기 위해서는 태자비 출신의 왕비를 내어쫓을 수밖에 없었고 이에 반발하는 김흠돌 등을 반란으로 본 것이다. 결국 이홍이 제32대 효소왕이 되었다.

　신문왕의 왕비는 665년 8월 정명이 태자가 될 때 들인 태자비 김흠돌의 딸이다. 그런데 이홍의 어머니는 김흠운의 딸이고 김흠운은 제29대 태종무열왕의 사위였다. 김흠운의 아내가 된 태종무열왕의 공주는 요석공주이다. 요석공주가 딸, 훗날의 신목왕후를 위하여, 자의왕후가 아들 신문왕을 위하여, 그들의 혼외자 이홍을 위하여, 왕비 김흠돌의 딸을 폐비시키려고 김유신의 사위 김흠돌 그리고 그와 인척 관계에 있는 장군들을 모반으로 몰아 681년 8월 8일과 28일에 모조리 주륙(誅戮)하였다. 그 후 683년 5월 7일 요석공주의 딸은 신문왕과 혼인하여 신목왕후가 되었다. 그리고 687년 2월 원자가 태어났다.31) 691년 3월 1일 677년생인 왕자 이홍을 태자로 책봉하고, 692년 7월 신문왕이 죽자 태자 이홍이 16세에 즉위하여 효소왕이 되었다. 이것이 역사의 진실이다.

　김순원은 김흠돌의 전성기에는 그와 가까이 했던 때도 있었다. 그러나 681년 8월 자의왕후와 요석공주가 주축이 되어 '김흠돌의 모반'을 진압하고 그 일파를 숙청할 때 김흠돌의 세력으로 분류되지 않고 살아

---

31) 이 연대가 지닌 문제는 제6장에서 본격적으로 논의할 것이다. 신문왕은 신목왕후와 683년 5월 7일 혼인하였다. 성덕왕이 681년생이니, 681년과 『삼국사기』가 '원자생'을 적은 687년 2월 사이에 1명의 왕자가 더 태어날 수 있다. 그러면 684년쯤에 원자가 태어나야 한다.

남았다. 700년 5월 요석공주가 주축이 되어 진압한 '경영의 모반'에도 관여되었으나 면직되는 선에서 처벌이 끝났다.

(5i)에서 본 대로 효소왕은 701년 5월에 영암군 태수 일길찬 제일(諸逸)이 공리를 버리고 사리를 도모하므로 곤장 100대를 치고 섬 속으로 귀양 보내었다. 그리고 '경영의 모반'으로부터 2년 후인 702년 7월에 (5j)에서 본 대로 승하하였다. 사인이 밝혀져 있지 않지만 이 반란의 후유증을 앓다가 승하하였을 가능성이 크다. (5)에서 가장 중요한 것은 '신문왕의 태자'라는 말과 '경영의 모반'이다. 그리고 더욱 중요한 것은 이 기사 전체에서 효소왕이 6살에 즉위하여 16살에 승하한 어린 왕이라는 느낌이 들지 않는다는 점이다.

3. 성정왕후는 원래 효소왕의 왕비였다

이제 아무 기록을 남기지 않고 있는 효소왕의 혼인이 중요한 문제로 떠오르게 된다. 16살에 즉위하여 24살이나 되는 이 경영의 모반 때[700년 5월]까지 왕의 혼인 문제를 처리하지 않고 그냥 두었을 리가 없다.

이미 김유신이 누이 문희를 문명왕후로 들여보내어 왕보다 더 강한 최상의 권세를 누렸다. 이미 자의왕후가 왕비가 되어 그의 친정 아우 김순원의 집안도 신하로서의 최대의 권세를 누렸다. 여기에 김흠돌이 딸을 태자 정명의 태자비로 들여 누리려 했던 그 왕비 집안의 권세를, 김흠돌을 처단하고 요석공주가 딸 신목왕후를 신문왕에게 재혼시켜 천하에 둘도 없는 그 권세를 누리고 있다. 그런 요석공주가 효소왕의 왕비 자리를 남에게 내어 주려 하였겠는가? 요석공주는 자기 입맛에 가장 알맞은 집안을 골라 효소왕의 왕비로 삼았을 것이다. 그리하여 김유신의 집안도, 김순원의 집안도 아닌 제3의 집안에서 효소왕의 왕비를 데려오려 하였을 것이다.

그렇게 하여 선택된 왕비가 효소왕의 왕비이다. 아마도 693년쯤에 효소왕의 혼사가 이루어졌을 것이다. 그런데 (5)에서 본 대로『삼국사기』의 효소왕대의 기록에는 왕비와 자녀들에 대한 언급이 일절 없다.『삼국유사』의「왕력」도 (11)과 같이 되어 있어 효소왕의 혼인 여부와 왕비 문제에 대하여 알 수 없다.

(11) 제32 효소왕[第三十二 孝昭王], 이름은 이공*{ 혹은 홍이라고도
한다}*[名理恭*{一作洪}*]이다. 김 씨이다[金氏]. 아버지는 신
문왕이다[父神文王]. 어머니는 신목왕후이다[母神穆王后]. 임진
년에 즉위하였다[壬辰立]. 10년간 다스렸다[理十年]. 능은 망덕
사 동쪽에 있다[陵在望德寺東]. <『삼국유사』권 제1「왕력」>

이런 까닭으로 '효소왕이 6살에 즉위하여 16살에 승하하였다.'는 가설과 함께 묶여서 '효소왕이 혼인하지 않았다.'는 가설도 거의 정설로 굳어져 있다. 그러나 효소왕이 6살에 즉위하여 16살에 승하한 것이 아니고 16살에 즉위하여 26살에 승하한 것이 확정되었다. 그리고『삼국유사』권 제5「신주 제6」,「혜통항룡」조는 692년에 효소왕이 이미 왕녀를 두고 있었다고 증언하고 있다. 그렇다면 효소왕은 혼인하였을 가능성이 있다. 왕녀도 두었으니 왕자도 두었을 가능성이 있다. 아니 틀림없이 혼인하였고 왕자도 두었을 것이다. 왜 이런 기록이 남지 않았을까?

참으로 기이하다.

그런데 매우 이상한 일은 성덕왕의 왕비와 왕자의 문제이다. 성덕왕
은 693년 8월 5일 형 보천태자와 더불어 오대산에 들어가서 스님이 되
어 있었다. 그러다가 즉위년의 첫머리 기사 (12a)에서 보듯이 702년 형
효소왕이 갑자기 승하하여 국인들에 의하여 오대산으로부터 모셔져 와
서 왕위에 올랐다. 이 왕은 태자로 책봉된 적이 없는 왕으로 신문왕의
셋째 아들이다. 그는 (12b)에서 보듯이 704년 5월에 혼인하였다.

(12) a. (702년) 성덕왕이 즉위하였다[聖德王立]. 휘는 흥광이다. 본명
    융기가 현종의 휘와 같아서 선천에 바꾸었다*(당서는 김지성
    이라 하였다)*[諱興光 本名隆基與玄宗諱同 先天中改焉*{唐書
    言 金志誠}*]. 신문왕 제2자로 효소왕의 동모제이다[神文王第
    二子孝昭同母弟也]. 효소왕이 승하하였으나 아들이 없어 국
    인들이 세웠다[孝昭王薨 無子國人立之].
  b. 3년[704년] 여름 5월에 승부령 소판*{ 구본에는 반이라 했는
    데 이번에 바로 잡았다.}* 김원태의 딸을 들여 왕비로 삼았
    다[夏五月 納乘府令蘇判*{舊本作叛 今校正}*金元泰之女爲
    妃]. <『삼국사기』 권 제8 「신라본기 제8」 「성덕왕」>
(13)   제33 성덕왕, 이름은 흥광이다[第三十三 聖德王 名興光]. 본명
    은 융기이다[本名 隆基]. 효소왕의 동모제이다[孝昭之母弟也].
    선비는 배소왕후이다[先妃陪昭王后]. 시호는 엄정이다[諡嚴
    貞]. 원태 아간의 딸이다[元太阿干之女也]. 후비는 점물왕후
    이다[後妃占勿王后]. 시호는 소덕이다[諡炤德]. 순원 각간의
    딸이다[順元角干之女]. <『삼국유사』 권 제1 「왕력」>

『삼국사기』 (12)와 『삼국유사』 (13)은 일치하는 면도 있고 일치하지

않는 면도 있다. 성덕왕의 본명이 '융기'였으나 당 나라 현종의 이름과 같아 선천[712년]에 '흥광'으로 바꾼 것, 성덕왕이 효소왕의 동모제라는 것 등은 일치한다.

그런데 (12a)에는 왕비에 관한 기록이 없다. 즉위년의 첫머리 기사에는 일반적으로는 가족 관계가 밝혀져 있다. 태종무열왕, 문무왕, 신문왕, 경덕왕의 이 조항에는 왕비에 관한 기록이 있다. 그러나 효소왕, 성덕왕, 효성왕, 혜공왕의 경우에는 이 조항에 왕비에 관한 기록이 없다. 왕비에 관한 기록이 없는 왕들은 대체로 수수께끼를 지니고 있다.

성덕왕의 왕비에 관한 『삼국사기』의 최초의 기록은 (12b)이다. 그런데 그 아버지가 소판[3등관위명]이라고 한 것은 주의를 필요로 한다. (13)에서는 아간[6등관위명]이라고 하였다. 이는 처음에 왕비를 들일 때는 '아간'이었다가 나중에 '소판'이 되었다고 보아야 한다. 이로 보면 김원태의 관등과 지위는 704년에는 그렇게 높지 않았다고 할 수 있다. 그때는 그가 승부령도 아니었다. 아간은 왕의 장인이 되기에는 좀 낮은 관등이다. 아니면 엄정왕후가 왕비가 될 때 그 아버지는 아주 젊었을 것이다. 성덕왕의 첫 왕비 엄정왕후의 집안, 즉 아간 김원태의 집안은 그렇게 큰 세력을 가진 집안이 아니었을 것이다.

이것은 요석공주가 성덕왕의 첫 왕비의 집안을 고를 때 강력한 권세를 가진 집안을 피했다는 것을 의미한다. 문무왕의 외가, 김유신의 집안의 강력한 권세에 짓눌려 살았던 자의왕후를 본 요석공주는 가능한 한 외척의 세력이 커지는 것을 막으려 했던 것이다. 그리고 신문왕의 외척인 자의왕후의 친정 집안이 이 당시 이미 세력이 커질 대로 커진 상태이다.

『삼국유사』의 (13)은 성덕왕의 왕비에 관하여 충분한 정보를 주고 있다. 선비(先妃)는 원태 아간[(12b)의 김원태와 동일 인물이고 후에 소판으로 관등이 올랐다.]의 딸 배소왕후였는데 사망한 후에 '엄정'이라는 시호를 붙였다. 엄정왕후의 사망{폐비?} 후에 들어온 후비(後妃)는 순원 각간의 딸 점물왕후였는데 사망한 후에 '소덕'이라는 시호를 붙였다. 이를 보면 성덕왕이 처음 혼인한 왕비가 엄정왕후이고 최종 법적 왕비는 소덕왕후임을 알 수 있다.

『삼국사기』의 (14)에는 714년에 숙위[인질]로 당 나라에 가는 '왕자 김수충'이 있다. 이 수충에 대하여 당 나라 현종은 상당히 융숭한 대접을 한 것으로 보인다. 현종은 수충을 신라 왕실의 중요 인물로 판단하였음에 틀림없다. 앞으로 신라 왕이 될 가능성이 있다고 보았을지도 모를 일이다.

(14) (성덕왕) 13년[714년] 2월 — 왕자 김수충을 당으로 보내어 숙위하게 하니 현종은 주택과 의복을 주고 그를 총애하여 조당에서 대연을 베풀었다[春二月 — 遣王子金守忠 入唐宿衛 玄宗賜宅及帛以寵之 賜宴于朝堂]. — 겨울 10월 당 현종은 우리 사신을 위하여 내전에서 연회를 베풀고 재상과 4품 이상 관리들이 참예하게 하였다[冬十月 唐玄宗宴我使者于內殿 勅宰臣及四品以上諸官預焉]. <『삼국사기』 권 제8 「신라본기 제8」 「성덕왕」>

그런데 이 김수충에 대하여 '왕자'라는 칭호를 사용하고 있다. 만약 이 김수충이 성덕왕과 정비 엄정왕후 사이에 태어난 맏아들이라면 당연히 '원자 김수충'이라고 적어야 한다. 이 수충은 성덕왕의 원자가 아니다. 그러면 둘째 아들일까? 성덕왕이 704년 5월에 혼인하였으므로 아무리 빨라야 705년 3월쯤에 '원자'가 태어나게 되어 있다. 그리고 둘째 아들은 빨라야 707년 3월쯤에 태어날 수 있다. 그러면 그 둘째 아들은 714년 2월에는 만 7살도 안 된 아이이다. 그런 아이를 당 나라로 숙위를 보낸 것일까? 이상하기 짝이 없다. 그런데도 '왕자 김수충'이라고 적고 있으니 이 어찌 된 일인가? 만약 신문왕의 아들이라면 '왕제'라고 적었을 것이고 효소왕의 아들이라면 '왕질'이라고 적었을 것이다.

(15a)에서 보면 715년 12월에 '왕자 중경'을 태자로 책봉하였다. 이 중경도 원자가 아니다. 성덕왕의 원자는 사서에 기록되어 있지 않다. 이 태자 책봉에 이어 (15b)에는 716년 3월에 '성정왕후'를 내보내는 사건이 있다. 성정왕후는 누구인가? 중경의 태자 책봉 직후인 716년 3월에 성정왕후가 궁을 나갔다는 것은 매우 중요하다.

(15) a. 성덕왕 14년[715년] 12월 — <u>왕자 중경을 봉하여 태자로 삼았다</u>[十二月 — 封王子重慶爲太子].
　　 b. 15년[716년] 3월 <u>성정*{ *달리는 엄정이라고도 한다*}*왕후를 내보내는데</u>, 채단 500필, 전 200결, 조 10000석, 가택 1구를 주었다. 가택은 강신공의 구택을 사서 주었다[三月—出成貞*{一云嚴貞}*王后 賜彩五百匹田二百結租一萬石 宅一區宅買康申公舊居賜之]. <『삼국사기』 권 제8 「신라본기 제8」 「성덕왕」>

성정왕후는 중경의 태자 책봉에 불만을 품고 항의하다가 쫓겨난 것으로 보인다. 그러면 그 왕후는 자신의 아들이 태자가 되어야 한다는 생각을 가진 사람일 것이다. 성덕왕 즉위 후 지금까지 이름이 나온 왕자 가운데 태자 후보가 될 만한 사람은 김수충밖에 없다. 그러면 이 성정왕후는 김수충의 어머니일 것이다.

이 왕자 김수충, 여기에는 참으로 풀기 어려운 신라 중대 정치사의 수수께끼가 들어 있다. 이 수수께끼를 잘 풀어내어 설득력 있는 역사적 사실을 재구성하는 것, 그것이 저자의 필생의 과업이었다.[32] 이 수수께끼에 대한 저자의 1차적 추론은 다음과 같다. 그 추론의 제1의 열쇠는 '엄정(嚴貞)'과 '성정(成貞)'의 차이이다. 이 왕비와 관련된 기록은 (12b)와 (13), 그리고 (15b)이다. 이대로 놓고 어떠한 선입견도 배제한 채 완전히 중립적인 해석을 해 보기로 하자.

『삼국사기』는 (15b)처럼 "成貞*{ 달리는 嚴貞이라고도 함}*王后이라." 하고 있다.[33] 『삼국유사』는 성덕왕의 첫 왕비를 (13)처럼 '엄정왕후'라

---

32) 이 문제가 저자의 머릿속에 깊이 각인된 것은 30년도 더 전에 읽은 박노준(1982) 때문이었다. 박노준(1982:148-56)는 「원가」의 창작 배경을 성정왕후의 아들 수충과 소덕왕후의 아들 승경의 왕위 쟁탈전 속에서 수충에 비하여 열세인 승경이 신충의 도움을 요청하였다고 설명하였다. 승경이 소덕왕후의 아들이라는 것, 경덕왕이 되는 헌영이 「원가」 창작의 배경 설화를 설명하는 데에 등장하지 않는 것이 매우 이상하였다. 승경이 소덕왕후의 아들이라면 그가 수충보다 월등 우세한 위치에 있는데 왜 신충의 도움을 요청하였는지도 이상하였다. 더욱이 수충과 중경, 승경이 모두 같은 어머니 소생이라면 중경보다 더 나이 많은 수충이 왜 태자로 책봉되지 못하고 당 나라에 갔는지가 의문스러웠다. 수충이 과연 성덕왕의 왕자가 맞는지, 중경과 승경이 성정왕후의 소생이 맞는지, 헌영은 어떻게 하여 경덕왕이 되는지 등의 온갖 의문이 30여 년 동안 저자의 머릿속을 떠나지 않았던 것이다. 아들들의 이름으로 보아서는 수충의 어머니, 중경, 승경의 어머니, 그리고 헌영의 어머니가 각각 다른 사람이라고 보아야 상식에 맞다. 이 책은 30여 년 전에 세운 이 가설에 토대를 두고 있다.

33) (15b)의 『삼국사기』의 기록을 보면 왕후의 이름이 '성정(成貞)*{一云 嚴貞/달리는 엄정이라고도 한다.}*왕후(王后)'라고 하였다. 이는 이 왕후의 이름이 '성정왕후'인데 달리는 '엄정왕후'라고도 한다는 말이다. '一云[달리는]'은 첫째, 그 사람의 이름이 피휘 문제 등으로 둘이라서 '달리 적히기도 한다.'는 뜻, 둘째, '향찰 표기가 다르게 적혔다.'는 뜻, 셋째 '다른 곳에는 달리 되어 있다.'는 뜻이다. 여기서는 먼저 둘째의 향찰 표기 문제가 제외된다. 그 다음 첫째의 경우를 생각해 보자. '成' 자를 피휘하여 '嚴'을 썼을까? 그런데 '成' 자는 피휘 대상 글자가 아니다. 孝成王(효성왕)에 사용되고

하고 있다. 그러면 (15b)와 (13)의 차이는 어떻게 해석해야 할 것인가?
이 두 기록의 차이에 대한 객관적인 해석은 (16)처럼 되어야 한다.

(16) a. 『삼국사기』의 편찬자가 보고 있는 기록이 두 가지 이상이었
다. 그런데 일군의 문서들에서는 '성정'이라고 하고 다른 문
서들에서는 '엄정'이라고 하였다.
b. 이에 반하여 『삼국유사』의 편찬자가 보고 있는 문서들에는
일관되게 '엄정'이라고 되어 있었다.

(16)으로부터 조금만 더 나아가면 우리는 (17)과 같은 세 가지 사실을
도출할 수 있다.

(17) a. 만약 일연선사가 보고 있는 문서들에도 이 왕비에 대하여
'성정왕후'라는 말이 있었으면 일연선사는 그것을 꼭 기록해
두었을 것이다. 적지 않을 분이 아니다.
b. 『삼국사기』를 보면서 역사를 서술하고 있는 일연선사가 굳
이 『삼국사기』의 '성정왕후'라는 말을 무시하고, 적지 않은
것은 성덕왕의 왕비의 시호가 '성정'이 아니라는 것을 뜻한
다.[34] 즉, 성정왕후와 엄정왕후가 같은 사람이 아니라는 것

있다. 그리고 '成' 자를 '嚴' 자로 피휘한다는 것도 적절하지 않다. 그렇다면 여기서
는 셋째의 '다른 곳에는 달리 되어 있다.'는 뜻이다.
34) 저자는, 『삼국사기』를 중심으로 생각하는 국사 전공자들과는 달리, 『삼국유사』를 먼
저 공부하고 나중에 『삼국사기』의 해당 연도를 찾아 내용을 맞추어 보는 과정을 거
쳤다. 이것이 저자로 하여금 그들과 완전히 다른 관점으로 역사 기록을 해석하게 한
것으로 보인다. 그런데 그 과정에서 두 기록 사이에 차이가 있을 때는 거의 『삼국유
사』의 기록을 신뢰하게 되었다. 여기서도 그 원칙대로 『삼국유사』의 기록을 더 신뢰
한다. 두 가지 예만 들어 둔다. 태종무열왕의 자녀들에 관한 기록은 『삼국유사』를 믿
어야지 『삼국사기』를 믿을 수는 없다. 효성왕의 계비 혜명왕비의 아버지도 『삼국유
사』의 '진종 각간'이라 한 것을 믿어야지 『삼국사기』의 '이찬 순원'이라 한 것을 믿

을 강조하고 있는 것이다.

c. 『삼국유사』의 (13)을 보면 성덕왕의 선비(先妃)의 시호는 '엄
정(嚴貞)'이다. 후비(後妃)는 '소덕(炤德)'이다. 이로 보면 엄
정왕후가 사망하여 소덕왕후가 후비로 들어왔을 가능성이 커
진다. 굳이 엄정왕후를 폐비시킨 후에 소덕왕후가 들어왔다
고 볼 일은 아니다. 그러니까 (15b)에서 위자료를 잔뜩 주면
서 내어보내는 성정왕후는 엄정왕후와 같은 사람이 아닌 것
이다.

위의 세 가지 사실을 토대로 저자는 『삼국사기』의 이 '一云 嚴貞'이
라는 세주가 잘못 붙은 것이라고 판단한다. 『삼국사기』는 이 잘못된 세
주를 붙임으로써 '성정왕후=엄정왕후'인 것처럼 착각하게 하여 후세의
연구자들을 혼란스럽게 만들었다.[35] 『삼국사기』는 성덕왕의 왕후가 성
정왕후인 줄 알았고 그 성정왕후를 달리는 엄정왕후라고도 하는 줄 안
것이다. 그러나 그것은 옳지 않다.

(13)의 『삼국유사』의 증언대로 성덕왕의 첫 왕후는 엄정왕후이지 성
정왕후가 아니다. 이런 경우는 『삼국유사』를 신뢰해야 하지 『삼국사기』
를 믿으면 안 되는 것이다. 『삼국사기』를 보면서 역사를 서술하고 있는
일연선사가 『삼국사기』의 '성정왕후'를 철저히 무시한 것이 (13)의 기
록이다. 일연선사는 성덕왕의 왕비가 성정왕후가 아니라 엄정왕후라는

으면 안 된다.

35) 『삼국사기』의 편찬자는 성정왕후와 엄정왕후의 관계를 잘 몰랐던 것으로 보인다. 고
려 시대에도 이미 이 시기의 역사적 사실이 제대로 전해지지 않았음을 알 수 있다.
'성정왕후를 달리는 엄정왕후라고도 한다.'는 말은 성정왕후와 엄정왕후가 같은 사
람이라는 말이다. 김부식도 그렇게 착각하였으니 현대 한국의 연구자들의 수준으로
는 그렇게 착각하는 것이 당연한 일이다.

것을 증언하고 있다. 그러면 엄정왕후와 성정왕후는 다른 사람이다. 704년에 혼인할 때 이름이 적히지 않은 왕비, 아간 김원태의 딸은 '엄정왕후'이다. 즉, 성덕왕이 즉위하여 704년에 혼인한 왕비는 엄정왕후이다.[36] 그 엄정왕후가 720년 이전 어느 시점에 사망하여 엄정왕후를 이어 김순원의 딸 소덕왕후가 계비로 들어온 것이다. 엄정왕후는 폐비된 것이 아닐지도 모른다.

이제 '성덕왕이 704년 봄에 정식 혼인한 성정왕후를 716년 3월에 폐비시키고, 720년에 김순원의 딸 소덕왕후와 재혼하였다.'는 주장은 폐기된다. 소덕왕후와의 재혼은 엄정왕후가 사망하여 새로 왕비를 맞이한 것이다. 김순원이 기존하는 왕비를 폐비시켜 가면서 자신의 딸을 왕비로 넣었다는 과거의 설명은 잘못된 것이다.[37]

그러면 (15b)의 성정왕후는 누구인가? 그가 성덕왕의 왕비가 아닌 것은 확실하다. 그러면 어느 왕의 왕비일까? 여기서 제일 중요한 말은 '出'이다. 이 '出'을 모두, '폐비시키는 것'으로 생각해 왔다. 서정목(2014a)도 그렇게 보고 왜 폐비시키는 왕비에게 이렇게 많은 위자료를 주는지 의아하게 생각해 왔다. 저자는 한때 김순원 집안이 성정왕후를 폐비시키고 소덕왕후를 들이기 위한 정지 작업을 하는 것쯤으로 생각하였다. 그러나 그렇지 않을 수도 있다. 이 '出'은 폐비가 아니라 단순하게 궁에서 내어보낸다는 뜻일 수도 있다. 성정왕후가 궁에서 나가면 궁에 남는

---

36) 효소왕의 왕비는 현재까지 거론된 바 없다. 과거에는 '효소왕이 6세에 즉위하여 16세에 승하하였다.'고 보았으니 혼인도 하지 않았고 아들도 딸도 없고 왕비도 없다고 했을 것이다. 이제 '효소왕이 16세에 즉위하여 26세에 승하하였다.'는 것이 밝혀졌으므로 효소왕의 왕비가 핫 이슈로 떠오르게 된다.
37) 서정목(2014a)를 비롯하여 지금까지 저자가 쓴 글은 모두 이렇게 되어 있다. 2015년 11월 15일 이후는 이를 수정한다.

왕비는 엄정왕후이다.

성덕왕은 즉위 전반기에 두 사람의 왕비가 대궁에 있는 상황에서 산 것으로 보인다. 그러면 성정왕후는 성덕왕의 형인 전왕 효소왕의 왕비이다. 여기서 효소왕에게는 성정왕후가 있었음을 알 수 있다. 그 성정왕후의 아들이 수충이다. 성덕왕이 즉위한 702년에 7살 정도 되었을 왕자 수충은 효소왕과 성정왕후 사이의 아들이다. 수충이 714년 2월 당 나라로 갈 때 그는 19살이다.

그러면 효소왕이 700년 5월의 '경영의 모반'으로 702년 승하하여, 새로 즉위한 성덕왕이 형수인 성정왕후를 책임졌고 그 왕비의 아들인 김수충을 자기 아들처럼 양자로 하여 기른 것이라는 추론이 나온다.[38] 김수충은 실제로는 효소왕의 아들이다. 그러면 김수충이 효소왕의 원자일 수도 있다. 물론 신문왕의 종손이 된다. 효소왕 사후 정상적으로 왕위 승계가 이루어졌으면 이 수충이 왕이 되었을 것이다.

그런데 외할머니 요석공주의 뜻에 의하여 오대산에 가 있던 효명태자가 와서 성덕왕으로 즉위하였다. 그런데 조카 수충을 아들처럼 하려니, 성덕왕이 정식 혼인하기 전에 태어난 것이 되고 따라서 '원자'로 적히지 않은 것이다. 성덕왕의 원자가 태어나면 실제로는 형의 아들인 조카 수충과 성덕왕의 '원자'가 부딪히게 된다. 왕위 계승에 상당한 문제가 생길 수 있다.

---

38) 이는 문무왕의 맏아들이 일찍 사망하여 그 약혼자 김흠운의 딸훗날의 신목왕후를 정명태자가 책임져야 했던 사정과 같다. 665년 정명이 태자로 봉해진 것은 그의 형이 665년보다 더 앞에 사망하였음을 뜻한다. 그러므로 677년에 태어난 이홍은 정명의 사망한 형의 아들이 아니다. 그러나 효소왕이 702년에 사망하였으므로, 김수충이 696년에 태어났다면 그는 효소왕의 아들일 가능성이 훨씬 더 크다. 오대산에서 온 성덕왕은 처음에는 외할머니의 지시대로 형수를 책임지고 그 아들을 자기 아들로 삼아 키우다가 당 나라에 숙위 보내었을 가능성이 크다.

『삼국유사』권 제5 「신주 제6」「혜통항룡」조에는 명백하게 효소왕의 '왕녀'가 등장한다. 그뿐만 아니라 이제 효소왕이 16세에 즉위하여 26세에 승하하였다는 학설이 정설이 되면 필연적으로 효소왕의 혼인 문제가 논제로 떠오르게 되어 있다. 왕녀 한 명까지 둔 효소왕이 혼인하지 않고 승하하였다는 것은 있을 수 없는 일이다. 그것은 효소왕이 6살에 즉위하여 16살에 승하하였다는 '원자'와 '왕자'조차 구분하지 못하던 2013년까지의 시대에나 통하던 말이다.[39] 지금은 어림도 없는 소리이다.

(15a)에는 715년 12월에 성덕왕의 '왕자 중경'을 태자로 책봉하는 기사가 있다. 이 중경이 엄정왕후의 아들임은 나중에 증명한다. 그 일로 수충의 어머니 성정왕후는 성덕왕과 요석공주에게, 당 나라에 가 있는 수충이 태자가 되어야 한다고 심하게 항의하였을 것이다. 그러다가 성정왕후는 쫓겨난 것으로 보인다.

그런데 이상한 점은 이 태자 중경도 '원자'라고 적히지 않았다는 사실이다. 이름이 '거듭, 다시 重'을 사용한 것이 이상하다. '거듭된, 다시 온 경사', 그는 맏아들이 아니라 둘째 아들이다. 그러면 그의 형인 맏아들은 '첫 경사'인 '원경(元慶)' 정도의 이름을 가졌을 것이다. 그런데 그

---

39) 이렇게 설명할 경우 설명하기 어려운 문제는 성덕왕의 정식 왕비인 엄정왕후의 훗날이 역사 기록에서 포착되지 않는다는 점이다. 그러나 모든 왕비의 훗날이 역사 기록에서 포착되는 것은 아니다. 720년[성덕왕 19년] 소덕왕후가 들어오기 직전에 사망하였을 가능성이 크다. 다르게 설명하는 방법은 성덕왕이 702년에 오대산에서 와서 즉위하여 704년 엄정왕후와 혼인하였기 때문에, 김수충은 성덕왕이 그 전에 다른 여인과의 사이에서 혼전, 혼외로 낳았을 것이라고 보는 것이다. 그러면 수충은 혼외자이므로 당연히 원자로 적히지 않고 왕자로 적히는 것이 옳다. 그러나 이럴 가능성은 거의 없다. 오대산에 가서 수도하던 승려 효명태자가 무슨 수로 서라벌의 다른 여인을 잉태시켜 수충을 낳게 하였겠는가?

원자는 조졸하였다. 704년에 엄정왕후가 성덕왕과 혼인하였으니 조졸한 원경은 705년생, 중경은 707년생쯤 될 것이다. 그러면 715년에 중경은 9살쯤 되었다. 태자로 책봉될 나이가 된 것으로 보인다.

수충은 이때 당 나라에 가 있었다. 수충은 중경보다 나이가 더 많아 보인다. 그런데 그는 태자로 책봉되지 못하였다. 왜 그랬을까? 당 나라 현종은 앞으로 신라 왕이 될 것으로 보고 융성한 대접을 하였던 수충이 태자로 책봉되지 못한 데 대해서 어떻게 생각했을까?

엄정왕후는 720년[성덕왕 19년] 소덕왕후가 들어오기 바로 전에 사망하였을 가능성이 크다. 저자는 2015년 11월까지, 성덕왕이 716년 성정왕후[=엄정왕후]를 내보내고 720년에 새로 소덕왕후를 들였다고 생각하고, 그 사이의 시간 간격이 너무 뜨다는 생각을 하였다. 그 시간 간격은 성정왕후가 엄정왕후가 아니라는 이 설명으로써 해명된다. 엄정왕후는 716년에서 720년 사이 성덕왕이 소덕왕후와 재혼하기 바로 전에 사망하였을 것이다.

요석공주는 702년 효소왕 사후에, 700년 경영의 모반으로 부군에서 폐위된 신문왕의 원자인 넷째 외손자를 제치고, 또 효소왕의 어린 아들인 외증손자 수충을 제치고, 오대산에서 중이 되어 있던 셋째 외손자 효명을 데려와 성덕왕으로 즉위시켰다. 이 왕위 계승은 순리를 벗어난 것이다.

성덕왕이 오대산에서 왔을 때 외할머니 요석공주는 700년의 '경영의 모반'으로 딸 신목왕후를 잃었고 이어서 702년에 첫 외손자 효소왕도 잃었다. 요석공주는 오대산에서 와서 새로 즉위한 성덕왕에게 형수와 조카를 책임지라고 하였을 것이다. 성덕왕은 형수인 성정왕후와 조카인 수충을 책임졌다.

성정왕후는 효소왕의 왕비이었다가 효소왕 사후 다시 성덕왕의 왕비로 살았다. 성덕왕은 수충을 자신의 아들로서 키웠을 것이다. 그러면 696년생인 수충은 당 나라에 숙위간 714년에 19세이다. 수충은 효소왕의 친아들이고, 성덕왕의 양아들이다.[40] 이른바 형사취수(兄死娶嫂) 제도가 작동한 것이다.

4. 지장보살 김교각은 효소왕의 왕자 김수충이다

왕자 김수충과 그의 어머니, 이 속에 효소왕과 성덕왕을 위요(圍繞)한 신라 중대 왕실 속사정의 여러 비밀이 들어 있다. 그 비밀의 문을 열 열쇠가 '성정왕후'와 '엄정왕후'의 '成' 자와 '嚴' 자이다. 글자에 따르면 엄정왕후와 성정왕후는 당연히 동일인이 아니다.

성정왕후가 엄정왕후가 아닌 것은 영조비 정성왕후(貞聖王后) 달성 서 씨가 영조 계비 정순왕후(貞純王后) 경주 김 씨가 아닌 것과 같다. 글자가 다르면 소리가 다르고, 소리가 다르면 뜻이 다르고, 뜻이 다르면 가리키는 대상이 다르다. 이것이 지난 50여 년 국문학과에서 밥을 먹고 산 저자에게 언어 이론이 가르쳐 준 첫째 원리이다. 아무런 선입견 없이 보면 이 두 사람을 동일인이라고 하는 것은 상식에 어긋난다.

---

40) 이로써 서정목(2014a:271-77)에서 성정왕후가 태자 중경의 어머니이고, 요석공주 사후 순원파에 의하여 폐비되었을 것이라는 추정은 폐기된다. 그 책에서는 왕자 수충, 성정왕후의 정체에 관하여 충분히 생각하지 못하고 진행된 논의가 많다. 그러나 아직 엄정왕후가 김순원 후계 세력에 의하여 비궁(秘宮)에 유폐(幽閉)되었을 가능성이 있음은 열어 둔다.

〈**괘릉**. 제38대 원성왕릉이다. 경주 외동읍 괘릉리 산 17. 월성에서 울산으로 가는 7번 국도의 동쪽에 있다. 왕릉을 지키고 있는 무인석의 얼굴이 우리 얼굴이 아니다. 눈은 움푹 들어갔고 코는 우뚝하니 높다. 마치 중앙아시아의 거인들을 보는 듯한 느낌이다.〉

그리고 해외에 있는 열쇠는 중국에서 최초의 등신불[＝육신불(肉身佛)]이 된, '金喬覺(김교각)'이라는 이름의 신라 왕자이다. 중국에서는 모두 그를 신라 왕자라고 하는데 정작 우리는 그가 어느 왕의 어느 왕자인지 모른다. 당연히 그가 왜 거기에 가서 등신불이 되었는지도 모른다. 그는 키가 7척이었고, 그가 신은 짚신은 길이가 40cm에 가까웠으며 그의 발자국은 35cm도 더 되는 거인이다.41)

중국(中國) 안휘성(安徽省) 지주(池州) 청양(青陽)의 구화산(九華山)에서 등신불이 되어 오늘날도 지장보살의 화신으로 추앙받고 있는 신라 왕자 김교각 스님, 그 스님이 이 김수충일 가능성이 크다. 813년에 당 나라 費冠卿(비관경)이 지은『九華山 化城寺記(구화산 화성사기)』에 의하면 김교각 스님은 721년 24세에 당 나라에 갔다고 한다. 그러면 그는 698년생이다. 이 시기에 당 나라로 갈 만한 24살쯤의 왕자는 김수충밖에 없다.

김교각은 75년을 수도하고 794년에 99세로 입적하였다고 한다. 그러면 그는 696년생이다. 2년 차이가 난다. 사망한 해와 사망할 때의 나이가 더 정확할 것이다. 696년생인 그는 719년에 24세이다. 그가 당 나라로 다시 간 해는 721년이 아니라 719년이다. 앞에서 그가 19살쯤인 714년에 당 나라로 숙위 간 것으로 보고 696년쯤에 출생한 것으로 본 것은 이에 근거한 것이다. 그는 696년생이고 719년에 당 나라로 다시 갔으며, 75년 후인 794년에 99세로 열반하였다.

696년의 신라의 왕은 효소왕이다. 성덕왕은 696년에 오대산에 가서 스님이 되어 있었다. 김수충이 성덕왕의 아들일 수 없는 까닭이다. 김수

---

41) 이들은 어디에서 온 사람들일까? 키르키즈탄의 비쉬케크에서 만난 원주민들 중에는 경주 괘릉[원성왕릉]의 석인들과 비슷하게 생긴, 키가 크고 코가 높고 눈이 움푹 들어간 사람들이 있었다. 이들이 신라 김씨 왕족과 같은 종족일 가능성이 있다.

충은 효소왕과 성정왕후 사이에 태어났다. 수충은 실제로는 효소왕의 아들이고 자라기는 숙부 성덕왕의 아래에서 자랐다. 마치 김춘추가 친 아버지 김용수가 사망한 후에 김용춘의 아들처럼 되어서 기록상으로 김 용수의 아들이기도 하고 김용춘의 아들이기도 한 것과 같다.[42]

김수충은 696년 태어나서 (18a)에서 보듯이 714년 19살 전후에 당 나라로 숙위 갔다. 714년 처음 당 나라에 숙위 갈 때 그는 성덕왕의 양 자라는 자격으로 갔을 것이다. 그리하여 그에게는 성덕왕의 왕자라는 기록이 따라다닌다. 당 나라 기록자들은 신라의 이런 속사정을 알 리가 없다. 그러니 김수충을 그가 당 나라에 오던 시점의 왕인 성덕왕의 왕

---

42) 이 문제, 형이 죽으면 아우가 형수를 책임지괴兄死娶嫂, 그 형의 아들을 자기 아들 처럼 키워야 하는 제도를 깊이 연구해야 한다. 고구려의 제10대 산상왕이 형수인, 제 9대 고국천왕의 왕비 우 씨를 왕비로 삼았다. 신라의 김용춘이 형 김용수의 사후 형 수 천명공주를 아내로 삼고 그 아들 춘추를 아들로 삼았다. 신문왕이 형수가 될 뻔 한 형의 약혼녀 김흠운의 딸을 책임졌다. 이제 성덕왕이 형 효소왕의 왕비와 아들을 책임졌다는 것이 추가된다. 이럴 경우 종손은 형의 아들이지만 왕위 계승은 왕의 아 들이 하게 될 것이다. 초원에서의 규칙대로라면 왕의 아들이 사촌 형을 밀어내고 왕 위를 이으면 그만이었을 것이다. 그러나 신라는 중국의 유교 문화를 받아들이기 시 작하였다. 적장자 우선의 개념이 꿈틀대고 있는 것이다. 이른바 문화 충돌이다. 형이 죽고 아우가 가장이 되면, 그 다음 대에서 형의 아들 장조카가 가장이 되어야 하는 가, 아니면 가장의 아들인 장조카의 사촌 동생이 가장이 되어야 하는가? 거기에 대 한 답을 마련하지 못한 것이 신라 중대였다. 요석공주는 초원의 룰대로 하려 하였고, 중국 물을 먹은 견당파들은 적장자 우선이 중국 문화임을 주장하였을 것이다. 이러 면 통일 신라는 초원의 유목민일 때의 문화와 친당 정책 이후 받아들인 중원의 농경 문화 사이의 갭을 메우지 못하여 멸망하였다는 거시적, 문화적 원인을 도출할 수 있 다. 이 문화 충돌의 틈바구니에서 지장보살의 화신 김교각 수충이 나오고 정중종 의 무상선사 김사종이 나온 것이다. 그러나 아마도 이런 내용을 말하는 것은 국문학 과에서는 가능하지만, 다른 데서는 금기사항이 될지도 모르겠다. 그러면 창의성은 발붙일 곳이 없다. 저자는 금기사항이 없는 세상을 꿈꾼다. 공자님이 '마음대로 해도 법도를 넘지 않았다從心所欲不踰矩.'고 한 나이가 내일, 모레인데, 그만은 못해도 무 엇을 생각하지 못하겠으며, 옳다고 생각한 무엇을 쓰지 못하겠는가? 우상 같은 금기 사항들을 타파하는 것만이 꽉 막힌 한국학의 미래를 개척하는 길이다. 학문에 금기 사항이 있어서는 안 된다. 하물며 앞선 자들이 잘못 연구해 놓은 것을 고치는 데에 주저하면 그 분야는 발전할 수 없다.

자라고 적었다. 그러나 김수충의 생부는 효소왕이고 성덕왕은 그의 숙부로서 양아버지라고 파악하는 것이 가장 합리적이다.

그리고 김수충은 (18d)에서 보듯이 717년 22살쯤에 귀국하였다. 그런데 그 3년 반 정도의 기간에 일어난 일들이 예사롭지 않다.

(18) a. 성덕왕 13년[714] 2월 — 왕자 김수충을 당으로 보내어 숙위하게 하니 현종은 주택과 의복을 주고 그를 총애하여 조당에서 대연을 베풀었다[春二月 — 遣王子金守忠 入唐宿衛 玄宗 賜宅及帛以寵之 賜宴于朝堂].

　　 b. 14년[715년] 12월 — 왕자 중경을 책봉하여 태자로 삼았다 [十二月 — 封王子重慶爲太子].

　　 c. 15년[716년] 3월 성정*{ 달리는 엄정이라고도 한다.}*왕후를 내보내는데, 채단 500필, 전 200결, 조 10000석, 가택 1구를 주었다. 가택은 강신공의 구택을 사서 주었다[三月—出成貞 *{一云嚴貞}*王后　賜彩五百匹田二百結租一萬石　宅一區宅買 康申公舊居賜之].

　　 d. 16년[717년] 6월 태자 중경이 죽어 시호를 효상태자라고 하였다[六月 太子重慶卒 諡曰孝殤]. — 가을 9월에 당으로 들어갔던 대감 수충이 돌아와서 문선왕, 십철, 72 제자의 도상을 바치므로 그것을 태학에 보냈다[秋九月 入唐大監守忠廻 獻文宣王十哲七十二弟子圖 卽置於大學]. <『삼국사기』 권 제8 「신라본기 제8」 「성덕왕」>

　　 e. 19년[720년] 3월 이찬 순원의 딸을 들여 왕비로 삼았다[三月 納伊飡順元之女爲王妃]. 6월 왕비를 책립하여 왕후로 삼았다 [六月 冊王妃爲王后]. <『삼국사기』 권 제8 「신라본기 제8」 「성덕왕」>

김수충은 제32대 효소왕의 왕자로서 아버지가 사망하지 않았으면 왕이 될 제1 후보였었다. 그런데 아버지가 700년 5월의 '경영의 모반'으로 상처를 입어 702년 26세에 승하하였다. 이에 아버지의 외할머니 요석공주는 오대산에 가서 스님이 되어 있던 22세의 삼촌을 데려와서 즉위시켰으니 이 이가 성덕왕이다.

어머니 성정왕후와 더불어 숙부 성덕왕의 보살핌을 받던 그는 (18a)에서 보듯이 714년 2월 19세 때 숙위[인질]로 당 나라 황궁에 보내졌다. 그가 당 나라에 머물던 715년 12월 숙부 성덕왕은 (18b)에서 보듯이 자신의 아들 중경을 태자로 책봉하였다.

김수충의 어머니 성정왕후는 자신의 아들인, 당 나라에 숙위로 가 있는 수충이 왕위 계승으로부터 멀어진 데 대하여 극렬히 항의하였을 것이다. 성정왕후는 효소왕 승하 후에 시동생에게 한 번, 그리고 이제 태자 자리마저 작은 집 조카에게 내어 주어 왕위를 두 번씩이나 도둑맞게 되었다. 이에 대하여 항의하지 않으면 사람이 아니다. 이제 성덕왕은 왕위 계승 문제까지 거론하는 형수 성정왕후를 더 이상 책임질 수 없게 되었다. (18c)에서 보듯이 성덕왕은 많은 재물을 주어 성정왕후를 궁 밖으로 내보내었다. 수충이 두 번씩 왕위를 빼앗긴 데 대한 위자료 치고는 너무나 약소한 위자료이다.

이 소식을 들은 김수충은 (18d)에서 보듯이 당 나라에서 부랴부랴 귀국하였다. 717년 9월이었다. 유교적 도덕률을 상징하는 공자[문선왕, 10철, 72 제자의 도상을 들고 와서 왕에게 바쳤고 성덕왕은 그 도상들을 태학에 보냈다. 서라벌에 왔더니 (18d)처럼 717년 6월에 10살 정도의 태자 중경이 사망하여 왕실은 상중이었다. 수충은 어머니의 출궁 소식은 듣고 출발했겠지만 태자 중경의 사망 소식은 듣지 못한 채 출발하였을 것이다. 소식이 가고 그가 오는 데에 4개월 정도 걸린다.

태자가 죽어서 상중인 상황에서 수충은 큰 소리도 내지 못하고 삼촌 성덕왕의 처분만 기다리는 신세가 되었다. 다시 왕위를 이을 희망을 가지고 기다렸지만 그에게 기회는 오지 않았다. 다음 태자 차례는 죽은 사촌 동생 중경의 아우인 승경이 차지할 것이 뻔했다.

더욱이 중경과 승경의 어머니인 엄정왕후가 이 시기에 사망하였다. 그리고 수충의 아버지 효소왕의 외할머니인 요석공주도 세상을 떠났다. 그리고 요석공주의 정적인 김순원의 딸 소덕왕후가 (18e)에서 보듯이 720년 3월에 숙부 성덕왕의 계비로 들어왔다.

717년 9월 귀국 후 2년쯤, 효소왕, 성덕왕을 섬기던 어머니 성정왕후도 궁 밖으로 나가 있고, 양아버지 성덕왕이 이미 중경을 후계자로 정하였다가 중경이 죽자 다시 자신을 배제하고 승경을 후계자로 정할 것 같은 서라벌의 사정을 고뇌 속에서 지켜보고, 나아가 성덕왕과 김순원의 딸 소덕왕후와의 재혼이 추진되는 것을 보고, 효소왕의 왕자 김수충은 24살이던 719년 훌훌히 속세의 번뇌를 털어 버리고 당 나라 구화산(九華山)에 들어가 수도하여 성불하였다.

김수충이 99세 된 794년에 성불하여 열반한 3년 뒤, 제자들이 석관에 들어 있던 시신을 꺼내어 썩지 않은 그 시신에 금도금을 하여 구화산 육신보전(月身寶殿)에 모셔 두었고 그 후로도 줄줄이 육신불이 등장하였다. 1222년이 지난 오늘날까지도 중국인들은 그를 지장보살의 화신으로 추앙하고 있다.

오늘도 한국 관광객들이 상해를 거쳐 절강성(浙江省), 안휘성, 황산(黃

山) 등의 유적들을 둘러보면서 '웬 신라 왕자가 여기까지 와서 성불하였담.' 하고 고개를 갸우뚱하는 사연은 이렇게 하여 생긴 것이다. 김수충이 중국 안휘성의 구화산 화성사에서 최초로 등신불이 된 김교각이다. 그곳에 1999년 9월 9일에 착공식을 하고, 그가 99세에 열반하였음을 기념하는 99미터 높이의 그의 동상이 2013년에 완공되어 서 있다.

〈등신불. 육신불(肉身佛)이라고도 한다. 중국 안휘성 지주 청양의 구화산에 있는 등신불 가운데 촬영 가능한 것 하나를 찍었다. 김교각의 육신불은 '육신보전(肉身寶殿)'에 비장되어 볼 수 없는 상황이다. 719년부터 75년간 수도하고 99세인 794년에 열반하였다. 열반 후 3년 뒤에 전혀 부패하지 않은 그의 육신에 금을 입혀 육신불을 만들었다. 사진은 중국의 김재식 선생이 보내 주었다.〉

어찌하여 5000년 역사를 자랑하고 역대 기록 문헌이 즐비한 현대 한국에서, 불과 1297년 전 왕위를 두고 피비린내 나고 넌더리나는 골육상쟁이 벌어지고 있는 조국에 환멸을 느끼고 당 나라로 망명한 후, 불교에 귀의하여 성불한 왕자 한 분의 정체를 밝혀 주지 못하여 수많은 관광객이 구화산 등신불을 보고도 '저 분이 신라 왕자 맞어?', '어느 왕 아들이지?', '왜 그랬지?' 하고 아무 것도 모르는 중국 동포 안내자에게 묻고 또 묻게 만든단 말인가?

〈**김교각 동상**. 높이 99미터이다. 중국 안휘성 지주 청양의 구화산에 있다. 2013년에 완공되었다. 김교각은 효소왕의 친자이고 성덕왕의 양자인 김수충이다. 스님이 되어 성불하여 지장보살의 화신으로 추앙받고 있다. 그는 부처 바로 아래의 각자인 보살이다. 696년에 효소왕과 성정왕후 사이에 태어난 그는 702년에 아버지 효소왕이 26세로 승하하자 오대산에서 와서 22세로 즉위한 숙부 성덕왕의 보살핌을 받았다. 715년 당 나라로 숙위 갔던 그는 717년 4촌동생 중경이 태자로 책봉되고 어머니 성정왕후가 출궁되자 귀국하였다. 그가 귀국하기 직전 태자 중경은 사망하고 그는 4촌 동생 승경과 왕위 계승전을 벌이다 소덕왕후의 혼인을 앞둔 719년 도로 당 나라로 가서 출가하였다. 사진은 중국의 김재식 선생이 보내 주었다.〉

孝昭王(효소왕)의 친아들 金守忠(김수충), 성덕왕의 양아들 김수충, 그리고 地藏菩薩(지장보살)의 화신인 等身佛(등신불) 金喬覺(김교각), 그것은 저자가 인터넷에 떠도는 중국 기행문들 몇 편과 『삼국사기』, 『삼국유사』를 몇 장 대조해 보고 닷새 만에 찾아낼 수 있었던, 이렇게 명백하게 기록된 역사적 사실이었다.

이제 효소왕의 왕비가 성정왕후였고, 효소왕과 엄정왕후 사이의 왕자가 김수충, 김교각 지장보살이었음이 밝혀졌다. 김수충은 효소왕의 아들로서 왕위를 계승할 제1 후보였으나 그가 7살 때 오대산에서 온 22세의 삼촌 성덕왕에게 왕위를 내어 주었다. 그리고 어머니 성정왕후와 함께 숙부의 양아들로서 살았으나 714년 2월 19살쯤에 당 나라에 숙위로 보내졌다. 당 나라에서 현종과 좋은 관계를 유지하며 숙위하던 김수충은, 715년 12월 사촌 동생 중경이 태자로 책봉되고 이에 항의하던 어머니 성정왕후가 716년 3월 궁 밖으로 쫓겨났다는 소식을 듣고 717년 9월 귀국하였다.

서라벌에 와서 보니 717년 6월에, 태자인 사촌 동생 중경이 사망하고 왕실은 상중이었다. 10살 정도, 하상이다. 그의 시호가 효상태자이다.[43] 수충은 아무 말 못하고 숙부 성덕왕의 눈치만 보았을 것이다.

성덕왕은 704년 24살에 혼인하였다. 중간에 혼인에 관한 다른 기록이 없으므로 이때 혼인한 왕비가 (18c)에 나오는 출궁되는 성정왕후라

---

43) 이 '殤(상)' 자는 '일찍 죽을 상'이다. 7세 이하에 죽은 것을 무복지상(無服之殤), 8세부터 11세 사이에 죽은 것을 하상(下殤), 12세부터 15세 사이에 죽은 것을 중상(中殤), 16세부터 19세 사이에 죽은 것을 장상(長殤)이라 한다. 그는 성덕왕과 성정왕후의 둘째 아들이기 때문에 빨라야 707년생이다. 717년 유월에 죽었으니 나이가 많아야 10살이다. 무조건 하상에 속한다. (참고, 『예기』: 주 나라 사람이 은 나라 사람의 관으로 장상을 장례지냈다[周人以殷人之棺椁葬長殤]).

고 착각하게 되어 있다. 과거에는 모두 다 그렇게 해석해 왔다. 그런데 여기에는 아무 증거가 없다. 704년에 혼인한 왕비가 성정왕후라는 보장은 아무 데도 없는 것이다. 그러면 704년에 혼인한 왕비를 716년에 내보낸 것이 아니다.

그리고 『삼국유사』 권 제1 「왕력」, 「성덕왕」 조를 보면, 성덕왕의 왕비가 성정왕후가 아니라는 것은 명백한 일이다. 만약 일연선사가 보고 있는 문서들에도 성덕왕의 왕비가 '성정왕후'라는 말이 있었으면 일연선사는 그것을 꼭 기록해 두었을 것이다. 적지 않을 분이 아니다. 그리고 『삼국사기』를 보면서 역사를 서술하고 있는 일연선사가 굳이 『삼국사기』의 '성정'이라는 말을 무시하고, 적지 않은 것은 이 왕비의 시호가 '성정'이 아니라는 것을 뜻한다. 그러면 704년에 혼인한 성덕왕의 정식 왕비 아간 김원태의 딸의 시호는 '엄정왕후'인 것이다. 그런데 과거에는 이 엄정왕후와 성정왕후가 같은 사람인 줄 앎으로써 신라 중대 정치사를 엉망으로 만들어 버렸었다.

이 비극은 모두 요석공주의 탐욕으로부터 시작되었다. 그 공주가 신문왕의 원자를 배제하고 자신의 첫 외손자 이홍을 태자로 삼아 692년 효소왕으로 즉위시켰다. 그리고 효소왕의 즉위를 반대하는 세력을 무마하기 위하여 원자를 부군으로 삼았다. 그 후 696년에 효소왕의 아들 수충이 태어나고 원자의 즉위가 불가능해지자 그를 지지하는 김순원 세력이 700년 5월 '경영의 모반'을 일으켰다. 이로 하여 두 세력은 정적이 되었고 원자는 부군에서 폐위되었다.

702년 효소왕이 승하하자 요석공주는 다시 16세(혹은 20세?)인 신문왕의 원자와 7세인 효소왕의 왕자 수충을 제치고 오대산에서 22세의 셋째 외손자 효명을 데려와서 성덕왕으로 즉위시켰다. 수충은 어머니 성정왕후와 함께 숙부 성덕왕의 보살핌 속에서 자라다가 714년 2월 당나라로 숙위를 갔다. 성덕왕이 715년 12월 자신의 아들 중경을 태자로 책봉하자 수충의 어머니 성정왕후는 716년 3월 출궁되고 수충은 왕위로부터 멀어졌다. 717년 6월 태자 중경이 사망하고 717년 9월 수충이 귀국하였다. 수충이 당 나라를 떠날 때는 태자가 사망하기 전임에 틀림없다.

719년 성덕왕과 김순원의 딸 소덕왕후와의 재혼이 추진되기 시작하였다. 이제 아버지 효소왕의 외할머니 요석공주도 사망한 서라벌에서 김순원의 세력을 당할 자는 없었다. 앞으로 소덕왕후의 아들이 태어나면 그가 성덕왕 사후에 왕위를 이을 것이 불을 보듯 뻔하였다. 수충은 719년 24살에 다시 당 나라로 갔다. 그리고 스님이 되어 그를 이어 당 나라로 온 숙부 김사종과 그의 아들 지렴에게 불법을 강하였다고 한다. 제행무상인 것을―.

성덕왕은 724년 봄에 엄정왕후의 아들인 승경을 태자로 책봉하였다. 737년 2월 「원가」가 창작되던 시기에 즉위한 태자 승경[=효성왕]은 이복동생 헌영의 외가 사람들에게 시달리다가 재위 5년 만에 의문의 죽음을 당하고 화장당하여 동해에 산골되었다. 신라 중대의 왕 중에 왕릉이 없는 유일한 왕이다. 통일 신라, 첫 단추가 잘못 끼워진 이 시대는 그렇게 하여 경덕왕의 아들 혜공왕이 고종사촌 김양상에게 시해되는 것으로 막을 내린다.

5. 『삼국유사』 속 효소왕은 허구가 아니다

『삼국유사』의 내용을 여기에 보태면 효소왕이 재위 시에 나이가 6살에서 16살짜리 어린이라는 생각을 절대로 할 수 없다. 그리고 효소왕의 치세가 결코 평탄하지 못한 시기였음을 알 수 있다. 『삼국유사』에는 효소왕이 직접, 또는 간접적으로 나오는 설화가 많이 있다. 효소왕이 직접 등장하는 다음의 스토리들은 아무리 『삼국유사』가 설화를 적은 것이라 하더라도 그의 나이에 대하여 심사숙고할 필요가 있음을 보여 준다. 연대순으로 차례로 살펴보기로 한다.

「만파식적」 조에는, 요약하면 (19)와 같은 이야기가 실려 있다. 이 일이 일어난 시기는 신문왕이 개요 원년[681년] 신사 7월 7일 즉위한 이듬해인 682년이다.

(19) a. 제31 신문대왕[第三十一代]. 휘는 정명이고 김 씨이다[神文大王 諱政明 金氏]. 개요 원년 신사년 7월 7일 즉위하였다[開耀元年辛巳七月七日卽位]. ― 이듬해 임오년[682년] 5월 초하루*{어떤 책에는 천수 원년[690년]이라 하였으나 이는 잘못이다*[明年壬午五月朔*{一本云 天授元年誤矣}*]* ― 두 분 성인이 덕을 함께 하여 성을 지키는 보물을 내리시려 하오니[二聖同德欲出守城之寶] ― 왕이 기뻐하여 그 달 7일에 이견대에 행차하여 그 산을 보고 사람을 시켜 산을 조사하게 하였다[王喜 以其月七日 駕幸利見臺 望其山 遣使審之]. ― 용이 검은 옥띠를 바치는지라[有龍奉黑玉帶來獻] ― 왕께서 이 대나무를 가져다가 피리를 만들어 부시면 천하가 화평해질 것입니다[王取此竹作笛吹之天下和平]. 지금 대왕의 돌아가신 아버님은

바다 속의 큰 용이 되시고 김유신 또한 천신이 되어 두 성인이 마음을 같이 하여 값으로 칠 수 없는 큰 보물을 내어 저로 하여금 바치게 한 것입니다[今王考爲海中大龍庾信復爲天神 二聖同心出此無價大寶 今我獻之]. ―

b. 왕이 감은사에서 자고 17일에 기림사 서쪽 시냇가에 이르러 수레를 멈추고 점심을 먹었다[王宿感恩寺 十七日到祇林寺西溪邊 留駕晝饍]. 태자 이공*{즉, 효소대왕}*이 대궐을 지키다가 이 일을 듣고 말을 달려 어가에 와서 천천히 살펴보고 아뢰기를[太子理恭*{卽孝昭大王}*守闕 聞此事 走馬來駕 徐察奏曰], 이 옥대에 달린 여러 개의 장식 쪽은 모두 진짜 용입니다[此玉帶諸窠皆眞龍也] 하였다. 왕이 말하기를, 너가 그것을 어찌 아느냐[王曰 汝何知之]. 태자가 말하기를, 장식 쪽 하나를 떼어내어 물에 넣어 보소서[太子曰 摘一窠沈水示之] 하였다. 이에 왼편 두 번째 장식 쪽을 떼어 시냇물에 담그니 즉시 용이 되어 하늘로 날아갔다[乃摘左邊第二窠沈溪卽成龍上天]. 그 땅은 못이 되었다[其地成淵]. 그로 하여 용연이라 부른다[因號龍淵].

c. 효소왕대에 이르러 천수 4년[장수 2년] 계사년[693년]에 실[부의 오식]례랑이 살아 돌아온 기이한 일로 해서 다시 만만파파식적이라고 봉호하였다[至孝昭大王代 天授四年癸巳 因失[夫의 誤]禮郎生還之異 更封號曰萬萬波波息笛].

<『삼국유사』 권 제2 「기이 제2」 「만파식적」>

이 유명한 스토리 (19)는 매우 이상하다. (19b)의 밑줄 그은 부분은 세심한 검토가 필요하다. 『삼국사기』 권 제8 「신라 본기 제8」에서는 신문왕 11년[691년] 3월 1일에 태자로 봉해졌다는 이홍[=이공(理恭)]이, 태자로 봉해지기 10년 전인 682년 5월 17일에 이미 태자로서 말을 타

고 월성에서 기림사(祇林寺) 뒷산까지 달려와 옥대에 새겨진 장식 쪽(窠)의 용들을 진짜 용이라고 하는 재롱을 부리고 있다. 태자로 봉해지기 전의 이공을 태자라 지칭한 것은 기록자가 후세의 관점에서 그렇게 한 것이라 할 수 있다.

〈**이견대**(利見臺). 신문왕이 용을 보았다는 곳이다. 주역의 비룡재천 이견대인(飛龍在天 利見大人)에서 온 이름이다. 멀리 바다 가운데에 문무대왕릉이 보인다. 대왕암이라 알려진 이 수중릉을 중심으로 만파식적, 흑옥대, 신문왕 때 건립된 감은사, 태자 이공의 재롱을 보여 주는 기림사 뒤 함월산의 월성으로의 직통 접근로 곁의 용연 등이 분포해 있다. 만파식적, 용의 정체 등은 베일에 가려 있다. 그러나 682년에 이공이 존재한 것은 어김없는 사실이다.〉

그러나 '만약' 이 태자가 『삼국사기』에서 신문왕 7년[687년] 2월에 태어났다고 한 원자라면, 그는 태어난 때보다 5년 전인 682년에 이미 태자의 자격으로 말을 타고 서라벌에서 기림사 뒷산까지 왔다는 말이 된다. 그렇다면 『삼국유사』의 「만파식적」 이야기는 꾸며낸 엉터리 이야기라 할 것이다. 그런 이야기에서 임오년 5월 17일이라는 날짜까지 제시해 가며 글을 썼을까?

〈**함월산(含月山) 용연**. 대궐을 지키던 태자 이공[=이홍, 효소왕]이 그 소식을 듣고 말을 타고 부왕을 마중 왔다. 태자는 옥대에 붙은 장식 용을 보고 진짜 용이라고 하였다. 신문왕은 "네가 그것을 어찌 아느냐?"고 물었다. 태자는 떼어내어 물에 넣어 보시라고 하였다. 그리했더니 그 장식 용이 진짜 용이 되어 승천하였다. 그곳에 생긴 못이 용연이다. 이 설화 속의 효소왕은 몇 살이나 되었을까? 이 설화는 저자에게 효소왕이 687년 2월에 태어났다고 적힌 신문왕의 원자가 아니라는 확신을 갖게 하였다.〉

　'만파식적'을 신문왕 2년[682년]에 얻은 것이 사실이라면, 또 '만약' 687년에 태어난 그 원자가 이 태자라면, 『삼국사기』의 원자 출생 기록은 잘못된 섯이다. 원사는 그보다 10년은 더 전에 대이났어야 682년의 「만파식적」 조에 말을 타고 등장하는 태자가 될 수 있다. 『삼국사기』가 그렇게 부주의하게 원자 출생을 기록할 사서인가?

　물론 이 「만파식적」 기사의 일부 내용이 허황한 것은 분명하지만, 그리고 후세 기록에서 태자로 봉해지기 전의 왕자를 후세의 관점에서 태자로 부를 수도 있겠지만, 효소왕의 출생, 나이와 그의 행적에 수상한 점이 있는 것 또한 틀림없는 일이다. 그것은 효소왕의 출생의 비밀에 기인하는 수상함이다. 이렇게 명백하게 틀린 기록을 일연선사가 아무 의심 없이 『삼국유사』, 그것도 「기이 제2」에 실어 두었을까?

〈**기림사 대적광전**. 함월산 기림사는 천축국에서 온 광유성인이 창건하여 임정사로 불렀다. 선덕여왕 12년[619년]에 원효대사가 사찰을 크게 확장하면서 이름을 기림사로 하였다. 682년은 신문왕 즉위 이듬해로 681년 8월의 김흠돌의 모반이 진압된 직후이다. 골굴사에 머문 적도 있는 원효대사가 이 절 근처에 와 있었을 가능성도 있고 요석공주도 이 근방에 있었을 가능성이 있다. 신문왕과 신목왕후는 683년 5월에 혼인하였다. 원자는 687년 2월에 태어났다고 적혔다. 682년 5월에 말을 타고 월성에서 함월산 고개를 넘어온 태자 이공이 이 원자일 리가 없다.〉

위의 설명에서 '만약'이라는 말이 매우 중요한 암시를 던진다. '만약' 이 원자가 태자가 되었고 효소왕이 되었다면 양쪽 기록 가운데 어느 하나가 신빙성이 떨어진다. 그렇지만 '만약' 이 원자가, 태자가 되어 효소왕이 된 왕자 이홍이 아니고, 다른 사람이라면 양쪽 기록 다 아무 문제가 없다. 이 원자는, 태자도 되지 않았고 효소왕도 되지 않았다. 그리고 태자가 되고 효소왕이 된 왕자는 687년에 태어난 이 원자가 아닌 다른 사람이다. 그러니까 이 태자와 원자는 동일한 인물이 아닌 것이다. 그러므로 효소왕은 6살에 즉위한 것이 아니다. 누누이 말하지만 효소왕은

677년에 부모가 혼인하기 전에 혼전, 혼외자로 태어난 것이다. 그러면 682년 5월에 용연 폭포까지 온 태자 이공은 6살이다. 6살 아이라면, 그리고 6살 아이라야 말도 탈 수 있고 흑옥대의 장식 용을 보고 진자 용이라고 재롱을 부릴 수도 있다.

그리고 이 기사 마지막 (19c)에는 천수 4년 계사[693년, 효소왕 2년]에 부례랑이 살아 돌아온 일로 인하여 이 '만파식적'을 '만만파파식적'으로 다시 이름 지었다는 이야기가 덧붙어 있다. 그런데 나중에 볼 「백률사」 조에 실제로 그 일이 정확하게 기록되어 있다. 이 두 기록은 연대도 조금의 오차 없이 정확하게 기록되어 있다.

이 시기의 모든 사건은 '왕실'이라는 거대한 김 씨 세력과 김유신의 후예들이라 할 화랑도 출신 군부 귀족 세력 사이의 권력 투쟁의 관점에서 이해되어야 한다. 이 「만파식적」 조에 따르면 이 두 세력이 합심하여 서로 손바닥을 마주칠 때 소리가 난다. 두 대나무가 합쳐야 만파식적도 소리를 내는 것이고, 나라도 '흥성'한다는 것이 이 시대 기록의 핵심이다. 그런데 이 두 세력이 합심할 수 없도록 만드는 요인이 있었고 그 책임은 바로 신문왕과 효소왕 자신들에게 있었다. 그 결과 두 세력 사이의 다툼이 나라를 쇠망의 길로 내몰고 있는 것이 그 시대의 참모습이다. 이 사건도 그러한 시대적 맥락 속에서 이해해야 하는 것이다.[44]

「혜통항룡」 조에는 신문왕 승하 직후 효소왕이 왕위에 오른 해[692년]의 신문왕의 장례와 관련된 일을 보여 주고 있다. 요약하면 (20)과

---

44) 김흠돌의 모반으로 위상이 실추된 화랑단의 모습을 보여 주는 것이 「모죽지랑가」가 실려 있는 『삼국유사』 권 제2 「기이 제2」 「효소왕대 죽지랑」 조이다. 사병(私兵)이나 은퇴한 군인들의 모임이 있었고, 그 일원인 득오가 익선에 의하여 부역에 징발되었는데, 그를 도우려고 죽지랑이 나섰으나 그는 이미 당전인 모량리 출신 익선 아간이 무시할 정도의 처지에 있었다고 보는 것이다. 서정목(2014a)를 참고하기 바란다.

같다.

(20) a. 스님 혜통은 … 그때 당 나라 황실에서는 공주가 병이 들었
는지라 고종이 삼장에게 구원을 청하니 혜통을 자기 대신 천
거하였다. 혜통이 교를 받고 다른 곳에서 흰 콩 한 말을 은
그릇에 담고 주문을 외워[釋惠通 … 時唐室有公主疾病 高宗
請救於三藏 擧通自代 通受敎別處 以白豆一斗呪銀器中], … 갑
자기 교룡이 나와 달아나고 병이 드디어 나았다. 용은 혜통
이 자기를 쫓아내었음을 원망하여 신라 문잉림에 와서 인명
을 해하기를 더욱 독하게 하였다[… 忽有蛟龍走出 疾遂療 龍
怨通之逐己也 來本國文仍林 害命尤毒]. 이때 정공이 당 나라
사신으로 갔다가 혜통을 보고 말하기를 스님이 쫓은 독한 용
이 본국에 와서 그 해가 심하니 속히 가서 없애 달라고 하였
다[是時鄭恭奉使於唐 見通而謂曰 師所逐毒龍 歸本國害甚 速
去除之]. 이에 정공과 함께 인덕 2년 을축년[665년]에 나라에
돌아와 쫓아 버렸다. 용은 또 정공을 원망하여 이에 버드나
무에 의탁하여 정씨의 문 밖에 태어났다. 정공은 이를 알지
못하고서 다만 그 무성한 것만 좋아하여 매우 사랑하였다[乃
與恭 以麟德二年乙丑 還國而黜之 龍又怨恭 乃托之柳 生鄭氏
門外 恭不覺之 但賞其蔥密 酷愛之].

b. 신문왕이 세상을 떠나고 효소왕이 즉위하여 산릉을 닦고 장
례 길을 만드는 데 이르러 정씨의 버드나무가 길을 가로막고
섰으므로 유사가 베어내려 하였다. 공이 말하기를, 차라리 내
목을 벨지언정 이 나무는 베지 말라 하였다.[及神文王崩 孝昭
卽位 修山陵除葬路 鄭氏之柳當道 有司欲伐之 恭曰 寧斬我頭
莫伐此樹.] 유사가 들은 바를 아뢰니 왕이 크게 노하여 사구
에게 명하기를, '정공이 왕화상의 신술을 믿고 장차 불손을

도모하려고 왕명을 모욕하여 거스르고는 제 목을 베라 하니
마땅히 그 좋아하는 대로 하리라.' 하고는 이에 베어 죽이고
그 집을 묻어 버렸다.[有司奏聞 王大怒命司寇曰 鄭恭恃王和尙
神術 將謀不遜 侮逆王命 言斬我頭 宜從所好 乃誅之 坑其家.]

c. 병사들이 황망히 달아나 붉은 줄이 그어진 목을 한 채 왕 앞
으로 나아가자 왕이 말하기를 '화상의 신통함을 어찌 사람의
힘으로 도모하겠는가?' 하고 내버려 두었다.[其徒奔走 以朱項
赴王 王曰 和尙神通 豈人力所能圖 乃捨之.]

d. 왕녀가 갑자기 병이 들어 혜통을 불러 치료를 부탁하였더니
병이 나았다. 왕은 크게 기뻐하였다. 그러자 혜통이 말하기
를, 정공은 독룡의 더러움을 입어 애매하게 나라의 벌을 받
았습니다 하니, 왕은 이 말을 듣고 마음으로 뉘우쳐서 이에
정공의 처자가 죄를 면하게 하고 혜통을 제수하여 국사로 삼
았다.[王女忽有疾 詔通治之 疾愈 王大悅 通因言 恭被毒龍之汚
濫膺國刑 王聞之心悔 乃免恭妻孥 拜通爲國師.] <『삼국유사』
권 제5 「신주 제6」 「혜통 항룡」>

(20a)에서 보면 혜통은 낭 나라에서 교룡을 쫓아 버리고 당 고종의
공주의 병을 낫게 하였다. 이 교룡이 신라 문잉림에 와서 인명을 해치
자 당 나라에 사신으로 온 정공(鄭恭)이 혜통에게 본국에 와서 교룡을
제거하기를 원하였다. 이에 665년에 함께 와서 교룡을 쫓아내었다. 왕
자 정명이 형이 죽은 후에 문무왕의 태자로 봉해지고 김흠돌의 딸과 혼
인하던 해이다.

(20b)의 일은 6살의 어린 왕이 할 수 있는 일이 아니다. 어머니가 섭
정하였다면 '태후가 어찌하였다.'로 기록될 만한 일이다. 적어도 15세
이상 되어 왕릉을 짓는 데 방해가 되는 버드나무 한 그루 베는 일에 목

숨을 걸고 반대하는 정공이라는 사람의 비합리적 행동에 대하여 명쾌한 처결을 내릴 정도의 나이는 되어 보인다. (20c)에서 왕이 내린 판단도 어린이가 할 수 있는 판단은 아니다.

(20d)의 왕녀(王女)는 결정적인 증거이다. 왕녀는 왕의 딸이라고 읽어야 한다. 그런데 6살짜리 효소왕에게 딸이 있을 리 없다. 이를 왕의 어머니를 지칭한 것이라고 보는 견해가 있다. 그러나 '왕모(王母)'를 '王女(왕녀)'로 부르거나 오각했다고 보는 것은 무리하다. 이 '왕녀'에 조금만 의심이 갔어도, '효소왕이 어려서 딸이 없으므로 이 왕녀는 왕후나 태후의 오(誤)일 것이다.' 하고 주가 붙을 만한 일이다. 이 '왕녀'는 문자 그대로 효소왕의 딸이라고 보아야 한다. 효소왕은 6살에 즉위한 것이 아니라 16살에 즉위하여 어린 공주를 둔 청년 왕인 것이다.[45]

이제 「효소왕대 죽지랑」 조 전문을 보기로 한다. 이 기록을 면밀하게 검토하면 효소왕이 이때 6살이라는 말을 할 수가 없다. (이하는 서정목 (2014a), 『향가 모죽지랑가 연구』에서 필요한 부분을 그대로 가져 온 것이다.)

(21) 효소왕대 죽지랑*{ *죽만이라고도 하고 지관이라 부르기도 한
     다*}*[孝昭王代竹旨郎*{*亦作竹曼亦名智官*}*]
     a. 제32대 효소왕대에 죽만랑의 도에 득오*{*또는 곡이라고도 한
        다*}* 급간이 있었는데 풍류황권에 이름이 속하여 날마다 나
        오더니 10여 일 동안 보이지 않았다[第三十二 孝昭王代 竹曼

---

45) 용을 항복시킨 스님 혜통을 주인공으로 한 손자의 동화책의 겉표지에 등장한 효소왕
은 수염이 허연 할아버지 왕이었다. 혜통이 왕의 딸의 병을 낫게 하였으니 그렇게
그릴 수밖에 없었을 것이다. 유치원에서 이렇게 가르친 이 왕을 왜 대학의 역사 교
육이 6살에 왕위에 올라 16살에 승하하였다고 헛소리를 하여 아이들을 혼란스럽게
하는가? '아, 그 효소왕은 사실은 16살에 왕위에 올라 26살에 돌아가셨는데, 화가님
이 조금 과장하셨네.' 정도로 설명하니 손자도 알아들었다.

郎之徒 有得烏*{一云谷}*級干 隷名於風流黄卷 追日仕進 隔旬日不見. 낭이 그의 어머니를 불러 그대 아들이 어디 있는가 물으니 어머니가 당전인 모량리 익선 아간이 우리 아들을 부산성 창직으로 뽑아 배치하여 보내어 급히 가느라 낭에게 알릴 여유가 없었습니다고 말하였다[郎喚其母 問爾子何在 母曰 幢典 牟梁益宣阿干 以我子差富山城倉直 馳去行急 未暇告辭於郎]. 낭이 그대 아들이 사적인 일로 거기에 갔다면 꼭 찾아볼 필요가 없겠지만 지금 공사로 갔으니 꼭 가서 음식 대접이라도 해야 하겠습니다 하였다[郎曰 汝子若私事適彼 則不須尋訪 今以公事進去 須歸享矣]. 이에 떡 한 합과 술 한 항아리를 가지고 좌인*{우리 말로는 '모돗지 또는 닷지'라 하는데 노복을 뜻한다.}*을 거느리고 가는데 낭도 137인이 역시 위의를 갖추고 모시고 따라갔다[乃以舌餠一合酒一缸 卒*{率}*左人*{鄕云 皆叱知 言奴僕也}*而行 郎徒百三十七人 亦具儀侍從]. 부산성에 도착하여 문지기에게 득오실이 어디에 있는가 하고 물으니 그 사람이 말하기를 지금 익선의 밭에 있는데 전례에 따라 부역을 하고 있습니다고 하였다[到富山城 問閽人 得烏失奚在 人曰 今在益宣田, 隨例赴役]. 낭이 밭에 가서 가지고 간 술과 떡을 먹이고 익선에게 휴가를 청하여 함께 돌아가려 하였으나 익선이 굳게 금하고 허락하지 않았다[郎歸田 以所將酒餠饗之 請暇於益宣 將欲偕還 益宣固禁不許]. 그때 사리 간진이 추화군 능절조 30석을 징수, 관장하여 성 안으로 운반하던 중에, 낭의 사[士(무사, 병사)]를 중히 여기는 풍미를 아름답게 여기고 익선의 꽉 막히어 통하지 않음을 비루하게 여기어 거두어 가던 30석을 익선에게 주면서 청을 거들었으나 오히려 허락하지 않았다[時有使吏侃珍 管收推火郡 能節租三十石 輸送城中 美郎之重士風味 鄙宣暗塞不通 乃以所領三十石 贈益宣助請 猶不許].

또 진절 사지가 기마 안구를 주니 이에 승낙하였다[又以珍節舍知騎馬鞍具貽之 乃許].

b. 조정 화주가 듣고 사람을 보내어 익선을 잡아와 그 더럽고 추함을 씻기려 하였으나 익선이 도망가서 숨어 버려 그 장자를 잡아갔다[朝廷花主聞之 遣使取益宣 將洗浴其垢醜 宣逃隱 掠其長子而去]. 때는 한 겨울 매우 추운 날이어서 성 안의 못 속에서 씻기는데 이내 얼어 죽었다[時仲冬極寒之日 浴洗於城內池中 仍令凍死]. 대왕이 듣고 칙령을 내려 모량리인으로 벼슬하는 자는 다 내쫓아서 다시는 관공서에 발붙이지 못하게 하고 승려도 되지 못하게 하였으며 만약 승려가 된 자는 종고사에 들지 못하게 하였다[大王聞之 勅牟梁里人從官者 幷合黜遣 更不接公署 不著黑衣 若爲僧者 不合入鐘鼓寺中]. 사에 명하여 간진의 자손을 올려 평정호손으로 삼아 특별히 표창하였다[勅史上侃珍子孫 爲枰定戶孫 標異之]. 이때 원측법사는 이 분이 해동의 고덕이었으나 모량리인인 까닭으로 승직을 주지 않았다[時圓測法師 是海東高德 以牟梁里人 故不授僧職].

c. 처음에 술종공이 삭주 도독사가 되어 다스리는 곳으로 가려고 하는데, 이때는 삼한에 전쟁이 나서 기병 3천으로 호위하여 가게 했다[初述宗公爲朔州都督使 將歸理所 時三韓兵亂 以騎兵三千護送之]. 일행이 죽지령에 이르렀을 때 한 거사가 고갯길을 닦고 있었다[行至竹旨嶺 有一居士 平理其領路]. 공이 보고 좋게 여겼고 거사 또한 공의 위세가 매우 성함을 좋게 생각하여 서로 마음에 감동함이 있었다[公見之歡美 居士亦善公之威勢赫甚 相感於心]. 공이 주의 다스리는 곳에 부임하여 한 달되었을 때 꿈에 거사가 방 안으로 들어오는 것을 보았다[公赴州理 隔一朔 夢見居士入于房中]. 공의 아내도 같은 꿈을 꾸었다[室家同夢]. 더욱 놀랍고 이상하게 여겨 이튿날 사람을 보내

어 그 거사의 안부를 물었다[驚怪尤甚 翌日使人問其居士 安否]. 사람들이 거사가 죽은 지 며칠이 되었다고 하였다[人曰 居士死有日矣]. 심부름 간 사람이 돌아와 고했는데 그 죽음이 꿈꾼 날과 같았다[使來還告 其死與夢同日矣]. 공은 아마 거사가 우리 집에 태어날 것이라 하였다[公曰 殆居士誕於吾家爾]. 다시 군사들을 보내어 고개 위 북쪽 봉우리에 장사지내고 돌로 미륵불 한 구를 만들어 무덤 앞에 봉안하였다[更發卒修葬於嶺上北峯 造石彌勒一軀 安於塚前]. 부인은 꿈꾼 날로부터 잉태하여 이윽고 태어나자 이로 인하여 이름을 죽지라 하였다[妻氏自夢之日有娠 旣誕 因名竹旨]46) 장성하여 벼슬길에 나아가 부수가 되어 유신공과 더불어 삼한을 통일하고, 진덕, 태종, 문무, 신문 4대에 걸쳐 큰 재상이 되어 나라를 안정시켰다[壯而出仕 與庚信公爲副帥 統三韓 眞德太宗文武神文四代爲冢宰安定厥邦].

d. 처음에 득오곡이 낭을 모(慕)하여 노래를 지었으니 왈[初得烏谷 慕郞而作歌曰] □□□□□□□□□□□□□□(14자 공백)47)

---

46) 이 탄생 설화는 김유신의 그것과 흡사하다. 『삼국유사』권 제1 「기이 제1」, 「김유신」 조에는 고구려인 추남이 어미 쉬의 배 속에 든 새끼 쥐까지 포함하여 8마리의 쥐라고 하였다가 왕에게 억울한 죽음을 당하고, 그 원수를 갚기 위하여 신라에 김유신으로 태어났다고 한다. 죽지령을 넘어 단양 적성에는 신라 적성비가 있다. 이 길 닦는 거사는 어쩐지 처음 신라가 죽령을 넘어 고구려 땅으로 침략해 갈 때 고구려를 배신하고 신라에 복속한 적성인 야이차(也尒次)를 연상시킨다. 길을 닦는다는 것은 군사들의 행군 루트를 안내한다는 것의 은유가 아닐까? 야이차는 그 당시의 을아단현의 아단성(阿旦城) 성주로부터 어떤 억울한 일을 당했기에 고구려를 배신하고 신라에 복속한 것일까? 수 나라와의 전쟁 통에 빼앗긴 이 땅을 되찾기 위하여 고구려의 온달 장군은 남정에 나섰다가 온달산성 아래에서 유시에 맞아 이승을 하직하였다.

47) 이 노래가 『삼국유사』에 실려 있는 모습은 특이하다. 다른 노래의 경우에는 '처음에 득오곡이 낭을 추모하여 노래를 지어 말하기를[初得烏谷 慕郞而作歌曰]' 하고 한 자 정도를 비우고 바로 향찰로 적힌 노래의 첫 행이 오게 된다. 그러나 이 노래는 '曰' 다음에 무려 14 자가 들어갈 만한 빈 칸을 두고 다음 면에 가서 '去隱春皆理米'로 첫 행이 시작된다. 두 행 정도가 망실된 채 전해 오는 것이다. 그러므로 이 노래는 8구체 향가가 아니라 10구체 향가에서 두 행이 망실된 것이다. 망실된 두 행은 제3행과

去隱春皆理米 　　　　　간 봄 장례 치르매

毛冬居叱沙哭屋尸以憂音 　　못 계셔서 울어마를 이 시름

□□□□□□□ 　　　　　□□□□□□□

□□□□□□□ 　　　　　□□□□□□□

阿冬音乃叱好支賜烏隱 　　　두덩따름 좋으신

兒史年數就音墮支行齊 　　　모습이 해 헤아려 갈수록 헐
　　　　　　　　　　　　　　 어지리니

目煙廻於尸七史伊衣 　　　　눈 안개 두름 없이 저 분을

逢烏支惡知作乎下是 　　　　맞보기 어찌 이루리

郎也慕理尸心未, 行乎尸道尸 　낭이여 그릴 마음의 갈 길

蓬次叱巷中宿尸夜音有叱下是. 다봇쑥 우거진 골짜기에 잘
　　　　　　　　　　　　　　 밤 있으리.

　　　　<『삼국유사』 권 제2 「기이 제2」 「효소왕대 죽지랑」>

　이 기사에서 가장 중심이 되는 사항은 무엇일까? 그것은 '익선의 죽
지랑 모욕 사건'이다. 이 사건이 이 조의 맨 앞에 나오게 된 이유는 그
것이 중심 이야기이기 때문이다. '익선의 죽지랑 모욕 사건' 속에는 몇
개의 작은 요소들이 들어 있다. 잘게 쪼개어 보면 (22)와 같다.

　　(22) a. 득오가 익선에 의하여 부산성 창직으로 징발되어 갔다.[48]

　제4행이다. 자세한 논의는 서정목(2014a:183-213)을 참고하기 바란다.

48) 이 노래의 지은이 이름은 '得烏, 谷, 得烏失, 得烏谷 등'으로 적히고 있다. 이름은 하나
인데 한자의 음과 훈을 이용하여 우리말을 적다 보니 음으로도, 훈으로도 적고, 뜻은
다르지만 음은 같은 훈을 가진 한자를 이용하기도 하여 달리 적힌 것이다. '실을 得',
'실 谷'이다. '谷浦'를 '絲浦'로도 적는데 이는 '실개'를 적은 것이다. 이들은 훈독자이
다. '잃을 失'은 음독자이다. '烏'는 음으로 '-오'를 적은 것으로 보인다. 이 사람의 이

b. 죽지랑이 부산성으로 득오를 찾아가서(낭도 137명이 따라 갔다) 익선의 밭에서 예에 따라 부역을 하고 있는 득오에게 가지고 간 음식을 대접하였다.

c. 익선에게 휴가를 청하여 같이 돌아가려 하였으나 불허하였다.

d. 간진이 능절조 30석을 주고 도왔으나 거절당하였고 진절이 기마와 안구를 주자 허락하였다.

e. 조정 화주가 익선의 장자를 잡아와 때를 씻기다가 얼려 죽였다.

f. 대왕이 모량리인에게는 관직과 승직을 주지 않는다는 칙령을 내렸다.

g. 간진의 후손들을 표창하였다.

h. 해동 고덕인 원측법사에게 모량리인인 까닭에 승직을 주지 않았다.

이 요소들 가운데 저자가 제일 큰 비중을 부여하는 것은 (22f) 모량리인 관직, 승직 불수여 칙령, 그에 연관되어 있는 (22h) 원측법사 승직 불수여와 (22e) 조정 화주의 익선 장남 징벌 치사의 문제이다.[49] 이 사

름은 '실오'에 가깝다. 3자로 된 것은 '실오실'처럼 중복하여 표기한 섯으로 보인다. 신라어의 '실[谷]'에 대한 고구려어 단어는 '단呑'이다(예 : 買呑忽:水谷城, 현재 수원).
49) '조정 화주(花主[꽃님])'에 대하여 과거의 번역서들에서는 '조정에서 화랑도의 일을 맡아보는 관리' 정도의 주석을 붙이고 있었다. 상식에 어긋난 주석이다. 어떤 관리가 남의 아들을 잡아서 못에서 씻기다가 얼려 죽이겠는가? 필사본 『화랑세기』에서는 수많은 화주가 나온다. 화주는 풍월주의 부인이다. '김흠돌의 모반'으로 대부분의 풍월주 출신 장군들이 죽고 그의 아내들도 죽거나 노비가 되었을 것이다. 그러므로 이 때까지 살아남아 있었을 화주는 북원 소경[원주]에서 와서 제26세 풍월주 김흠돌의 모반을 진압한 제27세 풍월주 김오기의 부인 운명뿐이다. 운명은 자의왕후의 여동생이고 김순원의 누나이다. 운명이 신문왕의 모후 자의왕후와 더불어 조정에서 막강한 권력을 휘두르고 있었음을 알 수 있다. 운명의 남편이 쿠데타의 주역인 김오기로, 그가 호성장군을 맡고 있었으니 현대적으로 표현하면 운명은 계엄사령관의 부인이고 그의 언니가 대통령의 어머니이다. 그 당시의 실세 중의 실세이다. 이 정도의 지위가 되어야 익선 아간의 아들 정도를 얼려 죽일 수 있다. 화주에 대한 인식이 과거

건에 대한 '조정 화주의 조치'와 '대왕의 모량리인 징벌', 그리고 '원측 법사의 승직 불수'까지 모두가 합리적으로 설명되어야 한다.

이 기록에서 가장 중요한 사실은 '원측법사에게 승직을 주지 않았다' 는 것이다. 원측법사에게 승직을 주지 않은 이유는 그가 모량리인이기 때문이다. 모량리인에게 승직이나 관직을 주지 못하는 이유는 '익선의 죽지랑 모욕 사건' 때문이다. 따라서 원측법사에게 승직을 주지 않은 시점 전에 '익선의 죽지랑 모욕 사건'이 위치해야 한다.

'익선의 죽지랑 모욕 사건'은 효소왕대 초에 일어난 일이다. 특히 원 측법사의 일대기와 맞추어 보면, 이 사건은 692년 7월에 신문왕이 승하 하고 효소왕이 즉위한 바로 그 해 가을부터 겨울에 걸쳐 일어난 일이다. 설화 속에서 사리 간진이 추화군의 능절조 30석을 거두어 서라벌로 수 송하고 있었다고 하였다.[50] 가을에 추수 후 세금을 거두어 가는 것이다. 그리고 한 겨울에 익선의 장자를 얼려 죽이는 일이 벌어졌다. 이 스토 리는 정확하게 692년 가을부터 겨울에 이르는 사이에 있었던 일이다.

이 기록에서 가장 큰 문제가 '원측법사 승직 불수여'의 문제이다. 그

와 달라짐으로써 「효소왕대 죽지랑」 조의 설화에 대한 인식이 얼마나 달라지는가? 천양지차가 날 정도로 달라졌고 훨씬 현실적인 설화가 되었다(서정목(2014a:161-65) 참고). 그동안 수수께끼였던 '화주'라는 단어의 뜻이 이렇게 정확하게 정의되었기 때 문에 저자는 『화랑세기』에서 눈을 떼지 못한다. 그런 『화랑세기』가 만약 박창화가 상상력으로 지어낼 수 있었던 위서라면 그 사람은 역사의 신이지 인간이 아니다.

50) 推火郡(추화군)은 密城郡(밀성군)으로도 적었다. '밀 推'이므로 '推'는 훈독자, '密'은 음독자이다. '火'는 '伐'이나 '陽'으로도 적는다(예: 音汁火縣=音汁伐國, 獻(헌)陽縣=居 知火縣. '불'은 중세 한국어에서 '블'이다. '推火'는 '밀블'을 훈차자로 적은 것이다. 오늘날의 '밀양(密陽)'이다. '밀'은 음독자이고 '볕 陽'은 훈독자이다. '볕'과 '불'이 의 미상으로 통한다. 사리(使史) 간진(侃珍)이 밀양에서 거둔 조(租[세곡])를 서라벌로 수 송하려면 일연선사가 머무르던 운문사가 있는 청도를 거쳐 오봉산을 지나가야 한다. 부산성이 그 유명한 여근곡(女根谷) 위의 오봉산에 있었다. 오늘 날의 KTX 건천역 남쪽 모량리 뒤에 있는 산봉우리이다.

때 원측법사는 해동 고덕이었으나 모량리인인 까닭으로 승직을 주지 않았다. 기록은 승직을 주지 않았다[不授]로 되어 있다. 이 기록은 깊이 생각해 보면 매우 이상한 기록이다. 당 나라에 유학 가서 학식 높은 스님이 되어 여황제(女皇帝) 역할을 하는 측천무후(則天武后)와 잘 지내고 있는 사람에게 왜 승직을 주지 않았다느니 하는 말이 기록되어 있을까? 누군가가 외국에 있는 모국을 빛낸 원측법사에게 승직을 주자고 했는데 모량리인이기 때문에 주지 않았을 것이다. 그것 이외에는 달리 설명할 방법이 없다.

〈**부산성이 있던 곳**. 부산성은 건천역 남쪽의 오봉산 위에 있었다. 선덕여왕이 백제 군사들이 매복하여 있을 것으로 지목한 여근곡[옥문곡]이 근방에 있다. 건천 휴게소에서 찍었다.〉

이 기록은 '이때 원측법사는 이 분이 해동의 고덕이었으나 모량리인인 까닭으로 승직을 주지 않았다[時圓測法師是海東高德以牟梁里人故不授僧職]'이다. 주어가 원측법사이고 그가 승직을 받기를 원했으나 모량리인이라서 안 되었다면 '받지 못했다[不受]'가 정상적인 표현이다. '주지 않았다, 주지 못했다[不授]'는 주어가 왕이고 왕이 승직을 주고 싶었으나 '모량리인이라서 {주지 않았다, 줄 수 없었다}'로 읽히는 것이 정상적이다. 실제로 해동 고덕으로서 측천무후로부터 여불존숭(如佛尊崇)을 받았던 원측법사가 무슨 신라 승직 따위에 연연했겠는가? 그는 생각도 없는데 주지 못해 안달했던 것은 신문왕이고 안달하고 있는 것은 신목왕후와 효소왕이라고 보아야 올바른 독해라 할 것이다.

그렇다면 원측법사는 누구인가? 이에 대해서는 조명기(1949)를 참고할 수 있다. (23)은 조명기(1949:137-40)을 요약한 것이다.

(23) a. 원측법사는 신라의 왕손(王孫)으로 진평왕 34년(612년)에 출생하여 3살에 출가하고 15살(627년)에 당나라에 유학가서—

b. 유식학(唯識學)을 공부하여 마침내 칙령을 봉하고 서명사(西明寺) 대덕이 되었다.

c. 측천무후(則天武后)로부터 여불존숭(如佛尊崇)의 총애를 입은 그를, 신문왕이 여러 차례 표(表)를 올려 귀국을 요청하였지만 측천무후는 귀국을 허락하지 않았다. 인도에서 오는 고승들을 응대하고 그들이 범어를 중국어로 번역할 때 자문에 응해야 하는 막중한 책무를 수행하고 있었기 때문이다.

d. 효소왕 5년(696년)에 세상을 떠났으니 84세의 수를 누렸다.[51]

e. 용문(龍門) 향산사(香山寺) 북곡(北谷)에 다비(茶毘)하여 사리(舍利) 49립(粒)를 얻어 백탑(白塔)을 건립하였다가 문제(門弟)

---

51) 원측법사의 일생(612년~696년)은, 저자가 추정하는 죽지랑의 일생과 시기가 거의 일치한다. 죽지랑도 진평왕 30년대인 610년쯤에 출생하여 효소왕 9년(700년) '경영의 모반'이 있었던 때쯤에 이 세상을 떠나 90세 정도의 수를 누린 것으로 추정된다. 이종욱(1986:209)도 죽지랑이 진평왕 17년(595년)생인 김유신 장군보다 10여살 정도 아래일 것으로 보고 있다.

서명사주(西明寺主) 자선법사 대천복사 대덕 승장법사 등이
그 사리를 나누어 종남산(終南山) 풍덕사(豊德寺)의 동령에
입탑하고 — 하략.

이제 원측법사가 언제 귀국하여 승직을 받을 위치에 있었으나 받지
못하였는지가 쟁점이 된다. 그런데 그는 효소왕 5년[696년]에 입적하였
다. 그러면 그 전에 귀국하여야 한다. 언제일까?

신문왕의 거듭된 요청에도 측천무후의 허락이 없어 귀국하지 못했던
그에게, 신문왕 치세 말기나 효소왕의 즉위 후에 측천무후의 특별한 배
려로 귀국하는 기회가 주어졌을 수 있다. 그런 원측법사에게 신라 조정
은 당연히 승직을 수여했어야 하는데 수여하지 못하는 그러한 사정이
이 사건의 핵심인 것이다. 승직을 주지 않았다는 기록은, 당연히 승직을
주었어야 하는데 모량리인 승직 수여 금지라는 큰 원칙에 저촉되어 승
직을 주지 못하였다는 뜻으로 이해해야 한다.

측천무후의 특별한 배려로 원측법사에게 귀국할 기회가 주어진 것은
언제일까? 그 기회는 아마도 나라에 큰 일이 있었을 때일 것이다. 원측
법사가 해동의 고덕으로 기록될 정도의 나이가 되었을 때에 일어난 나
라의 큰 일은 무엇이었을까? 그것은 바로 신문왕의 승하이다. 신문왕은
692년 7월에 사망하였다. 원측법사가 81세가 되었을 때이다. 살아생전
에 그렇게도 원측법사의 귀국을 요청하였던 신문왕이 승하하였다는 소
식을 듣고, 측천무후는 승하한 신문왕을 위하여 최고, 최적의 조위 인물
로 원측법사를 보내려 하지 않았을까? 원측법사는 아마도 측천무후의
조위 전달 임무를 띠고 귀국할 기회를 얻었을 것이다.[52]

52) 측천무후는 신문왕과 왜 가까운 사이인가? 그것은 태종무열왕, 문무왕과 관련되어

(24a)에서 보듯이 이렇게 조위를 전하고 제사를 모시는 사절단의 일원으로 원측법사가 당 나라로부터 귀국하였을 가능성이 없는 것은 아니다. 그러나 그는 이미 81세의 고령이다. 먼 귀국 길을 감당할 수 없었다. 직접 갈 수 없으니 대안으로 자신의 역할을 대신할 수 있는 사람을 보낼 수밖에 없었을 것이다. 누가 가장 적임자일까? 신라 출신으로 자신의 유식학을 잘 이해하는 제자를 골라 대신 보내었을 것이다.

(24) a. [692년], 효소왕이 즉위하였다[孝昭王立]. 휘는 이홍*{이공이

있다. 이로 보면 측천무후와 신목왕후의 관계도 어느 정도 짐작이 된다. 태종무열왕이 백제, 고구려를 정벌하기 위하여 648년 당 나라에 가서 만났던 당 태종의 후궁이었고, 백제가 멸망한 때[660년]와 고구려가 멸망한 때[668년], 신문왕 즉위시[681년]를 거쳐 682년까지 당 나라를 다스린 고종의 황후로서 막후에서 고종을 조종한 사람이 측천무후였다. 그러다가 드디어 682년 고종의 사망 후부터 중종을 세워 다스리다 그를 폐하고 705년까지 23년간 예종을 내세우고 무주(武周)의 여자 황제로서의 지위를 누리다가 죽으면서 중종을 다시 세워 당 나라 황후로 복귀한다. 그러므로 측천무후는 태종무열왕, 문무왕, 김인문과도 친밀한 관계를 맺었을 것이고, 태종무열왕의 손자인 신문왕과 외손녀인 신목왕후까지도, 나아가 신목왕후의 어머니인 태종무열왕의 딸 김흠운의 아내까지도 잘 알고 있었다고 보아야 한다. 그리고 그 중간에는 원측법사가 있었던 것으로 보인다. 이로부터 10년 후인 702년 '효소왕의 승하' 소식을 듣고 측천무후가 이틀이나 정사를 보지 않았다고 하는 『삼국사기』 권 제8 「신라본기 제8」 「성덕왕」 즉위년의 기록은 효소왕과 측천무후를 연결하는 어떤 사슬이 있었다고 추측하게 한다. 그리고 그 사슬의 고리 한 축이 원측법사가 아닐까 하는 생각을 하게 한다. 그러므로 측천무후는 효소왕이 승하한 것을 큰 슬픔으로 여겼고, 그의 아우이며 신문왕과 신목왕후의 또 다른 아들인 성덕왕이 왕위에 오르는 것에까지 간여하였을 가능성이 있는 것이다. 여기서 저자는 원측법사의 힘만으로 과연 이것이 가능했을까 하는 생각을 한다. 그 당시의 국제 관계를 더 자세히 알아야 할 필요를 느낀다. 신라와 당 나라의 관계는 좀 특별한 면이 있다. 정말로 수수께끼의 인물은 신목왕후의 어머니인 태종무열왕의 딸, 김흠운의 아내라는 여인이다. 이 여인은 딸 신목왕후가 있고, 신목왕후의 아버지 김흠운이 태종무열왕의 사위라는 기록이 있으니 태종무열왕의 딸로 존재하는 투명 인간 같은 사람이다. 사서의 기록에는 실체가 전혀 드러나지 않는다. 홀로 된 요석궁의 공주에게서 나라를 고일 기둥을 얻은 원효대사의 시절에 공주일 수 있는 사람은 태종무열왕의 딸일 수밖에 없다. 진평왕(567년?-632년)의 딸이라면 선덕여왕의 뒤를 이었을 것이고, 선덕여왕, 진덕여왕의 딸이 있었다면 왕위 계승자가 되었을 것이기 때문이다.

라고도 한다.}*이다. 신문왕의 태자[新文王太子]이다. 어머니
의 성은 김 씨로 신목왕후이다[母姓金氏 神穆王后]. 일길찬
김흠운[혹은 欽雲이라고도 적는다.]의 딸이다[一吉湌金欽運
(一云雲)女也]. 당 측천무후는 사신을 보내어 조의를 표하고
제사를 지냈다[唐則天遣使 弔祭]. 이어 왕을 신라왕 보국대장
군 행좌표도위대장군계림주도독으로 책봉하였다[仍冊王爲新
羅王 輔國大將軍 行左豹韜尉大將軍 鷄林州都督] 좌우이방부
를 좌우의방부로 고쳤다[改左右理方府爲左右議方府]. 이가 휘
를 범하기 때문이었다[理犯諱故也].
b. 원년 8월 대아찬 원선으로 중시를 삼았다[元年 八月 以大阿
湌元宣爲中侍]. 고승 도증이 당 나라로부터 돌아와서 천문도
를 바쳤다[高僧道證自唐廻上天文圖].

<『삼국사기』 권 제8 「신라본기 제8」 「효소왕」>

(24b)에는 692년 8월의 기사 뒤에 월일(月日)이 없이 도증(道證)이 귀
국하여 효소왕에게 천문도를 바친 것을 적고 있다. 이 시기는 언제일까?
8월 이후인 것은 확실하다. 도증은 정확하게 신문왕이 승하한 7월보다
더 후에 『삼국사기』에 등장하는 것이다. 왜 하필 효소왕 즉위년의 8월
이후에 도증이 귀국한 것일까? 우연의 일치일까? 그 당시 당 나라와 신
라 사이에 오가는 배편은 흔했을까? '원측보다 13살 적은 의상대사(625
년-702년)가 당 나라로 가다가 고구려에 붙잡혀서 첩자로 의심받아 고
생하고 661년[문무왕 1년]에 당 나라 사신의 배편을 빌려 타고 건너간'
일을 생각하면 도증의 귀국은 (23a)의 당 나라 사신이 타고 오는 배와
무관하다고 할 수는 없을 것이다.

원측법사는 연로하여 귀국하지 않고 도증이 사절단의 일원으로 와서

천문도와 원측법사의 학문을 전했던 것이다. 도증의 귀국은 사절단의
일원으로 측천무후의 조위를 전하는 것이 1차적 목적이고 부수적으로
천문도를 전하고 유식학을 전했을 가능성이 크다. 그러나 그렇지 않았
다 하더라도 692년 8월 이후에 원측법사의 제자 도증이 귀국한 것은
사실이고, 그가 천문도를 바치기 위하여 효소왕을 만난 것도 사실이다.
『글로벌 세계 대백과사전』의 '원측' 항목에는 (25)와 같이 기록되어
있다.

> (25) 당시 중국 불교계는 법상종과 천태학 등 계파에 따라 날카롭게
> 대립하고 있었는데, 원측은 법상종 계열이면서도 양자의 융합
> 을 주장하여, 법상종의 정통파를 자처하던 자은파로부터 이단
> 취급을 받았다. 그러나 일본 승려 엔지의 기록에도 나오듯이,
> 당에 많이 와 있던 신라 출신 승려들이 원측의 사상을 계승하
> 여 하나의 계파를 이루어 그의 사상을 계속 이어나갔고, 원측
> 의 제자 도증(道證)은 692년(효소왕 1년)에 신라로 귀국하여 원
> 측의 유식학(唯識學)을 신라에 전했다.

신문왕이 배움을 얻기를 바라던 원측법사, 그의 제자 도증(道證)이 귀
국했을 때 신목왕후와 효소왕은 그를 통하여 원측법사에게 최대의 선물
을 하고 싶었을 것이다. 당 나라 측천무후로부터 부처님 같은 존숭을
받는 원측법사에게 신라 최고의 승직을 주고 싶었을 것이다. 그러나 그
바로 전에 '익선의 죽지랑 모욕 사건'으로 효소왕은 모량리인들에게 관
직, 승직을 주지 않겠다는 칙령을 내려놓았다. 이 칙령에 자승자박되어
효소왕은 원측법사에게 어떠한 승직도 주지 못했을 것이다. 이것이 『삼
국유사』의 권 제2 「효소왕대 죽지랑」 조에 '익선의 죽지랑 모욕 사건'

에 원인을 두는 '모량리인 관직, 승직 불수여'와 관련되어 '원측법사의 승직 불수여 사건'이 함께 적혀 있는 진정한 이유이다. 그리고 원측법사는 효소왕 5년[696년] 7월 22일 입적하였다.

이로 보면 '익선의 죽지랑 모욕 사건'은 신문왕이 승하하고 효소왕이 즉위한 해 가을에 일어난 일이다. 그래해야 '효소왕대 죽지랑' 조에 이 사건이 기록되고, 또 '모량리인 관직, 승직 불수여'와 '원측법사 승직 불수'가 함께 적혀 있는 까닭이 이해된다. 신문왕이 승하하고 효소왕이 즉위한 시기[692년 7월]와 승하 부고가 당 나라에 전해지고 당 나라 측천무후가 조위를 표하기 위한 사절단과 함께 도증을 보내어 그가 신라로 오는 시기의 사이[약 4개월 정도 소요되는 여정]에 '익선의 죽지랑 모욕 사건'이 위치한다.53) '익선의 죽지랑 모욕 사건'은 효소왕 즉위 후, 692년의 겨울쯤인 도증의 귀국보다는 앞서 일어난 일이다.

그러면 이 일을 관장하고 있는 효소왕이 몇 살이나 되어 보이는가? 이런 중대한 일을 6살짜리 아이인 효소왕이 감당할 수 있었겠는가? 아니다. 그가 6살 어린이라면 이렇게 할 수가 없다. 이 일은 절대로 6살짜리 아이가 할 수 있는 일이 아니다. 만약 효소왕이 어려서 어머니 신목 태후가 섭정하였다면 조정의 '화주'가 익선의 아이를 얼려 죽였다고 할 것이 아니라 '태후'가 그리했다고 나와야 정상적이다. 그러므로 효소왕은 이 사건 당시에 6살의 아이 왕이 아니라 16살의 청년 왕이다. 효소

---

53) 태종무열왕 8년[661년] 6월 이후 왕이 승하한 뒤에, 당 나라 고종은 왕의 부음을 듣고 낙성문에서 애도식을 거행하였다[高宗聞訃擧哀於洛城門]. 문무왕 즉위년[661년] 전장에 있던 문무왕은 10월 29일에 당 나라 황제의 조위 사신이 도착하였다는 소식을 듣고 전장에서 서라벌로 온다. 그리고 사신이 조위를 표하고 제사를 올린다. 이로 보면 부고가 당 나라로 가고, 사신이 당 나라에서 서라벌에 오는 데에 4개월 정도 소요된다. 효소왕 즉위년[692년] 7월에 신문왕이 승하하였으니 도증이 서라벌에 온 것도 11월 이후 겨울이었을 것이다.

왕이 6살에 즉위하였다는 그런 허언(虛言)을 할 일이 아니다.

(26)은 「백률사」 조이다. 여기에는 682년에 얻은 만파식적을, 그로부터 11년 뒤인 693년 적적(狄賊)에게 잡혀간 부례랑을 데리고 오는 신통력과 관련하여 '만만파파식적(萬萬波波息笛)'으로 책호했다는 이야기가 들어 있다. 이 설화 속에 나오는 효소왕도 7살의 어린 왕은 아니다.

(26) a. 천수 3년[장수 원년은 10월부터] 임진년[692년] 9월 7일 <u>효소왕은 대현살찬의 아들 부례랑을 받들어 국선으로 삼으니 천도가 그를 따랐고 안상과 매우 친했다</u>[天授三年壬辰九月七日 孝昭王奉大玄薩飡之子夫禮郎爲國仙 珠履千徒 親安常尤甚].

   b. 천수 4년[0장수 2년] 계사년[693년] 늦봄에 <u>도를 거느리고 금란에 유하였다가</u> 북명의 경계에 갔을 때 적적에게 피랍되어 갔다[天授四年(長壽二年)癸巳[693년]暮春之月 領徒遊金蘭 到北溟之境 被狄賊所掠而去]. 문객들이 모두 모두 어쩔 줄 모르고 돌아왔으나 안상이 홀로 쫓아갔다[門客皆失措而還 獨安常追迹之]. 이때가 3월 11일이었다[是三月十一日也].

   c. 대왕이 듣고 놀라움을 이기지 못하고 말하기를, <u>선대 임금께서 신령스러운 피리를 얻어</u>[大王聞之 驚駭不勝曰 先君得神笛] — 이에 말하기를 짐이 얼마나 불행하기에 어제는 국선을 잃고 또 가야금과 피리를 잃어버렸을꼬 — 乃曰 朕何不予* {弔[불쌍히 여길 弔의 誤}* 昨失國仙 又亡琴笛]. — 4월에는 나라에 공모하여 <u>가야금과 피리를 찾아오는 사람에게는 1년치 세금을 상으로 주겠다</u> 하였다[— 四月募於國曰 得琴笛者 賞之一歲租].

   d. 5월 15일에 — 홀연히 향탁 위에 가야금과 피리 두 보물을 얻고 낭과 안상 두 사람도 대비상 뒤에 와 있었다[五月十五

日 — 忽香卓上得琴笛二寶　而郎常二人　來到於像後]. — 마침
내 데리고 바다에 이르러 또 안상과 더불어 만나고 이에 피
리를 둘로 쪼개어 둘에게 주면서 각기 한 쪽씩에 타고 자기
는 가야금을 타고 둥실 떠서 돌아오는데 잠깐 동안에 이곳에
도착했다고 하였다[— 遂率至海　又與安常會　乃批笛爲兩分
與二人　各乘一隻　自乘其琴　泛泛歸來　俄然至此矣. <『삼국유
사』 권 제3 「탑상 제4」 「백률사」>

　장수 원년은 692년 10월부터이므로 692년 7월은 천수 3년이 맞다.
효소왕이 7월에 즉위하였으니 (26a)의 기록에서 9월 7일에 부례랑을 국
선으로 삼았다고 하는 것은 옳다. (26b)의 부례랑이 적적에게 붙들려 간
693년 3월 11일은 장수 2년도 되고 천수 4년도 된다. 이는 (19)에서 본
「만파식적」 조의 기록과 일치한다. 도(徒)와 유(遊), 문(門)의 용법도 정확
하다. (26c)에서 효소왕이 '선대 임금께서 신령한 피리를 얻어…' 한 것
도 「만파식적」 조에서 본 대로이다. 이 설화는 백률사 대비상의 신통력
을 말하는 설화라서 그것 자체는 믿을 수 없지만, 효소왕과 관련된
연대는 의심할 수 없는 것이다. 백률사 대비상의 이 신통력, 피리가 적
적에게 납치된 국선을 데리고 왔다는 것은 무엇인가를 상징하는 것이
다. 그것을 현실적인 일로 해석해내지 못하는 것이 한스럽지만, 이 설화
에 나오는 효소왕이 7살짜리 어린 아이가 아니라는 것은 분명한 것이
다. 그는 이때 17살 청년이다.
　특히 (26c)에서 보듯이 천존고(天尊庫) 안의 가야금과 피리를 잃어버
리고 '짐이 얼마나 불행하기에 어제는 국선을 잃고 또 가야금과 피리를
잃어버렸을꼬?' 하고 신세 한탄 하는 왕을 7살짜리 어린이로 보는 것은

무리한 일이다. 4월에 국인들을 모아 놓고 가야금과 피리를 찾아오는 사람에게는 1년치 세금을 상으로 주겠다는 현상금을 거는 왕이 7살이라 할 수는 없을 것이다. 이 스토리의 사건 전개는 날짜가 정확하게 기록되면서 순차적으로 진행되고 있다. 그리고 그 순차적 사건 진행에 논리적인 하자가 없다. 사건에 대하여 정확하게 적고 있는 것이다.

마지막으로 권 제5 「감통 제7」 「진신수공(眞身受供)」에 나오는 효소왕을 보기로 한다. (27a)의 탑이 흔들린 일은 『삼국사기』 권 제9 「경덕왕」 14년[755년] 조에 비슷한 내용이 적혀 있다. (27c)의 효소왕도 14살 정도의 소년이 아닌 것이다.

> (27) a. 장수 원년[692년] 임진에 효소왕이 즉위하여 망덕사를 창건하여 당 황실의 복을 빌고자 하였다[長壽元年壬辰 孝昭即位 始創望德寺 將以奉福唐室]. 후에 경덕왕 14년[755년] 망덕사 탑이 흔들리더니 이 해에 안사의 난이 있었다[後景德王十四年 望德寺塔戰動 是年有安史之亂]. 신라 사람들이 말하기를[羅人云], 당 나라 황실을 위하여 이 절을 세웠으니 응당 그 감응이 있는 것이라고 하였다[爲唐室立玆寺 宜其應也].
>
> b. 8년[699년] 정유[기해?]년에54) 낙성회를 열어 왕이 친히 가서 공양하였다[八年丁酉 設落成會 王親駕辦供]. 한 비구가 있어 의의가 소루한 모습을 하고 뜰에 구부리고 서서 청하기를[有一比丘 儀彩疎陋 局束立於庭 請曰], 빈도도 재를 보려 합니다[貧道亦望齋]. 왕이 허락하고 상에 앉게 하였다[王許赴床]. 파하려 할 때 왕이 희롱조로 말하기를[將罷 王戲調之曰], 어느 곳에 거주하시는가[住錫何所]. 중이 말하기를[僧曰], 비파

54) 효소왕 원년[692년]이 임진년이므로 8년[699년]은 정유년이 아니고 기해년이다. 만약 정유년이 옳다면 효소왕 6년[697년]이 된다.

암[琵琶嵓]이라 했다. 왕이 말하기를[王曰], 이제 가거든 남들
에게 국왕이 친히 공양하는 재에 갔다고 말하지 마시오[此去
莫向人言 赴國王親供之齋]. 중이 웃으며 답하기를[僧笑答曰],
폐하도 남들에게 진신 석가를 공양하였다고 말하지 마소서
[陛下亦莫與人言 供養眞身釋迦]. 말을 마치자 몸을 솟구쳐 공
중에 떠서 남쪽으로 갔다[言訖 湧身凌空 向南而行].

c. 왕은 놀라고 부끄러워 동쪽 언덕에 올라 간 방향을 향하여
절하고 사람을 시켜 가서 찾게 하였다[王驚愧 馳上東罔{岡}
向方遙禮 使往尋之]. 남산 삼성곡*{혹은 *대적천원이라고도
한다*}*에 이르러 바위 위에 석장과 바리때를 놓고 사라졌다
[到南山參星谷*{或云大磧川源}*石上 置錫鉢而隱]. 사자가 와
서 복명하자 드디어 비파암 아래에 석가사를 세우고 자취가
없어진 곳에 불무사를 세워 석장과 바리때를 나누어 간직하
게 하였다[使來復命 遂創釋迦寺於琵琶嵓下 創佛無事{寺}於滅
影處 分置錫鉢焉]. 두 절은 지금까지 남아 있으나 석장과 바
리때는 없어졌다[二寺至今存 錫鉢亡矣]. <『삼국유사』권 제5
「감통 제7」「진신수공」>

지금까지 살펴본 『삼국유사』의 기사들은 모두 효소왕이 6살에 즉위
한 아이가 아니었음을 말해 준다. 그런 기사가 한 두 개도 아니다. 그리
고 그 기록들은 정확하게 날짜에 따라 논리적으로 기술되고 있다. 이런
기록을 믿지 못한다면 무엇을 믿고 1300여 년 전의 일을 연구한다는
말인가? 그러므로 『삼국유사』를 불신하고 진행된 이 시대에 대한 현대
한국의 신라사 연구자들의 논저는 모두 틀릴 수밖에 없다.

결론적으로 말한다. 효소왕은 6세에 즉위하여 16세에 승하한 어린 왕
이 아니다. 그는 16세에 즉위하여 26세에 승하한 어른 왕이다. 그러므

로 『삼국유사』를 무시하고 기술된 과거의 신라 중대사 연구는 모두 고치지 않으면 안 된다. '과오(過誤)를 알면 고치는 것', 그것이 학문의 길이다. 국사편찬위원회(1998), 『한국사 9』 「통일신라」 96면의 '효소왕이 6세의 어린 나이로 왕위에 올랐는데'라는 기술은 '효소왕이 16세에 왕위에 올랐는데'로 고치고 모후의 섭정 사항도 삭제하여야 한다. 신목왕후가 섭정했다는 근거는 아무 데도 없다.

그렇게 하여 효소왕에게는 왕비 성정왕후가 있는 것이고 왕녀도 있는 것이다. 물론 그의 아들 왕자 김수충도 있다. 그렇지만 김수충은 모든 기록에 효소왕의 아들이라는 흔적이 없다. 그렇다고 그가 성덕왕의 아들이라는 기록도 없다. 나이와 당 나라에 숙위 간 시기를 보면 딱 효소왕과 성덕왕 사이에 끼이는 왕자이다. 이 미묘한 시기가 그가 효소왕의 친아들이고 성덕왕의 양아들일 것이라는 절묘한 해법을 마련해 주었다. 그리하여 지장보살의 화신 김교각이 성덕왕의 아들처럼 기록되어 있는 중국 측의 사서들이, 역으로 그 김교각이 김수충이고 그가 효소왕의 아들임을 명언하고 있는 것이다. 그럴 수 있는 길은? 그것은 '형사취수(兄死娶嫂)' 제도이다. 26세에 죽은 형 효소왕의 왕비와 아들을 22세에 오대산에서 와서 즉위한 성덕왕이 책임질 수밖에 없는 것 아닌가? 이 제도를 특별히 이상한 제도라 생각할 필요가 없다. 형수를 아내로 삼는 것이야 무리해 보이지만 형이 남긴 조카를 아우가 책임지고 키워야 하는 것, 그것은 현대 사회에서도 미담이 될지언정 이상한 일이 아니다. 왕비였던 여인을 왕이 사망한 뒤에 다른 데로 출가시키지도 못하는 왕실에서 그 형수를 아우가 책임지게 하는 것은, 미망인 왕비에게 유폐된 삶을 살게 해야 하는 유교 제도보다는 더 인간적인 제도이다.

제 6 장
성덕왕의 즉위와 혼인, 자녀들

성덕왕의 즉위와 혼인, 자녀들

1. 성덕왕은 정상적으로 즉위한 것이 아니다

성덕왕은 어떻게 왕위에 오르게 되었을까? 그는 신문왕 때에도, 효소왕 때에도 태자로 책봉된 적이 없다. 태자로 책봉된 적이 없는 왕자가 어느 날 갑자기 효소왕이 승하하는 바람에 어부지리를 얻어 왕위에 올랐다. 『삼국사기』에서 그 시기의 기록을 살펴보기로 한다.

> (1) a. (효소왕) 11년[702년] 7월에 왕이 승하하였다[十一年 秋七月 王薨]. 시호를 효소라 하고 망덕사의 동쪽에 장사지냈다[諡曰孝昭 葬于望德寺東]. <『삼국사기』 권 제8 「신라본기 제8」 「효소왕」>
>
> b. [702년] 성덕왕이 즉위하였다[聖德王立]. 휘는 흥광이다[諱興光]. 본명은 융기였는데 현종의 휘와 같아서 선천에 고쳤다[本名隆基 與玄宗諱同 先天中改焉. *{『당서』는 김지성이라 하였다[唐書言 金志誠]}*. 신문왕의 제2자이고 효소왕과 같은 어머니에게서 난 아우이다[神文王第二子 孝昭同母弟也]. 효소왕

이 승하하였으나 아들이 없어 국인이 즉위 시켰다[孝昭王薨
無子 國人立之]. 당의 측천무후는 효소왕이 돌아갔다는 말을
듣고는 그를 위하여 애도식을 거행하고 조회를 2일 동안이나
하지 않았다[唐則天聞孝昭薨 爲之擧哀 輟朝二日]. 사신을 파견
하여 조위하고, 왕을 책봉하여 신라왕으로 삼고, 좇아 형의 장
군도독의 호를 이어받게 하였다[遣使弔慰 冊王爲新羅王 仍襲
兄將軍都督之號].

c. 원년 9월 널리 사면하고 문무관원들에게 작을 일급씩 올려 주
었다[元年 九月 大赦 增文武官爵一級]. 또 주군의 1년치 조세
를 감하였다[復諸州郡一年租稅]. 아찬 원훈으로 중시를 삼았다
[以阿湌元訓爲中侍]. 겨울 10월 삽량주의 *상수리나무**{*櫟[상수
리나무 력]은 당연히 橡[상수리나무 상]이다. 성덕왕 13년 조를
참조하여 보기 바란다.*}* 열매가 밤으로 변하였다[冬十月歃良
州櫟*{*當作橡參看聖德王十三年條*}*實變爲栗].

<『삼국사기』 권 제8 「신라본기 제8」 「성덕왕」>

　　(1a)에서 효소왕의 승하를 말한 후에 (1b)에서 그대로 성덕왕이 즉위
하였다고 적고 있다. 아무 중간 단계가 없다. 당 나라 현종의 이름 융기
를 피휘하여 선천(先天)에 이름을 흥광으로 고쳤다, 측천무후[705년 사
망]가 애도식을 거행하고 이틀씩이나 정사를 보지 않고 슬퍼했다, 등은
길게 적었다. 당연한 신라 왕 책봉도 적었다.

　　그러나 (1b)에는 성덕왕에 관하여, 신문왕의 제2자라고 적고, 효소왕
과 동모제라고 적고, 효소왕이 승하였으나 아들이 없어 국인이 즉위 시
켰다고 적은 것 외에 다른 정보는 아무 것도 없다.[1] 더 이상 아무 것도

---

1) 그 정보만 해도 감지덕지하긴 하다. 이것을 보고도, '성덕왕이 김흠돌의 딸이 낳은 효
　소왕의 이복형일 것이라.'느니, '김흠돌의 후계 세력이 효소왕을 어떻게 하고 신문왕의

궁금하지 않은가? 이것으로 충분한가? 신문왕 이후 99년 존속한 통일 신라, 그 99년의 35년을 통치한 성덕왕을 모르고 무슨 통일 신라 정치사를 말할 수 있겠는가? 그가 언제 태자가 되었는지, 어떤 과정을 거쳐 왕으로 선택되었는지, 누가 선택했는지, 경쟁자는 누구였는지 등등 핵심 정보가 하나도 없다.[2] 이 왕위 계승은 예사롭지 않은 것이다. 확실한 것은 그가 신목왕후의 아들이고 효소왕의 동생이라는 것이다.

신라에서 왕이 되려면 문무왕, 신문왕처럼 왕자 중의 하나가 태자로 봉해져야 한다. 주로 원자(元子)가 태자가 될 터인데 신라에서는 원자가 왕위에 오른 경우가 법흥왕, 문무왕 둘뿐이다. 문무왕은 태어났을 때 아버지가 왕이 아니었으므로 아버지가 즉위한 후에 원자의 자격을 얻게 되었다. 따라서 신라에는 아버지가 재위 중에 태어난 원자는 법흥왕과 신문왕의 원자뿐이다. 그런데 687년 2월에 태어난 그 신문왕의 원자는 태자가 되지 못하였다. 태자가 된 사람은 그 원자의 동부동모의 형인 677년[문무왕 17년]생 이홍이다. 혼전, 혼외에서 태어난 왕자가 태자가 되어 효소왕으로 즉위한 것이다. 아주 특이한 경우라 할 수 있다.

『삼국사기』권 제7 「신라본기 제7」 「문무왕 하」 조는 이 특이한 사례가 생긴 677년 조에, 3월에 문무왕이 강무전 남문에서 활쏘기를 관람

첫째 왕비가 낳은 아들을 왕위에 올렸을 것이라.'느니 하는 공상을 논문이라고 쓰는 사람들이 있다.『삼국사기』신문왕, 효소왕, 성덕왕 조를 샅샅이 뒤져도 '687년 2월 원자가 태어났고, 691년 3월 1일 왕자 이홍을 태자로 책봉하였고, 692년 효소왕이 즉위하여 702년 훙(薨)했다.'는 기록밖에 없다. 명백하게 원자가 태자가 되지 않았고, 왕자 이홍이 태자가 되었다고 증언하고 있는 것이『삼국사기』이다.

2) '국인'이 선택하였다. 국인은 요석공주와 그 형제들이다. 나라의 주인이다. 이를 '나라 사람들이'라고 번역하면 무슨 말인지 알 수 없다. 자유 보통 선거가 치러진 것이 아님은 명백하다. 나라의 주인이 따로 있다. 왕은 허수아비다. 우리는 그 주인을 실세라고 부른다. 현대 정치에서도 그렇지 않은가?

하고 좌사록관을 설치하였다는 기사와 소부리주에서 흰 매를 바쳤다는 기사를 태평스레 쓰고 있다. 참으로 야속한 사서이다. 이 자리에 '태자 정명이 소명궁과의 사이에 왕손 이홍을 낳았다.'가 기록되어 있었으면 신라 중대사 연구가 이렇게 혼란스럽게 되지는 않았을 것이다.

이에 반하여 고구려의 경우는 『삼국사기』 권 제16 「고구려본기 제4」 「산상왕」 28년[224년] 조에 '왕손 연불이 출생하였다[王孫然弗生]'고 정확하게 적고 있다. 그리고 제10대 산상왕이 형 제9대 고국천왕의 왕비 우 씨와 상관하여 형 발기를 제치고 왕이 되었다는 이야기, 그 우 씨를 왕비로 삼은 이야기, 그 우 씨가 아들을 못 낳아 산상왕이 주통촌의 처녀와 상관하여 '교체'[제11대 동천왕]를 낳았다는 이야기와 그 교체가 태자가 되었고,3) 그 태자가 왕손 '연불'[제12대 중천왕]을 낳았다는 이야기를 줄줄이 써 놓고 있다.4)

이홍은 할아버지 재위 중에 태어났지만 그 기록이 없다. 고구려 제11대 동천왕 '교체'가 혼외자이어서 그 아들 연불이 원손으로 적히지 않았듯이 이홍도 기록에 남았다면 '원손'으로 적히지 않고 '왕손'으로 적혔을 것이다. 이홍은 아버지가 즉위한 뒤에도 '왕자 이홍{이공}'으로 적혔지 결코 '원자 이홍'으로 적히지 않았다. 이로 보면 고구려의 경우는 안 좋은 이야기라 할 만한 것도 시시콜콜히 적으면서 신라의 경우는 안 좋은 이야기는 짐짓 회피하였다고 할 수 있다.

---

3) 이 '교체(郊彘)'에 대해서는 왕자라고도 원자라고도 하지 않았다. 그의 이름 '교체'는 '교외(郊外)의 돼지'라는 뜻이다. 산상왕이 교외에서 제사를 지내는데 희생 돼지[彘]가 달아났다. 아무도 잡을 수 없었다. 주통촌의 처녀가 돼지에게 먹이를 주고 달래어 잡아왔다. 그 현명함에 반한 산상왕이 그 처녀를 찾아가 둘 사이에서 왕자가 태어났다. 그 왕자의 이름을 교체라 부른 것이다.

4) 『삼국사기』 권 제16 「고구려본기 제4」 「산상왕」 조는 연불을 '원손'이라고 적지 않고 '왕손'이라고 적었다. 이 기록들에 대한 검토는 서정목(2015e)를 참고하기 바란다.

『삼국사기』는 백제 성왕의 전사 장면을 (2)와 같이 적었다. 그러나 문무왕 첫 아들의 전사나 태종무열왕의 사위 김흠운의 전사 사실은 무엇이 부끄러웠는지 기록하지 않았다. 『삼국사기』는 신라 측의 기록이지 객관적인 사서가 아니다. 고구려, 백제로서는 억울한 측면이 있다.5)

(2) 진흥왕 15년[554년] 가을 7월 명활산성을 고쳐 쌓았다[十五年 秋七月 修築明活城]. 백제 왕 명농이 가량과 더불어 관산성을 쳐들어왔다[百濟王明禮與加良 來攻管山城]. 군주 각간 우덕과 이찬 탐지 등이 마주 나가 싸웠으나 불리하였다[軍主角干于德伊飡耽知等逆戰失利]. 신주 군주 김무력은 주병을 거느리고 거기로 가서 교전에 이르렀는데 비장인 삼년산군의 고간 도도가 급히 적을 공격하여 백제 왕을 죽였다[新州軍主金武力 以州兵赴之及交戰 裨將三年山郡高干都刀急擊 殺百濟王]. 이에 여러 부대가 승기를 타고 싸워 크게 이겼다[於是 諸軍乘勝大克之]. 좌평 4인과 무사와 병졸 29600인을 목 베었는데 말 한 마리도 돌아가지 못하였다[斬佐平四人 士卒二萬九千六百人 匹馬無反者]. <『삼국사기』 권 제4 「신라본기 제4」 「진흥왕」>

왕자가 없으면 왕제 가운데 어느 한 사람이 경덕왕처럼 부군[태자]로 봉해져야 하고, 진평왕처럼 진흥왕의 맏손자여야 하고,6) 태종무열왕처

---

5) 역사는 이긴 자의 기록이니까 진 자의 말은 없다. 먼 훗날 어느 쪽이 이기는가에 따라, 우리의 삶이 성취한 만큼 기록될 것인가, 아니면 미 제국주의자의 식민지에 지나지 않는 땅에서 그들의 주구로 산 것에 지나지 않는다고 치욕적으로 기록될 것인가가 결정될 것임을 생각하니, 사람의 삶이 아무 의미가 없다는 허망한 생각이 이 새벽에 문득 가슴을 친다. 남베트남, 월남을 보라. 사이공은 이름도 없고, 그 시절의 그 사람들은 모두 사라지고 없다. 서울이 김○○시가 되고 미국 유학생들이 보트 피플이 되어 대한해협, 아니 그때는 다시 현해탄일 바다를 떠도는 날이 눈앞에 와야 '아차, 우리가 잘못 선택하였구나.' 하고 후회할 것이다.
6) 제26대 진평왕은 제24대 진흥왕의 맏아들인 동륜태자의 맏아들이다. 동륜태자가 조졸

럼 진평왕의 외손자라야 하고, 석탈해 임금처럼 남해 차차웅의 사위여
야 하고, 미추 임금처럼 조분 임금의 사위여야 하고, 눌지 마립간처럼
실성 임금의 사위, 내물 임금의 맏아들이라야 하고, 지증 마립간처럼 눌
지 임금의 사위여야 하고, 법흥왕처럼 지증마립간의 원자이고 눌지왕의
외손자여야 하며, 진흥왕처럼 법흥왕의 외손자이며 조카여야 하고. 그
정도는 되어야 하는 것 아닌가? 그 외에는 조카를 죽이고 왕이 되고, 외
사촌을 죽이고 왕이 되는 찬탈의 경우밖에는 없다. 저자는 성덕왕처럼
저렇게 그냥 전왕인 효소왕의 동모제가 슬쩍 왕위에 올라 앉아 35년이
나 통치하는 예를 보지 못하였다. 성덕왕은 도대체 어떤 사람이기에 이
렇게 희한하게 양상군자(梁上君子)처럼 왕위에 올랐을까?

2. 오대산 진여원 [상원사] 개창 기록

[1] 「대산 오만 진신」의 시작 부분

효소왕, 성덕왕과 관련하여 유심히 살펴보아야 하는 기록은 '성덕왕
의 즉위'라는 역사적 사건을 소재로 한 『삼국유사』의 오대산 진여원[상

하는 바람에 진흥왕의 둘째 아들 제25대 진지왕이 576년에 즉위하였다. 『삼국사기』 권
제4 「신라본기 제4」 「진지왕」 조는 즉위 4년[579년] 7월 17일에 승하하였다고 적고 있
다. 『삼국유사』 권 제1 「기이 제1」 「도화녀 비형랑」 조에는 황음하여 국인[진흥왕비
사도부인]이 폐위하였다고 되어 있다. 그의 사후 2년 만에 도화녀가 그의 혼령과 관계
하여 비형랑을 낳았다는 이 설화는 예사롭지 않다. 누가 혼령이 여인에게 잉태시켰다
는 말을 믿겠는가? 그는 죽지 않고 비궁에 유폐되어 있었을 가능성이 크다. 그런데 필
사본 『화랑세기』가 그렇게 적고 있다. 진지왕의 경우도 『삼국사기』보다는 『삼국유사』
가 더 사실에 가깝다. 어머니 측천무후에게 밉보여 황제 자리에서 쫓겨나 유배 간 당
중종을 떠올리게 한다. 진지왕의 아들이 용수, 용춘이고 용수의 아들이 김춘추이다.

원사] 개창 기록이다. 이 「대산 오만 진신」[이하 「오만 진신」으로 약칭]과 「명주 오대산 寶叱徒[7] 태자 전기」[「태자 전기」로 약칭]은 진여원 개창을 기록하면서, 효소왕 시대의 왕위 쟁탈전과 그 결과 어부지리로 성덕왕이 즉위하게 되는 과정에 대한 중요 정보를 포함하고 있다.

이 두 기록은 거의 같은 내용을 적고 있다. 얼핏 보면, 「태자 전기」는 일의 골자, 즉 핵심 내용만 요약하여 적은 것으로 보이고, 「오만 진신」은 일의 전후 사정과 진행 과정을 자세하게 적은 것으로 보인다. 「오만 진신」에만 있고 「태자 전기」에는 없는 내용도 더러 있다. 그리고 「태자 전기」에는 세주가 하나도 없고 「오만 진신」에는 일연선사가 붙인 세주가 많이 있다.[8]

「오만 진신」의 시작 부분은 (3), (4)와 같이 되어 있다. (3a)를 보면 아마도 일연선사는 산중에 예부터 전해 오는 「산중 고전」이라는 '어떤 기록'을 보고 「오만 진신」을 재구성하고 있다. 이 어떤 기록은 「태자 전기」의 내용을 거의 포함하고 있었을 것이다. 왜냐하면 「오만 진신」에서 「고기」에서 가져 온 내용이라 한 것이 모두 「태자 전기」에 들어 있는

7) '보ㅅ내(寶叱徒)'는 '보천(寶川)'의 다른 표기이다. '叱'은 향찰에서 '-ㅅ'을 적는 한자이다. '내 川'은 훈독자이다. '무리 徒'는 이두(吏讀)에서 복수 접미사 '-내'를 적는 글자이다[이기문(1998:89-90) 참고]. '川'과 '徒'의 훈이 모두 '내'이다. 그러므로 '보ㅅ내(寶叱徒)'는 寶川을 달리 적은 표기이다. 여기서부터는 이 왕자의 이름을 '보ㅅ내'로 표기한다. 오대산 월정사 앞을 옥빛으로 흐르는 시내를 보고 자신의 이름을 '보천', '보ㅅ내'로 지었을 가능성이 크다. 그 개울 언덕에 앉으면, 오늘날의 '선재길'을 따라 상원사에 오르면, 속세의 왕위 다툼을 떠나 보천암에 은거한 그의 모습이 떠오른다. 그렇게 울면서 도망친 형을 두고 장군들을 따라 속세 서라벌로 떠나간 동생 성덕왕을 위하여, 그가 평생을 국왕의 장수와 국태민안을 빌었다고 하니 가슴이 저려 온다. 그 언덕에 앉아 학부 때부터 온갖 고대 한국어의 한자 이용 표기와 관련된 지식을 일러 주시어 저자를 평생을 이 신라 시대의 이름들로부터 벗어날 수 없게 만든 선생님을 생각한다. 슬프다.
8) 이하의 내용은 2015년 4월 시학과 언어학회 전국학술대회에서 구두 발표한 내용과 서정목(2015a)를 이 책에 맞게 손질하여 가져온 것이다.

내용을 가리키기 때문이다. *{   }* 속은 세주이다.

(3) a. 산중 고전을 살펴보면[按山中之古傳] 이 산이 진성이 거주한
곳이라고 이름난 것은 자장법사로부터 비롯되었다[此山之署名
眞聖住處者 始慈藏法師].

b. 처음에9) 법사가 중국 오대산 문수 진신을 보고자 하여 선덕
왕 때인 정관 10년[=636년] 병신년에 *{『당승전』에는 12년
[=638년]이라 하였으나 지금은 『삼국본사』를 따른다.}* 당 나
라에 들어갔다[初法師欲見中國五臺山文殊眞身 以善德王代 貞
觀十年丙申*/唐僧傳云十二年 今從三國本史/*入唐].

c. 처음에 중국 태화지 가의 돌 문수가 있는 곳에 이르러 경건하
게 7일 동안 기도를 드렸더니 홀연히 꿈에 대성이 네 구의 게
를 주었다[初至中國太和池邊石文殊處 虔祈七日 忽夢大聖授四
句偈]. 꿈을 깨니 기억은 하겠으나 모두 범어이므로 해석할 수
없어 망연하였다[覺而記憶 然皆梵語 罔然不解]. 이튿날 아침에
홀연히 스님 한 사람이 붉은 비단에 금점이 있는 가사 한 벌
과 부처의 바릿대 하나와 불두골 한 조각을 가지고 법사의 곁
에 와서 '어찌하여 수심에 쌓여 있습니까?' 하고 물었다[明旦
忽有一僧 將緋羅金點袈裟一領 佛鉢一具 佛頭骨一片 到于師邊
問何以無聊]. 법사가 '꿈에 4구의 게를 받았으나 범어이므로
해석하여 말로 할 수 없어서입니다.'고 답하였다[師答以夢所受
四句偈梵音不解爲辭]. 스님이 번역하여 말하기를[僧譯之云], 가
라파좌낭, 이것은 모든 법을 완전히 알았다는 뜻이고[呵囉婆佐
曩 是曰了知一切法], 달예다구야, 이는 자성이 가진 바 없다는
말이고[達嚇哆佉嘢 云自性無所有], 낭가사가낭, 이는 법성을 이

---

9) '初[처음에]'는 과거로 거슬러 올라가 새로운 이야기를 시작할 때 쓰는 말이다. 그러므
로 꼭 시간적 선후 관계에 따라 기술된 것이 아닐 때 나타난다.

렇게 해석한다는 말이고[曩伽唎伽曩 云 如是解法性], 달예노사
나, 이는 노사나를 곧 본다[達嚀盧舍那 云 卽見盧舍那]는 말이
라고 하였다. 이어서 자기가 가졌던 가사 등 물건을 법사에게
주면서 부탁하기를, '이것은 본시 석가존의 도구이니 당신이
잘 보호해 가지시오' 하였다[仍以所將袈裟等 付而囑云 此是本
師釋迦尊之道具也 汝善好指]. 또 말하기를 '당신 본국의 동북
방 명주 지역에 오대산이 있는데 1만의 문수가 항상 그곳에
거주하니 당신은 가서 뵈시오' 하고 말을 마치자 보이지 않았
다[又曰 汝本國艮方溟州界有五臺山 一萬文殊常住在彼 汝往見
之 言己不見]. 영적을 두루 찾아보고 동으로 돌아오고자 할 때
태화지의 용이 현신하여 재를 청하고 7일 동안 공양하고 고하
기를, '전날 게를 전하던 노승은 곧 진짜 문수입니다.' 하고 또
절을 짓고 탑을 세울 것을 간곡히 부탁한 일이 있었는데, 모두
「별전」에 실려 있다[遍尋靈迹 將欲東還 太和池龍現身請齋供養
七日乃告云 昔之傳偈老僧是眞文殊也 亦有叮囑創寺立塔之事 具
載別傳]. <『삼국유사』 권 제3 「탑상 제4」 「대산 오만 진신」>

(3b)를 보면 자장법사(慈藏法師)는 636년[=정관 10년]에 당 나라에 갔
다. 이 연대에 대하여 일연선사는 (세주1)을 붙이고 있다.

(세주1) 『당승전』에는 (정관) 12년[=638년]이라 하였으나 지금은
『삼국본사』를 따른다.

『당승전』은 638년이라 하였는데 『삼국본사』는 636년이라 했다는 것
이다. 『삼국사기』를 보면 선덕여왕 5년[636년] 조에서 '자장법사가 당
나라로 가서 불법을 구하였다.'고 적고 있다. 일연선사는 『삼국사기』를

따른 것이다. 연대보다는, 일연선사가 '어떤 기록'을 주 텍스트로 하여 이 「오만 진신」을 재구성하면서 『당승전』, 『삼국사기』 등을 두루 참조하고 있다는 것에 눈길이 간다. 일연선사는 역사 기술을 하고 있는 것이다. (3c)는 당 나라 오대산에서 자장법사가 문수 진신을 뵙고 온 영적을 쓴 것이다.

(4a)는 643년 자장법사가 오대산에서 문수의 진신을 보려 하였으나 거기서는 3일 동안 날씨가 어두워 보지 못하고 돌아가서 원령사에서 문수를 보았다는 것을 적고 있다. 자장법사는 이미 정관 17년[643년]에 오대산에 왔다가 한 동안 머물고 돌아간 것이다. 설마 3일을 머물고 돌아가지는 않았을 것이다. 『삼국사기』 권 제5 선덕여왕 12년[643년] 조에는 3월에, 당 나라에 들어가서 불법을 구하던 고승 자장이 귀국하였다고 되어 있다. 그러므로 자장이 오대산에 온 것은 643년 3월 이후이다. 그는 이 시점에 이미 '중국에서 신라에 돌아왔다.'

(4) a. 법사가 정관 17년[643년]에 이 산에 이르러 문수의 진신을 보고자 하였으나 3일 동안 날씨가 어두워 성과 없이 돌아갔다가, 다시 원령사에 머물면서 문수를 보았다고 한다(운)[師以貞觀十七年來到此山 欲觀眞身 三日晦陰 不果而還 復住元寧寺 乃見文殊云]. 갈반처[칡덩굴이 우거진 곳에10) 이르렀으니 지금의 정

10) '갈반처'는 『삼국유사』 권 제4 「의해 제5」, 「자장정률(慈藏定律)」에 나온다. 「별전」이라 한 것이 이것이다. 그 내용은 다음과 같다. 강릉에 사는 자장의 꿈에 이승(異僧)이 나타나 대송정(大松汀)에서 보겠다 했다. 자장이 일찍 송정에 갔더니 과연 문수가 감응하여 왔는데 법요를 물으니 '태백산 갈반지(葛蟠地)'에서 다시 만나자고 하였다. 태백산에 가서 큰 구렁이가 나무 밑에 서린 것을 보고 거기에 석남원[정명사(淨名寺)]를 짓고 성인을 기다렸다. 노거사가 칡 삼태기에 죽은 강아지를 넣어 가지고 와서 '자장을 보러 왔다.'고 했다. 시자가 박대하였다. 자장도 깨닫지 못하고 미친 사람인가 하였다. 그 노거사는 '아상(我相)을 가진 자가 어찌 나를 알아보겠는가?' 하고 떠났다.

암사가 곧 이곳이다[至葛蟠處今淨嵓寺是]. *{「별전」에 역시 실려 있다[亦載別傳]}*.

b. 그 후에 두타 신의가 있었는데 범일의 문인이었다. 와서 자장 법사가 쉬던 곳을 찾아 암자를 짓고 살았다. 신의가 죽은 뒤에는 암자도 또한 오래 황폐하였다. 수다사의 장로 유연이란 이가 있어 다시 짓고 살았다. 지금의 <u>월정사가 바로 이것이다</u> [後有頭陀信義乃梵日之門人也 來尋藏師憩息之地 創庵而居 信義旣卒 庵亦久廢 有水多寺長老有緣 重創而居 今月精寺是也].

<『삼국유사』권 제3 「탑상 제4」 「대산 오만 진신」>

〈**오대산 월정사**. 자장법사가 게식한 곳에 지었다.
사진은 월정사 부주지 원행 스님이 보내 주었다.〉

이 (3)과 (4)만 보아도 일연선사가 참고하고 있는 「고기」는 신라 시대

자장이 뒤늦게 깨닫고 쫓아갔으나 보지 못하고 쓰러져 죽었다.

부터 전해 오는 기록이거나, 구전 설화를 적은 기록일 것임을 알 수 있다. 그리고 일연선사가 그 「고기」를 보고 「오만 진신」을 재구성하였다는 것도 분명하다. 그 「고기」의 핵심은 「태자 전기」와 거의 같았을 것이다.

그러나 그 「고기」를 보고 「오만 진신」을 재구성하여 『삼국유사』의 권 제3 「탑상 제4」의 앞부분에 넣기로 하고 나서, 그 뒷부분에 다시 「태자 전기」에 요약하여 실을 때는 중복되는 부분, 중요하지 않다고 생각되는 부분을 대폭 생략하였다. 그것이 지금 우리에게 전해진 『삼국유사』 권 제3 「탑상 제4」에 실린 '오대산 진여원[상원사] 개창 기록'이다.

[2] 「태자 전기」와 「오만 진신」의 관계

이렇게 일의 전후 사정과 진행 과정을 자세히 담고 주가 잔뜩 붙은 기록과 일의 골자, 즉 핵심 내용만 요약하여 적은 기록이 있을 경우, 일반적으로는 전자가 먼저 있고 후자는 그것을 요약하였다고 보는 것이 정상적이다. 그러나 자세히 따져서 읽어 보면 「태자 전기」가 먼저 있고 「오만 진신」은 거기에 살을 붙인 것으로도 보인다. 그렇다면 이 두 기록의 선후 관계는 어떤 것일까? 이 문제를 정리하지 않고서는 두 기록의 내용을 비교하여 등장하는 인물들의 정체를 밝히려는 작업이 성공할 수 없다.[11]

---

11) 이 두 기록의 관계에 대하여 이미 '신동하(1997)가 「오만 진신」의 근거 자료인 「산중 고전」은 신라 시대에 작성되었으며 「태자 전기」는 고려 조에 작성되었다는 것을, 「오만 진신」의 '國'과 「태자 전기」의 '新羅'의 차이로 논의하였다.'고 한다(조범환(2015 :105-106)). '國'과 '新羅'에 관한 해석은 틀렸지만, 신동하(1997)의 「산중 고전」이 신라 시대의 기록일 것이라는 이 판단은 정확한 것이다. 서정목(2015a:326-29)에서 말한 '어떤 기록[「태자 전기」 원본]'은 지금 『삼국유사』에 실려 있는 「태자 전기」를 말하는 것이 아니다. 「태자 전기」의 내용과 「오만 진신」의 내용을 담고 있는 신라 시대의 기록이 있었다는 말이다. 신동하(1997)은 그것을 「산중 고전」이라고 부르고 그

현재 전해 오는 『삼국유사』의 기록을 보면, 아마도 「태자 전기」의 내용을 포함하는 어떤 문서[이를 「산중 고전」이라고 부르기로 한다. 서정목(2015a)에서는 이를 '「태자 전기」 원본'이라고 불렀다.]가 먼저 있고, 일연선사는 그것을 보면서 「오만 진신」을 재구성한 것으로 보인다. 그 이유는 세주에서 '「기」에 이르기를'이나 '「고기」에 이르기를' 하고 인용하는 내용이 거의 모두 「태자 전기」의 내용이기 때문이다. 일연선사는 '「산중 고전」'을 보면서 참고하여 「오만 진신」을 재구성하는 과정에서 의심스러운 내용에 대해서는 세주를 붙이고 있는 것이다. 예를 들면 다음과 같다.

　　첫째, 뒤에 나오는 「오만 진신」의 (6a)의 '효명은 이에 효조*{照를 달

　　것이 신라 시대에 작성되었을 것이라고 한 것이다. 그러므로 신동하(1997)과 서정목(2015a) 사이에는 「산중 고전」과 '「태자 전기」 원본'이라는 이름 차이만 있지 이 문제에 관한 한 의견 차이가 없다. 이 원본들을 보고 일연선사는 「오만 진신」을 주를 달아가며 재구성하였다. 그리고 「오만 진신」 뒤에 「태자 전기」를 실을 때에는 대폭 간략히 하였다. 그러므로 지금 우리가 보는 「오만 진신」과 「태자 전기」는 어느 것이 먼저 되었는지 논의할 대상이 아니다. 당연히 이 두 기록은 일연선사 시대에 일연선사에 의하여 재구성되었으니 고려 시대에 된 것이다. 조범환(2015:105-106)은 저자가 마치 「대자 전기」가 먼저 되었다고 쓴 것처럼 이해하고 있지만 저자는 그렇게 쓴 것이 아니다. 저자는 '「태자 전기」 원본'이라고 '　　' 표를 해 가면서 특별히 적었다. 이런 오해를 풀기 위하여 이 책에서부터는 저자도 신동하(1997)처럼 '「산중 고전」'이라는 술어를 '「태자 전기」 원본' 대신에 사용하기로 한다. 내용상으로는 '「태자 전기」 원본'이라 부르는 것이 더 정확하다. '新羅셔블'와 '國나랗'에 대해서는 정확한 해석이 필요하다. '國'이라고 썼다고 신라 시대 기록이고 '新羅'라고 썼다고 고려 시대 기록이라고 해석하면 안 된다. 「태자 전기」에도 '新羅셔블'도 나오고 '國나랗'도 나온다. 「오만 진신」에도 '新羅'도 나오고 '國'도 나온다. '新羅'는 원래 '徐羅伐, 徐伐, 東京'처럼 우리말 '새벌>셔블>서울'을 한자를 이용하여 적은 것이다. '나라'는 원래 왕이 있는 도읍을 중심으로 그 주변 지역을 가리키는 단어이다. 일본의 도시 '나라(奈良)'를 보면 그 뜻을 알 수 있다. 이 '奈良'를 예전에는 '寧樂'이라고도 썼다. 국립 나라박물관을 지금도 'National Nieraku Museum'으로 적는다. [nieraku], 이것은 중세 한국어의 'ㅎ 종성 체언' '나랗'과 정확하게 대응한다. 신라 시대에는 [narak] 정도의 발음을 가졌을 것이다. 더 자세한 내용은 이 책 제5장의 주 22), 23)에 들어 있다. 이 기문(1971)을 참고하기 바란다.

리는 昭라고도 함}*의 잘못이다. 「기」는 효명의 즉위는 말했으나 신룡 연간에 터를 닦고 절을 세웠다 하는 것은 역시 불상세한 말이다. 신룡 연간에 절을 세운 사람은 이에 성덕왕이다.'는 내용은, 뒤에 나오는 「태자 전기」의 (16c, d)의 '효명태자를 모시고 서라벌에 와서 즉위시켰다. 재위 20여 년. 신룡 원년[705년] 3월 8일 비로소 진여원을 열었다(운운).'고 한 데 대한 주석이다. '효명태자'가 즉위하여 신룡 연간에 진여원을 세웠다는 기록이 미심쩍다고 하면서, 신룡 연간에 절을 세운 사람은 성덕왕이라고 하고 있다. 일연선사는 '효명(태자)'를 '효명왕'이기도 한 '효조왕', '효소왕'으로 착각하고 있는 것이다.[12] '(6b)에서 '효명'이 '효조'의 잘못이라'고 한 것이 이를 보여 준다. 이로써 「기」는 (16c, d)를 포함하는 '「산중 고전」'을 가리킨다는 것을 알 수 있다. 「산중 고전」이 둘 이상 있었을 수도 있다. 「기」는 「전기」를 줄여 쓴 것이다.

둘째, (5b)에는 '태화 원년 8월 5일에 형제가 함께 오대산에 숨어들었다.'가 있다. 그런데 (6b)의 세주에는 '「고기」에 이르기를 태화 원년 무신년[648년] 8월 초에 왕이 산 속으로 숨었다고 했으나 이 문장은 크게 잘못된 듯하다.'라 하고, '만약 말한 대로 (이때가) 태화 원년 무신년

---

[12] '照(조)'는 측천무후의 이름 자이다. 그러므로 피휘 대상이 되는 글자이다. 그의 손자 이름인 '융기(隆基)'도 피휘하는데 여황제의 이름을 그대로 시호(諡號)에 쓸 수는 없었을 것이다. 효조왕(孝照王)에서 '照(조)'를 피휘하여 '불 火'를 떼고 '昭'로 한 것이 '孝昭(효소)라 할 수 있다. 그런데 황제가 된 측천무후는 측천자(則天字)를 제정하였다. 그 측천자 가운데 가장 중요한 글자는, 저자가 보기에는, 자신의 이름 '조(照)'를 대치한 글자인 '조(曌)'이다. '하늘 空(공)' 위의 '해 日'와 '달 月'을 의미하는 이 '曌(조)' 자에서 다시 '하늘 空'을 떼면 '明'이 남는다. 효조왕의 '照(조)'를 '曌(조)'로 쓸 경우 이 '曌(조)'는 피휘 대상이 된다. 孝曌王(효조왕)의 '曌'를 피휘하여 '明'으로 하면 '孝昭'와 '孝明'이 같아진다. 그러므로 '효소왕 즉위'를 '효명왕 즉위'라고 적을 수는 있다. 『삼국사기』의 권 제8 권두 차례의 '효명왕*{명은 본문에는 소로도 쓴다.}* (孝明王*{明本文作昭}*)'가 이를 보여 준다.

[648년]이라고 한다면, 즉 효조가 즉위한 갑진[임진의 잘못 : 필자, 692년]년보다 45년이나 앞선 태종문무대성왕의 치세이다. 이로써 이 문장이 잘못된 것임을 알 수 있으므로 취하지 않았다.'고 지적하였다.

이로 보면 「기」와 마찬가지로 「고기」도 (5b)를 포함한 '「산중 고전」'을 가리키는 것임에 틀림없다. 그러므로 우리는, 일연선사가 (5b), (16c, d)를 포함하고 있는 '「산중 고전」'을 보면서 「오만 진신」을 재구성하였다고 결론지을 수 있다. 실제로 「태자 전기」는 두 왕자의 입산 시일을 (5b)에서 '태화 원년 8월 5일'이라고 적고 있지만 그것을 보고 재구성한 「오만 진신」은 (6b)에서 '홀연히 어느 날 저녁에'라고 막연하게 표현하고 있는 것이다. 당연히 이 일연선사의 역사 기술 태도는 옳은 것이다.13) 그러므로 이 두 기록을 비교하여 검토하려면 먼저 「태자 전기」를 검토하고 그 후에 「오만 진신」을 검토하는 것이 올바른 순서이다.

『삼국유사』 권 제3 「탑상 제4」, 「태자 전기」의 앞 부분은 (5)와 같다. 너무나 단순하지 않은가? 딱 3개의 문장이다. 그 3개의 문장 가운데에서도 (5a)의 '신라 정신태자 보ㅅ내가[新羅 淨神太子寶叱徒]'만 약간의 복잡한 추리를 필요로 하고 나머지는 뜻이 명백하다. 이 부분의 '정신태자'는 '정신이라는 태자'일까, 아니면 '정신의 태자'일까?

(5) a. 신라(의) 정신(의) 태자 보ㅅ내가 아우 효명태자와 더불어[新羅 淨神太子寶叱徒與弟孝明太子] 하서부에 이르러[到河西府] 세헌 각간의 집에서 하룻밤을 묵었다[世獻角干家一宿].
   b. 그 다음 날 각기 1천명의 사람을 거느리고 큰 고개를 넘어 성

---

13) 이렇게 정확하게 글을 쓰려고 노력한 분에 대하여 폄훼(貶毁)하는 듯한 판정을 내리고 있는 현대 한국 사학계의 사료 비판은 온당한 비판이라 할 수 없다. 훗날 자신들이 쓴 글들이 혹독한 사료 비판을 받을 것이다.

오평에 이르러 며칠간 유완하다가[翌日踰大嶺各領一千人到省烏坪累日遊翫] 태화 원년[648년] 8월 5일에 형제가 함께 오대산에 숨어들었다[太和元年八月五日兄弟同隱入五臺山].

c. 도 가운데 모시고 호위하던 자들은 좇아 찾았으나 찾지 못하고 모두 나래[셔볼]로14) 돌아갔다[徒中侍衛等推覓不得並皆還國].
<『삼국유사』권 제3「탑상 제4」「명주 오대산 보ㅅ내태자 전기」>

『삼국유사』권 제3「탑상 제4」「오만 진신」(6)의 본문은, 자장법사가 오대산으로부터 돌아간 뒤, '신라 정신대왕의 태자인 보천, 효명 두 형제가 오대산으로 숨어들었다.'는 단순한 내용이다. 이 내용은 (5)의 내용과 정확하게 일치한다. 그런데 *{　　　}* 속에 적은 세주로 정신, 보천, 효명 3父子에 대한 해설을 붙이면서 해명되어야 할 많은 문제를 드러내고 있다.

(6) a. 자장법사가 (오대산으로부터) 돌아가고, 신라(의) 정신대왕의 태자15) 보천, 효명 두 형제가[藏師之返 新羅 淨神大王太子寶川孝明二昆弟] *{『국사』에 의하면 신라에는 정신 보천 효명의 3부자에 대한 분명한 글이 없다[按國史新羅無淨神寶川孝明三父子明文]. 그러나 이 「기」의 아래 부분 글에서 신룡 원년{705년}에 터를 닦고 절을 세웠다고 하였으니, 즉, 신룡이란

---

14) 이 대목에서는 「태자 전기」와 「오만 진신」이 모두 「國[나라]」을 사용하고 있다. 그러나 실제로 돌아간 곳은 셔볼=서울, 徐羅伐이나 徐伐은 우리 말 '셔볼'을 한자 이용 표기로 적은 것임이다. 원래 우리 말 '나라'는 왕이 있는 수도를 중심으로 일정한 권역을 가리키는 말이다. 일본의 도시 '나라奈良, 寧樂'를 생각하면 된다.
15) '보ㅅ내태자', '효명태자'를 '태자'라는 존칭호로 부르는 것이 매우 이상하다. 신문왕의 태자는 효소왕이 된 이홍이다. '효명태자'는 나중에 성덕왕이 되지만 태자로 책봉된 기록은 없다. 이런 경우의 '태자'는 그냥 '왕자' 정도로 이해하는 수밖에 없다.

성덕왕 즉위 4년 을사년이다[然此記下文云神龍元年[705년]開土立寺 則神龍乃聖德王卽位四年乙巳也]. 왕의 이름은 흥광으로 본명은 융기인데 신문의 제2 자이다[王名興光 本名隆基 神文之第二子也]. 성덕의 형 효조는 이름이 이공(공을 달리는 홍이라고도 함)인데 역시 신문의 아들이다[聖德之兄孝照名理恭一作洪亦神文之子]. 신문 정명은 자가 일조이다. 즉, 정신은 아마도 정명{이나, 과} 신문의 잘못이 아닐까 한다[神文政明字日照 則淨神恐政明神文之訛也]. 효명은 이에 효조(조를 달리는 소라고도 함)의 잘못이다[孝明乃孝照一作昭之訛也]. 「기」는 효명의 즉위는 말했으나 신룡 연간에 터를 닦고 절을 세웠다 하는 것은 역시 불상세하게 말했다. 신룡 연간에 절을 세운 사람은 이에 성덕왕이다[記云孝明卽位而神龍年開土立寺云者 亦不細詳言之尒 神龍年立寺者乃聖德王也]}* 하서부에 이르러[到河西府 *{지금의 명주에 역시 하서군이 있으니 바로 이곳이다. 달리는 하곡현이라고도 하나 (이는) 지금의 울주로 이곳이 아니다[今溟州亦有河西郡是也一作河曲縣今蔚州非是也]}* 세헌 각간의 집에서 하룻밤을 묵었다[世獻角干之家留一宿].

b. 그 다음 날 큰 고개를 넘어 각기 천명으로 된 도를 거느리고 성오평에 이르러 여러 날 유람하다가[翌日過大嶺各領千徒到省烏坪遊覽累日] 홀연히 어느 날 저녁에 형제 2사람은 속세를 벗어날 뜻을 몰래 약속하고 아무도 모르게 도망하여 오대산으로 숨어들었다[忽一夕昆弟二人密約方外之志不令人知逃隱入五臺山]. *{「고기」에 이르기를 태화 원년 무신년[648년] 8월 초에 왕이 산 속으로 숨었다고 했으나 이 문장은 크게 잘못된 듯하다[古記云太和元年戊申八月初王隱山中 恐此文大誤]. 생각하건대 효조[조는 달리는 소라고도 함]는 천수 3년 임진

년(692년에 즉위하였는데 그때 나이가 16세였으며, 장안 2년 임인년(702년)에 붕어했으니 누린 나이가 26세였다[按孝照一作昭 以天授三年壬辰卽位時年十六 長安二年壬寅[702년]崩壽二十六]. 성덕이 이 해에 즉위하였으니 나이 22세였다[聖德以是年卽位 年二十二]. 만약 말한 대로 (이때가) 태화 원년 무신년[648년]이라고 한다면, 즉, 효조가 즉위한 갑진*{임진의 잘못. 필자. 692년}*년보다 45년이나 앞선 태종문무대성황제의 치세이다[若曰太和元年戊申 則先於孝照卽位甲辰已過四十五歲 乃太宗文武王之世也]. 이로써 이 문장이 잘못된 것임을 알 수 있으므로 취하지 않는다[以此知此文爲誤 故不取之].}*

c. 모시고 호위하던 자들은 간 곳을 알지 못하여 나라[서볼]로 돌아갔다[侍衛不知所歸 於是還國]. <『삼국유사』 권 제3 「탑상 제4」 「대산 오만 진신」>

「태자 전기」의 (5) 부분과 「오만 진신」의 (6) 부분은 동일한 내용으로 두 왕자가 오대산으로 숨어든 사연을 적고 있다. 그런데 「태자 전기」 (5)에는 세주가 하나도 없다. 그러나 「오만 진신」 (6)에는 본문보다 많은 세주가 잔뜩 붙어 있다. 이것은 무엇을 의미하는 것일까?

조금만 생각해 보면, 글을 쓰면서 세주를 붙이는 행위의 근본 심리를 이해할 수 있다. 그러면 이 두 기록의 관계도 짐작할 수 있다. 글을 쓰면서 세주를 잔뜩 붙이는 사람의 심리 상태, 그것은 참고하고 있거나 읽고 있는 문서가 마음에 들지 않는다는 것을 의미한다. 어떤 문서를 보고 정리하면서 주를 다는 것은 그 문서의 내용이 자신이 아는 내용과 달라 불만스럽거나 의아심이 들 때 하는 행위이다.

일연선사는 (5)를 포함하는 '「산중 고전」'을 보고 옮겨 적으면서 그 내용이 미심쩍거나 불만스러울 때마다 세주를 붙였다. 그것이 (6) 즉, 「오만 진신」이다. 「오만 진신」에서 세주를 붙이면서 「고기」에서 말하는 내용이라고 인용하는 것이 모두 「태자 전기」의 내용이다.

'「산중 고전」'이 먼저 있고, 일연선사가 그것을 보고 「오만 진신」을 재구성하면서 세주를 붙여 쓴 후에, 다시 '「산중 고전」'을 요약하여 「오만 진신」 뒤에 실어 둔 것이 『삼국유사』의 「태자 전기」이다. 이 말은 굉장히 중요한 의미를 가진다. 「태자 전기」의 내용이 먼저 '「산중 고전」' 속에 들어 있고, 「오만 진신」은 일연선사가 그 '「산중 고전」'을 보고 쓴 것이다. 그러므로 두 기사 가운데에 해석의 우선권은 당연히 「태자 전기」에 있다. 「태자 전기」를 먼저 읽고 번역하고 역사적 해석을 하고 나서, 그 다음에 「오만 진신」을 읽고 번역하고 역사적 해석을 해야 한다. 다만 「태자 전기」의 내용에 대하여 미심쩍다고 하면서 일연선사가 주를 붙인 내용은 「오만 진신」이 우선할 수도 있다. 왜냐하면 일연선사는 「산중 고전」의 내용에 의심스러운 것이 있으면 세주를 붙이면서 상세하게 오대산의 진여원을 다시 짓게 된 과정을 설명하고 있기 때문이다.16)

일연선사가 보고 있던 '「산중 고전」'은 지금 『삼국유사』에 실린 「태자 전기」보다는 더 상세하고 길었을 것이다. 지금의 「태자 전기」는 거의 이야기의 골조만 남아 있다. 부대 사항들, 「오만 진신」에는 있으나 「태자 전기」에는 없는, 그런 소소한 정보들을 많이 생략한 것으로 보인다.

---

16) 그 내용은, 효명태자가 형 보ㅅ내태자와 함께 오대산에 숨어들어 수도 생활을 하다가, 효소왕이 아들 없이 승하하여 국인들에 의하여 모셔져 와서 성덕왕으로 즉위하였고, 즉위한 지 몇 년 후에 수도하던 암자를 다시 개창하여 진여원을 열었으며, 직접 그곳에 와서 많은 재물과 토지를 주어 후원하였다는 것이다. 보ㅅ내태자는 계속하여 수도 생활을 하였고 50여 년 뒤에는 득도하는 단계에 이르렀으며 임종 시에는 글을 남겨 국왕의 장수와 국태민안을 빌었다고 되어 있다.

그 근거로는 다음과 같은 몇 가지 사실들을 들 수 있다.

첫째, 앞에서 본 「오만 진신」의 첫 부분 (3), (4)의 '자장법사'와 관련된 시작 대목이 지금의 「태자 전기」에는 없다. 그러나 '「산중 고전」'에는 있었을 것이다. 왜냐하면 자장법사가 당 나라에서 돌아와 오대산에 와서 진신을 보려 하다가 못 보고 돌아간 시점과 두 왕자의 입산 시점을 연결지어서, 「태자 전기」가 잘못된 연대인 태화 원년[648년]을 도출해 내려면, '「산중 고전」'에도 자장법사가 오대산에 왔다가 돌아간 기록이 있어야 하기 때문이다.

둘째, 「태자 전기」에서, 문수대성이 매일 인조(寅朝[새벽]) 36형으로 화현(化現)한다는 대목에서 '36형은 「대산 오만 진신전」을 보라[三十六形見臺山五萬眞身傳].'고 하였다.17) 이는 「산중 고전」에도 36형이 다 나열되어 있었음을 의미한다. 그것을 보고 「오만 진신」을 재구성하면서 36형을 나열하였다. 그런데 그 뒤에 「태자 전기」를 적으면서 다시 36형을 쓸 필요는 없는 것이다. 그러니까 「태자 전기」에는 36형이 없다.

셋째, 「태자 전기」는 '재위 20여 년. 신룡 원년[705년] 3월 8일 비로소 진여원을 열었다(운운)[在位二十餘年 神龍元年三月八日 始開眞如院(云云)].' 하고 끝났다. 그 뒤에 대왕이 이 절에 와서 재물과 토지로 시주를

---

17) 이 '三十六形見臺山五萬眞身傳'을 '36형은 「대산 오만 진신」에 보인다.'고 번역한 것은 모두 오역이다. '見(견)'하고 동사가 앞에 나오면 그 문장은 명령문이다. 여기서의 '三十六形'은 주제어이다. '36형에 관해서는', '36형에 대해서는'의 뜻이다. '「화왕계」에 대해서는『삼국사기』권 제46 「열전 제6」 「설총」 조를 보라.'는 문장을 한문으로 지어 보라. '見花王戒三國史記卷第四十六列傳第六辭聰條'이다. 여기서 '화왕계'를 주제화시켜 CP의 SPEC 자리에 부가시켜 보라. 그러면 '「화왕계」는『삼국사기』권 제46 「열전 제6」 「설총」 조를 보라.'가 된다. 그것을 한문으로 쓰면 '花王戒見三國史記卷第四十六列傳第六辭聰條'가 된다. 저 문장이 그런 문장이다. 이 주제화 구성은 저자의 핵심 전공 영역인 WH-이동에 속한다. 서정목(2000)에 이에 대한 자세한 논의가 있다.

하는 내용이 없다. '운운' 하고 생략한 것이다. 그러나 「오만 진신」에는 (7)에서 보는 대로 그 내용이 자세하게 들어 있다. '「산중 고전」'에 들어 있었어야 「오만 진신」이 토지의 면적까지 적을 수 있었을 것이다.

(7) 대왕이 친히 문무백관을 거느리고 산에 이르러, 전당을 세우고 아울러 문수대성의 니상을 만들어 당 안에 봉안하고, 지식 영변 등 5명으로 화엄경을 오랫동안 번역하게 하였다[大王親率百寮到 山 營構殿堂並塑泥像文殊大聖安于堂中 以知識靈卞等五員長轉華 嚴經]. 이어 화엄사를 조직하여 오랫동안 비용을 대었는데, 매년 봄과 가을에 이 산에서 가까운 주현으로부터 창조 1백석과 정유 1석을 바치게 하는 것을 상규로 삼고, 진여원으로부터 서쪽으로 6천보를 가서 모니점과 고이현 밖에 이르기까지의 시지 15결과 율지 6결과 좌위 2결을 주어 처음으로 농장을 설치하였다[仍結 爲華嚴社長年供費 每歲春秋各給近山州縣倉租一百石精油一石以爲 恒規 自院西行六千步至牟尼岾古伊峴外 柴地十五結 栗枝六結 座 位二結 創置莊舍焉]. <『삼국유사』권 제3「탑상 제4」「대산 오 만 진신」>

넷째, 보ㅅ내태자가 죽을 때 남긴 기록이 「태자 전기」에는 시작 부분의 첫 문장, '오대산은 곧 백두산의 큰 줄기인데 각 대에는 진신이 상주한다. 운운[五臺山是白頭山大根脈各臺眞身常住 云云]'만 들어 있다. 여기서의 '운운'은 그 뒤를 생략하였다는 의미이다. 그런데 「오만 진신」에는 이 유서(遺書)가 매우 길게 전문이 수록되어 있다. 그러므로 「산중 고전」에는 '그 뒤'가 다 들어 있었을 것이다.

그러므로 다른 부분에서도 부수적인 정보를 생략한 경우가 있을 것

이다. 『삼국유사』 편찬에서 ''「산중 고전」'을 참고하여 「오만 진신」을
재구성하여 앞에 기술하고 나서, 뒤에 다시 「태자 전기」를 기술할 때는
중복되는 부분을 많이 생략한 것이다. 세 군데에서 '운운'한 것이 이를
보여 주는 증거이다.

일연선사는 ''「산중 고전」'을 보면서 거기에 살을 붙여 「오만 진신」을
재구성하고 세주를 붙인 것이다. 『삼국유사』에는 「오만 진신」이 앞에
있고 「태자 전기」가 뒤에 있다. 「오만 진신」 뒤에 「태자 전기」를 실을
때에는 중복되는 부수적 사항들을 많이 생략하였다. 그러므로 ''「산중
고전」'은 지금의 「태자 전기」보다 더 상세하였을 것이다.

[3] 정신의 태자, 보ㅅ내태자, 효명태자, 효조왕, 효명왕

이 두 기록에 등장하는 인물들은 어떤 사람들일까? 그것을 아는 길은
번역을 하는 길뿐이다. 어떤 선입견도 버리고 기록 그대로를 번역해 나
가야 한다.

(5b, c)의 문장은 더 이상의 설명이 필요 없을 만큼 간명하다. (5a)도
'新羅 淨神太子寶叱徒[신라 정신태자보ㅅ내]'라고 한 것이 약간 까다롭
고 나머지는 아주 쉽다. 이것만 잘 읽으면 그 다음의 모든 것은 저절로
이해된다. '與弟孝明太子(여제효명태자)'는 '아우인 효명태자와 더불어'로
번역된다. 이제 등장인물 하나가 확정되었다. '효명태자'이다. 그런데
그는 누군가의 동생이다. 그 누군가가 바로 앞에 '寶叱徒[보ㅅ내]=寶川'
라고 적혀 있는 인물이다.

그러면 (5a)의 '新羅淨神太子寶叱徒'는 어떻게 번역해야 할 것인가?
'신라'는 그냥 '신라의'라는 관형어이다. 설명이 필요 없다. 남은 것은

'정신태자'의 해석과 '보ㅅ내[寶叱徒]'의 해석이다.

'淨神太子(정신태자)'와 같은 명사구를 해석할 때는 그 통사 의미 관계에 유의해야 한다. 이렇게 'E-F'로 두 명사가 병렬된 명사구는 속격 구성[genitive construction]으로 의미 해석될 수도 있고, 동격 구성[appositive construction]으로 의미 해석될 수도 있다. 즉, 이러한 구는 표면 구조상으로는 같아 보이지만 심층 구조상으로는 서로 다른 두 가지 구조를 가져서 두 가지 의미로 해석될 수도 있는 것이다. 이른바 중의성(ambiguity)을 가진 구이다.

(6a)의 '정신대왕'에서 '대왕'은 존칭호이다. 이 경우 'E-F'는 동격 구성이다. 그러면 '정신이라는 이름을 가진 대왕', 즉 '(이름이) 정신인 대왕', 즉 '정신인 대왕'의 뜻으로 해석된다. 이는 한 인물만을 가리키는 말이다. 이 'E-F'도 속격 구성으로 해석될 수 있을까? 그러면 '대왕'이 보통 명사가 되어 '정신의 대왕'이라는 뜻이 나와야 한다. 그러나 불가능하다. '정신대왕'은 동격 구성으로만 해석되는 것이다. 그것은 '대왕'이 '정신'의 소유, 소속, 소재물일 수 없어서 그러한 것이다.[18]

그런데 E-F로 두 명사가 통합되어 있는 명사구가 속격 구성으로만 의미 해석되어 'E의 F'로만 번역되어야 하는 경우도 있다. (8)이 그러한 경우를 보여 준다.

  (8) 智證王元子[지증왕의 원자이다. <『삼국사기』 권 제4 「신라본기
      제4」 「법흥왕」>

(8)의 '지증왕의 원자'를 '지증왕인 원자'로 번역할 사람이 어디 있겠

---

18) '신라대왕'은 '신라의 대왕'으로 속격 구성으로 해석된다. '신라라는 대왕'이 아니다.
   그것은 대왕이 '신라'의 소유, 소속, 소재물이어서 그렇게 된다.

는가? 정상적인 사람이라면 그렇게 하지 않을 것이다. 그러나 그렇게 하게 되는 사람도 있다. 신라사를 전혀 모르는 외국 사람이 번역하면, 법흥왕이 지증왕의 원자라는 것을 모르는 사람이 번역하면, 지증왕은 아버지가 왕이 아니고 습보갈문왕이기 때문에 원자였던 적이 없다는 것을 모르는 사람이 번역하면, '아, 지증왕이 어느 왕의 원자이구나!' 하고는 '지증왕인 원자'라고 번역하게 되는 것이다. 이런 것을 우리는 비정상적인 일이고 신라사를 모르니까 그렇게 실수했다고 말한다.

지금 우리 학계에 통용되는 '정신태자'에 대한 학설과 번역이 이와 똑같다. '정신태자'가 '정신의 태자'가 아니고 '정신인 태자', 즉 '정신이라는 태자'라고 우기는 학계의 통설은 '정신이 어느 왕의 태자이구!' 하고 생각하고 있는 것이다. 신라사를 전혀 모르는 외국 사람이 번역한 것과 다름없다.[19) 그것은 마치 (9a)의 '金義忠女'를 '김의충이라는 여인'이라고 생각하는 것과 같다. 이 '김의충녀'가 (9b)의 '義忠之女'에서 보듯이 속격 구성이라는 것은 재언할 필요성을 느끼지 않는다.

(9) a. (경덕왕) 2년 --- 여름 4월 서불한 <u>김의충 여</u>를 들어 왕비로 삼았다[二年 --- 夏四月 納舒弗邯<u>金義忠女</u>爲王妃]. <『삼국사기』 권 제9 「신라본기 제9」 「경덕왕」>
   b. 혜공왕이 즉위하였다[惠恭王立]. 휘는 건운이다[諱乾運]. 경덕왕의 적자이다[景德王之嫡子]. 어머니는 김 씨 만월부인으로 서불한 <u>의충의 딸</u>이다[母金氏 滿月夫人 舒弗邯<u>義忠之女</u>].
      <『삼국사기』 권 제9 「신라본기 제9」 「혜공왕」>

19) 물론 '정신'은 문무왕의 태자이다. 그때는 '정신태자'가 바로 신문왕인 '정명태자'를 가리키는 말이 된다. 그렇지만 여기서의 '정신태자'가 신문왕을 가리키지 않는 것은 분명하다. 그러므로 이 해석, '신문왕인 정신태자'는 여기서는 배제된다.

(5a)의 '淨神太子'는 두 가지 의미를 모두 가진다. 첫째 의미는 태자가 존칭호로 사용된 경우이다. 그 경우는 동격 구성으로, 의미는 '정신이라는 이름을 가진 태자'이다. 그 경우 언급된 사람은 '정신태자' 한 사람 뿐이다. 둘째 의미는 태자가 보통 명사로 사용된 경우이다. 그 경우는 속격 구성으로 의미는 '정신의 태자'라는 뜻이 된다. 이 구에서는 '정신'이라는 임금과 그의 '태자'인 왕자, 두 인물이 언급된 것이다. '정신 태자(淨神太子)'가, '정신이라는 태자'와 '정신의 태자', 이 두 의미 가운 데 어느 것을 뜻하는지는 어떻게 아는가? 그것은 세상사, 세상에서 실 제로 있었던 일, 즉 그 문장이 사용된 문맥이 결정해 준다. 그 세상사는 신라 역사이다. 그 신라의 역사는 다음과 같은 것이다.[20]

20) 다음의 내용은 2015년 6월 12일에 서강대에서 열렸던 『삼국유사』의 재조명'이라는 주제의 학술대회에서 이 구절의 번역을 통용되는 대로 하여 발표한 논문에 대하여 저자가 준 토론문의 일부이다. "(2) 「오만 진신」의 '藏師之返新羅淨神大王太子寶川孝明 二昆弟'는 '자장이 신라로 돌아온 뒤'가 아니고 '자장이 (오대산에서) 돌아간 뒤, 신 라의 정신대왕의 태자 보천, 효명 두 형제가'의 뜻이다. '신라'는 '정신대왕에 걸리는 관형어'이지 '돌아오다에 걸리는 부사어'가 아니다. 『삼국사기』에 따르면 자장이 당 나라에서 돌아온 것은 643년[선덕여왕 12년, 정관 17년] 3월이다. 643년 오대산에 와 시 문수의 진신을 보려고 하였으나 3일 동안 회음이 계속되어 뜻을 이루지 못하고 돌아갔다. 이 3일은 회음이 계속된 날수이고, 머문 것은 5년쯤 된다고 보아야 한다. 그러면 자장이 오대산에 온 것은 643년이고 5년쯤 계식하고 오대산에서 원령사로 돌아간 것은 648년쯤 된다. 이 648년 8월 5일을 두 왕자의 입산 시기로 잘못 이해한 것이 「태자 전기」이다. 그걸 틀렸다고 한 것이 일연선사의 「오만 진신」이다. (3) 「오 만 진신」의 '太宗文武王之世'를 지금까지 모두 '武烈王'과 '文武王'의 시대로 보았는데 이것은 틀린 것이다. 이 '태종문무왕'은 '당 태종문무대성황제'를 가리킨다는 것이 제 주장이다. 태화 원년은 648년으로 진덕여왕대이다. 무열왕과 문무왕이 교체되는 해는 661년이다. 648년은 김춘추가 당 나라에 청병 간 해이고 왕이 되기도 전이다. 648년 무신년은 정관 22년으로 정확하게 당 태종문무대성황제 시대이다. 그러면 648 년은 자장이 오대산에서 원령사로 돌아간 해가 되고, 그 해로부터 45년 후면 693년 이 된다. 이 해는 효소왕 즉위 2년이다. 혼전, 혼외자인 효소왕을 보좌할 셈으로 687 년생인 원자를 부군으로 봉하고 왕위 계승권으로부터 멀어진 보시내와 효명 두 왕자 가 오대산에 들어간 것이다. 여기서 가장 중요한 것은 효소왕이 677년생이라는 것이 다. 성덕왕은 681년생이다. 신문왕은 683년에 신목왕후와 혼인하였다. 이 두 왕은 신

첫째 의미, '정신이라는 이름을 가진 태자'는 누구일까? 그런 이름을 가진 태자는 없다. 억지로 '정신태자'를 '정명태자'의 오류라고 보면 이 사람이 '정명태자=신문왕'가 된다. 그러면 정명태자가 아우인 효명태자와 더불어 하서부의 세헌 각간의 집에서 하룻밤을 묵고 진고개를 넘어 성오평에서 유완하다가 오대산으로 숨어들어가 중이 되었는가? 세상의 일은 신문왕이 오대산에 갔다고 하지 않는다. 그리고 신문왕은 효명태자인 성덕왕의 아버지이지 형이 아니다.

그러면 여기서의 '淨神太子(정신 태자)'는 둘째 의미인 '정신의 태자'로 해석될 수밖에 없다. 이는 '정신왕의 태자'라는 뜻이고 정신왕이 신문왕이면 '정신의 태자'는 '신문왕의 태자'이고 신문왕의 태자는 '효소왕'이다. 그런데 이 기록에서는 '태자'가 '왕자'처럼 사용되고 있다. 그러니 굳이 '정신의 태자'가 효소왕만 가리키는 것이 아니라 또 다른 왕자인 '보ㅅ내태자'를 가리키게도 되는 것이다.[21]

문왕과 고종사촌 누이 김흠운의 딸과의 사이에서 난 혼전, 혼외자들이다. 이것이 신문왕의 첫 장인 김흠돌[김흠운의 형, 김유신의 사위]이 681년 모반으로 몰린 핵심 사유이다. (4) 「오만 진신」의 '淨神王之弟與王爭位'는 「태자 전기」원본의 '淨神太子(與)弟副君在新羅爭位誅滅'를 재구성하면서 '太子'를 '王'으로 잘못 썼거나 '王' 뒤에 있던 '太子'를 결락시킨 오류이다. '태자 전기'의 이 문장을 제대로 해석하면 '정신(왕)의 태자[효소왕]이 아우인 부군[과] 신라에서 왕위를 다투다가 주멸하였다.'가 된다. '與'가 '弟' 앞에 있어야 함은 「오만 진신」의 '淨神王之弟與王爭位'를 보면 알 수 있다. 그러면 「오만 진신」의 '정신왕'은 '정신의 태자'가 되어야 하므로 '淨神王之弟與王爭位'는 '淨神太子之弟[또는 淨神王太子之弟]與王爭位'가 된다. 「태자 전기」의 '정신의 태자'는 한 번은 '신문왕의 태자 효소왕', 또 한 번은 '보천 태자'를 가리킨다. '아우, 부군'은 687년생 원자이며, '700년 경영의 모반 후 (아우를 부군에서) 폐하고', '702년 (효소왕이) 주멸하여', '국인[요석공주, 개원 등]들이 오대산에 가서 효명태자를 데려와 성덕왕으로 즉위 시켰다.'가 된다. 이런 걸 말해야 「오만 진신」, 「태자 전기」에 얽힌 문제를 해명하는 것 아닌가?" 그랬는데, 그 학술대회에서 발표된 논문들을 모아 낸 논문집에는 그 논문과 토론문들은 빠져 있다. 공식 학술대회에서 말해진 것은 그대로 남겨 두어야 후대에 보탬이 된다는 것이 저자의 신념이다. 아무 데도 없는 그 토론문을 여기에 남겨 두는 까닭이다.

이제 (6a=6'a)를 보기로 한다. (6a)에는 '신라'가 앞의 '返(반)'에 걸리는 부사어인지, 아니면 뒤의 '정신'에 걸리는 관형어인지를 결정해야 하는 문제가 있다.

(6') a. 藏師之返 <u>新羅</u> 淨神大王 太子 寶川 孝明 二昆弟[자장법사가 (오대산으로부터) 돌아가고 신라 정신대왕의 태자 보ㅅ내, 효명 두 형제가/자장법사가 신라로 돌아왔을 때, 정신대왕의 태자 보ㅅ내, 효명 두 형제가]

이 문제를 해결하기 위하여 가장 먼저 명백히 해야 할 일은 자장법사가 언제 당 나라에서 신라로 돌아왔는가 하는 것이다. 이는 (10)을 보면 정확하게 알 수 있는 연대이다.

---

21) '정신태자'가 '정신의 태자'로 번역될 수 있는지 면밀한 검증이 필요하다는 심사 의견이 있었다. 면밀한 검증이야 필요하겠지만 아무도 이 책보다 더 면밀한 검증을 할 수는 없을 것이다. 정상적으로는 '淨神之太子'가 되어야 한다. 그런데 한문 문장에서 이 '之'는 생략되는 경우가 많다. 『삼국사기』에서 몇 예만 들어 둔다. 智證土元子[지증왕의 원자<권 제4 「신라본기 제4」 「법흥왕」>, <u>法興王弟葛文王立宗</u>[법흥왕의 아우 갈문왕 입종] 之子也<권 제4 「신라본기 제4」 「진흥왕」>, <u>眞平王母弟國飯葛文王</u>[진평왕의, 같은 어머니에서 난 아우 국반갈문왕] 之女也<권 제5 「신라본기 제5」 「진덕왕」>, 文武王長子也[문무왕의 장자이다.]<권 제8 「신라본기 제8」 「신문왕」>. 한문이나 한국어에서 두 명사가 나란히 오면 속격 구성이 되는 것은 흔한 일이다. '한국 정부'는 '한국의 정부'이고 '미국 대통령'은 '미국의 대통령'이다. '태종 세자 양녕'이라고 쓰면 '태종의 세자인 양녕'이라고 읽히지 않는가? 한문으로 쓰면 '太宗世子讓寧'이 된다. 무엇보다도 이 기록의 '淨神大王太子[정신대왕의 태자]'라는 말이 이를 웅변한다. 한국어, 한문만 그런 게 아니다. 서구어도 그렇다. 'Indian Reservation'은 '인디언을 보호하는[가두어 두는] 구역', '인디언의 보호[감금] 구역'이지 '인디언이라는 보호 구역'이 아니다. 이런 것을 '동격 구성'과 '속격 구성'이라고 하여 구분하는 것이 통사론이다. 이것은 역사학의 문제가 아니고 문법학, 그것도 통사 의미론의 문제이다. 저자가 지적한 문제점이 바로 이런 것인데 그것 때문에 수정해야 한다면 문법학 전공자가 왜 이런 책을 쓰겠는가?

(10) [선덕왕 12년[643] 봄 정월에 사신을 대당에 파견하여 특산물을
바쳤다[十二年 春正月 遣使大唐獻方物. 3월에 당 나라에 들어
가서 불법을 구하던 고승 자장이 귀국하였다[三月 入唐求法高
僧慈藏還]. <『삼국사기』 권 제5 「신라본기 제5」 「선덕왕」>

이제 자장법사가 귀국한 연대가 확정되었다. 643년[선덕여왕 12년] 3
월이다. 그런데 지금 우리가 논의하는 이 대목, 신문왕의 두 왕자 보스
내와 효명이 오대산에 숨어든 시기는 언제쯤 되어야 하겠는가? 당연히
그들이 태어난 후이고, 그들의 아버지 신문왕이 왕이 된 681년 이후이
고, 당연히 그들의 형 효소왕이 즉위한 692년 이후여야 한다. 이 두 연
대, 즉 자장이 신라로 돌아온 해와 두 왕자가 오대산에 숨어든 해는 무
려 50여 년의 거리가 있는 것으로 절대로 관련지을 수 없는 연대이다.

그런데 이 (6'a)의 첫 구를 잘못 번역하여 많은 역사적 사실들을 잘못
파악하게 되었다. 이 구는 이병도(1975:308)에서 '자장법사가 신라에 돌
아왔을 때'라고 번역한 이래 대부분의 번역서들이 그렇게 오역하고 있
다(이재호(1993:437)). 김원중(2002:387)은 '자장법사가 신라로 돌아오자'
라고 번역하였다. 이 최신 번역은 앞뒤를 전혀 따져 보지 않은 틀린 번
역이다. 이러면 두 왕자가 오대산에 입산한 연대가 자장법사가 당 나라
에서 신라로 돌아온 643년과 불가분의 관계를 맺게 된다. 그러나 일연
선사가 (3c)에서 자장이 동으로 오고자 할 때 태화지의 용을 만났다고
하고, 다시 (6a)에서 '자장법사가 (중국에서) 신라로 돌아오자'라고 적었
을 리가 없다.[22]

---

22) 『삼국유사』 권 제3 「탑상 제4」 「황룡사구층탑」에도 '정관 17년 계묘[643년] 16일에
(자장은) 당제가 준 경상, 가사, 폐백을 가지고 귀국하여 탑 세울 일을 왕에게 아뢰었
다[貞觀十七年 癸卯 十六日 將唐帝所賜 經像袈裟幣帛 而還國 以建塔之事 問於上. --- (백

앞에서 본 (5a)의 「태자 전기」에는 '신라의 정신의 태자 보ㅅ내가 아우 효명태자와 더불어 하서부에 도착하여 세헌 각간의 집에 하룻밤을 묵었다.'로 되어 있다. 그러면 「오만 진신」의 (6'a)의 '藏師之返 新羅 淨神大王太子寶川孝明二昆弟'은 자동으로 해결된다. '藏師之返[자장법사가 돌아가고]'가 먼저 떨어져 나온다.[23] 그리고 그 뒤의 '新羅 淨神大王太子'는 '신라의 정신대왕의 태자'로 번역된다. '신라'는 '돌아가고'에 걸리는 부사어가 아니라 '정신대왕'을 수식하는 관형어가 되어 '신라의 정신대왕'이 되어야 하는 것이다.

저 앞에서 본 「오만 진신」의 이 바로 앞부분 (3c)에서 636년 입당한 자장법사가 '동으로 돌아오고자 할 때[將欲東還]' 태화지의 용을 만났다고 하여 이미 자장법사가 중국에서 돌아왔음을 말하고, 이어서 643년에 오대산에 왔다가 진신을 보지 못하고 '원령사에 가서 진신을 보았다.'고 하였다. 그러므로 '藏師之返'은 '자장법사가 돌아가고'로 번역되고, 이는 '자장법사가 (643년에) (오대산에 왔다가) (648년에?) 돌아가고'로 해석된다. 이로 보면 자장법사가 오대산에 와서 게식한 기간은 5년 정도 되고, 643년+5년=648년이 되어 자장법사가 오대산에서 원령사로 돌아간 해가 648년이 된다. 두 왕자의 입산 시기를 태화 원년[648년] 8월

제의) 아비지라는 공장이 명을 받고 와서 목재와 석재를 경영하고, 이간 용춘*{혹은 용수라고도 한다.}*이 소장 200명을 거느리고 일을 주관하였다[匠名阿非知 受命而來 經營木石 伊干龍春*{一作 龍樹}*幹蠱率小匠二百人].'고 되어 있다. 몇 장 앞에 있는 글에 들어 있는 내용인데 뒤의 글을 번역하면서 연관 짓지 않고 다르게 오역하였으니 번역을 여러 사람이 나누어서 하지 않았다면 생길 수 없는 일이다. 「황룡사구층목탑금동찰주본기」에는 이간 용수가 감군(監君)을 맡은 것으로 되어 있다.

23) 번역서들이 이런 문제에 전혀 신경을 쓰지 않고 있다. 『삼국유사』의 번역은 중요한 대목은 모두 다시 검토해야 한다. 그리고 『삼국사기』의 기사에는 틀린 글자가 많다. 원전을 읽고 틀린 글자를 찾아내어 고치고 그 다음에 정확하게 번역하여야 비로소 역사적 진실을 밝힐 수 있다. 번역서 보고 연구하지 말라. 헛일 하는 것이다.

5일로 적고 있는 「태자 전기」는 이런 계산을 한 것으로 보인다. 그런데 이를 '藏師之返 新羅'로 끊어서 '자장법사가 신라에 돌아왔을 때'라고 틀리게 번역하면 '두 왕자의 입산 시기'는 바로 그때가 되어 643년 이후 그에 가까운 시기에 입산한 것이라고 생각하게 된다. 옛날 우리 선조들이 '「산중 고전」'을 쓰면서 이 구절에 현혹되어 '태화 원년 무신년 [648년]'이라는 '입산 시기'를 추정하여 쓴 것이 아닐까 하는 생각이 든다.

그러나 앞에서 본 대로 올바로 번역하면 '자장이 (오대산으로부터) 돌아간 뒤'로부터 '두 왕자의 입산 시기' 사이의 시간 간격은 45년이라 해도 아무 문제가 없다. 이 문장은 '자장법사가 (648년에 오대산으로부터) 돌아가고 난 45년 후인 (693년에), 신라의 정신대왕의 태자인 보ㅅ내, 효명 두 형제가 하서부에 와서 세헌 각간의 집에서 하루를 묵었다.'고 한 것이다.[24] 이제 두 왕자가 오대산에 온 연대는 643년과 아무 관련이 없게 되어 693년의 8월 5일에 입산하였다는 결과를 도출할 수 있다. 이제 등장 인물 세 사람이 정해졌다. 정신대왕, 보ㅅ내태자, 효명태자이다.

이 구절은 일연선사가 「오만 진신」의 (6a) 부분을 재구성하면서 보고 있던 '「산중 고전」'에 있던 기록이다. 그러므로 그 뜻은 (5a)와 똑같아야 한다. (5a)에서 '신라'는 정신대왕을 수식하는 관형어이다. '정신'은 이미 '신문왕'으로 '태자'나 '왕자'가 아니다. '태자'는 '정신'에 걸리는 것이 아니다. 그것은 '보ㅅ내'에 걸린다. 즉, 이 태자를 앞에 걸어 '정신

---

24) 「고기」[='「산중 고전」']의 태화 원년[648년]이란 연대는, 자장법사가 신라로 돌아온 뒤 오대산에 온 시기[643년]와 자장법사가 오대산에서 돌아간 시기[648년?]를, 두 왕자가 오대산에 숨어 든 시기[효소왕 즉위 2년인 693년]과 혼동하여 생긴 오류일 수 있다. 물론 이 책임은 「고기」의 기록자에게 있지 『삼국유사』에 있는 것이 아니다.

대왕태자'로 읽을 것이 아니라 뒤에 걸어 '태자 보ㅅ내'로 읽어야 하는 것이다. 당연하지 않은가? 한 사람이 동 시기에 '대왕'도 되고 '태자'도 되는 법은 없는 것 아닌가? 이런 해석이 가능한 경우는 '(훗날) 정신대왕이 되는 태자'를 의미하는 경우밖에 없다. 그런데 어떤 사람이 그 뜻을 가지는 명사구를 '정신대왕태자'라고 적겠는가? '정신대왕이 되는 태자'로 쓸 것이다. '정신대왕태자'로 써 놓으면 당연히 제1차적으로는 '정신대왕의 태자'로 번역해야 하고 해석해야 하고 이해해야 한다.

그러므로 (6a)도 '신라 정신대왕의 태자 보ㅅ내, 효명 두 형제가'로 번역해야 한다.25) 그러면 '신라'는 그 뒤의 '정신대왕'의 수식어가 되어 '신라의 정신대왕'으로 번역된다. '정신대왕태자'는 '정신대왕의 태자'이다. 그러므로 지금 한국사학계에서 통용되는 '자장법사가 신라로 돌아오자'라는 번역이나, '정신이라는 이름을 가진 대왕, 정신이라는 이름을 가진 태자'라는 뜻의 '정신 대왕 태자'는 절대로 성립할 수 없다. 저자가 (6a)에서 '신라'를 (5a)와 마찬가지로 '정신'을 수식하는 것으로 뒤에 걸리게 번역한 이유가 여기에 있다.

이러면 (6a)와 (5a)가 똑같다. 번역이 제대로 되어야 세상 일도 제대로 파악된다. 번역을 제대로 하지 않으면 세상 일이 제대로 파악되지 않는다. 번역을 먼저 하고 세상 일을 알 것인가? 아니면 세상 일을 먼저 알고 번역을 할 것인가? 옛날의 역사는 우리가 모르는 세상 일에 대하여 선조들이 기록으로 전해 준 것이다. 기록을 먼저 정확하게 번역하고 그

---

25) 이병도(1975:316)은 '신라의 정신 태자 보질도가 아우 효명 태자와 더불어'로 번역하였다. 이재호(1993:446)은 '신라 정신왕의 태자 보즐도는 아우 효명태자와 더불어'로, 김원중(2002:396)은 '신라 정신왕의 태자 보질도가 동생 효명태자와 함께'로 번역하였다. 전자는 문제가 있는 번역이고, 후 2자는 정확한 번역이다. 이걸 정확하게 번역하고도 그 뒤를 제대로 번역하지 못한 것은 논리적 사고력이 결핍되었기 때문이다.

를 통하여 우리가 모르는 옛날의 세상일을 파악해야 한다.[26]

그러나 전해 오는 기록이 대부분 옳지만 모두 완벽한 것은 아니다. 기록 자체만 보는 것은 한계가 있을 수 있다. 이때에는 우리가 아는 확실한 옛날의 세상 일을 참고하여 기록을 보완하고 번역해야 한다. 그런데 우리가 확실하게 아는 것이 뭐가 있는가? 아무 것도 모르지 않는가? 특히 신라 중대 31대 신문왕, 32대 효소왕, 33대 성덕왕, 34대 효성왕, 35대 경덕왕, 36대 혜공왕 시대에 이 땅에서 벌어졌던 일에 대해서는 아는 것이 아무 것도 없다. '효소왕이 신문왕의 원자이고, 그가 6살에 왕위에 올라 16살에 승하하였다.'고 앞뒤 맞지 않는 주장을 하고 있는, 신라 중대 정치사를 전공했다는 그 전문가들이 무엇을 알겠는가? 아무도, 어떤 책도, 무슨 말도 믿을 수 없다.

(6a)의 세주 속에서 『삼국유사』의 편찬 시기[1281년]에도 '『국사』 등에 신문왕과 보ㅅ내, 효명의 세 부자에 관한 기록이 드물다.'고 적고 있다. 이 시기의 역사가 신라 시대부터 인멸되었을 가능성이 있음을 시사한다. 의도적으로 이 일을 역사 기록으로 남기지 않았을 것이다.

성덕왕이 702년에 즉위하였기 때문에, 신룡 원년[705년] 을사년에 터를 닦아 절을 세운 것이 성덕왕 즉위 4년 을사년이라고 한 것은 정확하다. 성덕왕이 신문왕의 제2자라 한 것은 이상하지만 옳은 것으로 보아야 한다. 제2자는 살아있는 아들들만 헤아린 것으로 보인다. 효소왕이

---

26) 연구의 여러 절차에 앞서서 제일 먼저 해야 할 일이 번역이다. 엉터리 역사 지식을 먼저 머리에 담고 거기에 맞게 사서를 왜곡하여 번역하는 것은 범죄 행위이다. 국문학과, 사학과는 학생들에게 한문 가르치는 일을 철저히 해야 한다. 그러지 않으면 후세대는 지금 세대보다 훨씬 더 나빠지거나 아예 하지 못하고 일본 학자, 중국 학자에게 연구 용역을 주게 될 것이다. 연구 결과 평가도 자기들이 하지 못하여 외국에 의뢰할 것이다. 한자, 한문을 안 가르친 병폐가 얼마나 큰지 알아야 한다.

사망하였으므로 오대산에 가 있는 왕자 보ㅅ내태자와 효명태자 두 사람을 헤아린 것이다. 효소왕이 이홍{이공}이고 성덕왕의 형으로서 신문왕의 아들이라고 한 것도 옳다. 정신은 아마도 정명{이나, 과} 신문의 잘못이라는 기록도 옳다.

효명이 효조, 효소의 잘못이라 한 것은 옳지 않다. 효명태자는 곧 제33대 성덕왕(聖德王)이고, 효소왕(孝昭王), 효명왕(孝明王)은 제32대 효조왕(孝照王)을 측천무후의 이름 자 조(照, 曌)를 피휘하여 기록한 것이다. 혼동하기 쉽게 되어 있다. 효명태자가 바로 성덕왕이므로 효명이 신룡 연간에 절을 세운 것은 상세하지 않은 말이 아니라 옳은 말이다.[27]

이어서 다시 쓴 (6'b=6b)에서 두 왕자가 군사 훈련을 하다가 갑자기 오대산으로 숨어든 사연을 적고 있다.

> (6') b. 그 다음 날 큰 고개를 넘어 각각 무리 천명을 거느리고 성오 평에 도착하여 여러 날 유람하다가[翌日過大嶺 各領千徒到省 烏坪遊覽累日] 홀연히 어느 날 저녁 형제는 속세를 벗어날 뜻 을 몰래 약속하고 아무도 모르게 도망하여 오대산으로 숨어

---

27) 효조(孝照)를 효소(孝昭)로 바꾼 것은 측천무후의 이름 照(조)를 피휘하여 불 火(화)를 떼고 昭(소)로 쓴 것이다. 그런데 측천무후는 측천자(則天字)를 제정하여 자기 이름 照(조)를 적는 글자로 曌(조)를 만들었다. 이 하늘에 뜬 해와 달을 나타내는 '曌(조)'를 또 피휘하여 空(공)을 떼면 明(명)이 남는다. 그러면 孝曌(효조)는 孝明(효명)으로 쓰게 된다. '효명'으로 적힌 사람이 효소왕을 가리키기도 하고 효명태자를 가리키기도 하 는 혼란이 생길 수 있다. 『삼국사기』 권 제8의 권두 차례의 신문왕, 효명왕, 성덕왕 에서의 '효명왕*{明은 본문에서는 昭라고 쓴다.}*'는 이러한 사정에 따라 효소왕을 가리키는 말이다. 신라 역사와 당 나라 역사를 제대로 알면 이렇게 모든 것이 다 합 리적으로 설명될 수 있다. 이런 것을 모르고 역사를 연구하니 모든 것이 혼란스러워 보였을 것이다. 중국 학자들이 현대 한국의 연구자들이 쓴 "이 '孝明王(효명왕)'은 '孝昭王(효소왕)'의 오식이다." 또는 "'효명왕'은 '효소왕'의 昭가 고려 광종의 휘라서 피휘한 것이다."는 류의 논저를 읽을까 두렵다. 그러면 '효소왕'을 못 쓰고 '효명왕' 을 써야 한다. 못 쓴 시호는 '효조'이고 쓴 것이 '효소', '효명'이다.

들었다[忽一夕昆弟二人密約方外之志不令人知 逃隱入五臺山]. *
{「고기」는 말하기를 *태화 원년 무신년[648년] 8월 초에 왕이
산속으로 숨었다고 한다[古記云太和元年戊申八月初 王隱山中].
이 문장은 크게 잘못된 듯하다[恐此文大誤].* 생각하건대 효조
또는 효소는 천수 3년 임진년[692년]에 즉위하였는데, *그때 나
이가 16세였으며* 장안 2년 임인년[702년]에 붕어했으니 *누린
나이가 26세였다[按孝照一作昭 以天授三年壬辰即位 時年十六
長安二年壬寅崩 壽二十六].* 성덕왕이 이 해에 즉위하였으니
나이 22세였다[聖德以是年即位年二十二]. 만약 말한 대로 (이
때가) 태화 원년 무신년{648년}이라면 효소왕이 즉위한 갑
진*{ 저자 주: 임진의 잘못}*년보다 45년이나 앞서니 이에
당 태종문무대성왕의 치세이다[若曰太和元年戊申 則先於孝照
即位甲辰已過四十五歲 乃太宗文武王之世也]. *이로써 이 문장
이 잘못된 것임을 알 수 있으므로 취하지 않았다[以此知此文
爲誤 故不取之]*}*.

c. 모시고 호위하던 자들은 간 곳을 알지 못하여 나라[서볼]로 돌
   아왔다[侍衛不知所歸 於是還國]. <『삼국유사』 권 제3 「탑상
   제4」 「대산 오만 진신」>

(6'b)를 보면 그 다음 날 큰 고개[진고개]를 넘어 각각 무리 1000명을
거느리고 성오평에 이르러 여러 날 유완하였다.[28] 그러다가 홀연히 형
제가 어느 날 저녁 속세를 떠날 생각을 하고 오대산으로 숨어들었다.
그리고 그 연대가 문제가 된다. 「고기」라는 자료에 '태화 원년[648년] 8
월 초에 왕[성덕왕, 효명태자]가 산으로 갔다.'고 하는데 이것이 잘못 되

---

28) 이 유람은 사냥을 겸한 군사 기동 훈련을 말할 것이다. 2000명의 군사를 거느리고
   유람한다는 것은 오늘 날 우리가 생각하는 유람은 아니다.

었다는 것이다. 그 근거로 효소왕의 즉위 시의 연대가 692년이라는 것과 그때 효소왕의 나이가 16세라는 것을 들고 있다.

두 왕자가 오대산에 숨어든 시기를 효소왕의 즉위 시기와 비교하는 것은 그 두 시기가 밀접한 관련을 맺기 때문이다. 두 왕자가 입산한 시기는 효소왕 즉위 시기[692년]에 가까운 해의 8월 5일이다. 그러면 그 입산 이유는 효소왕의 즉위라는 정치적 사건에서 찾아야 한다. 형이 왕위에 오르자 아우 두 사람이 속세를 등진 것이다. 왜 그랬을까? 이것도 정치적 사건으로 보아야 한다. 그러니 성덕왕이 648년 8월 초에 입산하였다는 것은 틀렸으므로 취하지 않는다는 것이다.

일연선사가 믿을 수 없어서 취하지 않은 것은 「고기」의 '태화 원년[진덕여왕 2년, 648년] 8월 초에 왕이 산 속으로 숨었다.'는 기록이다. 그것이 틀렸음을 증명하는 논거가 두 왕의 즉위 시의 나이와 효소왕의 승하 시의 나이다. 그러니 이 효소왕의 즉위 연대와 나이는 틀릴 수 없는 것이고 그 연대는 성덕왕의 오대산 입산 시기와 밀접한 관련을 맺는 것이다.

그런데 「고기」라고 말한 것은 '「산중 고전」(=「태자 전기」 원본)'이다. 다시 쓴 (5'b=5b)에 그 말이 그대로 들어 있다.

(5') b. 태화 원년[648년] 8월 5일에 형제가 함께 오대산에 숨어들었다[太和元年八月五日 兄弟同隱入五臺山].

이렇게 두 왕자의 입산 시기와 효소왕의 즉위 시기를 관련짓고 있는 것을 보면, 보ㅅ내와 효명 두 왕자가 오대산에 숨어 든 것은 효소왕이 즉위한 후인 692년이나 693년의 8월 5일이라고 할 수 있다. 실제로는

693년 8월 5일이다. 왜 그랬을까?

681년 7월 1일 문무왕이 승하하였다. 태자 정명은 왕이 되어 동궁에서 대궁으로 옮겨갔다. 동궁에 태자비 김흠돌의 딸이 함께 있다가 이때 대궁으로 옮겨갔을까? 대궁에서 있었을 신문왕의 즉위식에 왕비 김흠돌의 딸이 참석하였을까? 그러지 않았을 가능성이 크다. 이 왕비 김흠돌의 딸은 당 나라의 책봉을 받은 기록이 없다. 문무왕의 승하와 신문왕의 즉위를 알리는 사신을 보내고, 2개월 정도 걸려서 당 조정에 보고가 되면 거기서 문무왕의 승하에 대한 조위 사절을 보내어, 또 2개월 정도 걸려서 서라벌에 와서 조위를 표하고 제사를 지내고 신왕과 왕비를 책봉하는 것이 정상적인 절차이다.

이 절차가 거의 정확하게 반영되어 있는 태종무열왕의 사후 문무왕의 즉위 시의 기록을 살펴보면 (11)과 같다. 6월 승하가 2달 정도 걸려서 당 나라에 알려지고 다시 조위 사신이 2달 정도 걸려서 10월 29일에 서라벌에 온 것이다.

(11) a. 661년[태종무열왕 8년], 6월에 대관사 우물 물이 피가 되었다[八年 ─ 六月 大官寺井水爲血]. 금마군 땅에 피가 5보 넓이나 흘렀다[金馬郡地流血廣五步]. 왕이 승하하여 시호를 무열이라 하고 영경사의 북에 장사지냈다[王薨 謚曰武烈 葬永敬寺北]. 태종이라는 호를 올렸다[上號太宗]. 당 고종이 부음을 듣고 낙성문에서 애도식을 거행하였다[高宗聞訃 擧哀於落城門]. <『삼국사기』 권 제5 「신라본기 제5」 「태종왕」>

b. 661년[문무왕 원년] 겨울 10월 29일 대왕은 당 황제의 사자가 이르렀다고 듣고 (전장에서) 드디어 서울로 돌아왔다[冬十月二十九日 大王聞唐皇帝使者至 遂還京]. 당 나라 사신은 전

왕에 대하여 조위 겸 칙명에 의한 제사를 지내고 잡채[비단
500단을 (부의로) 증정하였다[唐使弔慰兼勅祭前王 贈雜茶五百
段. <『삼국사기』 권 제6 「신라본기 제6」 「문무왕 상」>

그런데 (12a)와 (12b)에서 보는 문무왕 승하 후에는 이런 절차가 하나
도 기록되어 있지 않다. (12a)의 생략된 부분은 문무왕의 유언이 길게
적혀 있고 당 나라 사신이 와서 조위를 표하고 제사를 지냈다는 말은
조금도 없다. 이상하지 않은가? 문무왕은, 죽음이 당 나라에 보고될 필
요도 없고 황제의 조위를 받을 수도 없고 당 나라 사신이 제사를 지내
지 않아도 좋을 만큼 존재감이 없는 왕인가?

(12) a. 문무왕 21년[681년] — 7월 1일에 왕이 돌아가셨다[秋七月一
　　　日 王薨]. 시호를 문무라 하였다[諡曰文武]. 군신들이 유언에
　　　따라 동해 어귀*{口는 『유사』에는 中이라 했다}*의 큰 바위
　　　위에 장사지냈다[群臣以遺言葬東海口*{口 遺事作中}*大石
　　　上]. 세속에 전하기를 왕이 화하여 용이 되었다 하고 이에 그
　　　바위를 대왕석이라 부른다[俗傳王化爲龍 仍指其石爲大王石].
　　　유조에 이르기를[遺詔曰], — <『삼국사기』 권 제7 「신라본기
　　　제7」 「문무왕 하」>
　　b. (신문왕) 즉위년, 신문왕이 즉위하였다[神文王立]. 휘는 정명
　　　이다. *{명지라고도 하고 자는 일초이다}*[諱政明*{明之字日
　　　怊}*]. 문무왕의 장자다[文武大王長子也]. 어머니는 자의*{儀
　　　는 義로도 쓴다}*왕후이다[母慈儀*{一作義}*王后]. 왕비는
　　　김 씨이다[妃金氏]. 소판 흠돌의 딸이다[蘇判欽突之女]. 왕이
　　　태자가 될 때 들였으나 (혼인한 지) 오래이나 아들이 없었다
　　　[王爲太子時納之 久而無子]. 후에 아버지가 난을 일으킨데 연

좌되어 궁에서 쫓겨났다[後坐父作亂 出宮]. 문무왕 5년에 책
립하여 태자가 되었다[文武王五年立爲太子]. 이때에 이르러
왕위를 이었다[至是繼位]. 당 고종이 사신을 파견하여 책립하
여 신라왕으로 삼고 아울러 선왕의 관작을 어어받게 하였다
[唐高宗遣使冊立爲新羅王 仍襲先王官爵].

<『삼국사기』 권 제8 「신라본기 제8」 「신문왕」>

(13b~d)에서 보듯이 신문왕도, 효소왕도, 성덕왕도, 효성왕도 승하하
였을 때 모두 당 나라 황제의 사신이 와서 조위를 표하고 제사를 지내
고 새 왕을 책봉하였다. 그런데 (13e)에서 보는 경덕왕의 승하 후에도
그런 절차가 없다. 혜공왕의 경우 책봉을 요청하는 사신이 가고 또 특
별히 그 어머니를 대비로 책봉하는 기사까지 적혀 있다. 그러나 이 시
기는 이미 당 나라가 '안사(安史)의 난' 이후 어지러워진 때이다. 문무왕
승하 후와는 시대가 다르다. 문무왕의 경우에 조위 사절이 온 기록이
없다는 것은 매우 특별한 일이다.

(13) a. (효소왕) 즉위년, 효소왕이 즉위하였다[孝昭王立]. 휘는 이홍
*{공이라고도 한다}*이다[諱理洪*{一作恭}*]. 신문왕 태자이
다[神文王太子]. 어머니 성은 김 씨이고 신목왕후이다[母姓金
氏 神穆王后]. 일길찬 김흠운*{運은 雲으로도 쓴다}* 딸이다
[一吉湌金欽運*{一云雲}*女也]. 당 측천무후가 사신을 보내어
조위하고 제사를 지냈다[唐則天遣使 弔祭]. 아울러 왕을 책립
하여 신라왕 보국대장군 행좌표도위대장군계림주 도독으로
삼았다[仍冊王爲新羅王輔國大將軍行左豹韜尉大將軍鷄林州都
督]. <『삼국사기』 권 제8 「신라본기 제8」 「효소왕」>
    b. (성덕왕) 즉위년, 성덕왕이 즉위하였다[聖德王立]. 휘는 흥광

이다[諱興光]. 본명은 융기인데 현종의 휘와 같아서 선천에 고쳤다*{당서에는 김지성이라 하였다.}*[本名隆基 與玄宗諱同先天中改焉*{唐書言 金志誠}*]. 신문왕 제2자이다[神文王第二子]. 효소왕의 동모제이다[孝昭同母弟也]. 효소왕이 승하하고 아들이 없어 국인들이 세웠다[孝昭王薨 無子 國人立之]. 당 측천무후는 효소왕이 승하하였다는 부음을 듣고 위하여 애도식을 거행하고 이틀 동안 조회를 하지 않았다[唐則天聞孝昭薨爲之擧哀 輟朝二日]. 사신을 파견하여 조위하고 왕을 책립하여 신라왕으로 삼고 아울러 형의 장군 도독의 호를 이어받게 하였다[遣使弔慰 冊王爲新羅王 仍襲兄將軍都督之號]. <『삼국사기』권 제8「신라본기 제8」「성덕왕」>

c. (효성왕) 2년 봄 2월 당 현종은 성덕왕의 승하 부음을 듣고 애도하고 슬퍼하기를 오래 하였다[二年 春二月 唐玄宗聞聖德王薨 悼惜久之]. 좌찬선대부 형숙을 파견하여 홍려소경으로 머무르며 조위하고 제사를 지내고 (성덕왕에게) 태자태보를 추증하였다[遣左贊善大夫邢璹 以鴻臚少卿 住弔祭 贈太子太保]. 또 사왕을 책립하여 개부의동삼사 신라왕으로 삼았다[且冊嗣王爲開付儀同三司新羅王]. <『삼국사기』권 제9「신라본기 제9」「효성왕」>

d. (경덕왕) 2년 봄 3월 — 당 현종은 찬선대부 위요를 파견하여 와서 조위를 표하고 제사를 지냈다[二年 春三月 — 唐玄宗遣贊善大夫魏曜 來弔祭]. 아울러 왕을 책립하여 신라왕으로 삼고 선왕의 관작을 이어받게 하였다[仍冊立王爲新羅王 襲先王官爵]. <『삼국사기』권 제9「신라본기 제9」「경덕왕」>

e. (혜공왕) 3년 — 가을 7월 이찬 김은거를 파견하여 당에 들어가 특산물을 바치고 아울러 책명을 청하였다[三年 — 秋七月 遣伊飡金隱居入唐貢方物 仍請加冊命]. — 4년 — 당 대종은

창부 낭중 귀숭경에게 어사중승지절을 겸하게 하여 책서를
가지고 와서 왕을 책립하여 개부의동삼사신라왕으로 삼고 겸
하여 왕의 어머니 김 씨를 대비로 책봉하였다[四年 — 唐代
宗遣倉部郎中歸崇敬兼御史中丞持節資冊書 冊王爲開府儀同三
司新羅王 兼冊王母金氏爲大妃]. <『삼국사기』권 제9 「신라본
기 제9」 「혜공왕」>

문무왕의 사후에는 (12b)에서 보듯이 바로 신문왕의 즉위가 기록되고
왕비가 '김흠돌의 모반'에 연루되어 폐비되었다는 기록이 나온다. 그리
고 왕의 책봉 기사만 나온다. 문무왕에 대한 조위나 제사, 그리고 왕비
의 책봉 기사는 없다. 신왕과 왕비를 책봉하는 사신은 681년 11월이나
되어야 서라벌에 오게 되어 있다. 그런데 이미 681년 8월 8일에 '김흠
돌의 모반'으로 서라벌은 피투성이가 되었다. 신문왕은 즉위한 직후에
'김흠돌의 모반'으로 장인 김흠돌과 그를 추종하는 흥원, 진공 등을 죽
이고, 8월 28일 가장 강력한 세력이었을 김흠돌의 사돈 상대등 겸 병부
령 김군관을 자진(自盡)시키고, 태자비에서 막 왕비가 된 김흠돌의 딸을
폐비시켰다. 이 사정으로 당 나라와의 외교 관계가 원활하지 못했을 수
도 있었음을 알 수 있다. 문무왕의 장례도 원활하게 치루어졌다는 보장
이 없다. 저자가 문무왕에 대하여 신문왕이 불효하였다고 평가하는 것
은 이런 사정과 관련된다.

이 과정에 요석공주와 자의왕후가 깊이 관여하였다. 그리고 자의왕후
는 곧 사망하였다. 태자비였다가 금방 왕비가 된 김흠돌의 딸은 궁에서
쫓겨났다. 아마도 당 나라에 신문왕의 즉위 보고는 이루어졌지만 왕비
문제는 보고되지 않았을 것이다. 왕의 즉위를 알리고 책봉 요청을 할

때 왕비의 책봉 사항은 넣지 않았을 것이다. 폐비되었으니 책봉 신청을 할 필요가 없다. 폐비가 신문왕 즉위 직후, 친정아버지 '김흠돌의 모반'과 거의 동시에 이루어졌음을 알 수 있다.

신문왕과 김흠운의 딸은 683년 5월 7일에 정식으로 혼인하였다. 김흠운의 딸은 신문왕이 즉위하기 전에는 동궁에 살고 있었다. 신라의 동궁은 (14)에서 보듯이 679년[문무왕 19년] 8월에 창건되었다.

> (14) 문무왕 19년[679년] ― 가을 8월 태백이 달에 들어갔다[秋八月太白入月]. 각간 천존이 죽었다[角干天存卒]. 동궁을 창조하였다[創造東宮]. 비로소 내외의 여러 문의 액호를 정하였다[始定內外諸門額號]. 사천왕사가 완성되었다[四天王寺成]. 남산성을 증축하였다[增築南山城]. <『삼국사기』 권 제7 「신라본기 제7」 「문무왕 하」>

이 동궁은 김흠운의 딸과 즉위하기 전의 태자 정명을 위하여 창건한 것이다. 그 동궁에서 태자 정명과 그의 정부 김흠운의 딸, 그리고 그들의 아들 이홍[677년생], 보〻내[679년생?]가 함께 살았을 것이다.[29] 성덕왕이 되는 효명은 681년 이 동궁에서 태어났다.

김흠운의 딸이 동궁에 살았다면 그것은 정식 태자비인 김흠돌의 딸이 동궁에 못 갔다는 것을 뜻한다. 동궁에서 정명태자가 두 여인과 2명의 아들을 데리고 함께 살았다는 것은 상상이 안 된다. 이것으로써도

---

29) 필사본 『화랑세기』에는 소명궁이었다가 선명궁이 된 김흠운의 딸이 자의왕후의 명에 의하여 동궁으로 들어갔다고 되어 있다. 이 기록은 보통 기록이 아니다. 동궁을 창건하여 거기에 태자와 태자비가 들어가지 않고 김흠운의 딸이 677년생 이홍, 679년생(?) 보〻내와 함께 들어갔다는 말이다.

태자비의 친정 아버지 김흠돌의 모반은 깔끔하게 설명이 되고도 남는다.

665년 8월 왕자 정명을 태자로 책봉할 때 태자비가 된 김흠돌의 딸은 아마도, 그 후 677년 김흠운의 딸이 아들 이홍을 낳은 뒤로는 소박을 맞았을 것이다. 남편 정명태자가 태자비의 4촌 자매와 함께 아들을 셋이나 두고 동궁에서 살고 있는데 정식 태자비는 어디에 서 있었겠는가? 현대의 상식으로는 아마도 친정에 가 있었을 것이다.

정명태자는 즉위하여 동궁에서 대궁으로 옮겨갔다. 김흠운의 딸은 683년 5월 7일 정식으로 혼인한 후에야 대궁으로 옮겨갔을 것이다.[30] 그 사이에는 어디에서 살았을까? 동궁에서 계속 살고 있었을까? 김흠운의 딸은 혼인할 때 (15)에서 보듯이 월성의 북문으로 들어갔다. 이것은 친정인 요석궁으로부터 나와서 월성의 북문으로 들어갔다는 말일 가능성이 크다.

(15) 신문왕 3년[683년], — 5월 7일 이찬 문영, 개원을 보내어 그 댁에[31] 이르러 책립하여 부인으로 삼았다[五月七日 遣伊飡文穎愷元抵其宅 冊爲夫人]. 그 날 묘시에 파진찬 대상, 손문과 아찬 좌야, 길숙 등을 보내어 각각 처량과 급량, 사량 2부의 부녀 30명씩과 더불어 부인을 맞아오게 하였다[其日卯時 遣波珍飡大常孫

---

30) 제4장에서 본 대로 신문왕이 재혼할 때 보낸 그 많은 예물들은 요석공주가 살고 있는 고모 집, 즉 설총의 집으로 간 것이다.
31) '그 댁'이 어딘지 알기 어렵다. 일단 혼인 전 김흠운의 딸이 살던 집이라고 보아야 한다. 동궁에 살다가 정명태자가 즉위한 뒤에는 친정인 요석궁으로 돌아가서 요석공주와 함께 살았을 수도 있다. 태자가 태자비를 제치고 형수가 될 뻔했던 고모의 딸과 동궁에서 살다가 즉위하였고, 그 고모의 딸을 즉위 2년 후에 왕비로 들이는 상황이다. 태자가 왕이 되어 대궁으로 옮겨간 상태에서 그의 정부가 그대로 동궁에 살고 있기는 곤란하였을 것이다.

文阿湌坐耶吉叔等　各與妻娘及梁沙梁二部(女區)各三十人　迎來夫
시]. 수레를 타고 좌우에서 시종하는 관인과 부녀자 등으로 매
우 성황을 이루었다[乘車左右侍從官人及娘(女區)甚盛. 왕궁의
북문에 이르러 수레에서 내려 궁안으로 들어왔다[至王宮北門 下
車入內]. <『삼국사기』 권 제8 「신라본기 제8」 「신문왕」>

　그 후 687(684?)년에 신문왕과 정비 신목왕후 사이에서 법적인 혼인
관계에서 태어난 아들인 원자가 태어났다. 이때부터 자의왕후의 후계
세력인 김순원 세력과 요석공주 사이에 알력이 시작되었을 것이다. 김
순원 세력은 정식 혼인 관계에서 태어난 원자가 차기 왕위를 계승하여
야 왕실이 안정될 것이라고 보았을 것이다. 그러나 요석공주는 생각이
달랐다. 그 공주는 비록 혼전, 혼외자이긴 하지만 신문왕의 첫아들. 자
신의 첫 외손자 이홍이 차기 왕위를 계승하여야 한다고 생각하였을 것
이다. 이 갈등이 이홍의 태자 책봉이 691년 3월 1일까지 미루어진 이유
일 것이다. 677년생인 이홍은 태자로 책봉될 때 15살이나 되었다. 늦은
편이다. 아버지인 '왕자 정명', 문무왕의 장자인 그는 형이 전사하였기
때문에 15살쯤 되어서 태자가 된 것으로 보인다. 그러나 다른 태자들은
보통 7~8살에 태자로 봉해진다. 원자는 이때 5(9?)살이다.
　이러한 논란이 진행되는 상황에서 신문왕은 병에 걸렸을 것이다. 그
는 692년 7월에 사망하였다. 저자는 왕자 정명이 665년 8월 태자로 봉
해질 때 15세쯤 되었다고 보았다. 사망 시 그는 42세쯤 되었을 것이다.
그러므로 691년 3월 1일 태자를 책봉해야 하는 것은 매우 다급한 일이
었다. 요석공주가 고집을 꺾지 않자 김순원파는 타협안을 내었을 것이
다. 그 타협안으로 가장 적절한 것은 '효소왕이 즉위한 후에 원자를 부

군으로 책봉하는 것'이었다. 어차피 효소왕에게는 691년에는 아들이 없었고 「혜통항룡」 조에서 보았듯이 692년에는 딸이 하나 있었다. 그리하여 혼외자인 왕자 이홍이 태자로 책봉되고 692년 7월 즉위하면서 정식 혼인 관계에서 태어난 '동부동모의 아우인 신문왕의 넷째 아들 원자는 부군으로 책봉되었을 것이다.'[32]

이러면 둘째 아들 보ㅅ내와 셋째 아들 효명은 왕위 계승 서열에서 멀어진다. 속세를 떠날 수밖에 없다. 그들은 오대산에 가서 중이 된 것이다. 그러므로 이 두 왕자의 오대산 입산 시기는 693년의 8월 5일이 된다. 이것을 자장법사가 오대산에 왔다가 돌아간 시점인 태화 원년[648년]과 혼동하여 적은 것이 「고기」, 즉 '「산중 고전」'이다.[33] 그것은 '자장법사가 (오대산으로부터) 돌아가고, 신라 정신대왕의 태자 보ㅅ내, 효명 두 형제가'로 번역해야 할 (6a)의 첫 문장을, 모두 '자장법사가 신라에 돌아오자, 정신대왕의 태자 보ㅅ내, 효명 두 형제가'로 잘못 번역한 것과 관련된다. 현대의 모든 번역자들처럼 이 글을 옮겨 쓴 우리 선조들도 '신라'를 '반'의 목적어로 해석했을 가능성이 크다. 그러면 그 해는 648년이 되고 그 해에 두 왕자가 오대산에 숨어든 것처럼 오해할 수 있다.

그러나 '신라'는 정신대왕을 수식하는 관형어이고 '장사지반(藏師之返)'은 '자장법사가 (오대산으로부터) 돌아가고'를 의미한다. 그런 까닭

---

32) 자고로 왕실에 서장자나 혼외 장자가 있고 적장자인 원자가 따로 있을 경우 그 왕실이 편할 리가 없다. 사가도 마찬가지다.

33) 이 「고기」는 서정목(2015a)에서 '「태자 전기」 원본'이라고 부른 것으로, 일연선사가 「오만 진신」과 「태자 전기」를 재구성하면서 보고 있었던 신라 시대의 기록이다. 이 「고기」는 현재 『삼국유사』 권 제3 「탑상 제4」에 전해 오는 「대산 오만 진신」의 세주를 제외한 내용과 거의 같았을 것이고 따라서 「명주 오대산 보ㅅ내태자 전기」와 매우 비슷했을 것이지만 그보다는 훨씬 자세했을 가능성이 크다.

에 일연선사가 '태화 원년[648년]은 정관 22년으로 당 태종문무대성황 제의 시대이므로 효소왕이 즉위한 692년보다 45년 전의 연대'라고 한 것이다. 그것을 그대로 역산하여 648년+45년 하면 693년이 나온다. 그 러므로 이러한 모든 상황을 면밀하게 고려하면 두 왕자의 오대산 입산 시기는 693년 8월 5일이 된다(서정목(2015a:330) 참조).

조범환(2015)는 두 왕자의 입산 시기를 700년 '경영의 모반' 전후라 고 보고 있다. 두 가지만 지적한다.

첫째, 부군이 그때 책봉되었다는 것은 적절하지 않다. 700년의 '경영 의 모반'은 이미 책봉되어 있는 부군을 즉위 시키려는 모반이다. 그 논 문의 설명 틀, 즉 '신목왕후가 섭정하다가 효소왕이 친정하게 되면서 일부 세력이 권력에서 소외되어 부군을 세우고 효소왕을 폐하려 했다.' 는 논지가 성립되려면, 효소왕이 692년 6살에 즉위하여 702년 16살에 승하한 것으로 보고 700년에 14살이라고 할 때 가능하다. 그런데 이것 이 틀린 것은 다 드러나지 않았는가? 692년 16살에 즉위한 효소왕은 700년이면 24살이다. 신목왕후의 섭정이 있었다고 하기 어렵고, 그 섭 정이 20살이 넘도록 계속되었다는 것은 무리하다. 외할머니의 영향력이 강했다는 것과 신목왕후가 섭정했다는 것은 다르다.

둘째, 성덕왕의 오대산 수도 기간을 2년 정도로 잡는 것은 불합리하 다. 「오만 진신」과 「태자 전기」를 잘 읽어 보면 적어도 10여 년 수도 생활을 한 느낌이 든다. 자장법사가 오대산에 와서 문수의 진신을 보려 다가 보지 못하고 (저자 가필: 5년쯤 뒤에) 돌아가서 원령사에 가서 비로 소 보았다고 한다. 그런데 중대에 자리 잡은 보ㅅ내와 북대에 자리 잡 은 효명이 매일 새벽 오만의 문수의 진신을 볼 정도로 도가 틔었다면 2

년 정도보다는 훨씬 더 오래 수도했다고 보아야 한다. 성덕왕은 12살쯤 오대산에 가서 10년 수도하고 22살에 다시 속세로 돌아와 즉위한 것이다. 그리고 35년 동안 온갖 파란만장한 속세의 고뇌에 시달리다가 다시, 효성왕, 경덕왕에게 그 속세의 더러운 싸움을 물려주고 승하한 것이다. 추정이지만 성덕왕의 스님 생활은 2년은 확실히 아니고 10년은 되어야 한다는 것이 저자의 느낌이다. 명시적 증거가 없을 때는 느낌, 직관이 가장 중요하다. 직관은 오랜 성찰에서 나오는 것이지 짧은 시기에 급조하여 갖추어지는 것이 아니다. 오래 깊이 생각해야 할 일이다.

[4] 태종문무왕은 신라 왕이 아니다

이렇게 분명한 논지를 현대의 한국사학계가 잘못 해석한 데에는, (6b)의 '太宗文武王(태종문무왕)'에 관하여 정확하게 이해하지 못하고 번역한 책들에 그 책임이 있음을 지적하지 않을 수 없다. 이 '태종문무왕'에 대하여, 이병도(1975:312)와 이재호(1993:443)은 '태종무열왕의 오기'라고 주석하였다. 신종원(1987:95)는 이 '태종문무왕지세'에 대하여 '태화 원년은 태종, 문무왕의 시절이 아니라 진덕왕대이다.'와 같이 적어, 신라의 태종무열왕과 문무왕으로 보고 있다. 김원중(2002:388)은 '태종문무왕지세'를 '태종 무열왕의 시대이다.'고 번역하였다. 그러나 이는 모두 상식에 어긋난 것으로 틀린 것이다.

태화 원년은 648년[무신년]을 가리킨다. 그런데 그 해를 태종무열왕과 문무왕, 두 왕의 치세와 관련지어 생각하고 진위 여부를 사료 비판한다는 생각을 어떻게 하는지 이해할 수가 없다. 절대로 그런 생각을 해서는 안 된다. 이는 일반의 상식에도 어긋난다. 그런 생각을 할 수 있는 해가 있다면 그 해는 태종무열왕이 승하하고 문무왕이 즉위하는 661년[신유년]뿐이다. 신라의 태종무열왕의 재위 기간은 654년[갑인년]~661년[신유년]이고, 문무왕의 재위 기간은 661년[신유년]~681년[신사년]이다. 그러므로 이 '태종문무왕'은 절대로 신라의 태종무열왕과 문무왕을 가리키는 말이 아니다. 이것을 『삼국유사』의 이 기록의 신빙성이 떨어짐을 논증하는 논거로 드는 것은 무지의 극치이다.

여기의 이 '태종문무왕'은 당 나라 '태종문무대성 황제'를 말한다.『삼국사기』권 제31 「연표 하」에 보면 당 태종을 '태종문무대성 황제 세민'이라고 분명히 적고 있다. 고려 시대 사람들에게는 이것이 상식이었을 것이다. 당 나라의 '태종문무왕지세'는 627년[정관 원년 정해년]~649년[정관 23년 기유년]이다. 648년[무신년]은 정확하게 당 나라 정관 22년으로 태종문무대성 황제지세이다. 그러므로 '『삼국유사』가 태화 원년[648년]이 당 나라 태종문무왕지세라고 한 것'을, 마치 '『삼국유사』가 태화 원년[648년]이 신라의 태종무열왕과 문무왕지세라고 한 것'처럼 해석하고, 이것이 틀렸으니 『삼국유사』가 믿을 수 없는 책인 것처럼 쓰는 것은 『삼국유사』를 모독하는 일이다. 다만 '王(왕)'이라 한 것이 이상한데 이는 '皇(황)'이라 쓸 것을 오각한 것으로 볼 수 있다. 그러나 '태화 원년이 태종문무대성 황제 치세'라는 취지의 글 내용은 정확한 것이다.[34] 번역본을 보고 연구하면 이런 있을 수 없는 희한한 오류에 빠진다. 이 우습고도 창피한 사례가 앞으로 한국사학계에 큰 교훈이 되기

---

34) 태화 원년은 무신년이 아니고 정미년[647년]이라는 주장이 있는데 이 주장은 잘못된 것이다. 왕의 교체가 있는 해는 전왕의 연호를 쓰고, 이듬해가 신왕의 연호 원년이 되는 것이 정상적이다. 태화[진덕여왕 연회] 원년은 648년이다. 진덕여왕 원년은 647년으로 그 해 1월 선덕여왕이 승하하였기 때문에 647년은 태화라는 연호를 쓰지 않고 인평[선덕여왕 연회]을 그대로 쓴다.

바란다.

[5] 효소왕과 성덕왕의 즉위 시 나이

이어서 다시 쓴 (6'b)와 같이 효소왕의 즉위 시와 승하 시의 연도와 나이, 성덕왕의 즉위 시 연도와 나이를 명백하게 밝히고 있다. 이 기록은 효소왕이 692년에 16살로 즉위하였다고 한다. 그러면 그는 677년생이다. 성덕왕도 702년에 22살이니 681년에 태어났다. 이 두 왕의 아버지는 신문왕이고 어머니는 신목왕후라는 것은 모든 기록에서 일치한다. 효소왕은 부모가 혼인한 683년 5월 7일보다 6년 전에 태어났다. 그는 683년에 7살인 것이다. 이 두 왕은 부모가 혼인하기 전에 태어났다. 이 둘뿐만 아니라 그 사이에 보ㅅ내태자도 있으니 신목왕후와 신문왕 사이에서는 세 명의 아들이 혼인 전에 태어난 것이다.35)

> (6') b. 살펴보면 효죄[조는 달리는 소라고도 함]은 천수 3년 임진년[692년]에 즉위하였는데 그때 나이가 16세였으며, 장안 2년 임인년[702년]에 붕어했으니 누린 나이가 26세였다[按孝照一作昭以天授三年壬辰卽位時年十六 長安二年壬寅[702년]崩壽二十六]. 성덕이 이 해에 즉위하였으니 나이가 22세였다[聖德以是

---

35) 제33대 성덕왕이 된 효명태자는 오대산에서 보ㅅ내태자와 함께 수도 생활을 하고 있었는데, 제32대 효소왕이 갑자기 승하하는 바람에 4인의 장군에게 모셔져 와서 왕위를 계승한다. 그러므로 성덕왕이 제31대 신문왕의 제2자라는 것은 승하한 효소왕을 빼고 살아있는 아들만 헤아린 것이다. 신문왕에게는 둘째 왕비 신목왕후와 혼인한 683년 5월 7일 이전에 이미 태자 시절에 고종사촌 누이인 김흠운의 딸[훗날의 신목왕휘와의 사이에 세 아들이 있었다. 첫째 아들 효소왕이 왕위를 이었고 둘째와 셋째는 승려가 되었다. 신목왕후가 정식 왕비가 된 뒤인 687년 2월에 출생한 원자는 신문왕의 네 번째 아들이거나 684년에 태어난 무상선사를 고려하면 다섯 번째 아들이다.

年卽位年二十二]. <『삼국유사』 권 제3 「탑상 제4」 「대산 오
만 진신」>

이 상식 이하의 일 때문에 현대 한국사학계에서는 성덕왕이 신목왕
후와 신문왕 사이에서 태어난 아들이 아니라고 보고, 폐비된 김흠돌의
딸이 낳은 효소왕의 이복형일 것이라는 주장이 통용되어 왔다. 이것이
틀렸다고 보는 사람들은 성덕왕이 6살에 왕위에 올라 16살에 승하한
효소왕보다 더 어려서 22살에 즉위한 것이 아니라 12살쯤에 즉위하였
을 것이라고 주먹구구식으로 설명해 왔다. 그리하여 『삼국유사』가 이
두 왕의 나이를 10살씩 올려 적고 있는 '믿을 수 없는 책'이라고 말해
온 것이 지금까지의 한국사학계의 실상이다.

그런데 이렇게 말하면 한국사학계의 이 실수가, 실제로 있었던 정명
태자의 혼외정사가 현대인이 도저히 생각할 수 없을 만큼 상식을 뛰어
넘는 비상식적인 일이어서, 이 일을 있었던 그대로 적고 있는 『삼국유
사』를 믿지 못했다는 말로 들릴 수도 있다. 차라리 그러했다면 얼마나
좋겠는가? 그러나 사실은 그렇지 않다는 것이 디 한심한 일이다. 실제
로 있었던 일은 『삼국사기』의 '687년 2월의 원자 출생'과 '691년 3월 1
일의 왕자 이홍 태자 책봉'에서 '원자'와 '왕자'를 구분하지 않고 '이홍
이 원자'라고 착각한 것이다. 역사 기록에 대한 '글 잘못 읽기'와 '경솔
한 글 읽기'의 대표적 사례 1번이라 할 만한 것이다. 그리하여 효소왕
이 692년 7월에 6살로 즉위하였다는 틀린 연대를 먼저 확정하여 이것
이 눈 안의 대들보가 되어, 대못이 되어 그 뒤의 누구에게도 신문왕의
저 비정상적 혼외정사를 꿰뚫어 볼 수 있는 길을 막아 버린 것이다.[36]
그렇다면 (6'b)가 말하고 있는 저 정명태자의 혼외정사는 정말로 비정

상적인 일인가? 정명태자는 형이 전사한 뒤 665년 8월 태자로 책봉되면서 당대 최고의 권세가 김유신의 사위 김흠돌의 딸과 혼인하였다. 그런데 그의 형에게는 약혼녀가 있었다. 그 형의 약혼녀는 655년 정월 양산 아래 전투에서 용감하게 싸우다가 전사한 김흠운의 딸로 정명태자의 고모 요석공주의 딸이기도 하다. 정명태자는 형수가 될 뻔한 그 고종사촌 누이를 책임져야 한다.[37] 이는 별로 이상한 일도 아니었을 것이다. 고대 국가의 왕실에서 태자가 태자비가 아닌 고종 사촌 누이, 형의 약혼녀에게서 아이를 낳는다는 것은 그렇게 이상한 일도 아닐 것이다. 현

---

[36] 필사본 『화랑세기』에는 '정명태자의 형으로 태손(太孫) 소명전군(昭明殿君)이 있었고, 태종무열제의 명에 의하여 그가 김흠운의 딸과 혼인하게 되어 있었으나 조졸하였다.'고 한다. 김흠운의 딸은, 소명제주(昭明祭主)가 되어 소명궁에 있었는데, 소명궁에 자주 들른 자의왕후를 따라 온 정명태자와 정이 들어 이공전군[효소왕]을 낳았다고 되어 있다. 687년 2월에 원자가 출생하였으니 혼외자인 효소왕보다는 원자가 더 정통성이 있다고 판단하는 세력이 있을 수 있다. 그러니 그를 부군으로 책봉하는 궁여지책이 나왔을 것이다. 그러나 그것은 앞날에 더 큰 불행을 초래할 미봉책에 지나지 않는다. 효소왕의 아들이 태어나면 다시 그 왕자와 부군이 왕위 다툼을 벌일 수밖에 없다. 문명왕후의 입장에서는 소명전군의 약혼녀인 김흠운의 딸도 언니 정희의 며느리이고 정명태자의 태자비인 김흠돌의 딸도 언니 정희의 며느리이다. 김유신의 딸 진광이 김흠돌의 부인이라는 것도 고려되었을 것이다. 이렇게 친인척이 세력을 형성하여 서로 왕위 다툼을 벌이면 그 할머니는 곤란할 수밖에 없다.

[37] 이 풍습, '형사취수(兄死娶嫂)'의 풍습이 유목 민족인 흉노족의 풍습일 가능성이 매우 크다. 더 크게 보아 북방 유목 민족의 전통이라고도 한다. 그래서 저자는 문무왕의 비석에서 말하고 있는 대로 김알지가 흉노왕 김일제(金日磾)의 후예일 것이며, 투후(秺侯)투 지방은 산동성 근방의 후예일 것이라는 것을 믿는다. 이러한 사고는 신라 왕실 경주 김 씨와 가야 왕실 김해 김 씨가 후한 광무제의 살육을 피하여 도망 친 신 나라 왕망(王莽)의 집안사람들이라는 가설 위에 서 있다. 김일제-김상(賞)-김당(當)을 거쳐 김당의 딸 왕정군(王政君 B.C. 71~A.D. 13)이 한 나라 원제(元帝)의 효원황후(孝元皇后)가 되었고, 그 왕정군의 조카(?) 왕망이 A.D. 9년에 신(新) 나라를 세워 황제가 되었다가 15년 만에 후한 광무제에게 망하였다. 광무제는 김일제의 후손들을 주륙하였고 그들은 살아남기 위하여 배를 타고 바다로 도망쳤다. 어디에 도달했을까? (김일제 관련 자료는 김재식 선생의 2015년 11월 16일자 블로그에 있다.) 그러나 가까이는 『삼국사기』 권 제16 「고구려본기 제4」 「산상왕」 조에 산상왕이 형수인 고국천왕의 왕비 우 씨를 왕비로 취한 기록이 남아 있다. 좀 더 깊은 천착을 필요로 하는 논제이다.

대 사회에서도 아내 이외 여자와의 혼외 관계에서 자식을 낳은 경우가 많이 있다. 재벌가들의 혼외 자식들이 제기한 상속 소송들이 세간의 입방아에 오르내리는 것이 어제 오늘만의 일도 아니고 드문 일도 아니다. 법 집행의 최고 책임자가 물러난 일도 그런 이유 때문이다.

그러므로 이러한 저자의 설명을 '매우 파격적이며 쉽사리 수용하기 어려운 견해(조범환(2015:95))'라는 말은 상식과 다른 말이다. 그 논문은 그 파격적이며 쉽사리 수용하기 어려운 저자의 견해를 그대로 수용하여 논지를 전개하고 있다. 그렇게 쉽게 '매우 파격적이며 쉽사리 수용하기 어려운 견해'라고 판단해서도 안 되고, 그렇게 판단한 내용을 그렇게 쉽게 받아들여서도 안 된다. 그러면 수용하지 않아야 할 것이다. 수용하기 어려운 파격적인 견해라 하고, 이어서 똑같이 쓰면 어떻게 하는가? 후학들은 서정목의 견해는 부정되었고, 그 뒤에 이어지는 내용은 모두 서정목의 견해와는 다른 견해인 줄 알게 될 것이다.[38]

얼마나 오랜 시간 한국사학계의 틀린 통설에 대하여 고민하고, 명백하게 틀린 학설을 깨부술 방법이 없을까 하고 칼을 갈고 닦아, 다듬고 또 다듬어서 쓴 글인 줄 아는가? 다 알지 않는가? 한문 문장 하나를 제대로 이해하는 데에, 엉터리 번역서들의 방해 때문에 십 년 이상 걸린

---

38) 두 사람의 의견 차이는 원자를 부군으로 봉하여 두 왕자가 오대산에 숨어든 것이 효소왕 즉위년인 692년 이후 그에 가까운 시기인가(서정목(2015a:330)), 아니면 700년경인가(조범환(2015:102-104)) 하는 것뿐이다. 나머지는 거의 같다. 효소왕 지지 세력과 원자 지지 세력의 대결, 부군 책봉과 두 왕자의 오대산 입산 원인, 부군 폐위와 효소왕의 사망, 오대산에서의 두 왕자의 수도 생활 기간(10년 정도로 보임) 등을 합리적으로 설명하기 위해서는 648년보다 45년 뒤지는 693년의 8월 5일에 입산하였다고 보는 것이 더 합리적이다. 조범환(2015)처럼 임해전 잔치(697년[효소왕 6년]), 효소왕 7년 3월의 일본국 사신이 도착하여 왕이 숭례전에 불러들여 접견함[三月日本國使至王引見於崇禮殿], 병기고의 나팔과 북의 스스로 욺[699년[효소왕 8년]] 등을 부군 임명과 직결시키기는 것은 적절하다 하기 어렵다.

것도 있다. 저자는 많은 사람들이 저자의 칼날에 상처를 입게 된다는 것을 안다. 그 상처 입을 연구자들 속에 저자가 존경하는 분, 저자와 가까운 사람들이 많이 포함될 것이라는 것도 안다. 그러나 어쩔 수 없는 것 아닌가? 현대 한국사학계의 통설을 그대로 두고서는 향가를 도저히 합리적으로 해석할 수 없다. 그 시대에 그런 노래가 지어진 것은 틀림없는 일이다. 그런데 아무리 신라 중대 정치사 연구 논저들을 보아도 그러한 노래가 지어질 정치적 배경을 찾을 수가 없다. 그러므로 신라 중대 정치사를 새로 쓰지 않으면 향가를 합리적으로 설명할 수 없는 것이다. 그리고 신라 중대 정치사를 새로 쓰는 것은 지금까지 그 분야에 종사한 사람들을 모두 틀렸다고 해야 하고, 모두 적으로 만들 수밖에 없다. 그런데 효소왕이 6살에 즉위한 것이 아니라는 것이, 효소왕이 692년에 16살로 즉위하였다는 것이 명백하지 않은가? 그러면 그는 677년생이고 부모가 혼인한 683년 5월 7일보다 6년 전에 태어난 것이다. 그것이 어떻게 '매우 파격적이며 쉽사리 수용하기 어려운 견해'인가?

[6] 정신은 누구인가?

이제 해야 할 일은 다시 쓴 (6'a)의 '정신대왕이 누구인가?' 하는 것이다. 『삼국사기』 「신라본기」에 따르면 신라에는 '정신왕'이 없다. 「신라본기」만이 아니라 「고구려본기」, 「백제본기」에도 없다. 『삼국유사』의 권 제1 「왕력」에서도 '정신왕'과 비슷한 왕은 존재하지 않는다. 이 유령 같은 이름 '정신왕'이 『삼국유사』의 「오만 진신」에 버젓이 나오는 것이다. 당연히 학계는 헤맬 수밖에 없었다.

(6') a. 자장법사가 (오대산으로부터) 돌아가고, 신라(의) 정신대왕의 태자 보천, 효명 두 형제가[藏師之返 新羅 淨神大王太子寶川 孝明二昆弟], <『삼국유사』 권 제3 「탑상 제4」 「대산 오만 진신」>

『삼국유사』 권 제3 「탑상 제4」의 이 두 글과 역사적 사실에 비추어 보아, 이 문장의 '정신대왕'이 신문왕이라는 것에는 거의 의심의 여지가 없다.39) 그러나 '정신대왕', '정신왕', '정신태자', '정신' 등으로 등장하는 이 '정신'을 포함하는 명사구는 다른 문맥에서는 경우에 따라 적절하게 해석하기가 아주 어렵게 되어 있다.

---

39) '정신이 신문왕 정명이라고 한다면 「대산 오만 진신」 조와 「명주 오대산 보질도 태자 전기」 조에서 왜 정신이라고 했는지에 대해서도 살펴져야 하지 않을까 한다. 『삼국유사』의 「만파식적」 조에는 신문대왕 정명이라고 명확하게 나오고 있다는 점에서 그러하다.'는 심사 의견이 있었다. 저자가 상상으로 추리한 것은 다음과 같다. 『삼국사기』에서는 '신문왕'의 휘(諱)가 '정명(政明)' 또는 '명지(明之)'라고 하였고 자(字)가 '일초(日怊)'라고 하였다. 『삼국유사』 권 제1 「왕력」은 자가 일소(日炤)라고 하였고, 권 제3 「탑상 제4」 「대산 오만 진신」에서는 자(字)가 '일조(日照)'라고 하였다. '照'는 측천무후의 이름이니 당연히 피휘할 글자이다. 이 왕의 휘와 자가 둘 이상인 것으로 보아 시호(諡號)도 둘 이상이었을 가능성이 크다. 원래 시호를 '淨神(정신)'으로 지었는데 이 중에 '淨(정)' 자가 피휘에 걸려서 '신문'으로 바꾸었을 가능성이 있다. 그러면 '정명'도 '명지'로 했으니 '政(정)'도 피휘에 걸렸다고 보아야 한다. '政'과 '淨'이 왜 피휘에 걸리는지 아직 필자는 모른다. 『삼국유사』는 피휘 전의 원 글자를 적어 둔 경우가 많다. 이에 비하여 『삼국사기』는 고려 시대 왕들의 이름까지 피휘하였으므로 원 글자를 바꾸어 놓은 데가 많다. 짐작컨대 신라 시대부터 전해 오는 기록에는 '융기'를 '흥광'으로 고치는 것처럼 당 나라에서 굳이 요청한 경우를 제외하고는 '태종'처럼 고치라고 한 것도 고치지 않고 버틴 경우가 많다. 이에 비하여 『삼국사기』는 알아서 스스로 피휘한 경우가 많다. 중국 모든 왕조의 황제 이름, 황후 이름, 고려 시대 왕족의 이름 모두를 알 수는 없다. 다만 확실한 것은 『삼국유사』와 『삼국사기』가 다르거나 『삼국유사』 속에서도 서로 다른 것은 피휘와 관련되어 있다는 사실이다. 우리 선조들은 글 쓰기 참 힘든 시대를 살았다. 지금이야 미국 대통령 이름을 이웃집 개 이름 부르듯 부른다. 허긴 아직도 한 쪽에서는 독재자들의 이름이 틀릴까 봐 아예 활자를 붙여 인쇄하는 곳도 있다.

(6'a)의 '정신대왕'이 누구인가를 추리하기 위해서 깊이 생각해야 할 문법적 사항은, '淨神大王太子寶川孝明'에서 '태자'라는 존칭호가 어느 말에 걸리는가 하는 점이다. 즉, 어떻게 끊어 읽을 것인가 하는 문제가 제기된다. '정신대왕태자, 보천, 효명'으로 끊을 수는 없다. '대왕'과 '태자'가 한 사람의 존칭호로 쓰일 수는 없기 때문이다. 그러면 '정신대왕, 태자보천, 효명'으로 끊어 읽을 것인가? 이렇게 끊어 읽으면 '효명'은 존칭호가 없게 된다. '태자효명'은 '태자'를 붙이지 않아도 되는가? 안 된다. 그가 왕이 되었지 '보천'이 왕이 된 것도 아니다. 그러므로 이 구에서 '태자'는 '보천'과 '효명' 둘 모두에 걸리는 존칭호이다. 따라서 이 구는 '정신대왕 태자, 보천, 효명'이라고 끊어 읽어야 한다. 즉, 이 구는 '정신대왕(의) 태자(인) 보천(과) 효명'으로 해석해야 하는 것이다.40) 번역은 모두 이렇게 잘 해 놓았다.

이제 여기서의 '정신대왕'은 효명태자[=성덕왕]와 보천태자의 아버지인 신문왕일 수밖에 없다. (6a)의 세주에서 '정신은 아마도 정명이나 {또는 정명과} 신문의 잘못이 아닐까 한다[則淨神恐政明神文之訛也].'라는 일연선사의 판단이 이 경우에는 정확한 것이다.

이제 가장 중요한 문제가 밝혀졌다. (6'a)의 '정신대왕태자보천'을 '정신대왕(의) 태자(인) 보천'이라고 번역하면, 그와 똑같은 일을 적은 「태자 전기」의 (5a)의 '淨神太子寶叱徒'는 당연히 '정신(의) 태자(인) 보ㅅ내'로 번역되어야 하는 것이다. 그러면 '정신의 태자'는 '寶叱徒[보ㅅ

---

40) 이병도(1975:308), 이재호(1993:437), 김원중(2002:387)은 '정신대왕의 태자 보천(과) 효명(의) 두 형제가'라고 정확하게 번역하고 있다. 이 구를 정확하게 번역하고서도 뒤에 나오는 '정신'에 대하여 주의를 기울이지 않았다는 것은 이 번역서들의 학문적 성실성에 문제가 있다고 할 수밖에 없다. 여럿이 나누어 번역했거나 앞뒤 문맥을 고려하지 않고 글자만 읽었을 따름이다.

내'를 가리키는 말이고, 거기서 떼어낸 '정신'은 '신문'을 가리키는 말이다. 그러므로 이 대목에 등장하는 인물은 정신왕(=신문왕)과 그의 두 아들인 보천태자와 효명태자 3부자임에 틀림없다. (6'a)의 '정신대왕'은 '신문대왕'을, (5a)의 '정신 태자'에서 '태자'를 '보ㅅ내'에 걸리게 떼어내고 남은 '정신'은 '신문'을 가리키는 것이다.

(6a)의 세주 속에는 '정신'이라는 말이 두 번 나온다. '『국사』에 의하면 신라에는 정신, 보ㅅ내, 효명의 3부자에 대한 분명한 글이 없다.'라는 말 속에 '정신'이 들어 있다. '보ㅅ내태자'와 '효명태자[=성덕왕]'이 형제이므로 이들과 '정신'이 3부자라는 말로 불리려면 이 '정신'은 성덕왕의 아버지인 신문왕일 수밖에 없다. 그리고 이 '정신'에 대하여 일연 선사가 붙인 설명은, '신문(왕) 정명은 자가 일조(日照)이다. 즉, 정신은 아마도 정명{이나, 과} 신문의 잘못이 아닐까 한다.'이다.[41] 이 속의 '정신'은 관어적 언어(meta language)로 사용된 것으로 '정신'이라는 단어를 가리키는 것이다. 이 대목에서 일연선사가 '정신'이 신문을 가리키는 말이라고 이해하고 있었음은 확실하다. 그리고 실제로 '정신'은 '신문'이다.[42]

---

41) '신문왕 정명은 字(자)가 日照(일조)이다.'는 옳다. 그러나 『삼국사기』에는 신문왕의 자가 '日怊(일초)'로 되어 있다. 이것은 '孝照', '孝昭'와 마찬가지로 측천무후의 이름 자인 '照'를 피휘하여 쓴 것이다. 이 '怊(초)' 자는 '슬퍼하다'의 뜻으로 왕의 자에 들어갈 만한 글자가 아니다. 피휘하면서 같은 음의 한자를 의미를 생각하지 않고 가져다 놓았거나, 『삼국사기』 편찬자들이 신문왕을 안 좋게 생각하여 '해가 슬퍼해야 할 왕'으로 보고 이 글자를 쓴 것일 수도 있다. 『삼국유사』 권 제1 「왕력」에는 신문왕의 자가 '日炤(일소)'라도 되어 있다. '밝을 炤'를 사용한 '日炤(일소)'가 정상적으로 피휘한 그의 자일 것이다.

42) 신종원(1987)은 (5a)의 이 구(句)에 대하여 "한편 「전기」조에서는 <淨神太子인 寶叱 徒와 (그) 아우 孝明太子>라 하여 一然이 解讀한 3父子는 다만 형제 2人으로 해석된 다."고 하여 '정신태자'가 '寶叱徒'와 동격으로 같은 인물을 지칭한다고 오해하였다. (6a)의 '정신대왕'도 이 정신태자이며 寶叱徒太子라는 것이 그 논문의 주장이다. 그렇

이렇게 오대산에 입산하여 수도 생활을 하고 있던 두 왕자의 생활에
변화가 닥친다. 그 변화는 두 왕자 가운데 한 왕자가 서라벌로 가서 왕
이 되었다는 것이다. 「태자 전기」의 (16)과 「오만 진신」의 (17)이 그것
이다. 이 두 기록은 같은 내용을 적고 있는 것으로 매우 세심한 문헌 비
평이 필요하다.

(16) a. 정신 태자 아우 부군 신라[셔벌]에서 왕위를 다투다가 주멸했
다[淨神太子弟副君在新羅爭位誅滅].
b. 國人이 장군 네 사람을 보내어 오대산에 이르러[國人遣將軍
四人 到五臺山] 효명태자 앞에서 만세를 부르자 즉시 5색 구
름이 오대산으로부터 신라[셔벌]에 이르기까지 7일 밤낮으로

다면 (6a)의 '淨神大王太子寶川'은 정신대왕과 태자보천이라는 두 지칭어로 동일 인물
을 가리킨다는 말이다. 정신대왕이 태자보천이라면 이 사람이 신라의 왕이 되었다는
말이다. 그는 "聖德王 즉위 후 兄 寶川을 王의 兄이라는 禮遇上 <大王>으로 불렀을
것이다."고 하고 있다. 어불성설이다. 그는 『삼국사기』의 687년 2월에 태어난 원자를
691년에 태자로 봉해진 왕자 이홍으로 보고, 692년에 효소왕이 6살로 왕위에 올라
702년 16살에 승하하였다고 파악하였다. 그는 효소왕은 신목왕후 소생이고, 보ㅅ내
태자, 성덕왕, 부군은 김흠돌의 딸이 낳은 아들로 본다. 『삼국유사』가 효소왕의 나이
를 10살 올린 것으로 보는 것이다. 그동안 이것을 비판하여 바로 잡은 사람이 한 명
도 없어서, 서정목(2013, 2014a, b, 2015a, e)가 나오자 그렇게들 '게재 불가'니 '수정
후 재심'이니 하고 야단법석인가? 글은 그렇게 마음대로 읽는 것이 아니다. 한문이
든, 한글이든, 영문이든 글은 써진 대로 읽고 번역하고 해석해야 하지 제 마음대로
해석하면 안 된다. 이런 틀린 주장에 토대를 두고 조범환(2010)은 효소왕이 어려서
신목태후가 섭정하였을 것이라고 보았고, 김태식(2011)은 이 시기 신목왕후가 '모왕'
으로서 어린 효소왕을 대신하여 나라를 다스렸다고 하였다. 신목왕후는 아버지 김흠
운이 전사한 655년 정월 이후에 태어났다 하더라도 혼인 시 28살이었고 신문왕 사
후(692년 효소왕 즉위 시에 37살 정도이며 700년 이승을 떠날 때 45살 정도에 지나
지 않는다. 당 나라 측천무후처럼 여황제 역할을 한 것이 아니다. 모왕일 수 있는 기
간은 고작 8년 남짓이다. 그 기간은 효소왕이 16살에 즉위하여 24살 정도 되는 기간
이므로 섭정도 할 수 없는 시기였다. 신문왕, 효소왕, 성덕왕 전반기까지 전체적으로
왕실의 안방 권력을 행사하였을 여인은 신문왕의 장모, 효소왕과 성덕왕의 외할머니
인 김흠운의 아내, 요석공주이었다.

빛이 떠 있었다[孝明太子前呼萬歲 卽時有五色雲自五臺至新羅 七日七夜浮光].

c. 國人이 빛을 찾아 오대산에 이르러 두 태자를 모시고 나래[=
서볼, 國]로 돌아가려 했으나 보ㅅ내태자는 울면서 가지 않으
므로[國人尋光到五臺 欲陪兩太子還國 寶叱徒太子涕泣不歸] 효
명태자를 모시고 나래[서볼]에 와서 즉위 시켰다[陪孝明太子
歸國卽位].

d. 재위 20여 년. 신룡 원년[705년] 3월 8일 비로소 진여원을 열
었다(운운)[在位二十餘年 神龍元年三月八日 始開眞如院(云
云)]. <『삼국유사』 권 제3 「탑상 제4」 「명주 오대산 보ㅅ내
태자 전기」>

(17) a. 정신왕의 아우가 왕과 왕위를 다투어 國人이 폐하였다[淨神
王之弟與王爭位 國人廢之].

b. 장군 네 사람을 보내어 산에 이르러 맞아 오게 하였는데[遣
將軍四人到山迎之] 먼저 효명의 암자 앞에 이르러 만세를 부
르니 이때 5색 구름이 7일 동안 드리워 덮여 있었다[先到孝
明庵前呼萬歲 時有五色雲 七日垂覆].

c. 國人이 그 구름을 찾아 마침내 이르러 임금의 수레 노부를
벌어 놓고 두 태자를 맞이하여 돌아가려 하니 보천은 울면서
사양하므로[國人尋雲而畢至 排列鹵簿 將邀兩太子而歸 寶川哭
泣以辭] 이에 효명을 받들어 돌아와 즉위 시켰다[乃奉孝明歸
卽位].

d. 나라를 다스린 지 몇 해 뒤인[理國有年] *{『記』에 이르기를
재위 20여 년이라 한 것은 대개 붕어년에 나이가 26세라는
것의 잘못이다. 재위는 단지 10년뿐이다.[記云 在位二十餘年
蓋崩年壽二十六之訛也 在位但十年尒] 또 신문왕의 아우가 왕
위를 다툰 일은 국사에 글이 없다. 미상이다.[又神文之弟爭位

事國史無文 未詳}* 신룡 원년[以神龍元年] *{당 나라 중종이
복위한 해이다. 성덕왕 즉위 4년이다[乃唐中宗復位之年聖德
王卽位四年也].}* 을사년[705년] 3월 초4일 비로소 진여원을
다시 지었다[乙巳三月初四日始改創眞如院]. <『삼국유사』 권
제3 「탑상 제4」 「대산 오만 진신」>

(16)에서 모를 말은 (16a)뿐이다. 나머지는 '국인'만 설명이 필요할 뿐
다른 것은 특별한 설명이 필요 없다. (16a)가 어려운 이유는 문장의 앞
에 '정신, 태자, 아우, 부군'의 4개의 명사가 나란히 나와 있기 때문이
다. (16a)대로는 문장이 안 된다. 조정이 필요하다. 이 조정은 문법학자,
그것도 통사론 전공자만이 할 수 있는 일이다.

(16a)는 접속문이다. 선행절은 '정신 태자'로 시작되어 '다투다가'까
지 이어진다. 후행절은 '주멸했다'만 보인다. 그런데 후행절이 주절이
다. 그 주절의 서술어 '주멸했대죽었다]'는 자동사이다. 죽은 사람이 주
어가 될 것이다. 그런데 그 주어는 선행절의 주어와 같다. 선행절은 '서
라벌에서 왕위를 다투다가'가 서술어이다. 이 서술어는 '장소 부사어+
목적어+타동사'로만 이루어져 있다. 이 서술어 속에는 빠진 것이 있다.
'다투다(爭)'라는 동사는 '[[누가] [누구와 무엇을 다투다]]'와 같은 유형
의 문장을 이루는 타동사이다. 이 타동사는 논항이 3개 필요한 3항 동
사인 것이다. 그런데 서술어 속에 '누구와'에 해당하는 말이 없다. '왕
위를 다투다가'만 있다.

'누가'라는 선행절의 주어는 후행절, 즉 주절의 주어와 같다. 즉, 죽
은 사람이 '다투다가'의 주어도 되고 '주멸했다'의 주어도 된다. 그 주
어를 정하는 일, 그리고 '누구와'에 해당하는 보충어를 정하는 일이 여

기서 해야 할 일이다.

그 주어 '누가'에 해당하고, 보충어 '누구와'에 해당될 말들은 문장의 맨 앞에 나와 있는 '정신, 태자, 아우, 부군'이다. 이 말들 중에 어느 것이 '누가'에 해당하고, 어느 것이 '누구와'에 해당할 것인가? 그런데 그 가운데 '정신'은 앞의 (5a)에 대한 설명에서 이미 논의가 끝난 대로 '신문왕'을 가리키는 말이다. 그리고 '정신 태자'는 앞에서 논의가 끝난 대로 '정신의 태자'이다. 그러니까 '정신'은 관형어가 되어 그 뒤의 체언을 수식하는 것이다. 그러므로 주어도 보충어도 될 수 없다. <u>그리고 '정신의 태자', 즉 '신문왕의 태자'는 효소왕이다.</u>

이제 (16a)에서 '정신의 태자=효소왕'과 '아우', '부군'이라는 세 명사구 가운데 어느 것은 주어 '누가'가 되어야 하고, 그 나머지 것은 보충어 '누구와'가 되어야 한다. 이를 정하기 위하여 알아야 하는 것은 '부군'의 뜻과 '○○와'의 위치이다.

'누가'에 해당하는 말을 정하기 위해서는 '주멸했대죽었대'를 고려해야 한다. 일연선사가 지금 쓰고 있는 것은 '왕이 죽어서' 오대산에 가 있던 효명태자가 서라벌로 와서 성덕왕으로 즉위하는 이야기이다. 그러므로 죽은 것은 '아우'일 수 없다. 아우가 죽었으면 왕은 살아 있다고 보아야 하므로 새 왕이 오대산에서 올 필요가 없다. <u>왕이 죽어야 한다.</u> 그런데 '정신의 태자=효소왕'과 '아우', '부군'이라는 이 세 명사구 가운데 왕을 가리키는 말은 '정신의 태자=효소왕'뿐이다. <u>그러니까 '정신의 태자'가 '누가'에 해당하는 주어인 것이다.</u>

이제 남은 것은 '누구와'에 해당하는 말을 정하는 것이다. 그것은 '부군(副君)의 뜻'이 좌우한다. 이병도(1975:317), 이재호(1993:448)은 부군을

'태자(太子)'라고 역주하였다. 일반적으로는 왕이 재위 중이고 그의 태자를 '부군'이라 부르기도 한다는 말이다. 그러면 신문왕 말년[692년] 효소왕 즉위 직전에 '태자인 이홍[정신의 태자[효소왕]]이 아우 부군[=태자=이홍]과 왕위를 다투다'가 된다. 이홍 자신이 자기 자신과 왕위 다툼을 했다는 우스운 이야기가 되는 것이다. 부군은 이 경우에는 일반적인 '태자'가 아니다.

'부군'의 둘째 뜻은, 왕에게 아들이 없을 때 왕의 아우를 '부군'으로 봉하여 태자 역할을 하게 한 왕자[조선 시대로 말하면 '세제']를 가리킨다. 제36대 효성왕 때 왕의 아우인 헌영이 태자로 봉해졌는데 이때 헌영은 '태자'이면서 '부군'인 것이다. 그러나 용어상으로 이때는 '부군'이라는 용어를 쓰지는 않았다.

이러한 의미의 부군(副君)의 용례를 직접 볼 수 있는 사례는 『삼국사기』 전체를 다 읽어도 딱 하나밖에 없다. 제41대 헌덕왕 14년[822년]에 한 번 나오는 것이다.

> (18) 헌덕왕(憲德王), 14년[822년] 봄 정월 같은 어머니에서 난 아우인 수종을 부군으로 삼아 월지궁에 들게 했다[十四年 春正月 以母弟秀宗爲副君入月池宮]. <『삼국사기』 권 제8 「신라본기 제8」「효소왕」>

(18)에 보이는 '부군'은 정확하게 동모 아우를 태자 역할을 하는 '부군'으로 삼아 월지궁에 들게 하였다. '월지궁(月池宮)', 아 '월지' 바로 조선 시대에 '안압지(雁鴨池)'라 부른 그 연못인 것이다. 그곳에 들었다면 임해전(臨海殿)에 든 것이다. 신라 동궁은 월지궁이고 그곳에 있는 전

각의 이름은 임해전이다. 이 부군 수종이 826년 10월 형 헌덕왕이 승하하자 왕위를 계승하여 제42대 흥덕왕(興德王)이 되었다.[43]

'부군'이 이런 뜻이라면 이 문장의 아우와 부군은 동격이다. 이제 (16a)는 '정신의 태자[효소왕]이 아우인 부군과 왕위를 다투다가 (효소왕이) 주멸하였다[죽었다].'가 된다. 실제로 (19)에서 보듯이 『삼국사기』의 「효소왕」 대 기록에서는 700년 5월에 '경영의 모반'이 있었고, 2년 뒤인 702년 7월에 효소왕이 승하하였다.

(19) a. 효소왕 9년[700년] — 여름 5월 이찬 경영*{ 영은 혹은 현이라고도 한다.}*이 모반하여 복주하였다[夏五月 伊飡慶永*{永 一作玄}*謀叛 伏誅]. 중시 순원이 연좌되어 파면하였다[中侍 順元緣坐罷免].

   b. 11년[702년], 7월에 왕이 승하하였다[十一年 秋七月 王薨]. 시호를 효소라 하고 망덕사의 동쪽에 장사지냈다[諡曰孝昭 葬 于望德寺東]. <『삼국사기』 권 제8 「신라본기 제8」 「효소왕」>

이 '경영의 모반'이 효소왕과 그의 아우 부군의 이 왕위 다툼의 실체이다. 그러므로 이 '경영의 모반'을 신문왕 이후의 왕권 강화에 대한 진골 귀족 세력의 반발과 그에 대한 진골 귀족 세력의 거세로 설명하는 것은 적절하다 할 수 없다. 이 '경영의 모반'은 왕권 강화에 반대하는 귀족 진골 세력의 반발이 아니고, 또한 경영을 복주한 것은 진골 귀족

---

43) 이 흥덕왕은 즉위한 해 11월 왕비 장화부인이 사망하자 정목(定穆)왕후로 추봉하고, 여러 신하들이 재혼을 권하자 '척조(隻鳥)도 짝을 잃으면 슬퍼하는데 황차 사람이리오?' 하고는 좌우사령을 환관으로만 하고 10년을 홀로 지낸 후에 836년 12월에 승하하면서 장화부인의 능에 합장하라고 유언하였다. 이런 왕도 있었다.

세력을 거세한 것이 아니다. 효소왕이 무슨 힘이 있어 왕권을 강화하려 했겠는가? 실제로 효소왕 시대에 왕권을 강화하려 한 증빙 사료가 있는 가? 하나도 없다.

실제로 있었던 일은, 요석공주가 옹립한 677년생 혼전, 혼외자 효소 왕에 반기를 들어 그를 폐위시키고 신문왕과 신목왕후가 정식으로 혼인 한 후인 687년(?) 2월에 태어난 '원자'를 즉위시키려는 자의왕후의 후계 세력 김순원 일파의 반란이었다. 692년 효소왕이 즉위할 때 신문왕의 원자를 부군으로 삼아 다음 왕위를 넘길 듯이 한 약속이 미봉책으로 끝 난 것이다. 거기에다 설상가상으로 696년에 효소왕의 아들 수충이 태어 났다. 700년이면 5살이다. 효소왕과 요석공주, 신목왕후는 수충을 태자 로 책봉하려 했을 것이다. 이제 차기 왕위가 신문왕의 원자에게 갈 가 능성은 더욱 희박해졌다. 당연히 그에 대한 반발이 있게 되어 있다.

이를 좀 더 크게 보면, 이 대립은 태종무열왕의 자녀들의 권력 독점 과 이에 반발하는 문무왕의 처가 자의왕후 세력의 대립이다. 결국은 죽 은 올케 자의왕후와 산 시누이 요석공주의 대립인 것이다. 이 두 세력 은 681년 8월에 힘을 합치어 그 당시 가장 강력한 세력이었던 신문왕 의 처가 김흠돌의 세력을 꺾었다. 김유신의 사위인 김흠돌이 모반으로 주륙되면서 그 이전 문무왕 시대에 가장 강력한 세력이었던 태종무열왕 의 처가 김유신 세력도 꺾였다. 이제 서라벌에 남은 세력은 진지왕 사 륜-용수-태종무열왕-그리고 그 자녀들인 왕실 직계 세력과, 이미 진지 왕의 동생 구륜에서 형제로 갈라진 용수의 사촌 선품의 후예들인 자의 왕후의 친정 집안 왕실 방계 김순원 집안 세력뿐이었다.

이해의 편의를 위하여 이 두 집안의 족보를 간단히 보이면 (20)과 같다. 이 족보에서 유의할 것은 자의왕후가 7촌 조카 문무왕과 혼인함으로써 김순원이 신문왕의 외삼촌이 되었다는 사실이다. 친가 촌수로는 8촌 할아버지인데 외가 촌수로는 3촌으로 가까워진 것이다.

(20) a. 24진흥-25진지-용수/용춘-29무열-30문무/요석/개원-31신문
      -32효소/33성덕-34효성/35경덕
    b. 24진흥-구륜--선품-----자의/순원/운명-??/소덕//대문-??
      (/는 형제 자매, //는 사촌)

  왕실 직계에서 가장 강력한 힘을 가진 사람은 문무왕의 누이이면서 신목왕후의 어머니인 요석공주이다. 자의왕후 세력에서 가장 강한 힘을 가진 사람은 문무왕의 처남 김순원이며 그의 뒤에는 또 다른 누이 운명, 그리고 그의 남편 김오기[김대문의 아버지]가 있었다. 혼전, 혼외로 태어난 첫 외손자 효소왕을 끼고 남동생 개원 등을 통하여 왕실의 힘을 발휘하고 있는 요석공주에게서 외손자 효소왕을 떼어 놓는 것이 김순원 세력의 목표였다. 그 목표는 효소왕을 대신할 사람으로서 정통성이 확보되어 있는 신문왕의 원자를 즉위시키면 달성될 수 있었다. 그런데 그 것은 긴 세월이 흘러야 하고 효소왕에게 아들이 없어야 하는 장구한 계책이었다. 그런데 696년에 효소왕의 아들 수충이 태어남으로써 시일이 흐르기를 기다리던 그들의 계책은 물거품이 되었다. 이 난관을 돌파하려는 모반이 '경영의 모반'이다. 이 모반의 목표는 효소왕과 신목왕후, 그리고 요석공주 제거까지 포함하였을 것이다.
  이 모반은 요석공주에 의하여 진압되었다. 특별한 군사 충돌이 기록되어 있지 않은 것으로 보아 찻잔 속의 태풍인 궁정 각개 칼싸움으로

끝난 것일지도 모른다. 신목왕후가 이 싸움에서 다쳐서 사망하였고 효소왕이 다쳐서 시름시름 앓다가 승하한 것을 보면 큰 전투가 벌어졌던 것은 아닌 것으로 보인다. 그러나 요석공주는 건재하였다. 몸통은 건드리지 못한 것이었다. 이로 보면 요석공주는 왕궁에 거처하지 않았을 가능성이 있다. 왕궁에 있던 사람만 다친 것으로 보이기 때문이다.

이제 가장 어려운 수수께끼가 풀렸다. (16a) 문장의 주어 '정신의 태자'와 보충어 '아우인 부군과'가 정해진 것이다. 그러면 이 문장에는 '○○와'를 나타내는 전치사 '與'가 빠졌다는 것을 알 수 있다. 실제로 이 '與'는, 이 문장이 들어 있는 '「산중 고전」'을 보고 옮겨 적은 「오만진신」에는 (17a)의 '淨神王之弟與王爭位'에서 보듯이 '弟'와 '王' 사이에 분명히 들어 있다. 보고 적은 문장에 '與'가 들어 있으니, 보고 적힌 문장에도 당연히 '與'가 있었을 것이다.

그러면 이 (16a) 문장에서는 '與'가 결락된 것이다. 그 '與'는 어디에 위치하는 것이 합당할까? (17a)에서 '弟與王爭位'이니 (16a)에서도 그 뜻이 나오려면 그렇게 되어야 한다. 그런데 (16a)에는 '弟'만 있고 '王'이 없다. 그렇다고 '부군'이 있으니 '弟與副君爭位' 하면 되겠는가? 안 된다. 그러면 '아우가 부군과 왕위를 다투었다'가 된다. '아우가 부군과 다투어 주멸되었다고 새 왕이 오대산에서 오지는 않는다.' 주멸된 것은 '왕'이라야 한다. 이미 본 대로 '왕'에 해당하는 말은 '정신의 태자[효소왕]'이다. 그러므로 '아우'와 '부군'은 동격이다. '與'는 '정신의 태자[효소왕]'과 '아우' 사이에 끼어 들어가야 한다.

지금까지 논의한 것을 모두 모아 앞의 (16a)에 빠진 글자를 기워 넣어서 번역하면 (16'a)와 같아진다.[44]

(16') a. 정신(의) 태자(가) 아우(인) 부군(과) 신라[셔볼]에서 왕위를
        다투다가 주멸했다[淨神 太子 (與)弟 副君 在新羅 爭位 誅
        滅].

　모든 번역서가 이 문장의 주어를 '아우'나 '부군'으로 잡고 번역하고
있다. 있을 수 없는 번역이다. '아우'나 '부군'이 죽고 왕이 죽지 않았는
데 왜 새 왕이 오대산에서 와서 즉위해야 하는가? 그 '與'가 결락되었기
때문에 모든 번역서가 제대로 번역하지 못하였다. 그렇다고 책임을 면
할 수 있을까? 글자가 결락된 문장을 꿰뚫어 보지 못한 것은 번역 능력
이 모자람을 말하는 것이고, 「오만 진신」의 같은 내용을 적은 문장인
(17a)와 비교, 대조해 보지 않은 것은 학문적 성실성에 문제가 있음을
말하는 것이다. 어떤 경우이든 이 문장을 '아우'나 '부군'이 주어인 것
처럼 번역한 오역은 그 책임을 면할 수 없다.

　이제 「오만 진신」의 (17)을 보기로 한다. (17)에서도 모르는 것은
(17a)뿐이다. (17a)는 접속문이다. 주절인 후행절은 '국인이 폐하였다.'
이다. 당연히 '폐하다'의 목적어가 생략되어 있다. 선행절이 '다투어'로
되어 있으므로 이유를 나타내는 종속절이다. 이런 경우 주절의 목적어
는 무조건 종속절의 주어가 된다. (21)에서 '혼내다'의 목적어는 선행절
의 주어인 '곤이'이지 '미니'가 아니다.

(21) 곤이가 미니를 때려 엄미가 혼내었다.

─────────────

44) 여기서 '정신태자=보천태자'로 보아 그가 서라벌에서 아우인 부군과 싸우다가 죽었
　　다가 나올 수 있겠는가? 없다. 보천태자는 오대산에 있었지 서라벌에 있지 않았고
　　죽지도 않았다. 나이 들어서 훌륭한 스님이 되었을 따름이다.

(21)과 같이 (17a)에서도 '국인이 폐하다'의 목적어는 선행절의 주어인 '정신왕의 아우'이다. 그러면 '국인들이 정신왕의 아우를 폐하였다.'가 나온다. '정신왕의 아우'가 무슨 직위에 있었기에 폐하였을까? 이제 '정신왕의 아우'가 누구인지를 밝히는 일이 과제가 되었다.

  그런데 그것은 바로 (17a)의 '정신왕'이 누구를 가리키는가 하는 것을 밝히는 것이다. '정신왕'을, 이미 (5a)에서 '정신', (6a)에서 '정신대왕'으로 적힌 바 있는 '신문왕'을 가리킨다고 보아서는 합리적 해석이 안 된다. 왜 그런가? 『삼국사기』나 『삼국유사』에는 신문왕의 아우가 있었다는 기록이 없다. 그러나 문무왕이 아들 하나만 두었다는 것은 그의 오랜 재위 기간[20년]과 활동의 왕성함에 비추어 상식에 어긋나는 것으로 보인다. 만약 신문왕의 아우가 있었다면 '신문왕의 아우가 신문왕과 왕위를 다투었다.'가 되므로 이 기록은 신문왕의 즉위에 반대하는 세력이 있었음을 암시한다. 이에 해당하는 사실은 681년 8월의 '김흠돌의 모반'이다. 김흠돌이 정명태자의 아우를 즉위시키려고 정명태자의 즉위에 맞서 다투었다는 추리가 가능하다. 아니면 이 기록으로부터 그러한 가설이 도출되어 나온다.45)

  ---

  45) 장인이 사위가 왕으로 즉위하는 것을 막으려 하다니 이것은 상식에 어긋난 일이다. 당연히 이 사위는 장인의 딸인 왕비와의 사이에 문제가 있다. '김흠돌의 모반'에 대하여 이런 시각에서 접근한 논문이 하나도 없다는 것은 놀라운 일이다. 필사본 『화랑세기』에는 '김흠돌이 신문왕의 배다른 아우 인명전군(仁明殿君)을 옹립하려 하였으나 실은 자신이 왕이 되려 하였다.'고 적고 있다. 필사본 『화랑세기』가 진서를 필사한 것이라면 역사적 사실일 것이고, 위서라면 박창화의 설정이 여기서 나왔다고 할 수 있다.

〈**오대산 상원사**. 효명태자가 성덕왕이 되어 효명암을 진여원으로 고쳐지었다. 그 진여원 터 위에 지은 절이라는 뜻이 상원사의 이름이다. 사진은 월정사 부주지 원행 스님이 보내 주었다.〉

그러나 뒤에 이어지는 기록은 국인이 장군 4명을 오대산으로 보내고, 또 자신들이 직접 오대산에 가서 '효명태자'를 모셔 와서 즉위시키는 내용이다. 여기서 '효명태자'가 효소왕이어야 한다고 생각할 수도 있다. 그리고 실제로 효소왕은 '효명왕'으로 적히기도 하였다.[46) 그러나 그 생각은 잘못된 것이다. 오대산에서 와서 즉위하여 왕이 된 효명태자는 효소왕이 아니다. 「오만 진신」의 진여원 개창 기사 뒤에는 (7')처럼 진여원[상원사]가 개창된 뒤 대왕이 이 절에 와서 행한 일들이 기록되어 있다. 그때 대왕이 오대산 진여원에까지 왔다는 것이다.

---

46) 앞에서 본 일연선사가 '효소왕[효명왕]'과 '성덕왕[효명태자]'를 혼동하고 있는 듯한 주를 붙인 것은 이 사정과 관련된다. '孝明'을 '孝昭'에서 고려 광종의 이름 '昭'를 피휘하여 썼다는 설명은 상식을 벗어난 것이다. 그러면 '孝昭'를 못 쓰고 '孝明'을 써야 한다. 쓰지 못한 시호는 '孝照'이고 사용한 시호가 '孝昭'와 '孝明'이다.

(7') 대왕이 친히 문무백관을 거느리고 산에 이르러, 전당을 세우고
아울러 문수대성의 니상을 만들어 당 안에 봉안하고, 지식 영변
등 5명으로 화엄경을 오랫동안 번역하게 하였다[大王親率百寮到
山 營構殿堂並塑泥像文殊大聖安于堂中 以知識靈卞等五員長轉華
嚴經]. 이어 화엄사를 조직하여 오랫동안 비용을 대었는데, 매년
봄과 가을에 이 산에서 가까운 주현으로부터 창조 1백석과 정유
1석을 바치게 하는 것을 상규로 삼고, 진여원으로부터 서쪽으로
6천보를 가서 모니점과 고이현 밖에 이르기까지의 시지 15결과
율지 6결과 좌위 2결을 주어 처음으로 농장을 설치하였다[仍結
爲華嚴社長年供費 每歲春秋各給近山州縣倉租一百石精油一石以爲
恒規 自院西行六千步至牟尼岾古伊峴外 柴地十五結 栗枝六結 座
位二結 創置莊舍焉]. <『삼국유사』 권 제3 「탑상 제4」 「대산 오
만 진신」>

이 대왕은 누구일까? 효소왕은 오대산에 갔다는 말이 없다. 그러나
성덕왕은 오대산에 갔을 가능성이 있다. 이 대왕은 성덕왕이었을 가능
성이 크다. 진여원을 처음 지은 왕은 성덕왕이고, 오대산에 가 있은 왕
자도 성덕왕이 된 효명태자이다. 그가 즉위한 시점은 신문왕이 왕위에
오르는 681년으로부터 21년이나 뒤지는 702년이다. 이 일은 정신왕[=
신문왕]과 관련된 일이 아니다. 여기서의 '정신왕'은 신문왕이 되어서는
안 된다. (7')에 해당하는 내용은 「태자 전기」에서는 생략되었다.

(17a)의 '정신왕[=신문왕]의 아우'가 왕과 왕위를 다투었다는 기록은
신빙성이 떨어진다.[47) 여기에는 심각한 잘못이 들어있을 수 있다. (17f)

---

47) 이병도(1975:310), 이재호(1993:439)는 '{(그때에), [그때]} 정신왕의 아우가 왕과 왕위
를 다투{었는데, 니}'라고 번역하였다. 아무런 주석도 없다. 의미를 어떻게 파악하였
는지 알 수가 없다. 김원중(2002:390)은 '그때 정신왕의 아우가 왕과 임금 자리를 다

의 *{   }* 속 細註에서 '신문왕의 아우가 왕위를 다툰 일이 『국사』에 없다.'고 한 것이 주목된다. 『국사』에 없다고 실제로 없었다는 것을 보장하지는 않는다. 그렇지만 신문왕 즉위 시의 '김흠돌의 모반'은 이 시기에 논의될 일이 아니다.

이 문장에는 오류가 있을 수 있다. 무엇이 오류일까? '정신왕의 아우가 왕과 왕위를 다투었다.'에서 잘못될 수 있는 것은 무엇일까? 잘못될 가능성이 있는 말은 '정신왕'과 '아우'뿐이다. '왕과 왕위를 다투었다.'는 전체가 오류일 수는 있지만 그 속 어느 한 요소가 오류일 수는 없다. '아우'는 '형'의 오류일 수 있다. 그러나 『삼국사기』, 『삼국유사』에서는 신문왕의 '형'이 신문왕과 왕위를 다툰 사실이 없다. '아우'가 오류라고 상정하기는 어렵다. <u>그러면 오류일 수 있는 것은 '정신왕'뿐이다.</u> 이 '정신왕'이 잘못된 것이다.

그러면 제31대 신문왕이 아닌 다른 어느 왕일까? 제30대 문무왕일 리는 없다. 문무왕의 충직한 동생들, 김인문, 문왕, 노차, 지경, 개원 등이 반란을 일으켰다는 말은 없다. 하기야 김인문은 당 고종의 명으로 신라왕이 되어 당나라 군대를 이끌고 대당 투쟁 중인 형의 나라로 쳐들

투자, 나라사람들은 왕을 쫓아내고'로 번역하였다. 완전한 오역이다. '왕을 쫓아내다니', 그는 '폐하다'의 목적어를 '왕'으로 본 것이다. 효소왕이 폐위되었는가? 『삼국사기』를 보았으면 그런 말은 안 했을 것이다. 『삼국유사』를 번역하면서 『삼국사기』를 안 본다는 것을 상상이나 할 수 있겠는가? 그런데 실제로 『삼국유사』 번역의 현장에서는 그런 일이 벌어지고 있다. 이 번역서는 이 부분을 번역할 때 『삼국사기』를 보지 않고 번역한 것이 틀림없다. 보았으면 효소왕은 승하하였지 폐위된 것이 아니라는 것을 모를 리 없다. 신라사에 관하여 잘 모르고 『삼국유사』를 번역하고 있다. 신라 상대와 중대에서 폐위된 왕은 제25대 진지왕뿐이다. 하대에서도 시해되고 자살한 왕은 있어도 폐위된 왕은 없다. '정신왕'을 신문왕으로 보기 어렵다는 주가 필요한 곳이다. 그래야 이 '정신왕'이 누구를 잘못 쓴 것일까 하는 나아간 생각을 할 수 있다. '柴地(시지[땔감밭])', '栗地(율지[밤밭])', '位土(위토[제사용 토지])'에는 주를 달면서 정작 가장 핵심 문제인 '정신왕'에 주를 단 번역서는 한 권도 없다.

어 오기는 하였다(후술). 그러나 그것은 반란은 아니다. 그러면 제33대 '성덕왕'일까? 아니다. 이 기록의 시점에는 성덕왕은 아직 즉위하지도 않았다. 성덕왕의 즉위 직전 왕이다. 그러면 신문왕 다음의 왕이니 제32대 효소왕이어야 한다. 이 '정신왕'은 효소왕을 가리키는 어떤 명사구의 오류임에 틀림없다.

왜 (17a) 속의 '정신왕'이 효소왕을 가리키는 사람이 되어야 하는가? 이는 단순하고 간단한 문제이다. '정신왕'이 누구를 지칭하는지 알 수 없다 하더라도, 여기서 언급되는 이 왕은 지금 즉위하는 것으로 그려지는 제33대 성덕왕의 바로 앞 왕이다. 제33대 성덕왕 바로 앞 왕은 제32대 효소왕이다. 그러므로 (17a)의 '정신왕'은 당연히 내용상으로는 효소왕을 가리키는 명사구가 되어야 한다.

(17a)의 주어는 '○○왕의 아우'이다. 그러면 '○○왕의 아우가 ○○왕과 왕위를 다투었다.'라는 의미가 된다. 그런데 이 ○○왕은 내용상으로 성덕왕의 바로 앞 왕인 '효소왕'이다. 여기에 들어갈 말은 의미상으로 효소왕밖에 없다. 효소왕의 아우가 효소왕과 왕위를 다투다가 이 아우가 폐위되고, 효소왕의 '이 아우'가 아닌 다른 아우 효명태자가 오대산에서 와서 성덕왕으로 즉위하였기 때문이다. 그러므로 (17a) 속의 '정신왕'이 차지하고 있는 자리는 어떤 것이든 효소왕으로 해석될 수 있는 명사구가 차지해야 한다.

효소왕을 가리키는 명사구는 (16a)에서는 '淨神太子[정신의 태자]'라고 되어 있다. (17a)는 (16a)를 보고 재구성한 것이다. 거의 옮겨 쓴 것이라 할 수 있다. 그러면 (16a)의 '淨神太子弟[정신의 태자의 아우]'라는 말을 가지고 (17a)의 '淨神王之弟[정신왕의 아우]'라는 구(句)를 재구성한 것이 틀림없다. 그러면 (17a)의 '정신왕' 자리를 '정신태자'로 대치하면 '정신태자지제[정신의 태자의 아우]'가 나온다.

그러므로 (17a)의 '정신왕의 아우[淨神王之弟]'는 (16a)를 참고하면, '정신의 태자의 아우[淨神太子之弟]'에서 '태자'를 '왕'으로 잘못 썼거나, 아니면 '淨神王太子之弟'에서 '太子'를 결락시킨 것으로 볼 수 있다. 저자는 후자가 더 사실에 가까울 것으로 본다. 글쓴이가 착각했거나 각수 (刻手)가 실수하였을 수도 있다.[48] '효소왕'을 가리키는 말은 '정신왕의 태자' 또는 '정신의 태자'이다. 원전 기록 내용을 손대는 것은 큰 부담이지만, 사리에 맞고 역사적 진실에 충실한 논리적 설명을 하기 위해서는 이 문장의 '王' 자리나 그 뒤의 자리에 '太子'를 넣어야 한다.[49]

---

[48] '정신왕지제'의 '정신왕'이 '정신태자'의 오류라고 볼 수 있는 근거가 무엇인지, 다른 사례가 있는지 묻는 심사 의견이 있었다. 그리고 그런 오류가 난 과정은 어떤 것인지 논의가 필요하다고 하였다. 아무 데도 근거가 없다. 서정목(2014a:263-66)에서는 아예 '효소왕'의 오류라고 했었다. 그러다가 그런 오류가 난 과정을 추리하면서 '정신태자'라고 쓸 것을 '정신왕'이라고 잘못 쓴 것이 아닐까 하는 생각을 하게 되었다. 그리고 그 다음에 「오만 진신」과 「태자 전기」의 관련 부분을 정밀 대조하면서 혹시 '정신왕태자지제'라고 쓸 것을 '왕'과 '태자'가 중복되니 '태자'를 결락시킨 것 아닐끼 히는 생각을 허였다. 그리고 「민지 기」의 '정신'도 '정신태자'라고 쓸 것을 '태자'를 결락시킨 것으로 보았다. 「태자 전기」의 내용을 포함한 「산중 고전」이 원 자료이고 이것을 보고 「오만 진신」과 「민지 기」가 이루어졌기 때문에 '정신태자'를 중심에 놓고 '정신왕'과 '정신'을 해결하는 것이 옳은 방향이다. 그러므로 '정신태자'를 '정신의 태자'로 읽는 것이 가장 중요한 일이다.

[49] 여기서 '정신왕'을 '보ㅅ내태자'로 보면 어떻게 되는가? 그러면 '정신왕=보ㅅ내태재'의 아우=부군가 왕과 왕위를 다투었다'가 된다. 그러면 이때 '왕'이 누가 되는가? 이 문장을 제대로 읽으면 그 '왕'은 '정신왕=보ㅅ내태재'가 된다. 즉, '정신왕보ㅅ내태재의 아우가 정신왕보ㅅ내태재와 왕위를 다투었다.'는 말이 되는 것이다. 이게 말이 되는가? 보ㅅ내태자는 이 시점에 오대산에 있었다. 그가 그의 아우=부군과 서라벌에서 왕위를 다투었을 리가 없다. 이 '왕'을 '효소왕'으로 보고, '정신왕'은 성덕왕이 즉위한 뒤 그의 형 보ㅅ내태자에게 예우상 붙인 것으로 보면, 이 문장은 '정신왕의 아우가 효소왕과 왕위를 다투었다.'는 말을, '정신왕의 아우가 왕과 왕위를 다투었다.'라고 썼다는 결과가 된다. 이렇게 쓰는 것은 작문의 기본을 어긴 것이다. '효소왕'에서 '효소'를 생략하려면 그 앞에 나온 사람이 '효소왕'이어야 한다. 통사론

(17a)의 '왕과 왕위를 다투었다.'에서 '왕'은 누구인가? '정신왕의 아우가 왕과 왕위를 다투었으니' '그 왕'은 당연히 '정신왕'이다. 그런데 (17a)의 '정신왕'은 '정신태자'에서 '태자'가 '왕'으로 잘못 적혔거나 '정신왕태자지제'에서 '태자'가 결락된 것으로, '정신왕의 태자'는 '효소왕'을 뜻한다. 그러니까 (17a)의 '왕과'는 '효소왕과'이다. 이 문장은 '정신의 태자[효소왕]의 아우가 왕과[정신의 태자(효소왕)과] 왕위를 다투었다.'는 내용을 적은 것이다.[50] 이를 반영하여 (17a)에 '태자'를 기워 넣어 문장을 완성하고 번역하면 (17'a)와 같아진다.

(17') a. 정신왕의 *태자의* 아우가 왕과 왕위를 다투어 國人이 폐하였다[淨神王 *太子*之弟 與王 爭位 國人 廢之].

「태자 전기」의 (16a)를 '與'를 기워 넣어서 (16'a)처럼 번역하여 해석하고, 「오만 진신」의 (17a)를 이렇게 '太子'를 기워 넣어 (17'a)처럼 번역하여 해석하면 다음과 같은 사실이 재구된다.

'경영의 모반'으로 700년 6월 1일 신목왕후가 사망하고 효소왕도 2년 뒤에 승하하였다. 효소왕을 폐위시키고 '부군'인 원자를 즉위시키려 했던 이 '경영의 모반'으로 신목왕후가 죽자, 효소왕의 외할머니 요석공주 등 국인은 이 모반을 진압하고 경영을 복주하였으며 김순원을 파면하였다. 이 모반을 일으킨 세력은 크게 보면 자의왕후의 후계 세력이라

에서 두 개의 동일 인물 지칭 명사구가 있을 때에만 후행 명사구의 생략이 가능하다는 것은 상식이다. 서로 다른 인물을 가리키는 두 명사구에서 후행 명사구를 생략한다는 것은 있을 수 없는 일이다.

[50] 정신왕을 보ㅅ내태자로 보면, '보ㅅ내태자의 아우=효소왕의 아우이기도 하대인 부군이 효소왕과 왕위를 다투었다.'가 되어 결과적으로 '부군이 효소왕과 왕위를 다툰 것'이 되어 필자의 해석과 같아진다.

할 수 있다. 자의왕후는 요석공주의 올케이다. 자의왕후는 이미 사망하였지만 그의 동생 김순원 세력과 요석공주 사이에 올케와 시누이 사이의 권력 다툼이 전개된 것이다.

이 싸움에서 승리한 요석공주는, 경영과 김순원의 지원을 받으면서 형 효소왕에게 도전한 결과가 된 효소왕의 아우 신문왕의 원자를 '부군' 지위에서 폐위하였다. 요석공주의 힘이 더 강력하였다는 말이다. 그의 뒤에는 문무왕의 아우들, 개원, 지경 등이 있었다. 그들은 사병을 기르고 있었을 것이다. 무력이 없이는 정권을 빼앗을 수도 유지할 수도 없다. 그리고 2년 후에 효소왕이 승하하자 요석공주는 '부군이었던' 그 원자를 배제하고, 효소왕의 아들 수충도 배제하고, '부군이 아니었던', 승려가 되어 오대산에 가 있던 효명태자를 데려와서 성덕왕으로 즉위시켰다.

이제 제33대 성덕왕이 어떤 과정을 거쳐서 왕위에 오르게 되었는지 드러났다. 성덕왕은, 형 효소왕과 아우인 부군이 '경영의 모반'을 통하여 서로 왕위를 다투다가 아우가 부군에서 폐위되고 효소왕이 2년 뒤에 승하하자, 어부지리로 왕이 되었다. 그 이면에는 이렇게 요석공주와 자의왕후의 동생 김순원 세력이 서로 권력 다툼을 벌이는 서라벌의 권력 투쟁이 들어 있는 것이다. 이런 경위를 거쳐서 효명태자는 승려가 되어 수도 생활을 하던 오대산을 떠나서 서라벌로 와서 왕이 되었다. 이때 형인 보ㅅ내태자는 울면서 도망가고 서라벌로 가지 않으려 하였다.

이것은 어떤 면에서든지 골육상쟁, 즉 형제간, 친척간, 왕족간의 권력 다툼으로 설명되어야 하지, 왕권 강화와 진골 귀족 세력의 거세라는 그럴 듯한 명분으로 포장되어서는 안 된다. 그렇게 포장하면 왕권을 강화한 것이 옳은지, 분권을 주장하며 거기에 반발한 진골 귀족 세력이 옳은지, 하여 한 쪽이 옳은 것으로 되고, 한 쪽은 그른 것으로 된다. 그것은 역사의 진실로부터 먼 논의이다. 그들은 모두 진골 귀족 세력이다. 그들은 그런 거창한 명분을 두고 싸운 것이 아니다. 그냥 누구를 왕위에 올리는 것이 자신에게 더 유리한가, 그것으로 싸운 것이다. 절대왕권 하에서 왕권과 신권이 서로 갈등할 수 있기나 한가? 그것은 주자학이 강세를 보인 조선조에 와서나 논의되는 것이고, 그것도 사실은 판판이 왕권이 이기고 신권이 졌다.

신라 중대는 왕실 내부에서 왕의 친인척들이 왕자들을 둘러싸고 벌인 세력 경쟁으로 설명되어야 한다. 그리고 그 골육상쟁이 결국은 나라를 멸망시키는 근본 원인이 되었다는 것을 말해야 한다. 그래야 인간이 역사를 기록한 이래 형제들의 싸움으로 나라와 집안이 망하였다는 보편적 원리를 세울 수 있다. 그것을 말하는 것이 『시경』의 「각궁」이고 『삼국유사』의 「원가」이다.

특히 이 시기는 문무왕의 누이 요석공주와 문무왕의 왕비 자의왕후 친정 집안인 김순원 세력 사이의 갈등으로 모든 것이 수렴된다. 효소왕은 요석공주의 대리인이고, 김순원은 자의왕후 사망 후 '신문왕의 원자'를 중심으로 왕실의 권위를 세우려 한 사람이다. 신목왕후는 이 두 왕자의 친어머니임에 틀림없고 처음에는 어머니 요석공주의 강력한 영향 아래 효소왕을 지지한 것이 틀림없다. 그러나 효소왕이 696년에 왕자 수충을 낳아서 그 세력 구도에 어떤 변화가 생겼다면 후에는 '원자'를 지지하는 쪽으로 선회하였을 수도 있다. 특히 개원이나 지경 등 요석공주를 떠받치고 있던 형제들의 무력이 약화되고 나서, 김순원의 아들이나 그 손자들의 무력이 강력해졌다면 신목왕후는 효소왕을 폐위하고 그들이 지지하는 원자로 교체하려 했을 가능성도 있다.

이런 이야기가 『삼국사기』에 있는가? 눈을 씻고 찾아보아도 없다. 이것이 저자를 30년 이상 헤매게 한 요인이다. 「원가」를, 「안민가」를 이해하고 가르치기 위해서는 그 노래들이 지어진 효성왕, 경덕왕 대의 서라벌을 알아야 하였다. 그리고 『삼국사기』가 명백하게 동모 형제라고 적고 있는 이 두 왕에 대하여 알아야 하였다. 두 형제를 알려면 그 아버지를 알아야 하는 것 아닌가? 그리고 어머니에 대해서 알아야 하는 것 아닌가? 그런데 그 야속한 『삼국사기』는 이에 관하여 알 듯 모를 듯, 자기는 다 알고 있으면서 우리에게는 '넌 모르지?' 하고 약을 올리고 있었다. 이것이 『삼국사기』의 실상이다. 그러나 『삼국유사』는 잘 읽으면 모든 것이 이해되는 정확한 기록을 남겨 두었다. 이것이 『삼국유사』의 진정한 가치이다.

그런데 여기서 한 단계 더 나아가서 「원가」는 효성왕 대에 지어진 것이 아니고 경덕왕 대에 지어진 것이라느니, 이 시대는 왕권 강화를 위하여 진골 귀족들을 숙청하던 시대였다느니, 『삼국유사』는 믿을 수 없는 야담이라느니 하고 곳곳에 대못을 박아 진실에의 접근을 아예 원천 봉쇄하고 있는 것이 현대의 한국사학계였다. 이것이 말이나 되는가? 왜 효성왕 즉위 시에 공을 세웠는데 상 안 주어 신충이 지었다는 「원가」가 경덕왕 때 가서야 지어진 것으로 국문학사의 연대를 끌어내려야 하는가? 왜 진골 귀족인 왕실이 진골 귀족들을 죽이는데 왕당파가 진골 귀족을 거세했다고 하는가? 같은 진골 귀족들인데. 어떤 세력이 어떤 세력을 거세할 때는 명백하게 개념 정의된 파벌이 있지 않으면 안 된다.

하다 못해 '김흠돌의 딸 지지 세력' 대 '김흠운의 딸 지지 세력'의 대결이라고라도 말해야 한다. 거창하게 말하면 처음에는 '김흠돌의 딸이 앞으로 낳을 원자 지지 세력' 대 '이미 태어난 혼외 왕자 이홍 지지 세력'의 대결이다. 이것이 681년 8월의 '김흠돌의 모반'이다. 그 다음은 '신문왕과 신목왕후의 혼외, 혼전 아들인 효소왕을 지지하는 세력' 대 '신문왕과 신목왕후가 정식으로 혼인한 후에 태어난 원자를 지지하는 세력'의 대결이다. 이것이 700년 5월의 '경영의 모반'이다. 이것을 이렇게 명백하게 보여 주는『삼국유사』를 왜 못 믿는다는 말인가?

『삼국사기』에는 일언반구도 언급되지 않아 효소왕이 승하하고 나서 그 아우인 성덕왕이 어떻게 왕위에 올랐는지 도무지 알 수가 없다. 성덕왕 융기[나중에 당 나라 현종의 휘를 피하여 흥광으로 고침]는 태자로 봉해진 적도 없고, 특별히 쿠데타를 한 것 같지도 않은데 어떻게 슬쩍 양상군자처럼 왕위에 올랐는가? 그런데 그 성덕왕의 즉위 과정이 이렇게 명백하게『삼국유사』에 적혀 있다. 이런데도『삼국유사』는 믿을 수 없는 책인가?

성덕왕 효명은 681년에 태어난 신문왕의 혼전, 혼외자이다. 그 해는 신라 역사상 가장 비참한 내전이 서라벌에서 벌어진 '김흠돌의 모반'이 있던 해이다. 북원 소경[원주]에서 야전군을 이끌고 서라벌로 회군한 자의왕후의 제부 제28세 풍월주 김오기는 월성을 지키고 있는 호성장군 제26세 풍월주 진공을 쳐부수고, 제27세 풍월주 김흠돌이 동원한 서울 병력, 지방 병력 혼합군을 격파한 후에 자신이 호성장군이 되어 8월 8일 김흠돌, 진공, 흥원 등을 주살하고, 8월 28일 상대등 겸 병부령 제23세 풍월주 김군관과 그 아들 제30세 풍월주 김천관을 자진시켰다. 김천관은 김흠돌의 사위였다. 이로 하여 수많은 화랑도 풍월주 출신 장군들이 죽고 파직되었다. 자의왕후는 결국 화랑도를 해체하였다. 신라의 인재 배출 기관이 폐쇄된 것이다. 그러면 썩은 귀족이나 왕실 출신의 무능한 자제들이 자리를 채우고, 능력 없는 장군들이 군대를 통솔하며, 부패한 관리들이 백성들의 등을 치기 시작한다. 망하는 길로 들어선 것이다.51) 그런데 이 '김흠돌의 모반'의 원인을 제대로 밝힌 논문이 한 편이라도 있는가? 이러고도 신라 중대 정치사 연구라는 학문 분야가 있었다고 말할 수 있겠는가?

그 후 김흠돌의 딸인 왕비를 폐비시키고, 683년 5월 7일 신문왕은 김흠운의 딸 신목왕후와 혼인하였다. 신목왕후의 아버지가 655년 정월 전사하였으므로 유복녀라 하더라도 신목왕후는 혼인할 때 28살 이상이다. 그녀에게는 이홍, 보ㅅ내, 효명의 세 아들이 있었다. 이 신문왕의 아들들의 외할머니 요석공주가 677년에 태어난 이홍을 691년 3월 1일 태자로 책봉하고 즉위시키기 위하여, 683년 5월 7일의 부모의 정식 혼인 후 687년 2월에 태어난 아우 원자를 미는 세력과 협상하여 효소왕 이후의 왕위를 원자에게 주기로 하고 원자를 부군으로 봉하였을 것이다. 효소왕이 즉위하고 얼마 후 693년의 8월 5일 효명은 형 보ㅅ내와 함께 오대산으로 유완을 갔다. 아마도 외할머니, 어머니가 왕위 계승권으로부터 멀어진 두 형제를 서라벌로부터 떼어 놓으려 한 것이리라.

원자가 부군[태자 역할]이 되어 동궁을 차지하였다. 683년 5월 7일 어머니 신목왕후가 대궁으로 시집가고, 또 형 효소왕이 692년 7월 즉위하여 대궁으로 가 버린 후 동궁, 즉 월지궁에 살고 있던 이 두 왕자 보

---

51) 현대 한국의 대기업들이 창업주와 2세들이 기른 전문 경영인을 배제하고 3세 중심의 족벌 경영 체제로 들어간 것이 이와 같다. 그 길도 결국은 망하는 길이다.

ㅅ내와 효명이 거기서 부군으로 책봉된 원자 아우와 부딪히며 살아가기가 얼마나 어려웠겠는가? 그들은 속세를 떠날 수밖에 없다. 이것은 꼭 거주 공간의 문제를 말하는 것이 아니고 정치적 입지를 상징적으로 표현한 것이다.

보ㅅ내는 그 무서운 서라벌의 권력 투쟁에 이미 물렸다. 679년생쯤 되었을 그는 681년 8월 8일 3살쯤 된 시점에 할머니 자의왕후, 외할머니 요석공주, 그리고 어머니인 훗날의 신목왕후가, 새로 왕비가 된 김흠돌의 딸과 연관된 모든 장군들을 죽이는 것, 왕비를 폐비시키는 것을 경험한 것이다. 피로 물든 서라벌을 두려운 눈으로 바라본 것이다. 두 왕자는 693년 여름 바닷가 길로, 오늘의 7번 국도를 따라 각각 1000명, 도합 2000명이나 되는 부대를 거느리고 북상하여 양양을 거쳐 진고개를 넘어 오대산 앞 성오평에서 군사 훈련을 하였다. 그러다가 693년 8월 5일 새벽 초승달이 비취는 야음을 틈타 월정사 앞을 지나 오대산 중대로 숨어들었다. 그 기회를 타서 도망친 것이다. 기록에는 그렇다. 그러나 사실은 요석공주가 은밀히 오지 말라고 했을 것이다. 그리고 그 호위 군사들에게는 짐짓 못 찾은 척하라고 지령했을 것이다. 그러니 요석공주는 그 2000명이나 되는 군사들이 찾지 못한 두 왕자를 효소왕 사후, 오대산에서 쉽게 찾아서 효명을 데리고 올 수 있지 않았겠는가? 요석공주는 이 두 왕자가 오대산 어디에 있는지까지 알고 있었을 것이다.

[7] 국인은 나랏사람이 아니다.

오대산 진여원 개창 기록은 결국 효소왕의 죽음을 말하는 것이고, 성덕왕의 즉위 과정을 적은 것이다. 이 기록은 진여원 개창 연기 설화이

기도 하다. 그러나 실제로 일연선사가 하고 싶었던 말은, 『삼국사기』가 한 마디도 하지 않고 감추고 있는 이 지저분한 왕위 쟁탈 골육상쟁이고, 그것을 통하여 후세들을 경계하고자 한 것이다. '유사(遺事) : 남은 이야기, 빠진 이야기'라는 제목이 얼마나 잘 어울리는가? 『삼국사기』가 말하지 않고 빼어 버린 이야기, 즉 적지 않고 감춘 이야기를, 『三國遺事(삼국유사)』가 넌지시 그러나 분명하게 말하고 있는 것이다.

이 기록을 자장율사의 화엄종, 문수신앙과 관련지어서만 이해하면 그것을 꿰뚫어 볼 수 있는 안목이 생길 수 없다. 이 기록은 불교사적으로만 접근할 것이 아니라 정치사적으로도 접근해야 한다. 청도 운문사에 앉아 있었던 대각국사(大覺國師) 一然(일연)은 속세를 떠나서도 내내 속세의 일에 관심을 두고 있었다. 그것이 우리나라의 일인데, 누구라도 그렇다.

효소왕은 아우와의 왕위 쟁탈전에서 죽었다. 그 왕위 쟁탈전이 (22d)의 700년 5월의 '경영의 모반'이다. 효소왕 대 말기에 있었던 왕위 쟁탈전은 이것밖에 없다. 왕인 형과 부군인 아우가 궁정에서 칼을 맞대고 싸우는 것이 왕위 쟁탈전인가? 천만의 말씀이다. 형제야 왜 싸우겠는가? 왕과 부군은 사이좋게 바둑도 두면서 정사를 논의하고 할아버지, 아버지를 그리워하기도 하면서 지냈을 것이다. 더욱이 부군은 687년 2월에 출생한 '원자'인 아우일 것이고, 효소왕이 태자 시절에 살던 동궁에서 살고 있었을 것이다.

형제 사이의 모든 싸움은 주변 사람들 때문에 일어난다. 이미 앞에서 보았듯이 691년[신문왕 11년] 3월 1일 '왕자 이홍'을 태자로 책봉할 때부터 이홍을 미는 세력과 '원자'를 미는 세력 사이에 협상이 있었을 것이다. 혼외자이어서 정통성이 결여되어 원손, 원자로 적히지 못한 이홍을 태자로 책봉하여 왕위에 올리는 것에 반대하고, 부모가 정식으로 혼인한 뒤에 태어난 원자를 태자로 봉하여 장차 보위를 잇게 하여야 한다는 말이 왕실 내부에서부터 나왔을 것이다. 그 세력을 다독거려 원자를 부군으로 삼겠다는 조건 하에 이홍을 왕위에 올린 것이 외할머니 요석공주이다.

그런데 696년에 효소왕의 아들 수충이 태어났다. 이제 원자를 지지하는 세력은 더 이상 원자가 왕이 되는 것을 기대할 수 없게 되었다. 원자 사종이 14살(?, 684년생이면 17살)이 된 700년 효소왕을 폐위하고 부군 사종을 왕위에 올리려 하였을 것이다. 효소왕 대 말기의 몇몇 기록을 다시 보기로 한다. 밑줄 그은 부분이 모두 이상한 현상이다.

(22) a. 효소왕 6년[697년] 가을 7월 완산주에서 상서로운 벼를 진상하였는데 이랑은 다르나 이삭은 하나였다[六年 秋七月 完山州進嘉禾異苗同潁. 9월에 임해전에서 군신들에게 잔치를 베풀었다[九月 宴群臣於臨海殿].

b. 7년[698년] 봄 정월 이찬 체원으로 우두주 총관을 삼았다[七年 春正月 以伊湌體元爲牛頭州摠管]. 2월 서라벌의 땅이 움직였고 큰 바람이 불어 나무가 부러졌다[二月 京都地動大風折木]. 중시 당원이 늙어 은퇴하고 대아찬 순원을 중시로 삼았다[中侍幢元退老 大阿湌順元爲中侍]. 3월 일본국 사신이 도착하여 왕은 숭례전에서 인견하였다[三月 日本國使至 王引見於崇禮殿]. 가을 7월 서라벌에 큰물이 졌다[秋七月 京都大水].

c. 8년[699년] 봄 2월 흰 기운이 하늘에 뻗고 별이 동쪽에 나타났다[八年 春二月 白氣竟天 星孛于東]. 사신을 당 나라에 파

견하여 조공하고 방물을 바쳤다[遣使朝唐貢方物. 가을 7월
동해물이 핏빛이 되었다가 닷새 뒤에 원래로 돌아갔다[秋七
月 東海水血色 五日復舊]. 9월 동해물이 싸우는데 그 소리가
서라벌까지 들렸고 병기고의 북과 나팔이 스스로 울었다[九
月 東海水戰聲聞王都 兵庫中鼓角自鳴]. 신촌 사람 미힐이 황
금 한 덩이를 얻었다[新村人美肹 得黃金一枚]. 무게가 백푼이
나 되었는데 왕에게 바치므로 남변에서 제일 높은 작위를 주
고 조곡 100석을 하사하였다[重百分獻之 授位南邊第一 賜租
一百石].

d. 9년[700년] 인월을 다시 정월로 복귀시켰다[九年 復以立寅月
爲正. 여름 5월 이찬 경영*{ *영은 혹은 현이라고도 한다*}*이
모반하여 죽였다[夏五月 伊湌慶永*{永一作玄}*謀叛 伏誅]. 중
시 순원이 연좌되어 파면하였다[中侍順元緣坐罷免]. 6월 세
성이 달에 들어갔다[六月 歲星入月].

e. 10년[701년] 봄 2월 혜성이 달에 들어갔다[十年 春二月 彗星
入月]. 여름 5월 영암군 태수 일길찬 제일이 공적인 일을 등
지고 사적인 일을 경영하므로 100대의 곤장을 치고 섬에 넣
었다[夏五月 靈巖郡太守一吉湌諸逸背公營私 刑一百杖 入島].

f. 11년(702), 7월에 왕이 승하하였다[十一年 秋七月 王薨]. 시호
를 효소라 하고 망덕사의 동쪽에 장사지냈다[諡曰孝昭 葬于
望德寺東]. <『삼국사기』 권 제8 「신라본기 제8」 「효소왕」>

특별히 주목되는 것이 (22c)이다. 무슨 변고가 있었을 것이다. 그러나
이 현상들은 꼭 경영이 모반한 원인이라 하기는 어렵다. '경영의 모반'
에는 사서에 기록되지 않은 원인이 있을 것이다. 왜 하필 이때에 왕을
바꾸려 모반했을까? 그것은 (22a)가 어느 정도 시사해 준다. 왕자 수충

은 696년에 태어났다. 697년은 그의 출생으로부터 1년 정도 지났다. 효소왕은 임해전에서 수충의 돌 잔치를 벌인 것으로 보인다.

(22d)의 '경영의 모반'은 효소왕을 폐위시키고 원자를 즉위시키려는 모반임에 틀림없다. 경영은 이찬이다. 이찬이면 2등관위이다. 경영으로 대표되는 세력이 있다. 주로 왕족들일 것이다. 그리고 원자와 아주 가까운 인척이었을 것이다. 그의 딸이 원자의 배우자가 아니라는 보장은 없다. 그러니 (22d)에서 보듯이 자의왕후의 동생 순원까지 그 모반에 연루되어 파면된 것이다. 이 모반에서 신목왕후가 죽고 효소왕은 그로부터 2년 후에 승하하였다. 심각한 골육상쟁이 있었음에 틀림없다.

서라벌에서 '경영의 모반'이 일어나 부군으로 책봉되어 있던 원자는 부군으로부터 폐위되었다. 국인들이 폐위하였다. 국인은 누구인가? 여기서는 요석공주이다. 국인은 나라의 주인이다. '나라 사람들'이라는 번역이 우리를 눈멀게 한다. 무슨 일반 사람들이 임금을 즉위시키고 부군을 폐하겠는가? 국인(國人)은 시대에 따라 가리키는 사람이 달라진다. 그러므로 그 내용은 '나라의 주인: 실권자, 실세'라는 뜻이다. 이 시대의 실세는 '신문왕의 첫 왕비를 폐위시켜 출궁시키고, 부군을 폐하고, 새 왕을 오대산에서 데려오고' 하는 사람이다. 그에 해당하는 사람은 요석공주와 그의 형제들밖에 없다.[52]

부군은, 이 경우에는 왕이 아들이 없어 왕의 아우 중에 한 사람을 책

---

[52] 『삼국유사』 권 제1 「기이 제1」 「도화녀 비형랑」 조에는 진지왕을 황음하다고 폐위시키고 일찍 죽은 동륜태자의 아들 진평왕을 즉위시키는 일을 국인이 하였다고 적었다. 이 경우 국인은 진흥왕의 왕비 사도왕후를 가리킨다. 『삼국사기』 권 제4 「신라본기 제4」 「진지왕」 조는 진지왕이 자연사하여 승하한 것처럼 기록하고 있다. 『삼국사기』는 기록대로 믿으면 안 되는 책이다. 첨해임금이 아들이 없어 미추임금이 뒤를 잇는 것도 국인이 한 일이다.

봉하여 태자 역할을 하게 한 왕자이다. 효소왕 대에 부군일 수 있는 사람은 687년(?) 2월에 태어난 원자밖에 없다. 왜냐하면 효소왕의 또 다른 아우인 보ㅅ내와 효명은 오대산으로 들어가 승려가 되었고, 성덕왕이 즉위할 때 성덕왕이 효소왕의 부군이라는 기록이 없기 때문이다. 원자가 부군으로 봉해진 까닭은 691년 3월 1일 왕자 이홍을 태자로 책봉할 때, 이홍을 미는 세력과 원자를 미는 세력 사이에 다툼이 있었기 때문이다. 이홍을 미는 세력의 우두머리는 외할머니 요석공주이고 원자를 미는 세력의 우두머리는 자의왕후의 동생 김순원이었다.

이 세력 다툼에서 협상이 이루어졌을 것이다. 원자가 5살 혹은 8살밖에 안 되니 일단 15살인 이홍을 태자로 삼고 신문왕 승하 후에 효소왕이 즉위하면 부군으로 삼는다는 것이 조건이었을 것이다. 개원, 지경 등 문무왕의 동생들이 누이 요석공주의 편을 들어 이런 방향으로 미봉되었다. 그리하여 692년 7월 신문왕이 사망하고 태자 효소왕이 즉위하였다. 그는 이미 태자로 책봉되어 있었으니 그의 왕위 승계는 이상한 것이 아니다. 그리고 약속대로 원자는 부군으로 책봉되고 보ㅅ내와 효명 두 왕자는 서라벌을 떠났던 것이다.

이제 이 부군이 누구인지를 살펴보기로 한다. 이를 알 수 있는 것은 (17'a)이다.

(17') a. 정신왕의 태자의 아우가 왕과 왕위를 다투어 國人이 폐하였다[淨神王 太子之弟 與王 爭位 國人 廢之].

(17'a)의 '국인이 폐하였다.'에서 생략된 목적어 명사구는 무엇일까? 이런 접속문 구성에서 후행절에서 생략될 수 있는 명사구는 무조건 선

행절에 있는 명사구와 같은 것이다. 선행절에는 '정신왕의 태자의 아우가'라는 명사구와 '왕과'라는 명사구와 '왕위를'이라는 명사구가 있다. 목적어 '왕위를'은 의미상 '폐하다'의 목적어가 될 수 없으므로 제외된다. 이제 남은 것은 주어 '정신왕의 태자의 아우'와 보충어 '왕과'이다. 생략된 목적어는 어느 것일까?

그 목적어가 보충어인 '왕과'라고 생각해 보자. 그러면 '왕을 폐하였다'가 된다. 『삼국사기』에 따르면 신라에서 폐위된 왕은 한 사람도 없다. 『삼국사기』에는 진지왕이 578년 7월 17일에 승하하였다고 되어 있다. 『삼국유사』의 권 제1 「기이 제1」, 「도화녀 비형랑」 조에 따르면 제25대 진지왕이 황음하다는 이유로 어머니 사도태후[국인]에 의하여 폐위되었다고 한다. 그것이 유일한 폐위의 경우이다. 그런데 그 시기는 578년[진지왕 4년]이다. 그런데 지금 이 시기는 효소왕이 승하하고 성덕왕이 즉위하는 702년이다. 무려 124년 전이다. 진지왕을 폐한 것과는 아무 관련이 없다. <u>이 '폐하다'의 목적어는 절대로 '왕을'이 아니다.</u>

이제 (17'a)에서 '국인이 폐하다'의 목적어 후보로 남은 것은 선행절의 주어인 '정신왕의 태자의 아우'밖에 없다. 그러면 '국인들이 정신왕의 태자의 아우를 폐하였다.'가 나온다. '정신왕의 태자'는 효소왕이다. 그러면 '효소왕의 아우'를 폐하였다는 말이다. 효소왕의 아우가 무슨 지위에 있었기에 폐위했다는 말인가? 그것은 (16'a)를 보면 알 수 있다.

(16') a. 정신(의) 태자(가) 아우(인) 부군(<u>과</u>) 서라벌에서 왕위를 다투다가 주멸했다[淨神 太子 (<u>與</u>)弟 副君 在新羅 爭位 誅滅].

(16'a)는 '정신의 태자[효소왕]'이 '아우인 부군'과 왕위 다툼을 하다

가 죽었다고 하였다. 효소왕이 승하한 것이다. 그런데 더 중요한 것은 '효소왕의 아우'가 '부군의 지위'에 있었다는 것이다. 그러니까 국인이 폐위한 것은 부군인 효소왕의 아우를 부군 지위에서 폐위하였다는 말이다. 요석공주는, 경영과 순원 등이 효소왕을 폐위시키고 막내 외손자인 부군을 즉위시키려는 반란을 처단한 것이다. 경영을 죽이고 순원을 파면하고, 원자를 그 모반에 연루되었다고 부군에서 폐위시켰다. 이제 원자는 왕위에 오르기가 어려워졌다.

그런데 이것은 왕자 이홍이 태자로 책봉되던 691년 3월 1일의 약속을 어긴 것이다. 그때 나중에 이홍이 즉위하면 5살짜리 원자를 부군으로 봉하여 일정 기간이 지난 뒤에 왕위에 올리기로 약속하였을 것이다. 그런데 696년에 효소왕과 성정왕후 사이에서 아들 수충이 태어났다. 효소왕, 성정왕후, 요석공주, 신목왕후는 700년에 5살이 된 수충을 태자로 책봉하려는 움직임을 보였을 것이다. 이에 경영, 순원 등은 효소왕을 폐하고 부군인 원자를 즉위시키려 하였을 것이다. 원자도 이미 14살{혹은 17살}이 되어 있다. 경영은 어떻게 보아도 원자와 가까운 인척이다. 그의 딸이 원자의 배우자가 되어 있었을 가능성이 크다. 이것이 '경영의 모반'의 동기이다. 신목왕후는 이 반란 중에 사망하였다. 효소왕을 지키려다가 시해되었을 것이다. 효소왕도 상처를 입었을 것이다.

[8] 「민지 기(閔漬 記)」의 '정신 태자(淨神太子)'

「민지 기」에 '寶叱徒房改名爲華嚴寺[보ㅅ내의 방을 이름을 고쳐서 화엄사라 하였다].'라 하고 주를 붙이기를 (23a)와 같이 하였다.[53] (23a)는

---

53) 「민지 기」에는 華嚴寺(화엄사)라 하였지만, 「오만 진신」에는 華藏寺(화장사)라 하였다.

어떻게 번역하는 것이 옳을까?

(23) a. 寶叱徒淨神太子兒名也
　　 b. 보ㅅ내는 정신태자의 아명이다.
　　 c. 보ㅅ내는 정신의 태자의 아명이다.

(23a)는 (23b)로도 번역할 수 있고, (23c)로도 번역할 수 있다. (23b)대로 하면 '보ㅅ내'가 바로 '정신태자'가 된다. 즉, '정신'과 '태자'가 동격이 되어 '정신'이라는 이름을 가진 '태자'라는 의미가 된다. 그러면 그런 사람을 역사 기록에서 찾아야 한다. 그러나 없다.

한편으로 (23a)는 (23c)처럼 번역할 수도 있다. 속격 구성이 되는 것이다. 그러면 '정신(왕)의 태자'가 된다. 이 두 가지 번역 가운데 어느 것이 옳은가 하는 것은 선택의 문제가 아니다. 진실의 문제이다. 결정은 문맥과 역사적 사실에 따라 이루어져야 한다. '정신이라는 태자'는 모든 역사 기록에서 나타나지 않는다. 그러나 '정신(왕)의 태자'는 앞에서 본 「태자 전기」와 「오만 진신」에 나타난다. '정신태자'는 실재하지 않았다. 앞에서 논의한 「태자 전기」의 '淨神太子(정신태자)'는 항상 '정신의 태자'로 해석되었다. 여기서도 '정신의 태자'로 해석되어야 한다.

「민지 기」의 성덕왕 즉위 기사는 (24)와 같다. 이 내용은 거의 「오만 진신」, 「태자 전기」와 같은 것이다.

(24) 당 나라 측천 사성 19년[702년] 임인년에 이르러 신라 왕이 승하하였으나 아들이 없어서 국인들이 두 왕자를 모셔 오려 하였다[至唐則天嗣聖十九年壬寅 新羅王薨而無子 國人欲迎兩王子].

장군 4인이 먼저 효명(암) 앞에 도착하여 만세를 불렀다[將軍四人先到孝明前呼萬歲]. 이때 5색 구름이 나타나 그 빛이 나라[셔블]에까지 비취기를 이레 날 이레 밤 동안 하였다[時有五色雲現光燭于國者七日七夜]. 여러 신하들이 그 빛을 찾아 산에 도착하여 써 모셔가려 하니 <u>정신은 울면서 머무르기를 청하여</u> 효명이 부득이 왕위를 물려받았다[群臣尋其光到山以迎 <u>淨神泣請而留</u> 孝明不得已而嗣王位].*{「*신라본기*」에 *이르기를 효소왕이 무자하여 국인들이 신문왕의 제2자 김지성을 왕으로 세웠는데 재위 36년이고 원년은 임인년[702년]이다―원주新羅本紀云 孝昭王無子 國人立神文王第二子 金志誠立王 三十六年 元年壬寅―原註*}*. 이 분이 제33대 성덕왕이다[是爲第三十三聖德王也].

(24)에서 이해할 수 없는 것은 밑줄 그은 '정신은 울면서 머무르기를 청하여[淨神泣請而留]'라는 구절이다. 이 '정신'은 분명히 '보ㅅ내태자'이다. (16)과 (17)에서 이미 본 대로 두 왕자 가운데 보ㅅ내태자는 울면서 '셔블[서라벌]'로 가지 않으려 하였고 아우인 효명태자가 '나래[國]해'와서 왕위에 오른 것이다. 여기서 울면서 가지 않으려 한 왕자가 보ㅅ내태자라는 것은 분명하다. 이제 '정신'이 '보ㅅ내태자'의 다른 이름인지, 아니면 이 기록이 오류인지 판단할 문제만 남았다.

여기서의 '정신'은 '보ㅅ내'의 오류일 가능성이 크다. 그런 오류가 생긴 과정을 추리한다면 (17)에서 '정신왕의 제'가 '정신왕의 (태자의) 제'에서 '태자'가 결락되었듯이 여기서도 '정신의 태자[=보ㅅ내태자]'를 뜻하는 '淨神太子'에서 '太子'가 결락된 것으로 볼 수 있다. 그러나 근거는 없다. 閔漬(민지)도 '정신'에 대하여 분명한 이해를 못한 것일까? 이 글이 '太子' 두 글자를 결락시키는 오류를 범한 것일까?

이 '정신'을 '신문', '정명'으로 보는 것은 전혀 불가능하다. 그리고 그가 '정신'이라는 태자이고 '보ㅅ내태자'와 같은 인물이라는 것을 논증할 근거는 이것을 제외하고는 어디에서도 찾아볼 수 없다. 실제로 신라 역사에는 '정신'이라는 이름을 가진 태자는 실존하지 않았다.

그러므로 (24)의 '정신'도 '정신'이 '보ㅅ내'라는 확실한 논거가 될 수 없다. '정신'은 '정신의 태자'와 관련하여 적히는 것이고 거기서 '태자'가 결락된 경우로 볼 수 있기 때문이다. 따라서 이 「민지 기」의 '정신'이 '보ㅅ내'를 가리키는 것처럼 보인다고 해서, 이 유일례를 근거로 하여 『삼국유사』의 효소왕과 성덕왕의 나이를 불신하거나, 성덕왕이 효소왕의 이복형이라고 주장하는 것은 억측에 지나지 않는다.

오대산에 두 왕자가 가 있었고 장군과 국인들이 모시러 갔을 때 울면서 오지 않으려 한 왕자는 '보ㅅ내태자'이며 와서 즉위한 왕자는 성덕왕이 된 '효명태자'라는 사실은 분명한 것이다. '정신'이 '보ㅅ내'를 가리키는 경우는 이 하나뿐이다. 나머지 '정신'은 모두 '신문'을 가리킨다. 그러므로 여기서 '보ㅅ내'를 가리키는 것처럼 보이는 '정신'은 '정신의 태자'에서 '태자'가 결락된 오류라 할 수밖에 없다.

'정신태자'가 '보ㅅ내태자'이고 그를 '정신대왕'이라고도 불렀다는 것은 논리에 맞지 않는다. 이 「민지 기」를 유일한 논거로 하여 『삼국사기』, 『삼국유사』, 『구당서』, 『신당서』, 『자치통감』의 기록을 모두 잘못된 것으로 보고, 폐비된 김흠돌의 딸인 신문왕의 첫째 왕비가 태자비 시절 세 아들 '보ㅅ내태자', '효명태자', '부군'을 두었다는 통설은 성립할 수 없는 것이다.

3. 「오만 진신」과 「태자 전기」는 허구가 아니다

『삼국유사』의 「오만 진신」과 「태자 전기」는 믿을 수 있는 기록이다. 이상한 곳이 각각 두어 군데씩 있지만 그것은 사소한 것에 지나지 않는다. 그러한 오류를 보상하고도 남을 만큼 엄청나게 중요한 사실을 기록해 둠으로써 <u>역사 연구 자료로서의 말할 수 없이 큰 가치를 가지고 있는 것</u>이 이 기록이다. 이 기록에 대한 검토 기회가 저자에게 왔다는 천운에 감사하며 이 기록의 결점과 사료적 가치를 정리하기로 한다.

「오만 진신」의 오류부터 보면 다음과 같다.

첫째는, 효명태자=성덕왕과 효소왕=효조왕, 효명왕을 혼동하고 있는 것처럼 보인다는 점이다. '孝明(효명)은 孝照(효조)의 와'라고 한 것과 성덕왕에 대하여 '붕어시 나이가 26세였고 재위는 10년이라'는 것이 그것이다. 측천무후의 이름 '照(조)'와 측천자 '曌(조)'를 피휘하면서 이 왕의 시호를 '孝昭王(효소왕)', '孝明王(효명왕)'으로 적은 기록들과 성덕왕의 왕자 시의 이름 '孝明(효명)'을 혼동하고 있었을 수도 있다. 그러나 이때 즉위한 왕이 효명태자였던 성덕왕이 확실하므로 이 관계는 바로 이해할 수 있는 일이다.

둘째는, '淨神王之弟與王爭位[정신왕의 아우가 왕과 왕위를 다투었다].'는 기록이다. 이는 「태자 전기」의 '淨神太子(與)弟副君在新羅爭位誅滅'를 재구성하면서 태자를 누락시킨 결과 나오게 된 오류이다. 「태자 전기」의 이 문장을 제대로 해석하면 '정신(왕)의 태자[효소왕]이 아우인 부군(과) 서라벌에서 왕위를 다투다가 주멸하였다.'가 된다. 그러면 「오만 진신」의 '정신왕'은 '정신왕 태자'가 되어야 하므로 '淨神王之弟與王

爭位'는 '淨神王太子之弟與王爭位'가 되어 '정신왕의 태자[효소왕]의 아우가 (효소)왕과 왕위를 다투었다.'가 된다.

「태자 전기」도 두 가지 오류를 포함하고 있다.

첫째는, 성덕왕의 재위를 20여 년이라 한 것이다. 실제 재위 기간은 35년이다. 그런데 '이 재위 20여 년은 성덕왕이 702년에 즉위하여 705년에 진여원을 개창하였다는 기사에 나오는 재위연대이므로, 원년을 빼고 그 다음 해부터 치면 재위한 지 2년 후라고 써야 하는 것이다.

둘째는, 보ㅅ내태자와 성덕왕이 오대산에 숨어들어간 시기를 잘못 적은 것인데, 그것은 이미 일연선사도 지적한 것이다. 그들은 효소왕 즉위년의 이듬해인 693년 8월 5일에 '원자의 부군 책봉'과 관련하여 입산하였을 것이다. 그런데 「태자 전기」는 그 시기를 자장법사가 오대산에 왔다가 돌아간 시기와 혼동하여 진덕여왕 즉위 2년인 '태화 원년[648년] 8월 5일로' 적고 있다. 이것이 틀렸다는 근거로 일연선사는, '효소왕이 16살로 즉위한 해가 692년이고, 26살로 승하한 해가 702년이며, 이 해에 성덕왕이 22살로 즉위한 것이므로', 태화 원년[648년]은 이로부터 45년 전인 당 나라 태종문무대성 황제 치세에 해당하니, 이는 잘못된 기록이라고 판단하고 있는 것이다. 이를 역으로 이용하여 말하면, 두 왕자의 입산 연대는 648년보다 45년 후인 효소왕의 즉위 시점으로부터 멀지 않은 후라고 볼 수 있다. 648년에 45년을 더하면 693년이 나온다. 현재로서는 693년 8월 5일 두 왕자가 입산하였다고 보는 것이 가장 타당하다.

이리하여 「오만 진신」에는 특이하게 왕들의 나이를 적은 명백한 기록이 있게 된 것이다. 그것을 통하여 우리는 효소왕이 부모가 혼인하기

[683년 5월 7일] 7년 전에 태어난 혼전, 혼외 아들임을 밝힐 수 있었고 그것이 '김흠돌의 모반'의 근본적 원인이라는 것도 밝히게 되었다. 나아가 그것은 「모죽지랑가」, 「찬기파랑가」와 같은 슬픈 향가가 지어진 시대적 배경과, 효성왕의 즉위와 관련하여 지어진 「원가」와 경덕왕 때의 엉망진창인 정사를 비판하는 「안민가」의 창작 배경까지 단칼에 풀어 버렸다. 마치 고르디우스의 매듭을 단칼에 풀어버린 알렉산더의 예리한 검처럼.

「오만 진신」과 「태자 전기」에는 '정신'을 포함한 명사구가 여섯 번 ['정신대왕' 1번, '정신왕' 1번, '정신태자' 2번, '정신' 2번] 나온다. 이 가운데 한문을 정확하게 읽고 누락된 글자들을 다른 문장에 근거하여 찾아내고 나면, '정신'이 '신문왕'을 가리키지 않는 경우는 하나도 없다. 「민지 기」의 '정신태자'도 '정신의 태자'라는 뜻이다. 겉으로 보기에 '보ㅅ내'를 가리키는 것으로 보이는 '정신'도 '정신 태자'에서 '태자'가 결락된 것이다. 그러므로 어떤 '정신'도 '신문왕'을 가리키지 않는 것이 없다. '정신태자=정신대왕=정신왕=보ㅅ내태자'와 같은 주장을 증명할 근거는 아무 데도 없다. 지금 현재 전해 오는 『삼국유사』의 기록을 보면, '「산중 고전」=「태자 전기」 원본'이 먼저 있고 그것을 보고 「오만 진신」을 재구성한 것이 분명하다. 세주를 붙이면서 「고기」에서 말하는 내용이라고 인용하는 것이 모두 「태자 전기」의 내용이기 때문이다. 일연선사는 '「산중 고전」'을 보면서 거기에 살을 붙여 「오만 진신」을 재구성하고 세주를 붙인 것이다. 『삼국유사』에 실을 때 「오만 진신」을 앞에 놓고 「태자 전기」를 뒤에 놓으면서, 「오만 진신」의 내용과 중복되는 부수적 정보를 「태자 전기」에서는 많이 생략한 것이다.

『삼국유사』의 「오만 진신」과 「태자 전기」에서 믿을 수 없는 것은 각각 두 가지씩밖에 없다. 나머지는 다 옳다. 특히 효소왕과 성덕왕의 즉위 시의 나이를 각각 16살, 22살로 증언한 것과 효소왕의 승하 시의 나이를 26살이라 한 것은 움직일 수 없는 진리이다. 일연선사는 어디에서 이 기록을 보았는지 밝히지 않고 있다. 연대야『구당서』,『신당서』,『자치통감』이나 심지어『삼국사기』까지 다 일치하니 의심할 것이 없다. 다만 나이가 문제인데 어디에 효소왕, 성덕왕이 신문왕과 신목왕후가 혼인하기[683년] 전인, 각각 677년과 681년에 태어난 아들이라는 기록이 있는지 궁금하기 짝이 없다.

이것이 저자가『삼국유사』의 「오만 진신」 조와 「태자 전기」 조를 문헌 비판하여 도달한 중간 결론이다.

「오만 진신」, 「태자 전기」에서 불신할 기록과 믿을 기록을 분별하는 안목이 있어야 한다. 「고기」의 '효소왕이 왕위에 오른 692년[임진년]보다 45년 전인 진덕여왕 즉위 2년인 태화 원년[648년]에 성덕왕이 오대산으로 갔다.'라는 기록은 믿을 수 없다. 그러나 그 45년 차이가 나는 기준이 되는 효소왕의 즉위 연대와 나이는 믿을 수 있다. 효소왕은 692년에 16살로 즉위한 것이고 702년에 26살로 승하한 것이다. 그러면 그는 677년에 출생하였다. 신문왕과 김흠운의 딸이 혼인한 683년에 그는 이미 7살이 되어 있었다.54)

---

54) 만약 효소왕이 6살에 즉위하여 16살에 승하하였고, 성덕왕이 12살에 즉위하여 47살에 승하하였다는 것이 증명된다면 저자는 이미 펴낸『향가 모죽지랑가 연구』, 앞으로 펴낼『찬기파랑가의 새로운 이해』와 이 책의 언어학 부분만 제외하고 모두 폐기할 것이다. 그러나 그런 주장은『삼국사기』의 '원자'와 '왕자'를 구분하지 않고 기록을 잘못 읽어 나온 그릇된 추정이므로 진실이 아니다. 진실은『삼국유사』의 효소왕과 보사내태자, 성덕왕이 683년 5월에 혼인한 신문왕과 김흠운의 딸의 혼전, 혼외 아들이라는 것이다. 이 사실이 '김흠돌의 모반'의 근본 원인이며, 화랑 출신 양장현

이것이 '김흠돌의 모반'의 근본 원인이고 통일 신라의 불행이었다. 문무왕에게는 전사한 첫아들이 있었던 것이고, 그 전사한 태종무열왕의 원손의 약혼녀와 둘째 아들 정명 사이에 태어난 장손이 있었던 것이다. 이 장손은 어머니가 정식 태자비가 아니어서 '원손'이 되지 못하고, 항상 부모가 정식 혼인한 뒤에 태어난 원자에게 정통성 면에서 뒤지는 콤플렉스를 가지고 있었다. 『삼국사기』의 모든 기록, 『삼국유사』의 여러 설화들은 이를 암묵적으로 말하고 있다.[55]

태종무열왕, 문무왕과 더불어 목숨을 건 전쟁에서 승리한 대부분의 화랑도 출신 장군들은, 문무왕이 681년 7월 1일에 승하한 후 7월 7일 즉위한 신문왕을 만나서 8월 8일 '김흠돌의 모반'으로 주륙되었다. 「찬기파랑가」의 주인공 기랑[=노화랑] 김군관은 8월 28일 자진하라는 명을 받았다. 그 외에도 죽지랑(竹旨郎)를 포함한 많은 장군들이 권력으로부터 축출되는 비참한 종말을 맞이한다. 그것은 미래에, 신문왕의 후계왕으로 정명태자[=신문왕]와 김흠운의 딸 사이에 677년에 태어난 아들인 이홍을 왕위에 올리고자 하는 세력과, 그것을 반대하고 태자비에서 왕비가 된 김흠돌의 딸이 앞으로 낳을 적통 원자를 왕위에 올리려는 세력의 쟁투였다.

이 싸움으로 왕실 출신 세력과 화랑도 출신 세력 사이에 분열이 생

신들을 절멸시켜 통일 신라를 몰락으로 몰아간 근원적인 불효, 불인, 부도덕함이며, 「모죽지랑가」, 「찬기파랑가」가 풍기는 슬프고도 애상적인 정서와 억울한 죽음의 그늘을 해명하는 핵심 열쇠이다. 이제 후손들이 할 일은 신문왕의 이 일이 삼국 통일을 이룬 화랑도 출신 양장현신들을 살육하여 통일 신라를 멸망으로 몰고 간 원죄가 되었다고 기록하는 일이다.

55) 그러나 필사본『화랑세기』는 드러내어 놓고 이 사실을 적고 있다. 그 기록이 진서『화랑세기』를 보고 베낀 것인지, 박창화의 상상력으로부터 나온 창의적인 허구인지는 아직 모를 일이다.

겨, 서로 반목하고 싸운 결과 신라 중대는 종말을 맞이하게 된다. '김유신의 유언', 「만파식적」, 설총의 「화왕계」가 말하는 '초기에 잘 하지 않는 왕이 드물고 후기에 잘 하는 왕이 드물며, 두 손바닥이 마주쳐야 소리가 나듯이 두 대나무도 합쳐야 소리가 나고, 장미꽃 같은 간사한 신하를 가까이 하지 않는 왕이 드물고 할미꽃 같은 충직한 노신을 가까이 하는 왕이 드물다.'는 충언이 암시하듯이 최악의 정쟁으로 치달은 것이다. 태종무열왕, 신라의 이성(二聖) 문무왕과 김유신이 협력하여 이룬 통일 신라의 기반은 손자 하나가 잘못 태어남으로써 이렇게 허망하게 무너졌다. 신문왕은 도덕성에서 문제가 있는 인물이었고 그러한 아버지의 아들인 효소왕, 성덕왕도 그 굴레를 벗어날 수 없었다. 도덕성 결여는 백성의 존경을 받을 수 없었고 선량한 통치를 할 수 없었다.56)

그러나 개인 차원에서 보면 태종무열왕의 딸인 김흠운의 부인 요석 공주가, 자신의 딸이 정명태자와의 혼전, 혼외 관계에서 낳은 이홍을 후계자로 하기 위하여 자의왕후와 함께 지방의 군대[자의왕후의 제부인 김오기의 군대이다. 북원 소경에 주둔하고 있었다.]를 동원하여 시숙인 김흠돌의 딸인 왕비를 폐비시키는 과정이 '김흠돌의 모반'의 실상이다. 물론 김흠돌 측에서 새로 즉위한 신문왕의 행위에 분개하여 반란을 일으키려 한 측면도 있다.

681년 8월 김흠돌, 김군관, 흥원, 진공 등을 죽인 뒤에 첫째 왕비를

---

56) 백성들이 신뢰하지 않고 존경하지 않는 통치 집단은 자신들의 탐욕을 채우기 위하여 가렴주구(苛斂誅求)할 탐관오리들을 기용하여 백성들을 수탈함으로써 스스로 자신들의 무덤을 판다. 왕실이 부와 사치를 추구하고 고위층과 부유한 자들이 탐욕에 젖어 백성들을 쥐어짜면 민심은 이반하고 국가를 떠받치고 있는 기반 세력은 무너지게 되어 있다. 경덕왕 24년[675년] 3월 3일에 「안민가」가 창작되고 헌강왕대[875~886년]에 「처용가」가 지어진 정치, 사회적 배경이 이것이다. 가장 경계해야 할 일이 부익부 빈익빈이 초래되는 방만한 제도이다.

쫓아낸 신문왕은 683년 5월 7일 자신과의 사이에 이홍[677년생], 보ㅅ내[679년생?], 효명[681년생]의 세 아들을 두고 있는 고종사촌 누이 김흠운의 딸을 두 번째 왕비로 맞이하였고, '신문왕의 원자'는 687년 2월에 이 정식으로 혼인한 왕비에게서 태어났다. 그러나 691년 3월 1일 요석공주의 영향 아래 이 원자를 제치고 '왕자 이홍'을 태자로 봉했으며 692년에 신문왕이 승하하자 태자 이홍이 효소왕으로 즉위하였다. 그 후 보ㅅ내, 효명 두 왕자는 하서부[명주] 지역으로 가서 하룻밤 자고 이튿날 대령[진고개]를 넘어 성오평에서 며칠 유완하다가 693년 8월 5일에 남 몰래 오대산으로 숨어들었다. 효소왕이 즉위한 후 『삼국사기』에 의하면 아들이 없어서[딸은 692년 후반기의 일을 적은 「혜통항룡」 조에 왕녀로 등장한다.] 원자를 부군으로 세워 태자 역할을 하게 한 시기와 관련될 것이다.

그런데 696년에 효소왕의 왕자 수충이 태어났다. 700년 5월 이 수충을 태자로 삼으려는 움직임에 원자를 지지하는 세력이 '경영의 모반'을 일으켰다. 주모자 경영은 이때 14세인 원자의 처가 쪽 인물이었을 가능성이 크다. 이 모반은 효소왕을 폐위시키고 부군을 즉위시키려는 움직임이었을 것이다. 6월 1일 신목왕후가 사망하였다. 국인들[신목왕후의 어머니를 포함한 그의 형제들이 중심일 듯함]은 이에 경영을 죽이고 원자를 부군에서 폐하였다. 이에 연좌된 순원도 중시 직에서 파면하였다.

702년 7월 효소왕이 승하하자 오대산에 가 있던 두 왕자를 모셔오려 하였다. 오대산에서 수도 생활을 하던 보ㅅ내, 효명 두 왕자 가운데 보ㅅ내태자는 오지 않고 효명태자가 와서 성덕왕으로 즉위하였다. 이 성덕왕이 즉위 만 2년이 지난 705년[신룡 원년, 측천후 말년] 3월 초에 자

신이 수도하던 암자 터에 진여원을 다시 지었다. 그 터 위에 상원사가
세워졌다. 이것이 '오대산 진여원 개창'과 관련된 기록의 전모이다.

〈**오대산 적멸보궁**. 상원사 위에 있다. 효명태자가 수도하던 북대에 가깝다.
사진은 월정사 부주지 원행 스님이 보내 주었다.〉

「모죽지랑가」, 「찬기파랑가」가 실려 있는 「효소왕대 죽지랑」, 「경덕
왕 충담사 표훈대덕」 조는 『삼국유사』 권 제2 「기이2」에 있다. 이 노래
들은 국가 '흥망성쇠'와 관련된 것이다. 「모죽지랑가」, 「찬기파랑가」 시
대의 흥망성쇠는 681년 '김흠돌의 모반', 700년 5월의 '경영의 모반'과
관련되어 있다. 이 노래들이 『삼국유사』 권 제2 「기이 제2」에 있는 것
은, 이러한 역사의 흐름이 「모죽지랑가」, 「찬기파랑가」가 함의하고 있
는 시대적 고뇌를 해석하는 데에 필히 반영되어야 함을 말해 주는 것이
다. 이 두 노래는 각각 죽지와 김군관의 죽음과 관련하여 지어졌다. 그

러므로 이러한 역사의 흐름을 시대적 배경으로 하지 않으면 시의 의미가, 지금의 모든 해석들처럼 구체성을 띠지 못하는 막연한 추모와 찬양으로 오해될 우려가 있다. 향가에 대한 어떤 문학적 연구도 역사적 현실에 밀착하여 이 시들의 의미를 설명한 것이 없다. 모두 헛일을 한 것이다. 시인은 간절히 하고 싶은 말이 있을 때 자신도 모르게 피를 토하는 언어를 구사한다. 득오와 충담사, 두 시인은 그 시대의 폭풍우 같은 역사의 흐름에 휩쓸려 한 사람은 억울하게, 또 한 사람은 쓸쓸하게 이승을 떠난 위대한 두 장군의 행적을 1300여 년이 지난 오늘날까지 우리에게 전해 주고 있다.

이에 비하여 「원가」는 『삼국유사』 권 제5 「피은 제6」 「신충 괘관」 조에 들어 있다. 그것은 「신충 괘관」 조를 '신충이 괘관하고 피세하였다.'고 적은 『삼국사』의 기록 내용에 따라 「피은」 편으로 분류하였기 때문이다. 그러나 같은 「신충 괘관」 조에 피세한 것은 이준{이순}이라고 되어 있다. 그러므로 이 책에서 논의한 대로 신충은 피세한 적이 없다. 「원가」는 내용상으로 「피은」 편에 들어가면 안 된다. 「원가」는 피세, 은둔 그런 것을 노래한 시가 아니다. 이 노래는 효성왕과 경덕왕을 두고 벌인 왕위 쟁탈전을 배경으로 하는 정략가이다.

요석공주가 선택한 셋째 외손자 성덕왕의 왕비였던 엄정왕후는 720년을 얼마 앞둔 시점에 사망하였다. 사망하지 않았으면 비궁에 유폐되었을 것이다. 요석공주도 그 즈음에 사망하였을 것이다. 720년 3월에 김순원의 딸인 소덕왕후가 계비로 들어오는 것이 이를 말해 준다. 엄정왕후의 아들인 승경은 태자로 봉해졌지만 성덕왕의 새 왕비 소덕왕후 소생인 헌영과 치열한 왕위 계승전을 벌여야 하였다. 소덕왕후의 친정은 자의왕후의 친정으로 자의왕후의 동생인 김순원, 그리고 그의 아들, 손자들에 이르기까지 오랜 기간 왕의 처가로서 권력을 유지한 것으로 보인다. 이 왕위 쟁탈전에서 처음 태자 승경을 지지하여 효성왕이 즉위하는 데 공을 세웠으나 충분한 보상을 받지 못한 신충이 도로 헌영을 지지하는 세력과 손잡으려는 의도를 표현한 것이 이 「원가」의 내용이다.

4. 성덕왕의 선비 엄정왕후와 후비 소덕왕후

이제 성덕왕의 혼인 관계를 살펴보기로 한다. 성덕왕은 702년 즉위하여 (25a)에서 보듯이 704년 5월에 혼인하였다.

> (25) a. 3년[704년] 여름 5월에 승부령 소판*{ *구본에는 반이라 했는데 이번에 바로 잡았다*}* 김원태의 딸을 들여 왕비로 삼았다 [夏五月 納乘府令蘇判*{*舊本作叛 今校正*}*金元泰之女爲妃].
>   b. 성덕왕 19년[720년] 3월 이찬 순원의 딸을 들여 왕비로 삼았다[三月 納伊飡順元之女爲王妃]. 6월 왕비를 책립하여 왕후로 삼았다[六月 冊王妃爲王后]. <『삼국사기』 권 제8 「신라본기 제8」 「성덕왕」>

성덕왕은 704년 봄 요석공주가 선택하였을 아간 김원태의 딸 엄정왕후와 혼인하였다. 이것이 매우 중요하다. 김원태는, 최종 관등은 소판[3등관위명]이지만 왕의 장인이 될 때는 아마도 아간[6등관위명]이었을 것이다. 『삼국유사』 권 제1 「왕력」에는 '아간'으로 되어 있다. 요석공주는 성덕왕의 왕비를 세력이 좀 약한 쪽에서 선택한 것이다. 왕비 집안에 외손자를 빼앗기고 싶지 않았을 것이다.

이후 엄정왕후가 어떻게 되었는지에 관한 기록은 없이 성덕왕은 720년 3월 (25b)에서 보듯이 이찬 순원의 딸을 왕비로 들이고 6월에 왕후로 책립하였다. 이 왕후가 소덕왕후이다. 이 일은 그 사이에 상당한 정치적 변화가 있었음을 암시한다.

김순원은 700년 5월 '경영의 모반' 때에 그에 연좌되어 중시에서 파면된 사람이다. 이 반란으로 딸 신목왕후를 잃고 또 2년 후에 첫 외손자 효소왕을 잃은 요석공주는 그를 곱게 보지 않았을 것이다. 그들은 정적 관계에 있는 것으로 보인다.

소덕왕후와 성덕왕의 혼인은, 720년의 이 혼인이 있기 전에 엄정왕후와 요석공주가 사망하였음을 뜻한다. 엄정왕후를 폐비시켰다는 기록은 없다. 그러므로 새 왕비가 들어오려면 일단 왕비 자리가 공석이라야 한다. 그리고 순원의 딸이 왕비로 선택되었다는 것은 요석공주의 반대가 없었다는 것을 전제로 한다. 요석공주가 사망하였다고 할 수밖에 없다. 655년 1월 남편 김흠운이 양산 아래 전투에서 전사하였을 때 요석공주가 20세 정도였다면, 720년에는 85세 정도 되었을 것이다. 소덕왕후가 새로 들어오는 이 시점 직전에 요석공주는 사망하였을 것이다.

『삼국유사』에 의하면, 성덕왕의 첫째 왕비 엄정왕후의 아버지 김원태가 아간[6등관위명]임에 비하여, 둘째 왕비 소덕왕후의 아버지 김순원은 각간[1등관위명]이다. 『삼국사기』에 의하면 김원태는 소판[3등관위명]이고 김순원은 이찬[2등관위명]이다. 순원의 집안은 거의 최고의 세력을 가진 집안으로 보인다. 이 집안은 자의왕후의 친정 집안이다. 즉, 문무왕의 처가이고 신문왕의 외가인 것이다. 요석공주가 고른 왕비 집안 기준보다 더 큰 세력을 가진 집안이다. 요석공주가 살아 있었다면 이런 선택이 이루어지지는 않았을 것이다.

신문왕의 장모이면서 고모인 요석공주는, 태종무열왕의 처가인 김유신 집안의 권세를 지켜보았고, 그 이후 문무왕의 처가인 자의왕후의 친정 집안의 권세를 겪으면서 살아왔다. 올케인 자의왕후와 손잡고 문명왕후의 후광을 업고 있던 김유신의 사위 김흠돌 세력을 꺾은 것이 681년 8월의 '김흠돌의 모반'이다.57) 그 후로 사위 신문왕이 왕위에 오르고 딸 신목왕후를 통하여 요석공주가 권력을 행사하면서 가장 큰 저항 세력이 자의왕후의 친정 집안이었을 것이다. 691년 3월, 15살인 첫 외손자 이홍을 태자로 책봉하려 했을 때 자의왕후의 친정 동생인 김순원은 5살{혹은 8살}인 넷째 외손자 원자를 태자로 책봉해야 한다고 맞섰다. 겨우 타협하여 692년 7월 태자 이홍의 즉위 시에 원자를 부군으로 책봉함으로써 이 갈등을 미봉하였다.

그러나 696년 효소왕과 성정왕후 사이에서 왕자 수충이 태어나자 원자를 지지하는 세력들은 700년 5월 '경영의 모반'을 일으켰다. 이 반란의 주모자는 경영이고 여기에 중시 김순원이 연좌되었다. 요석공주는 경영을 죽이고 순원을 중시에서 파면하였다. 그리고 원자인 넷째 외손자를 부군으로부터 폐위하였다.

이 반란으로 700년 6월 1일 딸 신목왕후가 사망하였다. 그로부터 2

---

57) '김흠돌의 모반'을 진압한 군대는 자의왕후의 동생 운명의 남편인 김오기가 북원 소경{원쥐에서 거느리고 온 전방 군대이다. 그러므로 이 모반은 자의왕후의 친정 세력이 자의왕후의 시어머니 문명왕후의 친정 세력을 꺾은 것으로 보아야 한다.

년 후 702년에 첫째 외손자 효소왕이 26세로 승하하였다. 효소왕에게는 7살짜리 아들 수충이 있었다. 이때 요석공주는 넷째 외손자도, 첫째 외증손자 수충도 이 난국을 타개해 갈 수 없다고 판단하였다. 그리하여 선택한 것이 오대산에 보내어 중이 되게 한 22세의 융기[=흥광=효명태자]였다. 그를 데려와서 성덕왕으로 즉위시켰다.

이미 선대의 두 왕비 집안이 떨치는 위세를 경험한 요석공주는 704년 성덕왕의 왕비를 간택할 때, 자의왕후의 친정인 김순원 집안과 문명왕후의 친정인 김유신 집안, 이 두 집안을 피하여 그보다 힘이 약한 집안에서 엄정왕후를 선택해 왔을 가능성이 크다. 그런데 이것이 외손자들, 외증손자들의 삶을 불행으로 몰아간 단초가 된 것으로 보인다. 힘없는 처가나 외가를 가진 왕들의 운명은 결코 순탄하지 못하였다.[58]

혼인한 704년으로부터 720년 새 왕비가 들어오기 전까지 시할머니도[자의왕후], 시어머니[신목왕후]도 없는 왕실에서 엄정왕후는 남편의 외할머니 요석공주의 절대적인 영향 아래 행복하게 살았을 것이다. 왕자는 몇 명이나 낳았을까? 스님이 되었다가 환속하여 왕이 된 성덕왕도 속세의 덧없는 물거품 같은 짧은 행복을 누렸을까? 제행무상(諸行無常)인 것을. 그렇게 오대산에서 되뇌이던 제행무상을 깨닫지 못하고 또 다시 속세의 이전투구(泥田鬪狗) 같은 권력 다툼에 휘말려 들었다.

---

58) 이것을 거슬러 생각해 보면 16세에 왕위에 오른 효소왕의 혼사 문제도 만만하지 않았을 것으로 보인다. 지금까지 효소왕의 혼인 문제는 베일에 가려 있다. 효소왕에게는 앞에서 『삼국유사』 권 제5 「신주 제6」 「혜통항룡」에서 본 대로 692년에 이미 왕녀가 있었다. 이 왕녀가 정식 왕비의 딸이라는 보장은 없다. 그러나 26세에 승하한 한창 나이의 청년 왕이 혼인을 하지 않았다는 것은 이해가 안 된다. 그는 혼인했을 것이다. 그도 왕비 선택에 어려움을 겪었을 것이다. 이 혼인에 불만을 가진 세력이 모반을 획책한 것이 '경영의 모반'일 수도 있다.

저 행복이, 정상적이 아닌 저 행복이 순간일 뿐이라는 것을 알고 그 것을 질시하고, 그것이 부당한 행복임을 탓하는 세력이 있었다. 그 부당 한 행복은, 신문왕 정명이 즉위하면서 일으킨 681년 8월의 '김흠돌의 모반'이라는 이름의 궁정 유혈 정변으로부터 출발한다. 신문왕은 숱한 인명을 해치고 김흠돌의 세력을 거세하였다. 신문왕은 고모 요석공주와 김흠운의 딸이며, 형 소명전군의 약혼녀인 고종사촌 누이를 증(烝)하여 낳은 아들인 이홍이라는 원죄 때문에, 장인을 죽이고 첫 왕비를 폐한 후 고종사촌 누이를 새 왕비로 맞이하였다.

그 이면에는 성덕왕의 할머니 자의왕후와 외할머니 요석공주가 있었 다. 자의왕후가 먼저 이승을 떠나고 신문왕도 승하한 후에는 요석공주 가 실권자였다. 요석공주는 신문왕의 원자가 있는데도 불구하고 혼전, 혼외 출생의 이홍에게 왕위를 물려주게 하고, 또 효소왕이 사망한 후에 는 다시 원자를 제치고, 또 효소왕의 아들 김수충도 제치고 오대산에 들어가 스님이 되어 있던 셋째 외손자 효명을 데려와서 성덕왕으로 즉 위시켰다.

저 불의한 권력, 국인이라는 이름으로 역사에 기록되어 있는 요석공 주의 세력이 누리는 행복. 그것을 질시하는 세력이 있었다. 그들이라고 정의의 편에 서서 이 불의한 권력에 맞섰겠는가? 그들도 요석공주와 맞 서서 자신들의 세력을 확대하고 권세를 누리기 위하여 정쟁을 벌인 것 일 뿐이다. 그들은 요석공주의 사망만 기다렸다고 할 수 있다.

성덕왕은 엄정왕후와의 관계가 불투명한 채로 720년 3월 김순원의 딸 소덕왕후를 새 왕비로 맞이하였다. 어머니 신목왕후가 '경영의 모반' 으로 숨졌으므로 성덕왕은 그 모반에 연좌되어 파면된 김순원에게 호감을 가졌을 리가 없다. 아마도 울며 겨자 먹기로 세에 밀려서 새 왕비를 맞이하였을 것이다. 김순원은 요석공주 사후 신라 중대 최대의 권력자로서 향가 「원가」는 그를 제외하고는 설명될 수 없다. 720년 성덕왕의 재혼은, 700년 5월의 '경영의 모반'에서 신문왕의 원자를 편들었다는 이유로 중시에서 파면되어 요석공주와 대척점에 서서 정적이 되었던 김순원이, 717년에서 719년 사이쯤으로 추정되는 요석공주의 사망 시점 후 정권을 탈환하여 처절한 복수를 시작하는 시점이다. 그래도 그 복수는 요석공주에 협력하여 권세를 누렸던 세력에게 그쳤을 수도 있다. 요석공주의 외손자인 성덕왕을 사위로 삼고, 또 외증손자인 효성왕을 손서(孫壻)로 삼으려 하기까지 한 것이다. 김순원은 왕들을 모두 집안의 사위로 삼음으로써 자신의 일가의 권력을 공고히 하려 하였다. 이 선에서 잘 마무리되었으면 좋았을 것이다.

성덕왕이 살아 있는 동안은 큰 문제가 없었다. 724년 봄에 승경이 태자로 책봉되고 12월 소덕왕후가 사망하였다. 그 후로 특이 사항은 없다. 태자 승경과 소덕왕후의 소생 사이에 왕위 계승의 물밑 경쟁은 있었을 것이다. 저자의 추정대로 효성왕 승경이 소덕왕후의 친아들이 아니고 김원태의 딸 엄정왕후의 아들이라면 이 물밑 경쟁은 만만한 것이 아니다.

승경은 720년 3월에 들어온 계모 소덕왕후와 사이가 좋았을 리가 없다. 그런데 그 소덕왕후가 이복아우 헌영을 낳았다. 아버지 성덕왕을 탓해야 하지만 어쩔 수 없다. 태자 승경과 헌영 사이에 치열한 왕위 계승전이 벌어질 수밖에 없다. 이 경쟁에서 이기기 위하여 태자 승경은 가장 강력한 힘을 가진 신충에게 맹약을 하였다. 약속은 '즉위 후에 경을 아름다이 여기겠다[多].'는 것이었다.

　그러나 성덕왕 사후 문제가 달라졌다. 신충은 그 약속을 믿고 태자를 지지하기로 하였다. 그리고 태자 승경은 신충에게 애원하여 '도움을 받아' 737년 2월 성덕왕 사후 겨우 즉위하였다. 그런데 그 약속은 지켜지기 어려운 것이었다. 태자 승경의 즉위를 반대하는 세력, 즉 헌영을 지지하는 세력의 힘이 너무 컸다. <u>이 두 왕자의 왕위를 둔 비극적 다툼을 배경으로 하여 「원가」가 창작되었다.</u>

　『삼국유사』 권 제1 「왕력」은 성덕왕의 이 두 왕비에 대하여 (26)과 같이 적어 아주 간명하게 저간의 사정을 알 수 있게 해 준다.

> (26) 제33 성덕왕, 이름은 흥광이다[第三十三 聖德王 名興光]. 본명은 융기이다[本名 隆基]. 효소왕의 동모제이다[孝昭之母弟也]. <u>선비는 배소왕후이다[先妃陪昭王后]. 시호는 엄정이다[諡嚴貞]. 원태아간의 딸이다[元太阿干之女也]. 후비는 점물왕후이다[後妃占勿王后]. 시호는 소덕이다[諡炤德]. 순원 각간의 딸이다[順元角干之女].</u> <『삼국유사』 권 제1 「왕력」>

　성덕왕의 첫 번째 왕비는 '아간 김원태'의 딸인 엄정왕후이고, 두 번째 왕비는 '각간 김순원'의 딸인 소덕왕후인 것이다. 순원이 이찬에서 각간으로 관등이 오른 것이다. 더 이상 군소리 할 필요가 없다. <u>아간과 각간은 하늘과 땅 만큼 거리가 먼 관등이다.</u>

　『삼국유사』를 믿지 않고, 『삼국사기』만 보면 이 간명한 진실을 전혀 이해할 수 없게 되어 있다. 더욱이 "성정*{ 일운 엄정}*왕후를 내보내었다."는 『삼국사기』의 불필요한 주 기록은 쓸 데 없는 혼란을 불러오기만 하였다. 그래서 지금까지의 신라 중대 정치사 연구가 저 모양이다. 이와는 반대로 『삼국유사』를 뜬 구름 잡듯이 읽고, 『삼국사기』의 관련 기록과 연결하여 과학적으로 탐구하려 하지 않은 이 시기의 향가들에 대한 문학적 연구 또한 저 모양이다. (26)에는 성정왕후가 성덕왕의 왕후라는 흔적이 전혀 없다. 누가 보아도 성정왕후를 효소왕의 왕비라고 볼 수 있게 되어 있다.[59]

5. 무상선사는 신문왕의 원자 김사종이다

725년 후의 성덕왕 후반기의 『삼국사기』 기록에는 놀라운 사실들이 기록되어 있다. (27a)에는 왕제 김근{흠}질(金釿{欽}質)이 있다. (27b)에는 왕제 '김사종(金嗣宗)'이 있다. 성덕왕의 아우로서 당 나라에 사신으로 간 두 사람이 역사에 이름을 남기고 있는 것이다. 성덕왕은 681년생이다. 그러면 그의 아우인 김근질과 김사종이 같은 어머니에게서 난 형제라면 그들은 683년 이후에 출생한 왕자들이다. 그런데 683년은 신문왕과 신목왕후가 혼인한 해이다. 그리고 『삼국사기』에는 687년 2월에 '원자생(元子生)'이라고 기록되어 있다.

(27) a. 성덕왕 25년[726년] 여름 4월 김충신을 당에 파견하여 하정

---

59) '성정왕후가 효소왕의 왕비일 것이라.'는 이 추정은 앞으로 깊이 논의되어야 한다. 특히 『삼국유사』 「왕력」이 「효소왕」 조에 왜 그 정보를 적지 않았는지 이상하다. 그렇지만 「혜통항룡」 조에 등장하는 효소왕의 '왕녀'와 김교각 스님이 된 왕자 김수충의 존재를 해명하기 위해서는 이 논제가 매우 중요한 것이다.

하였다[二十五年 夏四月 遣金忠臣入唐賀正]. 5월 왕의 아우 김근*{『책부원구』에는 흠이다}*질을 당으로 파견하여 조공하니, 당에서는 낭장 벼슬을 주어 돌려보내었다[五月 遣王弟金釿*{冊府元龜作欽}*質入唐朝貢 授郞將還之].

b. 27년[728년] 가을 7월 왕의 아우 김사종을 당에 보내어 방물을 바치고 겸하여 자제가 국학에 입학할 것을 청하는 표를 올렸다[二十七年 秋七月 遣王弟金嗣宗 入唐獻方物 兼表請子弟入國學]. (당 현종은) 조칙을 내려 허락하고, 사종에게 과의 벼슬을 주어 머물러 숙위하게 하였다[詔許之 授嗣宗果毅 仍留宿衛].

c. 32년[733년] 겨울 12월 왕의 조카 지렴을 당에 파견하여 사은하였다[冬十二月 遣王姪志廉朝唐謝恩]. — (이때 당 현종은) 지렴을 내전으로 불러 향연을 베풀고 속백을 하사하였다[詔饗志廉內殿 賜以束帛].

<『삼국사기』 권 제8 「신라본기 제8」 「성덕왕」>

　　출생 기록만 남기고 692년에 동복 혼외형 이홍[효소왕]에게 왕위를 내어주고, 다시 702년에 오대산에서 온 형 효명[성덕왕]에게 왕위를 넘겨준 그 원자는 누구일까? 현재 이름이 남은 성덕왕의 아우 가운데에서 그 원자를 찾으려면 김근질, 김사종 가운데 한 사람을 선택할 수밖에 없다. 둘 모두 성덕왕의 아우[王弟]로 적혔으므로 신문왕의 왕자들임에 틀림없다. 이 성덕왕의 두 아우 가운데 신문왕과 신목왕후가 정식으로 혼인한 후에 처음 태어난 신문왕의 '원자'가 들어 있다. 이 두 사람 가운데 누가 원자일까? 왕자는 둘인데 '태어난 기록'은 하나뿐이다.

　　일반적으로 원자 출생 사실은 적었고 왕자 출생 기록은 적지 않는 것일까? 그렇지 않다. 『삼국사기』에 왕자든 원자든, 출생 사실이 적힌 경우는 극히 드물다. '원자생(元子生)'이라는 기록은 『삼국사기』 전체를 통틀어 687년 2월의 이 기록뿐이다.[60] 그러나 이 희한한 기록은 신빙성이 떨어진다. 신문왕과 신목왕후는 혼인하기 전인 677년에 이홍, 679(?)년에 보ㅅ내, 681년에 효명, 두 살 터울로 줄줄이 아이를 낳았다. 그런데 이 부부가 683년 5월 7일에 정식으로 혼인하고 나서는 687년 2월에 가서야 첫 아이가 태어났다는 것은 합리적이지 않다. 684년쯤에 한 아이가 태어나야 정상적이다. 만약 684년에 태어난 아들이 있었다면 그 왕자가 정식 혼인 관계에서 태어난 맏아들이므로 그가 '원자'이다. 자, 이제 그 원자가 김근질과 김사종 가운데 누구인지 추정해 보자.

먼저, (27a)의 726년에 당 나라에 간 '김근{흠}질'의 경우를 따져 보자. 그는 낭장 벼슬을 받고 귀국하였다. 당 나라에 머무르지 않고 귀국하였다는 것이 중요하다. 그가 만약 원자이고 귀국하였다면 그는 성덕왕 사후의 왕위 계승전에 후보가 된다. 형이 죽으면 그 아우 가운데 정통성을 갖춘 원자가 조카들을 제치고 왕위에 오를 수 있을 것이기 때문이다. 그런데 이후의 신라사에서 왕위 계승전은 김수충과, 김승경, 그리고 김헌영 사이에 벌어진다. 김근질은 그 후에 신라 역사 기록에서 사라졌다. 그러면 그가 다시 당 나라로 갔을까? 그럴 가능성도 있다. 그러나 그 증거는 아직 없다. 김근질에 대한 논의는 여기서 막힌다.

그러나 성덕왕의 아우 김근질이 신문왕과 신목왕후 사이에서 태어났다면 그는 중요한 문제를 제기한다. 그 문제는 바로『삼국사기』의 이 '687년 2월 원자생'이라는 기록이 오류일 수 있다는 것이다. 그는『삼

---

60) 신라에는 기록에 남은 원자가 셋뿐이다. 법흥왕, 문무왕, 그리고 이 신문왕의 원자이다. 법흥왕과 문무왕의 출생 사실은 기록되어 있지 않다. 왕자 출생도, 기다리고 기다려서 태어난 혜공왕 건운의 출생을 제외하고 나머지는 거의 볼 수 없다.

국사기』의 이 기록이 틀렸음을 증언하는 인물이다.

그 다음 (27b)의 김사종에 대해서 따져 보자. 그는 이름이 특이하다. '사종[宗統(종통)을 물려받다]', 이 이름을 아무에게나 붙일 수는 없다. 이 김사종이 신문왕의 원자일 가능성이 크다. 김사종은 과의(果毅)[당 나라 관등 종6품]를 받았고 머물러 숙위하였다. 그는 신라로 돌아가지 않았으므로 성덕왕 사후의 왕위 계승전의 후보로 거론되지 않았다. 여기서 그가 원자일 것이라는 심증을 가질 수 있다. 그러나 심증은 심증일 뿐이다. 그런데 물증이라 할 만한 것이 없는 것은 아니다. 김근질이 726년에 당 나라에 갔음에 비하여 그는 728년에 당 나라에 갔다. 이 상태에서 우리는 좀 벗어난 논의로 빠져들 필요가 있다. 물증이 되는 '728년에 당 나라에 갔다.'는 기록이 다른 데도 있기 때문이다. 728년에 당 나라에 간 신라 왕자 기록이 다른 일과 관련하여 또 있다.

중국 사천성(四川省) 성도(成都)에는 정중사 터가 있고 문수원이 있다. 이곳은 8세기에 당 나라에서 정중종(淨衆宗)을 창시한 신라 왕자 김 무상(無相) 선사(禪師)가 수행한 곳이다. 정중 무상선사는 중국 측 기록에 의하면, 684년생으로 45세인 728년에 당 나라에 와서 장안에서 당 현종을 만났다. 그 후 서쪽 변경의 감숙성 등지에서 수행하였는데, 그 수행이 매우 고행에 찬 것이어서 무덤 사이에서 수행하기도 하고 그 모습이 워낙 초라하여 사냥꾼이 짐승으로 오인하고 화살을 쏘기도 하였다고 한다. '안사의 난'으로 성도로 피난 온 현종이 불러서 다시 만났고, 현종은 무상선사를 성도의 정중사에 주석하도록 하였다. 거기서 수도하여 정중종을 창시하고 79세인 726년에 열반에 들었다.

이 무상선사는 김사종일까? 혹시 김근질이 신라로 돌아갔다가 다시 당 나라로 온 것일까? 그에 대한 답은 김사종이 이 정중 무상선사라는 것이다. 그 근거는 다음과 같다.

첫째 증거는 중국 측 기록에 무상선사도 728년에 당 나라에 왔다고 되어 있고, 『삼국사기』에 김사종도 728년 7월에 당 나라로 떠났다고 되어 있다. 이것으로도 무상선사가 김사종임을 확증하고도 남는다.

둘째 증거는 그가 신라로 돌아오지 않고 당 나라에 머물렀다는 점이다. 김사종은 과의(果毅)[당 나라 관등 종6품]을 받았고 머물러 숙위하였다. 김근질은 낭장을 받고 신라로 돌아왔다.

셋째 증거는 그의 아들의 문제이다. (27b)에서 보면 김사종이 728년 당 나라 현종을 만나서 자제의 당 나라 국학 입학을 청하였고 황제는 이를 허락하였다고 되어 있다. 그런데 (27c)에는 733년 12월 왕질(王姪) 김지렴(金志廉)이 사신으로 당 나라에 갔다. 그를 당 현종은 내전으로 불러 향연을 베풀고 속백을 주었다. 이 성덕왕의 조카가 누구일까? 다시 신문왕의 아들들을 살펴보기로 한다. 성덕왕의 첫째 형 효소왕은 무자하였다(?)고 하지만 앞에서 본 대로 수충이 그의 아들이다. 이 지렴이 효소왕의 아들은 아닐 것이다. 둘째 형 보천은 오대산에서 중으로 일생을 마쳤다. 지렴이 그의 아들도 아닐 것이다. 그 다음의 신문왕의 아들은 687년(?)에 태어났다고 적힌 원자이다. 그 원자가 사종이라면, 이 지렴은 사종의 아들일 확률이 매우 높다. 김근질의 아들일 수도 있지만 그보다는 사종의 아들일 가능성이 훨씬 높다. 사종이 자제의 당 국학 입학을 요청하였고 현종이 이를 허락하여 사종의 아들 지렴이 아버지 김사종을 찾아 당 나라에 간 것이다.

이제 두 사람의 왕자, 김근질과 김사종 가운데 누가 무상선사인가 하는 것은 정해졌다. 김사종이 무상선사이다. 그런데 그 김사종은 684년에 태어나서 728년 45세에 당 나라에 갔고 79세인 762년에 열반하였다. 조금도 착오 없이 적혀 있다. 그가 684년생이 아니라고 할 근거는 아무 데도 없다.

그러나 문제의 사서 『삼국사기』는 687년 2월에 '원자생'이라고 생뚱맞게 적고 있다. 이것이 옳으면 무상선사는 원자가 아니다. 684년과 687년 중에 어느 것이 신문왕의 원자의 출생년도인가? 저 앞에서 성덕왕이 681년생이므로 신문왕과 신목왕후가 혼인한 683년 5월 이후 684년경에 또 한 왕자가 태어나는 것이 정상적이라고 하였다. 그런데 지금 무상선사가 말한 것에 토대를 두었을 중국 측 기록이 '무상선사가 684년에 태어났다.'고 하고 있다. 이제 <u>684년에 태어났을 법한</u> '원자'와 <u>687년 2월에 태어났다고 기록된</u> '원자' 사이에 누가 진정한 원자인가 하는 문제가 제기된다. 출생에 별 하자가 없는 한 더 먼저 태어난 684년생 무상선사 김사종이 신문왕의 원자이다.[61] 『삼국사기』에 '원자생'을 넣으려면 684년 조에 넣었어야 옳다. 그러면 그는 효소왕, 보스내, 성덕왕에 이어 신문왕의 네 번째 아들이다. 누가 틀렸는가? 『삼국사기』가 틀렸다. 『삼국사기』가 여기서 또 실수를 한 것이다.

『삼국사기』 권 제8 「신라본기 제8」 「신문왕」 조에 왜 이런 오류가 생겼을까? 그에 대한 답을 추측해 보고 싶은 유혹을 느낀다. 그것이 국문학과에서 평생을 보낸 사람이 가진 병이다. 국문학과 선생은 있는 기록을 그대로 옮겨 적는 것을 싫어한다. 조금만 이상하면 상상을 한다. 그런데 이렇게 아주 이상한 문제에 상상을 아니 할 수 없다. 왜 그랬을

---

61) 그러나 김사종이 신목왕후의 소생이 아니고 후궁의 소생이라면 현재대로의 『삼국사기』의 기록이 옳다.

까? 일부러 무엇을 감추기 위하여 그렇게 적었을까? 아닐 것이다. 감출
것이 없다. 모르고 그랬을까? 그럴 것이다. 신라의 역사에 관하여 잘 모
르면서 중국의 사서들을 이것저것 가져다 놓고 짜깁기 하다가 실수한
것이다. 어떤 실수를 했을까?

무상선사 김사종은 684년생이다. 그의 아우 김근질은 687년 2월에
출생하였다. 무상선사의 출생 기록이야『속고승전』,『역대법보기』에 있
다니 684년생이 틀림없다.『삼국사기』편찬자들은 어딘가에서 본 김근
질의 출생년월 687년 2월을 적어 두었다가 그 연월에 '원자생'이라고
쓴 것이다. 이것이 1차적 상상이다.[62]

2차적 상상은? 확률은 낮지만 무상선사 김사종이 정비인 신목왕후
소생이 아니고 후궁 소생이어서 684년생이지만 원자로 적히지 못하고
687년 2월에 태어난 김근질, 또는 다른 왕자가 원자로 적혔다고 보는
것이다. 이것은 김근질이 돌아와서 왜 흔적이 없는지, 또는 다른 사람인
원자는 왜 흔적도 없는지를 설명하기 어렵다. 그리고 무엇보다도 김사
종의 이름을 설명하기 어렵다는 것이 가장 큰 약점이다.

『삼국사기』는 687년 2월에 '원자생'이라고, 적지 않아도 좋을, 아무
데서도 적은 적이 없는, 불필요하고도 어울리지 않는 기록을 남겨서 우
리를 혼동에 빠트린 것이다. 이 기록이 없었으면 누가 691년 3월 1일
태자로 책봉된 이홍이 687년 2월생이라고 했겠는가? 누가 효소왕이 6
살에 즉위하여 16살에 승하하였다고 했겠는가? 그냥 다른 왕들처럼

---

62) 이 문제는 700년의 '경영의 모반'으로 폐위되는 부군이 누구인가, 무상선사는 경주
군남사로 출가하여 수도 생활을 하다가 45세나 되어서 당 나라로 가게 되는데 지럼
을 언제 낳았는가와 관련되어 있다. 이후 원자가 684년에 태어난 김사종이고 그가
무상선사가 되었다는 가설 위에 관련 논의를 진행한다.

692년에 즉위하였는데 몇 살인지 모른다. 10년 후인 702년에 승하하였다. 그런데 『삼국유사』권 제3 「탑상 제4」「대산 오만 진신」에는 692년에 16세로 즉위하여 702년에 26세로 승하하였다고 되어 있다. 그러니 그것을 믿을 수밖에 없다. 그리고 성덕왕도 702년에 22세로 즉위하였으니 681년생이다. 그러면 이들은 신문왕과 신목왕후가 혼인한 683년 5월 7일보다 더 먼저 태어난 혼외자들이다. 이렇게 간단하고도 순리적인 역사 기술이 이루어졌을 것이다.

김사종이 신문왕의 원자일 것이다. 김사종을 제외하고는 신문왕 이후의 역사 기록에서 달리 신문왕의 원자라 할 만한 인물이 없다. 이 김사종이 효소왕 때에 부군으로 봉해져 있던 그 신문왕의 원자이다. 그때는 성덕왕보다 그가 더 왕위 계승 서열이 높았다. 요석공주와 효소왕이 주도하는 정국을 전환하기 위하여, 김순원은 이 원자를 즉위시키려고 경영과 더불어 모반을 일으켰다. 그러나 요석공주의 진압으로 실패하였다. 요석공주는 이 원자 사종을 부군으로부터 폐하고 효소왕이 승하하자 오대산의 효명을 데려와서 성덕왕으로 즉위시켰다.

그런데 지금은 세월이 바뀌었다. 요석공주가 사망한 것이다. 김순원도 요석공주가 사망한 후 자신의 딸 소덕왕후를 들여 성덕왕을 사위로 삼음으로써 이제 공고한 세력을 구축하게 되었다. 더 이상 원자를 밀거나 이용할 필요성을 느끼지도 않았다. 성덕왕도 한때 부군이었던 원자 아우가 버거웠다. 이 원자가 서라벌에 있는 한 언제든지 그의 정통성을 내세우고 그를 앞세워 쿠데타를 일으켜 왕위 찬탈에 나설 세력이 상존하고 있다. 원자 김사종도 군남사에 출가하여 스님이 되어 있었으니 당나라에 가서 큰 불교 공부를 하고 싶은 생각도 있었을 것이다. 3자에게 모두 좋은 것이다. 성덕왕과 새 국구 김순원은 원자 사종을 당 나라로 보낸 것이다. 그런 것이 정치적 망명이다.

그런데 (27b)의 '겸하여 자제가 국학에 드는 것을 청하는 표를 올렸다[兼表請子弟入國學].'에 대해서는 좀 더 부연 설명이 필요하다. 이 '자제'가 누구를 가리키는가에 대한 시비가 있을 수 있기 때문이다. 아무 의미 없는 말이라면 적힐 리가 없다. 신라의 왕실, 귀족 가문의 모든 자제들을 당 나라 국학에 입학하기를 청하였을 수도 있다. 왜 수많은 다른 사신들이 아닌 김사종이, 왜 보통 때가 아닌 지금 국학에 자제들의 입학을 요청하였을까?

(28a)에서 보듯이 이미 640년[선덕여왕 9년] 5월에 선덕여왕은 자제들을 당 나라로 파견하여 국학에 입학할 것을 당 태종에게 요청하였다. 그리고 (28c)에는 3260명의 학생을 수용할 수 있는 학사를 짓고, 사방의 학자들이 당 나라 서울로 구름 같이 몰려들었다고 하지 않았는가? (28d)에서 보듯이 당 태종 시대에 고구려, 백제, 고창, 토번이 또한 이미 자제들을 보내어 국자감에 입학시켜 공부시키고 있었다고 하지 않았는가? 당연히 신라의 자제들도 입학하여 있었을 것이다.

(28) a. 선덕여왕 9년[640년] 여름 5월 왕은 자제들을 당 나라에 보내어 국학에 들기를 청하였다[九年 夏五月 王遣子弟於唐 請入國學].

   b. 이때 태종은 천하의 명유들을 많이 징발하여 학관으로 삼고 수시로 국자감에 행차하여 그들로 하여금 강론하게 하였다[是時 太宗大徵天下名儒爲學官 數幸國子監 使之講論].

   c. 학생으로서 능히 하나의 대경[『예기』, 『춘추』, 『좌씨전』] 이

상을 밝게 통달한 사람은 모두 관리에 보임될 수 있게 하였다[學生能明一大經已上 皆得補官]. 학사를 1200간으로 증축하고 학생을 3260명이 차도록 늘렸다[增築學舍千二百間 增學生滿三千二百六十員]. 이때 사방의 학자들이 서울로 구름같이 모여들었다[於是 四方學者雲集京師].

d. 이때에 고구려, 백제, 고창, 토번*{'창'과 '토'는 『당서』 「유학전」에 의거하여 보충하였다}*이 역시 자제들을 보내어 입학시켰다[於是 高句麗百濟高昌吐蕃*{昌及吐 據唐書儒學傳補之}*亦遣子弟入學].

<『삼국사기』 권 제6 「신라본기 제6」 「선덕왕」>

그런데 왜 지금 이 시점, 68년이나 지난 728년 당 현종 시기에 김사종이 뜬금없이 뒷북치는 소리를 하고 있는 것일까? 오로지 신라의 자제들만 이 국자감에 들어가지 못하여 특별히 이때에 김사종이 그것을 당 현종에게 청한 것일까? 그럴 리가 없다.

여기에는 그동안 이 기록을 잘못 읽은 오해가 들어 있음에 틀림없다. 이 기록도 신중히 읽어야 한다. (28)과 (27b)를 연결지어 생각하면 김사종이 당 현종에게 청한 자제의 국학 입학은 신라 왕실, 귀족 가문의 모든 자제를 입학시켜 달라고 청한 것만은 아니다. 여기서 김사종이 당 현종에게 요청한 것은 자신의 아들의 당 나라 유학을 허락해 줄 것을 요청한 것으로 저자는 본다. 아니, 실제로는 신라에 두고 온 아들, 왕이 되지 못한 정통 원자의 아들, 그 문무왕의 종통을 이어받은 증손자, 언제 모반한다고 역적으로 몰려 죽을지 모르는 운명에 놓여 있는 그 아들 지렴을 당 나라로 데려오려 한 것이다.

그런데 놀랍게도 (27c)에서는 성덕왕이 왕질(王姪[왕의 조카]) 지렴을

733년 12월에 당 나라로 보내었다. 성덕왕의 조카라면 누구인가? 신문왕의 첫째 아들 효소왕은 수충을 낳았다. 둘째 아들 '보ㅅ내태자'는 스님이다. 아들이 있었을 것 같지 않다. 셋째는 성덕왕이고, 그 다음 넷째는 신문왕의 원자 김사종, 무상선사이다. 이 성덕왕의 조카 지렴은 신문왕의 원자 사종의 아들이다. 다섯째 김근질의 아들일 확률은 낮다.

이제 신문왕이 신목왕후와 정식으로 혼인한 뒤에 태어난 원자가 누구인지, 효소왕, 성덕왕의 아우인 그 원자가 누구인지 95% 이상은 밝혀졌다. 그리고 그의 아들도 누구인지 95% 이상 밝혀졌다. 원자는 사종이고 그의 아들은 그를 따라 당 나라 사신으로 간 지렴이다. 이 두 추정은 95% 이상의 확률로써 맞을 것이다.

지렴은 당 나라에 온 지 1년 2개월 뒤인 735년 2월 당 나라 현종으로부터 '홍려소경원외치'라는 벼슬을 받았다. 이 '홍려소경'은 738년[효성왕 2년] 당 현종이 사신 형숙에게 내린 벼슬이다. 지렴이 얼마나 융숭한 대우를 받았는가를 보여 준다. 왜 그랬을까? 당 나라도 김사종과 지렴이 신문왕의 적통임을 알고, 태종무열왕-문무왕-신문왕-원자 사종-지렴으로 이어지는 통일 신라 왕실의 종통(宗統)에 대하여 합당한 예우를 한 것이 아닐까?

요석공주의 뜻에 따라, 692년 7월 아버지 신문왕의 혼전, 혼외 아들인 형 효소왕에게 왕위를 빼앗기고, 700년 5월의 '경영의 모반'에 연루되어 부군 지위에서 폐위되었으며, 702년 7월 효소왕 사후에 오대산의 스님 형 성덕왕에게 다시 왕위를 내어 준 그 신문왕의 원자의 부자가 728년 7월과 733년 12월에 정치적 망명의 길을 떠난 것이다. 지렴이 당 나라에 도착한 해는 734년이다. 요석공주의 탐욕이 빚은 정치적 소용돌이, '김흠돌의 모반'과 '경영의 모반'이 1차적 결말을 지은 것이다.

이 부자가, 이미 719년에 당 나라에 와서 중국 안휘성(安徽省) 지주(池州)의 청양(靑陽) 구화산(九華山)에서 수도하고 있던 지장보살(地藏菩薩)의 화신인 김교각(金喬覺[효소왕의 아들 김수충])을 만나 불법을 들었을 가능성이 크다. 김교각은 김사종의 조카이고 김지렴의 4촌이다.

저자가 이 무상선사에 관심을 가진 것은 김재식 선생의 블로그 때문이었다. 김 선생의 2015년 10월 31일자 블로그에서 김교각에 관한 기사를 읽고 의견을 교환하던 중에 무상선사가 등장하였고, 김 선생의 2015년 10월 6일자 호북성(湖北省) 무한(武漢)의 귀원선사(歸元禪寺)에 관한 내용을 읽게 되었다. 그 블로그에는 귀원선사의 500 나한을 소개하면서 신라 왕자 출신이라는 무상공존자(無相空尊者)(684년~762년)라는 스님과 관련된 이야기를 적어 두었다. 무상선사는 중국 선종(禪宗)의 한 종파인 정중종(淨衆宗)을 창립하고 중국 500 나한(羅漢) 중의 455번째 나한으로 추앙받고 있다. 약간 중복되지만 김 선생의 호의에 대한 감사의 뜻으로 우리 둘이서 나눈 이야기를 재생한다.

중국 측 자료[『속고승전』, 『역대법보기』]에는 이 무상선사를 성덕왕의 셋째 아들로 추정한다고 한다.63) 성덕왕의 아들은 『삼국사기』에, 양아들 수충, 717년에 사망한 태자 중경[이 이름으로부터 그의 형이 있었으나 조졸하였음을 알 수 있다], 승경, 헌영, 경덕왕의 왕제(?)로 기록되어 있다. 조졸한 아들까지 모두 헤아리면 중경이 셋째가 된다. 그는 715년 태자로 책봉되었으나 717년에 사망하여 효상태자라 시호를 붙였다. 친아들만 헤아리면 셋째 아들은 승경이다. 그는 제34대 효성왕이 되었

---

63) 무상선사에 대한 소개는 박정진(2014), 노덕현(2014)에 있고, 김재식 선생의 블로그 http://blog.naver.com/kjschina에도 있다.

다. 이 책의 주인공 중의 한 사람이다. 양자 수충과 조졸한 아들을 제외하면 셋째는 헌영이다. 헌영은 제35대 경덕왕이 되었다. 무상선사라 할 만한 셋째 아들이 성덕왕에게는 없다. 무상선사가 성덕왕의 셋째 아들이란 말은 사실과 다르다. 그럴 리가 없다.

〈귀원선사(歸元禪寺). 중국 호북성(湖北省) 무한(武漢)에 있다. 이 사찰의 오백 나한에 관한 기사가 발단이 되어 '무상선사가 성덕왕의 셋째 아들이라.'는, 그가 입적한 해인 762년부터 헤아리면 1254년 동안 계속된 오해를 풀어 그의 아버지를 제대로 찾아 드렸다. '그는 신문왕의 넷째 아들이다.' 사진은 김재식 선생이 보내 주었다.〉

이미 논의한 무상선사의 출생년도를 생각해 보자. 이 무상선사의 출생년도가 684년인지, 687년일지는 논의가 필요하다. 정운(2009)에는 (29)와 같이 되어 있다.

(29) 무상대사는 신라 성덕왕(재위 702~737)의 셋째 왕자였다. 무상

대사가 어릴 적 손위 누나가 출가하기를 간절히 기원했는데, 왕가에서는 억지로 그녀를 시집보내려 하였다. 누나는 칼로 본인의 얼굴을 찔러 자해하면서까지 출가하고자 하는 굳은 마음을 사람들에게 보였다. 무상은 누나의 간절히 출가하고자 하는 불심을 지켜보면서 '여린 여자도 저런 마음을 갖고 출가하고자 하는데, 사내대장부인 내가 출가해 어찌 법을 깨치지 않을 수 있겠는가!'라고 강한 의지를 품었다.

이후 성인이 된 무상은 군남사(群南寺)로 출가한 뒤 728년(성덕왕 27년) 무상은 나이 44세에 당 나라로 건너갔다. ─중략─ 무상대사는 선정사에 머물다가 사천성으로 옮겨가 자주(資州 현 자중현) 덕순사(德純寺)에 머물고 있던 처적선사를 찾아가 법을 구해 처적선사로부터 가사와 법을 받고 '무상(無相)'이라는 호를 받았다. ─중략─ 무상대사는 정중사에 머물며 제자를 지도하다가 762년 세속 나이 79세로 열반에 들었다. <정운(2009)>

무상선사가 당 나라에 가서 말한 나이가 4살 많게 된 것인지, 아니면 이것저것 보고 옮겨 적은 『삼국사기』의 '687년 2월에 원자가 출생했다.'는 정보가 틀린 것인지 알 수 없다. 저자의 판단으로는 중국 측 기록의 684년이 옳다. 설마 자신의 나이를 밝힌 무상선사의 증언에 토대를 두었을 중국 측 기록이 틀렸겠는가? 나중에 이곳저곳의 기록을 보고 베껴 적은 『삼국사기』의 687년이 틀렸을 가능성이 더 크다.

신문왕의 원자가 687년에 태어난 것이 아니라 684년에 태어났을 가능성도 충분히 있다. 그 이유는 신문왕과 신목왕후가 683년 5월 7일에 혼인하였다는 사실이다. 혼인하기 전 677년에 이홍, 679(?)년에 보ㅅ내, 681년에 효명을 낳은 이 부부가, 683년 5월 7일에 정식 혼인한 뒤에 그 다음 아이를 684년에 낳았다는 것이야 너무나 당연하다. 저자는 684년 쪽에 더 무게를 둔다.

성덕왕은 681년생이다. 그러므로 684년에 태어났다는 이 무상선사를 낳을 수 없다. 무상선사가 687년에 태어났다고 해도 성덕왕은 이 사람을 낳을 수가 없다. 하물며 현대 한국사학계의 통설대로 성덕왕이 691년생이라면 이 무상선사는 아버지보다 더 먼저 태어났으니 더욱 더 성덕왕의 아들일 수 없다. 김재식 선생의 블로그 일부를 인용한다.

> (30) 그런데 무언가 조금 이상하다. 중국 학자들이 정설로 받아들이는 김교각 스님의 출생연도가 696년이고 무상 선사가 684년인데--, 성덕왕이 691년 출생하였다면 무상은 아버지보다 나이가 많고, 5살에 교각을 낳은 것이 된다. 중국 자료가 잘못되었는지? 삼국사기 역시 당시로는 각종 기록을 참고하였겠지만 오백 년 후에 적은 것이니 잘못되었을 수도 있고? 이런 것 좀 제대로 연구하는 데 지원해야 하는 것 아닌가 생각을 하며 대원문화원을 나서면서---. <김재식 블로그(2015. 10. 31. 안휘성 지주 구화산 대원문화원 김교각은 왜 중국으로 건너갔나?>

김 선생은 자신이 엔지니어라고 하였다. 그런 분이 연세 들면서 인문학과 역사에 관심을 가져 중국 문헌과 인터넷을 읽고 이런 블로그를 운영하고 있다. 김 선생의 의문에 대하여, 대한민국의 국어 선생으로서 의무감을 가지고 명예를 걸고 답한다.

> (31) '성덕왕이 691년에 출생하였다.'는 것은 『삼국사기』에 없다. 성덕왕의 출생연도 691년은, 현대 한국사학자들이 『삼국사기』가

말한 '687년 2월에 태어난 신문왕의 원자'가 '691년 3월 1일에 태어난 태자로 책봉된 왕자 이홍'과 동일 인물이라고 착각하고, '692년에 즉위한 효소왕'이 '6세로 즉위하여 702년에 16세로 승하하였다.'는 그릇된 계산을 한 데서부터 나온 틀린 연도이다. 그 그릇된 계산 위에 다시 형인 효소왕이 702년에 16세로 승하하였으니, 효소왕의 아우인 성덕왕은 702년에 12세쯤으로 즉위했을 거라는 주먹구구식 계산을 하여 성덕왕이 691년에 출생했을 것이라는 이중으로 그릇된 연도가 나왔다.

그러나 『삼국유사』에는 '효소왕은 692년에 16세로 즉위하여 702년에 26세로 승하하였고, 성덕왕이 이 해에 22세로 즉위하였다.'고 되어 있다. 그러면 효소왕은 677년생이고, 성덕왕은 681년생이다. 그런데 그들의 부모인 신문왕과 신목왕후는 683년 5월 7일 정식으로 혼인하였다. 이것이 역사적 진실이다.

국어 선생은 낱말의 뜻을 엄격히 정의한다. '원자'는 왕과 원비 사이에서 태어난 맏아들이다. 한 왕에게 한 원자뿐이다. '왕자들'은 왕의 아들이면 어디서 태어나든 '말 위에서 얻던[馬得]'이든 '수레 위에서 얻던[車得]'이든 다 왕자들이다. 『삼국사기』는 혼외 출생의 왕자는 아무리 나이 많은 형이라도 '원자'로 적지 않았다. 혼외자나 차비의 아들은 원자가 아닌 것이다. 고구려 호동왕자는 차비의 아들이어서 원비의 아들인 동생에게 원자의 지위를 빼앗겼다. 그리고 태자 책봉 경쟁에서 원비의 모함을 받아 자살하였다.

신라에는 원자가 셋만 『삼국사기』에 기록되었다. 그 중에 왕이 된 사람은 법흥왕, 문무왕 둘이다. 신문왕의 원자는, 687년 2월에 출생하였다는 기록만 있다. 『삼국유사』에는 이 원자가 '부군'으로 나온다. 이 신문왕의 원자는 왕이 되지 못하였다. 그에게는 원자로 적히지 못한 형이 셋이나 있었다. 효소왕, 보ㅅ내,

성덕왕이 그들이다. 그들은 부모가 혼인하기 전 혼외 관계에서 태어났기 때문이다.

687년생(?) 원자는 692년에 혼외 출생의 첫째 형 효소왕에게 왕위를 내어 주었고, 702년 효소왕이 승하하자 또 혼외 출생의 셋째 형 성덕왕에게 왕위를 내어 주었다. 그 원자가 김사종이고 그가 728년[성덕왕 27년] 당 나라에 사신으로 가서 과의[당 나라 종 6품] 벼슬을 받았다. 그의 아들은 김지렴으로 733년[성덕왕 32년] 12월에 당 나라로 숙위를 떠나 734년에 당 나라 조정에 도착하였다. 이 신문왕의 원자 김사종이 무상공존자(無相空尊者)가 되었을 가능성이 가장 높다. 그런데 중국 기록에 그 무상선사가 684년생이라 하니 저 믿을 수 없는 사서『삼국사기』가 또 실수를 한 것으로 보인다.

(31)이 대한민국의 국어 선생으로서 부끄럽지 않게 죽기 위하여 목숨을 걸고 달리는 저자가 이에 관심을 가진 한 엔지니어가 던진 의문에 대하여 현재로서 줄 수 있는 최선의 답이다.

이 무상선사는 신문왕의 원자 김사종이다. 그는 33대 성덕왕의 셋째 아들이 아니라, 31대 신문왕의 넷째 아들이다. 성덕왕의 아들이 아니라 아우인 것이다. 그 시기에 당 나라에 가서 당 나라 황제 현종을 알현한 사람이 그 외에 또 누가 있는가? 저자는 이 추정을 2016년 1월 17일 자 메일에서 김 선생께 알려 주었다. 그리고 그 메일에 서정목(2014b, 2015a, 2015e)를 첨부해 보냈다. 김 선생은 684년이라는 출생년도는 오차가 있을 수 있다는 의견을 보내왔다. 김 선생은 저자가 보내 준 논문들을 참고하여, 2016년 2월 2일자 블로그에서, 이 무상선사가 신문왕과 신목왕후의 넷째 아들 원자 김사종이고, 지장보살의 화신 김교각이 효소왕과 성정왕후의 아들 김수충임을 길게 논증한 후에, 그동안 잘못 맞추어졌던 퍼즐 조각을 저자가 준 몇 조각으로 갈아끼움으로써 '기가 막히게 훌륭한 작품'으로 완성하여 의문점을 해소하였다고 썼다.

　그러면 왜 무상선사가 성덕왕의 아들이라는 오해가 생겼을까? 김사종은 700년 '경영의 모반'으로 부군에서 폐위되었다. 중국 측 기록에 따르면 그는 24세 때 경주의 군남사로 출가하여 승려가 되었다고 한다. 684년생이라면 707년이다. 숙위 보낼 왕자가 없어서 성덕왕은 승려가 되어 있던 원자 아우를 728년 7월에 당 나라에 사신으로 보내었다. 당 나라에서는 '신라의 왕자'가 사신으로 왔다고 알려졌을 것이다. 무상선사는 자신이 '신문왕의 왕자'라고 말한 것이고, 당 나라 사람들은 현직 왕 '성덕왕의 왕자'라고 알아들었을 것이다. 728년 당시에야 성덕왕의 아들이 아니라 그 아버지의 아들인 줄 알았을 것이다. 그렇지만 후세의 사람들이 '왕자'라고 적힌 그의 이력서를 보고 그가 당 나라에 온 시점의 왕인 성덕왕의 왕자라고 지레 짐작하고 그렇게 적었을 수도 있다. 후자의 해석이 더 진실에 가까울 것이다.

　728년 당시에는 성덕왕의 태자는 724년에 책봉된 승경이고, 소덕왕후가 낳은 헌영은 많아야 8살이었다. 김사종 외에는 사신으로 보낼 적절한 인물이 없었던 것으로 보인다. 그는 당 현종을 만나고 아들의 당 나라 국학 입학도 청탁하고 과의 벼슬도 받았다. 그가 나중에 '안사(安史)의 난'으로 사천성의 성도로 피난 온 당 현종을 다시 만나 성도의 정중사에 주석하게끔 주선받아 수도하여 79세로 입적하였다. 그는 중국 500 나한 중의 455번째 나한으로 존숭받고 있다. 684년생이라면 762년에 입적한 것이고 687년생이라면 766년에 입적한 것이다. 그가 79세에 입적하였고 그 해가 762년이 옳다면 그는 684년생이다.

그가 창시한 정중종의 참선 수행법은 매우 간결하다. 무상선사의 삼구 설법(三句說法)은 무억(無憶[지난 일 일체를 생각하지 말라.]), 무념(無念[현재의 일에 대하여 일체의 분별과 잡념을 하지 말라.]), 막망(莫妄[미래에 대한 일체의 망상을 일으키지 말라.])이라 한다('막망'에 대해서는 다른 해석도 있다). 그는 무엇을 기억하고 싶지 않았고, 무엇을 걱정하지 않으려 했으며, 왜 미래에 대한 어떤 기대도 할 수 없었던 것일까? 아무 것도 모르면 아무 것도 모르는 것이다. 그것이 무엇인가를 찾아보면 그러한 결과에 이르게 된 원인이 꼭 마련되어 있다. 그것이 사람 삶이다. 그도 인간이었던 것이다. 그의 아들로 추정되는 지렴은 또 어떻게 되었을까? 아직은 아무 첩보가 없다.

이제 우리는 사천성 성도의 정중사지의 문수원과 호북성 무한 귀원선사의 정중 무상선사[무상공존재와 안휘성 구화산의 최초의 등신불 지장보살 김교각이 누구인지 정확하게 밝힌 셈이다. 무상선사는 31대 신문왕과 신목왕후의 넷째 아들인 684년생 원자 김사종이다. 지장보살 김교각은 32대 효소왕과 성정왕후의 아들 696년생 김수충이다.

그들은 각각 신문왕 사후와 효소왕 사후에 왕위 계승 서열 1순위였으나 나이가 어려서, 9살의 무상선사[사종]은 혼외 출생의 동복형 이홍[효소왕]에게, 7살의 김교각[수충]은 삼촌 효명[성덕왕]에게 왕위를 내어 주었다.[64] 그리고 왕자들을 둘러싼 왕위 계승의 골육상쟁 속에 마음의 병을 앓다가 훌훌히 고국을 등지고 당 나라에 가서 혹독한 수련을 거쳐서 무상의 진리를 깨치고 열반의 세계로 들어갔다. 그리하여 속세의 번

---

64) 이 나이들은 진흥왕이 7살, 혜공왕이 8살에 즉위한 것을 생각하면 어린 나이도 아니다. 저자가 요석공주의 무리한 선택이 관여하였다고 보는 까닭이다.

뇌를 떨쳐 버리고 오늘날까지도 존숭 받는 보살과 나한이 되어 속세의
탐욕에 찌든 중생들을 구원하고 있다.

〈**정중종의 무상선사**. 그는 무엇을 기억하지 않으려 했고, 무엇을 생각하지 않으려 했으며, 왜 미래에 대한 망상을 버리려 애썼을까? 과거의 그는 법적으로는 신라 왕 후보 1순위인 신문왕의 원자였고 문무왕의 적손이었다. 효소왕 때는 부군이었다. 아들 지렴이 출가하였는지 어쩐지는 모르지만, 무상선사 이야기를 쓰면서 내내 저자의 머리를 떠나지 않은 것은, 가비라국 정반왕의 왕자 석가모니가 설산 고행하여 성불한 후 왕궁에 목련을 보내어 아들 라후라를 데려오라고 하는『석보상절』의 장면이었다. 아내 야수다라가 처음에는 '이 아녀자의 번뇌 하나 해결하지 못하고 이렇게 힘들게 살게 하고서는 무슨 중생을 구제한다고 유성 출가하여 이제는 내 아들마저 빼앗아 가려 하는가?' 하고 바가지를 긁었다. 무상선사의 아내는 아들을 순순히 당 나라로 보내었을까? 그 여인은 어떻게 되었을까? 속세의 망상에 절은 이 중생은 저 고뇌에 찬 무상선사의 삶도 사람의 삶이라서 그도 욕망과 그리움과 회한, 그리고 혹시나 하는 미련의 늪에서 헤어나오기 어려웠을 것이라고 동병상련한다. 사진은 김재식 선생이 보내 주었다.〉

이 두 경우의 왕위 계승은 누가 주도한 일일까? 신문왕 사후는 자의 왕후도 이미 사망한 후이다. 그러므로 왕실에는 신문왕의 계비 신목왕후만 있다. 신목왕후 혼자서 원자를 제치고 이홍을 태자로 책봉하여 왕위에 올렸을까? 그러기 어렵다. 그리고 그 신목왕후는 700년 5월의 '경영의 모반' 직후인 6월 1일에 사망하였다. 702년 효소왕이 승하하였을 때에는 왕실에 여인 어른이 아무도 없다. 『삼국유사』에는 '702년 효소왕이 승하하자 국인이 장군 4인을 보내어 오대산에 가 있던 효명을 데려와서 성덕왕으로 즉위시켰다.'고 하였다. 국인의 정체는 누구일까? 신목왕후의 어머니일 수밖에 없다. 신목왕후의 어머니는, 신목왕후의 아버지 김흠운이 태종무열왕의 사위이므로, 태종무열왕의 딸 요석궁의 공주일 수밖에 없다. 그가 속칭 요석공주로 그 공주의 어머니는 문명왕후에게 꿈을 판 언니 보희라는 설이 유력하다. 그 공주가 혼외로 태어난 외손자 둘을 왕위에 올린 것이다.

그런데 그 지렴을 종질(從姪)이라고 지칭하는 사람이 있다. (27a)에서 이미 본 김충신이다. 그 김충신이 (32)에서 지렴을 종질이라고 부르고 있다. 종질은 5촌 조카[종질], 7촌 조카[재종질], 9촌 조카[3종질]이다. 이들은 모두 한 집안사람들인 것이다. 어느 집안? 그 집안은 왕실일 수밖에 없다.

> (32) 33년[734년] 정월 — 이때 당에 들어가 숙위하던 — 김충신이 황제에게 글을 올려[入唐宿衛 — 金忠信上表曰] — 이때를 당하여 교체할 사람인 김효방이 죽어 마침 신이 그대로 숙위로 머물게 되었습니다[當此之時爲替人金孝方身亡 便留臣宿衛]. 신의 본국 왕이 신으로 오래 천자의 조정을 모시어 — 종질 지렴을 파견하여 신과 교대하도록[臣本國王 以臣久侍天庭 遣使從姪志

廉 代臣] — 이때에 이르러 지렴에게도 홍려소경원외치라는 벼
슬을 주었다[及是 授志廉鴻臚少卿員外置]. <『삼국사기』 권 제8
「신라본기 제8」 「성덕왕」>

(27a)에서는 김충신이 '金忠臣'으로 적혔었다. 그러나 (32)에서는 '믿
을 信'을 사용하여 '金忠信'으로 적혀 있다. 저자의 직관으로는 '믿을
信'을 쓴 (32)가 옳다. 왜냐하면 (32)는 당 나라 현종에게 올린 표와 관
련하여 적힌 이름이기 때문이다. 원 사료나 그것을 베껴 적은 책이나
모두 신경을 써서 신중하게 적은 것이다. (27a)의 '臣'이 오류이다. 『삼
국사기』는 『구당서』 같은 데서 보고 옮겨오면서 또 실수한 것이다.

이 실수, 글자 한 자 잘못 쓴 이 실수는 눈 감아 줄 만한 것인가? 그
러나 이 실수도 작은 것은 아니다. 저자는 한때 이 '충신(信)'과 저 '충
신(臣)'이 다른 사람일 것이라고 생각하고 헤맨 적도 있었다. 그리고 이
실수와 직결된 것은 아니지만 어느 날, "학계에서는 '충신(忠信)', '신충
(信忠)'이 같은 사람이라는 설도 있습니다. 이 두 사람이 같은 사람이 아
닐까요?" 하고 물어 온 서울대의 황선엽 교수에게 "'충신'의 '신'은 '신
하 臣'을 쓰기 때문에 같은 사람이라 하기 어렵습니다." 하고 답하면서
헤매고 있었다. 그러나 역시 '몬 믿을 손 『삼국사기』로다.'가 여기서도
유효하다. (27a)의 '신(臣)'은 오식이다.

그런데 '김사종의 아들 김지렴'을 종질(從姪)[5촌 조카, 7촌 조카, 9촌
조카]라고 부르는 저 '김충신'이 누구일까? 그리고 '신충'과는 어떤 관
계에 있는 사람일까? 글을 보고도 제대로 읽지 못하고 읽고서도 엉뚱하
게 해석하는 청맹과니들이, 동일한 사람이라고까지 말한다는 '신충'과
'충신'은 정말로 어떤 관계에 있는 것일까? 이것을 해결하지 못하면, 즉

이 두 사람의 정체를 밝히지 못하면 이 책은 절반의 성공밖에 거두지 못한 것이다. 아니 아예 성공하지 못한 것이나 같을지도 모른다. 아무리 길게 쓰면 무엇 하나? 아무리 많은 사실을 새로 밝혔으면 뭣에 쓰나? 가장 핵심 인물, 「원가」의 작가 '신충(信忠)'이 누구인지도 모르고, 그의 이름을 뒤집어 놓은 '충신(忠信)'이 '신충'과 같은 사람인지 다른 사람인지도 판정하지 못한다면 저자 역시도 엉뚱한 소리 하고 있는 국문학계, 국사학계처럼 헛일 하였을 뿐이다.

그러나 아직은 '충신과 지렴의 관계'나 '신충과 충신의 동일인 여부'를 수사할 증거가 없다. 과거의 수사팀이 해 놓은 것은 별 도움이 되지 않는다. 일제 강점기에 일본인 오구라 신페이(小倉進平, 1929)에 의하여 이루어진 초동 수사는 '걷힌 잣이 가을 아니 가까워 떨어지매, 너 어디가 있는가?'로 잣을 의인화하여 무슨 뜻의 시(詩)인지, 누가 무엇 때문에 지은 시인지도 모르게 망쳐 놓았다. 그를 이어받은 2대 부장검사 양주동(1942)는 '모든 잣이 가을에 아니 시들매, 너 어찌 잊고 있느냐?'로, 신하가 임금을 '너 어찌 나를 잊고 있는가?'로 꾸짖은 것으로 수사 종결해 놓았다. 중간에 수사에 관여한 사람들의 수많은 시행착오를 거쳐 겨우 김완진(1980)에 와서야 '질(質) 좋은 잣이 가을에 말라 떨어지지 아니하매, 너를 중(重)히 여겨 가겠다 하신 것과는 달리'로 확연히 이 사건의 진상이 드러나게끔 수사 결과 보고서가 작성되었다. 그 후의 담당자들은 이 1980년의 수사 결과에서 뒷걸음쳐서 다시 일제 강점기로 퇴행하고 있다. 본 사건 수사를 맡고 있는 국어학계가 이러하다.

그러니 관련 사건인 '충신, 신충 사건'이야 어찌 수사 진행이 원활할 수 있겠는가? 여기에는 국어학계, 국문학계, 국사학계의 공조 수사가 필수적으로 요구된다. 그러나 이 세 학계는 서로 말을 섞지 못할 만큼 따로 놀고 있다. 아니 본 사건인 「원가」의 내용 수사를 위하여 핵심적 부수 사건인 '신충, 충신 사건'을 해결해야 하는데 이 문제가 수사 대상이 되는지 안 되는지조차 모르고 있다. 그들이 어떤 인물인지, 그들이 어떤 관계에 있는지, 그것이 밝혀져야 그들이 지은 시가 이해되지 않겠는가?

윤동주가 어떤 사람인지 모르고 '죽는 날까지 하늘을 우르러/ 한 점 부끄럼이 없기를/ 잎새에 이는 바람에도/ 나는 괴로워했다.'를 아무리 외고 단어 분석을 해 보아라. 저 '부끄럼'이 이해되겠으며 저 '괴로움'이 느껴지겠는가? 서화담, 황진이가 누구인지 모르고 어찌 '마음이 어리석은 후니 하는 일이 다 어리석다/ 만중 운산에 어느 님 오랴마는/ 지는 잎 부는 바람에 행여 긘가 하노라'와 '내 언제 무신하여 님을 언제 속였건대/ 월침 삼경에 올 뜻이 전혀 없네/ 추풍에 지는 잎 소리야 낸들 어이 하리오.'를 연결시켜 이해할 수 있겠는가?

어차피 모든 수사는 새로 온 부장검사가 생각하는 대로 원점부터 다시 시작하여야 하고 그러기에는 많은 시간이 걸린다. 아니 이 책의 시간 흐름으로 말하면 세월이 좀 더 흘러 시대가 바뀌어야 진상이 드러난다. 모든 사건은 인(因)과 과(果)가 있고 응보가 있으며, 모든 사건의 뒤에는 여자(女子)가 있다. 여자, 그것이 문제로다. 충신과 지렴, 충신과 신충, 이들이 이루고 있는 관계에 대한 수사는 제7장 효성왕 대에 가서 새로운 증거들을 보강하여 이루어질 것이다. 기대하시라.

649년 당 태종이 사망하자 재인(才人)[정 5품] 무미낭(武媚娘) 무조(武照)는 감업사(感業寺)[이름이 감은사와 닮았다.]에서 비구니가 되었다. 무조는 분향하러 왔는지, 누나처럼 따랐던 아버지의 후궁을 못 잊어 왔는지 모를 고종을 따라 환속하여 다시 입궁하였다. 그는 전 황후 왕 씨를, 자신의 딸을 죽였다고 모함하여 폐서인하고 655년 10월 13일에 황후가 되었다. 그리고 드디어 아들 예종을 폐위하고 690년 9월 9일 무주를 세워 측천금륜대성신황제(則天金輪大聖神皇帝)가 되었다. 그 측천무후처럼, 오대산에서 승려가 되어 수도하다가 702년 22세에 속세로 돌아와서 즉위한 성덕왕은 35년 동안 재위하고 (35)에서 보듯이 737년에 57세로 승하하였다. 부처님의 세상과 속세를 오간 사람답게 온갖 왕실의 번뇌 속에 전반부는 외할머니의 치마폭에 쌓여서, 후반부는 계비 소덕왕후의 친정 집안사람들에게 둘러 쌓여서 힘들게 살다가 이복형제 승경과 헌영의 치열한 골육상쟁을 마련해 두고 이승을 떠났다.

(35) 36년[737년] 2월 — 왕이 승하하였다[王薨]. 시호를 성덕이라 하고 이거사의 남쪽에 장사지냈다[諡曰聖德 葬移車寺南]. <『삼국사기』 권 제8 「신라본기 제8」 「성덕왕」>

성덕왕 시대가 전제왕권의 극성기였다는 통설은 논증되지 않는 가설이다. 성덕왕은 전반기에는 외할머니 요석공주에 의하여 엄정왕후를 들이고, 요석공주 사후의 후반기에는 할머니 자의왕후의 친정 집안에 짓눌려 순원의 딸 소덕왕후를 들이고 장인과 처남에게 눌려 지낸 우유부단한 왕이다. 그가 왕권을 행사한 것으로 인정할 수 있는 단 하나의 일은 엄정왕후의 아들 승경을 태자로 책봉한 일이다. 소덕왕후의 아들 헌영이 너무 어렸기 때문이지만 그래도 외가가 강력한 작은 아들 헌영을 제치고 외가가 약한 큰 아들 승경을 태자로 책봉한 것은 주목할 만한 일이다. 그러나 이것이 효성왕의 비극의 씨앗이 되었다.

〈**성덕왕릉**. 경주시 조양동 산 8, 월성에서 울산으로 가는 7번 국도 동쪽에 있다. 큰 비석이 있었던 듯, 100여 미터 남쪽에 머리가 잘린 귀부(龜趺)가 남아 있다. 가까이에 있는 형 효소왕의 능과는 달리, 상석과 둘레석, 삼각형의 받침석이 있고 십이지상의 조각, 난간, 문인석과 사자상 등도 잘 갖추어져 있다. 신라 왕릉에서부터 조선 왕릉에까지 이르는 전형적인 유교적 왕릉의 모습이 출발한 시점을 보여 준다.〉

제7장

신라의 각궁 : 효성왕과 경덕왕의 골육상쟁

신라의 각궁 : 효성왕과 경덕왕의 골육상쟁

1. 『삼국사기』의 효성왕대 기록은 믿을 수 없다

태자 승경은 왜 신하인 신충에게 '他日若忘卿有如栢樹[훗날 경을 잊으면 잣나무가 있어 증거가 될 것이다.＝훗날 경을 잊지 않기를 잣나무를 두고 맹서한다.]'고 맹약했을까? 효성왕 승경은 생모가 누구일까? 효성왕은 왜 두 번씩 혼인해야 했는가? 효성왕의 왕비는 어느 집안 출신일까? 효성왕의 계비 혜명왕비는 누구의 딸인가? 효성왕은 왜 그렇게 일찍 사망하여 화장당하였고 동해에 산골되어 왕릉도 남기지 못하였는가?

이러한 사정을 밝히기 위해서는 『삼국사기』 권 제9 「효성왕」 조를 정밀 검토해야 한다. 그런데 「효성왕」 조 기록은 어쩐지 성의 없이 기록된 듯한 느낌을 준다. 내용을 잘 파악하기도 어렵다. 전해져 오는 기록이 충실하지 못하였기 때문이다. (1)은 효성왕 즉위년 첫머리 기사이다.

(1) (737년) 효성왕이 즉위하였다[孝成王立]. 휘는 승경이다[諱承慶].

성덕왕 제2자이다[聖德王第二子]. 어머니는 소덕왕후이다[母炤德王后]. 널리 사면하였다[大赦]. a. 3월에 사정승과 좌우의방부승(의 승을) 모두 좌로 바꾸었다[三月 改司正丞及左右議方付丞並爲佐].1) 이찬 정종을 상대등으로 삼고 아찬 의충을 중시로 삼았다[以伊湌貞宗爲上大等 阿湌義忠爲中侍]. b. 여름 5월 지진이 있었다[夏五月 地震]. c. 가을 9월 유성이 대미성에 들어갔다[秋九月 流星入大微]. d. 겨울 10월 입당하였던 사찬 포질이 돌아왔다[冬十月 入唐沙湌抱質廻]. e. 12월 사신을 보내어 입당하여 토산물을 바쳤다[十二月 遣使入唐獻方物].

<『삼국사기』 권 제9 「신라본기 제9」 「효성왕」>

(1)을 보면 신라 중대의 다른 왕들의 경우와 확연히 차이가 난다. 다른 왕들의 경우는 맨 첫 기사인 (1) 자리에는 가족 관계가 나오고 당 나라와의 외교적 사항이 기록된다. 그리고 다음에 항목을 나누어 '원년'이라고 표기하고, 원년의 일들을 월별[어떤 경우는 날짜까지]에 따라 기록한다. 그 다음에 항목을 나누어 즉위 2년의 일을 적었다.

그러나 효성왕의 경우는 원년 항목이 따로 없이 원년의 일이 '(1a) 3월에', '(1b) 여름 5월에' — '(1e) 12월에' 등으로 (1) 속에 섞여 들어 있다. 이런 식의 기술은 신라 하대 제37대 선덕왕 이후의 어지러운 왕위 계승에 의하여 재위 기간이 짧은 왕들의 경우에서나 볼 수 있는 일이다.

효성왕대 기록을 믿을 수 없는 것은 (1)에서 효성왕이 성덕왕의 제2자라 하고, 어머니가 소덕왕후라 한 것부터 시작한다. 『삼국유사』의 (2)

---

1) 『삼국사기』 권 제8 「효소왕」 조에는 '왕은 左右理方府(좌우이방부)를 左右議方府(좌우의방부)로 고쳤는데 고친 까닭은 '理(이)' 자가 이름[理洪]자를 범하기 때문이었다.'는 기록이 있다. 여기서 '丞(승)' 자를 '佐(좌)' 자로 고친 것도 왕의 이름 承慶(승경)의 承(승)과 丞이 음이 같아 피휘한 것이라 할 수 있다.

도 어머니에 관해서는 (1)과 동일하다.2)

> (2) 제34 효성왕[第三十四 孝成王]. 김 씨이고 이름은 승경이다[金氏
> 名承慶]. 부는 성덕왕이다[父聖德王]. 모는 소덕태후이다[母炤德
> 大后]. 왕비는 혜명왕후이다[妃惠明王后]. 진종 각간의 딸이][眞宗
> 角干之女也] <『삼국유사』 권 제1 「왕력」 「효성왕」>

그러나 이 두 가지 사항은 주의 깊게 생각해야 한다. 문자 그대로 이
해해서는 역사의 진실을 밝힐 수 없다. 이 두 가지 사항은 제33대 성덕
왕 사후, 제34대 효성왕-제35대 경덕왕의 왕위 계승 과정을 이해하는
데에 핵심 사항이다. 그리고 이 두 가지 사항의 정확한 실상을 아는 것
은, 효성왕 즉위 시의 신충의 「원가」와 효성왕의 두 번에 걸친 혼인, 효
성왕의 갑작스러운 사망 등을 설명하는 데에 더 할 나위 없이 중요하다.

모든 연구자들이 『삼국사기』의 (1)을 읽고 성덕왕의 왕자들에 관하
여, 중경을 첫째 아들, 승경을 둘째 아들이라고 판단하였다.3) 그리고 승

---

2)『삼국유사』 권 제1 「왕력」 「효성왕」 조가 『삼국사기』 권 제9 「신라본기 제9」 「효성왕」
조의 내용과 동일한 것은 아니다. (2)에서 '혜명왕비의 아버지가 진종 각간이라.'고 한
것은 (4b)에서 '이찬 순원의 딸 혜명을 들여 왕비로 삼았다.'는 『삼국사기』의 기록과 정
면 배치된다. 놀랍게도 (2)는, 혜명왕비의 아버지가 '이찬 순원'이라고 한 『삼국사기』와
는 달리, 혜명왕비의 아버지가 眞宗(진종) 각간'이라 하여 눈부신 빛을 찬란하게 발하
고 있다. 『삼국유사』를 믿으면 혜명왕비의 아버지는 김순원이 아닌 것이 분명하다.
3) 이 책의 여러 부분은 불가피하게 '원자'의 용법과 신라 중대 '왕자'들에 대하여 논의한
서정목(2015e)와 중복된다. 저자의 지론은 연구 결과를 단행본으로 출간하기 전에 관
련 주요 내용을 논문으로 작성하여 사계의 심사를 받아 공인된 뒤에 확실히 증명된 내
용만을 책으로 출간하라는 것이다. 그리하여 저자의 책들은 이미 발표한 논문의 내용
을 중복하여 인용하는 경우가 많다. 저자는 그렇게 하는 것이 학문적으로는 옳다고 생
각한다. 논문 심사 과정을 통과하지 못한 글들을, 심사 없는 단행본으로 출간하는 학
계의 잘못된 관행을 고쳐야 한다. 다 써 놓은 『찬기파랑가에 대한 새로운 생각』이라는
책을, 그 책의 핵심 부분을 요약하여 투고한 논문을 수준 이하의 심사자가 '효소왕이
신문왕의 원자가 아니라.'는 저자의 주장이 논증되지 않은 가설이라는 이유로 '수정

경을 소덕왕후가 낳은 것으로 알았다. 그리하여 승경을 김순원의 친외손자로 간주하고 있다. 그러나 이는 틀린 것이다. 등장 인물들의 관계를 이렇게 파악하였기 때문에『삼국유사』권 제5「피은 제8」의「신충 괘관」도 제대로 읽어내지 못하였고「원가」도 제대로 해석하지 못하였으며, 신라 중대 정치사 연구도 제 자리를 잡지 못하였다.[4] (1)과 (2)에서 효성왕의 어머니가 소덕왕후라 한 것과 효성왕이 성덕왕의 제2자라 한 것은 특별한 의미를 가진다.

이어서 원년의 일에 대하여 별도 항목으로 기록하지 않고 (3)이 바로 효성왕 2년의 일을 적고 있다. 그런데 (3)의 내용을 보면 효성왕 항목이

후 재심'하겠다고 하여, 수정하지 않고 재심을 거부한 채 그 논문도 그 책도 아직 발간하지 않는 것은 그 때문이다. 그러나 발간을 늦춤으로써 '의충'과 '신충'의 문제를 깊이 생각하지 못하고 썼던 그 책의 원고를 대폭 고칠 수 있어서 참으로 다행이라고 생각한다. 이 책도 더 묵히면서 깊이 사유하면 지금보다는 조금 더 나아질 수 있을 것으로 생각된다. 그러나 그러기에는 저자에게 시간이 너무 부족하다. 죽기 전에 써야 할 글들이 너무 많다. 진작 시작할 걸. 서강의 동료들이 웃으며 말하듯이 '재직 중에 열심히 하여 학교 평가에 도움 좀 주지, 퇴직하고 나서 그러면 뭐 하나.'가 맞는 말이다. 그러나 재직 중에는 이렇게 하루에 10시간 이상씩 한 자리에 앉아 책 보고 글 쓰고 생각할 여유가 없었다. 아니, 솔직히 그때는 아무 것도 몰랐다. 그러고서도 교단에서 향가를 가르치고 신라 역사를 입에 담은 것이 부끄럽다. 지금처럼 교수를 알 낳는 암탉처럼 부리면 넓은 독서와 깊은 사유가 필요한 학문 분야는 성과를 거둘 수 없다.

4) 현재 존재하는 이 시대에 관한 연구 논저들은 모두 틀린 말을 하고 있다. 특히「원가」에 대한 고전시가학계의 문학적 해석은 하나도 건질 것이 없다. 그리고 한국사학계에서 진행된 성덕왕 말기, 효성왕 즉위 초기의 정치적 갈등에 대한 연구도 전혀 올바르지 않은 방향으로 되어 있다. 이 책의 편집이 끝난 뒤에 받아 본 이현주(2015:254-55)를 보면 그것을 알 수 있다. 그 논문은 효성왕의 계비 혜명왕비가 이찬 순원의 딸이라는 것을 확정하였다. 그리고 효성왕의 첫 왕비 박 씨가 혜명왕비가 들어온 뒤에 후궁이 되었으며 그 후궁의 아버지 영종이 '진종 각간'과 동일인이라는 김수태(1996), 박해현(2003)의 어불성설의 주장은 따르지 않고, 조범환(2011a)를 받아들여 박 씨 왕비와 후궁이 다른 인물이라고 주장하고 있다. 이것은 당연히 옳다. 그러나 혜명왕비의 아버지가 '이찬 순원'이라는 것은 틀렸다. 같은 논문집에 실린 서정목(2015e:205-10)은 혜명왕비의 아버지가 순원이 아니라 '진종 각간'이고, 그 진종 각간이 순원의 아들이며 충신, 효신, 혜명의 아버지임을 논증하였다.

불성실하게 적혔다는 것을 더 확실하게 알 수 있다.

(3) a. (효성왕) 2년[738년] 봄 2월 당 현종은 성덕왕이 승하하였다는
부고를 듣고 애도하고 슬퍼하기를 오래 하였다[二年 春二月
唐玄宗聞聖德王薨 悼惜久之].

b. 좌찬선대부 형숙을 보내어 홍려소경 자격으로 머물러 조위를
표하며 제사를 지내게 하였다[遣左贊善大夫邢璹 以鴻臚少卿
住弔祭].

c. (성덕왕에게) 태자태보를 추증하였다[贈太子太保]. 또 사왕을
책봉하여 개부의동삼사 신라왕으로 삼았다[且冊嗣王爲開付儀
同三司新羅王].

d. 형숙이 떠나려 할 때 제는 시서를 짓고 태자 이하 백료들은
모두 시를 지어 보내었다[璹將發 帝製詩序 太子已下百寮 咸賦
詩以送]. 제가 형숙에게 말하기를, 신라는 군자의 나라라 부를
만하니 자못 서기를 아는 것이 중국과 비슷한 바가 있다[帝謂
璹曰 新羅號爲君子之國 頗知書記 有類中國]. 경은 돈유인 까닭
으로 지절사로 가게 한 것이니 마땅히 경서를 강연하여 대국
에 유교가 성함을 알게 하라[以卿惇儒故 持節往 宜演經議 使
知大國儒敎之盛]. 또한 신라 사람들이 바둑을 잘 두므로 솔부
병조 참군 양계응을 부사로 거느리고 가도록 조칙을 내렸는데
신라의 고수들이 모두 그보다 아래였다[又以國人善碁 詔率府
兵曹參軍楊季膺爲副 國高奕皆出其下].

e. 이때에 (효성)왕이 형숙 등에게 금과 보배, 약물을 주었다[於
是 王厚贈璹等金寶藥物].

f. 당은 사신을 보내어 조칙으로 왕비 박 씨를 책봉하였다.*{ 이와
같은 것은 당서에 의거했으나 아래 문장과 합치하지 않는
다}*. [唐遣使詔冊王妃朴氏*{似是據於唐書 而與下文不合}*].

g. 3월 김원현을 파견하여 당에 들어가 하정하였다[三月 遣金元
玄入唐賀正].

h. 여름 4월 당 나라 사신 형숙이 노자 도덕경 등 문서를 왕에게
바쳤다[夏四月 唐使臣邢璹 以老子道德經等文書 獻于王]. 흰 무
지개가 태양을 뚫었다[白虹貫日]. 소부리군 하천 물이 핏빛으
로 변했다[所夫里郡河水變血]. <『삼국사기』 권 제9 「신라본기
제9」 「효성왕」>

737년 2월에 성덕왕이 승하하였다. 그런데 (3a)에서 738년 2월에 당
현종이 그 부음을 들었다는 것은 적절하지 않다. 부고가 가는 데에 1년
이나 걸리지 않는다. 정상적으로는 2개월 정도 소요된다. 그러므로 부
음은 737년 4월쯤에 전해졌어야 한다. 그런데 승하 후 1년 만에 부고가
전해졌으니 이는 신라의 성덕왕 사후 효성왕 즉위 과정이 즉시에 당 나
라 조정에 보고되지 않았다는 말이다.

이는 (3h)에서 형숙이 738년 4월에 서라벌에 왔다는 것으로도 증명된
다. 당 나라에서는 부고를 받자 말자 조위 사절을 보낸 것이다. 부고가
당 나라 조정에 알려지고 나서 정확하게 2개월 후에 사신이 온 것이다.
다른 경우에도 승하 후 부고가 가는 데 2개월, 사신이 오는 데 2개월
도합 4개월 정도 지나면 조위 사절단이 와서 제(祭)를 지내고 새 왕을
책봉한다.5) 성덕왕의 승하와 효성왕의 즉위가 순조롭게 이루어지지 않

---

5) 태종무열왕의 승하 후나 신문왕, 효소왕의 승하 후 기록들을 보면 대체로 넉 달에서
여섯 달 뒤쯤 당 나라 사신이 와서 조위를 표하고 제를 지낸 후에 새 왕을 책봉하였음
을 알 수 있다. 그러나 효성왕의 경우는 일반적인 관행과는 차이가 있다. 성덕왕 승하
후 1년이나 지난 뒤에 조위 사신이 온 것이다. 당 나라도 현종의 집권 후 안정된 시기
이므로 당 나라에 특별한 일이 있었다고 하기 어렵다. 성덕왕과 효성왕의 왕위 교체는
순조로운 일이 아니었다. 이에 대한 공식 인정이 늦어졌다는 것을 암시한다.

아 1년간 당 나라에 보고하지 못할 만한 상황이 벌어졌을 것으로 보인다. 그렇지 않았다면 기록이 잘못된 것이다. 그런데 이런 외교에 관한 기록이 잘못되었을 리가 없다.

(3)의 당 나라와의 외교 사항은 시간적 순서를 잘 살펴야 한다. 이 속에는 당 나라 황궁에서 일어난 일과 사신이 서라벌에 와서 한 일이 뒤섞여 있다. 『삼국사기』를 편찬할 때 『구당서』, 『신당서』 등에서 옮겨 적으면서 중국 쪽 기록과 신라의 기록을 섞어서 그대로 적었기 때문에 이런 결과에 이른 것으로 보인다.

당 현종은 (3b)에서 성덕왕의 부음을 듣고 애도하고 형숙을 지절사로 보내기로 하였다. (3c)에서 현종은 (성덕왕에게) 태자태보를 추증하였다.6) 그런데 이때[738년 2월] 이미 당 현종은 '효성왕을 신라왕으로 책봉하였다.' 그 다음에 (3d)에서 형숙이 떠나기 전에 현종이 그에게 한 당부를 적고 바둑 잘 두는 사람을 부사로 삼아 가게 하였다. 여기까지는 당 나라 황궁에서 있었던 일을 적은 것이 분명하다. 형숙과 같이 온 바둑 잘 두는 사람들이 신라 고수를 모두 이겼다는 것은 신라에 와서의 일이다.

그런데 그 다음에 (3e)에서 '왕이 형숙 등에게 금과 보배, 약물을 주었다.'가 나온다. 여기서 이 왕이 누군지 불분명하다. 형숙이 당 나라로부터 출발하지 않았다면 그 왕은 현종이다. 그런데 '제(帝)'라고 하지 않고 '왕'이라 했으니 현종을 가리킨다고 할 수 없다. 그러면 이 '왕'은 신

---

6) 서정목(2015b:49)에서는 이 '태자태보'를 당 현종이 형숙에게 준 신라의 어린 태자를 가르치라는 벼슬로 보았다. 이를 읽은 이종욱 교수가 메일로 이 '태자태보'는 당 나라가 승하한 성덕왕에게 추증한 벼슬로 보라고 하였다. 여기에 적어 그동안 평생 동료로서 한 캠퍼스에서 나누었던 우의에 대한 고마움을 표한다. 태자태보는 당 나라 종2품 관등명이다.

라의 효성왕이다.7) 이 일은 형숙이 이미 서라벌에 온 뒤의 일이다.

(3)에서 가장 중요한 것은 (3f)의 738년 2월 '당은 <u>사신을 보내어</u> 조칙으로 왕비 박 씨를 책봉하였다.'는 기록이다. 이는 (3c)의 738년 2월의 효성왕의 신라왕 책봉과 동시의 일일 것이므로 당 나라 황궁에서 일어난 일이다. 이 기록은 즉위할 때 승경이 이미 혼인하여 태자비 박 씨가 있었고 그 태자비가 왕비로 책봉되었다는 것을 의미한다. 즉, (3c)의 신라왕 책봉과 (3f)는 한 문장으로 적힐 정도의 사안인 것이다. 이러한 것은 효성왕 항목이 무성의하게 적혔다는 대표적 사례이다.

그런데 세주로써 "*{*이와 같은 것은 당서에 의거했으나 아래 문장과 합치하지 않는다(似是據於唐書 而與下文不合}*}*." 한 것이 문제가 된다. '아래 문장[下文]'이 어느 것인지에 따라 효성왕의 혼인 문제에 대한 해석이 달라질 수 있기 때문이다.

첫 번째 '아래 문장'은 738년 3월에 김원현을 당 나라에 사신으로 보낸 것이다. 그런데 이는 효성왕의 왕비 책봉과 상관이 없는 일이다. 그러므로 이 문장은 '아래 문장'이 아니다.

두 번째 '아래 문장'의 내용은 (3h)의 738년 '여름 4월 당 사신 형숙이 노자 도덕경 등의 문서를 왕에게 바쳤다[夏四月 唐使臣邢璹 以老子道德經等文書 獻于王]'는 것으로 지절사 형숙이 신라에 온 것이다.8) '<u>사신을 보내어</u>' 왕비를 책봉한 것이 앞에 나오고 '사신이 온' 이 문장['아래 문장']이 뒤에 나온 것이 합치하지 않는다는 말일 수 있다. 그럴 가능성

---

7) 『삼국사기』 권 제9 「효성왕」의 '(효성왕) 3년 봄 정월 ― 형숙에게 황금 30냥, 포 50필, 인삼 1백근을 주었다.'를 보면 이 왕은 효성왕임이 분명하다.

8) 이의 일부인 '德經等大王備禮受之덕경 등. 대왕이 예를 갖추어 그것을 받았다.'가 『삼국유사』 권 제2 「기이 2」의 「경덕왕 충담사 표훈대덕」 조에 잘못 들어가 있다.

이 크다. '2월에 당 사신이 와서 왕비 박씨를 조칙으로 책봉한 것'이 '4월에 당 사신 형숙이 서라벌에 도착한 사실'보다 앞에 적힌 것이 합치하지 않는다는 뜻이다. 그러나 이는 '사신을 보내어 왕비를 책봉하였다.'에서 '사신을 보내어'가 잘못 뒤섞여 들어온 것이다. 당 현종은 738년 2월 태자 승경을 신라왕으로 책봉하고, 동시에 박 씨를 왕비로 책봉하였을 것이다.9) 태자가 정상적으로 즉위할 때 신라왕과 왕비의 책봉

---

9) 이현주(2015:245)에 의하면, 『구당서』 권 제9 「본기 9」 「현종 하 개원 25년」, 『신당서』 권 제220 「열전 145」 「동이 신라」, 『책부원구』 권 제964 「외신부 봉책 2」, 『자치통감』 권 제214 「당기 30」 「현종지도대성대명효황제 중지중」 등의 중국의 사서들에는 '737년[성덕왕 36년, 당 현종 개원 25년] 2월에 신라왕 흥광이 죽고 승경이 즉위하여 조제사(弔祭使)를 보내고 승경을 책봉하였다.'고 적었다고 한다. 그리고 『삼국사기』 권 제9 「신라본기 제9」 「효성왕 2년」의 738년 효성왕 책봉 기록은 『구당서』 권 제199 상 「열전 149 상」 「동이 신라국」의 기록과는 같다고 쓰고 있다. 이를 토대로 그 논문은 중국 사서에 효성왕 책봉이 737년과 738년 둘로 되어 있다고 해석하였다. 정확하게 읽었는지 의심스럽다. 『구당서』 권 제9 「본기 9」 「현종 하 개원 25년」은 '二月新羅王金興光卒[2월 신라왕 흥광이 죽었다. 其子承慶嗣位[그 아들 승경이 위를 이었다]. 遣贊善大夫邢璹攝鴻臚少卿[찬선대부 형숙을 홍려소경으로 삼아 보내어], 往弔祭[가서 조위하고 제사를 모시고, 冊立之[책립하였다.'고 하였고, 『구당서』 권 제199 상 「열전 149 상」 「동이」에는 '(開元) 二十五年 興光卒[개원 25년 흥광이 죽었다. 詔贈太子太保[조칙으로 태자태보를 추증하였다. 仍遣左贊善大夫邢璹攝鴻臚少卿[이에 좌찬선대부 형숙을 홍려소경으로 삼아], 往新羅弔祭幷冊立其子承慶襲父開府儀同三司新羅王[신라에 가서 조위를 표하고 세사를 모시고 아울러 그 아들 승경을 책립하여 아버지의 개부의동삼사 신라왕을 이어받게 하였다.'라 되어 있다. 개원 25년[737년] 2월은 성덕왕의 승하가 당 나라 조정에 보고된 시점이다. 성덕왕의 승하 시점이나 효성왕 책봉 시점은 이 문장에 밝혀져 있지 않은 것이다. 그리고 두 기록이 똑같은 뜻이다. 전자는 737년 2월에 책봉하였고 후자는 738년에 책봉하였다는 차이가 나오기 어렵다. 문헌 기록에 대한 신중한 검토가 필요하고 성의 있게 글을 써야 한다. 저자는 그 논문의 불성실한 영문 초록을 보고 매우 놀랐다. 이 책에서는 효성왕 책봉 시기는 737년 2월이 아니고 738년이라고 보고 논의를 진행한다. 『삼국사기』는 신라왕의 책봉에 관한 한 이 중국 사서들을 보고 적었으므로 원 사료라 할 수 없다. 미심쩍으면 항상 중국 사서들을 보아야 한다. 그리고 논문에 번역문만 싣지 말고 원문을 병기하라. 그래야 제대로 읽고 번역하고 해석했는지 판정할 수 있다. 엉터리 번역에 의하여 잘못 기술된 역사적 사실이 얼마나 많은데 발췌한 번역문만 제시하는가? 원문은 제시하지 않고 번역문만 제시하는 것은 번역에 자신이 있는 사람만 할 수 있는 일이다. 지금 이 나라 학계에는 그렇게 할 수 있는 사람이 단 한 명도 없다. 우리 세대부터는 중등교육에서 한자, 한문을 안 배웠기 때문에 저자도

은, 이미 즉위한 왕과 그 왕비를 사후에 당 나라 황제가 황궁에서 책봉하고, 그 책봉 서류를 사신이 가지고 와서 다시 서라벌에서 책봉식을 거행하는 것이다. 그렇게 보면 '사신을 보내어' 책봉한다는 말은 왕이나 왕비에게 모두 적용되어야 하는 말이다. 지금 기록을 그대로 해석하면 효성왕의 신라왕 책봉은 738년 2월 당 나라 황궁에서 이루어졌고, 박 씨의 왕비 책봉은 형숙이 서라벌에 와서 신라 왕궁에서 실시한 일로 보아야 한다. 그러나 그런 해석은 합리적인 해석이 아니다.

그런데 중요한 것은 이 기록이 승경의 태자비 박 씨가 있었고 그 태자비가 738년 2월 왕의 책봉과 동시에 왕비로 책봉되었음을 의미한다는 사실이다. 왕비 책봉은 사왕(嗣王)의 책봉과 동시에 당 나라 황궁에서 있었던 일이다.

세 번째 '아래 문장'은 더 아래에 있는 (4b)의 '순원의 딸 혜명을 비로 들였다.'는 것이다. 그리고 이와 이어진 것이 (4d)의 '740년 봄 3월 당이 사신을 보내어 부인 김 씨를 책봉하여 왕비로 삼았다.'는 것이다.[10] 만약 저 앞에서 말한 '아래 문장'이 이 내용을 가리킨다면 박 씨 왕비와 김 씨 왕비의 문제는 쉽게 해결되지 않는다. 이 김 씨 왕비의 책봉을 738년의 박 씨 왕비 책봉으로 잘못 적어서, 이것이 '아래 문장'의 김 씨 왕비 책봉과 합치되지 않는다고 볼 수도 있기 때문이다.

그렇게는 못한다. 이것이 이 책이 모든 원문을 번역문과 함께 병기하는 까닭이다. 번역을 우습게 생각하면 안 된다. 일본인, 중국인에게 망신당하기 전에 정신 차려야 할 것이다.

10) 혜명왕비가 김 씨라는 이 기록은 큰 의미를 지닌다. 이는 순원이 김 씨이고 왕족임을 말하는 것이다. 순원은 진흥왕-구륜-선품-순원으로 이어지는 진흥왕의 증손자이다.

(4) a. (효성왕) 3년[739년] 봄 정월 조부, 부의 묘에 제사하였다. 중
시 의충이 죽어서 이찬 신충을 중시로 삼았다[春正月拜祖考廟
中侍義忠卒 以伊飡信忠爲中侍. ― 2월 왕제 헌영을 제수하여
파진찬으로 삼았다[― 二月 拜王弟憲英爲坡珍飡].

b. 3월 이찬 순원의 딸 혜명을 들여 비로 삼았다[三月 納伊飡順
元女惠明爲妃].

c. 여름 5월 파진찬 헌영을 봉하여 태자로 삼았다[夏五月 封波珍
飡憲英爲太子].

d. 4년[740년] 봄 3월 당이 사신을 보내어 부인 김씨를 책봉하여
왕비로 삼았다[四年 春三月 唐遣使冊夫人金氏爲王妃]. <『삼국
사기』 권 제9 「신라본기 제9」 「효성왕」>

만약 박 씨 왕비의 책봉이, 효성왕이 혜명왕비와 혼인하였다는 말과
합치하지 않는다는 말이라면 박 씨 왕비와 혜명왕비 가운데 어느 한 사
람만 효성왕의 왕비라는 생각을 할 수도 있다. 효성왕의 첫 왕비가 '박
씨'였는데 나중에 혜명왕비 '김 씨'를 다시 들였는지, 아니면 첫 왕비가
혜명왕비인지 논란거리가 되는 것이다. 그래서 두 문장이 합치하지 않
는다는 것이라면 첫 왕비 박 씨의 존재는 미궁에 빠진다.

그러나 이렇게 '아래 문장'을 세 번째 문장으로 보는 해석은 무리하
다. 우선 박 씨 왕비 책봉은 738년의 일이고, 김 씨 왕비 책봉은 740년
의 일이다. 이 두 사건은 햇수가 2년 차이나는 별개의 사건이다. 무엇보
다 두 왕비의 성이 다르다는 것이 이것을 명백하게 증언하고 있다. 그
리고 박 씨 왕비 책봉은 2월이고 김 씨 왕비 책봉은 3월이다. 달이 다
르다는 것도 이 두 왕비의 책봉은 별개 사안임을 말해 준다.

그러므로 효성왕이 738년 2월 당 나라 황궁에서 현종에 의하여 신라

왕으로 책봉될 때 태자비 박 씨도 함께 왕비로 책봉되었다고 보아야 한다. 효성왕은 즉위 시에 태자비 박 씨가 있었고 그 박 씨가 738년 2월에 당 나라로부터 왕비 책봉을 받았다.

그런데 다시 739년 3월에 김순원의 딸(?) 혜명을 새로 비로 맞이하였고, 740년 3월에 당 나라가 사신을 보내어 '김 씨 부인 혜명을 왕비로 책봉한' 것이다. 당 나라에 통보가 즉시 이루어졌다면 4개월에서 6개월 정도 후에 책봉되어야 하는데 1년이나 걸린 것도 이상하다. 동일 시기에 두 왕비를 책봉하지 않는다고 보면 전 왕비는 폐비된 것이다. 성덕왕 때부터 책봉되어 있던 태자비 출신의 왕비 박 씨가 폐비된 것이다. 아니면 비궁에 유폐되었을 것이다. 박 씨 왕비가 폐비되고 계비로 김순원 집안의 혜명왕비가 들어왔다는 것은 그 사이에 권력 구도가 바뀌었다는 것을 의미한다. 여기서도 태자비 박 씨를 선택하고 지원하고 있던 세력의 쇠퇴를 볼 수 있다.

그 바뀐 요인은 무엇일까? 그것은 성덕왕의 승하밖에 없다. 성덕왕은 자신의 계비였던 소덕왕후 집안, 김순원 집안을 피하여 박 씨 집안에서 태자 승경의 태자비를 선택한 것이다. 그런데 그 결정이 외할머니 요석공주가 했던 결정과 마찬가지로 자신이 겪었던 불행을 아들 승경에게도 똑같이 겪게 만들었다. 그 결정은 다시 김순원 집안의 거부를 사게 되어 효성왕은 박 씨 왕비를 폐비당하고 어쩔 수 없이 김순원 집안에서 계비 혜명왕비를 들여올 수밖에 없었다. 이것은 이미 사망한 어머니 엄정왕후의 친정 김원태 집안인 외가도 힘이 없고 처가인 박 씨 집안도 힘이 없어 정치적 세력이 취약한 효성왕이 겪을 수밖에 없었던 비극이다.

이 시기 신라 천하에서는 자의왕후의 친정 집안인 김순원 집안을 꺾거나 견제할 세력이 하나도 없었다. 원래는 이렇게 가면 시해 후 찬탈로 가게 마련이다. 먼 훗날 일어난 그 현상이 780년 4월의 제36대 혜공왕 시해이다. 소덕왕후의 딸 사소부인의 아들인 김양상이 외사촌 혜공왕을 시해하고 제37대 선덕왕으로 즉위하였다. 사소부인은 김순원의 딸인 소덕왕후의 딸일 것이다. 김양상은 김순원의 외손녀의 아들이다. 혜공왕의 고종사촌인 것이다.

2. 소덕왕후는 효성왕의 생모가 아니다

제34대 효성왕 승경, 그의 어머니는 누구일까? 법적인 어머니야 당연히 제33대 성덕왕의 최종 왕비인 소덕왕후이다. 그러나 성덕왕은 최소한 3명의 왕비와 산 것으로 보인다. 성정왕후, 엄정왕후, 소덕왕후가 그들이다. 성덕왕의 아들들이 각각 어느 왕비의 소생인지는 간단하게 정리될 수 없다.

효성왕이 소덕왕후의 친아들이라는 보장은 아무 데도 없다. 효성왕은 (1), (2)에서 보듯이 『삼국사기』, 『삼국유사』 모두에 소덕왕후의 아들이라고 기록되어 있다. 그렇지만 이것은 잘 해석해야 하는 기록이다. 이것은 법적 어머니인 성덕왕의 최종 왕비를 적은 것이지 효성왕의 생모를 적은 것이 아니다.[11] 효성왕이 성덕왕의 제2자라는 것과 그의 어머니가

---

11) 현대 한국 사회에서도 이혼하여 떠나 버린 전처가 낳은 어린 아이들에게 새 어머니가 너의 어머니라고 말하고, 또 새 어머니도 그 아이를 자기 아이처럼 길러 주기를 바라는 아버지가 얼마나 많은가? 그러나 피는 물보다 진하다. 짐승이라면 몰라도 인간은 결국 제 어미를 알게 되고, 알고 나면 새 어머니에 대한 증오는 상상을 초월한다. 이를 알면 남자들이 정신을 차려야 하는데 알면서도 그러지 못하는 것이 남자들

소덕왕후라는 것은 다 이유가 있어서 그렇게 적힌 것이다.

(5)에는 성덕왕 중반기의 몇 가지 사건들을 모아 놓았다.

(5) a. (성덕왕) 13년[714년] 봄 2월 — 왕자 김수충을 당으로 파견하
여 숙위하게 하니 현종은 집과 비단을 주고 써 총애하며 조당
에서 연회를 베풀어 주었다[十三年 春二月 — 遣 王子金守忠
入唐宿衛 玄宗賜宅及帛以寵之 賜宴于朝堂].

b. 14년[715년] 12월 — 왕자 중경을 봉하여 태자로 삼았다[十二
月 — 封王子重慶爲太子].

c. 15년[716년] 3월 — 성정*{혹은 *엄정이라고도 한다*.}*왕후를
내보내는데 비단 500필과 밭 200결과 조 1만 석, 주택 1구역
을 주었다[三月 — 出成貞*{一云嚴貞}*王后 賜彩五百匹田二
百結租一萬石宅一區]. 주택은 강신공의 옛집을 사서 주었다[宅
買康申公舊居賜之].

d. 16년[717년] 6월에 태자 중경이 죽어 시호를 효상태자라 하였
다[六月 太子重慶卒 諡曰孝殤]. — 가을 9월에 당으로 들어갔
던 대감 수충이 돌아왔는데 문선왕, 십철, 72 제자의 도상을
바치므로 그것을 태학에 보냈다[秋九月 入唐大監守忠廻 獻文
宣王十哲七十二弟子圖 卽置於大學]. <『삼국사기』권 제8 「신
라본기 제8」「성덕왕」>

(5a)에는 714년 2월에 '왕자 김수충'이 당 나라로 숙위를 떠났다. 그
가 누구의 아들인지는 제5장에서 다 논증하였다. 그는 제32대 효소왕의
아들이다. 요석공주의 정적 순원의 딸 소덕왕후가 숙부 성덕왕의 새 왕

의 애증(愛憎)의 현실이다. 남자들은 짐승에 가깝기 때문에 그렇다. 『소학』에는 '사람
이 배운 바가 없으면 짐승에 가깝다.'고 하였다.

비로 들어오기 직전인 719년 수충은 당 나라로 다시 돌아갔다. 수충은 김교각이란 이름으로 당 나라에서 75년간 수도하고 99세 된 794년 중국 안휘성 구화산에서 열반하였고, 그의 시신에 금을 입혀 등신불을 만들어 오늘날까지도 지장보살의 화신으로 추앙한다는 것은 제5장에서 본 바이다.

(5b)에는 715년 12월에 성덕왕이 '왕자 중경'을 태자로 책봉하는 기사가 있다. 이 태자를 '원자'가 아니라 '왕자'라고 한 것이 이상하다. 이 중경은 704년 성덕왕과 혼인한 성덕왕의 선비 엄정왕후의 아들이다. 그러므로 이 아들이 맏아들이라면 당연히 '원자'라고 적혀야 한다. 그런데 이 태자를 원자가 아닌 왕자로 적은 것이다. 어찌 된 일일까?

왕자 중경은 그 이름에 '거듭, 다시 重' 자를 사용한 것이 매우 기이하다. 그의 이름은 '다시 있는 경사, 거듭된 경사'이다. 그러면 그 앞에 '첫 경사'가 있었다는 말이다. 그 첫 경사는 성덕왕과 엄정왕후 사이에 맏아들이 태어난 것일 수밖에 없다. 그 맏아들은 '원경(元慶)' 정도의 이름을 가졌을 것이다. 그는 조졸한 것으로 보인다. 그러므로 중경은 맏아들이 아니라 둘째 아들이다. 704년에 엄정왕후가 성덕왕과 혼인하였으니 조졸한 원경은 705년생쯤 된다. 중경은 707년생쯤 될 것이다. 그러면 715년에 중경은 9살쯤 되었다. 태자로 책봉될 나이가 된 것으로 보인다.

그런데 김수충은 (5a)에서 보듯이 이때 당 나라에 가 있었다. 수충은 중경보다 나이가 더 많아 보인다. 그런데 그는 태자로 책봉되지 못하였다. 왜 그랬을까? 그가 성덕왕의 아들이라면 이런 일이 일어날 수는 없다. 이는 그가 효소왕의 아들임을 뜻한다. 당 나라 현종은 앞으로 신라

왕이 될 것으로 보고 융성한 대접을 하였던 수충이 태자로 책봉되지 못한 데 대해서 어떻게 생각했을까?

이 태자 책봉에 대한 반발로 일어난 사건이 (5c)의 성정왕후의 출궁이다. 효소왕의 왕비 성정왕후는 자신의 아들인 수충이 왕위 계승에서 배제되는 것에 대하여 항의하다가 왕궁에서 쫓겨났을 것이다. 성정왕후가 출궁할 때 성덕왕이 주는 재물들은 이에 대한 위자료로 보인다. 성정왕후에게 잘못이 있어 그가 폐비되는 왕비이라면 그렇게 많은 재물을 줄 리가 없다. 출궁된 신문왕의 첫 왕비 김흠돌의 딸이나, 효성왕의 첫 왕비 박 씨, 경덕왕의 첫 왕비 삼모부인의 경우 위자료를 주었다는 기록은 없다. 어머니가 출궁되고 귀국길에 오른 대감 수충이 (5d)에서 보듯이 서라벌에 왔을 때는 공교롭게도 태자 중경이 사망하여 신라 왕실은 상중(喪中)이었다.

(5d)에서 보듯이 717년[성덕왕 16년] 6월에 태자 중경이 사망하였다. 요석공주가 간택한 엄정왕후의 아들인 중경이 태자로 봉해지는 데까지는 요석공주 세력이 실권을 잡고 있었을 것이다. 그런데 그 태자가 사망하였다. 이 일로 가장 이득을 보는 사람들은 누구일까? 반요석공주 세력일 것이다. 그 세력은 어떤 사람들일까? 이는 요석공주 시절, 즉 신문왕, 효소왕, 성덕왕 전반기까지의 40여 년 동안 화려한 정치적 각광을 받기도 하고 모반에 연루되어 파면의 나락으로 떨어지는 정치적 부침을 겪다가 요석공주 사후에 권력을 틀어쥐게 되는 세력이라 할 수 있다.

어떤 세력인가? 요석공주가 사망한 시점, 716년 3월부터 720년 3월까지의 4년 사이인 그 시점 이후에 권력의 중심부로 진입하는 사람은 누구인가? 그가 김순원이다. (6)에서 보듯이 720년 3월에 새로 왕비로 들어오는 소덕왕후의 아버지가 바로 김순원이다. 여기서 유의할 것은 김순원이 이때까지 살아 있었는가 죽었는가 하는 점이다. 김순원은 698년[효소왕 7년] 2월 대아찬[5등관위명]으로서 중시가 되었다. 이때 50여 세였으면 720년에는 70여 세이다. 이때까지는 살아 있었을 것이다.

> (6) (성덕왕) 19년[720년] 3월 이찬 순원의 딸을 들여 왕비로 삼았다
> [三月 納伊飡順元之女爲王妃]. 6월 왕비를 책립하여 왕후로 삼
> 았다[六月 冊王妃 爲王后].
> <『삼국사기』 권 제8 「신라본기 제8」 「성덕왕」>

김순원은 중시로 있던 700년[효소왕 9년] 5월에 '경영의 모반'에 연루되었었다. 700년 6월 1일 딸 신목왕후를 잃은 후 요석공주는 경영을 복주하고 중시 김순원을 파면하였다. 그리고 김순원의 세력인 자의왕후의 여동생 운명과 그 남편 김오기, 그 아들 김대문 등을 박대하였을 것이다. 그 40년 사이에 이렇게 정치적 부침을 겪은 인물이 따로 없다. 그 김순원이 파면된 지 20년이 지난 이 시점에 권토중래하는 형국이 되었다. 정권 실세의 교체가 있었다고 볼 수밖에 없다.

성덕왕은 (5d)에서 보듯이 태자로 봉해진 왕자 중경을 잃었다. 그리고 그 얼마 후 왕비 엄정왕후도 사망하였을 것이다. 오대산 북대에서 속세로 돌아온 성덕왕의 인생이 외롭고 고달파 보인다. 그렇다고 외할머니 요석공주와 할머니 자의왕후의 친정 집안이 싸우는 그 권력 암투를 조정하거나 중재할 능력이 그에게 있었을 리도 없다. 속만 앓으면서 늙어갈 수밖에 없는 것이 힘없는 허수아비 왕의 신세이다. 죽은 아들의 시호를 효상태자(孝殤太子)로 정하고 아픈 마음을 달랠 수밖에 없었다.

태자 중경이 사망하고, 또 엄정왕후와 외할머니 요석공주가 사망한 후, (6)에서 보는 대로 720년[성덕왕 19년] 3월에 김순원의 딸 소덕왕후가 새 왕비로 들어왔다. 성덕왕은 재혼한 것이다. 이미 3년 전에 태자는 죽었고 그 후에 엄정왕후와 요석공주도 세상을 떠났다. 모든 장애물이 없어진 것으로 보인다. 권력은 이제 김순원 세력, 즉 반요석공주 세력이 장악하게 되었다.

그런데 (7)에서 보듯이 새 왕비가 들어온 뒤로부터 만 4년 뒤인 724년[성덕왕 23년] 봄에 왕자 승경(承慶)[훗날의 효성왕]을 세워 태자로 삼았다. 그런데 이 '승경'이란 이름이 이상하다. 승경이라는 이름은 '이을 承', '경사 慶', '이어진 경사'이다. 이 이름이 참으로 이상하다.

(7) (성덕왕) 23년[724년] 봄에 왕자 승경을 세워 태자로 삼았다[春 立王子承慶爲太子]. 널리 사면하였다[大赦]. — 겨울 12월 — 소덕왕후가 사망하였다[冬十二月 — 炤德王妃卒]. <『삼국사기』 권 제8 「신라본기 제8」 「성덕왕」>

이 왕자 승경이 720년 3월 성덕왕과 재혼한 김순원의 딸 소덕왕후의 아들일까? 그렇다면 그것은 이어진 경사가 아니라 새로운 경사이다. 새로 들어온 아내가 첫 아들을 낳았는데 그 이름을 전처가 낳은 아들 출생의 경사인 중경에 이어 승경이라 이름을 짓는 것은 상식에 어긋난다. 이 승경이 소덕왕후 소생이라면 태자가 될 때 많아야 4살이다. 4살이라고 태자로 책봉될 수 없는 것은 아니다. 그러나 그것은 아무래도 어색한 일이다.

『삼국사기』 (8)의 효성왕 즉위년의 첫머리 기사의 '효성왕의 어머니

가 소덕왕후'라는 기록은 잘 해석해야 하는 기록이다. 그리고 (9)의 『삼
국유사』의 '어머니는 소덕태후이다.'도 잘 해석해야 한다.

(8) (737년) 효성왕이 즉위하였다[孝成王立]. 휘는 승경이다[諱承慶].
성덕왕 제2자이다[聖德王第二子]. 어머니는 소덕왕후이다[母炤德
王后]. 널리 사면하였다[大赦]. <『삼국사기』권 제9 「신라본기
제9」 「효성왕」>

(9) 제34 효성왕[第三十四 孝成王]. 김 씨이다[金氏]. 이름은 승경이
다[名承慶]. 아버지는 성덕왕이다[父聖德王]. 어머니는 소덕태후
이다[母炤德大后]. 왕비는 혜명왕후이다[妃惠明王后]. 진종 각간
의 딸이다[眞宗角干之女也] <『삼국유사』권 제1 「왕력」 「효성
왕」>

(8)과 (9)를 그대로 믿어서는 안 된다. 여기서 효성왕 승경의 어머니
가 소덕왕후라고 적은 것은 효성왕의 생모가 소덕왕후라는 뜻이 아니
다. 승경의 법적인 어머니, 즉 성덕왕의 마지막 왕비가 소덕왕후라는 것
을 적은 것일 뿐이다. 이제 승경의 생모가 소덕왕후가 아님을 증명하기
로 한다.

그 제1 증거는 소덕왕후가 왕비로 있은 기간이 너무 짧다는 것이다.
724년 12월 이 희대의 권력 투쟁에서 키 스톤 역할을 한 소덕왕후가
사망하였다. 720년 3월에 왕비가 되었으니 불과 5년 동안 왕비로 있었
다. 그런데 그 5년 동안에 몇 명의 아이를 낳을 수 있었겠는가? 721년
초에 1명, 723년 초에 1명, 724년 말에 1명 도합 3명을 낳으면 최대로
낳은 셈이다. 소덕왕후의 아들임이 분명한 왕자는 제35대 경덕왕 헌영
이다. 그런데 (10)에서 보듯이 743년[경덕왕 2년] 12월에 당 나라에 하

정사로 파견된 경덕왕의 왕제가 있다. 이 왕자의 어머니가 누구인지 불분명하다. 현재로서는 소덕왕후의 아들이라 할 수밖에 없다. 그러면 승경은 소덕왕후의 아들이기 어렵다.

> (10) (경덕왕) 2년[743년] 겨울 12월 왕제를 파견하여 당 나라에 가서 하정하였다[二年冬十二月 遣王弟入唐賀正]. (당 현종은) 좌청도 솔부 원외장사를 수여하였다[授左淸道率府員外長史]. 녹포와 은대를 주고 놓아 보내었다[賜錄袍銀帶 放還]. <『삼국사기』 권 제9 「신라본기 제9」 「경덕왕」>

그리고 또 파진찬 김효방(金孝芳)과 혼인하여 김양상[제37대 선덕왕]을 낳은 성덕왕의 딸 사소부인이 있다. 제36대 혜공왕을 시해하고 스스로 왕위에 오른 제37대 선덕왕 김양상이 (11)에서 보듯이 성덕왕의 외손자이다. 그의 어머니가 사소부인이다. 이 공주도 소덕왕후의 딸이라고 할 수 있을까? 나중에 그 아들 김양상이 실권자가 되어 시중과 상대등을 거쳐 외사촌 혜공왕을 시해하고 왕위에 오르는 것을 보면 그 공주도 김순원의 외손녀라고 보아야 할 가능성이 크다. 점점 더 승경이 소덕왕후의 아들일 수 없음이 굳어진다.

> (11) (780년) 선덕왕이 즉위하였다[宣德王立]. 성은 김 씨이다[姓金氏]. 휘는 양상이다[諱良相]. 내물왕 10세손이다[奈勿王十世孫也]. 아버지는 파진찬 효방이다[父海湌孝芳]. 어머니는 김 씨 사소부인이다[母金氏 四炤夫人]. 성덕왕의 딸이다[聖德王之女也].
> <『삼국사기』 권 제9 「신라본기 제9」 「선덕왕」>

소덕왕후는 젊어서 사망한 것이 확실하다. 720년에 성덕왕이 왕비로 들였을 때 건강에 문제가 있었을 리가 없다. 젊은 왕후의 갑작스러운 죽음은 출산과 관련될 가능성이 크다. 그렇다면 소덕왕후는 (10)의 경덕왕의 아우나 (11)의 사소부인을 낳고 그 출산 후유증으로 사망하였을 것이다.

그 제2 증거는 앞에서 본 대로 승경의 형 '태자 중경'을 '원자 중경'이라고 하지 않고 '왕자 중경'이라고 한 데서 온다.[12] 왜 그럴까? 이것은 매우 중요한 사실을 말해 주고 있다. 그는 첫 아들이 아니다. '重'은 '거듭, 다시' 라는 의미이다. '다시 경사가 있었다. 거듭된 경사이다.' 첫 번째 경사, 거듭된 경사이다. 그의 이름 중경은 둘째 아들의 이름이다. 그러면 처음 있었던 경사는 무엇이었을까? 당연히 첫 아들의 출생이다. 그 첫 번 째 경사는 불행으로 끝났다. '원자 원경이' 죽은 것이다. 이제 성덕왕의 태자 중경이 '원자 중경'으로 적히지 않고 '왕자 중경'으로 적힌 이유도 밝혀졌다. 태자 중경은 둘째 아들인 것이다. 성덕왕과 엄정왕후가 704년에 혼인하였으므로 정상적이라면 맏아들은 705년 경에 태어났을 것이다. 그리고 중경은 빨라야 707년생이다. 태자로 봉해지던 715

12) 왕의 정식 왕비가 처음 낳은 아들이 원자이고, 할아버지가 왕일 때 태자의 아들로 태어난 첫 아들은 원손이다. 효소왕 이홍이 원손이 아닌 것은 그가 정식 왕비에게서 태어나지 않았기 때문이다. 필사본 『화랑세기』에는 태종무열왕 재위 시에 태어난 법민의 첫 아들 '소명전군'을 '太孫(태손)'이라 적었다. 문무왕은 아버지 김춘추가 왕이 되기 전에 태어났지만, 그때는 선덕여왕 시대일 것이므로 원손, 태손 등으로 불리었을 리가 없다. 그러니 아버지 태종무열왕이 즉위한 뒤인 655년 3월 '원자 법민을 책립하여 태자로 삼았다[立元子法敏爲太子].'고 '원자'로 기록되었다. 서정목(2015e)에서 저자는 '원자'와 '왕자'가 『삼국사기』에서도 분명하게 명백하게, 한 번도 혼동되지 않고 구분되어 적혔다는 것을 입증하였다. 그러므로 누구든 687년[신문왕 7년](?) 2월에 태어난 신문왕의 '원자'가 691년[신문왕 11년] 3월 1일 태자로 책봉된 왕자 이홍과 같은 사람이고, 그 이홍이 효소왕이 되었으니, 효소왕이 신문왕의 원자이고 6살에 즉위하였다고 쓰면 그는 원자와 왕자도 구분하지 못한 무식한 사람이 된다.

년 12월에는 9살이다. 정상적으로 보인다. 이 죽은 왕자 중경의 시호는 앞에서 본 대로 효상태자(孝殤太子)이다.13) 그는 11살 이하의 나이에 죽은 하상(下殤)에 해당한다. 성덕왕의 '원자'는 누구인가? 기록에 없다. 7살 이전에 무복지상(無服之殤)으로 일찍 사망하였기 때문이다. 716년 3월에서 720년 3월 사이에 요석공주가 죽었다. 요석공주가 죽기 전까지 엄정왕후는 세 아들을 두고 시외할머니의 비호 아래 평온하게 살았을 것이다. 세 아들은 누구인가? 원경(?), 중경, 승경이다. 이 성덕왕의 왕자들에 대하여 자세히 아는 것, 이것이 「원가」를 이해하는 데에, 그리고 이 시기의 신라 정치사를 이해하는 데에 매우 중요하다.

그 제3 증거는 왕자들의 이름으로부터 온다. 엄정왕후의 아들인 태자의 이름은 중경이다. 승경은 이 이름과 비슷하다. 이미 당 나라의 현종의 형제들이 융(隆)자 돌림이라는 것이 다 알려져 있었을 것이다. 이때쯤에는 아들들의 이름을 돌림자를 이용하여 지었을 가능성이 크다. 태종무열왕의 아들들의 이름이 법민, 인문, 문왕, 노단, 지경, 개원, 거득, 마득 등인 것과는 차이가 난다.14) 승경이라는 이름과 소덕왕후의 아들

13) 이 '殤(상)' 자는 '일찍 죽을 殤'이다. 7세 이하에 죽은 것을 무복지상(無服之殤), 8세부터 11세 사이에 죽은 것을 하상(下殤), 12세부터 15세 사이에 죽은 것을 중상(中殤), 16세부터 19세 사이에 죽은 것을 장상(長殤)이라 한다. 그는 성덕왕과 성정왕후의 둘째 아들이기 때문에 빨라야 707년생이다. 717년 유월에 죽었으니 나이가 많아야 10살이다. 하상에 속한다. 이로 보면 왕자의 조졸이 이렇게 『삼국사기』에 적힌 경우와 적히지 않은 경우의 기준을 짐작할 수 있다. 아마 7세 이하로 조졸한 무복지상은 기록에 남기 어려운 것으로 보인다. 오식이라고 생각하지만 신라 중대 정치사 연구로 박사 학위를 받았다는 책에는 이 '孝殤'을 '孝傷'으로 적고 있다. 만약 그 대학원생이 아직도 이 '殤' 자와 그 '傷' 자를 구분하지 못하고 있다면 그는 성덕왕의 왕자들에 대하여 제대로 파악하고 그 박사 학위 청구 논문을 썼다고 할 수 없다. 글자 한 자, 획 하나, 이 경우 편방 하나가 얼마나 큰 의미를 지니는지 알아야 한다.

14) 거득(車得[술위실]), 마득(馬得[말실])은 서자들의 이름이다. 거득은 '수레에서 얻은 아이', 마득은 '말 위에서 얻은 아이'라는 의미를 연상시킨다. 김유신의 자녀들이 진광(眞光), 신광(信光), 제1자 삼광(三光)으로 기록되다가 제2자 원술(元述), 제3자 원정(元

로 보이는 경덕왕의 이름 헌영이 전혀 다른 글자를 사용하고 있다. 그에 비하여 중경과 승경은 너무나 비슷한 이름이고 사연이 있는 이름이다. 중경과 승경은 동모형제이고, 헌영은 다른 어머니 소생일 것이라는 사실을 이름으로써도 알 수 있다. 물론 수충은 또 다른 어머니의 아들이다. 아마 경덕왕 2년에 당 나라에 사신으로 간 경덕왕의 왕제가 소덕왕후의 아들이었다면 그는 'O영', 또는 '헌O'라는 이름을 가졌을 것이다. 그것도 어딘가에 기록이 남아 있을지 모른다.

그 제4 증거는 효성왕 승경의 출생년도로부터 온다. 성덕왕과 소덕왕후가 혼인한 것이 720년 3월이므로 그가 만약 소덕왕후 소생이라면 빨라야 721년생이 된다. 그러면 태자로 책봉된 724년 봄에는 4살이고, 즉위한 737년에는 17살이다. 그 어린 나이에 박 씨를 태자비로 들이고 그 왕비를 폐비시키고, 또 739년 19살에 혜명왕비와 재혼하였을까? 상식적으로 보아 그렇게 되기는 어렵다.

그 제5 증거로는 효성왕이 소덕왕후 소생이라면 소덕왕후의 아버지인 김순원이 자신의 외손자인 효성왕을 민 신충을 견제하였다는 것이 합리적이지 않음을 들 수 있다. 물론 외척 세력인 김순원이 왕당파로 보이는 신충을 견제하였다는 설명이 가능하기는 하다. 그러면 왕당파인 신충이 적대적 외척인 김순원의 외손자를 민 것을 역시 설명하기 어렵다. 신충이 원래 김순원의 외손자인 태자 승경의 편이 아니기 때문에

貞)으로 기록되었다. 그리고 마지막 단계에서는 제4자 장이(長耳), 제5자 원망(元望)으로 기록되었다. 'O광'자 돌림이 한 어머니 자녀들이고, '원O'자 돌림이 또 다른 어머니 자녀들일 것이다. '장이'는 이름이 특이하다. 귀가 특별히 컸을지도 모른다. 그러나 어머니가 달랐을 가능성도 있다. 이때쯤 태종무열왕의 딸 지조공주가 외삼촌 김유신에게 시집갔을 것이다. 지조공주를 문명왕후 소생으로 보기 어려운 면이 있다. 설마 누이동생이 낳은 16살짜리 친 생질녀를 61살이 된 김유신이 아내로 취했겠는가? 하기야 왕이 하사하는데 신하가 거절할 방법도 없었을 것이다.

태자 승경이 신충에게 도움을 청했다고 설명할 수도 있을 것이다. 그러면 김순원 집안이 태자 승경을 미는 것이 확실한 정황을 찾아야 한다. 그런데 『삼국사기』가 보여 주는 이후의 역사 전개는 김순원 집안이 효성왕을 지지한다는 증거가 하나도 없다. 사사건건 대립하는 것으로 보인다. 김순원 집안이 태자 승경을 지지하고, 신충이 태자 승경을 지지하지 않았는데 나중에 잣나무 아래의 약속으로부터 태자 승경을 지지했다고 보는 현재의 「원가」에 대한 설명은 틀린 것이다. 모든 역사적 사실과 합치하지 않는다. 김순원 집안은 처음부터 끝까지 승경의 편이 아니었다. 그들은 승경의 아우 헌영의 편이었다.

그 제6 증거로는 승경을 소덕왕후 소생으로 보면 다 같은 소덕왕후의 아들인 효성왕과 헌영이 불화를 빚는 현상을 설명할 수가 없다는 것을 들 수 있다. 효성왕의 박 씨 왕비를 어떻게 하고(?) 김순원 집안의 딸인 혜명왕비가 계비로 들어오자 말자 효성왕은 헌영을 태자로 봉한다. 이상하다. 그 당시의 의술이 얼마나 발전했기에 2달 만에 혜명왕비가 '남편은 아들을 낳을 수 없다.'고 판단한다는 말인가? 더욱이 효성왕은 후궁인 영종의 딸을 사랑하였다. 혜명왕비가 투기를 하여 친정인 김순원 집안의 족인들과 모의하여 그 후궁을 죽였다. 후궁의 아버지는 왕비의 종당을 원망하여 모반하였다. 이 '영종의 모반'을 진압하고 영종을 죽인 것이 효성왕일까? 그럴 리가 없다. 사랑하는 여인, 죽은 후궁의 아버지를 효성왕이 죽였을 리가 없다. 그것은 혜명왕비의 친정 김순원 집안사람들이 한 일이다.15)

---

15) 「원가」 논의에서 가장 중요한 사실은 '태자 승경' 대 '왕자 헌영'의 왕위 다툼이다. 왕위 다툼이 가장 극악한 것은 이복형제 사이이다. 그러므로 효성왕과 경덕왕이 같은 어머니의 피를 나눈 동복형제인가, 아니면 남보다 더 원수 같은 이복형제인가 하

어지러운 논의를 정리하기로 한다. 효성왕의 생모는 누구인가? 효성왕의 이름 승경(承慶)과 그 아우의 이름 헌영(憲英)이 모든 것을 말해 준다. 이 두 왕자의 어머니는 다른 사람이다. 승경은 이어진 경사이다. 그의 출생 앞에도 경사가 있었다. 그의 형의 이름은 중경(重慶)이다. 거듭된 경사이다. 그렇다면 중경의 앞에도 또 한 번의 경사가 있어야 한다. 그것이 첫 번째 경사 원경(元慶)의 출생이다. 성덕왕의 이 세 왕자가 이어진 경사에 취해 있었던 성덕왕 전반기, 요석공주의 전성기에 같은 어머니 선비 엄정왕후에게서 태어난 요석공주의 딸 쪽의 증손자들이다. 신목왕후의 손자들인 것이다.

이 시기는 엄정왕후가 왕비로 있던 704년 봄부터 그가 사망하여 소덕왕후가 들어오는 720년 3월 사이의 16년에 해당한다. 16년만이라도 이렇게 행복하게 살 수 있었으면, 왕실에서는 그 정도면 족한 것이다. 권불십년(權不十年)인데. 그 사이에 엄정왕후가 아마도 705년쯤 원자인

는 이 문제는 「원가」 논의의 대세를 읽는 데 핵심 요인이다. 그런데 『삼국사기』는 이들이 동복형제라고 명시적으로 적고 있다. 그것을 깨부수려면, 그리하여 이 둘이 어머니가 서로 다른 이복형제라는 것을 주장하려면, 『삼국사기』의 '효성왕의 어머니가 소덕왕후이라.'는 기록은 법적 어머니를 적은 것이고, 경덕왕이 효성왕의 '동모제'라는 것은 법적 어머니가 같다는 뜻이지 생모가 같다는 뜻은 아니라는 것을 밝히려면 저자는 아무리 사소한 사실이라 하더라도 하나도 놓칠 수 없다. 이 논증의 성공 여부가 이 책의 명운을 가르는 갈림길이 되기 때문이다. 언어학에서는 사실적 디테일[언어 자료]에 충실하지 못한 이론적 연구는 학문으로서의 가치가 없다고 본다. 역사학, 문학도 그래야 한다. 어떤 분야든 과학적 학문이 되려면 증거에 의한 논증이 되어야 한다. 문학 연구서, 역사 연구서에는 아무 논거 없는, 논증되지 않는 거대 담론이 난무하고 그것들이 정설로 굳어져 있다. 그러한 공상은 학문이 아니다. 이 책과 관련하여 대표적인 것이 '신충이 벼슬을 얻기 위하여 「원가」를 지었다.' '김흠돌의 모반은 왕권 강화를 위하여 진골 귀족 세력을 거세한 것이다.'로 설명하는 것이다. 그리고 역사적 사실을 무시한 대표적 사례는, '신충이 벼슬을 버리고 지리산에 피은하였다.' '효소왕이 신문왕의 원자이고 6세에 즉위하여 16세에 승하하였다.' '성덕왕이 12세에 즉위하였거나, 아니면 김흠돌의 딸이 낳은 효소왕의 이복형이라.'는 것이다.

첫 아들 원경을 낳았고, 707년쯤 둘째 왕자 중경을 낳았으며, 710년쯤에 승경을 낳았을 것이다. 중경은 태자로 봉해지던 715년에 9살쯤 되었고, 승경은 태자로 봉해지던 724년에 많으면 15살쯤 되었을 것으로 보인다. 그렇다면 태자로 책봉되는 이 시점에 그의 혼인이 이루어졌을 가능성이 크다. 그 태자비가 박 씨 왕비로 기록되어 있다.

효성왕 승경은 소덕왕후의 처지에서는 이른바 전처의 아들이다. 헌영은 소덕왕후의 아들이다. 효성왕의 어머니가 소덕왕후라는 것은 생모를 적은 것이 아니고 법적인 어머니인 성덕왕의 마지막 왕비를 적은 것이다. 효성왕 승경의 생모는 엄정왕후이고 엄정왕후는 720년 이전에 사망하였다. 새로 즉위한 왕의 어머니를 사망한 전 왕비로 적었을 리가 없다. 승경은 중경의 친아우로서 엄정왕후의 아들임에 틀림없다. 그러므로 소덕왕후의 아들인 헌영과 엄정왕후의 아들인 승경은 이복형제(異腹兄弟)이다.

『삼국유사』 권 제5 「피은 제8」의 「신충 괘관」 조에는, '성덕왕 사망 몇 개월 전, 태자 승경이 왕이 되기 위하여 잣나무 아래에서 어진 선비[賢士] 신충에게 애걸하며, 왕이 되면 경을 잊지 않겠다고 잣나무를 두고 맹서하였다.'고 되어 있다. 승경이 소덕왕후의 아들로서 정상적으로 왕위를 계승할 수 있는 굳건한 태자 지위에 있었다면 있을 수 없는 일이다. 승경은 왕이 되기 어려운 처지에 있었다. 왜? 그는 소덕왕후의 아들이 아니고 김순원의 외손자가 아니기 때문이다. 그는 엄정왕후의 아들이다. 그리고 소덕왕후의 아들로는 승경의 이복동생인 헌영이 버티고 있다. 승경은 효성왕이 된 뒤에 공신들에게 상을 줄 때 신충에게 상을 주지 않아서 그로 하여금 「원가」를 창작하게 하였다. 향가 「모죽지랑가」,

「찬기파랑가」, 「원가」는 신라 왕실의 권력 투쟁과 떼려야 뗄 수 없는 인연을 맺고 있다.

그 다음으로 '승경'이 성덕왕의 제2자라는 것을 증명하기로 한다. 역사에는 증명되지 않는 명제도 수없이 많을 것이다. 인간이 기록을 남기는 유일한 동물이긴 하지만 모든 일이 역사 기록에 남을 수는 없다. 그리고 인간은 원래 영악한 동물이라서 자기에게 불리한 역사 기록은 인멸하는 간지(奸智)까지 가진 동물이다. 그러므로 역사상의 모든 명제가 다른 학문 분야의 명제들처럼 정확하게 증명될 수는 없다. 증거가 없기 때문이다. 그러나 이 경우는 증거가 없는 것이 아니다. 왜 승경이 성덕왕의 제2자인가? 그것은 제2자가 살아 있는 아들들 가운데 둘째라는 뜻이기 때문이다. 모든 아들을 통틀어 둘째 아들은 차자(次子)로 적은 것으로 보인다.

그 제1 증거로는 중경이 성덕왕의 '원자'로 적히지 않았다는 사실을 들 수 있다. 중경이 '원자'로 적히지 않은 것은 그의 형이 있었다는 뜻이다. 성덕왕의 원자는 조졸하였을 것이다. 중경도 이미 사망하였다. 그러므로 승경은 엄정왕후가 낳은 아들만으로도 셋째 아들이다. 여기에 효소왕의 아들인 성덕왕의 양자 수충이 있다. 제2자는 사망한 아들은 제외하고 현재 살아 있는 아들들 가운데 제2자라는 말이다. 승경이 성덕왕의 제2자라는 것은 양자 수충과 승경을 헤아린 것이다.

그 제2 증거로는 '중경'이 분명히 둘째 아들의 이름이라는 것을 들 수 있다. '겹칠, 거듭할, 다시 重'을 사용하여 지은 이름 중경은 두 번째 거듭된 경사이다. 두 번째 아들의 출생을 거듭된 경사라고 표현한 것이다. 그러면 첫 번째 경사도 있어야 한다. 아마도 그 첫째 아들의 이름은

'원경'이었을 것이다. 첫 번째 경사이다. '이을, 도울 承'을 사용하여 지은 이름 '승경'은 이어진 경사이다. 첫 번째 경사, 거듭된 경사, 이어진 경사, 그렇게 이름을 지어 후세인들이 짐작이나 할 수 있게 해 주었다. 원경, 중경 등 사망한 아들들을 빼고 살아 있는 아들 양자 수충과 승경을 헤아리면 승경이 제2자가 된다.

그 제3 증거로는 다른 왕들의 경우를 들 수 있다. 문무왕의 아들들의 경우도 '소명'은 전사하여서 제외하고, '정명'을 '장자'라 하였다. 신문왕의 아들들의 순서에서도 성덕왕을 제2자라 하였다. 사망한 효소왕을 헤아리지 않은 것이다. 보ㅅ내태자, 성덕왕, 원자의 순서이다. 그러면 무상선사 김사종은 신문왕의 제3자가 된다. 그것을 보고 중국 측 사서가 무상선사를 성덕왕의 셋째 아들이라고 잘못 기록하고 있는 것이다. 그러므로 성덕왕과 엄정왕후의 아들들 가운데에도 일찍 죽은 첫째 원경과 둘째 중경을 제외하고 셋째 승경을 수충에 이어 제2자로 적은 것이다. 승경[효성왕]은 성덕왕과 엄정왕후 사이의 세 번째 아들이다. 수충은 효소왕과 성정왕후의 아들이지만 성덕왕의 양자이다. 양자 수충도 성덕왕의 아들로 헤아렸다. 승경이 성덕왕의 제2자라는 것은 살아 있는 왕자 수충에 이어서 제2자라 한 것이다.

승경은 친형이 둘이나 죽었고 어머니가 사망하였다. 그리고 어머니를 지탱해 주던 아버지의 외할머니 요석공주도 이승을 떠났다. 고립무원에 가까운 처지에 놓였다. 여기서 태자 승경이 매달린 것이 신충이었다. 그것이 우리가 본 『삼국유사』 권 제5 「피은 제8」 「신충 괘관」 조의 '잣나무 아래의 맹약'이었다. 그러나 그 잣나무 아래의 맹약은 오래 갈 수 없었다. 잣나무는 사시사철 소금을 뿌리지 않는 한 변하지 않을지 몰라도,

인간 세상, 특히 정치판은 변화무쌍하고 의리라고는 없는 인간들의 이익, 탐욕 추구 각축장이다. 신충은 태자 승경을 지지하여 즉위시켰다. 그러나 효성왕이 된 승경은 알려지지 않은 여러 가지 이유로 신충을 배려하지 못하였다. 그리하여 신충은 효성왕을 지지한 것을 후회하는 「원가」를 짓고 변절하여 헌영을 지지하는 세력으로 돌아갔다.

이후 공식적으로는 성덕왕이 다시 혼인하였다는 기록이 없다. 소덕왕후의 사망으로부터도 장장 13년이 지난 737년 2월, 태자 승경은 27세 정도 되었고 헌영은 14세쯤 되었을 때에 성덕왕이 승하하였다. 702년에 22세로 즉위하였으므로 재위 35년, 누린 수는 57세이다.

성덕왕은 오대산에서 왔을 때 형수 성정왕후와 조카 수충을 책임졌다. 수충은 양자처럼 키운 것이 확실하다. 그러나 성정왕후와의 관계는 잘 알 수 없다. 성덕왕은 두 번 혼인하여 첫째 왕비 엄정왕후는 716년에서 720년 사이에 사망하였고, 둘째 왕비 소덕왕후는 724년에 사망하였다.

그 후로는 어떻게 살았을까? 왕자들, 그들을 둘러싸고 있는 세력들 사이의 갈등을 겪으며 살았을 것이다. 배다른 아들 여럿 둔 아버지의 노후, 그것은 뻔한 것 아닌가? 동복형제들이라도 아무리 공정하게 하여도 아들, 딸들은 불평불만이다. 아들, 딸들이야 또 참을 수도 있지. 그 아들, 딸들을 둘러싸고 있는 사돈 집안과 며느리, 사위, 손주, 외손주들의 갈등을 조절할 능력을 가진 할아버지는 이 세상에 단 한 사람도 없다.

저자가 생각하는 역사 연구는, 역사가 기록을 의미하는 한 논리에 맞는 그런 기록을 찾는 것이다. 아니 기록에 남은 그런 흔적을 논리적으로 연결하여 설명 가능한 역사적 진실을 찾는 것이다. 그 논리적 설명에서 나오는 역사적 진실로부터 현재의 삶에 보탬이 되는 교훈을 찾으면, 그때 '역사가 과거와 현재의 대화'가 되는 것이고 미래의 거울이 된다. 그 논리적 설명에 의한 역사적 사실이 현재의 삶에 보탬이 되는 교훈이 되지 않으면 대화는 단절된다. 현재의 삶에 보탬이 되지 않는 인간들과 왜 대화하고 있는가? 그런 역사는 미래의 타산지석(他山之石)은 될지 몰라도 본받을 모범은 아니다.16) 그리하여 우리의 미래가 안 좋은 방향으로 흘러갔을 때 역사에 남은 과거의 악행은 미래의 안 좋은 거울이 된다. 모범이 되든 타산지석이 되든, 역사가 과거와 현재의 대화가 되려면 역사 기록을 논리적으로 연결시켜 역사적 진실을 밝히는 것이 우선해야 한다.17)

3. 혜명왕비는 김순원의 딸이 아니다

『삼국사기』권 제9 「신라본기 제9」 「효성왕」 조는 무성의하게 적혔다. 그것을 보여주는 가장 중요한 사실은 (13=4b)가 말하는 '이찬 순원의 딸 혜명을 들여 왕비로 삼았다.'는 것이다. 효성왕에게는 (13a)에서 보듯이 즉위 시에 박 씨 왕비가 있었다. 738년 2월에 당 나라는 박 씨

---

16) 타산(他山)의 돌은 옥을 가는 데에 사용하는 안 좋은 돌이다. 그 돌은 자신은 안 좋지만 옥은 좋게 갈아 준다. 나쁜 행적을 남긴 인간의 역사 기록도 후세들에게 '아, 저렇게 하면 안 되는 것이구나!' 하는 교훈을 준다. 그럴 때 그 인간의 행적은 타산의 돌이 되는 것이다. 그렇다고 남에게 좋은 교훈 주려고 일부러 악행을 역사 기록에 남기는 사람이야 어디 있겠는가? 살다 보면 그럴 수도 있는 것이지.

17) 그것도 하지 않고서 '역사는 과거와 현재의 대화'라는 서양인[E. H. Carr]의 어구를 입에 달고 다니는 경망한 자들을 저자는 경멸한다. 왜? 그들은 역사적 실체를 밝히는 데에 소홀하고 잡을 수 없는 이념이라는 헛된 뜬 구름에 매달렸기 때문이다.

를 왕비로 책봉하였다. 그런데 (13b)에서 보듯이 그 박 씨 왕비를 폐비했는지, 아니면 박 씨 왕비가 사망하였는지 아무런 기록 없이 739년 3월 이찬 순원의 딸 혜명을 왕비로 들였다. 그러나 (13b)는 틀린 말이다.

(13) a. (효성왕) 2년[738년] 봄 2월 ― 당은 사신을 보내어 조칙으로 왕비 박 씨를 책봉하였다.*{이와 같은 것은 당서에 의거했으나 아래 문장과 합치하지 않는다.}*[二年 春二月 唐遣使詔冊 王妃朴氏*{似是據於唐書 而與下文不合}*].

b. 3년[739년] 3월 이찬 순원의 딸 혜명을 들여 비로 삼았다[三月 納伊飡順元女惠明爲妃]. <『삼국사기』권 제9「신라본기 제9」「효성왕」>

이렇게 되면 소덕왕후와 혜명왕비가 둘 다 김순원의 딸이 된다. 그러면 자매가 아버지와 아들에게 시집온 결과가 된다. 아버지와 아들이 동서가 되는 것이다. 이것은 매우 이상하다. 믿을 수 없다. 저자는 혜명왕비가 '이찬 순원'의 딸이 아니라고 생각한다. (13)은 오류를 포함하고 있다. 『삼국사기』가 잘못 기록하고 있는 것이다. 그것이 무엇일까?

저자는 30여 년 동안 이 혜명왕비가 '김순원의 딸'이라는 것이 마음에 걸렸다. 그래서 김순원이 장수하였고 늦게 젊은 부인을 얻어서 아주 어린 막내딸을 둔 것인가 보다 하였다. 그렇게 가르치기도 하였다.

그리고 '신라 시대 우리 선조들은 우리의 관점에서 보면 참 이상한 사람들이다. 정말로 신라 왕족 김 씨와 가야 왕족 김 씨는 흉노족의 후예라서 7촌 고모[자의왕후]와 혼인한 문무왕도, 친 이모와 혼인한 효성왕도 다 이상하지 않고, 그런 오랑캐의 풍습을 이어받은 것인가 보다.'

하고 가르쳐 왔다.18)

그리고 왕이 딸을 아우에게 출가시켜 조카가 바로 외손자가 되고 백부가 외조부가 되는, 법흥왕과 진흥왕의 관계, 눌지왕과 법흥왕의 관계나 왕이 딸을 4촌에게 출가시켜 5촌 조카가 외손자가 되는 진평왕과 태종무열왕의 관계로 대표되는 수많은 족내혼의 경우를 예로 들어가며 그럴 가능성을 열어 두고 있었다.

신라 역사에서 가장 중요한 이 세 왕이 모두 어머니가 그 전왕이나 전전왕의 공주인 것이다. 그것에서 보편적 원리를 찾을 수 있다. 신라는 여차하면 외손자를 왕위에 올리는 제도를 갖추고 있는 나라이다.19) 왕

---

18) 필사본 『화랑세기』에는 다음과 같은 기록이 있다. 진평왕의 딸인 양명공주[진평왕의 또 다른 공주는 김춘추의 어머니 천명공주이다.]가 아들 양도에게 누나인 보량과 혼인하라고 하였다. 양도는 동기간에 결합하는 풍습을 싫어하였다. 양명공주가 화를 내자 양도는 '제가 누나를 사랑하지 않는 것은 아니지만 사람들이 나무랄까 걱정됩니다. 제가 이적(夷狄[동이북적, 狄은 대체로 흉노, 돌궐, 夷는 대체로 고구려, 백제, 신라])의 풍속을 따르면 부모와 누나 모두 좋아할 것이지만 중국의 예를 따르면 부모와 누나 모두 원망할 것입니다. 저는 오랑캐가 되겠습니다.' 하였다. 이에 공주는 '참으로 내 아들이다. 신국(神國)에는 신국의 도(道)가 있다. 어찌 중국의 도로 하겠는가?' 하였다. 신국의 도는 바로 누나와도 혼인하는 도덕률을 말하는 것이다.

19) 이 경우를 남자들의 처지에서 생각하면 이상하지만 여자들의 처지에서 생각하면 별 이상할 것이 없다. 남편과 아들이 죽은 후, 그리고 손자마저 무자한 채 죽으면, 할머니는 집안을 이어갈 후계자로 딸의 아들을 선택할 수밖에 없는 것이다. 오늘의 유교적 가부장제의 관점에서 생각하면 이상해 보일 것이다. 그러나 끊임없이 이웃 부족들과의 전투를 거치면서 초원을 옮겨 다니며 사는 북방 유목민의 삶에서 보면 하나도 이상하지 않다. 家(가)를 지킬 최고의 지도자를 선택해야 하고 그 후보는 한 단위의 가장 어른인 할머니의 아들들, 손자들, 딸의 남편[사위], 그리고 딸의 아들[외손재]들이 된다. 이 경우 이 할머니의 시숙이나 시동생은 제외되고 아들들이나 사위들, 그 자손들이 후보가 된다는 데에 유의해야 한다. 그러나 이 할머니가 죽으면 그 다음 지도자의 부인의 처지에서는 남편과 같은 항렬인 그 할머니의 아들이나 사위 및 그 자손들은 배제되고, 오로지 이 부인의 아들, 사위, 손자, 외손자가 후보가 된다. 전형적인 모계 사회는 아니지만 부계와 모계가 혼재되어 있고 최종 결정권자가 가장 윗대의 할머니가 된다는 점이 이 시기의 왕위 계승의 원리로 작동하고 있다. 왕과 그 형제들, 그리고 왕의 비속 3촌 이내의 친인척들이 왕궁에 살았다는 성골의 개념은, 바로 '왕의 어머니의 직계 비속만 왕궁에 살았다.'는 것을 뜻한다. 아마 초원에

이 아들 없이 승하하면, 즉 손자가 없으면 왕의 어머니는 즉각 딸의 아들인 외손자를 왕위에 올릴 준비가 되어 있는 것이다.[20]

『삼국사기』의 기록을 그대로 따르면, 효성왕이 김순원의 딸인 소덕왕후의 아들이고 혜명이 또 김순원의 딸이어서, 효성왕이 친 이모를 새 왕비로 들였다는 결과가 된다. 이것이 과연 합당한 해석인가? 과연 아버지가 언니에게 장가들고 아들이 동생에게 장가들어 아버지와 아들이 동서가 되고, 아버지와 아들이 같은 장인, 장모를 두는 것이 진실이었을까? 그럴 리가 없다.

혜명이 김순원의 딸이라는 기록은 (13b) 외에는 아무 데도 없다. 그

서도 하나의 겔 속에는 한 할머니만 있었을 것이다. 그 할머니의 동서는 다른 겔을 가지고 자신의 아들, 손자, 딸, 사위, 외손자들을 거느리고 살았을 것이다. 여기서 농경 사회와 유목 사회의 대조적 모습을 볼 수 있다. 농경 사회를 벗어난, 정보 유목적 사회인 오늘의 한국 사회가 모계 중심, 처가 중심, 외손주 중심의 사회로 옮겨가는 것은 어떻게 보면 당연한 역사적 추이라 할 것이다.

20) 현대 한국도 딸을 아우에게 출가시키지는 않지만 조카보다는 외손주가 훨씬 중요한 방향으로 이행하고 있다. 앞으로 조카를 양자로 들여 상속자로 삼는 사람은 없을 것이다. 그보다는 딸과 외손주를 상속자로 삼는 사람이 일반화될 것이다. 조부모까지 만 모신다고 치면, 입양된 조카는 양부모, 양조부모, 양외조부모, 그리고 친부모, 친조부모, 친외조부모 모두 합쳐서 12명을 보살펴야 한다. 외손주는 자기 부모, 친조부모, 외조부모 모두 6명만 챙기면 된다. 누가 더 잘 모시겠는가? 우리 민법이 일찌감치 아버지의 재산을 어머니와 자녀들이 1.5:1:1:1로 나누어 상속하도록 하고, 유서에서 한쪽으로 몰아 상속한다고 하여도 다른 상대편이 법에 호소하면 상속 유류분을 적용하여 50%만 일방에게 주고 나머지 50%를 다시 앞의 비율과 동등하게 나누도록 한 것은 이를 부추기는 면도 있지만 미래를 위하여 제도를 정비한 면도 있다. 이 민법 하에서는 망자의 처와 자녀 이외에, 망자의 큰아버지도, 작은아버지도, 형도, 아우도 끼어들 수 없고, 하물며 망자의 조카 따위야 근방에도 못 가게 되어 있다. 그런데 무슨 '종중이니, 가문이니'가 작동하겠는가? 유교에 기반한 전통적 가(家) 제도가 무너지고 형제 사이에도 유목민처럼 만인 대 만인의 투쟁이 있을 뿐인 야만의 시대로 접어든 것이다. 통일 신라가 당면했던 문화 충돌의 역방향인 유교 문화에 초원의 문화가 충돌하는 문화 충돌의 시대가 도래한 것이다. 하기야 유교에 순치된 것이 비인간적인 것이고 초원에 살던 모습 그대로의 투쟁적인 사람이 더 인간다운 모습일지도 모른다. 거기에는 생존 경쟁만 있지 형도 아우도 삼촌도 조카도 없다.

러므로 효성왕이 친 이모와 결혼했다는 것은 증명된 진실이 아니다. 『삼
국사기』의 기사 (13b)는 어딘가가 잘못된 것이다. 어디가 잘못된 것일
까? (13b)의 '이찬 순원의 딸'이라는 것은 아무래도 의심스럽다.

김순원은 이미 앞에서 누누이 말한 대로 자의왕후의 동생이다. 문무
왕의 처남인 것이다. 문무왕은 효성왕의 증조부이다. 문무왕은 681년에
56세로 승하하였다. 효성왕이 혜명왕비와 재혼하는 지금 이 시점은 739
년이다. 문무왕이 승하한 681년과 효성왕이 재혼한 739년 사이에는 무
려 58년의 시간 차이가 있다. 어찌 갓 혼인하여 20살도 채 안 되었을
혜명왕비가 58년 전에 사망한 문무왕의 처남의 딸이겠는가? 어찌 자의
왕후의 증손자인 효성왕의 계비가 되는 혜명이 자의왕후의 친정 조카이
겠는가? 우리 할머니의 친정 조카딸이 재혼하는 우리 조카의 아내가 될
수 있겠는가? 있을 수 없는 일이다.

이렇게 상식에 어긋난 기록이 의심스럽지 않았다면 그는 비상식적인
사람이다. 그런데 이것을 의심한 논저가 단 한 편도 없다.[21] 그 정도로
우리 학계는 상식에서 벗어나 있다. 혜명왕비는 절대로 김순원의 딸일
수가 없다. 이를 증명하기 위해서는 다시 『삼국사기』와 『삼국유사』에서
김순원의 딸들이 왕비가 된 왕들의 혼인 기록을 살펴보아야 한다. 그

---

21) 이런 말을 오래 전부터 수없이 하고 돌아다녔고 서정목(2015e)를 구두 발표할 때나
   그 논문 속에 그것을 그렇게 길게 논증해 두었다. 그런데 그 논문과 같은 논문집
   에 실린 이현주(2015)를 읽다가 저자는 절망하였다. 바로 앞뒤에 실린 논문이 어찌
   이리 정반대의 이야기를 쓰고 있는 것일까? 이현주(2015)는 '혜명왕비가 김순원의
   딸이라.'는 것을 추호의 의심도 없이 그대로 확정짓고 있었다. 이 논문집을 읽는 독
   자들은 모두 한국사를 전공하고 박사학위를 받은 사람이 쓴 논문이 옳다고 생각하
   지, 변형문법을 공부하고 은퇴하여 할 일 없어 여기로 역사, 그것도 향가와 관련된
   것만 들여다보는 서정목(2015e)가 옳다고 누가 생각하겠는가? 저자는 더 이상 한국
   사학계에 기대하지 않고 독자적인 역사 책을 쓰기로 결심하였다.

결과에 따르면 '김순원이 혜명왕비의 아버지가 아니라.'는 증거는 세 가지 정도를 들 수 있다.

그 제1의 증거는 '김순원의 관등'으로부터 온다. (14a)에서 보듯이 720년 3월에 소덕왕후가 성덕왕과 혼인하였다. 그런데 그 성덕왕의 아들인 효성왕이 (15a)에서 보듯이 739년 3월에 혜명왕비와 혼인한다. 공교롭게도 3월이라는 달이 일치한다. 그런데 그 19년 사이에 이 두 왕비의 아버지는 여전히 '이찬 순원'이다. 김순원이 19살 차이나는 두 딸을 두지 말라는 법은 없다. 그러나 김순원이 19년 동안 동일한 관등에 머물러 있었다는 것은 정상이 아니다.

이 두 왕비에 대해서는 (14b), (15b)에서 보듯이 모두 책봉 관계를 적어 두어 법적 정통성을 확보하려 애쓰고 있다. 그런데 그 책봉 시기와 기사가 좀 이상하다. 소덕왕비는 혼인한 지 3달 뒤에 왕후로 책봉되었다. 그런데 그 문장에는 주체가 없다. 이것은 당 나라가 책봉한 것이 아니다. 성덕왕이 왕비를 왕후로 책봉한 것으로 보인다. 그런데 혜명왕비는 왕후로 책봉되지 않았다. 그냥 비인데, 그 책봉 주체는 당 나라 현종이다. 현종이 사신을 보내어 부인 김 씨를 책봉하여 왕비로 삼았다고 적고 있다. 부인은 제후의 아내를 일컫는 말이다.

(14) a. 성덕왕 19년[720년] '3월 이찬 순원의 딸'을 들여 왕비로 삼았다[三月 納伊湌順元之女 爲王妃].
    b. 6월 왕비를 책립하여 왕후로 삼았다[六月 冊王妃 爲王后].
        <『삼국사기』 권 제8 「신라본기 제8」 「성덕왕」>
(15) a. 효성왕 3년[739년] ― '3월 이찬 순원의 딸' 혜명을 들여 비로 삼았다[三月 納伊湌順元女 惠明爲妃].

b. 4년[740년] 봄 3월 당이 사신을 보내어 부인 김씨를 책봉하
여 왕비로 삼았다[四年 春三月 唐遣使冊夫人金氏爲王妃].
  <『삼국사기』 권 제9 「신라본기 제9」 「효성왕」>

『삼국사기』에서 볼 수 있는 것은 이것이 모두이다. 더 이상 논의할
수 없다. 그러나 720년에 이찬으로 기록된 순원이 19년이 지난 739년
에도 이찬으로 기록되고 있는 것은 매우 이상하다. 19년의 세월이면,
그가 안 죽고 살아 있었으면 그의 관등이 충분히 한 등급 올라가서 각
간[1등관위명]이 되고도 남을 만한 세월이다. 그는 죽었을까? 그렇다면
아버지가 죽은 뒤에 그의 아들들이 누이동생 혜명을 왕비로 들이는 것
일까? 저자는 한때 그렇게 가르치기도 하였다.
  그러면 김순원은 죽은 뒤에도 내내 이찬이어야 한다. 그런데 이렇게
내내 이찬으로 머물러 있으면 좋으련만, 그는 (16)에서 보면 관등이 '각
간'으로 올라가 있다. 어찌 된 까닭일까?

(16) 제33 성덕왕, 이름은 흥광이다[第三十三 聖德王 名興光]. 본명은
    융기이다[本名 隆基]. 효소왕의 동모제이다[孝昭之母弟也]. 선비
    는 배소왕후이다[先妃陪昭王后]. 시호는 엄정이다[諡嚴貞]. 원태
    아간의 딸이다[元太阿干之女也]. 후비는 점물왕후이다[後妃占勿
    王后]. 시호는 소덕이다[諡炤德]. 순원 각간의 딸이다[順元角干
    之女]. <『삼국유사』 권 제1 「왕력」 「성덕왕」>

이 『삼국유사』의 (16)에 있는 '순원 각간'이 희한한 기록이다. 『삼국
사기』의 각 연도별 월별에 등장하는 관등은 대체로 그 일이 일어나던
당시의 관등을 적은 경우가 많다. 즉위 연도에 그 왕의 가족 관계, 당과

의 외교 관계 등을 기록한 데에는 대체로 최종 관등과 관직을 적는 것이 일반적이다. 그런 점에서는 『삼국유사』의 「왕력」에 적힌 관등도 대체로 최종 관등일 경우가 많다.

그러면 김순원의 최종 관등은 '각간'이라고 보아야 한다. 언제 각간이 되었을까? 720년 3월에 이찬으로 기록되어 739년 3월까지 만 19년 동안 이찬이었던 순원이 언제 각간이 되었을까? 여기에는 『삼국사기』가 품고 있는 중대한 오류가 들어 있다. 『삼국사기』의 (15a)의 739년 3월 '이찬 순원의 딸'의 '순원'은 잘못된 것이다. '순원'이 잘못 들어간 것이다. 절대로 '순원'일 수가 없다. 이 '순원'의 자리에는 다른 사람의 이름이 들어가야 한다. 그러면 누구의 이름이 들어가야 할까? 즉, 혜명왕비의 아버지는 누구일까?

'혜명왕비의 아버지가 김순원이 아니라.'는 그 제2 증거는 바로 『삼국유사』의 기사로부터 온다. 이 수수께끼를 푸는 열대는 『삼국유사』 권 제1 「왕력」의 「성덕왕」 조 바로 옆 줄 「효성왕」 조에 있다. (17)을 잘 읽어 보라. 그리고 (16)을 다시 읽어 보라.

> (17) 제34 효성왕[第三十四 孝成王]. 김 씨이다[金氏]. 이름은 승경이다[名承慶]. 아버지는 성덕왕이다[父聖德王]. 어머니는 소덕태후이다[母炤德大后]. 왕비는 혜명왕후이다[妃惠明王后]. 진종 각간의 딸이다[眞宗角干之女也]. <『삼국유사』 권 제1 「왕력」 「효성왕」>

(17)과 (16)을 보고도 숨이 막히지 않는가? 바로 옆에 있는 이 두 기록을 보고도 '혜명왕비의 아버지가 이찬 순원이라.'고 할 것인가? 저자

는 이 대목을 쓰는 데 닷새를 소비하였다. 너무도 놀라워서 숨을 쉴 수가 없었다. 호흡을 가다듬고, 가다듬었다. 어떻게 쓰는 것이 더 설득력이 있고, 어떤 순서로 쓰는 것이 더 흥미로울까? 여러 방법을 생각하였다. 결국 저자의 사고가 흘러간 대로 쓰자는 것으로 결론이 났다. <u>그것은 현행 한국사 교육을 부정하는 것이다.</u>

저자가 사용하던 옛날의 강의 교재『삼국유사』책「왕력」에는 '順元角干(순원 각간)'과 '眞宗角干(진종 각간)' 사이의 5cm 정도의 공백에, 동그라미 친 '眞宗'으로부터 역시 동그라미 친 '順元'까지로 향하는 방향의 비스듬한 7cm 정도의 화살표가 그려져 있다. 그리고 그 화살표 위에 세로로 '金順元 角干'이라고 쓰고, 화살표 아래에 가로로 '다른 사람일까?'가 적혀 있다. 그리고 동그라미 친 '嚴貞(엄정)'에는 줄을 그어 '成貞(성정)'이라고 적혀 있다. 이 바보는 그때, 그 메모를 할 때, 까마득한 옛날에,22) <u>아무 것도 모르고 용의 꼬리를 잡았다가 무심코 놓쳐 버린 것이다.</u>

그때 이미 저자의 머릿속은 (18)과 같은 편견으로 가득 채워져 있던 것이다.

　(18)『삼국사기』의 기록이 옳고『삼국유사』의 기록은 믿을 수 없다.
　　　『삼국유사』의 기록과『삼국사기』의 기록이 다르면『삼국유사』

---

22) 그 이병도 역(1975),『삼국유사』는 저자가 양정고등학교 교사로 근무하던 1975년 겨울 선배들 따라 멋도 모르고 겉멋에 겨워 월부로 구입한 '한국명저대전집'이라는 상자 단위로 파는 책들 속에 들어 있었다. 그것을 1983년부터 서강대에 와서 '원전판독'을 가르칠 때 비로소 꺼내어『삼국유사』를 제대로 접하였다. 그 전에 학교에 다닐 때는 한문 강독 시간에 이우성 선생님께「고조선」,「경덕왕 충담사 표훈대덕」,「처용랑 망해사」등을 복사하여 배웠다. 그러니 이 메모가 언제 된 것인지 저자에게는 까마득한 옛날 일로 생각될 뿐이다.

의 기록을 『삼국사기』에 맞추어 고쳐 놓고 생각한다.

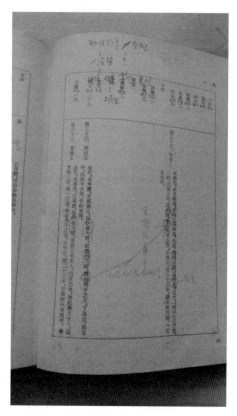

〈저자의 강의 교재 『삼국유사』의 권 제1 「왕력」의 「성덕왕」「효성왕」 부분. 「성덕왕」 조의 '順元 角干'과 「효성왕」 조의 '眞宗角干' 사이에 화살표를 긋고 '다른 사람일까?'는 메모를 하였다. 가운데 에 '金順元 角干'이라고 쓴 것으로 보아 성덕왕 계비 소덕왕후, 효성왕 계비 혜명왕비의 부가 '김순 원'이라는 틀린 선입견을 가지고 있었음을 알 수 있다. 서정목(2015e)를 쓰면서 비로소 '순원'과 '진종'이 부자관계임을 깨달았으니 그 전에야 말할 필요도 없다. 역사를 왜곡하여 잘못 가르치면 이렇게 후세의 사고 구조를 망치게 된다. 무서운 일이다. 국사편찬위원회(1998), 『한국사 9』「통 일신라」103면에 효성왕이 이모와 혼인하였다는 말이 적혀 있다.〉

아! 이 무슨 어리석은 짓이란 말인가? 국어학에서는 그렇게 소리가 다르면 의미가 다르고, 글자는 소리를 적은 것이므로 글자가 다르면 당연히 의미가 다르고, 글자가 같아도 방점이 달리 찍히면 성조가 달라져서 의미가 다르고, 한자의 획 하나가 글자를 바꾸고 뜻을 바꾸고 사람을 바꾼다는 것을 귀에 못이 박히도록 들었건만, 어찌하여 『삼국유사』를 읽을 때는 나도 모르게 (19)와 같은 어리석기 짝이 없는 생각을 하였단 말인고?

> (19) 『삼국사기』에 그렇게 되어 있으니, 일단 이 항목의 '진종'은 당연히 '순원'이어야 하는데 그 사람을 『삼국유사』는 '순원 각간'이라고도 쓰고 또 '진종 각간'이라고도 썼구나. 그리고 『삼국사기』의 '성정*{ 일운 엄정 }*왕후'를 『삼국유사』에서는 '엄정왕후'라고 썼구나.

(18), (19)와 같은 어리석은 생각이 어디서 온 것일까? 한국사 교육에서 왔다. 우리는 한국사 수업에서 귀에 못이 박히도록 (20)과 같은 말을 들었다. 그리고 그렇게 생각하고 살았다.[23]

> (20) 『삼국유사』는 믿을 수 없는 설화들을 후대에 각색, 윤색하여 적은 일화집이고, 『삼국사기』의 기록은 오류가 없는 삼국 시대 역사에 관한 정사이다.

---

23) 나만 그렇게 배운 것일까? 저자가 고 서명(西冥) 정요일(鄭堯一) 선생께 한문을 배울 때, 정 선생은 우전(雨田) 辛鎬烈(신호열) 선생께 배운 대로 가르치면서 '우전 선생님이 『삼국사기』에 오류가 너무 많다고 늘 말씀하셨다.'고 했다. 그때는, 그러면 그것을 지적하여 왜 틀렸는지 논증해야지, 하고 속으로 생각만 하고 정 선생이 그런 일을 할 것으로 믿었다. 그런데 그렇게 일찍 세상을 버릴 줄이야. 저자는 그 후로 내일(來日)은 '나의 날'이 아니라고 생각한다. 그리고 컴퓨터 앞을 떠날 때마다 '나 지금 죽으면 이대로라도 출판하시오.' 하고 당부한다.

그러고서도 "이 '순원'과 '진종'이 다른 사람일까?" 하고 메모를 하고는 까마득히 잊어버리고 2015년도 다 지난 10월 15일 이 시점에 와서야, 어찌 "아! 역시 '순원'과 '진종'은 다른 사람이구나!" 하는 때 늦은 깨달음을 얻었단 말인지. 인간의 기억력의 한계를 절감한다. 그리고 무엇을 볼 때의 인간의 이해 수준은 결코 아는 것만큼의 수준을 넘어설 수 없다는 것도 절감한다.[24]

(17)에서 『삼국유사』 권 제1 「왕력」, 「효성왕」 조는 혜명왕비의 아버지가 '진종 각간'이라고 적었다. 그런데 (16)의 「성덕왕」 조는 소덕왕후의 아버지가 '순원 각간'이라고 적고 있다. 어떻게 된 것일까? '진종'과 '순원'이 같은 사람이 아닌 한 소덕왕후와 혜명왕비는 자매지간이 아니다. 지금까지 모든 신라 중대 정치사 연구 논저가 '이찬 순원의 딸 소덕왕후', '이찬 순원의 딸 혜명왕비'라고 적어 이 둘이 자매지간이고, 이찬 순원은 성덕왕의 장인도 되고 효성왕의 장인도 되며, 성덕왕과 효성왕은 부자지간에 동서가 되었다고 기술하고 있다.

조금만 생각해 보면 19년 전 엄정왕후 사망 후인 720년 3월에 소덕왕후를 성덕왕의 왕비로 밀어 넣은 '이찬 순원'이, 19년 후 739년 3월

---

24) 그러니 예전에 우리 선생님들이 충분히 공부하지 못한 상태에서 급하게 쓴 글 속에 있는, 『삼국사기』가 정확하고 『삼국유사』는 야사이니 믿을 수 없는 책이라는 말씀에 지레 겁을 먹을 필요가 없다. 누구나 글을 남기는 것은 후세인들에게 죄를 짓는 일이다. 진실을 말하지는 못한다 하더라도 거짓은 말하지 말라. 먼 훗날 또 어떤 천재가 있어 이 서정목의 『요석』에 틀린 내용이 많고 그 주장의 모두가 역사적 진실인 것은 아니라고 비판해도 어쩔 수 없다. 지금 내 수준에서 진리인 것, 그것에 충실하고 그것을 책임지면 된다. 이것이 글 쓰는 자의 숙명이다. 김부식도 일연선사도 다 잊고 편히 쉬시라. 그대들의 수준에서 그것이 진실이었으면 그것으로 끝이다. 국사학자들도 화 내지 마시라. 그대들에게 그대들 수준 이상의 글을 기대했던 내가 바보이지. 유니콘의 뿔처럼 혼자서 가리라. 국문학과 다닌 자의 통일 신라사가 진실에 가까운지 사학과 다닌 자의 그것이 진실에 가까운지 후손들의 평가에 맡기자.

에 다시 그 '이찬 순원'이 그 성덕왕의 아들 효성왕의 왕비 박 씨를 어떻게(?) 하고 자신의 딸 혜명을 왕비로 들인다고 하는 것은 이상하기 짝이 없는 일이다. 어떻게 된 일인가? 그러한 역사 연구를 계속 고집할 것인가? 바꾸어야 한다. 지금 우리가 안 바꾸면 일본 학자, 중국 학자들이 바꿀 것이다. 그렇게 되면 우리 민족은 신라 중대 정치사 연구에 관한 한, 그리고 『삼국유사』에 대한 연구에 관한 한 일본과 중국에 졌다는 치욕을 영원히 벗어날 수 없다.[25] 서정목(2015e)가 이를 밝힘으로써 우리 민족은 이제 영원히 그런 치욕을 당할 뻔한 위기에서 벗어난 것이다.

그리고 (14a)와 (15a)를 다시 찬찬히 머리카락에 홈을 파듯이 들여다 보라. 무엇이 오류인가? 『삼국사기』의 (14a)와 (15a)를 다시 반복한다.

(14') a. 三月 納伊飡順元之女爲王妃[3월에 이찬 순원의 딸을 들여 왕비로 삼았다].
(15') a. 三月 納伊飡順元女惠明爲妃[3월에 이찬 순원의 딸 혜명을 들여 비로 삼았다].

중요한 것은 '3월에 이찬 순원의 딸'이라는 것이 성덕왕의 재혼과 효성왕의 재혼에 동일하게 겹쳐서 적혔다는 사실이다. 한문으로는 (14'a) 의 '三月 納伊飡順元之女'와 (15'a)의 '三月 納伊飡順元女'가 거의 동일한

---

25) 향가에 대한 전면적인 해독이 1929년 일본인 조선어 학자 오구라 신페이[小倉進平]에 의하여 최초로 이루어졌다는 사실이 30년 동안 강의를 할 때마다 얼마나 뼈저리게 저자의 아픔으로 되살아나곤 했는지 아는가? 그것을 수정한 양주동(1942)의 해독이 그것보다 나을 때 얼마나 뿌듯했으며, 그것만 못할 때 얼마나 부끄러웠는지 아는가? 그리고 김완진(1980)이 이 둘을 넘어선 해독을 보일 때마다 얼마나 자랑스러웠는지 아는가? 그러나 그 넘어선 것이 오히려 오구라(1929)에 가까이 가 있을 때, 김완진 선생이 오구라보다 늦게 이 세상에 오신 것이 얼마나 억울했는지 아는가? 학문에서의 앞서고 뒤지는 것은 이런 것이다. 하루라도 뒤지면 영원히 뒤지는 것이다.

것이다. 이것은 무엇이 잘못된 것일 수 있다. 『삼국사기』는 (15'a)를 적을 때 실수를 한 것이다.

(15'a)의 '순원'이 잘못된 것이다. 앞에 똑같은 글자가 있다. 3월이라는 달까지 똑같다. 뒤는 약간 다르지만 '順元之女'나 '順元女'나 누누이 말했듯이 속격 구성으로 둘 다 똑같다. 원고를 쓸 때나, 각수가 판각을 할 때나, 교정을 볼 때 딱 실수가 나게 되어 있다. 앞뒤가 다 같고 한두 글자가 틀린 것이 반복되면 글쓴이도 활자공도 헷갈려서 다른 글자를 넣기도 한다. 판각을 새기는 각수도 실수하기 쉽게 되어 있다.

이 '順元(순원)' 자리에 들어갈 말은 무엇일까? 별 수 없다. 『삼국사기』가 의심스러우면 그 대목에 해당하는 『삼국유사』를 참고하는 것이다. 그 『삼국유사』는 (17)과 같다. (17)에는 "혜명왕비의 아버지가 '진종(眞宗) 각간'이다."고 적고 있다. 그러므로 『삼국사기』의 (15a)의 '順元' 자리에는 '眞宗'이 들어가야 하는 것이다. 왜? 『삼국사기』는 오식을 낸 것이고 『삼국유사』는 정확하게 적은 것이기 때문이다. 이 경우 우리는 『삼국유사』가 『삼국사기』보다 더 신빙성 있는 진실한 역사 기록이라고 말해야 한다.

'혜명왕비의 아버지가 김순원이 아니라.'는 것을 보여 주는 그 제3의 증거, 그리고 가장 강력한 증거는 순원의 나이이다. 김순원의 아버지 선품은 선덕여왕 13년[644년] 쯤에 사망하였다. 그러므로 순원이 유복자라 하더라도 645년 이전 출생자여야 한다. 그가 644년생이라고 상정해 보자. 그는 효소왕 7년[698년] 2월 중시 당원의 퇴직에 따라 대아찬으로서 중시 직을 맡았다. 그때 그는 55세쯤 된다. 그러면 소덕왕후가 성덕왕과 혼인하던 720년에 그는 77세쯤 된다. 그리고 효성왕이 혜명왕비와 재혼인하는 739년에는 96세이다. 96세까지 이찬으로 있다가 그 뒤에 각간이 된다는 것은 상상하기 어렵다. 그리고 96세 된 노인의 딸이 효성왕의 계비로 혼인한다는 것은 상상할 수 없는 일이다. 20여 세 되어 갓 혼인하는 혜명왕비가 순원의 딸이라면 순원은 76세에 이 딸을 낳았어야 한다. 상식에 어긋난다. 이런 것을 계산해 본 국사학자가 한 명도 없다는 것을 누가 믿겠는가? 이런 것도 계산해 보지 않고 국사편찬위원회(1998), 『한국사 9』「통일신라」 103면이 소덕왕후와 혜명왕비가 김순원의 딸로서 자매지간이라고 썼다는 것을 누가 곧이 듣겠는가?

혜명왕비는 절대로 순원의 딸이 아니다. 그러므로 혜명왕비를 '이찬 순원의 딸'이라고 적은 『삼국사기』의 (13b=15a)의 '순원'은 오식인 것이다.26) 『삼국사기』도 인간이 쓴 책이기 때문에 오식도 있고 잘못 알고 쓴 것도 있다. 이것을 모르면 역사를 공부할 자격이 없다.27)

혜명왕비의 아버지는 '진종'이다. 이 '진종 각간'이 이찬일 때 혜명이 효성왕의 계비로 들어간 것이다. 그런데 '이찬 진종'이라고 써야 할 이 자리에 『삼국사기』는 (15a)에서 보듯이 '이찬 순원'이라고 잘못 썼다. 공교롭게도 (14a)와 (15a)의 '三月 納伊湌順元(之)女'가 똑같다. 이럴 경우 쓰는 사람, 새기는 사람, 교정하는 사람이 실수할 가능성이 크다.

'이찬 진종'과 '이찬 순원'은 『삼국사기』가 바꾸어 적을 만큼 혼동을

---

26) 다른 대안 하나는 효성왕의 재혼 시의 기록이 '이찬 순원의 손녀 혜명[伊湌順元孫女惠明]'으로 적어야 하는데 '孫' 자가 결락되었다고 보는 것이다. 그러나 아버지를 뛰어넘어 할아버지에 기대어 왕비의 가계를 밝혔다는 것은 성립하기 어렵다.

27) 『삼국사기』가 『삼국유사』보다 더 믿을 수 있는 사서라거나 『삼국사기』에는 틀린 글자가 없고 그 속의 내용이 다 역사적 사실이라고 생각하는 착각에서 벗어나지 않는 한 역사적 진실에 접근할 길은 열리지 않을 것이다. 하물며 『삼국사기』의 기록을 제대로 읽지도 번역하지도 해석하지도 못하고서야 어찌 그 시대에 있었던 일의 실제에 가까이 갈 수 있겠는가? 이것이 현재의 신라 중대 정치사 연구가 처한 실상이다.

일으키는 사람이라 할 수 있다. 그렇다면 이 둘의 관계는 무엇일까? 같은 집안이다. 가장 가까운 것은 바로 '父子間(부자간)'이고, 조금 멀면 '叔姪間(숙질간)'다. 그렇다면 혜명왕비는 어떻든 성덕왕의 계비 소덕왕후의 친정 조카딸이라 할 수 있다. 그러나 순원이 외동아들이었다는 『화랑세기』의 첩보를 참고하면 순원에게는 조카 진종을 낳아 줄 아우가 없다. 진종은 무조건 순원의 아들이어야 한다. 지금까지 이 두 왕비를 자매라고 기술한 논저들은 국사학계의 치욕이다. 국사편찬위원회(1998), 『한국사 9』 「통일신라」, 103면은 즉시 수정하여야 한다. 그러면 소덕왕후는 혜명왕비의 고모이고, 고모 소덕왕후의 아들인 경덕왕은 혜명왕비의 고종사촌이 된다. 물론 혜명왕비는 경덕왕의 외사촌 누이이다.

『삼국사기』 권 제9 「신라본기 제9」 「효성왕」 3년[739년] 3월 조에서 '이찬 순원의 딸 혜명을 들여 비로 삼았다[三月 納伊湌順元女惠明爲妃]'의 '순원'이 오식이라는 이 책의 지적은 앞으로 큰 논란을 불러일으킬 것이다. 이 지적의 진위 여부는 앞으로의 그런 논의들에 맡긴다.

그런데 더욱 중요한 것은 순원과 진종의 관계, 그리고 이들이 이루는 집안이다. 진종 각간은 순원 각산의 아들이다. 관등이 이찬, 각간 등인 것으로 보아 이들은 왕족이다. 거기에 자의왕후, 소덕왕후, 혜명왕비 등을 배출하는 것으로 보아 왕실과 특별한 관계에 있는 집안사람들이다. 김순원의 집안에서 계속 왕비가 배출되는 바람에, 소덕왕후의 아버지 '이찬 순원', 혜명왕비의 아버지 '이찬 진종'으로 적어야 옳은데, 이를 그만 소덕왕후의 아버지 '이찬 순원', 혜명왕비의 아버지 '이찬 순원'으로 잘못 쓴 것이 『삼국사기』라고 생각할 수 있다. 이찬은 그들의 딸이 왕비가 될 때의 관등이고 각간은 최종 관등이다. 혜명왕비는 김순원의

'딸'이 아니고 '손녀'이다.

이 효성왕의 재혼은 그 당시의 정치 권력 구도를 가장 잘 보여 주는 일이다. 효성왕은 당연히 737년 2월 성덕왕 사후 바로 즉위하였다. 효성왕이 즉위한 737년 2월 당시의 권력 실세는 이복동생 헌영의 외가인 김순원 집안의 후계자들이었다. 효성왕은 즉위 당시 권력 실세인 아우 헌영의 외가 사람들과 협의하여 공신 등급을 나눌 수밖에 없었다. 이때 헌영을 미는 세력의 주축을 이루고 있던 사람들은 김순원의 손자들이었다. 그 과정에서 효성왕은 자신을 밀어 준 신충을 특별히 대우하기 어려웠다. 그들이 효성왕을 지지한 신충을 달갑지 않게 생각했을 것이 틀림없다. 누가 고모의 아들을 제치고, 고모부의 전처의 아들이 왕이 되는 것을 좋아하겠는가?

그런데 혜명왕비가 효성왕과 혼인한 그 이듬해인 740년에는 경천동지(驚天動地)할 만한 일들이 가득 기록되어 있다. 이 740년이 분수령이다. 740년의 기사들에 주목한 연구자는 신라 중대를 제대로 본 역사가이고, 이것을 지나친 연구자는 역사가가 아니라 역사 기술자(記述者)에 지나지 않는다. 기술자는 뜻도 모르고 사료에 있는 것을 그대로 옮겨 적는 자들을 말한다.

그 740년의 기사 가운데 저자의 눈길을 가장 강하게 끄는 것은 『삼국사기』에서 한 번밖에 볼 수 없는, 아니 어떤 사서에서도 보기 어려운 (21)의 '1인 시위'에 관한 것이다. 1인 시위를 기록한 사서가 있는가? 이것 외에 『삼국사기』에 1인 시위라 할 만한 것이 따로 기록되어 있는가? 저자는 보지 못하였다. 그러나 이 '1인 시위 사건'은 다시 관련된 별건 사건[살인 사건]을 구성한다. 그 사건 수사는 뒤로 미루자. 지금은

제6장에서 뒤로 미룬 '충신', '신충' 그런 사람들의 정체를 밝히는 것이
더 급하다. 그들이 사건의 몸통이기 때문이다.

『삼국사기』는 (21)에서 보듯이 740년 조에 '조정의 정사를 비방하는
한 여인이 효신공(孝信公)의 문 앞을 지나갔다.'고 적고 있다. 앞에서 말
한 '1인 시위'이다. 이 효신공이 누구일까? 왜 이 기록이 이 자리에 있
는 것일까? 왜 저 1인 여인은 효신공의 문 앞에서 조정의 정사를 비방
하였을까? 답은? 효신공이 조정의 핵심 중신이기 때문이다. 조정의 정
사를, 왕의 정사를 비방하려면 월성의 대궐 문 앞에서 비방해야지 왜
엉뚱하게 효신공의 문 앞에서 하겠는가? 경무대[청와대의 1950, 60년대
이름] 정문 앞에서 자유당의 정사를 비방하지 않고 이○○의 문 앞에서
비방하면 이○○이 누구이겠는가? 4.19 때의 이기붕이지 않겠는가? 정
권 실세, 실정의 책임을 져야 하는, 왕 뒤에 숨어서 왕을 허수아비로 만
들고 있는 권력 실세의 문 앞에서 비방한다고 생각하는 것이 상식이다.
이것이 역사를 제대로 읽는 방법이다.

> (21) (효성왕) 4년[740년] — 가을 7월 붉은 비단 옷을 입은 한 여인
> 이 예교[28] 아래로부터 나와 조정의 정사를 비방하며 효신공의
> 문 앞을 지나가다가 홀연히 보이지 않았다[四年 — 秋七月 有一
> 衣女人 自隷橋下出 謗朝政 過孝信公門 忽不見]. <『삼국사기』

---

[28] 이 예교가 어느 다리인지 알려졌으면 훨씬 현실감 나는 수사를 진행할 수 있었을 것
이다. 거지들이 사는 다리 밑으로나 선녀가 내려오는 다리 아래쯤으로 생각하면 안
된다. 효신공의 집 근방에 있는 다리이고, 그 다리 밑에 은신해 있다가 결정적인 순간
이 왔을 때, 효신이 문 밖으로 나오거나 대궐에서 나와 집으로 들어오려 하는 순간,
그에게 화염병을 든 시위자처럼 단검을 들고 달려들었으나 뜻을 이루지 못하고 전경
들, 아니 집 지키는 사병들에게 제압당하여 홀연히 없어진 것이다. 조금 어긋날지 몰
라도 적어도 현실적 해석은 그렇게 하여야 한다. 그것이 저자의 경험의 한계이다.

효신공은 이 당시 권력 실세임에 틀림없다. 이 당시의 권력 실세는 누구일까? 혜명왕비를 새 왕비로 밀어 넣는 김순원의 후계자들을 제외하고는 아무도 생각할 수 없다. 그러면 '효신'은 혜명의 할아버지 '순원', 그리고 아버지 '진종'과 밀접한 관련을 맺는다. 어떤 관계일까? 부장검사의 날카로운 눈은 '효신이 진종의 아들일 것'으로 예단한다. 김순원의 손자일 것이다. 사건 관련자의 가족 관계를 파악하는 것, 그것은 수사의 기본 중의 기본이다.

그런데 제6장에서 뒤로 미룬 사건 속에는 '충신'이 있다. 성덕왕 대의 기록 (22)에 들어 있는 '충신'이 그 '충신'이다. 이 충신이 이 「원가」 사건과 어떤 관련이 있는지 우리는 뒤로 미루어 둔 것이다. 아마 어떤 수사 담당자들은 이 충신이 범인 신충이라고 강압 수사를 하여 자백까지 받아낸 모양이다. 그러나 호적 등본[가족관계 증명서의 앞 시대 문서] 상으로 '김충신'이면 '충신'이고 '신충'이면 '신충'이다. 이름이 다르면 다른 사람으로 보아야 한다. 애매한 사람 이름 비슷하다고 동일인이라고 강압하여 자백 받아 내어 기소하면 판사는 무죄를 때린다. 그런 일은 권위주의 정부 시절의 경찰, 검찰에서는 통했는지 몰라도 학문 세계에서는 통하면 안 된다.

(22) a. (성덕왕) 25년[726년] 여름 4월 김충신을 당에 파견하여 하정하였다[二十五年 夏四月 遣金忠臣入唐賀正]. 5월 왕의 아우 김근*{『책부원구』에는 흠이다.}*질을 당으로 파견하여 조공하니, 당에서는 낭장 벼슬을 주어 돌려보내었다[五月 遣王弟

金釮*{*冊府元龜*作釰}*質入唐朝貢 授郞將還之].

b. 27년[728년] 가을 7월 왕제[왕의 아우] 김사종을 당에 보내어 방물을 바치고 겸하여 자제가 국학에 입학할 것을 청하는 표를 올렸다[二十七年 秋七月 遣王弟金嗣宗 入唐獻方物 兼表請子弟入國學]. (당 현종은) 조칙을 내려 허락하고, 사종에게 과의 벼슬을 주어 머물러 숙위하게 하였다[詔許之 授嗣宗果毅仍留宿衛].

c. 32년[733년] 겨울 12월 왕질[왕의 조카] 지렴을 당에 파견하여 사은하였다[冬十二月 遣王姪志廉朝唐謝恩]. ― (이때 당 현종은) 지렴을 내전으로 불러 향연을 베풀고 속백을 하사하였다[詔饗志廉內殿 賜以束帛].

d. 33년[734년] 정월 --- 입당 숙위하는 좌령군위위원외장군 김충신이 (당제에게) 표문을 올려 말하기를[入唐宿衛左領軍衛員外將軍金忠信上表曰], 신이 받들고자 하는 처분은 신으로 하여금 옥절을 가지고 본국으로 돌아가서 병마를 출발시켜 말갈을 토벌하여 없애는 것이옵니다[臣所奉進止 令臣執節本國發兵馬 討除鞨鞨]. 이어 더 올릴 말씀이 있다면 신이 스스로 성지를 받들어 장차 목숨을 바칠 것을 맹서하는 바입니다[有事續奏者 臣自奉聖旨 誓將致命]. 이때를 당하여 교체할 사람인 김효방이 죽어 편의상 신이 그대로 숙위로 머물렀습니다[當此之時爲替人金孝方身亡 便留臣宿衛]. 신의 본국 왕은 신이 오래도록 당 나라 조정에 모시고 머물게 되었으므로 7촌 조카[종질] 지렴을 파견하여 신과 교대하도록 하여 지금 여기 왔사오니 신은 즉시 돌아가는 것이 합당할 것입니다[臣本國王 以臣久侍天庭 遣使從姪志廉 代臣 今已到訖 臣卽合還].

e. 앞서 왕은 지렴을 파견하여 사은하고 소마 두2필, 개 3 머리[29], 금 500냥, 은 20냥, 포 60필, 우황 20냥, 인삼 200근,

두발 100냥, 해표피 16장을 바쳤다[先時 遣王姪志廉謝恩. 獻
小馬兩匹狗三頭金五百兩銀二十兩布六十匹牛黃二十兩人蔘二百
斤頭髮一百兩海豹皮一十六張].

　f. 이때에 이르러 지렴에게도 홍려소경원외치라는 벼슬을 주었
　　다[及是 授志廉鴻臚少卿員外置]. <『삼국사기』 권 제8 「신라
　　본기 제8」 「성덕왕」>

　(22a)에는 당 나라에 사신으로 간 김충신(臣)이 있다. 그리고 (22b)에
는 성덕왕의 아우 김사종이 있다. (22c)에는 성덕왕의 조카 지렴이 있다.
그리고 (22d)에는 '金忠信'이 있다.

　(22a)의 '金忠臣'과 (22d)의 '金忠信'이 다른 사람일까? 두 사람의 '충
신'이 있는 것일까? 저자는 한때 그렇게 생각한 적도 있었다. 『삼국사기』
를 너무나 과도하게 믿었기 때문이다. 그러나 잘 보라. 이 문맥에서 이
두 사람을 다른 사람으로 보는 것은 상식에 어긋나는 일이다. (22a)에서
726년에 '김충신(臣)'이 숙위로 왔다. 그리고 (22d)에서 보듯이 교대할
사람인 김효방이 죽어서 너무 오래 8년이 넘도록 숙위하고 있다가 지렴
이 교대하러 733년 12월에 신라를 떠나 당 나라에 와서 734년 정월에
김충신(信)이 황제에게 귀국하겠다는 인사를 하는 표문을 올린다. 그런
데 이 '信'과 저 '臣'이 글자가 달라서, 이 '충신(信)'과 저 '충신(臣)'이
다른 사람이고 글자만 다른 두 사람의 '충신'이 숙위를 갔다고 하면 누
가 곧이 듣겠는가? 상식에 맞는가? 그러려면 '충신(臣)'이 돌아가고 새
로 '충신(信)'이 오는 기사가 있어야 한다. 없지 않느냐?

---

29) 짐승의 수를 헤아리는 말이다. 한자로는 首(수), 頭(두)를 쓴다. 머리와 마리는 음성
　　모음과 양성 모음을 대립시킨 것이다. '마리'를 주로 쓰지만 방언에 따라서는 '바리'
　　를 쓰기도 한다. 가금(家禽)은 '바리', 가축(家畜)은 '마리'로 헤아리는 방언도 있다.

<u>(22a)의 '臣'은 '信'의 오식이다.</u> '臣'은 '信'을 잘못 적은 것임에 틀림없다. 거듭 말하거니와 『삼국사기』는 信(신)할 수 있는 책이 못 된다. 수많은 오식이 범해져 있고 사실 관계도 틀린 것이 많다. 그리고 무엇보다 일관성이 없다. 제일 일관성이 없는 면이 왕자 출생 기록이다. 누구는 적고 누구는 안 적었는지 기준이 없다. 기록에 보이는 것은 적고 안보이는 것은 안 적었다. 또 모반에 관한 기록이다. 어떤 모반은 자세하게 적었는데 어떤 모반은 '누가 모반하여 복주하였다.'고만 적는다. 객관적인 사서가 아니다.

그러나 저자가 이 이름들 효신, 충신, 그리고 신충을 주목하는 이유는 이 이름들 속에 신라 중대 말기의 정치적 세력 구도를 암시하는 열쇠가 들어 있기 때문이다. 이제 제6장에서 중단했던 수사를 새롭게 시작하여야 할 순간이 되었다. 우리의 수사는 바로 물증 (21)과 (22)에서부터 출발한다.

(21)에서는 '붉은 비단 옷을 입은 여인이 조정의 정사를 비방하며 효신공의 문 앞을 지나갔다.'고 하였다. 이 효신공이 누구일까? 효신은 조정의 중신이고 그 당시 실권을 쥐고 있던 사람이다. 그 당시의 실세는 김순원 집안의 사람이다. 이 효신이 소덕왕후의 친정 김순원 집안의 사람임에 틀림없다.

그런데 저 충신(忠信)이라는 이름은 이 '효신(孝信)'이라는 이름과 불가분리의 관계가 있다. '충효'를 이용하고 'ㅇ신'을 돌림자로 하여 '김충신, 김효신'으로 두 아들의 이름을 지었을 것이다. 그들은 순원의 손자들이다. 충효(忠孝), 충신(忠信)과 효신(孝信), 뻔하지 않은가? 그들이 충성스러웠는지, 효성이 지극하였는지, 신의(信義)가 있었는지, 그 문제는 이름과는 별개의 문제이다. 이름값을 거꾸로 하는 사람이 더 많은 것이 인간 세상이다. 충신, 효신이 이 시기 권력 핵심인 김순원의 손자들이다. 그러면 이들의 아버지, 즉 순원의 아들은 누구일까?

다시 자의왕후의 친정 집안을 주목하게 된다. 혜명왕비의 아버지가 순원 각간인가, 진종 각간인가 하는 문제까지 합쳐서 따져 보자. 『삼국사기』의 혜명왕비의 아버지 '순원'은 '진종'이 잘못 적힌 것이다. 『삼국유사』의 혜명왕비의 아버지 '진종 각간'이 옳다. 왜 『삼국사기』에는 '진종'이 '순원'으로 잘못 적혔는가? 다음을 보면 알 수 있다.

(22d)의 당 나라 황제에게 올린 표문에서, 김충신은 왕질(王姪) 지렴을 종질(從姪)이라고 지칭하고 있다. 김지렴은 김충신의 7촌 조카인 것이다. 그런데 제6장에서 이 김지렴은 김사종의 아들이라는 것이 밝혀졌다. 그러면 김사종과 김충신이 6촌이 된다. 김사종은 효소왕, 성덕왕의 아우인 신문왕의 원자이다. 그러면 효소왕, 성덕왕, 김사종과 김충신이 6촌이라는 말이다. 그러면 이들의 아버지 신문왕과 김충신은 5촌이다. 신문왕과 김충신의 아버지가 4촌이다. 신문왕은 다 아는 대로 자의왕후의 아들이다. 신문왕의 외삼촌이 자의왕후의 형제이다.[30] 그러므로 자의왕후는 김충신의 아버지의 아버지와 남매간이다. 즉 김충신의 할아버지가 자의왕후와 남매간인 것이다.

---

30) 여기서 신문왕의 외가 촌수를 따지지 말고 친가 촌수를 따져야 한다는 생각을 할 수도 있다. 그러면 문무왕의 아우들인 김인문, 지경, 개원 등의 아들과 신문왕이 4촌이 된다. 그러면 김인문 등의 손자가 효소왕, 성덕왕, 김사종과 6촌이 된다. 그들도 지렴을 종질이라 지칭할 수 있다. 그럴 가능성을 열어 두면서도, 저자는 이 책에서는 순원의 딸 소덕왕후와 순원의 딸실은 손녀 혜명왕비가 각각 성덕왕과 효성왕의 계비가 되는 것을 토대로 하고, 또 혜명왕비가 족인들과 모의하여 후궁을 살해하였다는 사실을 중시하여, 그 족인들이 효신공이라 적힌 저 사람과 관련된 것이라고 보아 신문왕의 친가 쪽보다는 외가 쪽에 그 혐의를 두기로 하였다.

복잡한, 그러나 아주 간단한 계촌이 완료되었다. 이제 자의왕후의 형제, 자매가 수사 선상에 떠올랐다. 자의왕후의 남동생은 누구인가?『삼국사기』와『삼국유사』에서는 자의왕후가 파진찬[해간] 선품의 딸이라고 하였다. 그 다음에는 믿을 증거가 없다. 다시 저 앞에서 본『화랑세기』의 기록을 참고 증거로 쓸 수밖에 없다. 믿어야 될지 말아야 될지 망설려지지만, 그러나 믿기로 한 거기서는 제21대 진흥왕이 동륜, 금륜, 구륜, 은륜을 낳았다. 금륜이 제22대 진지왕이 되었다. 구륜은 21세 풍월주 선품을 낳았다. 선품이 순원을 낳았다. 선품의 장녀는 자의왕후이고 차녀는 운명(雲明)이다. 자의왕후의 남편은 제30대 문무왕이고, 운명의 남편은 김오기이다. 제31대 신문왕은 자의왕후의 아들이다. 김오기는 김대문을 낳았다. 이 부자가 2대에 걸쳐서『화랑세기』를 지었다. 여기서 주목할 사람이 김순원과 김오기이다. 김순원은 신문왕의 외삼촌이고 김오기는 신문왕의 이모부이다. 김오기의 아들이 김대문이라는 것까지 밝혀져 있다. 김대문은 신문왕과 이종사촌이다. 김오기는 예원공의 아들이다. 이 김오기가 북원 소경[원주]에 있었다는 것은『삼국사기』문무왕 18년[678년] 조에 '<u>북원 소경을 설치하고 대아찬 오기로 하여금 이를 지키도록 하였다</u>[置北原小京 以大阿湌吳起守之].'로 물증이 남아 있다. 그리고『화랑세기』에는 김오기의 북원 소경 군대가 681년 8월 서라벌로 와서 '김흠돌의 모반'을 진압한 것으로 되어 있다.

이제 자의왕후의 형제자매들이 다 나왔다. 남동생은 순원 1명뿐이다. 먼저 남자 쪽으로 가서 순원을 추적해 보자. 이 사람은 신문왕의 외삼촌이다. 그러면 순원의 아들은 신문왕과 4촌이 된다. 순원의 손자는 신문왕의 아들인 효소왕, 성덕왕, 원자 사종과 6촌이 된다. 성덕왕의 조카

[왕질]은 신문왕의 원자 사종의 아들일 수밖에 없다. 왜냐하면 신문왕의 아들 가운데 효소왕은 수충을 낳았고 보천은 스님이 되었다. 왕질 지렴의 아버지일 수 있는 사람은 신문왕의 원자뿐이고 그는 사종이다. 그런 지렴을 종질[7촌 조캐]라고 부르는 김충신은 누구이겠는가? 김순원의 손자일 가능성이 크다.

그러면 김순원과 김충신 사이에 신문왕의 4촌이 되는 사람 한 대(代)가 더 있어야 한다. 그 빈 한 대(代)가 (17)에서 본『삼국유사』권 제1「왕력」,「효성왕」조에 혜명왕비의 아버지로 기록된 '진종 각간'이다. 이렇게 하고 신라 중대 정치사를 새로 연구해야 한다. 안 그러면 영원히 '효소왕이 신문왕의 원자이고 6살에 즉위하여 16살에 승하하였다.' '효성왕의 계비 혜명왕비는 김순원의 딸이다.' '효성왕은 이모와 혼인하였다.'는 신라 중대 정치사 연구들이 빠져 있는 미망(迷妄)으로부터 벗어나지 못할 것이다. 이러한 미망이 국사편찬위원회(1998),『한국사 9』「통일신라」의 역사 기술이다. 국사학계가 이런 미망에 빠져 있는 동안 이 사실, 즉 '혜명왕비의 아버지는『삼국사기』의 이찬 순원이 아니고,『삼국유사』의 각간 진종이다.'는 역사적 진실은 미국인, 일본인, 중국인이 먼저 밝힐 것이다.[31]

이제 '진흥-구륜-선품-자의/순원-소덕/진종-혜명/충신/효신'으로 이어지는 가계가 완성되었다. 왜『삼국사기』의 혜명왕비의 아버지 순원이 잘못된 것인지 알게 되었다. 혜명왕비는 '이찬 순원의 딸'이 되면 안 된

---

31) 그러면 그들은 서정목(2015e)가 밝혀 놓은 것은 깔아뭉개고 외국인의 학설을 인용하여 논지를 전개할 것이다. 저자가 경험한 지난 50여 년의 이 나라 한국학계의 모습이다. 우리는 한국어로 된 논저를 무시하고는, 외국어로 된 잡글에도 권위를 부여한다.

다. '이찬 진종의 딸'이라고 해야 한다. 그 '이찬 진종'이 나중에 '각간 진종'으로 관등이 올라간 것이다. 물론 '이찬 순원'도 나중에 '각간 순원'으로 관등이 올랐다.

이제 자의왕후의 여동생 운명 쪽으로 가 보자. 운명은 신문왕의 이모이다. 그의 남편 김오기는 신문왕의 이모부이다. 신문왕은 김오기의 아들 김대문과 이종사촌이다. 그러면 신문왕의 아들인 사종과 6촌인 사람은 김대문의 아들이다. 김대문의 아들도 사종의 아들인 지렴을 7촌 조카라 부를 수 있다. 지렴을 7촌 조카라고 부르는 이 김충신은 김오기의 손자일 수도 있다.

이 두 항로 가운데 어느 것을 선택할지를 결정해 줄 증거는 없을까? 지금 사용할 수 있는 가장 확실한 증거는 '영종의 모반'의 원인이 된 '후궁 살해 사건'이다. 혜명왕비가 친정 족인들과 모의하여 후궁 영종의 딸을 죽였는데 그 즈음에 (21)에서 본 대로 어떤 여인이 조정 정사를 비방하며 효신공의 문 앞에서 1인 시위를 하다가 홀연히 사라졌다는 것이다. 효신공이 별건 수사를 진행하기로 한 이 '후궁 살해 사건'의 배후일 가능성이 크다. 효신과 충신이 형제라면 그들은 소덕, 혜명의 그룹으로 묶이는 것이 옳다. 그러면 김충신은 우선적으로 순원의 집안에 속하는 것으로 보아야 한다.

여기서는 일단 김충신이 김순원의 손자이라는 쪽으로 물꼬를 트기로 한다. '자의/순원-소덕/진종-혜명/충신/효신'으로 이어지는 계보에 더 무게를 두기로 하는 것이다.[32] 그러나 김충신이 김오기의 손자, 김대문

---

32) '김오기-김대문-김??'으로 이어지는 가계의 그 다음 대가 누구인지 추구할 필요가 있다. 김대문의 아들들이 출중하지 않았다면 진서 『화랑세기』가 고려 때까지 전해져 오기 어렵다. 굉장히 난해한 가설이지만 '자의/운명/오기-대문-충신/효신'으로 갈 수

의 아들일 가능성도 열어 둔다. 그러려면 소덕왕후, 혜명왕비가 순원 집
안 출신이라는 것을 설명하기 좀 어렵다.

진종은 순원의 아들이고 충신과 효신은 그 진종의 아들이다. 구륜과
진지왕[사륜]이 형제이다. 선품과 용수가 4촌이다. 순원과 태종무열왕은
6촌이다. 그런데 자의왕후가 7촌 조카 문무왕과 혼인함으로써 순원은
문무왕의 처남이 되었고 신문왕의 외삼촌이 되었다. 친가 촌수의 한 대
를 낮추어 항렬(行列) 상으로 아들이 아버지 항렬과 맞먹는 상황이 되었
다. 처가 촌수가 친가 촌수보다 더 가까워서 처가 촌수가 우선하는 셈
이 된다.

친가 촌수로는 순원의 아들은 문무왕과 8촌이고, 순원의 손자는 신문
왕과 10촌이며, 순원의 증손자는 효소왕, 성덕왕과 12촌이다. 그러나
문무왕의 처가 촌수로 치면 순원의 아들 진종이 다시 신문왕의 4촌이
된다. 순원의 손자 충신, 효신과 효소왕, 성덕왕, 사종은 6촌이 된다. 촌
수가 12촌에서 6촌, 반으로 줄어들었다. 사종의 아들인 지렴은 충신의
7촌 조카가 된다. 그 사종의 아들 지렴을 충신이 (22d)에서 정확하게 종
질(從姪)이라 지칭하고 있는 것이다. 그러므로 사종은 신문왕의 원자이
고, 지렴은 사종의 아들일 가능성이 거의 95% 이상이라 할 것이다.[33]

도 있고, 나중에 보는 대로 '자의/운명/오기-대문-신충/의충'으로 갈 수도 있다. 독자
들이여, 이 복선(伏線)을 놓치지 말기 바란다. 후자이라면 또 한 집안은 '자의/순원-
소덕/진종-혜명/충신/효신'으로 갈 수밖에 없다. 김진종보다 김대문이 더 유명하고
김오기가 북원 소경을 진수한 장군임을 고려하면 저 김오기/운명의 집안이 소홀히
취급될 수 없다. 그 집안이 신라 중대 역사에 관한 대부분의 기록을 남겼을 가능성
이 크다. 그러나 그렇게 보아도 이들은 법자의왕후 후계 세력으로 정치적 이익을 같
이 한다. 이들의 계보를 결정할 확실한 증거가 나타나면 즉시 고칠 것이다.

33) 여기에 사종 대신에 김근질을 넣어도 마찬가지이다. 그들이 형제이기 때문에 다른
사람과의 계촌은 똑 같아진다.

그리고 충신은 순원의 손자이고, 진종의 아들이며, 성덕왕과 6촌임이 99% 확실하다. 이보다 더 정확한 1281년 전의 역사 기록이 어디에 있 겠는가? 이걸 읽어내지 못하고 30여 년을 헤매었다니.

이제 김순원, 진종, 김충신/효신으로『삼국사기』와『삼국유사』에 등 장하여 30대 문무왕비 자의왕후, 33대 성덕왕 계비 소덕왕후, 34대 효 성왕 계비 혜명왕비의 3명의 왕비를 대대로 배출하면서 당대의 최고 권 력 실세가 되었던 집안이 드러났다.[34] 그 김순원의 집안이 제24대 진흥 왕의 셋째 아들 김구륜의 후손이다.[35] 진흥왕의 큰 아들 동륜태자 집안 은 진흥왕의 장손 26대 진평왕 후에는 더 이상 성골남이 없어서 27대 선덕여왕, 28대 진덕여왕으로 이어지다가 가문을 닫았다. 진흥왕의 둘 째 아들 금륜[25진지왕]의 후손들은 25진지-용수/용춘-29태종무열-30 문무-31신문-32효소/33성덕-34효성/35경덕-36혜공으로 이어지다가, 김효방[성덕왕 사위]의 아들인 성덕왕의 외손자 김양상[37선덕왕]이 외

---

34) 마치 조선조 말기의 김조순의 집안을 보는 것 같다. 순조비, 헌종비, 철종비가 차례 로 그 집안에서 나왔다. 그러나 조선은 그 다음에 흥선대원군이 익종비 풍양 조 씨 와 손잡고 아들 고종을 세우고 김조순 후계 세력을 기세한 데 반하여, 신라는 그 다 음에 성덕왕의 외손자 김양상이 외사촌인 혜공왕을 시해하고 스스로 왕위에 올라 37 대 선덕왕이 되었다. 김양상이 후사가 없어 38대 원성왕으로 왕위가 가서 실현되지 는 않았지만 만약 김양상의 후예가 있어 왕위를 이었다면 신라 하대는 고종 사촌이 왕위를 찬탈하여 새로운 나라를 세운 것이 된다.

35) 필사본『화랑세기』에는 김순원의 아버지가 '선품'이다. 선품은 당 나라에 사신을 다 녀온 뒤에 곧 죽었다.『삼국사기』권 제5「신라본기 제5」「선덕왕」에는 643년[선덕 여왕 12년] 9월에 당 나라에 사신을 보내어 청병하였는데, 당 태종이 당 나라 군사 주둔, 당 나라 군복과 기 빌려 주기, 여왕을 폐하고 당 태종의 친척 한 명을 왕으로 삼고 군사와 함께 주둔하기 등 세 가지 계책을 내어 놓고 선택하라고 하고, 사신이 대답하지 못하자, 그를 용렬한 사람이라 하고 위급할 때 구원병을 청할 능력이 없다 고 탄식하였다는 기록이 있다. 김선품이 그 사신단의 일원이거나 아니면 그 사신일 것이다. 김선품은 이런 말을 듣고 병이 들어 귀국하여 곧 죽었을 것이다. 필사본『화 랑세기』는 이러한 기록을 모두 활용하여 재구성한 위서일 수도 있고, 진서를 필사한 것일 수도 있다.

사촌 동생 제36대 혜공왕을 시해함으로써 문을 닫았다. 진흥왕의 셋째 아들 구륜의 후손들은 선품-자의/순원-소덕/진종-사소//혜명/충신/효신-37선덕///??으로 이어졌다.

이 진흥왕의 3형제들의 세계를 그려 보이면 (23)과 같다. (23)에는 후술할 신충과 의충이 김오기와 운명의 손자들로서 김대문의 아들들일 것이라는 가설도 반영하였다.

    (23) a. 24진흥--동륜-26진평/국반-27선덕//28진덕--0

        b. 24진흥-25진지-용수/용춘-29무열-30문무-31신문-
          32효소/33성덕/사종-수충//34효성/35경덕//지렴-36혜공-0

        c. 24진흥-구륜-선품-자의/운명/순원-대문//소덕/진종-신충/의충
          ///사소//혜명/충신/효신-??////37선덕[양상]///??

        (/는 형제 자매, //는 4촌, ///는 6촌, ////는 8촌을 나타냄)

(22d)를 보면 김충신과 교대하여 신라에서 당 나라로 파견될 예정이었던 김효방(方)이 사망하여 김충신이 계속하여 숙위로 머물고 있었다고 하였다. 만약 이 '김효방(方)'이 성덕왕의 사위 '김효방(芳)'이라면,[36] 그 김효방의 아들 김양상이 혜공왕을 시해하고 왕위에 올랐으니 그들 사이에도 어떤 관련이 있을 것이라는 추측을 할 수 있다.[37]

---

36) 당연히 동일인이다. 이 시기에 '방(方)' 자와 '방(芳)' 자를 달리 사용하여 서로 다르게 이름을 짓고 한 사람은 왕의 아버지가 되고 한 사람은 당 나라에 숙위 가다가 죽은 사람 둘을 따로 상정할 수 있겠는가? 서로 다른 두 사람이 그런 이름을 가졌다 하더라도 형제간이거나 4촌 등 매우 가까운 친척일 것이다. 이 '方' 자도 오식이다.

37) 이 효방의 처인 성덕왕의 딸이 누구인지도 추구해야 한다. 그가 소덕왕후의 딸이라면 경덕왕의 누나이거나 여동생이다. 그렇다면 성덕왕의 태자 승경은 5년 간 왕비 지위에 있은 소덕왕후의 아들이 더 더욱 아니다. 제36대 혜공왕을 시해하고 왕위에 오른 김양상[제37대 선덕왕]이 김순원의 딸의 딸의 아들, 즉 외증손자일 가능성이

앞에서 본 『삼국유사』의 (16), (17)과 『삼국사기』의 (21), (22)의 기록을 종합하여 고려하면 통일 신라 제30대 문무왕부터 제36대 혜공왕, 나아가 제37대 선덕왕 때까지의 왕실을 둘러싼 정치적 갈등 상황을 완벽하게 파악할 수 있다.

681년 7월 신문왕이 즉위하고 8월 8일의 '김흠돌의 모반' 때에는 자의왕후와 신목왕후의 어머니 요석공주가 동맹 관계를 맺고 있었다. 그렇기 때문에 자의왕후의 아우인 김순원도 김흠돌의 딸인 신문왕의 첫 왕비를 내보내고, 683년 5월 7일에 김흠운과 요석공주의 딸을 새 왕비로 들이는 데까지는 요석공주와 손잡고 있었을 것이다.38)

그러나 691년 3월 1일 '왕자 이홍'을 태자로 책봉할 때는 이 동맹 관계가 깨어진 것으로 보인다. 왜냐하면 684년[687년 2월은 앞에서 본 대로 오류]에 신문왕과 신목왕후[정실 왕비] 사이에서 원자 김사종[무상선사]이 출생하였기 때문이다. 이 상황에서 태자를 책봉할 때 요석공주는 딸 신목왕후의 혼전, 혼외자인 '왕자 이홍'을 지지하였을 것이다.

이홍이 15살로 8살[또는 5살]밖에 안 된 원자보다 나이가 더 많은 것이 중요 이유가 되었을 것이다. 그러나 요석공주의 처지에서는 첫 외손자 이홍에 대한 사랑이 남 달랐을 가능성이 크다. 이홍이 태자 정명과 자신의 딸 사이에 혼외자로 태어났을 때 누가 돌보았을까? 요석공주는 자신이 직접 거두고 기저귀를 갈았을 수도 있는 이홍에게로 쏠리었을

크다.
38) '김흠돌의 모반'을 진압한 군대가 북원 소경[원주]에서 서라벌까지 내려온 김오기의 군대라는 것이 『화랑세기』의 증언이다. 자의왕후의 명에 의하여 호성장군이 된 김오기가 원래의 호성장군 진공과 맞서 있고, 진공이 '전하가 위독하고 상대등이 아직 문서를 내리지 않는데 어떻게 호성장군 인을 넘겨 주겠는가.' 하고 맞서고 있다. 이 상대등이 김군관이다.

것이다. 아버지가 왕이고 어머니가 왕비인 시절에 태어난 당당한 원자보다 출생이 안쓰러운 이홍이 더 눈에 밟힌 것이다. 공과 사가 구분이안 되고 사적인 감정이 공적인 왕위 계승에 영향을 미친 것이다.

그러나 김순원은 법적 정통성이 확보된 원자를 밀었을 것이다. 이미자의왕후가 사망하여 권력의 중심에는 신목왕후의 어머니 요석공주가서 있었다. 여기에 차기 왕까지 요석공주의 사랑을 받고 있는 이홍이승계하게 되면 자신이 설 자리가 좁아진다. 이때 김순원은 요석공주와맞섰을 것이다. 그는 이홍의 출생의 비밀의 약점을 이용하여 원자가 태자가 되는 것이 당당하다고 주장할 명분을 찾았을 것이다.

여기에서 한 걸음 더 나아가면 이 요석공주와 순원의 충돌은 가히 문화의 충돌이라 할 만하다. 김춘추의 당 나라 청병 외교 후 신라는 복식에서 관료 제도에 이르기까지 중국화를 추진하고 있었다. 중국과 신라의 문화 차이를 다 열거할 필요야 없다. 가장 중요한 것이 왕위 계승에작동하는 원칙이다.

신라는 왕이 죽으면 그 왕의 어머니의 직계 비속 가운데 가장 우수한인물이 왕위를 잇는다. 가장 세력이 큰 최강자 우선의 원칙이다. 그리하여 제4대 석탈해 임금처럼 제2대 남해차차웅의 사위, 제24대 진흥왕처럼 제23대 법흥왕의 외손자가 왕위에 오를 수 있었다. 그리고 제3대 유리왕의 첫째 아들인 제7대 일성임금을 제치고, 둘째 아들인 제5대 파사임금이 왕위에 오르기도 하였다.39)

---

39) 이 최강자 우선의 원칙은 초원에서는 잘 작동할 수 있다. 최강자 판단의 기준이 객관적이기 때문이다. 말 잘 타고, 활 잘 쏘고, 싸움 잘 하면 된다. 그러나 나라를 세우고 왕실이 되면 이 기준이 흔들린다. 그리하여 가장 우수하다는 것이 결국 세력이 가장 강하다는 말이 된다. 세력 경쟁은 필연적으로 친인척 사이의 갈등을 유발하게 되고 할머니, 외할머니의 선택 기준을 흔들리게 한다.

그러나 무주(武周)를 지향한 측천무후의 당 나라는 주공(周公)의 주(周) 나라를 추구하고 있었다. 이 주공은 중망(衆望)이 자신에게 쏠렸으나 못난 조카를 끝까지 모시고 적장자 우선의 원칙을 고수하였다. 그리하여 춘추전국 시대 이래 공맹(孔孟)으로 대표되는 고대 중국의 유학이 가장 칭송한 그 주공의 실상은 바로 '못났든 잘났든 적장자 우선'이라는 비합리적 사상이었다. 사직에 제사 모시는 것이 중요한 농경민족에게는 맏아들, 그리고 정비인 원비에게서 태어난 아들이 중요하였다.

692년 7월 신문왕이 사망하고 효소왕이 즉위하였다. 이때 김순원은 요석공주와 타협점을 찾았을 것이다. 원자 김사종을 부군으로 삼을 것을 요청하였을 것이다. 이로써 효소왕 이후의 왕위는 원자에게로 가는 것으로 정해졌다. 신문왕과 신목왕후의 두 번째 아들인 보ㅅ내태자와 세 번째 아들인 효명태자는 693년 8월 5일 오대산으로 입산하였다.[40] 그로부터 태화 원년인 진덕여왕 즉위 2년[648년, 정관 22년]은 정확하게 45년 전으로 당 나라 태종문무대성황제 치세이다.

---

40) 『삼국유사』 권 제3 「탑상 제4」 「명주 오대산 보ㅅ내 태자 전기」에서 '태화 원년[648년] 8월 5일 입산하였다.'는 기사에서 입산 연도는 자장법사의 오대산 게식 시기와 관련하여 오산된 것으로 틀린 것이다. 두 왕자가 입산한 해는 648년으로부터 45년 후인 693년으로 보아야 한다. 그러나 8월 5일이라는 날짜는 다른 이유가 없는 한 믿어도 되는 날짜이다. 그러므로 두 왕자가 오대산에 숨어든 것은 현재로서는 693년의 8월 5일이라고 보는 것이 가장 합당하다. 조범환(2015:98-103)에서는 이 시기를 더 늦게 잡아 효소왕 8년[699년]경에 부군의 임명이 있었을 것으로 추정하고, 700년 5월에 '경영의 모반'이 있었으니 그 사이에 두 왕자가 오대산에 유완 갔다가 숨어든 것으로 설명하고 있다. 성덕왕이 오대산에서 몇 년 정도 수도하였을지를 추정해 보면 알 수 있는 일이다. 불과 2년? 그것은 아닐 것이다.

4. 효성왕은 자연사한 것이 아닐 것이다

성덕왕의 태자 승경은 어머니 엄정왕후가 사망하였다. 그리고 아버지의 외할머니 요석공주도 사망하였다. 성덕왕은 724년 봄에 승경을 태자로 책봉하였다. 그것은 소덕왕후의 처지에서는 불만스러운 일이었다. 그는 자신의 아들이 태자가 되기를 원했다. 그러므로 승경이 태자가 되는 데에는 성덕왕의 강력한 의지가 작용하였을 것이다. 소덕왕후가 이러한 성덕왕의 뜻을 받들 수밖에 없었던 데에는 어떤 사정이 있었을까? 출산 후유증으로 소덕왕후의 건강이 극도로 나빴을 수도 있다.

승경은 앞에서 논증한 대로 엄정왕후의 소생이다. 아니면 다른 후궁 소생일 수도 있지만 그 가능성은 일단 배제해 둔다. 그러면 그는 늦어도 어머니 엄정왕후가 사망하여 소덕왕후가 혼인하기 전인 720년 이전 출생이어야 한다. 그러면 혜명왕비를 들이던 739년에는 최소 19살 이상이다. 혜명왕비가 첫 왕비이기 어렵다. 승경의 태자 시절의 태자비, 그리고 즉위한 직후의 왕비가 있었는데 폐비되었다고 보는 까닭이 이것이다. 그는 태자 시절에 이미 혼인하여 태자비 박 씨가 있었던 것이다. 박 씨는 710년생쯤인 승경이 태자로 봉해지던 724년경 승경이 14살쯤에 그와 부부의 인연을 맺었을 것이다. 그리고 738년 2월 당 나라로부터 왕비 책봉을 받았다.

성덕왕의 왕자 헌영은 어머니가 소덕왕후이다. 소덕왕후는 720년 3월 성덕왕과 혼인하였다. 헌영은 빨라야 721년생이다. 이복형 승경이 태자로 책봉되던 724년에 겨우 4살이다. 724년에 이미 14살쯤 되었을 승경과 태자 책봉의 경쟁 대상이 될 수는 없었을 것이다. 그리고 724년

12월 소덕왕후가 사망하였다. 경덕왕의 아우 1명과 제37대 선덕왕[김양상]의 어머니 사소부인이 성덕왕과 소덕왕후 사이에서 태어났을 가능성이 있다. 소덕왕후는 이 둘 가운데 마지막 아이의 출산 후유증으로 사망한 것으로 보인다.

소덕왕후의 아버지 김순원이나 순원의 아들, 손자들이 집안의 외손자인 헌영을 왕으로 즉위시키려는 야심을 갖고 있었다. 김순원이 사망하였다고 보면 그 후에는 그의 아들이 죽은 누이, 손자들이 죽은 고모의 아들인 헌영이 즉위하기를 바라고 있었다.

이런 상황에서 737년 2월 성덕왕이 승하하고 태자 승경이 효성왕으로 즉위하였다. 이 직전 736년 가을에 신충은 태자 승경과 '잣나무 아래의 맹약'을 맺고 승경을 차기 왕으로 추대하기로 약속하였다. 737년 2월 즉위한 효성왕은 (24a)에서 보듯이 이찬 정종(貞宗)을 상대등으로 삼고, 아찬 의충(義忠)을 중시로 삼았다.[41] 그리고 (24b)에서 보듯이 당나라는 박 씨 왕비를 책봉하였다.

> (24) a. (737년) 효성왕이 즉위하였다[孝成王立]. 휘는 승경이다[諱承慶]. 성덕왕 제2자이다[聖德王第二子]. 어머니는 소덕왕후이다[母炤德王后]. — 이찬 정종을 상대등으로 삼고 아찬 의충을 중시로 삼았다[以伊飡貞宗爲上大等 阿飡義忠爲中侍].
> b. 당은 사신을 보내어 조칙으로 왕비 박 씨를 책봉하였다[唐遣使詔冊王妃朴氏].
> c. 3년[739년] 봄 정월 조부, 부의 묘에 제사하였다. 중시 의충이 죽어서 이찬 신충을 중시로 삼았다. — 2월 왕제 헌영을 제

---

41) 이 아찬이 좀 낮은 관등이다. 그러나 의충은 딸 만월부인이 경덕왕의 계비로 들어갈 때에는 서불한[=각간]이 되어 있다. 그도 명문 출신의 고위 귀족이다.

수하여 파진찬으로 삼았다.[春正月拜祖考廟 中侍義忠卒 以伊
飡信忠爲中侍 — 二月 拜王弟憲英爲坡珍飡].

d. 3월 이찬 순원의 딸 혜명을 들여 비로 삼았다.[三月 納伊飡順
元女惠明爲妃].

e. 여름 5월 파진찬 헌영을 봉하여 태자로 삼았다.[夏五月 封波
珍飡憲英爲太子].

f. 4년[740년] 봄 3월 당이 사신을 보내어 부인 김 씨를 책봉하
여 왕비로 삼았다[四年 春三月 唐遣使冊夫人金氏爲王妃].

<『삼국사기』 권 제9 「신라본기 제9」 「효성왕」>

그 다음에 (24c)에서 보듯이 739년 정월 중시 의충이 사망하여 이찬
신충을 중시로 삼았다.[42] 신충의 이 중시 취임을 그가 처음으로 관계에
진출한 것으로 보는 향가 연구자들은 신라사를 전혀 모르는 사람들이
다. 왕궁의 집사부[비서실]과 시위부[경호실]의 책임자 중시는 그렇게 처
음 관직에 나가는 사람이 맡을 수 있는 직책이 아니다. 이찬도 2등관위

---

42) 이 '의충'과 '신충'의 이름이 이상하다. '신의(信義)'에서 한 자씩을 따서 'O충'으로
그 이름을 지은 것이다. 그러면 신충은 의충과 형제이다. 의충은 죽었지만 그 딸은
나중에 보듯이 경덕왕의 왕비 삼모부인을 쫓아내고 만월부인으로 들어와 경수태후
가 되었다. 혜공왕의 어머니이다. 그들은 누구의 후손들일까? 그 당시의 세력 구도로
보아 이 정도의 지위에 오를 수 있는 사람을, 김순원의 친인척을 떠나서는 생각할
수 없다. 자의왕후에게는 여동생 운명이 있었다. 이들은 운명의 후손들일 수밖에 없
다. '김오기/운명-대문-신충/의충'으로 이어진다. 저자의 이 시대 권력 실세 몸통에
대한 수사 결과 보고서 가운데 가장 위태로운 부분이다. 이 6촌인 두 형제 4명의 이
름에 '충효신의(忠孝信義)'가 다 나온 것이다. 이것이 우연일까?『삼국사기』가 이 대
목에서 '의충이 죽어 그 형인 신충이 중시를 맡았다.'고 썼으면 저자는『삼국사기』를
믿고도 또 믿었을 것이다. 그러나 그 책은 이런 사실들을 쓰지는 않는다. 왜? 사적인
관계가 공적인 기록에 등장하면 안 되니까. 그리고 선조들의 이야기이니까. 이제 나
에게도 이 집안은 가까운 인척이 되었다. 평생 궁금하였으나 아무에게도 물어보지
못하고 영원히 모르기로 한 영정조 시대에 소론과 노론으로 나뉘어 싸워서 언제 귀
양 왔는지도 모르게 되었다는 그런 이야기를 나도 마음이 아파 차마 쓰지는 못할 것
같다.

명으로 각간[1등관위명] 다음의 관등이다. 그리고 739년 2월 이복아우 헌영을 파진찬으로 삼았다.

그리고 (24d)에서 보듯이 3월 '김순원의 손녀'[앞에서 본 대로 딸이 아니고 손녀이다. 혜명은 진종 각간의 딸이므로, 충신, 효신에게는 누이 이다.] 혜명을 왕비로 들였다.

그런데 정말로 놀라운 사실은 (24c)의 기록이다. 이것은 있을 수 없는 일이다. 효성왕은, 생모가 엄정왕후이므로 늦어도 엄정왕후가 사망하기 이전에는 태어났어야 한다. 아무리 어려도 재혼하는 739년 5월에는 19세이다. 또 형인 중경이 707년경에 출생하였을 것이므로 효성왕은 아무리 일러도 709년보다 더 앞서 태어날 수 없다. 그러므로 739년에 많아야 31세밖에 안 된다. 그런 그에게 무슨 하자(瑕疵)가 있었기에 739년 3월에 새 장가를 들고 2달 뒤인 5월에 아우를 태자로 봉한다는 말일까?

효성왕이 아들을 낳을 수 없으니 그의 아우를 태자[=부군]으로 삼자는 주장을 누가 할 수 있었겠는가? 혜명왕비를 제외하고는 아무도 할 수 없는 일이다. 정상적인 경우라면 혜명왕비는 자신이 원자를 낳아 그 아들이 왕위에 오르는 것을 보려 하였을 것이다. 그러면 일반적으로는 왕비의 친정 형제들[여기서는 충신과 효신]이 왕비의 눈치를 보아야 한다. 비록 친정 형제들이 누이를 왕비로 들였다 하더라도 일단 왕비가 되고 나면 그때부터 갑이 되는 것이 왕비의 특성이다.

그런데 혜명왕비는 왜 고모의 아들인 시동생 헌영을 남편의 후계자로 세우는 데에 동의하였을까? 혜명왕비는 두 달 잠자리를 해 보고 남편이 아들을 낳을 수 없는 불구자라는 것을 알았단 말인가? 그럴 리가 없다. 누가 그리했을까? 경덕왕의 외할아버지인, 성덕왕의 두 번째 장인 김순원은 언제 태어나서 언제쯤 이승을 떠났을까? 이 실권자의 출생과 죽음에 대해서는 『삼국사기』, 『삼국유사』에서 추론의 근거가 될 만한 첩보가 없다.

필사본 『화랑세기』에는 약간의 첩보가 있다. 그는 김선품(金善品)의 아들로서 자의왕후의 동생이다.43) 그들의 아버지 김선품은 644년 경에 사망한 것으로 추산된다. 644년에 김순원이 태어났다면 중시가 된 효소왕 7년[698년]에는 55세가 되고 딸을 성덕왕의 소덕왕후로 들일 때인 720년[성덕왕 19년]에는 77세가 된다. 손녀 혜명을 효성왕의 왕비로 들인 739년[효성왕 3년]에 김순원이 살아있었다면 96세가 된다. 이때까지는 살아 있었다고 보기 어렵다. 그렇다면 혜명이 효성왕과 혼인한 것은 김순원의 아들 대에 와서 그의 아들이 딸을 효성왕과 혼인시켰다고 보아야 한다. 김순원의 아들, 그가 누구일까?

이미 확보한 증거 가운데 『삼국유사』권 제1 「왕력」, 「효성왕」 조에 혜명왕비의 아버지로 적혀 있는 '진종 각간'이 있다. 이에 의하여 순원의 아들, 혜명왕비의 아버지는 각간 '김진종'인 것이 밝혀져 있다.

헌영의 파진찬 책봉, 효성왕과 혜명의 혼인, 헌영의 태자 책봉이라는 이 모든 일들의 뒤에는 추적하기 만만치 않은, 그러나 잘 보면 훤히 보이는 비밀도 아닌 비밀이 들어 있다. 저자가 가진 그 비밀을 푸는 열대{열쇠}는, 이 세 가지 일이 일어난 기간 내내, 그리고 그 이후 경덕왕

---

43) 필사본 『화랑세기』에 의하면 김순원이 자의왕후의 동생이며 선품의 아들이다. 김선품은 당 나라에 사신으로 갔다가 선덕여왕 12년[643년]에 돌아와 곧 35살로 사망하였다. 그의 또 다른 딸은 운명으로 김오기의 아내이다. 김오기의 아들이 김대문이다. 김선품의 아버지는 구륜이다. 구륜은 진흥왕의 아들이고 진지왕의 동생이다. 『삼국사기』에는 643년 9월에 당 나라에 사신을 보내어 청병하였는데 당 태종이 시험한 기록이 있다. 이 사신단에 선품이 들어 있었을 것이다. 아니면 당 태종을 만난 그 사신 김다수(金多遂)가 김선품일 것이다.

3년인 744년 1월까지 「원가」의 작가 신충이 왕실의 기밀 사무를 관장하는 집사부의 중시 직에 있었다는 사실이다. 그는 현대적으로 말하면 대통령 비서실장 겸 경호실장이다. 그가 헌영을 파진찬으로 책봉하게 하고, 혜명을 왕비로 들이도록 하고, 헌영을 태자로 책봉하게 하면서 효성왕을 옥죄어 갔을 것이다. 이 이상 더 무슨 말이 필요하겠는가? 이 모든 일들은 김순원의 아들, 손자들이 정략적으로 한 일이다. 김순원이 자의왕후의 동생이므로 자의왕후의 친정 집안이 대를 이어 권력 실세가 되어 있었다. 그들이 새 왕 효성왕을 전왕 성덕왕처럼 집안의 사위로 삼으려는 계책을 세운 것이다.

그러면 신충은 누구일까? 김충신, 효신으로 적혀 있는 김순원의 손자들, 김진종의 아들들과 가까운 인척일 수밖에 없다. 몇 촌쯤이면 가까운가? 4촌? 6촌? 8촌? 동고조 8촌이다. 고조가 같으면 8촌이다. 그런데 충신, 효신의 고조는 누구인가? 아버지 진종, 할아버지 순원, 증조할아버지 선품, 고조부 구륜이다. 구륜의 형제들에서 나누어졌을까? 그러면 충신과 신충은 10촌이다. 너무 멀다. 안 된다. 그러면 선품의 형제들에서 나누어졌을까? 그러면 충신과 신충은 8촌이다. 아직 멀다. 그러면 순원의 형제들에서 나누어졌을까? 그러나 순원은 외동아들이다. 아뿔사. 그러나 그것이 이 수사에는 천만다행이다. 남자 쪽을 볼 필요가 없다. 여자 쪽을 보아야 한다. 순원의 아내 쪽? 그것은 밝혀져 있지 않다.

그런데 순원에게는 누이들이 있다. 자의와 운명이라는 두 누나가 있는 것이다. 자의왕후야 문무왕/자의왕후–신문왕–효소왕/성덕왕–효성왕/경덕왕으로 이어진다. 그러니 왕자가 아닌 저들이야 여기서 빠진다. 그러면 남는 사람은 운명뿐이다. 운명은 김오기와 혼인하였다. 그들의 아들이 진서 『화랑세기』를 쓴 김대문이다. 김대문은 신문왕의 이종사촌이다. 그 아래 대인 신문왕의 아들 성덕왕과 김대문의 아들에 이르면 이들은 동증조(同曾祖) 선품의 후예들인 6촌 사이가 되는 것이다. 신문왕의 외사촌 김진종은 김대문에게도 외사촌이 된다. 그러니 김진종의 아들인 김충신은 성덕왕, 김대문의 아들과 6촌이 된다. '신라 시대에 무슨 유교적인 촌수 개념이 있었을까?'고 저자에게 묻지 말라. 저 김충신이, 신문왕의 손자이며 성덕왕의 조카인 김지렴을 종질(從姪), 7촌 조카라고 지칭하고 있다.

이제 이 가계도의 수형도[tree diagram]에서 신충이 들어가야 할 교점 [node]이 정해졌다. 그는 24진흥왕–구륜–선품–운명/김오기–김대문이 이루는 가지[branch]의 끝 마디[node]에 자리할 수밖에 없다. 그도 진흥왕의 후예로 왕실 가족[Royal Family]이었다가 어머니 운명에서 김오기 집안으로 출가하여 왕실의 외손이 되었다. 아버지의 외가인 선품, 순원의 집안은 그에게 진외가인 것이다. 그래서 그는 그 집안의 후계자 충신, 효신과 6촌형제[진외재종형제]가 되는 것이다.

처음 724년 승경이 태자로 책봉될 때도 그들은 막으려 했을 것이다. 그러나 720년에 혼인한 소덕왕후의 아들 헌영은 너무 어렸다. 많아야 겨우 4살이다. 두 왕자의 아버지 성덕왕도, 살아 있는 제2자 승경을 제치고 제3자 헌영을 태자로 봉하는 데에 동의하지 않았을 것이다. 그리하여 724년 봄에 승경이 태자로 책봉되었다. 그 1년 뒤 724년 12월 소덕왕후가 사망하였다.

소덕왕후가 사망하여 태자 승경에게 유리한 정국이 전개되고, 헌영에게는 어머니가 죽어서 불리한 정국이 전개되었을까? 아버지, 어머니, 할머니가 다 사망한 이런 싸움에서는 외가나 처가의 힘이 센 쪽이 유리하게 되어 있다. 전체적으로 보면 태자 승경이 왕위를 계승하기에는 상당히 불리한 조건이다. 이것이 태자 승경, 즉 효성왕의 불행한 삶을 배태한 원천적 씨앗이다.

김순원 세력은 성덕왕 승하 후 어쩔 수 없이 태자 승경의 즉위를 받아들였을 것이다. 승경을 지지하는 세력이 대의명분을 들어 태자를 폐할 수는 없다고 버티었을 것이다. 신충이 이때 헌영의 편에 섰던 기존의 태도를 바꾸어, 태자 승경과 '잣나무 아래의 맹약'을 맺고 승경의 편에 섰다. 태자 승경은 '신충 등의 도움을 받아' 겨우 즉위하였다.[44] 그러나 이것이 원하는 바가 아니었던 김순원 세력은 효성왕이 신충을 공신 등급에 넣는 것에 반대하였다. 여기서 「원가」가 창작된다. 이 노래는 태자 승경을 도와 즉위시키는 데에 공을 세웠지만 실권자들인 김순원 집안의 반대로 공신 등급에 들지 못한 신충이 태자를 도운 것을 후회하는 노래이다. 그는 이 노래를 지음으로써 김순원 세력에게 자신이 되돌아가고 싶어 한다는 의사를 전달하였다. 아니, 그 자신도 실세의 주체이므로 승경을 왕위에 올린 것을 후회하고 왕의 아우 헌영을 미는 세력에게로 돌아갔을 것이다. 원래 거기가 그의 세력권이었기 때문이다. 그리하여 김순원 세력은, 신충과 다시 손을 잡고 그를 공신 등급에 넣고 '賜爵祿(사작록)'하는 데에 동의하였다. 그것이 '잣나무 황췌 사건'으로 신충에게 작과 녹을 하사하였고 '잣나무 소생'이 나타난 까닭이다. 노회한 신충의 책략이 성공한 것이다.

그러면 신충은 김순원 집안에 무엇을 해 주기로 약속하였을까? 아무

----

44) 이 '신충 등의 도움을 받아'는 진실과는 거리가 있을 수 있다. 사실은 '신충이 반대하지 않음으로써'에 가깝다. 신충은 묘한 인물이다.

런 반대급부 없이 김순원 집안이 신충을 공신 등급에 넣는 데에 동의하고 자신들의 편에 넣어 주었다고 생각하는 것은 어리석은 일이다. 정치는 그렇게 되지 않는다. 상대방의 양보를 얻어내려면 자기가 얻는 것보다 더 큰, 그러나 자기에게는 중요하지 않은 그런 것을 상대방에게 내어 주어야 한다. 신충에게는 무엇이 그런 것이었을까? 자기에게는 어마어마한 자손 대대의 영화와 호사가 걸린 이권, 자신이 효성왕을 떠나 헌영의 편으로 가는 것, 그것을 김순원 집안에게서 얻어내기 위하여 그가 김순원 집안에 내어 줄 수 있는 것은 무엇이었을까? <u>그것은 효성왕이었을 것이다.</u> 이리하여 군주를 팔아먹는 신하가 나오고 상관을 배신하는 부하가 나오고, 심지어 아버지를 죽이는 아들이 나오고 형을 죽이는 아우가 나오고 조카를 죽이는 숙부가 나오는 것이다.

그런데 이 과정은 매우 치밀하고 교묘하게 그리고 절묘하게 이루어졌다. 제일 먼저 손댄 것이 왕비이다. 외손자 헌영을 즉위시키는 데 실패한 김순원 집안은 효성왕 2년[738년]에 이미 당 나라의 책봉을 받은 박 씨 왕비를 건드린 것이다. 어떤 방업이었는지는 모르지만 일단 그 왕비가 사망하였거나 아니면 폐비되어 유폐되었다고 보아야 한다. 박 씨 왕비를 폐하고 나서 그 다음에 (24c)에서 보듯이 헌영을 파진찬으로 정식 등용하였다. 작을 주고 공식적으로 조정에 참여시킨 것이다.

그 다음에 (24d)에서 보듯이 '김순원의 손녀 혜명'을 왕비로 들인다. 739년[효성왕 3년] 3월 김진종의 딸 혜명을 왕비로 들여서 성덕왕에 이어 다시 효성왕을 사위로 삼았다. 이 새 왕비 혜명을 (24f)에서 보듯이 혼인한 지 1년이나 후인 740년 3월에 당 나라에서 새로 왕비로 책봉하였다. 그러나 효성왕은 혜명왕비에게 정을 주지 않았다. 효성왕은, 박 씨 왕비를 폐비시키고(?) 새로 들어온 혜명왕비에게 정이 가지 않았던 것이다. 그리고 혜명왕비나 그 친정 오라비들의 말을 고분고분 들어 주지도 않았다. 이에 김순원 집안은 (24e)에서 보듯이 739년 5월에, 소덕왕후가 낳은 친 외손자인 15살 정도의 헌영을 태자로 하여 부군으로 삼았다. 여차하면 왕을 폐위시킬 준비가 된 것이다.

이 과정 내내 신충은 중시이다. 효성왕의 최측근이다. 그가 효성왕을 설득하였을까, 협박하였을까? 최소한 그는 충실하게 김순원 세력의 요구 사항을 효성왕에게 전달하는 하수인 역할을 하였을 것은 틀림없다. 아니 하수인이 아니라 그 자신도 이 모든 일을 기획하고 추진하고 실행하는 주체였을 것이다. 그리고 최소한 그들의 요구 사항을 수용할 수밖에 없는 효성왕으로부터 답을 받아내어 그들에게 전달하는 역할을 하였을 것이다. 최대한은? 이 모든 과정이 '현명하다 한' 그의 책략에서 나왔을지도 모르는 일이다. 그렇다면 효성왕은 협박을 받았을지도 모른다.

그리하여 신충은 739년 정월에 중시가 된 이후로, 아니면 그 전 공신에 들지 못한 때부터 이 파벌 싸움에서 헌영의 편을 들었다. 그렇지 않았다면 효성왕 사후 경덕왕 즉위 시에 중시 직에서 쫓겨났을 것이다. 그가 효성왕 승하 후에도 경덕왕 아래에서 744년 1월까지 3년이나 중시 직을 맡았다는 것은 효성왕 편으로부터 경덕왕 편으로 돌아섰다고 볼 때 이해 가능하다. 그는 그 격변기의 효성왕 시기에 헌영을 편들어 그를 파진찬으로 승격시키고, 왕비 박 씨를 폐하고, 김순원의 손녀 혜명을 새 왕비로 들이밀고, 헌영을 태자[부군]으로 봉하고, 후궁의 아버지 영종을 모반으로 몰아 죽이고, 드디어 효성왕이 승하하게 되는 그 과정에서 내내 김순원 집안의 편에 섰을 것이다.

다시 쓴 (21=25a)에는 '붉은 비단 옷을 입은 한 여인이 조정의 정사를 비방하며 효신공(孝信公)의 집 앞을 지나가다가 홀연히 보이지 않았다.'고 하였다. 그 여인은 1인 시위를 하다가 증발한 것이다. 누가 납치하여 갔을까? 효신공이 누구일까? 추론할 아무런 근거도 없다.

그러나 저자는 이를 보자 말자 그가 김순원 집안사람일 것이라는 직감이 들었다. 수사관이 직감에 의존하는 것은 안 된다. 그렇지만 언어학은 출발부터 문장의 문법성에 대한 직관[intuition]을 묻는 것으로 시작한다. 평생을 그렇게 훈련받은 저자가 벗어날 수 없는 한계가 직관에 의존하는 버릇이다. 저자는 김효신이 김순원의 손자라고 생각한다.

(25) a. (효성왕) 4년[740년] ― 가을 7월 붉은 비단 옷을 입은 한 여
인이 예교 아래로부터 나와 조정의 정사를 비방하며 효신공
의 문앞을 지나가다가 홀연히 보이지 않았다[四年 ― 秋七月
有一緋衣女人 自隷橋下出 謗朝政 過孝信公門 忽不見].

b. 8월 파진찬 영종이 모반하여 복주하였다[八月 波珍湌永宗謀
叛 伏誅]. 이에 앞서 영종의 딸이 후궁에 들었는데 왕이 지극
히 사랑하여 은혜가 날이 갈수록 심하였다[先是 永宗女入後
宮 王絶愛之 恩渥日甚]. 왕비가 투기하여 족인들과 모의하여
죽였다[王妃嫉妒 與族人謀殺之]. 영종이 왕비의 종당들을 원
망하여 이로 인하여 모반하였다[永宗怨王妃宗黨 因此叛].

c. 5년[741년] 여름 4월 대신 정종과 사인에게 노병[기계화 활
부대]을 사열하게 명하였다[五年夏四月 命大臣貞宗思仁閱弩
兵]. <『삼국사기』 권 제9 「신라본기 제9」 「효성왕」>

앞에서 말한 『삼국사기』에서 단 한 번밖에 볼 수 없는, 아니 어떤 사

서에서도 보기 어려운 (21)의 '1인 시위'이다. 관련 별건 사건인 이 '1인 시위 사건'은 사실은 '살인 사건'과 관련되어 있다. 단순한 1인 시위가 아니라 더 복잡하고 큰 사건인 '살인 사건'과 관련되어 있다. 이 사건 수사를 우리는 뒤로 미룬 것이다. 이제 이 사건에 대한 수사를 시작해야 한다.

이 효신공이 누구일까? 왜 이 기록이 이 자리에 있는 것일까? 왜 저 1인 여인은 효신공의 문 앞에서 조정의 정사를 비방하였을까? 답은? 그가 조정의 핵심 중신이기 때문이다. 무슨 정사를 비방하였을까? (24)에서 본 대로 청년왕인 효성왕이 시퍼렇게 살아 있는데도, 그리고 금방 자신의 누이를 왕비로 들여 놓고도, 다시 고종사촌 헌영을 태자로 책봉하게 하는 엉망진창의 정사를 펼치고 있는 김순원의 손자 김효신을 비방한 것이라고 볼 수밖에 없다.

그러나 더 놀라운 것은 (25b)에서 보는 일이다. (25b)는 아주 절묘, 교묘하게 적혔다. 8월에 일어난 '영종의 모반'을 먼저 적고 나서, 이에 앞서 일어난 혜명왕비의 '후궁 살해 사건'을 적었다. 이 '살인 사건'은 언제쯤 일어난 일일까? 아마도 7월보다는 더 앞서 일어났을 것이다. 그러면 저 1인 시위의 여인이 비방한 대상인 조정의 정사에는 이 '살인 사건'도 들어 있다. 이 사건 자체와 그 사건 처리 과정의 불공정함을 비방한 것이 '저 여인'이다. 그는 누구일까? 죽은 후궁의 가까운 친척일 수도 있다. 그러나 어떤 친척이 이런 일에 나서서 정권 실세를 비방하겠는가? 가족이다. 죽은 후궁의 할머니가 하겠는가? 언니가 하겠는가? 여동생이 하겠는가? 친정 올케가 하겠는가? 다 말도 안 되는 답안이다. 이런 일을, 목숨을 걸고 정권 실세의 문 앞에서 '1인 시위'를 하며, 그것도 조정의 정사를 비방할 수 있는 사람은 죽은 후궁의 어머니일 수밖에 없다. 어머니를 제외하고 그 누가 '딸의 억울한 죽음'에 관하여 목숨을 걸고 항의하겠는가? 그 딸의 죽음은 '왕비의 살인'이며, '왕비를 위한 살인'이며, '왕비의 투기에 의한 살인'인데 그것을 누가 감히 비방하겠는가? 더욱이 왕비가 친정 족인들과 모의하여 후궁을 살해하였다고 적었지 않았는가? 이것을 읽어 내지 못하고도 어찌 역사적 사건을 잘 수사하였다 할 수 있겠는가? 과거에 이 역사를 읽은 사람은 아무도 없다.

저자는 이 1인 시위를 한 여인을 그 후궁의 어머니라고 간주할 수밖에 없다. '붉은 비단 옷을 입은'이, 그 여인이 파진찬인 영종의 아내였을 가능성을 높여 주고 있다. 그리고 그 여인은 증발하였다.[45] '그 후궁의 어머니가 억울하여 효신공의 집 앞에서 1인 시위를 하다가 홀연히 보이지 않았다.'는 말이다. 그러면 그 어머니는 납치당한 것이고 아무도 모르게 지하실 같은 데서 고문당하고 사라지게 되어 있다.

그 다음에 일어나는 일이 후궁의 아버지 '영종의 모반'이다. 후궁의 아버지가 무슨 군대가 있어 반란을 일으켰겠는가? 딸도 죽고, 아내도 실종되고, 집안이 풍비박산(風飛雹散) 나게 된 그가 택할 수 있는 최후의

---

45) 그 여인도 쥐도 새도 모르게 그들에 의하여 납치되어 살해되었거나 유폐되었을 것이다. 이를 '신녀가 나타나서 조정 정사를 꾸짖고 사라졌다.'는 식으로 호도할 사람이 틀림없이 나올 것으로 보고 미리 대못을 박아 둔다. 역사는 인간의 삶을 기록한 것이므로 인간의 삶을 떠나서 해석해서는 안 된다. 그 기록 속에 신비한 요소가 있으면 그것은 적기 어려운 인간의 일을 비유적으로, 상징적으로, 우회하여, 돌려 말하여 적은 것이다. 인간의 삶에 신이 들어오는 것이 아니라 신화 속에, 말하기 어려운 인간의 삶을 감추어 둔 것이 역사 기록이다. 그 가장 현란한 사례를 우리는 『삼국유사』에서 보는 것이다. (21=25a)에서 본 『삼국사기』의 기록마저 직설적으로 말하기 어려운 일을 신비롭게 적었다. 그러나 『삼국사기』, 필사본 『화랑세기』의 내용은 『삼국유사』의 내용에 비하면 매우 직설적이다. 그렇게 현란하게 비유적으로 상징화되고 우회적으로 표현된 내용을 풀지 못하여, 역사 연구 자료로서는 믿을 수 없는 책이라고 폄훼하고 『삼국유사』를 밀쳐 버린 것이 현대 한국사학계이다.

길은 술 마시고 하소연하다가 국가 원수 (부인) 모독죄에 걸려 대역 죄인처럼 엮이는 것뿐이다. 그의 하소연을 들어준 친구가 있으면, 아니 들어 주었든 안 들어 주었든 상관없이 친구가 있으면 그도 공범으로 몰려 가벼우면 3족, 심하면 9족을 몰살당하게 되어 있다. 이것이 왕조 시대 인간의 삶이다.

어서 빨리 삼국 통일 후 서라벌에 전제 왕권이 수립되어 이상적 불국토가 건설되었고, 그 결과 불국사, 석굴암, 에밀레종[성덕대왕 신종으로 경덕왕이 아버지 성덕왕의 명복을 빌기 위하여 주조를 시작하였다가 실패를 거듭하여 완성하지 못하고, 그 아들 혜공왕대에 가서 완성되었다. 그 기술이 신라 기술인지, 백제 기술인지, 당 나라 기술인지 우리는 알지 못한다. 하물며 그 종 속에 아이의 뼈가 녹아들어갔는지 어쩐지는 알 수 없다. 그러나 그런 설화는 전해 온다.] 같은 예술 작품이 창조되었을 것이라는 구름 잡는 꿈에서 깨어나야 한다.46) 이 모든 불사는『삼국유사』권 제2「기이 제2」,「경덕왕 충담사 표훈대덕」조의 경덕왕의 말 '나라가 비록 위태로워도 아들을 얻어 후사를 이으면 족하다[國雖殆

---

46) 지금도 한반도의 반쪽에서는 흔히 일어나고 있는 일이다. 그 고위 관료, 고위 장성들이 어느 날 고사포를 맞거나 기관총을 맞고 사라지면 그 가족들은 어떻게 되는 것일까? 전해 오기는 강제 교화 노동형에 처해져 아오지, 요덕 탄광 같은 정치범 수용소에 갇힌다고 한다. 먼 훗날 어떤 못난 후손 역사 기술자(記述者)들이 또 있어 다음과 같이 쓰지 않을 것이란 보장이 있는가? 다음: '20세기 후반 21세기 전반에 걸쳐서 한반도의 북반부에 태평성대가 펼쳐졌다. 그 치적을 증명하는 것이 저 즐비한 거대 금동 동상이며, 저 세상에 둘도 없이 큰 금수산궁전이며, 인민대학습당이다.' 저자는 Harvard Yenching 연구소의 한국도서실에 있는 그 시뻘건 '모모모 저작전집'을 보고 1000년 뒤에 저 속의 말들이 역사적 진실이고 그 방대한 저작을 그가 직접 지었다고 말하는 역사 기술자들이 나올 것이라고 생각하고 치를 떨었다. 그래서 기술된 역사는 믿을 수 없고, 역사를 기술하는 자들은 옷깃을 여미고 궁형을 각오해야 한다고 말하는 것이다. 하기야 사마천처럼 궁형을 당해야 역사를 올바로 기술할 수 있다고 말해야 할지 모르겠다. 우리는 궁형을 당한 역사가를 가지고 있지 못하다.

得男而爲嗣足矣].'라는 말에서 볼 수 있듯이 수단과 방법을 가리지 않은 '기자(祈子) 불공'에서 나온 것이다.[47]

효성왕은 새 왕비 혜명과 그의 친정 오라비들의 압력에 못 이겨 그들의 고모[소덕왕후]의 아들인 이복동생 헌영을 태자로 봉하여 부군으로 두게 되었다. 왕비 혜명이 헌영의 태자 책봉에 동의한 까닭은 무엇일까? 그에 대한 답은 (25b)의 '영종(永宗)의 모반' 속에 모두 다 마련되어 있다. 모든 사건의 배후에는 '여자'가 들어 있다고 말하지 않았던가?

효성왕은 파진찬 영종의 딸인 후궁을 총애하다가 왕비의 투기를 사게 되었다. 이 때문에 왕비가 친정 집안사람[族人]들과 모의하여 영종의 딸을 죽였다. 이 왕비의 족인은 김순원 집안사람들이다. 이는 왕비의 오라비 효신, 충신 등의 전횡을 가리키는 기록이다. 이에 죽은 후궁의 아버지가 반란을 일으켰으니 그것이 740년의 '영종의 모반'이다.

왕비 혜명은 효성왕에게 소박을 맞았을 것이다. 세에 못 이겨 김진종의 딸인 혜명을 왕비로 들였지만 효성왕은, 첫 왕비 박 씨를 강제로 내보내고 들어온 혜명왕비를 좋아할 수 없었다. 한번 식은 마음이 쉽게 돌아서지 않는 것, 그것은 만고의 진리이다. 그런데 주변에는 여인들이 있었고 더욱이 사랑스러운 여인들이 있었다. 효성왕은 후궁에게 빠지고 왕비 혜명을 더욱 더 멀리 할 수밖에 없었다. 아버지 성덕왕이 엄정왕후 사후 소덕왕후와 그럭저럭 맞추어 가면서 살 만큼 오대산 수도 생활에서 인생의 쓴맛을 본 것에 비하면, 그는 아직 피 끓는 청춘이었다.

---

47) 그 결과가 훌륭한 예술품으로 승화하여 뛰어난 문화적 수준에 이른 것을 증명할 수 있는 증거가 되는 것은 다행한 일이다. 그러나 이때 그 뛰어난 예술적 수준에 도달한 사람들이 그 시대의 예술가, 민중들이지 왕이나 집권층이 아니었다는 사실을 잊으면 안 된다.

무엇보다 쫓겨난 아내와 사망한 아내에 대한 남자의 감정이 다른 것이다. 효성왕의 이 말년의 삶은 어쩐지 자포자기한 사람의 그것 같이 보인다. '잣나무 아래의 맹약'으로 상대편 주체 세력을 설득하여 자기편으로 끌어넣던 강력한 권력을 지닌 태자였을 때의 힘이 느껴지지 않는다. 아버지의 권력이 등 뒤에 있을 때의 정치적 위상과 아버지가 사망한 후에 오로지 혼자서 모든 것을 감당해야 하는 고애자(孤哀子)의 처지가 다른 것이다. 그런데 그가 상대해야 할 세력은 거대한 자의왕후의 후계 세력으로 그들은 효성왕의 이복아우 헌영을 즉위시키려고 온갖 술수를 다 쓰고 있었던 것이다.

효성왕이 후궁을 총애하였다는 사실은 그가 남자로서 무능력하지는 않았다는 것을 의미한다. 그렇다면 혜명왕비가 멀쩡한 효성왕을 두고 자신의 고종사촌이자 시동생인 헌영을 태자로 봉하는 데 동의한 까닭은 무엇일까? 그것은 하나도 이상할 것이 없다. 혜명왕비는 효성왕의 아들을 낳을 희망을 잃은 것이다. '하늘을 보아야 별을 따지.' 그리고 혜명왕비는 다른 여인에게서 아들이 태어나면 자신이 비참하게 된다는 것도 알았다. 다른 후궁이 왕자를 낳아 그쪽으로 왕위 계승권이 넘어가는 것보다는 이미 오빠들의 세력권에 들어와 있는 고모 소덕왕후의 아들이자 시동생인 헌영이 왕위를 잇는 것이 더 안전하다. 혜명왕비는 미련 없이 후궁에게 빠진 효성왕을 두 달 만에 버리고 시동생이자 고종사촌인 헌영에게 기대어 미래의 안전을 도모하기로 하였다. 이것이 헌영이 제34대 효성왕의 태자가 되어 궁극적으로 제35대 경덕왕으로 즉위하게 되는 과정이다. 그 뒤에 경덕왕이 혜명왕비를 책임졌는지 어쨌는지는 기록에 없고, (26)과 같은 기록이 남아 있다.

(26) (경덕왕) 7년[748년] 8월 태후가 영명신궁으로 이거하였다[八月 太后移居永明新宮]. <『삼국사기』 권 제9 「신라본기 제9」 「경덕왕」>

이 태후가 누구일까? 경덕왕의 어머니 소덕왕후는 이미 사망하였다. 성덕왕의 원비 엄정왕후일까? 아닐 것이다. 엄정왕후는 소덕왕후가 들어오기 전에 사망하였을 것이다.[48] 이 태후가 혜명왕비일 가능성이 있다. 태후라는 이름으로 전 왕의 왕비가 현 왕의 궁궐에 함께 살았다. '형사취수'의 관례로 보아 경덕왕이 혜명왕비를 책임진 것으로 보인다. 경덕왕의 혼인 생활이 순탄하지 않았던 것도 이와 관련이 있을 것이다.

(25b)의 이 후궁 피살 사건은 효성왕을 더 이상 정상적인 왕 역할을 하지 못하게 하였다. 이 740년 8월의 '영종의 모반' 사건 후 742년[효성왕 6년] 5월에 효성왕이 사망하였다. 그런데 그의 사후 처리는 (27)에서 보듯이 왕의 그것이라 할 수 없을 만큼 초라하다. 그냥 '遺命(유명)'으로 '柩(구)'를 태우고 동해 바다에 散骨(산골)하였다고만 되어 있다.[49] 그에

---

[48] 이것도 모를 일이다. 소덕왕후를 들이기 위하여 엄정왕후를 유폐시켜 놓았을지도 모를 일이다. 진지왕이 폐위되어 유폐된 채 살다가 3년 뒤에 도화녀(桃花女)와의 사이에서 비형랑(鼻荊郞)을 낳았다는 『삼국유사』 권 제1 「기이 제1」 「도화녀 비형랑」 조를 생각하면 왕궁에서 유폐된다는 것이 무슨 뜻인지 알 수 있다. 중국에서 유래한 것이다. 당 나라 고종 때 후궁 무조(武照)[훗날의 측천무후]가 자신이 딸을 죽여 놓고 황후가 다녀갔다고 하여 황후를 살인범으로 몰아 유폐시켜 죽인 경우가 떠오른다.

[49] 문무왕의 경우도 화장하고 동해의 대왕암에 수장하였다고는 하지만 그렇게 하라는 문무왕의 유언이 『삼국사기』에 길게 적혀 있다. 그리고 호국의 용이 되기 위하여 대왕암에 묻힌다는 비장함이 있다. 아들 신문왕의 행위로 인하여 앞으로 닥칠 왕실의 험난한 전정을 예견이나 하듯이 문무왕은 비장한 유언을 남기고 인도식 장례를 택하였다. 그 아버지의 마지막 유조(遺詔)에 들어 있는 '운이 가고 이름이 남는 것은 옛날이나 지금이나 한 가지이므로 문득 대야로 돌아간들 어찌 유한이 있겠는가. 태자는 일찍 일월의 덕을 쌓으며 오래 동궁 자리에 있었으니 위로는 재신들의 뜻을 좇고 아래로는 뭇 관료에 이르기까지 가는 사람을 잘 보내 주는 의리를 어기지 말며 있는

게 무슨 유언을 남길 여유나 있었겠는가? 아무 말도 못하고 어느 날 밤에 억울하게 이승을 떠났을 것이다. 외가와 처가 세력이 약한 데다가, 강력한 세력을 갖춘 집안의 재혼한 새 왕비와 불화하였기 때문이다. 어떻게 보면 자업자득이라 할 수도 있지만 그러한 정치적 상황에서도 제 뜻대로 살아 보려고 애쓴 것으로 보인다.

(27) (효성왕) 6년[742년] 봄 2월 동북 지방에 지진이 있었는데 우레 같은 소리가 있었다[六年 春二月 東北地震 有聲如雷]. 여름 5월 유성이 삼대성을 범하였다[夏五月 流星犯參大星]. <u>왕이 승하하였다[王薨]</u>. 시호를 효성이라 하였다[諡曰孝成]. <u>유명으로 구를 법류사 남쪽에서 태우고 동해에 유골을 뿌렸다[以遺命 燒柩於 法流寺南 散骨東海]</u>. <『삼국사기』 권 제9 「신라본기 제9」 「효성왕」>

(28c)의 『삼국사기』에 실린 당 나라 제(制)에서[50] '아우가 형의 뒤를 잇는 것도 常經(상경)'이라고 적은 것을 보면 효성왕과 경덕왕의 교체는

사람을 잘 섬기는 예절을 궐하지 말라.'라는 말이 가슴을 저리게 한다. 이 유조의 '아래로는 아버지와 아들의 오랜 원한을 갚았다[下報父子之宿寃].'이라는 말이 문무왕의 맏아들의 전사를 암시한다. 형의 사망으로 둘째 아들인 정명이 장자가 되어 태자가 되었고, 형의 약혼녀를 烝(증)하여 세 아들을 두었다. 이 정명태자가 신문왕으로 즉위하여 가장 먼저 한 일이, 아버지가 임명한 상대등 김군관을 교체하고, 자신의 장인 김흠돌과 그 인척들을 죽이고, 결국 기랑인 병부령 김군관과 자신의 동서인 그의 아들 천관을 자진하게 한 일이었다. 그들은 아버지 문무왕과 더불어 평생을 전쟁터를 누빈 화랑 출신 장군들로 김유신 장군의 직계 부하들이었다. 불효도 이보다 더한 불효가 없다. 신문왕을 전제 왕권을 수립한 좋은 왕으로 기술하는 역사는 진실을 파악하지 못한 채 써진 왜곡된 역사이다. 고쳐야 한다. 아버지 왕에서 아들 왕으로 바뀌는 것도 이렇게 무서운 일이다. 하물며 왕조가 교체되거나 적대적인 세력에게 나라를 빼앗기는 경우 어떤 상황이 전개되겠는가?
50) 詔書(조서), 측천무후의 이름자 照(조)와 같은 음 詔(조)를 피휘하여 制(제)로 쓰게 한 것이다.

좋지 않은 과정을 거친 것임에 틀림없다. (28d)의 끝에 효경(孝經) 1부를 함께 보낸 것이 의미심장하다. <u>그 과정은 경덕왕의 외가에서 효성왕을 시해한 것으로 보는 것이 가장 합리적이다.</u>[51]

(28) a. (경덕왕) 2년 봄 3월 — 당 현종은 찬선대부 위요를 파견하여 와서 조위를 표하고 제사를 모셨다[二年 春三月 — 唐玄宗遣 贊善大夫魏曜 來弔祭]. 아울러 왕을 책립하여 신라왕으로 삼고 선왕의 관작을 이어받게 하였다[仍冊立王爲新羅王 襲先王 官爵].

b. 제서에 이르기를[制曰], — 신라왕 김승경의 아우 헌영은 대를 이어 인덕을 품고 상례에 마음을 쓰는 고로 대현의 풍교는 조리가 더욱 밝아지고 중국의 규범과 의식은 지위 높고 점잖은 사람들이 이어 받았다[—新羅王金承慶弟憲英 奕業懷 仁 率心常禮 大賢風敎 條理尤明 中夏軌儀 衣冠素襲]. 사신을 파견하여 해동의 보화를 실어다 주고 운려에 준하여 조정과 교통하고 대대로 순신이 되어 누차 충절을 나타내었다[馳海 琛而遣使 準雲呂而通朝 代爲純臣 累效忠節].

c. 근래에 형이 왕위를 승계했으나 사망하고 후사가 끊겨 아우가 이어받았으니 <u>문득 생각하면 이도 상경이라 하겠다</u>[頃者 兄承土宇 沒而絶嗣 弟膺繼及 抑推常經]. <u>이에 빈회를 이용하여 너그러이 책명하니 마땅히 옛 왕업을 활용하고 번장의 이름을 계승하라</u>[是用賓懷 優以冊命 宜用舊業 俾承藩長之名]. 인하여 특수한 예를 가하여 중국 벼슬의 칭호를 주니 형 신라왕 개부의동삼사사지절대도독 계림주 제군사겸충지절영해

51) 조선조 경종과 영조의 관계에서 일어난 일과 똑같다. 아우 연잉군을 세제로 둔 경종이 게장과 감에 의하여 독살되었을 것이라는 설. 노론에 대한 대대적인 숙청이 이후 조선 후기 사회를 노론의 절대적 전횡으로 흐르게 하였다.

군사의 벼슬을 가히 이어받으라[仍加殊禮 載錫漢官之號 可襲
兄新羅王開府儀同三司使持節大都督雞林州諸軍事兼充持節寧
海軍使].

d. 아울러 『어주 효경』 1부를 주었다[并賜御注孝經一部].

e. 여름 4월 서불한 김의충의 딸을 들여 왕비로 삼았다[夏四月
納舒弗邯金義忠女爲王妃]. 가을 8월 지진이 있었다[秋八月 地
震]. 겨울 12월 왕제를 파견하여 당에 들어가 하정하였다[冬
十二月 遣王弟入唐賀正]. (황제는) 좌청도솔부원외장사를 주
고 녹포은대를 주어 풀어 돌려보내었다[授左淸道率府員外長
史 賜錄袍銀帶 防還].

<『삼국사기』 권 제9 「신라본기 제9」 「경덕왕」>

이 시기의 권력 실세는 성덕왕의 장인이며 경덕왕의 외할아버지인
김순원이고, 김순원이 죽었다면 그의 아들 김진종, 그리고 김순원의 손
자들이 대를 이어 권력을 행사하고 있었다. 그 손자의 이름이 김효신으
로 어떤 붉은 비단 옷 입은 여인의 비방을 받은 바로 그 사람이다. 정명
태자, 자의왕후, 요석공주가 뿌린 '김흠돌의 모반'이라는 원죄가 그들의
손자[외손자], 증손자[외증손자]들에게까지 미치고 있음을 본다.

이제 시대가 바뀌었다. 요석공주가 사망한 것이다. 그 공주는 태종무
열왕과 그의 처형 보희의 서녀로 태어나 655년 정월 남편을 잃고 청상
과부가 되어 딸 신목왕후를 키워 왕비로 만들고 외손자 둘, 효소왕과
성덕왕을 왕위에 올렸다. 그리고 원효대사와의 사이에 낳은 설총을 키
우면서 당 나라의 측천무후처럼 절대 권력을 누렸다. 그 공주의 시대가
저문 것이다. 눈 깜짝 할 사이에 벌써 시간은 흘러 딸의 손자인 증손자
들 승경, 헌영이 왕위 다툼을 벌이고 있는 것이다.

김순원도 요석공주가 사망한 후 720년 자신의 딸 소덕왕후를 들여 성덕왕을 사위로 삼음으로써 공고한 세력을 구축하였다. 더 이상 원자를 밀거나 원자를 붙들고 이용할 필요성을 느끼지 않았다. 원자 사종의 이용가치가 떨어진 것이다. 그리고 그에게도 이미 헌영은 외손자이다.

성덕왕도 효소왕 때 부군이었던 원자 아우가 버거웠다. 이 원자가 서라벌에 있는 한 언제든지 그의 정통성을 내세우고 그를 앞세워 쿠데타를 일으켜 왕위 찬탈에 나설 세력이 상존하고 있다. 성덕왕과 새 국구 김순원은 (22b)에서 본 대로 원자 김사종을 당 나라로 보내었다. (22c, d)에는 그의 아들 김지렴도 보인다. 이 두 부자를 신라 왕실은 당 나라로 보낸 것이다.

신문왕의 원자 부자가 왕위를 포기하고 정치적 망명의 길을 떠난 것이다. 김사종은 요석공주의 뜻에 따라 692년 7월 아버지 신문왕의 혼외 아들인 형 효소왕에게 왕위를 빼앗기고, 700년 5월의 '경영의 모반'에 연루되어 부군 지위에서 폐위되었으며, 702년 7월 효소왕 사후에 오대산에서 온 스님 형 성덕왕에게 왕위를 내어 주었다. 이로써 요석공주의 탐욕이 빚은 정치적 소용돌이, 즉 '김흠돌의 모반'과 '경영의 모반'이 결말을 지은 것이다. 김사종과 지렴이 당 나라에 가서, 719년부터 이미 당 나라에 와 있던 효소왕의 아들 김수충[김교각]을 만나 부처님의 가르침을 배웠다고 한다. 수충은 김사종의 장조카이고 지렴에게는 사촌형이다. 이 두 왕자들은, 수충이 지장보살 김교각이 되고, 사종이 오백 나한의 1인 무상선사가 됨으로써 속세의 왕위에 찌들지 않고 영원한 삶을 누린 것으로 파악된다. 그들은 99세, 79세로 장수하였다.

이들은 모두 왕위를 도둑맞은 비운의 인물들이다. 신문왕 사후 원자가 왕위에 오르거나 효소왕 사후 부군이 왕위에 올랐으면, 그 사종이 제32대나 제33대 왕이 되었을 것이고 그의 아들 지렴이 제33대나 제34대 왕이 되었을 것이다. 그러면 효소왕은 없거나 있어도 그로써 끝이었을 것이다. 효소왕 사후 오대산에서 성덕왕이 오지 않고 효소왕의 아들이 왕위를 이었으면, 수충이 제33대 왕이 되었을 것이다. 그러면 성덕왕이 없고 효성왕과 경덕왕의 골육상쟁도 없었을 것이다. 그러나 이 이야기는 아무 의미가 없다. 그래서 '----었으면'이라는 과거 가정법은 역사에서 의미가 없다고 말하는 것이다. 그러나 신라 중대의 왕위 계승이 요석공주의 탐욕에 의하여 두 번에 걸쳐 순리를 벗어났었다는 것을 지적하는 데에는 이 가정법보다 더 좋은 설명법이 없다.

더 거슬러 올라가서 또 가정법을 통하여 설명해 보자. 태자 정명이 김흠운의 딸과의 사이에서 이홍, 보ㅅ내, 효명을 낳지 않고 김흠돌의 딸과의 사이에서 문무왕의 원손을 낳았으면, '김흠돌의 모반'도 없었을 것이며, 효소왕도, 보ㅅ내도, 성덕왕도, 사종도 없고 '경영의 모반'도 없었을 것이고, 순원과 요석공주가 틀어져서 승경과 헌영이 서로 왕위를 두고 싸우는 일도 없었을 것이다. 그랬으면 「모죽지랑가」도 없고, 「찬기파랑가」도 없고, 「원가」도 없으며 「안민가」도 없었을 것이다.[52] 그랬으면 신라 중대의 암군들이 실정(失政)하여 나라를 망치는 일도 없었을 것이고, 신라 하대에 원성왕 김경신의 후손들이 피비린 내 나는 죽고 죽이는 왕위 쟁탈전을 벌이지도 않았을 것이다.

모든 것은 신문왕 정명이 정도를 벗어나서 정실 부인인 김흠돌의 딸을 제쳐 놓고, 고종사촌 누이인 김흠운의 딸과의 혼외 관계에서 세 아

---

52) 그랬으면, 우리는 좋은 향가도 가지지 못하였을 것이고, 국문학과 선생이 이 고생을 안 해도 되었을 것이다.

들을 둔 것으로부터 비롯되었다. 거기서 '김흠돌의 모반'이 나왔고 신목왕후가 나왔으며 요석공주가 권력의 핵이 되었던 것이다. 물론 정명이 김흠운의 딸과 관계를 맺게 된 데에는 문무왕의 맏아들 소명전군의 전사가 원인이 되었다. 이것이 신라의 불행이다. 소명전군이 전사하지 않고 살아서 김흠운의 딸과 혼인하여 문무왕의 원손을 낳았으면 신문왕 같은 폭군, 암군도 없었을 것이며, 효소왕 같은 불행한 왕도, 성덕왕 같은 우유부단한 왕도, 효성왕 같은 비운의 왕도 없었고, 경덕왕, 혜공왕 같은 못난 왕도 없었을 것이다.

아아! 그러나 '---었으면'이 무슨 의미가 있는가? 있었던 일을 그대로 적는 것이 역사이고, 그 역사를 읽고 '아, 그때 그러지 않았으면 더 좋은 세상이 왔을지도 모르는데---' 하고 후회하고 아쉬워하는 것은 역사로부터 교훈을 얻어야 하는 후세대가 할 일이다. 그러나 『삼국사기』가 선조들의 안 좋은 족적들을 야속하게도 많이 미화하고 감추어서 적고, 현대 한국사학이 있었던 일을 있었던 그대로 읽지 못하고 저렇게 가짜 역사를 날조하여 적어 놓았으니 신라 중대 왕실의 권력 투쟁 양상으로부터 후세들은 아무 교훈도 얻지 못하고 똑같은 짓을 되풀이 하며 망해가고 있는 것이다.

지금까지 살펴본 바를 종합하면, 통일 신라 제30대 문무왕부터 제36대 혜공왕, 나아가 제37대 선덕왕 때까지의 왕실을 둘러싼 신라 중대 정치적 대립 상황을 완벽하게 파악할 수 있다. 첫 번째 대립은 '김흠운의 딸[훗날의 신목왕후]의 아들 이홍을 지지하는 세력'과 '왕비 김흠돌의 딸을 지지하는 세력' 사이의 대립이다. 이 대립은 681년 8월의 '김흠돌의 모반'으로 종결되었다. 두 번째 대립은 '효소왕 이홍을 지지하는 세력'과 '신문왕의 원자, 부군 김사종을 지지하는 세력' 사이의 대립이다. 이 대립은 700년 5월의 '경영의 모반', 그리고 원자 김사종[무상선사]의 출가와 728년 당 나라로의 망명으로 종결되었다. 그 전 719년에 이미 효소왕의 아들 김수충은 당 나라로 가서 지장보살의 화신이 되었다. 세 번째 대립은 성덕왕의 첫 정실 왕비 '엄정왕후의 아들 중경, 승경을 지지하는 세력'과 성덕왕의 둘째 정실 왕비 '소덕왕후의 아들 헌영을 지지하는 세력' 사이의 대립이다. 이 대립은 '영종의 모반'에 이은 742년 5월의 효성왕의 갑작스러운 의문의 승화와 경덕왕의 즉위로써 종결되었다. 통일 신라, 즉 신라 중대의 정치적 갈등에 관한 한 이보다 더 명쾌한 설명은 존재할 수 없다.

통일 신라 시대를 이렇게 파악하면 그 시대에 지어진 향가, 「모죽지랑가」, 「찬기파랑가」, 「원가」, 「안민가」, 그리고 그 다음 시대에 지어진 「처용가」의 내용이 왜 그렇게 되어 있는지 하나도 남김없이 깔끔하게 설명된다. 왜 그런가? 이 시대의 이 실상이 진실이고 그 향가, 즉 그 시대의 시(詩)들이 그 시대상을 고스란히 반영하고 있기 때문이다. 다른 어떤 말도 더 이상 필요가 없다.

이것이 김순원 일가가 신충을 중간 숙주로 하여 효성왕을 시해하고, 김순원의 친외손자 헌영이 경덕왕으로 즉위하도록 한 과정이다. 그렇게 돌아보면 김순원 세력은 요석공주의 선택으로 왕비가 된 김원태의 딸 엄정왕후가 낳은 효성왕을 제거하고, 자신들의 딸 소덕왕후가 낳은 친외손자 헌영을 왕위에 올려 대대로 권세를 누리는 방도를 강구한 것이다.

신충은 누구인가? 그가 김충신은 아니다. 그는 김순원이나 그의 아들 진종, 손자 충신, 효신이 이루고 있는 자의왕후의 후계 세력들의 충실한 하수인이다. 하수인이기는 하지만 놀랍게도 그도 그 세력의 중심 몸통으로서 만만치 않은 역할을 한 것으로 보인다. 그는 김충신과 거의 같은 위치에 서 있고 공식적으로는 오히려 그보다 더 강한 권력을 누리고 있다. 그러나 그에 대한 수사는 뒤에서 진행하기로 한다.

결국 「원가」 사건 이후 전개된 효성왕의 불행은 김충신, 효신의 할아버지인 순원이, 그리고 신충이 순원의 정적이었던 요석공주의 후계 세력 효성왕에게 복수를 한 것이다. 그런데 그 복수는 사실은 그렇게 비참하게 끝나지 않을 수도 있었다. 효소왕의 왕자 수충의 문제는 성덕왕을 즉위시킴으로써 요석공주 스스로 처리하였다. 그리고 수충은 승경과의 왕위 다툼이나 소덕왕후의 아들이 태어났을 때 일어날 예상되는 갈등을 이기지 못하고 스스로 719년 당 나라로 떠났다. 그 다음 신문왕의 원자 사종과 그 아들 지렴의 문제도 순원이 자신의 딸 소덕왕후를 성덕왕의 계비로 넣고 사종과 지렴을 당 나라로 보냄으로써 해결된 것이다. 성덕왕의 장기 집권이 가능했던 이유이다. 그리고 성덕왕의 선비 엄정왕후의 아들인 효성왕과 후비 소덕왕후의 아들인 경덕왕의 관계도 김진종이 딸 혜명을 효성왕의 계비로 넣음으로써 연착륙할 수 있었을지도 모른다. 효성왕이 영종의 딸인 후궁과의 관계 때문에 혜명왕비의 투기를 사지 않았으면 가능했을 것이다.

그러나 인간은 감정의 동물이다. 역시 모두 화해하는 것은 안 되는 일이었다. 효성왕은 사정이 달랐다. 효성왕은 결국은 스스로 보복의 대상이 되었다. 효성왕 승경과 경덕왕 헌영의 대립으로 인한 감정 상함이 그만큼 컸던 탓이다. 효성왕은 당 나라에서 738년 2월에 책봉한 왕비 박 씨를 어떻게 했는지 아무 기록도 없이 739년 3월, 『삼국사기』에 따르면 이찬 순원의 딸 혜명, 『삼국유사』에 따르면 순원의 아들인 진종의 딸 혜명과 혼인하여야 했다. 전형적인 정략 결혼이다. 효성왕은 새 어머니 소덕왕후의 친정 조카딸인 혜명을 사랑할 수 없었다. 혜명이 이복동생 헌영의 외가 사람이기 때문이다. 성덕왕의 전처의 아들과 후처의 친정 조카딸이 어찌 한 이불을 덮고 잘 수 있었겠는가? 남자의 감성이, 남보다 더 원수 같은 이복동생의 외사촌과 살을 섞을 수 있을 만큼 무딘 것이 아니다. 남녀관계를 몰라도 이렇게 모르다니. 딸 혜명을 효성왕에게 들이민 진종 각간이 정상적 사고를 한 사람인지 의심스럽다.

그러나 더 중요한 것은, 그 배후에 신목왕후의 어머니 요석공주와 자의왕후의 친정 동생 김순원 사이의 세력 다툼이 들어 있었다는 사실이다. 결국은 김순원 집안이 대를 이어 왕비를 배출하면서 권력의 실세로 군림하게 된다. 그 집안은 진흥왕의 셋째(?) 아들 구륜의 후예들이다. 그들은 진흥왕의 둘째 아들 진지왕의 후예들인 왕들과 혼인으로 맺어지면서 자의왕후, 소덕왕후, 혜명왕비 등을 배출하였다. 그 반대편에는 요석공주와 딸 신목왕후, 그리고 성덕왕의 첫 정실 왕비 엄정왕후와 효성왕의 첫 정실 왕비 박 씨가 있었다. 그렇지만 그들은 일찍 사망하거나 쫓겨나서 결국 요석공주만 홀로 버티었다.

그러나 요석공주의 사후에는 자의왕후 친정 집안의 독무대가 된다. 자의왕후, 그의 조카딸 소덕왕후, 또 그의 조카딸 혜명왕비 이 3명의 왕비가 3대를 이어, 제30대 문무왕, 제33대 성덕왕, 제34대 효성왕의 왕비로 들어오고, 그 다음에 소덕왕후의 아들 경덕왕이 효성왕을 어떻게 하고 즉위함으로써 이제 신라 중대 정치 권력의 핵은 김순원의 집안으로 굳어졌다. 자의왕후의 친정 동생 김순원 집안, 그 집안은 신라의 '勿

失國婚[국혼을 놓치지 말래'를 몸으로 보여 준 집안이다. 왕비 집안을 중시하지 않는 왕실 연구는 성공하기 어렵다. 이렇게 하여 자의왕후의 남동생 집안에 대한 수사는 끝났다. 그러나 자의왕후의 여동생 운명의 집안, 즉 김오기 집안은 어떻게 되었을까? 또 다음에 수사해야 할 별건 사건을 구성한다.

5. 경덕왕의 망언과 「안민가」의 시대

서정목(2014a:255)는 "적어도 '삼국사기'가 원자라는 말을 엄밀하게 정의하여 사용하지 않은 것만은 틀림없다."고 썼다. 저자가 그런 틀린 추론에 도달하게 된 것은 경덕왕의 외동아들 혜공왕 때문이었다. 외동아들이니 당연히 '원자'라고 적혀야 하는데 그는 한 번도 원자로 적힌 적이 없다. 그는 태자로 책봉될 때 '왕자 건운'이라고 적혔고, 왕위에 오를 때는 '경덕왕의 적자'라고 적혔다. 외동아들인데도 그는 '원자'로 적히지 않은 것이다. 그때문에 서정목(2014a)는 『삼국사기』가 원자라는 단어를 써야 할 자리에 안 쓰기도 한 것으로 착각하였던 것이다. 그러나 서정목(2015e)에서 『삼국사기』가 원자라는 단어를 아주 엄밀하게 정의하여 '원비의 맏아들만'을 '원자'라고 적었다는 것을 논증하였다.

그러면 외동아들인 혜공왕 건운은 왜 '원자'가 될 수 없었던 것일까? 이것은 어떻게 된 일일까? 하나도 이상할 것이 없다. 그는 맏아들이 아닌 것이다. 경덕왕 헌영은 이복형이자 외사촌 누이의 남편인 효성왕의 태자[부군]으로 봉해졌다. 그리고 742년 형 효성왕이 의심스럽고 갑작

스럽게 승하한 후 즉위하였다. 그런데 이 시기 직전인 성덕왕 말년[736
년]에『삼국유사』권 제5「피은 제8」「신충 괘관」조에는「원가」가 실
려 있다. 이 시를 이해하기 위해서는 효성왕과 경덕왕의 왕위 계승 과
정을 밝혀야 하고 그 과정은 앞에서 본 바와 같다.[53]

경덕왕에게는 즉위 시에 (29a)처럼 순정의 딸인 왕비가 있었다. 그러
나 (29b)처럼 743년 4월 새로 서불한 김의충의 딸을 맞아 왕비로 삼았
다.『삼국유사』권 제2「기이 제2」「경덕왕 충담사 표훈대덕」에서 말하
는 무자한 사랑부인[삼모부인]의 폐비와 후비 만월부인의 책봉은 이를
가리키는 것이다.

> (29) a. (742년) 경덕왕이 즉위하였다[景德王立]. 휘는 헌영이고 효성
> 왕의 같은 어머니 아우이다[諱憲英 孝成王同母弟]. 효성왕이
> 아들이 없어 헌영을 세워 태자로 삼았으므로 왕위를 이을 자
> 격을 얻었다[孝成無子立憲英爲太子故得嗣位]. 왕비는 이찬 순
> 정의 딸이다[妃伊飡順貞之女也].
>
> b. 2년[743년] 3월 당의 현종은 찬선대부 위요를 파견하여 와서
> 소문하고 제사지내고 왕을 책봉하여 신라왕으로 삼고 선왕
> 의 관작을 이어받게 했다[二年 春三月 ― 唐玄宗遣贊善大夫
> 魏曜來弔祭 仍冊立王爲新羅王 襲先王官爵] ― 조서에 말하기
> 를[制曰] ― 신라왕 김승경의 아우 헌영은[新羅王金承慶弟憲
> 英] ― 요즘에 형이 나라를 이었으나 돌아간 후에 사자가 없
> 으므로 아우가 그 위를 계승하게 되었으니 문득 생각하면 이
> 것도 떳떳한 법도라 할 것이다[頃者 兄承土宇 沒而絶嗣 弟膺
> 繼及抑推常經]. 이에 빈회를 이용하여 우대하여 책명하니 마

---

53)『삼국유사』권 제5「피은 제8」「신충 괘관」과「원가」에 대한 가장 최신의 해석은 서
  정목(2015b)를 참고하기 바란다.

땅히 옛 왕업을 번장의 이름으로 계승하도록 하라[是用賓懷
優以冊命 宜用舊業 俾承藩長之名]. — 여름 4월에 서불한 김
의충의 딸을 들여 왕비로 삼았다[夏四月納舒弗邯金義忠女爲
王妃].

c. 17년[758년], 가을 7월 23일 왕자가 태어났다[秋七月 二十三
日 王子生].

d. 19년[760년], 가을 7월 왕자 건운을 책봉하여 왕태자로 삼았
다[秋七月 封王子乾運爲王太子].

e. 22년[763년], 8월 복숭아, 오얏이 다시 꽃피었다. 상대등 신충
과 시중 김옹이 면직되었다[八月桃李再花 上大等信忠侍中金
邕免].54) 대내마 이순은 왕의 총신이 되었는데 홀연히 하루
아침에 속세를 피하여 산으로 가서 여러 번 불렀으나 취임하
지 않고 머리를 깎고 중이 되어 왕을 위하여 단속사를 짓고
살았다[大奈麻李純爲王寵臣 忽一旦 避世入山 累徵不就 剃髮
爲僧 爲王創立斷俗寺居之]. <『삼국사기』권 제9「신라본기
제9」「경덕왕」>

　(30)의『삼국유사』「왕력」도 사량부인이 삼모부인으로 되어 있는 것
만 차이가 있고 동일한 내용을 적고 있다.

　(30) 제35 경덕왕[第三十五 景德王]. 김 씨이다[金氏]. 이름은 헌영이
다[名憲英]. 아버지는 성덕이다[父聖德]. 어머니는 소덕태후이다
[母炤德太后]. 선비는 삼모부인으로 출궁하였는데 무후하였다[先
妃三毛夫人 出宮无後]. 후비는 만월부인으로 시호는 경수*{ 수는

---

54) 이 기록이『삼국유사』에 잘못 인용되어 신충의「원가」가「피은」편에 들어 있다. 신
충은 피은한 적이 없다. 피은한 것은 대내마 이순이다. 서정목(2015b)를 참고하기 바
란다.

목이라고도 한다\}*왕후이다[後妃滿月夫人 諡景垂王后*\{*垂一作穆*\}*]. 의충 각간의 딸이다[依忠角干之女]. <『삼국유사』 권 제1 「왕력」>

〈**경덕왕릉**. 경주시 내남면 부지리 산 8, 『삼국유사』에 '처음 경지사 서쪽 봉우리에 장사 지내고 돌을 다듬어 능을 만들었으나 뒤에 양장곡에 이장하였다.'고 되어 있다.〉

효성왕이 742년 5월에 승하하였으므로 경덕왕은 그 후에 즉위하였다. 그런데 (29a, b)와 (30)을 보면 무후하여 출궁한 것으로 보이는 삼모부인을 폐비시킨 지 불과 1년 이내인 743년[경덕왕 2년] 4월에 경덕왕은 만월부인과 재혼하였다. 이 만월부인의 아버지 서불한 김의충은 중시이던 효성왕 3년[739년]에 사망하였다. 그가 사망하고 중시 직을 이어받은 이가 「원가」의 작가 신충이다. 아버지 사망 후 4년이 지났는데 이미 태자비였다가 금방 왕비가 된 삼모부인을 쫓아내고 만월부인이 왕비로 간택되려면 그 집안은 얼마나 막강한 힘을 가진 집안이었겠는가? 헌영은 순원의 딸 소덕왕후의 아들로서 외가가 막강하기 짝이 없다. 그런데 또 이 만월부인이 들어오는 것은 결국 처가도 막강해진다는 뜻이다. 이 만월부인도 결국은 김순원 집안, 자의왕후의 친정 집안사람일 것이다. 만약 저 앞에서 복선으로 깐 대로 신충과 의충이 형제라면 이 혼인은 신충이 왕비를 내쫓고 아버지가 이미 사망한 자신의 조카 딸을 새 왕비로 들인 것이 된다.

경덕왕의 첫 혼인이 언제인지 기록이 없지만, 경덕왕은 소덕왕후가 성덕왕과 혼인한 720년 3월로부터 빨라야 1년 정도 뒤에 출생하였을 것이니 721년생쯤 된다. 15살에 혼인하였다면 736년에 혼인한 것이다.[55] 그로부터 첫 왕비를 폐비시키는 743년은 많아야 불과 7년 후이고 경덕왕의 나이 많아야 23살 때이다. 7년의 결혼 생활 후 무자하다고 왕비를 출궁시키고 새 왕비를 들인 경덕왕은 몇 년이나 새 왕비가 아들을 낳기를 기다리고 참아 주었을까?

경덕왕은 (29c)에서 보듯이 758년 7월 23일에 '왕자 건운'을 낳았다. 얼마나 기다렸는가? 743년 만월부인을 들인 뒤로부터 무려 15년을 기다린 것이다. 왜 삼모부인은 7년도 안 살아보고 아들을 못 낳는다고 출궁시켰는데, 만월부인에게는 이렇게 관대하게 그 두 배도 더 되는 세월을 참고 기다렸을까? 답은 하나다. 만월부인은 그 15년 사이에 다른 아이들을 낳았을 것이다. 딸도 낳고 아들도 낳고, 아마도 아들들은 조졸하였을 것이다.

건운이 경덕왕의 첫아들일까? 그런데 왜 '원자 건운'이라고 적히지

---

55) 이는 서정목(2015b:53-55)에 따라 효성왕이 소덕왕후의 아들이 아니라고 보고 계산한 것이다. 만약 현재 통용되는 학설대로 효성왕이 소덕왕후 소생이라면, 경덕왕은 그보다 2년쯤 뒤에 태어난 것이 되어 723년생쯤 되고 혼인 시기도 더 늦어져서 5년 정도 만에 첫째 왕비를 출궁시킨 것으로 계산된다.

않았을까? 아마도 왕자 건운은 맏아들이 아니었을 것이다. 날짜까지 적혀 있는 이 왕자 건운의 출생은 그만큼 중시된 기록으로 보인다. 부모의 혼인 후 무려 15년이나 지나서 기다리고 기다리던 왕자가 태어난 것이다. 표훈대덕이 상제에게 오르내리면서 여아를 남아로 바꾸어 왔다는 것이 「안민가」와 「찬기파랑가」가 실려 있는 『삼국유사』 권 제2 「기이 제2」 「경덕왕 충담사 표훈대덕」의 기사이다. 그 사이에 그의 형들이 출생하여 조졸하였을 가능성은 충분히 있다.

「경덕왕 충담사 표훈대덕」 조는 경덕왕 23년[764년] 3월 3일의 일을 적고 있다. 그러므로 그 날 지어진 「안민가」는 764년 3월 3일에 지어진 것이 옳다. 그러나 「찬기파랑가」는 기랑[노화랑]인 김군관의 지조를 찬양한 노래이다. 상대등 겸 병부령 김군관은 681년 8월 8일 '김흠돌의 모반'으로 전우들이 모두 죽은 뒤, 8월 28일 아들 천관과 함께 자진할 것을 명 받고 억울하게 이승을 떠났다. 이 노래는 그의 제삿날인 8월 28일 새벽에 지어진 제가(祭歌)이다. 그리고 그 노래는 경덕왕이 (31)과 같이 물은 것으로 보아 764년[경덕왕 23년]보다 훨씬 더 전에 지어졌다. 아마도 요석공주가 사망한 시점 후에 지어졌을 것이다. 그 시기는 성덕왕이 소덕왕후와 재혼한 720년 3월보다 조금 앞서는 어느 시점이다. 그러므로 「찬기파랑가」는 경덕왕 때 지어진 노래가 아니라 720년[성덕왕 19년]쯤의 8월 28일 새벽에 지어진 노래이다.

(31) 짐이 일찍이 스님의 기파랑을 찬양하는 사뇌가가 그 뜻이 매우 높다고 들었는데, 이것이 과연 그러한가[朕嘗聞師讚耆婆郎 詞腦歌其意甚高 是其果乎? <『삼국유사』 권 제2 「기이 제2」 「경덕왕 충담사 표훈대덕」>

그런 '왕자 건운'이 만 2살이 된 760년 7월에, 경덕왕은 (29d)에서 보듯이 '왕자 건운을 왕태자로 봉하였다.' 이 '태자 건운'이 765년 8살에 혜공왕으로 즉위하였는데, 그때의『삼국사기』의 기록은 (32a)처럼 '경덕왕의 적자[景德王之嫡子]'라는 표현을 쓰고 있다. 그는 정식 왕비에게서 난 적자이긴 하지만 원자는 아닌 것이다. 맏아들이 아니라는 말이다. 이런 사정으로 보아 혜공왕의 형이 여럿 태어났으나 일찍 사망하였을 것으로 짐작할 수 있다.

(32) a. 혜공왕이 즉위하였다[惠恭王立]. 휘는 건운이다[諱乾運]. <u>경덕왕의 적자이다[景德王之嫡子]. 어머니는 김 씨 만월부인으로서불한 의충의 딸이다[母金氏 滿月夫人 舒弗邯義忠之女].</u> 왕이 즉위할 때 나이가 8세여서 태후가 섭정하였다[王卽位時 年八歲 太后攝政]. <『삼국사기』 권 제9「신라본기 제9」「혜공왕」>

b. 제36 혜공왕[第三十六 惠恭王]. 김 씨이다[金氏]. 이름은 건운이다[名乾運]. <u>아버지는 경덕이다[父景德]. 어머니는 만월왕후이다[母滿月王后].</u> 선비는 신파부인인데 위정 각간의 딸이다[先妃神巴夫人 魏正角干之女]. 왕비는 창사부인인데 김장 각간의 딸이다[妃昌思夫人 金將角干之女]. 을사년에 즉위하였다[乙巳立]. 15년 동안 다스렸다[理十五年]. <『삼국유사』 권 제1「왕력」「혜공왕」>

(32a)에서 보듯이 혜공왕이 8살에 즉위하고 만월부인이 섭정하였다. 혜공왕 시기의 중요 일들을『삼국사기』에서 보면 (33)과 같다.

(33) a. (혜공왕) 원년[765년], 널리 사면하고 태학에 행차하여 박사들
에게 상서의 뜻을 강론하게 하였다[元年 大赦 幸太學 命博士
講尙書義].

b. 4년[768년], 가을 7월 일길찬 대공이 아우 아찬 대렴과 더불
어 모반하여 무리를 모아 왕궁을 33일이나 포위하였다[秋七
月一吉湌大恭 與弟阿湌大廉叛 集衆圍王宮三十三日]. 왕군이
토평하고 9족을 죽였다[王軍討平之 誅九族].

c. 6년[770년], 가을 8월 대아찬 김융이 모반하여 죽였다[秋八月
大阿湌金融叛 伏誅].

d. 11년[775년], 여름 6월 이찬 김은거가 모반하여 죽였다[夏六
月 伊湌金隱居叛 伏誅]. 가을 8월 이찬 염상이 시중 정문과
더불어 모반하므로 죽였다[秋八月 伊湌廉相 與侍中正門 謀叛
伏誅].

e. 13년[777년], 여름 4월에 또 지진이 있었고 상대등 김양상이
상소하여 시정에 대하여 극론하였다[夏四月 又震 上大等金良
相上疏極論時政].

f. 16년[780년] ― 이찬 지정이 모반하여 무리를 거느리고 궁궐
을 포위하여 범하였다[伊湌志貞叛 聚衆圍犯宮闕]. 여름 4월에
상대등 김양상이 이찬 경신과 더불어 군사를 일으켜 지정 등
을 죽였다[夏四月 上大等金良相 與伊湌敬信擧兵 誅志貞等]. 왕
은 태후, 왕비와 함께 난병에게 살해된 바 되었다[王與后妃爲
亂兵所害].56) --- 원비 신보왕후는57) 이찬 유성의 딸이다[元妃
新寶王后 伊湌維誠之女]. 차비는 이찬 김장의 딸인데 입궁 연

---

56) 여기서의 后妃는 后와 妃가 되어 태후와 왕비로 번역해야 한다. 이 반란으로 혜공왕,
경수태후, 왕비 昌思夫人이 모두 시해된 것으로 이해된다.

57) 『삼국사기』에서 신보왕후로 적힌 이 이름은 『삼국유사』 「왕력」에서는 '先妃 神巴夫人
魏正角干之女[선비 신파부인은 위정 각간의 딸이다.]'로 신파부인으로 적혔다. 그렇다
면 이는 '寶(보)'와 '巴(파)'가 우리말의 같은 음을 적는 데 사용되었음을 시사한다.
'巴'의 음이 '-보'와 통한다는 것은 이기문(1970)을 참고하기 바란다.

월은 역사가 잃어버렸다58) [次妃伊湌金璋之女 史失入宮歲月].

　　　　<『삼국사기』 권 제9 「신라본기 제9」 「혜공왕」>

　전반적으로 자연재해와 이변이 많고 반란이 많은 시기라고 할 수 있다. 이 많은 반란은 혜공왕과 어머니 경수태후의 문제로 귀결될 것이다. 765년부터 780년까지 15년 동안 편안한 해가 거의 없다. 이 대목에 대한 『삼국유사』 「경덕왕 충담사 표훈대덕」의 기록은 표훈대덕이 상제에게 청하여 여아를 남아로 바꾸어 왔다는 희한한 설화 (34a)가 나온 뒤에 (34b)와 같이 적혀 있다.

　　(34) a. 왕이 하루는 표훈대덕을 불러 말하기를[王一日詔表訓大德
　　　　　曰], 짐이 복이 없어 뒤를 이을 아들을 얻지 못하였소. 원컨
　　　　　대 대덕이 상제에게 청하여 아들이 있게 해 주시오[朕無祐
　　　　　不獲其嗣 願大德請於上帝而有之]. 표훈이 하늘에 올라가서
　　　　　천제에게 고하고 돌아와서 아뢰기를[訓上告於天帝 還來奏
　　　　　云], 천제의 말씀이 있었으니 여아를 구하면 가하지만 남아
　　　　　는 불가하다[帝有言 求女卽可 男卽不宜] 합니다. 왕이 말하
　　　　　기를[王曰], 원컨대 여아를 바꾸어 남아로 해 주시오[願轉女

---

58) 여기서 입궁 시기를 모르는 것이 원비와 차비 둘 모두의 입궁 시기인지 아니면 차비만인지 알 수 없다. 아마도 차비가 언제 입궁했는지 원비는 어떻게 되었는지 그런 사정을 모른다는 것에 가깝다. 왕비가 둘인 상황인지 아니면 원비를 내보내고 차비를 들였는지도 불분명하다. 신문왕, 경덕왕의 경우는 첫 왕비를 폐하고 둘째 왕비를 들인 것이 확실하다. 그러나 성덕왕, 효성왕의 경우는 첫 왕비를 어떻게 하고 둘째 왕비가 들어왔는지 알 수 없다. 선비, 원비, 차비라는 말을 쓰고 있는 것을 보면 혜공왕의 경우도 첫째 왕비는 출궁시켰을 것이다. 그러므로 '지정의 모반' 때에 죽은 왕비는 차비인 창사부인으로 보아야 한다. '역사가 입궁 시기를 잃어버렸다.'는 말은 이 시대의 기록이 불충분하다는 것을 보여 준다. 신라 시대 왕의 혼인에 대해서는 이영호(2011)에 자세히 밝혀져 있다.

成男]. 표훈이 다시 하늘에 올라가서 청하였다[訓再上天請之]. 천제가 말하기를[帝曰], 그렇게 하려면 그렇게 할 수 있다. 그러나 남아가 되면 나라가 위태로울 것이다[可則可矣 然爲男則國殆矣]. ─ 왕이 말하기를[王曰], 나라가 비록 위태로워도 아들을 얻어 후사를 이으면 족하다[國雖殆 得男而爲嗣足矣].

b. (왕이) 어려서 태후가 조정에 임하였는데 정사가 이치에 맞지 않아 도적들이 벌떼같이 일어났으나 막을 준비가 되어 있지 않았다[幼冲 故太后臨朝 政條不理 盜賊蜂起 不遑備禦]. 표훈대덕의 말이 그대로 증험되었다[訓師之說驗矣]. 왕이 이미 여자였는데 남아로 만들어서 돌 때부터 왕위에 오르기까지 늘 부녀자의 놀이를 하였다[小帝旣女爲男 故自期晬至於登位 常爲婦女之戱]. 비단 주머니 차기를 좋아하고 도류들과 어울려 놀기를 좋아하였다[好佩錦囊 與道流爲戱]. 그리하여 나라에 큰 난리가 나서 결국 선덕왕과 김경신에게 시해되었다[故國有大亂終爲宣德與金良相敬信의 誤 : 필자所弑]. 표훈 후로 신라에 성인이 나지 않았다 운[自表訓後聖人不生於新羅云].

　　　<『삼국유사』 권 제2 「기이 제2」 「경덕왕 충담사 표훈대덕」>

(34b)와 관련하여 『삼국유사』 권 제2 「기이 제2」 「혜공왕」 조에는 (35)와 같은 기록이 있다.

(35) 각간 대공의 집 배 나무 위에 참새가 무수히 모였다[角干大恭家梨木上雀集無數]. 안국병법의 하권에서 말하기를 천하에 군대의 대란이 일어났다고 하였다[據安國兵法下卷云 天下兵大亂], 이에 널리 사면하고 닦아 반성하였다[於是大赦修省]. 7월 3일 대공 각간이 반란을 일으켜 왕도와 5도 주군의 96 각간이 서로

싸워 큰 난리가 났다[七月三日 大恭角干賊起 王都及五道州郡并
九十六角干相戰大亂]. 대공 각간의 집이 망하였다[大恭角干家
亡]. 그 집의 자산과 보물과 비단을 왕궁으로 옮겼다[輸其家資
寶帛于王宮]. — 반란이 석 달이나 지나서 가라앉았는데 상 받은
자도 많고 목 베어 죽인 자도 헤아릴 수 없이 많았다[亂彌三朔
乃息 被賞者頗多 誅死者無算也]. 표훈의 말, 나라가 위태로울 것
<u>이라는 것은 이것이었다</u>[表訓之言國殆 是也]. <『삼국유사』권
제2「기이 제2」,「혜공왕」>

『삼국사기』와『삼국유사』, 두 사서가 거의 비슷하게 혜공왕의 비극
을 적고 있다. 이는 이 시기 역사의 흐름이 두 사서에 정확하게 반영되
었음을 뜻한다.『삼국사기』가 정사로서 역사적 사실을 있은 그대로 기
록하였다면,『삼국유사』도 역사 기록에 누락된 중요 일들을 일연선사의
관점에서 정리하여 교훈이 될 만한 이야기들을 적어 후세를 경계하고
있는 것이다.

(34a)에서 보듯이 경덕왕의 부탁으로 표훈대덕이 상제에게 청탁하여
아이 없는 경덕왕에게 아이가 있게 해 달라고 하였다. 상제가 여아는
가하지만 남아는 불가하다고 하니, 왕은 다시 여아를 남아로 바꾸어 달
라고 하였다. 상제는 가능하긴 하지만 남아가 되면 나라가 위태로울 것
이라 하였다.59) 이 말을 전해 들은 경덕왕이 한 말이 (36)이다.

(36) 나라가 비록 위태로워도 남아를 얻어 후사를 이으면 족하다[王
日雖國殆得男而爲嗣足矣].

---

59) 성전환 수술도 없었을 이 시기에 어찌 이런 일이? 이것은 여아를 낳아 놓고 남장시
켜 세상을 속였다는 말이다. 그러지 않고는 어떤 해석도 과학적인 결과에 이르지 않
는다.

이 말은 왕이 할 말이 아니다. 형을 어떻게(?) 하고 왕위에 오른 자가 한다는 소리가 겨우 '나라가 위태로워도 족하다.'라니 기가 찬다. 나라가 위태로워지는 것보다 더 큰 일이 이 세상 어디에 있는가? 이런 자가 어떻게 왕이 될 수 있는가? 나라는 망하게 되어 있는 것이다. 그에게는 나라가 위태로워지는 것을 감수해야 할 만큼 큰 일이 있었다. 경덕왕에게는 아들을 얻어서 후사를 잇는 것이 나라가 위태로워지는 것보다 더 중요하고도 시급한 일이었다.

그 대답은, 동생을 부군으로 두었다가 나중에 아들이 태어나고 '경영의 모반' 이후 죽은 경덕왕의 큰아버지 효소왕의 경우와, 형 효성왕의 경우가 반면교사가 되었다는 것이다. 경덕왕의 큰 아버지 효소왕은 아들이 없을 때 아우인, 아버지 신문왕의 원자를 부군으로 두었다. 그러나 696년에 왕자 수충이 태어났다. 효소왕은 더 이상 아우인 신문왕의 원자를 부군으로 둘 수 없었다. 자신의 아들 김수충을 태자로 삼아 왕위에 올려야 하기 때문이다. 이에 항의하여 일어난 것이 700년 원자를 즉위시키려는 음모였을 '경영의 모반'이다. 경영은 원자의 인척이었을 것이다. 이때 효소왕은 어머니 신목왕후를 잃었고, 자신도 702년 원인이 알려지지 않은 채 사망하였다.

경덕왕의 형 효성왕[승경]은 첫 왕비 박 씨가 있었으나 폐비 여부가 불투명한 채, 새 어머니 소덕왕후의 아버지 김순원의 손녀, 즉 김진종의 딸을 왕비로 맞았다. 이 이가 혜명왕비이다. 효성왕과 혜명왕비가 혼인하자 말자 왕제 헌영[경덕왕]이 태자로 책봉된다. 혜명왕비는 효성왕이 자신과의 사이에 후사를 볼 생각이 없음을 알아채고 친정아버지, 형제들을 움직여서 시동생이자 고모의 아들인 헌영을 태자[부군]으로 봉하여 후계자로 삼은 것이다. 그리고 효성왕을 어떻게(?) 하고 헌영은 경덕왕으로 즉위하였다. 이 경덕왕이 형수였던 혜명왕비를 책임졌을 것은 여러 사례로 보아 충분히 짐작할 수 있는 일이다.

그런데 경덕왕에게도 742년 12월 당 나라에 사신으로 가는 왕제가 있었다. 성덕왕은 소덕왕후와 사별한 후 다른 왕비를 들이지 않은 것으로 보인다. 이 왕제는 어머니가 누구인지 불분명하다. 경덕왕은 자신도 후사가 없으면 아우를 부군으로 봉해야 하고 왕위를 빼앗긴다는 우려를 했을 것이다.

그러나 아들을 얻어서 후사를 이으면 뭐 하나? 나라가 위태로워져 망하게 되면 아들도 후사도 다 소용이 없는 것을. 경덕왕이 현명한 왕이 아니었다는 것은 이 한 마디 말로도 알 수 있다. 그 왕의 시대에 지어진 좋은 향가, 그의 시대에 이루어진 좋은 건축물, 그것들이 우리의 훌륭한 문화 유산임에는 틀림없지만, 그 아름다운 불국사, 석굴암, 그 심금을 울리는 에밀레종, 「도천수관음가」, 「제망매가」, 「안민가」가, 그가 훌륭하여 이루어진 것이 아니라, 그가 못나고 나쁜 왕이었기에 이루어진 것이라고 저자가 보는 것은 이 말 때문이다. 지도자를 잘못 만나면 아랫사람들이 아무리 잘 해도 나라와 집안, 회사는 즉각 망하게 되어 있다.

경덕왕의 아들 건운은 맏아들이 아니다. 경덕왕은 만월부인과 재혼한 후 몇 명의 아들을 낳았을 것으로 보인다. 원자는 일찍 사망하고 살아남은 유일한 왕자가 표훈대덕이 여아를 남아로 바꾸어 온 혜공왕 건운이다. 일연선사가 「경덕왕 충담사 표훈대덕」 조에서 「안민가」가 지어진 배경을 적으면서 (37)과 같이 쓴 것은 이 혜공왕의 출생으로 신라가 하늘[上帝]로부터 버림받았다는 것을 뜻한다.

(37) 自表訓後 聖人不在於新羅云[표훈으로부터 후로 성인이 신라에는 없었다.] <『삼국유사』 권 제2 「기이 제2」 「경덕왕 충담사 표훈 대덕」>

758년 혜공왕 출생 이후 118년이 지나서 즉위한 헌강왕(憲康王) 대의 「처용가」가 실린 「처용랑 망해사」 조에서 다시 일연선사는 (38)과 같이 적어 후인들의 뼈를 아프게 한다.

(38) a. 智理多都波[지리다도패]
    b. 都波等者 盖言以智理國者 知而多逃 都邑將破云謂也[도파 등은 대개 지혜로써 나라를 다스리던 사람들이 알고서 많이 도망하여 도읍이 장차 파괴될 것이라고 말한 것이다.] 乃地神山神知國將亡 故作舞以警之[이에 지신, 산신들이 나라가 장차 망할 것을 알고 고로 춤을 추어 이를 경계한 것인데],
    c. 國人不悟 謂爲現瑞 耽樂滋甚[국인들이 깨닫지 못하고 상서로운 조짐이 나타났다고 하고는 쾌락에 탐닉하기를 더욱 심하게 하였다.]
    d. 故國終亡[고로 나라가 결국 망하였다.] <『삼국유사』 권 제2 「기이 제2」 「처용랑 망해사」>

그러나 그렇게 아파할 일만도 아니다. 백성들의 처지에서는 안 좋은 왕실이 망하고 탐욕스러운 집권자들이 망하는 것이야 뭐 대단한 일이었겠는가? 더 좋은 왕실, 더 훌륭한 지도자가 나타나서 백성들 괴롭히지 않고 덜 탐욕스럽게 잘 다스리면 그것으로 족한 것이다.

다만 경계할 것은, 이보다 더 좋은 나라가 따로 없는데 이 나라를 지도층이 잘못하여 망치고 백성들이 더 안 좋은 지도층들의 아래로 들어

가는 것이다. 그것의 첩경이 빈익빈 부익부가 되고 젊은이들이 삶에의 희망을 잃어 프로레타리아 혁명을 부르짖는 길이다. 결과는 일인 독재 공포 정치의 나락으로 떨어진다. 철든 사람들이 그것을 걱정해야 하는 것이다.

신라가 망하고 후삼국 시대의 혼란을 겪은 뒤 고려가 섰으니, 백성들이야 고려의 백성이 되면 그만이었다. 그동안의 싸움에서 희생된 사람들만 헛죽음 한 것이다. 안 좋은 혈통을 이어받은 암군들이 실정(失政)하고 있는 썩은 나라를 위하여 너의 아까운 청춘을 바칠 필요는 없다.

6. 신충은 김대문의 아들이다

그런데 저 김충신이, 김순원의 손자인 김충신이 「원가」의 작가 '신충'과 무슨 관련이 있을까? 아니 신충이 김충신과 어떤 관련을 맺는 것일까? 여기에는 그의 관등과 관직, 그리고 이름이 중요한 증거가 된다. 이찬으로서 중시를 거쳐 상대등에 오를 수 있는 사람, 그는 어떤 신분의 사람일까? 답은 하나다. 진골 귀족으로 정권 실세 중의 실세이다.

그렇다면 성덕왕 후반기와 효성왕 시대, 그리고 경덕왕 시대 내내 정권 실세는 누구인가? 지금까지 본 대로 제33대 성덕왕의 계비 소덕왕후의 친정아버지 김순원 집안이다. 그 집안의 후계자가 충신, 효신이라는 것이 이미 밝혀졌다. 그 집안은 제30대 문무왕비 자의왕후의 친정 집안이고 제33대 성덕왕의 계비 소덕왕후의 친정 집안이며, 제34대 효성왕의 계비 혜명왕비의 친정 집안이다.

특히 당 나라가 발해, 말갈과의 전쟁을 수행할 책임자로 성덕왕을 대사, 김충신을 부사로 임명하였다. 적어도 성덕왕 32년에 신라군이 발해, 말갈과 전쟁하기 위하여 출병할 때는 그가 신라의 제2인자였다. 그러므로 김충신이 김순원의 손자로서 그 집안의 핵심인 것은 틀림없다. 그 당시의 세력 구도로 보아 이 집안 외에는 실세가 따로 없다.

그런데 이찬 신충은 효성왕 때 중시에 올라 경덕왕 때까지 재임하고 상대등에까지 오르고 있다. 김충신의 집안 관련 사람을 제외하고는 아무도 이 지위에까지 오를 수는 없다. 그도 그 세력의 중심 인물로서, '김선품-자의/순원-소덕/진종-혜명/충신/효신'으로 이어지는 자의왕후의 친정 직계 세력과 운명적 협력 관계를 맺을 수밖에 없는 인물이다. 그런 인물을 배출할 수 있는 집안은 어떤 집안인가?

그렇다고 해서 '이 신충이 바로 그 김충신인가?' 이렇게 이름이 비슷하다고 동일인시 하는 것은 합리적이라 할 수 없다. 만약 신충과 김충신이 같은 사람이라고 하려면, 그는 『삼국유사』 권 제5 「피은 제8」의 「신충 괘관」에서 일연선사가 김충신의 이름을 '신충'으로 쓸 때나, 『삼국사기』 권 제9 「효성왕」 대에서 '이찬 신충'을 중시로 삼을 때나, 「경덕왕」 대에 상대등으로 삼을 때나 면직될 때는 이 김충신이 당 나라에서 귀국하여 김신충으로 개명하였다는 것을 증명해야 한다. 기록이 없으니 알 수 없는 일이다. 그리고 '신충'이라는 이름이 등장한 시점 후로는 '김충신'이라는 이름이 어느 사서에도 나타나지 않아야 한다. 그러나 이 것은 보장되지 않는다.

그리고 무엇보다도 '신충'과 '충신'이 동일인이라고 하는 것은, '영종'과 '진종'이 이름이 비슷하니 동일인이라는 것 못지않게 비상식적인 일이다. '영종'이 '진종'과 동일인이라고 하는 것은 '충신'과 '효신'이 동일인이라고 하는 것과 같고 '신충'이 '의충'과 이름이 비슷하니 동일인이라고 하는 것과 같다.[60]

다시 자의왕후의 형제자매들을 볼 필요가 있다. 김선품에게는 자의왕후와 김순원 외에 운명이라는 딸이 또 있었다. 그 운명의 남편은 김오기이다. 김오기의 아들이 김대문이다. 이 집안, 김선품의 또 다른 딸 운명과 그 남편 김오기가 이루는 집안이 있다. 이 집안은 '김선품-운명/오기-대문-??'으로 이어지는 집안으로 김순원 집안과 밀접한 관련을 맺으면서 협조하였을 제1 후보 집안이다. 이 집안도 범자의왕후 후계 세력이다. 이 집안이라면 이 시기에 중시, 상대등에 오르는 신충을 배출할 만한 수준이 된다.

매우 위험하지만, 저자는 김신충이 김대문의 아들로서 아버지 김대문의 외가, 즉 진외가 쪽 6촌들인 김충신, 효신과 협력 관계를 맺어 세력을 형성하였다고 본다. 그 범자의왕후 후계 세력이 요석공주의 후계 세력인 효성왕을 시해하고 자기네들의 고모가 낳은 아들인 헌영을 밀어서 경덕왕으로 즉위시킨 것으로 추정한다.

신충이 이찬으로서 중시가 된 해인 738년[효성왕 2년]에 55세쯤 되었

---

60) 서정목(2015e:213)에서 김충신이 신충일 가능성이 있다고 본 것은 틀린 것이다. 신충이 중시가 되고 상대등이 되는 것이 그렇게 착각하게 만들었다. 이제 와서 보면 자의왕후의 남동생 김순원의 손자이며 김진종의 아들인 김충신과 자의왕후의 여동생 운명/오기의 손자이며 김대문의 아들인 김신충은 6촌 사이로 모두 자의왕후 후계 세력으로 나이, 관등이 비슷한 협력자인 것으로 드러났다. 신라사에는 충신, 효신, 영종, 진종, 세종, 신충, 의충, 순원, 순정, 지렴, 지정, 지성, 진복, 진공, 대문, 대성, 대공 등 비슷비슷한 이름들이 부지기수로 등장한다. 이 비슷한 이름을 가진 인물들은 형제일 수도 있고 4촌일 수도 있고 남일 수도 있다. 그러나 이름이 비슷하다고 동일인이라 하는 것은 매우 무리하다. 동일인이 이런 이름, 저런 이름을 가질 수는 있겠지만, 충신이 신충과 같고 영종이 진종과 같고 그런 식으로 학문 하면 안 된다.

다고 치면, 그의 아버지 김대문은 75세쯤 되었을 것이다. 그리고 그의 할아버지 김오기가 살아 있었다면 95세 정도 되었을 것이다. 신충이 상대등에서 물러난 경덕왕 22년[763년]에 그는 81세쯤 되었을 것이다. 운명이 순원의 누나이므로 김오기는 김순원보다 나이가 약간 더 많았을 것이다. 김대문은 진종과 비슷한 나이일 것이다. 김신충은 김충신, 효신과 나이가 비슷했을 것이다. 나이는 정확하게 김신충이 김오기/운명의 손자이고 김대문의 아들임을 시사하고 있다. 신충이 괘관하고 피은한 것이 아니라 노쇠하여 기상 이변에 대한 책임을 지고 물러났다는 서정목(2015b)의 설명은 이런 근거에 토대를 두고 있다. 신충이 경덕왕 22년에 괘관하고 피은하였다는 주장은 어떤 경우에도 논증되지 않는다.

그러면 태자 승경이 잣나무 아래에서 신충과 '지킬 수 없었던 약속'을 한 것은 이복동생의 어머니 소덕왕후의 친정 고모 운명의 손자 신충을 붙들고 애원한 것으로 보아야 한다. 신충이 중요한 직책, 병부령 정도의 직책을 맡고 있었고 화백 회의의 구성원이었을 것이다. '유여교일(有如曒日[밝은 해를 두고 맹서한다])'는 약자가 강자에게 맹서할 때 사용하는 문구이다. 태자 승경이 신충에게 '他日若忘卿有如栢樹[훗날 경을 잊지 않기를 잣나무를 두고 맹서한다.]'고 맹서하는 것은 태자가 약자이고 신충이 강자라는 것을 의미한다. 그리고 그 맹약의 다짐을 받고 김신충은 태자 승경을 즉위시키는 것이 옳다고 생각하고 주장하였을 것이다.

신충? 그는 김충신이 아니다. 그러나 그도 김순원, 그의 아들 진종, 손자 충신, 효신이 이루고 있는 자의왕후의 후계 세력의 범주에 든다. 김충신은 당 나라에 오래 가 있었던 외교 전문가이다. 그리고 거기서 유교적 적장자 우선의 대의명분을 익히고 왔을 것이다. 국내 정세 판단에 약했을 수도 있다. 김충신과 김신충은 큰 아들인 승경의 왕위 계승에 동의하였을 수도 있다. 실제로 김신충은 이에 동의하였다.

그러나 김충신의 아우 김효신은 친생질인 헌영이 왕위를 계승해야 한다고 맞섰을 것이다. 그는 국내파로서 힘이 더 강한 사람이 후계자가 되어야 한다는 초원의 룰을 주장하였을 것이다. 그리고 이 싸움에서 승경에게 밀리면 안 된다고 보고 헌영이 즉위해야 한다고 주장하였을 것이다.

이미 그 집안은 효소왕 즉위 시에 원자 사종을 부군으로 책봉하여 차기 왕으로 삼기로 한 약속이, 효소왕의 왕자 수충의 출생으로 헌신짝같이 파기된 것을 경험하였다. 그 약속은 할아버지 김순원과 요석공주 사이에 맺어졌던 약속이다. 그리고 원자 사종을 지지하던 사종의 인척 경영이 모반으로 몰리어 경영은 복주되고 할아버지 순원은 중시 직에서 파면되었다. 한 번 속지 두 번 속지 않는다는 판단을 효신은 하고 있었던 것이다. 「원가」의 배경 설화 속에 있는 공신들을 상 줄 때 신충이 부제(不第)하였다는 말은 이를 의미한다.

경덕왕이 즉위하자 말자, 순정의 딸 삼모부인을 폐비시키고 김의충의 딸 만월왕후를 들이는 것도 신충과 그 협력자들이 한 일이다. 그 전에 사망한 김의충은 신충의 아우일 것으로 짐작된다.[61] 만약 그렇다면 이 만월부인의 혼인은 신충이 왕비를 폐비시키고 자신의 죽은 아우의 딸을 왕비로 들인 것이 된다.

---

61) 이 두 사람 가운데 누가 형인지 판단하기는 쉽지 않다. 의충이 먼저 중시가 되었고 신충이 뒤에 중시가 된 것을 보면 의충이 형이라 생각할 수도 있다. 그러나 의충은 중시가 될 때 아찬[6등관위명]인데 신충은 이찬[2등관위명]인 것을 보면 신충이 형일 수도 있다. 여기서는 '신의'에서 따온 이름인 '신충', '의충'을 고려하여 신충이 형이라 보고 논의를 진행한다.

효성왕 즉위 후에 「원가」 사건을 거치면서 김신충은 무능한 효성왕에게 실망하여 6촌 김충신, 김효신이 옳다고 판단하고, 다시 왕위를 헌영에게로 넘기도록 하는 데에 전력투구하였다. 물보다야 피가 더 진하다. 고모의 핏줄을 믿을 수 있지, 고모부가 전처와의 사이에 둔 자식을 어떻게 믿을 수 있겠는가? 그리하여 자신들의 누이인 혜명왕비[신충에게는 진외가의 6촌누이이다.]와 효성왕의 재혼이 파탄에 이른 후에 그들은 과감하게 헌영을 태자, 즉 부군으로 책봉할 것을 요구하였다. 효성왕에게 그것을 거역할 힘이 없었을 것은 당연하다. 신문왕 이래 진골귀족 세력을 거세하고 왕권이 강화되었으면 이런 일이 일어났을 리가 없다.62)

다시 쓴 (22'd)를 보면 김충신은 그와 교체하여 신라에서 당 나라로 파견될 예정이었던 김효방(方)이 사망하여 자신이 계속하여 숙위로 머물고 있었다고 하였다. 만약 이 '김효방'이 성덕왕의 사위 '김효방(芳)'이라면 그들 사이에도 인척 관계가 맺어진다. 성덕왕의 왕비 소덕왕후가 김충신의 고모이다. 그 소덕왕후의 딸 사소부인이 김효방의 아내이다. 사소부인은 김충신의 고종사촌 누이이다. 그 사소부인의 아들 제37대 선덕왕[김양상]은 김충신의 고종사촌 누이의 아들이다. 그 김양상이

---

62) 이것만 보아도 신문왕이 왕권 강화를 위하여 진골 귀족 세력을 거세한 것이 '김흠돌의 모반'이고 '경영의 모반'이라는 이론은 한갓 백일몽에 지나지 않는다는 것을 알 수 있다. 우리가 배운 현대 한국의 신라 중대 정치사 연구는 할아버지, 아버지의 양장현신(良將賢臣)들을 모조리 죽여서 나라를 망친 폭군, 암군 신문왕을, 왕권을 강화하여 자손들이 전제 왕권을 누리는 속에 문화를 융성시킨 중흥의 왕, 감은사를 지어서 아버지의 은혜에 보답하려 한 효자 왕으로 호도한 가짜 역사이다. 이것을 고쳐서 신문왕의 악행을 진실대로 가르쳐야 역사에서 내일의 민족의 발전에 도움이 되는 교훈을 얻을 수 있다. 역사에, 1인 세습 독재 국가에서는 할아버지, 아버지의 신하들을 죽이는 통치자가 나라를 망치는 장본인이라는 것을 기록해야 하고, 사람이 살 수 있는 나라가 어떤 나라인지 올바로 적어야 한다.

혜공왕을 시해하고 왕위에 올랐다.

> (22') d. 33년[734년] 정월 --- 입당 숙위하는 좌령군위위원외장군 김
> 충신이 (당제에게) 표문을 올려 말하기를[入唐宿衛左領軍衛員
> 外將軍金忠信上表曰], 신이 받들고자 하는 처분은 신으로 하
> 여금 옥절을 가지고 본국으로 돌아가서 병마를 출발시켜 말
> 갈을 토벌하여 없애는 것이옵니다[臣所奉進止 令臣執節本國
> 發兵馬 討除靺鞨]. 이어 더 올릴 말씀이 있다면 신이 스스로
> 성지를 받들어 장차 목숨을 바칠 것을 맹서하는 바입니다[有
> 事續奏者 臣自奉聖旨 誓將致命]. 이때를 당하여 교체할 사람
> 인 김효방이 죽어 편의상 신이 그대로 숙위로 머물렀습니다
> [當此之時爲替人金孝方身亡 便留臣宿衛]. 신의 본국 왕은 신
> 이 오래도록 당 나라 조정에 모시고 머물게 되었으므로 7촌
> 조카[종질] 지렴을 파견하여 신과 교대하도록 하여 지금 여기
> 왔사오니 신은 즉시 돌아가는 것이 합당할 것입니다[臣本國
> 王 以臣久侍天庭 遣使從姪志廉 代臣 今已到訖 臣卽合還].

성덕왕의 딸 사소보인은 경덕왕의 누이이다. 김효방이 경덕왕에게 매
부가 된다. 그러면 경덕왕의 아들 혜공왕에게 사소부인은 고모가 되고
김양상은 고종사촌이다. 혜공왕은 이 고종사촌에게 죽임을 당하였다.
이로써 태종무열왕의 후손들이 대를 이은 신라 중대는 막을 내리고 외
손 쪽으로 왕위가 넘어가게 되었다. 그것도 제37대 선덕왕 김양상 한
번뿐이었다. 선덕왕이 5년 재위한 후로는 내물왕의 12세손인 김경신[제
38대 원성왕]과 그 후손들이 왕위를 이어 간다.

그런데 이 김충신과 관련하여 더 자세히 살펴볼 필요가 있는 것이 성
덕왕 32년 33년의 국제 정세이다. (39a)를 보면 성덕왕 32년[733년] 발

해가 말갈과 더불어 당 나라 등주를 쳐들어갔다. 이 발해의 공격에 당 나라는 신라로 하여금 말갈의 남쪽 국경을 치게 하였다. 결국 기상 문제로 철군하였지만 이 전쟁을 통하여 당과 신라의 관계를 어느 정도 알 수 있다. 그리고 신라라는 나라의 속성을 볼 수도 있다.

(39) a. 성덕왕 32년[733년] 가을 7월 당 나라 현종은, 발해와 말갈이 바다를 건너 등주를 쳐들어오자 태복원외경 김사란을 귀국시켜 인하여 (성덕)왕에게 개부의동삼사영해군사를 더하여 주고 군대를 출발시켜 말갈의 남쪽 국경을 공격하게 하였다 [三十二年 秋七月 唐玄宗 以渤海靺鞨越海入寇登州 遣太僕員外卿金思蘭歸國 仍加授王爲開府儀同三司寧海軍使 發兵擊靺鞨南鄙]. 한 길이나 되는 큰 눈을 만나고 산길은 험하여 무사와 병사들의 죽은 자가 반이 넘었고 이룬 공 없이 돌아왔다[會大雪丈餘 山路阻隘 士卒死者過半 無功而還]. 김사란은 본래 왕족인데 먼저 입조하였을 때 공손하고 예가 있어 머물러 숙위하고 있었는데 이때에 이르러 강토로 나오는 임무를 맡았던 것이다[金思蘭本王族 先因入朝 恭而有禮 因留宿衛 及是 委以出疆之任].

b. 겨울 12월 왕의 조카 지렴을 당에 파견하여 사은하였다[冬十二月 遣王姪志廉朝唐謝恩]. 처음에 황제가 왕에게 흰 앵무새 암수 한 쌍과 자라수포와 금은세기물과 서문금과 오색나채 등 300여 단을 보내왔었다[初帝賜王 白鸚鵡雄雌各一隻及紫羅繡袍金銀鈿器物瑞紋錦五色羅綵 共三百餘段]. 왕은 표문을 올려 감사하여 말하기를[王上表謝曰], 엎드려 생각컨대 폐하는 법을 지켜 즉위하여 성문신무로 천세의 창운을 응하시고 만물의 가상을 이루게 하시니 풍운이 통하는 곳마다 모두 지극한 덕화를 입게 되고 일월이 비취는*{*炤: 『책부원구(冊

府元龜』에는 照[측천무후의 이름이다.]}* 곳마다 모두 깊은
어짊을 입게 되었습니다[伏惟陛下 執象開元 聖文神武 應千齡
之昌運 致萬物之嘉祥 風雲所通 咸承至德 日月所炤*{ 冊府元
龜作照}* 共被深仁]. 신의 땅은 봉호에 격하였으나 황제의
은택은 멀리까지 미치고 우리나라는 중국에 떨어졌으나 어
진 은택이 깊이 미쳤습니다[臣地隔蓬壺 天慈洽遠 鄕睽華夏
睿渥覃幽]. 글을 보고*{ 책부원구에는 親이다.}* 무릎을 꿇어
옥갑을 여니 구소의 우로를 머금었고 오채의 원란을 띠었으
며 보내신 영금을 살펴보니 소창한 두 묘조를 혹자는 장안
의 악이라 부르고 혹자는 성주의 은혜를 전한다고 합니다[伏
視(冊府元龜作親)瓊文 跪披玉匣 含九宵之雨露 帶五彩之鶬鸞
辯惠靈禽 素蒼兩妙 或稱長安之樂 或傳聖主之恩]. 나금채장과
금은보전은 보는 이의 눈을 부시게 하고 듣는 이로 하여금
마음을 놀라게 합니다[羅錦彩章 金銀寶鈿 見之者爛目 聞之者
驚心]. 그 헌관의 공의 근원을 사실은 선조로부터 이어온 것
으로 이 비상한 총애를 내려 영원히 자손들에게 미치게 합
니다[原其獻款之功 實由先祖 錫此非常之寵 延及末孫]. 미약
한 공로는 티끌 같으나 무거운 은혜는 산과 같으니 분수를
헤아리면 무엇으로 보답할 수 있겠습니까[微效似塵 重恩如嶽
循涯揣分 何以上酬].

c. 조칙을 내려 지렴을 내전으로 불러 향연을 베풀고 속백을 하
사하였다[詔饗志廉內殿 賜以束帛]. <『삼국사기』권 제8 「신
라본기 제8」 「성덕왕」>

(39b)는 당 나라 현종이 앵무새 한 쌍과 여러 가지 보배 등을 보낸
하사물을 받고 성덕왕이 감읍하여 올린 표이다. 자신의 고모들이 큰아
버지 중종을 죽였다고 쿠데타를 일으켜 고모들을 죽이는 궁정 유혈 정

변을 통하여 정권을 잡은 예종의 셋째 아들 이융기(李隆基), 그 당 현종이 왕위에 오른 것이 무엇이 법을 지켜 왕위에 올랐다는 것인지, 이 성덕왕의 가치 판단의 기준을 알 수가 없다.

오대산에 가서 중이 되어 있다가, 잘못 즉위한 형 효소왕이 '경영의 모반'을 당하여 사망하자, 외할머니에 의하여 엉겁결에 불려와 아버지의 원자인 아우 사종도 제치고, 효소왕의 아들 수충도 제치고, 전혀 왕위에 오를 순번이 아닌 자신이 불법적으로 왕위에 오른 데 대한 콤플렉스에서 나온 말인가? 이러나 저러나 불법적으로 왕위에 오른 것은 당현종 '융기'나 신라 성덕왕 '융기'나 같은 사정이지 않은가?

이어지는 화려한 수사로 가득 찬 표문은 아무리 외교 문서라 하더라도 낯이 뜨겁고 부끄러워 할 말이 없다. 도대체 우리나라 역사 책에 이런 글을 왜 실어 둔 것인지. 그러나 이렇게 실어 두어 당과 신라의 관계를 알 수 있게 했으니 고맙긴 하다. 말하지 않고 쓰지 않는다고 없었던 일은 아니다. 있었던 일이니 그렇게 쓸 수밖에.

비슷한 예를 앞에서 본 (40=22d)에서 김충신이 당 황제에게 올린 표문에서도 볼 수 있다. (40)을 보면 김충신이 당 나라 현종에게 올린 표문을 자세히 적었다.

(40) 33년[734년] 정월 — 입당 숙위하는 좌령군위위원외장군 김충신이 당제에게 글을 올려 말하기를[入唐宿衛左領軍衛員外將軍 金忠信上表曰], 신이 받들고자 하는 처분은 신으로 하여금 옥절을 가지고 본국으로 돌아가서 병마를 출발시켜 말갈을 토벌하여 없애는 것이옵니다[臣所奉進止 令臣執節本國 發兵馬 討除靺鞨], 이어 더 올릴 말씀이 있다면 신이 스스로 성지를 받들어 장차

목숨을 바칠 것을 맹서하는 바입니다[有事續奏者 臣自奉聖旨 誓將致命]. 이때를 당하여 교체할 사람인 김효방이 죽어 편의상 신이 그대로 숙위로 머물렀습니다[當此之時爲替人金孝 方身亡 便留臣宿衛]. 신의 본국 왕은 신이 오래도록 당 나라 조 정에 모시고 머물게 되었으므로 종질 지렴을 파견하여 신과 교대하도록 하여 지금 여기 왔사오니 신은 즉시 돌아가는 것이 합당할 것입니다[臣本國王 以臣久侍天庭 遣使從姪志廉 代臣 今已到訖臣卽合還]. 전일에 받은 바의 진지*{上은 당연히 止이다. 『자치통감』도 역시 止라 하였다.}*를 생각하면 밤낮 잊지 못하며 폐하께서 먼저 조서를 내려 본국 왕 흥광에게 영해군 대사를 더하여 정절을 주어 써 흉잔을 토벌하게 하셨으니 황제의 위엄이 미치게 되면 비록 먼 곳이라도 가까운 곳과 같고 임금이 명하였는데 신하가 감히 받들지 않으리오[每思前所奉進上*{當作止 通鑑亦作止}*無忘夙夜 陛下先有制 加本國王興光寧海軍大使 錫之旌節 以討凶殘 皇威載臨 雖遠猶近 君則有命臣敢不祇]. 준동하는 오랑캐들은 계교가 이미 잘못됨을 후회하나 흉악한 근본을 제거하는 데 힘쓰려면 오직 법헌을 새롭게 함에 있습니다[蠢爾夷俘 計已悔禍 然除惡務本 布憲惟新]. 그러므로 군사를 냄에는 의리가 세 번 승첩보다 귀하고 적을 놓아 두면 수대에 걸쳐 우환이 됩니다[故出師 義貴乎三捷 縱敵 患貽於數代]. 폐하께 엎드려 바라기는 신이 환국함에 있어 부사의 직책을 신에게 주시어 천자의 뜻을 다시 특수한 후예에게 선포하게 함으로써 어찌 생각컨대*{구본에는 稚라 했으나 대개 訛이다.}* 이 노여움을 더욱 떨치지 않겠습니까[伏望陛下 因臣還國 以副使假臣 盡將天旨 再宣殊裔 豈惟*{舊本作稚 蓋訛也}*斯怒益振]. 그러므로 무사들도 또한 기운을 내어 반드시 그 소혈을 뒤집어 엎어 거친 모퉁이도 안정되게 할 것이오니 오랑캐 신하의 작은 정성을 완수하여

나라의 큰 이익을 위하고자 합니다[固亦武夫作氣 必傾其巢穴 靜
此荒隅 遂夷臣之小誠 爲國家之大利]. 신 등이 다시 배를 타고
창해를 건너와서 궁궐에 전첩을 알려 드리는 것이 터럭과 같은
공을 세워 우로를 베푸심에 보답하고자 하는 소망이오이다[臣
等復乘桴滄海 獻捷丹闈 效毛髮之功 答雨露之施 臣所望也] 엎드
려 바라건대 폐하는 이 뜻을 헤아려 도모하소서[伏惟陛下圖之]
황제가 윤허하였다[帝許焉].

<『삼국사기』 권 제8 「신라본기 제8」 「성덕왕」>

자기 나라 왕을 본국 왕 흥광이라고 부르고 "'임금[당 나라 황제]'가
명하였는데 '신하(臣下)'가 어찌 받들지 않으리오?" 하고 말하고 있다.
거기에 자신에게는 대사(大使)인 왕 다음 가는 직책인 부사(副使)를 달라
고 하고 있다. 자신을 '오랑캐 신하'라고 비하하고 '나라의 큰 이익을
위하고자' 한다는데 그 나라는 신라가 아니라 당연히 당 나라이다. 이
들이 무엇을 생각하고 어떻게 산 사람들인지 이보다 더 잘 보여 주는
문서가 따로 없다. 그들은 그냥 당 나라 사람들인 것이다.

성덕왕 34년[735년] 조인 (41a)에는 나중에 딸이 경덕왕의 만월왕비
가 되는 김의충이 사신으로 당 나라에 갔다가 돌아올 때 당 현종으로부
터 대동강 이남의 땅을 신라에 준다는 약속을 받아왔음을 적고 있다.

(41) (성덕왕) 34년 봄 정월 형혹이 달을 침범하였다[三十四年 春正
月熒惑犯月]. 김의충을 당에 보내어 하정하였다[遣金義忠入唐賀
正]. 2월 부사 김영이 당 나라에서 사망하여 광록소경을 추증하
였다[二月 副使金榮 在唐身死 贈光綠少卿]. 의충이 돌아올 때
(황제가) 칙령으로 패강[대동강] 이남의 땅을 하사하였다[義忠廻

勅賜浿江以南地. <『삼국사기』권 제8「신라본기 제8」「성덕왕」>

이것은 아마도 (39), (40)에서 본 발해와 말갈의 당 나라 등주 공격과 관련하여 신라가 말갈의 배후를 공격한 데 대한 보상으로 보인다. 그렇다면 그 군대는 정확하게 용병이다. 만약 날씨가 순조로워 신라 군대가 출병에 성공하여 발해 군대와 맞서 싸웠다면 그 행위를 어떻게 해석해야 할 것인가? "발해는 우리 민족이 세운 나라가 아니다, 신라 시대에는 민족 개념이 형성되지 않았다, 고구려, 백제, 신라가 같은 민족이라고 생각하는 것은 현대적 관념을 고대에 소급하는 것이다." 그런 말로 이 현상을 호도하는 것은 적절하지 않다.

그 시대에는 민족 개념도 없었고, 발해는 여러 민족이 연합하여 세운 나라일 것이고, 삼국 시대 각 나라가 서로 별개의 개체로 살았다는 것은 옳은 말이다. 그러나 신라의 본성이 자신들이 당 나라와 더 가깝지 발해와 더 가깝다고 생각하지 않은 것은 사실이다. 그런 나라라는 것을 알고 신라를 객관적으로 보아야 한다.[63] 그런 군대의 사령관을 맡겠다

---

63) 국제 정치에 민족이니, 동족이니 하는 개념을 적용하는 것은 합당한 일이 아니다. 남 베트남이 미군과 손잡고 북베트남의 동족과 싸운 것, 북베트남이 소련과 손잡고 남 베트남을 공격한 것을 외세와 손잡고 동족을 공격한 것이라고 말하는 것 자체가 우스운 이야기이다. 요체는 집권자들이 자신의 권력 탐욕을 채우기 위하여 그 지역에 이권을 가지고 있는 거대 외세를 등에 업고 인접한 다른 집권 세력을 공격한 것일 따름이다. 현대의 국제 정치 역학도 그렇게 움직이는데, 민족 개념도 동족 개념도 없이 주변 국가를 정복함으로써 땅, 여자, 노예를 획득하기 위하여 죽고 죽이는 싸움을 벌이는 고대 국가들의 전쟁을 무슨 외세를 등에 업고 동족을 멸했다는 식의 나이브한 사관으로 설명할 수 있겠는가? 이 한 마디로 민족주의 사관, 민족의 관점에서 과거의 역사를 본다는 것 자체가 성립되지 않는다는 것을 알 수 있다. '민족'을 논의하는 자들은 집권 세력의 탐욕을 채워 주기 위하여 복무하는 어리석은 자들이다. 중국만 가 보아도, 민족은 소수 민족이고, 민족을 말하는 것은 분열주의로 간주된다는 것을 알 수 있다. 언제나 어디서나 국가가 우선한다.

고 왕을 대사에 임명했으니 나를 부사에 임명해 달라고 당 나라 현종에게 요청하는 것이 저 김충신이다.

이 고구려 땅의 회복은 실은 당 현종이 발해의 압박에 못 견디어 신라에 요청하여 신라가 말갈의 배후를 공격한 데 대한 보상이었다. 그런데 이 땅은 원래 당 태종문무대성대광효황제와 신라 태종무열왕의 회동에서 이미 신라에 주기로 약속한 것이었다. 648년[진덕여왕 2년, 당 나라 정관 22년]에 김춘추가 당 나라에 들어가서 청병할 때 태종무열왕과 당 태종문황제가 약속할 때 백제와 고구려의 평양 이남 땅을 신라에 준다는 말이 있었다. (42)에서 보는 문무왕이 설인귀에게 보낸 보서(報書)에 그렇게 나와 있다.[64]

> (42) 대왕이 보서에서 말하기를[大王報書云], 선왕[태종무열왕]이 정관 22년[648년] 입조하여 태종문황제를 만나 다음과 같은 은칙을 받들었다[先王 貞觀二十二年 入朝 面奉太宗文皇帝恩勅. "짐이 지금 고구려를 정벌하려 하는 것은 다른 까닭이 있는 것이 아

---

64) 그러나 이후에 전개된 역사, 고구려 고토의 대부분이 당 나라 영토로 편입된 것, 문무왕이 백제 영토를 무단 점유한 죄를 묻는 당 고종에게 사죄사 김흠순과 양도(良圖)를 보내어 그 중 양도가 당 나라 감옥에서 옥사하는 것, 고구려 멸망 후 당 고종이 소정방에게 왜 신라를 정복하지 않고 그냥 왔는가고 묻는 것 등을 보면, 당 나라는 삼한을 신라에 준다는 생각이 전혀 없었다. 이에 덧붙여 고구려 고사계 장군의 아들 고선지 장군이 당 나라의 중앙아시아 정벌군의 선봉장 안서도호부 도독이 되어 이용당한 후 황제의 명에 따르지 않고 군대를 움직였다는 죄목으로 사형당한 것, 백제의 흑치상지의 당 나라 투항과 억울한 최후 등을 보면, 나라가 망하면 그 유민들이 어떻게 된다는 것과 강대국의 힘을 빌려 이웃을 멸망시키면 그 후에 어떤 일이 벌어진다는 것을 이보다 더 분명하게 보여 주는 역사적 사실도 드물다 할 것이다. 순망치한(脣亡齒寒)이 따로 없다. 당 나라 현종이 대동강 이남의 땅을 신라에 준 것은 이 약속과 관계없다. 사실은 발해와 말갈의 배후를 공격한 신라에 보상한 것이었다. 신라는 출병까지 하였으나 엄동설한이어서 회군하였다. 강대국과의 외교가 어떻게 펼쳐지는지 생생하게 보여 주는 사실이다.

니다[朕今伐高麗 非有他故]. 인접한 두 나라에 신라가 끼여 매번 침략을 당하므로 평안한 세월이 없었다[憐你新羅攝乎國每被侵陵 靡有寧歲]. 산천과 토지는 내가 탐하는 바가 아니고 보물과 비단, 자녀도 이미 내가 가진 것이다[山川土地 非我所貪玉帛子女 是我所有]. 내가 두 나라를 평정하여 평양 이남과 백제의 땅을 아울러 신라에 주어 영원히 평안하게 하려 한다[我平定兩國 平壤已南 百濟土地 竝乞你新羅 永爲安逸]." <『삼국사기』권 제7 「신라본기 제7」「문무왕 하」>

그런데 당 태종과 태종무열왕의 그 약속을 헌신짝 같이 버리고, 당 고종은 평양 이남은 커니와 백제 땅도 다 차지하려고 하고 신라까지 삼키려 한 것이다. 심지어 (43a)에서 보듯이 고구려 유민들을 받아들이고 백제의 고토를 차지하였다고 문무왕을 폐위시키고 당 나라에 있던 아우 김인문을 신라왕으로 봉하여 형 문무왕을 치라고 보내는 것이 당 나라 고종과 측천무후이다. 당 나라 처지에서는 문무왕을 역적으로 몰아 폐위하고 새 왕 김인문을 즉위시켜 신라를 공격한 기간이 (43b)에서 보듯이 무려 1년 2개월에 걸친다. 문무왕의 대당 투쟁이 얼마나 치열했는지 알 수 있다.

(43) a. (문무왕) 14년[674년] 봄 정월 — 왕은 고구려의 반도 무리들을 거두어 들이고 또한 백제의 옛땅을 점거하여 사람을 시켜 수비하게 하였다[十四年 春正月 — 王納高句麗叛衆 又據百濟故地 使人守之]. 당 고종은 크게 노하여 조서로 왕의 관작을 삭탈하고 왕의 아우 우효위원외대장군임해군공 인문이 당 나라 서울에 있어 책립하여 신라왕으로 삼고 귀국하게 하였다

[唐高宗大怒 詔削王官爵 王弟右驍衛員外大將軍臨海郡公仁問 在京師 立以爲新羅王 使歸國]. 좌서자동중서문하삼품 유인궤 로써 계림도대총관으로 삼고[以左庶子同中書門下三品劉仁軌 爲鷄林道大摠管], 위위경 이필[衛尉卿李弼]과 우영군대장군 이근행[右領軍大將軍李謹行]을 부총관로 삼고 군대를 출동시켜 토벌하게 하였다[副之 發兵來討].

b. (문무왕) 15년[675년] --- 2월 유인궤가 칠중성에서 아군을 격파하였다[二月 劉仁軌破我兵於七重城]. 인궤가 군대를 이끌고 돌아갔다[仁軌引兵還]. 조칙으로써 이근행을 안동진무대사를 삼아 써 경략하게 했다[詔以李謹行爲安東鎭撫大使 以經略之]. 왕이 이에 사신을 보내어 조공하고 또 사죄하였다[王乃遣使入貢且謝罪]. 황제가 용서하고 왕의 관작을 회복시켰다[帝赦之 復王官爵]. 김인문은 중로에 돌아왔고 임해군공으로 고쳐 책봉하였다[金仁問中路而還 改封臨海郡公]. 그러나 백제 땅을 많이 취하였고, 드디어는 고구려 남경에 이르도록 주군으로 삼았다[然多取百濟地 遂抵高句麗南境爲州郡]. 당 나라 군대가 거란, 말갈 군대와 더불어 쳐들어 와서 9군을 출동시켜 대비하였다[聞唐兵與契丹靺鞨兵來侵 出九軍待之].

<『삼국사기』 권 제7 「신라본기 제7」 「문무왕 하」>

그런데 그 손자인 성덕왕의 시대에는 어떤 현상이 나타나고 있는가? 이 조건 있는 땅 반환에 대하여 감사의 뜻을 적은 성덕왕의 표문은 낯이 뜨거울 만큼 아첨으로 가득 차 있다. 비록 외교 문서라 하더라도 이렇게까지 자신을 낮추어야 하는가 하는 생각이 든다. 736년[성덕왕 35년] 6월에 당 나라에 보낸 성덕왕의 표문 (44)는 마치 당 현종이 대동강 이남의 중국 땅을 신라에 하사한 것처럼 적혀 있다.

(44) a. 35년 6월에 사신을 당에 보내어 하정하였다[三十五年 夏六月
遣使入唐賀正]. 아울러 표문을 보내어 사례하여 말하기를[仍
附表陳謝曰], 엎드려 패강 이남의 땅을 주신다는 은혜로운 칙
령을 받았습니다[伏奉恩勅 賜浿江以南地境]. 신은 바다 모퉁
이에 자리하여 성조의 덕화를 입게 되어 비록 단성을 마음
바탕으로 삼았으나 공은 효험을 이루지 못하였고 충정으로써
일을 삼았으나 노고는 상을 받기에 부족나이다[臣生居海裔
沐化聖朝 雖丹素爲心 而功無可效 以忠貞爲事 而勞不足賞]. 폐
하께서는 우로의 은혜를 베풀고 일월과 같은 조서를 내려 신
에게 토경*{ 책부원구에는 양이다.}*을 주시어 신의 살 곳을
넓혀 주시고 드디어 땅의 개간을 때 맞추어 하게 하여 농사
와 양잠으로 원하는 바를 얻게 하였나이다[陛下降雨露之恩
發日月之詔 錫臣土境*{冊府元龜作壤}* 廣臣邑居 遂使墾闢有期
農桑得所]. 신은 조칙의 뜻을 받들고 영총의 깊음을 입게 되
어 분골미신한다 하더라도 이에 보답하지 못하리이다[臣奉絲
綸之旨 荷榮寵之深 粉骨미身 無由上答].

b. 겨울 11월 4촌 동생 대아찬 김상을 조당에 보내었으나[65] 길
에서 죽어 황제가 깊이 애도하고 위위경을 추증하였다[冬十
一月 遣從弟大阿湌金相朝唐 死于路 帝深悼之 贈衛尉卿].

c. 이찬 윤충, 사인, 영술을 보내어 평양과 우두의 2주의 지세를
검찰하게 하였다[遣伊湌允忠思仁英述檢察平壤牛頭二州地勢].
개가 재성{저자 주: 월성을 말한다. 왕이 있는 성이다.}의 고

---

65) 이 왕의 종제 김상은 누구의 아들일까? 성덕왕의 사촌동생이라면 신문왕의 형이나
동생의 아들이다. 신문왕의 형은 조졸하였고 후사가 없었다. 신문왕의 아우가 있었
다고 보아야 한다. 『화랑세기』에는 그가 문무왕과 야명궁 사이에서 태어난 인명전군
으로 기록되어 있다. 아니면 외사촌으로 보면 신목왕후의 형제자매의 아들인데 김흠
운과 요석공주 사이에는 신목왕후 하나만 있는 것으로 보인다. 그러나 신목왕후의
형제자매가 있었을 가능성도 있다. 요석공주의 아들 설총은 설 씨라서 김상의 아버
지일 수는 없다.

루에 올라가 3일 동안 짖었다[狗登在城鼓樓 吠三日].

d. 36년 봄 2월 사찬 김포질을 보내어 입당 하정하게 하고 또*
{ 단은 *차의 와일 것이다*}* 지방 특산물을 바쳤다[三十六年
春二月 遣沙湌金抱質入唐賀正 旦*{旦恐且之訛}*獻方物]. 왕
이 승하하였다[王薨]. 시호를 성덕이라 하고 이거사 남쪽에
장례지냈다[諡曰聖德 葬移車寺南]. <『삼국사기』권 제8「신
라본기 제8」「성덕왕」>

백제, 고구려의 고토를 차지하기 위하여 당 나라와 군사적 대결을 벌
였던 문무왕 시대의 대당 투쟁은, 그 아들 신문왕, 그 손자 효소왕을 거
쳐 성덕왕의 시대에는 구걸하는 자세로 바뀌었고, 당연히 되찾아왔어야
할 고구려의 고토 일부를 발해를 협공한다는 조건 아래에 받고서는 그
은덕에 감읍하는 모습으로 나타나고 있다.

왕자들 사이의 왕위 쟁탈, 그리고 부도덕하고 불의하게 계승된 왕권
을 지키기 위하여 궁정 유혈 정변에 골몰한 사이에, 이미 통일의 위업
을 이어 문치의 국가를 이루겠다거나, 백제, 고구려 고토를 회복하여 강
건한 국가를 건설하겠나는 대외 정책은 실종되어 버린 것이다.

그런데 저 (41)의 김의충(金義忠)이라는 이름도 예사롭지 않다. 그는
737년[효성왕 즉위년] 2월 아찬으로서 중시에 올랐다. 그리고 739년[효
성왕 3년] 정월 사망하였다. 그를 이어 이찬 신충이 중시가 되었다.

(45) a. (737년) 효성왕이 즉위하였다[孝成王立]. 휘는 승경이고 성덕
왕 제2자이며 어머니는 소덕왕후이다[諱承慶 聖德王第二子
母炤德王后]. 널리 사면하였다[大赦]. 3월 사정승 및 좌우의
방부승의 (승을) 모두 좌로 하였다[三月 改司正丞及左右議方

付丞 竝爲佐]. 이찬 정종을 상대등으로 삼고 아찬 의충을 중
시로 삼았다[以伊湌貞宗爲上大等 阿湌義忠爲中侍].

b. (효성왕) 3년[739년] 봄 정월 할아버지, 아버지 묘에 참배하
였다[三年 春正月拜祖考廟]. 중시 의충이 사망하여 이찬 신
충을 중시로 삼았다[中侍義忠卒 以伊湌信忠爲中侍]. <『삼국
사기』 권 제9 「신라본기 제9」 「효성왕」>

이 김의충이 경덕왕의 계비 만월부인[경수태후]의 아버지이다. 경덕왕
은 즉위하자 말자 왕비였던 김순정의 딸 삼모부인을 폐비시키고 새로
만월부인을 계비로 들였다. 소덕왕후가 성덕왕과 혼인한 720년 3월 이
후 721년에 경덕왕이 태어났다 하더라도 즉위하던 743년 4월이면 겨우
23세이다. 23세의 젊은 왕이 왜 선비(先妃)가 무자하다고 쫓아내고 새
왕비를 들이는지 이상하기 짝이 없다. 만약 이 김의충이 신충과 연관이
있어 '信(신), 義(의)'에 '○忠'을 붙이는 이름이라면 이들도 형제일 가능
성이 있다. 친형제가 아니면 4촌 형제라도 될 수 있는 것이다. 그 김의
충도 서불한[각간]까지 관등이 올라 있다. 아무나 그 자리까지 올라가는
것은 아니다.

신충은 김대문의 아들일 것이다. 그의 형제로 추정되는 사람은 경덕
왕의 왕비 만월부인의 아버지이고 혜공왕의 외할아버지인 김의충이다.
739년[효성왕 3년]에 중시 의충이 사망하여 「원가」의 작가 신충이 중시
를 이어받았다. 신충이 중시, 상대등으로 재임하는 이 시기의 권력 실세
는 자의왕후, 소덕왕후, 혜명왕비의 친정인 김순원 집안이다. 김순원은
경덕왕의 외할아버지이다. 이 집안사람을 제외하는 아무도 이렇게 영달
할 수가 없다.

자의왕후에게는, 필사본『화랑세기』에 의하면, 여동생이 있다. 운명이다. 운명의 남편이 북원 소경[원주]의 야전 사령부 군대를 이끌고 서라벌로 쳐들어와서 '김흠돌의 모반'을 진압한 김오기이다. 그 김오기의 아들이『화랑세기』를 지은 김대문이다.『화랑세기』는 김오기, 김대문이, 자의왕후, 요석공주, 신문왕, 효소왕을 지키기 위하여 일으킨 자신들의 친위 군사 쿠데타를 정당화하기 위하여 지은 책이다. 당연히 신문왕의 장인 김흠돌을 나쁜 편으로 하고 자의왕후, 요석공주, 신문왕을 좋은 편으로 하여 기술될 수밖에 없다. 이제 김신충이 '김선품-자의/순원-소덕/진종-혜명-충신/효신'으로 이어지는 자의왕후의 친정 직계 세력과 운명적 협력 관계를 맺을 수밖에 없는 '김선품―자의/운명―대문―신충/의충'으로 가는 또 한 가닥의 자의왕후의 제부 김오기/운명의 후손들이 이루는 범자의왕후 후계 세력의 핵심임이 밝혀졌다.

이제 이들의 촌수를 따져 보자. 자의왕후와 운명, 순원이 자매이고 남매[siblings]이다. 자의왕후의 아들 31대 신문왕과 운명의 아들 김대문은 이종4촌이다. 이들에게 김순원의 아들 김진종은 외4촌이다. 신문왕의 아들 32대 효소왕, 33대 성덕왕 형제, 김진종의 아들 충신, 효신 형제, 그리고 김대문의 아들 신충, 의충 형제가 6촌이다. 성덕왕의 아들 34대 효성왕, 35대 경덕왕은 충신, 효신, 신충, 의충에게 7촌 조카이다. 이것은 남자 쪽으로 헤아린 촌수이다.

그러나 여자 쪽으로 가면 아주 달라진다. 소덕왕후는 김순원의 딸이다. 그러면 소덕왕후가 진종의 누이가 되고 충신, 효신의 고모가 된다. 이 소덕왕후가 성덕왕과 혼인함으로써 소덕왕후와 성덕왕의 아들인 경덕왕에게 소덕왕후의 형제인 김진종이 외삼촌이 되었다. 원래는 6촌 할

어버지이다. 그리고 김진종의 아들인 충신, 효신이 경덕왕에게 외4촌이 된다. 경덕왕은 이들의 고종4촌이다. 7촌이었던 촌수가 4촌으로 줄어든 것이다.[66) 자의왕후의 여동생 운명의 아들인 김대문과 신문왕은 이종4 촌이다. 김대문의 아들인 신충, 의충은 신문왕의 아들인 성덕왕과 6촌 이다. 그러면 신충과 성덕왕의 아들인 경덕왕과는 원래 7촌이다. 그런 데 신충, 의충과 5촌인 소덕왕후가 성덕왕과 혼인하여 이들의 아들인 경덕왕과 신충, 의충이 6촌이 되었다. 1촌이 줄어든 것이다.

자, 이제 34대 효성왕은 이들과 촌수가 얼마나 될까? 여기서 제일 중 요한 것은 앞에서 이미 수사가 종결된 대로 효성왕의 어머니는 소덕왕 후가 아니라는 사실이다. 이것을 눈치 채지 못하게(?) 효성왕의 어머니 가 소덕왕후라고 적은 『삼국사기』를 어찌 할 것인가? 또 그것을 그대로 옮겨 적은 『삼국유사』를 어찌 할 것인가? 이 문제를 해결하기 위하여 저자가 한 일이 서정목(2015e:198-205)에서 증명한 '소덕왕후는 효성왕

---

66) 그래서 유교 가부장제가 극성이던 얼마 전까지는 처가 촌수는 개 촌수라는 말이 있 었고, 처가와 뒷간은 멀면 멀수록 좋다는 말도 있었다. 그러나 지금은? 아무도 친가 촌수는 따지지 않으며 고모는 처다도 보지 않고, 외할머니, 외삼촌, 이모만 따라다닌 다. 심지어 시골의 친할머니는 몰라도 서울의 외할머니 따라 외할머니의 친정인 외 외가에 가서 외할머니의 올케인 외외종조모까지 찾아보는 아이들이 있다. 그러니 우 리 세대가 겪은 문화 충돌은 인류 역사상 유례가 없는 격랑을 일으킬 수밖에 없었 다. 역사 이래 부부 사이가 이렇게 첨예하게 대립하여 매일 싸우는 삶을 산 세대가 언제 또 있었을까? 이혼율이 높아지는 이유가 여기에 있다. 적어도 우리 아버지, 할 아버지 세대는 우리가 보기에는 어머니, 할머니들이 순종하는 척이라도 하였었다. 지금은? 우리가 아내에게 순종하지 않으면 하루도 편할 날이 없다. 이유는 모두 친 가, 시가, 친정, 처가, 외가와 관련되어 있다. 우리 사회가 유교적 제사 농경 정착 사 회로부터 전산적 지식 정보 유목 사회로 변환하면서 생긴 불가피한 현상이다. 그러 니 아들들아, 군이 아내와 다투려 하지 말라. 너의 아내는 이미 유교적 가부장제 속 의 현모양처가 아니다. 아내들은 초원의 유목 사회에 길들여진 말 타는 야생녀로 변 하였다. 사회가 이미 남자들의 근육 힘에 의존하는 밭가는 사회로부터, 잔머리 굴리 고 손가락 놀리는 자판 두드리는 사회, 아니 엄지로 스마트폰 누르는 사회로 변하였 다. 근로의 개념이 변한 것이다. 그 변화를 존중해야 한다.

의 법적 어머니이고 생모가 아니다. 효성왕의 생모는 엄정왕후다.'는 명제이다. 기록은 그렇다 치더라도 이 기록을 읽고 사리에 맞는 해석을 해야 하는 사람은 누구일까? 그들이 직무를 유기한 것이다.

효성왕은 생모가 엄정왕후이고 소덕왕후가 아니므로 남자 쪽으로 쳐서 충신, 효신, 신충, 의충에게 그대로 7촌 조카이다. 이 충신, 효신, 신충이 7촌 조카인 효성왕을 죽이고 경덕왕을 왕위에 올린 것이다. 경덕왕은 어머니가 소덕왕후이므로 여자 쪽으로 쳐서 충신, 효신에게는 4촌이 되고 신충에게는 6촌이 된다. 충신, 효신이야 먼 친척 7촌 조카 효성왕보다야 고종4촌이 낫지. 그러나 신충은 7촌 조카 왕보다는 6촌 아우 왕을 선택한 것이다. '한 촌(寸)이 1000리(里)다.'는 속언(俗諺)이 여실(如實)하다 할 것이다.

이런 사람 신충을, 지극한 마음으로 「원가」를 지어 자연을 감동시켜 잣나무를 시들게 하였고, 다시 효성왕이 그를 불러 중시라는 높고도 높은 벼슬을 주었더니 잣나무도 감동하여 시들던 것을 멈추고 다시 살아났다고 가르친 국문학사를 어찌 해야 할 것인가? 하물며 왕이 벼슬을 주지 않았지만 왕을 원망한다기보다는 왕의 처지를 이해하고 뜻대로 되지 않는 세상사에 초연한 듯한 풍모를 보여 조선조의 사림파 선비들과 비슷한 이미지를 가졌다고 가르친 지난 날의 죄를 어찌 씻을 수 있을 것인가? 이것이 국문학과의 실상이다. 부끄럽고도 부끄럽다.

이제 신충, 의충이 형제이고 김대문의 아들들이라는 것이 어느 정도 믿을 수 있는 가설이라 할 수 있다. 그런데 이것으로부터 또 다른 문제가 해결된다는 것이 주목된다. 저자는 왜 경덕왕이 즉위하자 말자 선비삼모부인을 폐비시키고, 새로 이미 사망한 김의충의 딸 만월부인을 계비로 들이는지가 참으로 궁금하였다. 아버지 없는 만월부인이 무슨 재주를 지녔기에, 삼모부인과 살아본 지 7년도 채 안 되어 무자하다고 폐비시키고 만월부인을 들인다는 말인가? 그렇게 좋은 재주를 지녔으면 왕비가 되어서 얼른 아들을 낳아 주었어야지 어찌하여 표훈대덕을 천제에게 보내어 빌고 빌어서, 나라가 위태로워지는 것까지 감내하면서 겨우 15년도 더 지나서 만월부인은 혜공왕을 낳았다는 말인지. 그 남장여인 혜공왕은 끝까지 여자 놀이만 좋아하였다 하지 않았는가?

그런데 여기에 『삼국유사』의 무서운 교훈이 들어 있다. 직접적으로는 한 마디도 안 하지만 『삼국유사』는 신충이 왕비를 쫓아내고 조카 딸을 왕비로 넣었다는 것을 넌지시 암시하고 있다. 『삼국유사』는 권 제1 「기이 제1」 「왕력」에서도 경덕왕의 후비 만월부인은 의충(依忠) 각간의 딸이라고 적고, 권 제2 「기이 제2」 「경덕왕 충담사 표훈대덕」에서도 '경덕왕이 옥경이 8촌이나 되어 아들이 없어 사량부인을 폐하고 후비 만월부인을 맞았는데 그 만월부인이 의충 각간의 딸이라.'고 또 적고 있는 것이다. 저자는 의충 각간이라는 사람이 「찬기파랑가」, 「안민가」를 가르칠 때마다 따라다니는 것이 마음에 걸렸다.

'각간'이라면 1등관위인데, 『삼국사기』 권 제9 「신라본기 제9」 「효성왕」 원년[737년]에는 '아찬(阿湌) 의충(義忠)을 중시로 삼았다.'고 하였다. 아찬은 6등관밖에 안 된다. 그런데 그는 739년 정월에 사망하였다. 그가 사망하여 이찬 신충이 중시가 된 것이다. 이를 보면 신충이 형이고 의충이 아우였을 가능성이 크다. 737년에 6등관 아찬이었던 중시 의충이 2년 후인 739년 정월에 사망하였는데 언제 각간이 되었다는 말인가? 이것이 참 이상하였다. 그런데 이제 다 풀렸다. 신충이 경덕왕의 왕비

삼모부인을 폐비시키고 자신의 조카 딸 만월을 왕비로 들인 것이다. 그리고 왕비의 사망한 아버지 의충에게 각간을 추증한 것이다. 『삼국유사』는 추증한 최종 관등을 적은 것이다. 아찬이 2년 동안 기껏해야 대아찬이나 파진찬까지 갈 수 있지 어찌 각간까지 갈 수야 있겠는가?

이 시기, 성덕왕 후반기와 효성왕, 경덕왕 시대의 왕은 아무도 왕권을 가진 왕이 아니었다. 실권은 자의왕후의 친정 세력이 쥐고 있었다. 신라 중대가 전제 왕권 시대라느니, 성덕왕이 후반기에 그 극성기를 누렸다느니 하는 한국사학계의 통설은 아무리 해도 앞뒤가 맞지 않는 들통 나기 딱 좋은 거짓말이다.

혜명왕비가 효성왕과 혼인했으니 효성왕은 충신, 효신의 매제가 되었다. 효성왕이 말만 잘 들었으면, 후궁 사건만 없이 혜명과 뜻을 맞추어 잘 살았으면 죽지 않았을지도 모른다. 결국은 여자 문제이다. 그러니 모든 사건의 뒤에는 여자가 있다고 말하지. 효소왕, 성덕왕의 즉위 사건 뒤에는 요석공주가 있었다. 김흠돌의 모반 뒤에는 자의왕후, 요석공주, 김흠운의 딸이 있었다. 그 전에는 문명왕후가 있었다. 성덕왕 후반기에는 소덕왕후가 있었다. 지금 효성왕 시기에는 혜명왕비가 있다. 희생당한 후궁은 조연이다. 역시 모든 시대, 모든 사건의 막후에는 여자가 있었다. 여자를 주목하지 않은 역사 기술은 역사 연구가 아니다.

그러나 아직 의충, 신충에 대한 수사를 확정 종결짓는 것은 위험하다. 저자의 수사 보고서 가운데 가장 취약한 부분이 이 부분이다. 그러나 이왕 온 김에 여기서 한 걸음 더 나아가자. 신충이 김대문의 아들이어서 신충과 충신이 6촌이면 혜명도 신충의 6촌이다. 신충의 할머니 운명과 충신, 혜명의 할아버지 순원이 남매이고, 성덕왕의 할머니 자의왕후가 또한 순원과 남매이다. 신충의 아버지 김대문의 외가가 김순원 집안이다. 신충에게 김순원은 진외종조부인 것이다. 그들은 모두 자의왕후의 후계 세력이다. 자의왕후의 처지에서는 효성왕도 경덕왕도 다 증손자이다. 촌수가 똑 같다. 그런데 자의왕후의 친정붙이들이, 자의왕후의 남동생과 여동생의 후계자들이 자의왕후의 증손자들의 왕위 계승 문제를 좌지우지하고 있다.

〈전(傳) **문무대왕릉**. 대왕암이다. 경주시 양북면 봉길리에 있다. 문무왕은 왜구의 침략을 막기 위하여 그 접근로에 호국사찰을 짓기 시작하고, 임종 시에 화장하여 그 앞 바다에 묻으라고 유언하였다. 신문왕 2년에 완성된 그 절의 이름이 감은사이다.〉

바다 가운데에 있는 문무왕릉, 대왕암에는 자의왕후도 함께 묻힌 것일까? 나는 대왕암 앞에만 서면 손자, 증손자들의 이 피투성이 왕위 계승전을 바라보면서 그 두 분의 마음이 얼마나 찢어졌을까를 생각한다. 그리고 그 생각만 하면 가슴이 저려오고 눈물이 난다. 젊은 날에는 칼로 저미는 듯한 아픔이 느껴졌었다. 그것이 골육상쟁의 비참함에 대한 연민이다. 그것을 피하려고 참으로 긴 세월을 무던히도 속을 썩이고 참고 살아 왔었다.

그러니 민중들은 「만파식적」의 설화 속에 두 대나무[문무왕의 후예와 김유신의 후예]가 합쳐야 소리가 난다고 하는 교훈을 담아 넣지 않았던 가? 그러니 설총은 「화왕계」에서 신문왕에게 예부터 현명하고 바른 말하는 신하를 가까이 두는 왕이 드물고, 간사하고 아첨하는 신하를 멀리하는 왕이 드물다고 하면서 할미꽃 같은 노신하를 가까이 두라고 하지 않았던가? 『시경』의 「각궁」은 말한다. '此令兄弟[차령형제] 이 의좋은 형제들/ 綽綽有裕[작작유유] 너그럽고 겨르롭게 지내지만/ 不令兄弟[불령형제] 우애 없는 형제들은/ 交相爲癒[교상위유] 서로가 배 아파하네. --- 老馬反爲駒[노마반위구] 늙은 말 도로 망아지 되어/ 不顧其後[불고기후] 뒷일 생각 않고/ 如食宜饇[여식의어] 남보다 배 불리 먹으려 하고/ 如酌孔取[여작공취] 더 많이 마시려 하네.' 그러나 내가 늙은 말이 되어 그런 싸움에 휘말려 들어 형제들과 싸우고 조카들이 야속해지기 시작하고 할아버지, 할머니 산소 앞에 엎드려 한없이 운 뒤로부터는 그 다툼이 인간 삶의 본질이고 그들도 인간인 이상 그 골육상생의 다툼의 고뇌를 벗어날 수 없었을 것이라는 철 늦은 깨달음을 얻게 되었다.

그리하여 그들의 싸움도 인간의 싸움이고 그 인간의 싸움에 끼어드는 이들은 결국 친인척들일 수밖에 없다는 보편적 원리에 기반을 두고 모든 혐의자들을 왕과 그를 둘러싼 왕비, 그리고 그들의 친인척들 속에서 찾으려 하였다. 그 결과 신문왕에서 혜공왕에 이르는 통일 신라 시대, 즉 신라 중대는 문명왕후의 세력이 김흠돌의 모반으로 거세되고 짧은 자의왕후의 시대를 거쳐서 요석공주의 시대가 성덕왕 중기까지 계속

되었으며, 요석공주의 사후에는 자의왕후의 친정 후계 세력들인 김순원
-진종-충신/효신과 운명/김오기-대문-신충/의충의 집안에서 소덕왕후, 혜
명왕비를 들이면서 왕보다 더 큰 권세를 누린 시대로 파악되었다.

효성왕 승경은 이 집안 출신이 아닌 엄정왕후의 아들로서 요석공주
후계 세력이다. 그러나 성덕왕의 의지로 헌영이 어릴 때 승경이 태자가
되었고 외가나 처가의 세력이 약하여 즉위하기 어려웠다. 그리하여 7촌
아저씨 신충에게 '잣나무 아래의 맹약'을 하면서까지 즉위하였다. 그러
나 즉위 후 공신들을 상 줄 때부터 충신/효신 세력에게 밀리어 신충을
특별히 대우할 수 없었다. 이에 신충은 「원가」를 지어 자신의 선택이
잘못 되었음을 후회하고 충신/효신의 세력으로 되돌아갔다. 그리고 효
성왕을 시해하고 순원의 외손자인 경덕왕을 즉위시키는 데에 몸통이 되
었다. 효성왕은 왕비 박 씨를 폐비 당하고 순원의 손녀 혜명을 왕비로
들이면서부터 자포자기한 것으로 보인다. 후궁의 아버지 영종의 모반은
모반이 아니라 죽임을 당한 것이다.

저자의 이 대목의 역사 기술에서 신충, 의충 건만 제외하고 나머지
것은 모두 기록에 있는 사실이고 따라서 역사적 진실이다. 다만 신충,
의충을 형제로 묶고 그들을 김대문의 아들이라고 하는 것은 아무 근거
가 없다. 저자의 상상력에 의한 허구이다. 그러나 자의왕후의 남동생 순
원의 후예들이 그렇게 무소불위의 권력을 휘두르고 있는데 자의왕후의
여동생 운명의 후예들이라고 가만히 있었겠는가?

김신충, 의충의 할아버지가, 문무왕이 당 나라 군대와 싸우기 위하여
배치한 북원 소경[원주]의 최전방 사령부 군대를 후방 서라벌로 회군시
켜 창끝과 칼날을 전우들에게 겨누고 월성을 깨어 '김흠돌의 모반'을

진압한 친위 쿠데타 군의 사령관 김오기이다. 신문왕 이후 정권에서 가장 큰 지분을 가졌을 집안이 김오기-김대문의 집안이다. 그리고 이 두 사람이 『화랑세기』를 공저로 2대에 걸쳐 지었고 김대문이 그 밖의 다수의 역사서들을 지었다. 그들을 제외하고 이 시대의 역사를 논할 수 없다. 신라 중대 최대의 수수께끼의 인물 중 하나 신충을 끌어다 붙이기에 그보다 더 적합한 집안은 신라 중대에 따로 없다.

그리고 또 하나의 수수께끼 경덕왕의 계비 만월부인의 정체도 덤으로 풀렸다. 왜 삼모부인을 폐비시키고 이미 사망한 의충의 딸이 경덕왕의 계비로 들어오는가? 그리고 15년 동안 갖은 무리수를 다해 가며 아들 하나 낳으려고 산천에 온갖 불사를 감행하는가? 표훈대덕이 상제에게 대신 빌어 아들 하나 낳게 해 달랬더니 딸은 되겠다 한다. 딸을 아들로 바꾸어 달랬더니 그러면 나라가 위태로울 것이라 한다.

경덕왕, 이 한심한 왕이 한 말은 '비록 나라가 위태로워도 아들 얻어 후사를 이으면 족하다.'이었다. 그래서 망한 것이다. 이 여아를 남아로 바꾼, 다시 말하여 여아를 남장시켜 세상을 속인 혜공왕이 정사를 망쳐 고종사촌 김양상에게 시해되었다.

이 모든 역사의 흐름은 자의왕후의 친정집안을 떠나서는 설명될 수 없다. 자의왕후의 남동생 김순원 집안에서 성덕왕의 계비 소덕왕후, 효성왕의 계비 혜명왕비가 나왔다. 성덕왕의 선비 엄정왕후는 어떻게 되었는지 모른다. 효성왕의 선비 박 씨도 어떻게 되었는지 기록에 없다. 당 나라 식으로 생각하면 비궁에 유폐되었을 가능성도 있다고 말하고 싶은 유혹에 이끌린다. 그러나 그것은 너무 비정하다.

효성왕은 새로 들어온 혜명왕비에게 정을 주지 못하고 후궁을 총애하여 혜명왕비의 투기를 사게 되었다. 그리하여 새 처가 김순원 집안의 장인 김진종과 처남 충신, 효신의 미움을 샀다. 그들은 효성왕이 총애하던 후궁을 죽였다. 그들은 효성왕을 어떻게(?) 하고 소덕왕후의 아들인 헌영을 즉위 시켰다. 그가 경덕왕이다. 이 기간 내내 신충은 집사부의 중시이다. 집사부는 왕의 기밀 사항과 시위를 담당한 부서이다. 중시는 그 부서의 책임자이다. 김순원 집안과 협력할 수 있는 가장 가까운 집안은 순원의 누이 운명의 집안이다. 운명과 김오기의 아들이 김대문이다. 그러므로 신충과 의충은 김대문의 아들이고 자의왕후의 여동생 운명의 손자들이다. 이 가설은 매우 위험하지만 현재까지 이 세상에 나온 신충에 관한 수사 결과 보고서로는 그래도 이만한 것이 없다.[67]

---

[67] 2016년 3월 5일 새벽이다. 3월 2일 밤부터 제6장의 무상선사의 생년을 687년에서 684년으로 바꾸고, 신충과 충신이 동일인일지도 모른다고 모호하게 얼버무렸던 제7장의 후반부를 모두 고치는 이 생각을 시작하여 3월 3일 새벽 초안을 써 두고 푸른 언덕으로 갔다. 하루 종일 머릿속은 이 생각으로 가득하였다. 이태곤 편집장이 전화를 걸어왔다. 초벌 교정지 인쇄를 시작한다고 멈추게 했다. 그리고 3월 3일 밤을 꼬박 새우고 3월 4일 3시에 대검에서 있은 형사소송법 용어 개정 심의회의에 참석하고 글누림에 갔다. 다 짜 놓은 판을 다시 갈아 끼우고 7시 서강에 와서 한문 세미나를 진행한다. 맹자는 말한다. '가르치지 않는 것도 가르치는 것이라고[敎亦多術矣 予不屑之敎誨也者 是亦敎誨之而已矣].' 우리 선생님들이 그리 하셨다. 이런 거 직접 가르치지 않으셨지만 모든 것은 그분들의 가르침에 토대를 두었다. 사족이 될 것인지, 화룡점정이 될 것인지 모르지만, 이 책의 명운을 가를 요소가 될 것임이 분명한 '신충이 김대문의 아들이다.'는 이 도박을 하기로 한다. 아무도 시키지 않고 모두 말리기만 하는 이 일을, 목숨 걸고 파헤치려는 오기는 어디에서 오는 것일까? '게재 불가'에서 왔을 것이다. 그 논문들이 그렇게 여러 번 '게재 불가' 판정을 받는 것을 보고는 분노를 금할 수 없었다. 그래도 그 덕분에 국문학과 다닌 보람이 될지도 모르는 이 책을 쓰게 되어 그들에게 고마운 마음도 있다. 「원가」 이야기는 고3 때 마산에서 처음 배우는 순간부터 이상하기 짝이 없었다. '효성왕의 즉위를 도왔으나 벼슬 못 받고 「원가」 지어 2년 뒤에 벼슬길에 나갔다면 잣나무는 2년 동안 시름시름 시들고 있었다는 말인가? 아니라면, 2년 뒤 「원가」를 지어 중시가 되었다면 그 2년 동안은 어떻게 원망을 참고 살았을까?' 몇 번에 걸쳐서 판을 갈아 끼우는 번거로운 일을 마다하지 않은 이 편집장이 고맙다.

제 8 장

「원가」의 해독과 의미

信忠掛冠

孝成王潛邸時與賢士信忠圍碁於宮庭栢樹下嘗謂
曰他日若忘卿有如栢樹信忠興拜隔數月王即位賞
功臣忘忠而不第之忠怨而作歌帖於栢樹樹忽黃悴
王恠使審之得歌獻之大驚曰萬機撙劇幾忘乎角弓
乃召之賜爵祿栢樹乃蘇
　歌曰
秋察尸不冬爾屋攴墮米　汝於多攴行齊教因隱
仰頓隱面矣改衣賜乎隱冬矣也　月羅理影攴古理
因淵之叱　行尸浪　阿叱沙矣以攴如攴　皃史沙叱
叱望阿乃世理都　之叱逸烏隱苐也　後句亡
由是罷現於兩朝景德王之代□□□也二十二年癸丑史
興云云友相的卦□□朝古母數不沅各談□□□用為少

「원가」의 해독과 의미

1. 해독의 원리

이 노래 「원가」는 도대체 어떤 내용의 노래이기에 잣나무에 붙였더니 잣나무가 누렇게 시들었다는 말인가? 제1장에서 본 김완진(1980)의 노래 내용이 나오기까지 이 「원가」에 대한 해독은 어떻게 이루어져 왔고 발전해 왔을까? 그리고 그 후에 이에 대한 학계의 수용 현상은 어떠한가? 차례로 살펴보기로 한다.

a는 오구라 신페이(1929)의 해독이고, b는 양주동(1942)의 해독이며, c는 서재극(1972, 1974)의 해독이고, d는 김완진(1980)의 해독이다. e는 양희철(1997)의 해독이다. 그 외에도 해독 상에 중요한 전진을 이룬 논저들은 따로 언급할 것이다. 특히 현재로서 가장 타당한 해독으로 인정받는 어형을 남북한 통틀어 가장 먼저 제안한 논저가 어느 것인지를 밝히는 데 주력하였다. 그리고 다른 해독과 아주 달라서 앞으로 혹시 새로운 대안이 될 수 있을지도 모르겠다 싶은 해독도 소개하였다.

해독을 살펴보는 것이야 읽으면 그만이다. 그거야 책으로 쓸 필요가 없다. 어떤 경우의 독서라 하더라도 비판적 독서가 아닌 것은 의미가 없다. 그렇게 해독하신 분들에게야 미안한 일이지만, 그 해독이 타당한지 타당하지 않은지 한 마디씩은 아니 할 수 없다. 수업이라는 것이 항상 그래서, 이렇게, 이렇게 해독하였다고 하면 학생들은 '에이, 그 선생 남의 말만 하네.' 하기 마련이다. 그리고 그러면 '선생님은 어떻게 해독하는데—?' 묻게 되고 잠정 해독안을 말하려면 다른 해독이 어떤지 말을 아니 할 수 없다.

그리하여 어쩔 수 없이 선생님들 해독에도 용훼(容喙)를 하게 되는데, 이때 공명정대해지기는 참으로 어렵다. 팔이 안으로 굽기 때문이다. 최대한 공정하려고 노력하지만 그 공정은 기준이 있어야 하고 그 기준은 늘 말하는 해독의 원리이다. 향찰 표기가 신라 시대 우리말을 한자의 음과 훈을 이용하여 적은 것이기 때문에,[1] 그 표기 원리에 따라 해독해야 한다.

신라 시대 우리의 선조들은 우리말의 어휘 형태소[실사, 즉 체언, 용언 어간, 부사, 관형사]는 한자의 훈을 이용하여 적고, 문법 형태소[허사, 즉 조사, 어말 어미, 선어말 어미, 접사]는 한자의 음을 이용하여 적었다. 그러니 어휘 형태소를 적은 것으로 판단되는 한자는 훈을 먼저 생각해야 하고, 문법 형태소를 적은 것으로 보이는 한자는 음을 먼저

---

1) 빌린 것이 아니다. '한자 차용 표기'라는 말에 저자가 반감을 가지는 이유이다. 뭐를 한자에 빚졌는가? 갚아야 할 부채가 무엇인가? 채권자는 누구인가? 문화적, 심리적 부채야 있겠지만 그것까지 갚을 수는 없다. 더욱이 훈은 우리 것이다. 음도 그때 우리 선조들의 음이지, 그때 그들의 음도 아니고 하물며 지금의 음은 더욱 아니다. 우리는 빚진 것이 없다. 그냥 약삭빠르게 남의 수단을 이용하여 우리말을 적은 것이다. 늘 그러고 살았지 않은가?

생각해야 한다. 그런데 세상 일이 이렇게 모범적으로 딱딱 규칙에 따라 되는 일이 있던가?

만사가 그렇듯이 여기서도 어휘 형태소를 한자의 음을 이용하여 적은 경우도 있고 문법 형태소를 한자의 훈을 이용하여 적은 경우도 있다. 그리고 신라 시대 그 한자의 훈에 해당하는 우리말 단어가 무엇인지 모르는 경우도 많고 문법 형태소의 음도 그것을 적은 한자의 음과 거리가 먼 것도 많다. 더욱이 한자의 훈을 이용하여 그 한자와는 전혀 다른 어휘 요소를 적은 경우도 있다. 어쩔 수 없이 적절한 융통성이 있어야 한다.

그런데 어느 한자가 어휘 형태소를 적었는지, 어느 한자가 문법 형태소를 적었는지, 그것은 어떻게 판단하는가? 그 대답은 간단하다. 그것은 최소한 중세 한국어의 문법 질서에 맞게 문장 구조를 파악하고 그 문장 속에서 어느 것이 주어이고 서술어인지, 그리하여 어느 것이 체언이고 용언 어간인지, 조사인지, 어미인지, 접사인지를 결정하면 된다. 그런 것을 어기지 않아야 한다. 고대 한국어 문장 구조는 중세 한국어 문장 구조와 차이가 난다고 하는 사람도 있을 것이다. 그러나 고대 한국어, 특히 신라 시대 한국어는 중세 한국어보다 700년 정도 앞선 것이다. 두 언어 사이에 차이나는 것은 극히 일부에 지나지 않는다. 대세에 큰 영향을 못 미친다. 그러므로 중세 한국어 문법 질서, 즉 문장 구조와 많이 어긋나는 것은 상당한 논리적 근거가 없으면 틀린 것이다. 그러므로 해독을 검토한다는 말은 중세 한국어 문법 질서에 얼마나 합치하는가 어긋나는가 하는 것을 판정하는 것이다.

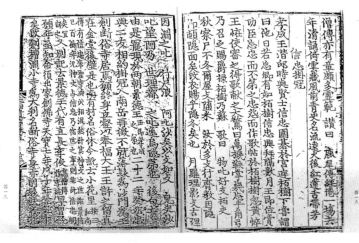

〈『삼국유사』 권 제5 「피은 제8」 「신충 괘관」. 여덟 줄의 「원가」가 보인다. 끝에 '후구망'이라 적
어 뒤의 2행이 망실되었다고 한다. 원래 10행 향가였다는 말이다. 그러나 시의 형식과 내용으로
보면 끝의 2행이 망실된 것이 아니라 제5, 6행이 망실된 것으로 파악된다. 이 짧은 시 한 수를
설명하기 위하여 이 두꺼운 책 한 권이 필요하였다. 2년에 걸쳐 「모죽지랑가」를 끝내고, 1년에
끝낸 「찬기파랑가」를 출판하기 전에, 단숨에 끝내려는 마음으로 2015년 3월부터 시작했는데 꼬
박 1년이 흘렀다. 저자도 이렇게 할 말이 많을 줄은 몰랐다. 놀랄 일이었다.〉

　　중세 한국어 문법 질서는 현대 한국어 문법 질서와 거의 같다. 중세
한국어는 현대 한국어보다 570년 정도 앞선 것이다. 몇 가지 안 되는
문법 변화만 알면, 중세 한국어 문장 구조는 누구나 이해할 수 있는 것
이다. 따라서 현대 한국어 문법 질서에 많이 어긋난 해독도 문제가 있
는 해독이다. 이 책에서 저자가 말하는 문제점이 있는 해독은 그런 것
을 말한다. 통틀어 말하여 한국어의 통사 구조에 어긋난 해독은 틀린
해독이라고 보면 된다. 그런데 유감스럽게도 지금까지 해독에 종사한
분들 가운데 한국어 통사 구조를 전문적으로 연구한 분은 김완진 선생
한 분밖에 없다. 그것이 향가 해독을 불안하게 만든 근본 원인이다.

2. 해독 : 제1행~제4행까지

이 노래는 제1행 제1자부터 문제를 제기한다. '物叱好支'에서 '物'이 무슨 말을 적었는지 알 수 없기 때문이다. 이 '物叱好支'라는 구(句)에서 알 수 있는 것은 '꾸짖을 叱(질)'이 흔히 '-ㅅ'을 적는 데 사용되는 글자라는 것뿐이다. '가지 支(지)'는 원전을 보면 앞 말을 훈독하라는 지정문자 '攴(복)'이 아님이 분명하므로 '지, 기, 히' 정도로 읽어야 한다. '物(물)'은 '갓=것 물', '좋을 好(호)'는 훈독할 글자로 보인다. '栢(백)'은 '잣 栢'으로 훈독할 글자이다. '史(사)'는 음독할 글자로 보인다.

아직 이 구에 대한 해독은 완성되었다고 할 수 없다. 수많은 서로 다른 해독이 있을 수밖에 없고 의미 파악도 정확하게 할 수 없는 상황이다. 정렬모(1947)는 '묻 줄기 잣이'로 '支'를 줄기로 보았다. 홍기문(1956)은 '갓 됴히 자싀'로 읽었다. 유창균(1994)는 '빗 고비기 자싀'로 해독하였다.

> (제1행) 物叱好支栢史
>> a. 소창진평(1929) : 것쳐 잣(이)/걷힌 잣이
>> b. 양주동(1942) : 믈힛 자시/무릇 잣이란
>> c. 서재극(1972) : 믈ㅅ 됴히 잣/모든 좋은 잣
>> d. 김완진(1980) : 갓 됴히 자싀/질 좋은 잣이
>> e. 양희철(1997) : 믈叱 둏기 자싀/물(이) 좋기(에) 잣나무(가)

(제1행a)는 '物叱好支'를 '것쳐'로 해독하였다. 형식 명사 '갓 또는 것'을 훈으로 하여 '것 物'에 '꾸짖을 叱'을 음으로 읽어 '질'로 하였다. '好

支'는 균여전의 「수희공덕가」의 '喜好尸'를 '깃부어'로 해독하면서 활용어의 아래 붙는 동사 수식의 어미라고 한 것과 같이 처리하여 '-어'로 하고 '尸'는 같은 어미가 두 번 적힌 것으로 보았다(소창진평(1924:106면)). 그리하여 '叱好支'를 '쳐'로 본 것이다. 당연히 따르는 사람이 없다. '잣 栢'은 훈독하였고 '기록 史'는 '시'로 읽어 '잣이'라는 주격형으로 읽었다. '取, 除'를 이용하여 설명한 것으로 보아 '거둔, 걷힌, 떨어진' 등으로 본 것이다.

(제1행b)는 '物叱好支'를 '믈흿'으로 해독하였다. '物'을 '므'로 음독하고 '叱'을 'ㄹ'을 적은 것으로 보아 '믈'로 해독하였다. '好'는 '흐'이고 '支'의 /ㅣ/와 더불어 '희'를 적은 것으로 보았다. '支'는 초성 /ㅈ/으로 /ㅅ/을 적은 것으로 보았다. 그리하여 '흿'에 대응시켰다. 이해하기 어려운 해독이다. '믈흿'은 '무릇 凡'의 고형으로 본 것이다. '잣 栢'은 훈독이고 '史'는 '시'로 음독하여 주격형으로 보았다. 의미는 '무릇 잣이', '모든 잣이'이다.

(제1행c)는 '物'은 '믈'으로 음독하고, '叱'은 'ㅅ'으로 해독하였다. '믈'은 '무리 衆(중)'을 뜻하는 말이다. 나중에 접미사 '-ㅣ'가 접미되어 '무리'가 되었다. '둏을 好'를 훈독하고 '支'를 '히'로 음독하여 '됴히'로 해독하였다. '됴홀 好'에 대해서는 어느 정도 정상적인 해독이 이루어졌다. '잣 栢'은 '잣', '기록 史'는 음독하여 'ㅅ'을 적은 것으로 보았다.

(제1행d)는 '物'은 '갓'으로 훈독하고, '叱'은 그 받침 'ㅅ'이며, '둏을 好'를 훈독하고 '支'를 '히'로 음독하여 '됴히'로 해독하였다. '갓 物'은 최세진의 『훈몽자회(訓蒙字會)』에 나온다. '자시'는 '자시+ㅣ'로 보아 명사 자체가 '자시'이고 거기에 주격 조사가 통합된 것으로 보았다. '됴

히'라고 해독하고 '동은'이라는 관형형으로 해석해야 하는 것이 문제를 남기고 있다.

(제1행e)는 '物叱'을 '물'로 해독하였다. 그 뒤를 '물(이) 좋기(에)'라고 하였기 때문에 현대 한국어 '물이 좋대(신선하다)'로 해석한 것이다. 그 뒤의 '잣나무(가)'와 지2행을 합치면, '물이 좋기에 잣나무가 가을(에) 아니 이울어 지매'로 해석한 것이다. 그러면 '물이 좋기에'가 한 단위가 되고 '잣나무가 가을(에) 아니 이울어 지매'가 된다.

저자는 (제1행f)로 해독한다. (제1행d)와 같다. 다만 '자시'를 '자시이'로 적은 데에는 약간의 설명이 필요하다. 「찬기파랑가」의 제9행 '阿邪 栢史叱枝次高支好'를 김완진(1980:89)에서는 '아야 자싯가지 노포'로 해독하여 중세 한국어의 '잣'이 고대 한국어에서는 2음절인 '자시'였을 것으로 추정한 바 있다. 「찬기파랑가」는 성덕왕 19년[720년] 경에 지어졌을 것으로 추정된다. 이 노래 「원가」는 효성왕 원년[737년]에 지어진 것이 틀림없다. 그러면 이 두 노래는 거의 같은 시기에 지어졌다. 그러므로 이 두 노래의 '栢史'는 둘 다 '자시'로 해독되어야 한다. 다만 「찬기파랑가」의 '栢史叱'은 속격형 '자싯'을 적은 것이고 「원가」의 '栢史'는 주격형을 적은 것이다. 중세 한국어에서 주격 조사는 '-이'이다. '-가'가 없다. 그런데 이 「원가」에서는 '자시'가 제1행에 들어 있다. 제1행은 '삼구육명(三句六名)'에 따르면 6음절로 되어야 정상이다.[2] 그러므로 이

---

2) '三句六名(삼구육명)'은 「균여전」에 있는 '詩構唐辭磨琢於五言七字[시는 당 나라 말로 구성하되 5언 7자를 맞추어 다듬고], 歌排鄕語切磋於三句六名[노래는 우리말로 배열하되 3구는 6자를 맞추어 다듬는다.]'는 향가의 형식을 논의한 대목에 나오는 말이다. '名'에는 '글자 名'의 훈이 있다. 이것을 김완진(1977)에서는 '10행 향가 제1행, 제3행, 제7행의 3구가 6자 즉, 6음절로 되어 있다.'는 뜻으로 해석하는 학설을 제안하였다. 현재로서는 가장 타당한 학설로 보인다. 한시의 부(賦)의 형식을 말할 때 '三章(삼장) 章四句(장사구)'라는 등의 말을 사용한다. '이 시는 3장(연)으로 되어 있고, 각 장은 4구(행)으

노래의 첫 행에 있는 '栢史'는 '자시이'라는 3음절로 읽는 것이 정상적이다. 「원가」의 '栢史'를 '자시'로 적어도 읽을 때는 둘째 음절의 '시'를 2음절인 장음으로 읽어야 한다. 표기를 '자시이'로 하는 것은 이를 나타내기 위한 것이다.

(제1행)f. 갓 됴흔 자시이/질 좋은 잣나무가

이 행의 맨 끝에는 '栢史[자시이]'가 와 있다. '자시'는 체언이다. 그러므로 그 앞에는 이 체언을 수식하는 관형어가 오는 것이 정상적이다. 그 관형어는 '好支[좋-]'을 서술어로 한다. 그러면 그 관형어절의 끝에는 관형형 어미 '-(으)ㄴ'이나 '-(으)ㄹ'이 와야 한다. 체언 앞에 오는 형용사의 활용형은 관형형 어미 '-(으)ㄴ', '-(으)ㄹ'밖에 없기 때문이다. 그런데 [-기정]의 의미를 나타내는 '-(으)ㄹ'이 올 자리가 아니다. 이미 '좋은 것'으로 정해져 있기 때문에 [+기정]의 관형형 어미 '-(으)ㄴ'이 오는 것이 정상적이다. 이렇게 '용언의 관형형 활용형+체언'의 통합 구성에서 관형형 어미가 적히지 않는 것은 「헌화가」의 '執音乎手[잡은 손]' 같은 데서도 볼 수 있다. 이제 관형어절의 서술어 '좋은'이 정해졌다. 그러면 그 앞에는 관형어절의 주어가 와야 한다. 그 주어가 '物叱'로 적혀 있는 것이다. 물(物)은 훈독하여 '갓 物'로 해독한다. 의미는 '질, 물건'이다. '叱'은 음독하여 받침 /ㅅ/을 적은 것으로 본다. 일반적으로 '叱'은 속격 조사 '-ㅅ'을 적는 데 쓰인다. 속격 조사 '-ㅅ'은 체언과 체언 사이에 나타난다. 그런데 여기서 '叱' 뒤에 오는 말은 '좋을 好'

___
로 되어 있다.'는 말이다. 이 '章四句'를 감안하면 '3구 6명'이라는 말은 '3구(행)는 6자(음절)로 되어 있다.'로 해석하는 것이 타당하다.

이다. 이 말은 용언이다. 그러므로 여기서 '叱'은 속격 조사 '-ㅅ'이 아니다. 그냥 '갓'의 마지막 자음 /ㅅ/을 적은 것이다.

제2행에 나타난 한자의 음과 훈은 '가을 추(秋)', '살필 찰(察)', '주검 시(尸)', '아니 불(不)', '겨울 동(冬)', '너, 그, 가까울 이(爾)', '집, 마루 옥(屋)', '두드릴 복(攴)', '떨어질 타(墮)', '쌀 미(米)'이다. '너, 그, 가까울 爾'만 문제이고 나머지는 (제2행d)에서 거의 완성된 것으로 보인다. 지헌영(1947)은 'ᄀᆞ슬 안ᄃᆞ리옷 디매'로 해독하였다. 정렬모는 'ᄀᆞ슬 아니 되 움기지메'[1947]로 해독하였고, 'ᄀᆞ슬철 아닌 겨르리 우미기 디매'[1965]로 바꾸었다. 홍기문(1956)은 'ᄀᆞ슬 안둘 이브리 디매'로 해독하였다.

(제2행) 秋察尸不冬爾屋攴墮米
　　a. ᄀᆞ슬 안둘 갓가어오어 뻐러디매/가을 아니 가까워 떨어지매
　　b. ᄀᆞ슬 안둘 이울이디매/가을 아니 시들어지매
　　c. ᄀᆞ슬 안드리[안둘 1975] 오가리[글오히 1975] 디매/ 가을 아니 오그라 지매
　　d. ᄀᆞ슬 안둘곰 ᄆᆞᄅ디매./가을에 말라 떨어지지 아니 하매
　　e. ᄀᆞ슬 안둘 니웁 디매/가을에 아니 이울어 지매

(제2행a)는 '秋察尸'를 '훈독+음독+ㄹ'로 해독하여 'ᄀᆞ슬'로 읽었다. 정확하다. 'ᄀᆞ슬'이 치찰음 계통을 중간에 가지고 있으며 말음이 /ㄹ/로 끝났음을 보여 준다. '不冬'은 부사어 '아니'의 고형 '안둘'을 적은 것으로 훈독+음독한 것이다. '爾屋攴'을 '가까어오어'라 한 것은, '爾'를 '가까울 爾'로 훈독하여 '가까어'로 보고, '屋'을 음독, '攴'를 '-어'로 읽은

것이다. '乞'을 '-어'로 읽은 것은 적절하다 하기 어렵다. '乞갈-'은 /ㅂ/
불규칙 용언으로 중세 한국어에서도 '갓가버'이다. 고대 한국어에서는
더 강한 /ㅂ/ 음이 그 자리에 있었다고 보아야 한다. '墮'는 '떨어지-'로
훈독하였고 '米'는 '-매'로 음독하였다. 제1행을 '걷힌 잣이'라고 해독하
였기 때문에 '가을 아니 가까워 떨어지매'와 어울리지 않는다. 가을이
아니 되어 잣이 떨어졌다는 말이 무슨 말인지 알 수 없다. 배경 설화와
너무 거리가 멀다. 내용 파악이 잘못된 것이다.

(제2행b)는 '爾屋乞'를 음독하여 '이울이'로 읽었다. '屋'의 음이 '울'
로 발음되었다 하기 어렵다. 중세 한국어에서 이 '萎[시들-]'를 의미하
는 단어가 '이볼-'로 /ㅸ/을 가지고 있었기 때문에 신라 시대에는 그 자
리에 더 강한 /ㅂ/ 계통의 음이 유지되어 있었을 것이다. '乞'은 '支'로
보아 부사형 어미 '-이'를 적은 것으로 보아 '디-[墮]'를 수식하는 것으
로 보았다.

(제2행c)는 '秋察尸'를 'ᄀᆞᆯ'로 읽은 것이 특이하다. 중세 한국어 어
형 'ᄀᆞᅀᆞᆯ'보다 더 고형을 상정한 것이다. '察'의 자음이 /ㅿ/보다는 더
강한 /ㅅ/에 가까운 자음을 나타낸 것으로 본 것이다. '爾屋乞'를 '글오
히'로 읽었다.

(제2행d)는 '乞'을 앞의 '屋'을 훈독하라는 지정문자로 보아 'ᄆᆞᄅᆞ 屋'
의 훈을 이용하여 'ᄆᆞᄅᆞ-[乾]'으로 해독한 것이 가장 특징적이다. '墮'는
훈독하여 '디-'로 보았다. 그리하여 '屋乞墮'가 'ᄆᆞᄅᆞ-'와 '디-'를 합쳐
서 'ᄆᆞᄅᆞ디-'라는 비통사적 합성 동사를 적은 것으로 보았다. 그 다음에
'爾'를 '곰'을 적은 '錦'의 편방 '帛'의 약자로 보아 '不冬爾'로 붙여 '안
들곰'으로 해독하였다. '아니'를 강조한다는 뜻인데, 중세 한국어에서

'아니곰'과 같은 어형이 발견되지 않았다는 것이 난관이다.

(제2행e)는 '니옵'이 매우 이상하다. '-ㅂ'을 부동사형 어미라고 하는데 무슨 말인지 알 수 없다. 부동사형 어미는 알타이어학에서 접속어미, 부사형 어미를 통틀어 일컫는 말이다. 한국어의 전 시대에 걸쳐 '-ㅂ'과 같은 형태소가 있었다는 말은 없다. 해석에서는 '이울어'를 사용하고 있다. '시들-'로 본 것이다. 그것이 고대 한국어에서 왜 '니오-ㅂ'인지 설명이 없다. 이상한 이야기이다. 중세 한국어가 '이블-' 또는 '이울-'이므로 고대 한국어에서는 '이블-' 정도의 어형이었을 것이다. 이 동사가 '*니블-'에서 어두의 /ㄴ/이 탈락했다는 증거는 아무 데도 없다.

저자는 (제2행f)로 해독한다. (제2행d)와 같다.

(제2행)f. ᄀᆞᄉᆞᆶ 안ᄃᆞᆯ ᄆᆞᄅᆞ디매/가을에 아니 말라 떨어지매

이 행의 맨 뒤에는 잎이 지는 것을 뜻하는 '墮米[지매]'가 왔다. 그러면 그 앞에는 부사어구가 와야 한다. 그런데 세 글자 지나서 '不冬[안ᄃᆞᆯ]'이 있다. 부정의 부사 '아니'의 고형이다. 그러면 '아니 ---어 지매'가 된다. '---어'에 들어갈 말이 '爾屋攴'인가 아니면 '屋攴'인가의 문제가 제기된다. 'ᄆᆞᄅᆞ 屋'은 훈독하면 동사 'ᄆᆞᄅᆞ-'로 해독할 수 있다. '秋察尸'은 'ᄀᆞᄉᆞᆶ'을 적은 것이다. '주검 尸'는 흔히 관형형 어미 '-(으)ㅭ'을 적는 데 사용된다. 그러나 여기서는 앞이 용언 '秋察'이 아니므로 어미로 볼 수는 없다. 그렇다고 조사도 아니다. 'ᄀᆞᄉᆞᆶ'의 말음을 적은 것으로 보아야 한다. 「모죽지랑가」에도 '郎也 慕理尸心未 行乎尸道尸[낭이여 그릴 ᄆᆞᅀᆞ미 녀옭 긿]'처럼 '긿'을 '道尸'로 적었다. 의미는 '가을에

아니 시들매(시들듯이)'이다. 배경 설화 속의 태자 승경이 한 말 '유여백수(有如栢樹)', 즉 '잣나무를 두고 맹세하겠다.'를 시어화한 것이다(제4장 참조). '가을에 아니 시듦을 증거로 하여' 정도의 뜻이니 '가을에 아니 시들므로, 가을에 아니 시들듯이'의 뜻이 된다. 다만 '爾'는 미해결로 남겨 둔다. 가장 합리적 해독은 '爾屋攴'이 하나의 용언이 되는 것이다. '攴'은 원전에 명백하게 '支'가 아닌 '攴'으로 되어 있다. 그러면 앞 말을 훈독하라는 뜻이다. 그러면 '가깝-' 쪽이 우위에 놓이지만 의미가 통하지 않는다. 그리고 '떨어질 墮(타)'의 '디-'와 '米'의 '-매'의 '디매'와 함께 'V디매'가 되는 것이다. 그런데 그런 용언이 떠오르지 않는다. 대안이 없는 것이다. 대안이 없는 경우에는 기존의 학설 가운데 가장 합리적인 것을 좇는 수밖에 없다.

제3행에 나타난 한자는 훈독자 '너 汝(여)', 음독자 '늘 어(於)', 훈독자 '많을 다(多)', '두드릴 복(攴)', 훈독자 '닐 행(行)', 음독자 '가지런할 제(齊)', 훈독자 '하여금, 가르칠 교(敎)', 훈독자 '말미암을 인(因)', 음독자 '숨을 은(隱)'이다. 정렬모는 '너 어다기 녀져신은'[1947]로 해독하였다가 '너 어더기 녀져 이신은'[1965]로 바꾸었다. 홍기문(1956)은 '너 어더히 니저 ᄀᆞᄅᆞ친'으로 해독하였다.

(제3행) 汝於多攴行齊敎因隱
      a. 너 어듸 녀졔 이신/너 어디 가 있느냐
      b. 너 엇디 니저 이신/너를 어찌 잊어 있느냐
      c. 너다히 녀져 ᄒᆞ신/너처럼 가져 하신
      d. 너를 하니져 ᄒᆞ시ᄆᆞ론/너를 重히 여겨 가겠다 하시기에
      e. 너어답 니져 이시인/'너어처럼 가져'라 하시인

(제3행a)는 '너 汝'를 훈독하였는데 그 대상이 임금이다. 신하가 임금을 '너'라 할 수는 없을 것이다. '於多支'는 음독하여 의문사 '어듸'를 적은 것으로 보고, '닐 行'은 훈독, '가지런할 齊'는 음독하여 '녀제'로 해독하고 '教因隱'은 '이신'으로 읽었다. 신충이 임금에게 '너 어듸 녀져 이신'이라고 물었다는 뜻인데 의미상으로 성립되지 않는다. 중세 한국어라면 '너 어듸 가 잇느뇨'가 될 문장으로, 두 문장의 거리가 너무 멀다. 그러므로 합당한 해독이 아니다.

(제3행b)는 '너 汝'가 목적격임을 분명히 하였다. '於多支'를 음독하여 '엇디'라는 의문사로 해독하였다. '行齊'는 '行'을 '닐 行'으로 훈독하고, '齊'를 음독하여 '져'로 읽어 '니져'로 해독하였지만 의미는 '잊을 忘'을 뜻하는 것으로 보았다. '잊을 忘'을 '닐, 갈 行'의 훈과 '齊'의 /지/ 음으로 적었다는 것은 이해하기 어렵다. '教因隱'은 '이신'으로 보아 의문형으로 보았다. 전체적으로 '너를 엇디 잊고 이신'으로 봄으로써 앞뒤가 전혀 맞지 않는 해독이 되고 말았다. 이 해독 '너를 엇디 니져 이신'으로부터 '내가 너를 앞으로 어찌 잊겠는가'의 뜻이 나오지 않는다. 아마 효성왕이 '내 어찌 너를 잊어?!'처럼 말한 것으로 이해하려 한 것 같으나, '어찌 잊어 이신'은 '어찌 (이미) 잊고 있는가'의 뜻이지 '(앞으로) 어찌 너를 잊어?'로 볼 수 없다. 오히려 '너 어찌 잊고 있는가'처럼 '너'를 주어로 보는 것이 더 낫다. 물론 그러면 또 신하가 임금을 '너'라고 할 수 있는가? '이신?'처럼 끝낼 수 있는가 등의 문제가 따라온다. 이 해독의 아류 해독은 '너'가 임금인지, 신충인지 분명히 해야 한다. 설화를 통하여 보면 '너'는, '너를'로 보면 신충이고, '너가'로 보면 임금이다. 대충 넘어가면 안 된다. 이것을 분명히 하지 않은 해독은 감을 잡지

못한 것이다.

(제3행c)는 최초로 '多攴'를 '-다히'로 보았다. 후치사 '-다히'는 '-처럼', '-다이', '-같이'를 의미한다. 즉 '多'를 음독하고, '두드릴 攴(복)'을 '가지 支(지)' 자로 보아 이를 '히'로 음독한 것이다. 이 두 글자의 차이를 보지 못한 것이다. 그 이후로 제안된 '-다히, -다빙'류의 해독은 모두 이 오독을 옳은 것으로 받아들인 것이다. 이 해독에서는 '너'를 '잣나무'로 보고 있음이 특이하다. '잣나무같이, 잣나무처럼'으로 이해한 것이다. '너'가 '잣나무'라면 '너같이, 너처럼'이 되겠지만, 이 약속은 태자가 신충에게 하는 것이므로 '잣나무같이'라고 할 말을 '너같이'라고 했다는 것이 적절하지 않다. '너'라고 하면 설화에서 보면 무조건 '신충'이 될 터인데 왜 갑자기 '너같이'라고 하는지 의미가 통하지 않는다. 설화상의 문맥은 분명히 '잣나무가 아니 시들듯이'이므로 그 잣나무에게 '너같이'라고 한다는 것은 잣나무와 약속하는 것이지 신충과 약속하는 것이 아니다. 차라리 '잣나무가 아니 시들듯이 너와 같이[더불어] 가져'라면 의미는 통한다. 그러나 '-다히'는 '-와 더불어'의 뜻이 아니고 '-답게, -같이, -처럼'의 뜻이다. 이렇게 '多攴'을 '-다히'로 해독하는 것은 '攴'을 '支'로 본 오독에 기인하는 것으로 의미상의 불통을 굳이 말하지 않더라도 틀린 것이다. 원전에는 이 '攴'이 분명히 '支'가 아니라 '攴'으로 적혀 있다.

(제3행d)는 '늘 於'를 훈독하여 '늘'이 대격 조사 '-를'을 적은 것으로 보았다. '多攴'의 '攴'을 앞의 글자를 훈독하라는 지정 문자로 보고 '多'를 '하-'로 훈독하였다. 이 '하-'는 동사로서 '칭찬하다, 중(重)히 여기다'는 의미를 가진다고 하였다. 이 '多'를 음독하지 않고 훈독하여, 태

자가 신하에게 '앞으로 중히 여기겠다.'는 약속을 한 말로 살려낸 최초의 해독이다. 이 해독에 와서 이 노래는 설화 내용과 합치되는 합당한 해독을 얻게 되었다. '니-'는 지속을 나타내는 요소로 보았다. '敎'는 일반적으로 '-이시-'로 훈독되는데 사동의 '-이-'와 존경법 '-(으)시-'를 적은 것이라 하고 이를 'ᄒᆞ시'로 해독하였다. '因隱'의 '말미암을 因'은 훈독하여 이유를 나타내는 접속 어미 '-ᄆᆞ로'로 해독하고, '隱'은 '-ㄴ'으로 음독하였다.

(제3행e)의 '너 汝'는 훈독, '늘 於'는 음독하여 '어'로, '多攴'을 '다울 如'의 '답-'으로 훈독한 것이다. 그 책은 '너어답'의 '어'를 '너'의 모음 /어/가 장음임을 표기한 것으로 설명하고 있다(519면).[3] 그러나 그것은

---

3) 양희철(1997:518-19)에는 '汝於多攴'를 논의하면서 "이 문제를 해결하기 위하여, '너다히'(汝於多攴), '너다비'(汝於多攴), '너를 하니져'(汝於 多攴行齊) 등으로 끊어 읽은 해독들이 나왔다. 이 해독들 중에서 후자는 그 해독 결과 작품의 의미를 설화의 내용과 거의 무관한 것으로 만들어 버리고, 동시에 다음에 이어지는 '敎因隱'(-라 하신)과의 연결에서 '-라' 앞의 의미가 무엇인지를 알 수 없게 만들어 버렸다."고 적고 있다. 후자라 말한 것은 '너를 하니져'일 것이다. 이에 대하여 다음과 같이 반론한다. 첫째로, "그 해독 결과 설화의 내용과 거의 무관한 것으로 만들어 버리고"는 전혀 사실이 아니다. '너 같이, 너처럼'으로 해서 '너'를, 서재극(1974), 금기창(1992), 양희철(1999)처럼 '궁정의 잣나무'로 보면 '너(잣나무)같이 가져 하신'이 되어 태자가 잣나무와 약속한 것이 된다. 태자가 잣나무를 청자(2인칭 너)로 하여 잣나무와 대화하듯이 하면서, 옆에 있는 신충에게 간접적으로 약속하였다는 말을 하지 않으려면 '너'를 '잣나무'로 보면 안 된다. 설화를 보면 태자 승경은 '他日若忘卿有如栢樹[훗날 경을 잊으면 잣나무가 있어 증거가 될 것이다/훗날 경을 잊지 않기를 잣나무를 걸고 맹서하겠다.]'고 신충과 잣나무를 두고 맹서하며 약속하였다. 그러므로 '해독 결과 설화의 내용과 거의 무관한 것으로 만들어 버리는 것'은 '너다히', '너다비', '너어답' 따위의 틀린 해독이지, '너를 하니져'라는 해독이 아니다. 둘째로, "다음에 이어지는 '敎因隱'(-라 하신)과의 연결에서 '-라' 앞의 의미가 무엇인지를 알 수 없게 만들어 버렸다."도 전혀 사실이 아니다. '너를 하니져 ᄒᆞ시므론'은 'ᄒᆞ시므론' 앞에 '너를 하니져'가 있다. "'너를 하니져' ᄒᆞ시므론'["'너를 중히 여겨 가겠다.' 하신"]에서 왜 '의미가 무엇인지' 모른다는 말인가? 명확하게 어떤 것이 틀렸다고 지적해야지 '후자'는 '설화 내용과 무관하고', '-라' 앞의 '의미가 무엇인지 알 수 없고'와 같은 말은 비판하는 올바른 말이 아니다. '알 수 없는 것'은 자신이 무식하기 때문이고, '설화 내용과 무관한 것'은 자신이 설화 내용을 잘못 파악하

적절하지 않다.

고대 한국어에서 대명사 '너'가 장음이라는 근거는 없다. 중세 한국어에서도 '너'가 장음이라는 논거가 없다. 중세 한국어에서 대명사 '너'는 성조가 특이하다. '너'가 단독으로 사용되면 '평성'이 되어 방점 없이 적힌다. 주격 조사 '-이'와 함께 주격형이 되면 '네'로 적히고 '상성'이 되어 방점이 둘 찍힌다. 이 경우의 상성은 '평성['너']+거성['-ㅣ']'인 것으로 이 '네'가 장음이거나 2음절로 계산되었음을 나타낸다. 그러므로 '너' 자체는 장음이라 할 수 없다. 속격형이 되어 '너의'로 2음절이면 '평성[무점]+거성[방점 하나]', '네'가 되면 '평성', '네의'가 되면 '평성+거성'이다. 목적격이 되면 '널'이 되어 '평성'으로 실현되어 방점 없이 적힌다.[4] 현대 한국어 사전 가운데 그 어느 것도 '너'를 장음으로 표기한 것은 없다. 방언 사전도 마찬가지이다. 경상도 방언 화자들도 절대로 '너'를 장음으로 발음하지 않는다. '汝於'가 '너어'로 '於'가 '너'의 모음이 장음임을 나타낸다는 말은 성립하지 않는 것이다. '너답-'이 정상 어형인데 '어'를 설명하지 못하면 '너어답-'은 제대로 해독된 것이 아니다.

'너'를 '잣나무'로 본 서재극(1974), 금기창(1992)를 따른다는 것도 이상한 일이다. 그러면 '너다이 간다'가 '잣나무처럼 간다.'가 되는데, 태

고 있기 때문이다. 저자가 이를 악물고 선학들을 비판하는 것은, 지금 이 학문 분야를 바로 잡지 않으면 앞으로 아무도 바로 잡을 수 없을 것이라는 위기감을 느껴서 하는 일이다. 그 비판 대상이 누구이든 부당한 비판을 받았다고 억울한 생각이 들면 언제든지 반론하라. 향가 연구에 관한 한 언어학적이든, 고전문학적이든, 심지어 역사에 관한 것이든 어떤 논제라도 저자가 이미 발표한 글을 들고 저자를 비판하라.

4) 김완진(1972:63-64)를 참고하기 바란다. 그 외에도 중세 한국어 음운론을 논의한 논저들에서는 모두 이 현상을 다루고 있다. 그것은 1970년대 이후에는 국어사의 상식에 속한다.

자 승경이 신충에게 '너(잣나무)처럼 가져.'라고 말한 것일까? 이는 '유여백수(有如栢樹)'의 해석과 연관하여 실제로 태자 승경이 신충에게 무슨 약속을 어떻게 하였는가를 해결하여야 이해된다(제7장 참고).

'니져'는 '닐 行'을 훈독, '齊'를 음독한 것이다. '이시인'은 '教因隱'을 '이신'으로 해석하고 '因'을 "'-신'의 '-인'을 장음으로 읽는 것을 표기한 것(519면)"이라 하고 있다. 중세 한국어에서 주체 존대의 형태소 '-(ᄋ/ᄋ)시-'가 /ᄋ~ᄋ/도 알파 성조이고, '-시-'도 알파 성조이어서, /ᄋ~ᄋ/가 바로 앞 음절의 성조가 거성이면 자신도 거성이 되고, 앞 음절의 성조가 평성이면 자신도 평성이 되고, 그에 따라 '-시-'도 평성이나, 거성으로 실현된다.5) 거성이 3개 연속하여 나오면 다시 3번째 거성은 평성으로 실현되는 율동 규칙을 따른다. 이런 기술에서 '-시-'가 장음이라는 증거는 없다. 이 주장은 '-시-'가 장음이라는 증거, 거기에 관형형 어미 '-(으)ㄴ'이 통합된 '-신'이라는 음절이 장음이라는 것을 증명해야 하는 부담을 안고 있다. 어떤 사전에도 주체 존대의 선어말 형태소 '-(으)시-'가 장음이라는 표시는 없다. 그러므로 '教因隱'의 '因'이 장음 표시라는 깃은 절내로 성립하지 않는다.

역으로 장음을 가진 것이 분명한 음절에 대하여 그것이 모두 2개의 한자로 적혔다는 것을 논증할 수 있는가? 불가능할 것이다. 그러면 장음 표시라는 것은 거짓말이다. 더욱이 향찰 표기가 장음까지 표기하였다는 것은 아직 논의된 적이 없다. 이런 식으로 학문 하면 안 된다. 국어학은 정교한 체계를 지닌 과학이다. '이현령비현령(耳懸鈴鼻懸鈴)'이 통하는 그런 몽환적인 영역이 아니다. 확실한 것은 확실하고, 모르는 것

---

5) 김완진(1972:49-50)에 중세 한국어에서 '-(ᄋ/ᄋ)시-'의 성조 실현에 대한 자세한 기술이 있다.

은 모른다. 나아가 중세 한국어가 성조 언어이고, 고대 한국어도 성조 언어이었을 것이라는 가설이 일반적으로 통용된다. 현대 한국어도 중앙어는 음장을 가진 언어로 보지만, 경상도 방언은 성조 언어로 본다. 중세 한국어도 상성은 장음임이 확실하고, 거성과 평성 가운데에도 장음이 있다. 그러므로 음장 언어가 성조를 안 가지고 성조 언어가 음장을 안 가지는 것은 아니다. 그러나 고대 한국어가 성조 언어일 것으로 추정하고, 중세 한국어, 현대 한국어의 경상도 방언이 성조 언어라는 것은 신라말이 성조 언어일 것을 암시하는 것이다. 그런 언어를 적는 향찰 표기법이 음장 표시를 표기에 반영한다는 것은 평생을 건 연구 결과에 따라 논증한 뒤에 논의할 것이지 이런 식으로 비슷한 음을 가진 한자가 두 개 나올 때마다 겉만 보고 '장음 표기다.'고 말할 수 있는 차원의 것이 아니다.6) 현대 한국어 해석에서는 '하시인'으로 하고 있다.

저자는 (제3행f)로 해독한다.

(제3행)f. 너를 아름다비 너겨 녀리로다 ᄒ시ᄆ론/너를 아름다이 여겨
　　　　가겠다 하시므로

'汝(여)'는 훈독하면 대명사 '너'이고, 음독하면 '어'이다. 이를 훈독하

---

6) 우리 국어사전들은 친절하게도 표제어의 해당 음절에 :를 찍어 음장을 표시하고 있다. 저자가 확인한 모든 사전에서 대명사 '너(汝)'와 '너:(四)', 주체 존대 '-시-'와 '시:(市, 時)'를 구분하여 표시하고 있었다. 누구든 글을 쓸 때는 국어사전을 보고 확인해야 한다. 아마도 시적 율조를 위하여 일상어의 단음도 문학 언어에서는 길게 읽고 장음으로 적을 수 있으며, 장음도 짧게 읽고 단음으로 적을 수 있다고 말할 준비가 되어 있을 것이다. 저자가 말하는 '이현령비현령'이 그런 것이다. 그러나 그럴 수도 있다. 그러면 그렇다는 것을 논증해야 한다. 그러지 않으면 그 주장은 무효이다. 학문은 그렇게 하는 것이 아니다.

여 대명사로 보면 그 뒤에 이어지는 '於(어)'는 무조건 조사를 적은 것이다. 주격은 '이 是(시)'의 훈을 이용하여 적는 것이 정상적인 향찰이므로 여기서의 '너 汝'는 주어가 아니다. 이 '늘 於'는 목적격 조사를 적은 것일 가능성이 크다. '늘 어' 할 때의 '늘'이 아마도 '-를'과 관련될 것이다. 중세 한국어에서 '너'의 대격형은 '널'이다. 이 대격형 '널'의 성조는 평성으로 방점이 없다. 그러나 여기서는 '아름다비'와 어울려 6음절이 되어야 한다. 그러한 까닭인지 '늘 於'를 사용하여 표기하였다. '너를'로 '汝於'가 하나의 어절을 이룬다. 그러면 그 다음 '多攴'은 '너를'이라는 목적어를 가질 수 있는 타동사적 표현의 일부로 해독되어야 한다. 이 행에서 가장 중요한 글자는 바로 이 '많을 多'이다. '多攴'의 '多'는 음독하면 '다'이지만 훈독하면 여러 뜻을 가진다. 저자가 가진 옥편에서 '多'에 대한 훈을 찾아보면 (1)과 같다.

(1) a. 많을, 많게 할
    b. 나을
    c. 아름답게 여긴, 칭찬할, 중히 여길
    d. 전공(戰功)
    e. 마침, 때마침

  위의 (1a~e) 가운데 어느 것이 태자 승경과 신충 사이에 오간 말 속에 들어 있었겠는가? 누구나 알 수 있다. (1c)가 그것이다. (1c)가 아니라고 할 사람은 아마 아무도 없을 것이다.
  이 훈에 대하여 그 옥편이 붙이고 있는 용례는 (2)와 같은 것이다.

(2) 帝以此多之[황제가 이로써 아름답게 여겼다/칭찬하였다].

<후한서>

중국 고전에서 임금과 신하 사이에 오가는 말에 나온 '多'는 모두 '공을 치하한다', '아름다이 여긴다', '칭찬한다' 등으로 해석된다. 그러므로 이 글자는 훈독할 글자이지 결코 음독할 글자가 아니다. 저자는 이행의 '多'를 '아름다이 너기-'라는 동사구로 해독한다. 공이 있는 신하들을 '아름답게 여기고, 칭찬하는' 동사이다. 중세 한국어에서는 '多'가 '하-'나 '많-'의 훈을 주로 가지지만, 이 경우에는 '아름다이 여기다'의 뜻이다.[7] '多'를 음독하여 '어디', '엇디'의 일부로 보거나 '-다히, -다비'의 일부로 본 해독은 다 틀린 것이다. 그런데 뒤에 오는 '녀-'가 동사임을 감안하여 부사어형 어미 '-어'를 붙여 '아름다비 너겨'로 해독한다. 현대 한국어로는 '아름다이 여겨'의 뜻이다. '두드릴 攴(복)'은 그앞의 말, 즉 '多'를 훈독하라는 지정문자이다. 그러면 '多'를 훈독한 것으로 끝내고 '攴'은 읽지 않아야 한다. 그러므로 '多攴'은 '아름다이 너기-'라는 타동사 구가 된다. 그러면 '너를 아름다비 너겨'까지가 정상적인 통사적 논리에서 얻을 수 있는 어형이다.

그 다음의 '行齊'의 '갈 行'은 '녜-, 녀-, 니-'의 훈을 가진다. '닐 행'이 고전적 훈이다. '가지런할, 단을 혼 상복 齊(제)'는 알 수 없는 글자이다. 위치에 따라 달리 해독되었다. 「모죽지랑가」에서는 '皃史年數就音墮攴行齊'로 적혀 있다. 이를 '즈시 해 혜나삼 허니져'로 해독하면 '齊'는

---

7) 김완진(1980:140)에는 '하-'로 훈독하고 "동사로 쓰이는 '多'는 '칭찬하다, 중히 여기다'의 의미를 가진다. 이렇게 타동사로 쓰인 '하-'를 중세어 자료에서 예증하지는 못하지만, '多'가 나타내는 동사 형태를 달리 상정하기는 어려울 것 같다."라고 정곡을 찌른 설명이 있다.

'갈 것인뎌', '갈 것인데' 정도의 접속 어미로 해석할 수 있지만 안정되지 않은 해독이다. 「찬기파랑가」에서는 '心未際叱肹逐內良齊'로 적혀 있다. 이를 'ᄆᅀᄆᎢ ᄀᅀᆯ 좇-ᄂ-오-라'로 해독하면 '齊'는 종결 어미 '-다'의 변이 형태 '-라'를 적은 것으로 해석할 수 있다. 그러나 불안한 해독이다. 저자는 이 행을 '너를 아름다이 너겨 녀-(리-로)-다너를 아름다이 여겨 가리로다' 정도의 뜻으로 종결 어미 '-다'를 적은 것으로 본다.8)

'敎'는 '하여금, 가르칠 敎(교)'의 훈을 가진다. 여기서는 '하여금 敎'로서 '--로 하여금 --하게 하-'의 뜻을 가진다.9) 이두에서 '-이시-'를 적는 데 쓰인다. 사동 접사 '-이-'와 주체 존대의 '-(으)시-'가 통합된 것이다. '因(인)'은 '말미암을 因(인)'으로 '-(으)로'로 훈독할 글자이다. '隱'은 음독자로 '-ㄴ'을 적은 것이다. 전체적인 의미는 '너를 아름다이 여겨 가리로다 하시므로'의 뜻이다.

제4행의 한자들은 '우러를 仰(앙)', '조아릴 頓(돈)', '숨을 隱(은)', '낯 面(면)', '어조사 矣(의)', '바꿀 改(개)', '옷 衣(의)', '줄 賜(사)', '부를 乎

---

8) 한문 문장이 '之'로 끝난 경우, '之'가 문장이 평서문으로 끝났음을 나타내는 어조사라는 것을 논증한 것은 정요일(2001)이다. 저자는 향가의 '-齊'가 '-之'처럼 우리 말 종결 어미 '-다'나 그 변이 형태 '-라'를 적는 데에 사용되었다고 본다. 이기문(1998:61-64, 90)에는 임신서기석(壬申誓記石552년 또는 612년으로 추정)의 '若國不安大亂世 可容行誓之[만일 나라가 편안하지 않고 크게 세상이 어지러우면 가히 모름지기 (충도를) 행할 것을 맹서한다.'의 '之'가 종결 어미이며, 경주 남산 신성비(南山 新城碑 [591년])의 '後三年崩破者 罪教事爲聞教令誓事之'의 '之', 갈항사 조탑기[758년]의 '之'도 모두 종결 어미를 적은 것이며 향찰 표기의 '-齊로 연결된다고 하였다. 다만 덧붙일 것은, 한문 문장의 모든 '之'가 평서법으로 끝난 문장임을 표시하는 것은 아니라는 점이다. 한문 문장 속의 '之' 중에는 앞의 명사를 되가리키는 대명사 역할을 하는 것도 있다.

9) '敎人如此發憤勇猛向前[사람으로 하여금 이와 같이 발분하여 용맹하게 전진하게 한다. <주회>'에서 '敎'가 원래 '--로 하여금 ---하게 한다.'의 뜻으로 사용된 것을 볼 수 있다.

(호)', '숨을 隱(은)', '겨울 冬(동)', '어조사 矣(의)', '입겿 也(야)'이다. 해독하기에 어려운 한자가 하나도 없다. 해독의 발전 과정으로 볼 때 가장 중요한 전진은 정렬모의 '改衣賜乎隱'을 '개이샤온'[1947]을 거쳐 '가시샤온'[1965]으로 읽은 것이다. 이탁(1956)도 '가시스온'으로 읽었고, 서재극은 '가시샤온'[1972]를 거쳐 '가시시온'[1975]으로 해독하였다. 이후 거의 모두 '가시시온'으로 해독하고 있다. 대부분의 해독이 일치한다.

(제4행) 仰頓隱面矣改衣賜乎隱冬矣也
　　　　a. 울워 조을은 놋에 고티샤온들로/우럴어 조아린 낯에 바꾸신 들로
　　　　b. 울월던 느치 계샤온딩/우럴던 낯이 계시온데
　　　　c. 울월돈 느치 가시시온 ᄃ리야/우럴던 낯의 변하신 달에야
　　　　d. 울월던 느치 가시시온 겨스레여./우럴던 낯이 변하신 겨울에여
　　　　e. 울벌돈 ᄂ의 가싀의시온 ᄃ의라/ 울월던 낯의 고치이시온 겨울에야

(제4행a)는 '조아릴 頓'을 훈독하여 '仰頓隱'를 '울워 조을은'으로 읽었다. '面'은 훈독, '矣'는 음독하여 '놋에'로 '改'는 훈독, '衣'는 음독하여 '고티-'를 적은 것으로 보고, '賜乎隱'은 존경법 '-(으)시-', 문말앞 형태 '-오/우-', 관형형 어미 '-(으)ㄴ'을 적은 것으로 보았다. '冬矣也'는 '들로'로 읽었다. 제4행까지를 모아 현대 한국어로 해독하면 '걷힌 잣이/ 가을 아니 가까워 떨어지매/ 너 어디 가 있느냐/ 우럴어 조아린 낯에 바꾸신 들로'가 되어, '너'가 떨어진 '잣'이 아닌 한 문맥이 전혀

통하지 않는 이상한 내용이 된다. 의미 있는 시가 못 된다. 해독이 잘못된 것이다.

(제4행b)는 '仰'을 '우럴-'로 훈독하고 '頓'을 '-더-'와 관형형 어미 '-(으)ㄴ'을 적은 것으로 보고 '隱'은 '-(으)ㄴ'을 중복하여 적은 것으로 해독하였다. '面矣'는 'ᄂ치'로 읽고 '改衣賜乎隱'을 음독하여 '계샤온'으로 해독하고 '冬矣'를 /ㄷ/과 /의/의 반절로 보아 '-듸'로 읽었다. 제4행까지를 모아 보면 '무릇 잣이/ 가을에 아니 시들므로(듯이)/ 너를 어찌 니저 잇ᄂ냐/ 우럴던 낯이 계시온데'으로 연결되는데 제3행이 제1, 2행에 어울리지 않는다. '너를 앞으로 잊지 않겠다, 너를 어찌 앞으로 잊겠는가' 해서 '우러르던 낯이 계신데'의 뜻이 나오지 않으면 이런 류의 해독은 모두 틀린 것이다.

(제4행c)는 '面矣'를 'ᄂ치'로 속격형으로 읽었다. '改衣'을 '변하-'를 뜻하는 '가시-'에 '賜乎隱'에 의한 '-시-오-ㄴ'이 통합된 것으로 해독하였다. '冬'을 '돌'로 음독하고 '矣也'를 '-애야'로 음독하여 '드래야'로 읽었다. 이 해독의 4개 행을 모아 보면 '모든 좋은 잣/ 가을 아니 오그라지매/ 너(잣나무)처럼 가저 하신/ 우럴던 낯의 변하신 달에야'가 된다. 태자가 잣나무와 대화하면서 '너(잣나무)처럼 가져 함'으로써, 곁에 있는 신충에게 넌지시 알아들으라는 듯이 딴 데를 보면서 약속했다는 상황을 설정하지 않는다면 이런 류의 해독은 성립할 수 없다.

(제4행d)는 (제4행 c)와 거의 같고 '冬矣也'의 '冬'을 '겨슬'로 훈독하여 '겨스레여'로 해독한 것만 차이가 난다. 태자 승경과 신충의 잣나무 아래 바둑 두기가 736년 가을에서 겨울 사이의 일이고, 737년 2월에 성덕왕이 승하하고 효성왕이 즉위하였음을 감안하면 '얼굴이 변한 것'은

'가을에 한 약속을 겨울 지나며 잊었다.'는 것으로 해석되므로 '겨울'이 적절하다. 제4행까지를 모아 보면 '질 좋은 잣이/ 가을에 아니 말라 떨어지듯이/ 너를 중히 여겨 가겠다 하시므로/ 우럴던 낯이 변하신 겨울에여'의 뜻이 된다. 문맥이 완벽한 흐름을 갖게 되었다.

(제4행e)의 '울벌돈'은 무리한 해독이다. '*울벌-'과 같은 어형을 재구하려면 이 단어가 중세 한국어에서 '*울뷀-'처럼 어중에 /ᄫ/을 가지고 있었어야 한다. '울벌-'은 강길운(1995)의 '울뷀던'을 더 고형으로 끌고 가서 /ᄫ/이 /ㅂ/이었던 신라 시대 말을 재구한 것으로 보인다. 그러나 중세 한국어에서 '울뷀-'과 같은 어형을 찾아야 하는 것이 급선무이다. 중세 한국어에서는 '울워러보다'[석상 23;21]과 같이 '울월다'로 사용되었다. /ᄫ/이 어중에 있었을 개연성은 있지만 아직 확실한 것은 아니다. '가싀-시-온[改衣賜乎隱]'에서 '衣'가 장음 표기라 한 것도 확실하지 않은 말이다. '가싀-'의 둘째 음절이 장음일 가능성은 있다. 특히 '쉰 밥'의 '쉰'은 장음이다. 그러나 그 장음을 '衣'로 표기했다는 증거는 아무 데도 없다. 이 해독의 4개 행을 모아 보면 '물(이) 좋기(에) 잣나무(가)/ 가을에 아니 이울어 지매/ '너어처럼 가져'라 하시인/ 울월던 낯의 고치이시온 겨울에야'로 된다. 여기서의 '너'는 정확하게 '잣나무'를 가리킨다. 그러면 태자 승경은 잣나무와 대화하고 있다. 그렇다면 제1행에서도 '잣나무'가 아니라 '너'가 나와서 '물(이) 좋기(에) 너(가)/ 가을에 아니 이울어 지매/ '너어처럼 가져'라 하시인'이 되어야 하지 않겠는가? 앞에 두고 '잣나무'라 했다가 다시 '너'라고 하는 것은 이상하다.

저자는 (제4행f)로 해독한다. (제4행d)와 거의 같다.

(제4행)f. 울월던 ᄂᆞ치 가시시온 겨스레여/우러르던 낯이 변하신 겨울
　　에여

이 행의 맨 뒤에는 '冬矣[겨울에]'가 와 있다. 계절과 관련되어 있고
처격 조사가 통합되어 부사어가 된 것이다. 마지막의 '也'는 미해결이
다. 잠정적으로 음독하여 '-여'로 해 둔다. '-에'로 끝난 부사어구 뒤에
다시 올 수 있는 형태소는 첨사 '-도', '-는', '-만', '-ᄭᅡ' 그리고 '-ㅅ'
정도가 있다. '-여'는 '-ᄭᅡ'에 가장 가깝지만 '-ᄭᅡ'는 주로 '沙'로 적힌
다. 종결 어미 '-아/어'일 가능성이 있으나 그러려면 앞에 계사 '이-'가
있어야 한다. 감탄, 호격 조사 '-여'일 수는 있지만 통사 구조상 적절하
다 하기 어렵다. '冬'이 체언이므로 그 앞에 온 '隱'은 무조건 관형형 어
미 '-(으)ㄴ'을 적은 것이다. 그러면 그 앞의 '乎'는 무조건 선어말 어미
'-오/우-'를 적은 것이다. 그리고 그 앞의 주체 존대 선어말 어미 '-(으)
시-'를 적는 '賜'와 함께 중세 한국어의 '-샤'에 해당하는 '-시-오-'를
적은 것이다. 그러면 '賜乎隱'은 중세 한국어의 '-(으)샨'에 해당하는 '-
(으)시-오-ㄴ'을 적은 것으로 보아야 한다. 이제 그 앞에는 동사 어간이
오거나 아니면 몇 개의 선어말 어미가 올 수 있다. '改衣'가 이에 해당
한다. 중세 한국어에서 '-(으)시-' 앞에 올 수 있는 선어말 어미는 '-습
-', '-거-', '-더-' 등이 있다. 그런데 '옷 衣'는 훈이나 음이 그 선어말
어미들과 다르다. '改衣' 전체가 동사 어간이라고 볼 수밖에 없다. '改'
는 '고치다, 바로잡다'의 뜻을 가진다. 그에 해당하는 말로 '變'을 뜻하
는 '가시-'가 있다. '개'를 훈독하여 '가시-'로 보고 '의'는 말음 '이'를
첨기한 것으로 해독한다. '面'은 훈독하여 '낯'이다. '얼골'은 낯[面]이
아니고 형용(形容)이다. '矣'는 관형어절의 주어가 속격형으로 나타나는

경우도 있는 중세 한국어의 질서를 감안하여 '-의/의'를 적은 것으로 본다. 향찰이 모음 조화까지 반영할 만큼 정교한 표기법이 아니므로 '어조사 矣(의)'이지만 '-의'를 적은 것으로 본다. 다시 그 앞의 '隱'은 관형형 어미 '-(으)ㄴ'이다. '우러를 仰'은 동사이고 '조아릴 頓'도 동사이다. '어간+어간'이 이룬 비통사적 합성어로 보아 '울워-조아리-ㄴ'으로 해독할 수도 있다. 그러나 의미상으로 이 단어는 겨울 아닌 가을에 신충이 태자에게 절하며 약속한 것을 읊고 있다. 따라서 현재의 일이 아니고 과거의 일일 가능성이 크다. 과거의 경험을 나타내는 그런 의미의 선어말 어미로는 '-더-'가 있다. '頓'이 이 선어말 어미와 '-(으)ㄴ'이 통합된 '-던'을 적었을 가능성은 매우 높다. 따라서 이 단어는 '울월던'이 적절하다. 현대 한국어로는 '우러르던'이다. 저자의 해독 4개 행을 모아 보면 '질 좋은 잣나무가/ 가을에 아니 말라 떨어지매/ 너를 아름답게 여겨 가겠다 하시므로/ 우러르던 낯이 변하신 겨울에야'가 된다.

3. 해독 : 제5행~제8행까지

(제5행)은 '달 月(월)', '벌일 羅(나)', '다스릴 理(리)', '그림자 影(영)', '두드릴 攴(복)', '옛 古(고)', '다스릴 理', '말미암을 因(인)', '못 淵(연)', '갈 之', '꾸짖을 叱'으로 되어 있다. 작은 차이를 제외하면 해독이 '古理因'에 대하여 '고인' 계통과 '옛' 계통, '나린' 계통으로 나뉜다. '고인'은 의미상으로 '그림자가 고인다'를 받아들일 수 없다. '옛'은 '못'을 '옛'이라는 관형어로 수식한다는 것이 약점이다. '나린'은 '달 그림자가

못에 내리다.'로 의미는 가장 적절하지만 '古理因'을 '늙-리-ㄴ'으로 해독하여 /ㄱ/을 탈락시키고 '느리-'를 얻어야 하는 것이 난관이다. 정렬모에서 '나린'[1947]을 거쳐 '녀린'[1965]으로 제안되었다. 이탁(1956)의 '그린'이 특이하고, 홍기문(1965)의 '단'도 독특하다. 김준영(1964)는 '녀리인'으로 해독하였다.

(제5행) 月羅理影支古理因淵之叱
      a. 둘의 그름자 고인 못을/달의 그림자가 고인 못을
      b. 돐 그림제 녠 모샛/달 그림자 옛 못에
      c. 두리 얼히고 다ᄉ른 모싯/달이 어리고 다스린 못에
      d. 두라리 그르메 누린 못 굿/달이 그림자 내린 연못 갓
      e. 두라리 비췹 녀리인 못잇/달이 비춰어 여린[軟, 蓋] 못엣

(제5행a)는 '月羅理'의 '月'을 훈독하고 속격형으로 보아 '둘의'로 해독하였다. '影支'를 '그름자'로 훈독하였고 '古理因'을 음독하여 '고인'으로 읽었다. '淵'을 훈독하여 '못'으로 읽고 '之叱'은 대격 조사를 적은 것으로 보았다.

(제5행b)는 '月羅理'의 '月'을 훈독하고 속격형으로 보아 '돐'으로 해독하였다. '影支'를 '그림제'로 훈독하였고 '古理'를 훈독하여 '녯'으로 읽고 '因'을 'ㄴ'으로 보아 뒤의 '못' 앞에서 /ㅅ/이 /ㄴ/으로 자음접변하여 '녠못'으로 발음되는 /ㄴ/을 적었다고 보았다. '淵之叱'의 '淵'을 훈독하여 '못'으로 읽고 '之'는 훈독하여 '-의', '叱'은 'ㅅ'을 적은 것으로 보아 '-앳'으로 하여 '모샛'을 적은 것으로 보았다.

(제5행c)는 '影'을 '어리고'로 읽은 것이고, '理因'을 '다슨'[1972]으로

해독하였다가 '다ᄉᆞᆯ-(ᄋᆞ)ㄴ'[1974]로 바꾼 것이다. '달이 어리고 다스린다'의 의미가 문제된다.

(제5행d)의 '月羅理'의 'ᄃᆞ라리'는 'ᄃᆞᆯ'에 주격 조사 '-ㅣ'가 통합된 것이다. 'ᄃᆞᆯ'이 고대 한국어에서는 2음절 명사로서 'ᄃᆞ랄'이었을 것으로 추정하였다. '影支'의 '支'을 앞의 글자를 훈독하라는 지정 문자로 보아 '影'을 중세 한국어의 '그르메'로 훈독하였다. '古理'의 '古'를 훈독하여 '늙-'으로 읽고 '理'를 음독하여 'ᄂᆞ리-'를 얻고, 거기에 '因'이 '-(으)ㄴ'을 적은 것으로 보아 'ᄂᆞ린'으로 해독하였다. '달이 연못에 그림자를 내렸다.'는 의미이다. 「도천수관음가」의 '古只'도 'ᄂᆞ리-'로 해독한 바 있다. '淵之叱'의 '淵'을 훈독하여 '못'으로 읽고 '갈 之'는 훈독하여 '가, ᄀᆞ', '叱'은 '-ㅅ'을 적은 것으로 보아 'ᄀᆞᆺ'으로 하여 '못 ᄀᆞᆺ'의 'ᄀᆞᆺ'을 적은 것으로 보았다. 이제 모래가 '못 가에 있는가' 아니면 '못의 물 밑에 있는가'의 차이가 부각된다.

(제5행e)는 '그림자 影(영)'을 동사로 보아 '비취-'로 해독하고 '支'을 부동사 어미 '-ㅂ'을 적었다고 보았다. 부동사 어미 '-ㅂ'의 설정은 한국어의 전 역사 기술에서 논증된 적이 없다. '-ㅂ'이라는 부사어형 어미, 접속 어미가 있다는 말을 한 사람도 없다. 틀린 것이다. "'古'[10]는 「혜성가」의 '舊理(녀리)'로 보아 '녀리'이다. 그리고 '리'는 '녀리'의 '리'에 대한 말음절 첨기이다."고 하였다. '因'은 다시 '여리인'의 '인'으로 보아 장음 표기라고 하고 있다. 「혜성가」의 '녀(舊)리(理)'는 '예, 옛'의 고대 한국어의 어형으로 상정된 것이다. 그런데 왜 여기에 '舊'의 의미가 오는지 알 수 없다. "'부드럽고 약한 의미 외에도 또 다른 의미를 전달

---

10) '古理'에서 '理'를 빠트린 것이다.

하기 위한 것으로 본다. 즉 '나리(蓋)-'의 의미를 전달하기 위한 것이다. '蓋'의 중세 우리말 형태는 '녜-'와 '니-'이다 앞의 '녜'는 '녀리'가 축약된 것이다." 하고 있다.[11]

저자는 (제5행f)로 해독한다. (제5행d)와 같다.

(제5행)f. 드라리 그르메 ᄂᆞ린 못 ᄀᆞᆺ/달이 그림자 내린 못 가의

이 행에 등장하는 소재는 '달', '그림자', '녯', '못'이다. 그런데 이들이 모두 체언이다. '녯'도 '녜'에 '-ㅅ'이 붙은 것으로 '녜'는 원래 명사이다. 그러면 이 문장이 체언으로만 이루어졌을까? 그럴 리가 없다. 체언과 용언이 주술 관계를 이루어야 문장이 된다. 이 행에서 제일 중요한 것은 용언을 찾는 것이다. '달', '그림자', '못'으로 이루어진 문장은 뻔한 것 아닌가? '달 그림자가 못에 V' 혹은 '달이 못에 그림자를 V'일 수밖에 없다. 이제 V를 찾아야 한다. 이 행은 맨 뒤에 체언 '못[淵]'이 나왔으므로 '못'이 수식 대상이 되고 그 앞에는 관형어절이 와 있을 가능성이 크다. '못[淵]' 앞의 '말미암을 因(인)'은 무조건 관형어절의 어미 '-(으)ㄴ'과 관련되어 해독되어야 한다. 음독자인 것이다. 그런데 그 음이 '인'이므로 그 앞 형태소가 'ㅣ'로 끝난 것이 되어야 한다. 그러면 '理'나 '古理'가 동사 어간이고 '理'라고 보면 '다스리-' 쪽이 되고, '古理'라고 보면 '古'의 훈 '녜'의 옛 어형으로 추정되는 '녀리'나 또 다른 훈 '늙을 古'로 보아 'ᄂᆞ리'가 된다. 'ᄂᆞ린'[내린]이 적절한 해독이라 할

---

11) 이 '蓋'자가 '舊'자의 오식일까? 저자는 여기에 왜 '덮을 蓋'가 오는지 알 수가 없다. 혹시 요 임금 시대의 풀 이름 '蓂(명)'을 적으려 한 것일까 하고 옥편을 뒤적였지만 '舊'와 '古'를 연결시키지 않은 것이라면 무슨 말을 하고 있는지 알 수 없다.

수 있다. '月羅理'는 주격형이다, '드랄-이'를 적은 것으로 본다. '影'은
목적어가 되어야 하고 훈독하여 '그르메'가 된다. '攴'는 '影'을 훈독하
라는 지정문자이다. '달이 그림자를 내린 못 갓'의 의미가 된다.

(제6행)에는 한 글자가 들어갈 공백이 있다. 한자의 음과 훈은 '갈 行
(행)', '죽음 尸(시)', '물결 浪(랑)', '두던, 틈 阿(아)', '꾸짖을 叱(질)', '모
래 沙(사)', '어조사 矣(의)', '써 以(이)', '가지 攴(지)', '다울 如(여)', '두
드릴 攴(복)'이다. 가장 중요한 것이 '阿叱'의 처리이다. 정렬모는 '녈 물
앗 모래 씨기닷기'[1947]로 해독하였다가 '녈 믈앳 모리 벗기듯기'
[1965]로 바꾸었다. 홍기문(1956)은 '녈 믌결으로 몰애의 이기다히'로 해
독하였다. 서재극(1972)는 '녈 믌결 아사 그치드히'로 해독하였다가 (제6
행c)로 바꾸었다. 김완진(1980)은 처격 '-아'와 '-ㅅ'으로 보아 '-앗'으
로, 유창균(1994)는 '닐 믌결앗 몰기 머믈기다기'로 해독하였다.

    (제6행) 行尸浪　阿叱沙矣以攴如攴
          a. 녈 난 씀 모래애 머믈어/지나가는 틈에 모래에 머믈어
          b. 녈 믌결 애와티듯/지나가는 물결이 외치듯이
          c. 녈 믈 씀ㅅ 사 익히 드히/지나가는 물 틈이야 에헤 다히
          d. 녈 믌겨랏 몰애로다/지나가는 물결에 대한 모래로다
          e. 닐 믌결앗 몰긔의 입답/닐 물결엣 모래 입듯이

(제6행a)는 '行'을 훈독하여 '닐, 녈 行'으로 읽고 '尸'을 '-(으)ㄹ'로
보아 '녈'로 해독하였다. '浪'은 음독하여 '난'으로 하였다. '阿'는 훈독
하여 '씀[틈]', '叱'은 불분명하다. '沙'는 훈독하여 '모래', '矣'는 음독하
여 처격 조사를 적은 것으로 보아 '모래애'로 해독하였다. '以攴如攴'는

'머믈어'로 읽었으나 불분명하다.

(제6행b)는 '浪'을 훈독하여 '믌결'로 해독하였다. '阿'는 음독하여 '아'[처격 조사 '-애'], '叱'은 'ㅅ'으로 읽어 '앗', '沙矣'는 'ㅅ'과 '의'의 반절로 보아 '싀', '以'는 '이'로 음독하여, 이로부터 '앳싀-'를 얻었다. 그리고 이것으로 '애와티-'라는 동사를 적은 것으로 보았다. '애와티-'는 '怨[원망], 寃[원한]'의 훈이 되는 중세 한국어 어형이다. 물론 '앳싀-'를 얻는 과정도 틀린 것이고 그로부터 '애와티-'라는 동사를 끌어내는 것도 적절하다 할 수 없다. 특히 /ㅿ/도 아닌 /ㅅ/을 가진 '沙'의 '앳싀-'의 2음절에서 '애와티-'의 2음절 '와'를 도출해 내는 것은 옳은 것이 아니다. '如'는 훈독하여 '둣'으로 읽었다. '支'는 虛字다.

(제6행c)는 '浪'을 훈독하여 '믈'로 해독하였다. '阿'는 훈독하여 '씀', '叱'은 'ㅅ', '沙'는 '-사'로 읽어 '씀ㅅ사'를 적은 것으로 보았다. '矣以 支如支'는 '익히 드히'로 읽었다.

(제6행d)는 '浪'과 '阿' 사이의 1자 결락된 곳을 중시하였다. 이 자리에 /ㄹ/을 적는 '尸'가 있었는데 결락되었다고 보고 그것이 '믌결'의 마지막 자음 /ㄹ/을 적었다고 보았다. '阿'는 음독하여 '아'[처격 조사 '-애'], '叱'은 'ㅅ'으로 읽어 '앗'[처격+속격]을 얻어 '믌겨럇[물결엣]'으로 읽었다. '믌결'은 중세 한국어에서는 '믓결'로도 적혔다. '沙矣'는 '몰애', '써 以'는 '-로뻐'의 '-로'로 훈독, '如'는 뒤의 지정 문자 '支'의 지시에 따라 훈독하여 평서법 '-다'로 읽었다. 중세 한국어에서는 '몰애로다'로 적힌다. 고대 한국어에서는 '몰개로다'이었을 것이지만 '沙矣'에 '몰개'의 /ㄱ/의 흔적은 보이지 않는다.

(제6행e)는 '입답'이 특이하다. '以'를 음독하여 '이'로 '支'을 '-ㅂ'으

로 보아 '입'으로 보고, '被(피)'의 뜻을 주고 있다. '如'는 '다'로 훈독하고 '支'을 '-ㅂ'으로 보아 '답'으로 보았다. 이때는 '-ㅂ'을 부동사 어미라고 하지는 않았다. 다 어간의 일부이니 그런 말을 못했을 것이다.

그런데 의미 설명에서[540면] '모래 입듯이'라 한 말이 무슨 뜻인지 불분명하다. '물결에 혼미한 모래를 배열한다'도 불가사의한 말이다. "이 경우의 달님 물결 모래는 천상 수면 물밑이라는 수직적 공간을 이루고", "왕과 백성 사이를 연결하는 신하를 상징한 수면은 왕의 정치를 굴절시키면서", "왕의 은총의 부분적 차단이다."라고 하고 있다. 무슨 말인지 알 수는 있을 듯하다. "왕의 밝은 통치는 신하들의 굴절적 반사와 이는 물결에 의해 왜곡되고 차단된다."와 같은 데를 보면, 그는 백성인 신충이 효성왕의 좋은 정치를 차단하고 있는 간신들을 원망하는 것으로 시 전체의 의미를 파악하고 있음에 틀림없다. 그 책 546면에서 "'현사'라는 표현으로 보면, 신충은 효성왕과 바둑을 두던 당시까지는 벼슬에 나간 자가 아님을 알 수 있다."고 한 것으로 보아 그는 신충이 효성왕과 약속할 때는 관직에 있지 않았는데 「원가」를 짓고 나서 중시가 된 것처럼 이해하는 과거의 설명들에 의지하고 있음을 알 수 있다.

이찬(伊湌)은 신라 17관위 중 2등관위명이다. 각간 바로 아래이다. 왕자 급, 아니면 진골 고위 인사나 가질 수 있는 爵(작)이다. 효성왕은 즉위 3년[739년] 정월에 이찬 신충을 중시로 삼았다. 집사부의 중시는 왕의 최측근으로 기밀 명령 출납을 맡던 관직이다. 2월에 왕자 헌영[나중의 경덕왕]을 파진찬(波珍湌)으로 봉한다. 왕자도 처음에는 4등관위인 파진찬밖에 안 된다. 문무왕도 태종무열왕 때 파진찬으로서 병부령이었다. 3월에 효성왕은 이찬 순원의 딸인 혜명왕비와 재혼하고, 5월에 파진찬 헌영을 태자로 봉하였다. 그리고 경덕왕은 즉위 16년[757년] 정월에 이찬 신충을 상대등으로 삼는다. 상대등은 귀족회의 의장이다. 이 회의는 전원 찬성의 화백제도를 채택하고 있어 한 사람만 반대하여도 의안이 통과되지 않는 왕권 견제 기능을 하였다. 상대등은 60대 원로가 맡는 것으로 보이는 최고위 관직이다. 그런데도 신충이 효성왕 즉위년[737년]에 버슬길에 나가지 않은 자라 하고 이 노래를 해석하는가?

저자는 (제6행f)로 해독한다. (제6행d)와 같다.

(제6행)f. 널 믌겨렛 몰개로다/지나가는 물결에의 모래로다

맨 마지막의 '如攴'에서 '다울 如'는 종결 어미 '-다'를 적는 글자이다. '攴'은 그 앞의 '如'를 훈독하라는 지정문자이다. '沙矣以攴'의 '以攴'의 '攴'도 그 앞의 말을 훈독하라는 지정문자이다. '써 以'는 '-로서', '-로써'의 훈을 가진다. '-로-'로 해독할 수 있다. 그렇게 하여 선어말 어미 '-로-'와 어말 어미 '-다'가 나오면 그 다음 앞에 있는 것은 계사 '이-'이고 그 앞에는 체언이 온다. 'NP이-로-다'가 되는 것이다. 그런데 '몰개>몰애'는 모음으로 끝난 체언이므로 계사 '이-'가 표면상 나타나지 않는다. 그러므로 '沙矣'의 '矣'는 '몰개'의 말음을 첨기한 것이다. '行尸'에서 '닐 行'은 훈독자이고, '주검 尸(시)'는 관형어형 어미 '-(으)ㄹ'을 적는 글자이다. 그러므로 '닔' 또는 '널'이 된다. 이 관형어 다음에 올 것은 당연히 체언이다. '물결 浪(랑)'이 그것으로 이 단어는 중세 한국어에서는 주로 '믌결'로 적히고 '믓결'로 적히는 경우도 있다. 그 다음에 한 글자가 결락되어 있고 '阿叱'이 따라 온다. 이 자리는 체언

뒤이므로 무조건 조사 자리이다. '叱'은 '-ㅅ'을 적는 글자이고 '阿'는 훈독하면 '두던, 틈'이지만 여기서는 문법 형태소 자리이므로 음독하여 처격 조사의 고형 '-아'로 해독한다. 그러면 이 자리의 조사는 '-앗'이다. 중세 한국어에서는 주로 '-앳, -엣'으로 적히어 '처격＋속격'의 의미를 나타내었다. 이제 다 해독하였다. 빈 자리에는 아무런 어휘적 의미나 문법적 의미를 가지지 않는 글자가 올 수밖에 없다. 그것은 흔히 말음첨기라는 이름으로 불리는 앞 단어의 말음을 적는 글자이다. 즉 '믌결'의 마지막 음 /ㄹ/을 첨기하는 '尸'가 올 수 있다. '道'만으로 충분한 '긿'을 '道尸'로 적고, '心'만으로 충분한 'ᄆᅀᆞᆷ'을 '心音'으로 적고, '밤'을 '夜音'으로 적는 것도 다 이와 같은 것이다.

(제7행)은 '모습, 짓 皃(모)', '기록 史', '모래 沙', '꾸짖을 叱(질)', '바랄 望(망)', '두던, 틈 阿(아)', '이에 乃(내)'로 이루어져 있다. 지헌영 (1947)이 '몿숫 ᄇᆞ라나'로 해독하여 '皃'를 음독하고, 마지막 '叱'을 '-ㅅ'으로 반영하고 있다. 정렬모가 '즛샛 바라나'[1947]에서 '즈시삿 ᄇᆞ라나'[1965]로 바꾸어 해독하였다. 홍기문(1956)은 '지시삿 ᄇᆞ라나'로 해독하였다. 김준영은 '즈시삿 ᄇᆞᄅᆞ나'(1964)에서 '즈시삿 ᄇᆞ라나'[1979]로 바꾸었다. 유창균(1994)는 '즈시삿 ᄇᆞ라나'로 해독하였다.

(제7행) 皃史沙叱望阿乃
    a. 짓을사 바라나/모습을야 바라나
    b. 즛ᄡᅡ ᄇᆞ라나/모습이야 바라나
    c. 즛사ㅅ ᄇᆞ라나/모습 바라나
    d. 즈싀삿 ᄇᆞ라나/모습이야 바라보지만
    e. 즈시삿 ᄇᆞ라아나/즛이야 바라아나

(제7행a)는 '皃史沙叱'를 대격형 '짓을'에 '-ᅀᅡ'가 통합된 것으로 보았으나 '沙叱'의 순서를 바꾸지 않고는 그런 해독이 나올 수 없다. '바랄 望'은 훈독, '阿乃'는 음독하여 '바라나'를 얻었다.

(제7행b)는 '皃史沙叱'를 '즛ᅀᅡ'로 읽어 '叱'이 읽히지 않았다. '즛'에 '-ᅀᅡ'가 바로 통합되기는 어렵다. '望'을 중세 한국어의 '브라-'로 해독하여 올바른 궤도에 올려놓았다.

(제7행c)는 '皃史沙叱'를 '즛사ㅅ'으로 표기에 충실하게 읽었다. 중세 한국어의 /ᅀ/에 해당하는 고대 한국어 자리에 /ㅅ/을 두고 있음이 전 해독에서 일관되어 있다.

(제7행d)는 '皃史沙叱'를 '즛-이-ᅀᅡ'에 다시 '-ㅅ'이 통합된 것으로 보아 '즈싀앗'으로 해독하였다. '-이ᅀᅡ'는 중세 한국어의 정상적 표기이다. 그러나 마지막 '-ㅅ'은 중세 한국어 질서에는 일치하지 않는 것으로 이 행에서의 '叱'의 용법은 불가사의한 것이다.

(제7행e)는 '즛'을 "容이나 貌의 의미가 아니라 '흔히 버릇처럼 하는 동작이나 행동'의 의미이다."고 한 것이 특이하다. 임금의 '동작이나 행동'을 바라본다는 말인데 그럴 가능성은 없다. 그리고 역시 '阿'를 장음 표기로 보아 '브라-나'를 적은 것으로 보았다. 물론 현대 한국어의 '바라-'에서 둘째 음절은 장음이 아니다. 중세 한국어의 '브라-'도 둘째 음절이 평성이어서 장음이라는 보장은 없다.

저자는 (제7행f)로 해독한다. 제대로 된 여타의 해독과 같고 다만 '즛'의 말음을 중세 한국어 /ᅀ/의 고대 한국어 대당음으로 생각하는 /ㅅ/으로 하였다.

(제7행)f. 즈시삿 브라나/모습이야 바라보나

(제8행)은 '누리 世', '다스릴 理', '도읍, 모일, 거느릴, 모두 都(도)', 한 자 결락, '갈 之', '꾸짖을 叱', '숨을, 달아날 逸(일)', '가마귀 烏(오)', '숨을 隱', '차례 第(제)', '입겾 也'로 되어 있다. 핵심은 '都'에 있다. 대부분의 해독이 '-도'로 음독하여 특수 조사로 보고 있다. 지헌영(1947)이 '누리 셔볼앳 일은데여'로 해독하여 '도읍 都'로 읽은 것이 특이하다. 김준영이 '누리 모돗 이론 데여'[1964]처럼 '모돗'[1979]로 해독하였다. 김완진(1980)이 '都'와 '之' 사이의 1자 결락을 '隱'이나 '焉'으로 보충하고 '都隱之叱'을 '모든 갓'으로 해독하였다. 금기창(1992)가 '모도잇'으로 해독하였다. 그 외는 거의 모두 '-도'로 보았거나 엉뚱한 데서 헤매고 있다.

동사에 대한 의견도 분분하다. 지헌영(1947)이 '일은'으로 해독하였고 이를 이어받는 계통이 정렬모(1947)의 '짓 일온', 홍기문(1956), 김준영(1964), 금기창(1992)으로 이어진다. 소창진평(1929)의 '지즐온'을 이어받는 계통이 정렬모(1965)의 '지지릴 가문', 홍기문(1956)의 '지즈로 일온', 서재극(1972)의 '즛드론', 그 외에 '아쳐론' 계통은 양주동(1942)를 이어받은 것이다.

(제8행) 世理都　之叱逸烏隱第也
　　　　a. 누리도 지즐온데요/세상도 짓누르는 제여
　　　　b. 누리도 아쳘온데여/세상도 싫증나는 제여
　　　　c. 누리도 즛드론데야/세상도 즛달아나는 제야
　　　　d. 누리 모든 갓 여희온듸여./세상 모든 것 여희여 버린 處地

여.
　　e. 누리도 밝읫 {ᄇ리온, 잃온}데라/세상도 밖엣 잃온뎌야

　　(제8행a)는 '世'를 훈독, '理'를 음독하여 '누리'를 얻고 '都'를 특수
조사 '-도'를 적은 것으로 보았다. '之'는 음독, '叱逸'도 음독하여 '지즐
-'이라는 동사를 얻었다. 이 동사의 뜻으로 '壓迫, 虐待' 등의 단어를 사
용하였다. '烏隱'은 '-오-ㄴ'으로 읽고 '第也'는 음독하였다.

　　(제8행b)는 '之'는 훈독하여 '-읫', '叱'은 음독하여 'ㅊ'을 적은 것으
로 보아 '앛-'으로 해독하였다. '逸烏隱'은 음독하여 '-ㄹ-오-ㄴ'으로
읽어, '앛-'과 합쳐서 '아쳐론'이라는 동사를 얻었다. 이 동사는 '아쳔-'
의 활용형으로 뜻은 '厭, 惡'의 한자를 이용하여 나타내었다. '염증을 내
다, 싫다'의 의미이다. '잋-'는 '厭'의 뜻을 가진 고대 한국어 어형이다.
'異次잋-]頓'은 '厭잋-]觸'으로 적은 것이 유명한 예이다. '第也'는 음독
하였다.

　　(제8행c)는 '之'는 음독, '叱'은 'ㅅ'으로 읽어 '즛', '逸'은 훈독하여
'둔-', '-烏隱'은 음독하여 '-오-ㄴ'으로 읽어 'ᄃ론'을 얻고, '즛ᄃ론'
이라는 동사를 상정하였다.

　　(제8행d)는 '都'와 '之' 사이의 1자 빈 칸을 중시하여 거기에 '隱'이나
'焉'이 있었을 것으로 보고 '都{隱, 焉}'을 '모든'으로 해독한 것이 특징
적이다. '갈 之'는 훈독하여 '가'로 '叱'은 'ㅅ'을 적은 것으로 보아 '갓
{것}'으로 해독하였다. '逸'는 훈독하여 '여희-', '烏隱'은 음독하여 '-오-
ㄴ'으로 읽어 '여희-'와 합쳐서 '여희온'이라는 동사를 얻었다. 이 동사
는 '잃-'의 의미이다. '第也'는 '뎌여'로 음독하였다.

　　(제8행e)는 빈 자리에 '外'를 넣어 '外之叱'를 '밖읫'으로 해독하였다.

'逸'을 훈독하여 '잃-[失]'로 보고 '逸烏隱'을 '잃온'으로 해독하였다.

저자는 (제8행f)로 해독한다. (제8행d)와는 '일혼'만 다르다.

(제8행)f. 누리 모든 갓 일혼딕여/세상 모든 것 잃은 처지여

'世理'는 '누리'를 적은 것이다. '누리 世'는 훈독, '理'는 말음절 첨기이다. 핵심은 '都'를 어떻게 보는가 하는 것이다. 옥편에서 '都'를 찾아보면 (4)와 같이 여러 가지 훈을 가진다.

(4) 都
    a. 도읍
    b. 있을
    c. 모일
    d. 거느릴
    e. 모두, 모조리
    f. 아름다울

이 가운데 (4e)를 선택한 것이다. 그러면 1자 결락된 곳을 '隱'으로 보아 '모든'이라는 관형어를 얻을 수 있다. 그러면 그 뒤에 오는 것은 무조건 체언이다. '갈 지'의 훈을 이용하여 '之叱'을 '갓'으로 해독한다. '叱'은 '갓'의 /ㅅ/ 말음을 첨기한 것이다. 이제 '모든 갓'이 찾아졌으므로 그 뒤에 오는 말에 따라 주어, 목적어, 다른 문장 성분 가운데 어느 것이 되는지의 문제만 남았다. '逸烏隱'에서 '-烏隱'은 선어말 어미 '-오/우-'와 관형형 어미 '-(으)ㄴ'을 적은 것으로 '-온'이다. 그러면 이제 남은 것은 '逸'의 의미가 무엇인가 하는 것이다.

(5) 逸

    a. 잃을

    b. 달아날, 숨을

    c. 즐길, 편안할

    e. 놓을

    f. 뛰어날

    h. 그르칠

    i. 음탕할

    j. 빠를, 격할

(5a-k)까지에서 (5a)가 가장 낫다. 이 '일'을 '잃-'로 훈독하여 '일혼'으로 하는 것이 아무 무리가 없다. 양희철(1999:529)에는 'ㅂ리온'으로 해독하였으나 그 책의 540-41면에서 시의 의미를 해석하면서 제시한 '잃온'이 가장 온당한 해독에 도달해 있었다. 저 앞에서 지헌영(1947)의 '일은'을 이어받은 계통이 있음을 말했거니와 음독인지 훈독인지도 모른 그런 해독으로부터 벗어나서 정확하게 '잃을 逸'로 훈독하고 있었다. 그리하여 '세상 모든 것 잃은 처지여'로써 이 마지막 행을 마무리한다. '第也'는 어차피 모르는 말이다. (제8행d)와 같이 '딕여'로 해독한다.

그리고 『삼국유사』는 '후구는 잃어 버렸다[後句亡]'고 끝내고 있다. 이 '後句亡'은 뒤에 제9행, 제10행이 있었으나 전해 오지 않는다는 뜻으로 알려져 있다. 이 노래가 원래는 10행 향가인데 지금은 8행만 전해 온다는 말이다. 그러나 노래의 내용은 그렇지 않다는 데에 문제가 있다. 이 노래의 연 구성은 아주 이상하게 되어 있다.

4. 시의 구성과 망실 행, 내용

[1] 시의 형식

이제 지금까지의 논의를 모두 모아 이 노래의 향찰에 대한 저자의 해독과 현대 한국어로의 해석을 보이면 (6)과 같다.

(6) 갓 됴흔 자시시   질 좋은 잣나무가
    ᄀ슬 안들 ᄆᆞᄅ디매   가을에 아니 말라 떨어지매
    너를 아름다비 너겨 녀리로다   너를 아름다이 여겨 가겠다
    ᄒᆞ시ᄆᆞ론   하시므로
    울월던 ᄂᆞ치 가시시온 겨스레여 우러르던 낯이 변하신 겨울에여.

    ᄃᆞ라리 그르메 ᄂᆞ린 못 ᄀᆞᆺ   달이 그림자 내린 못 가의
    널 믌겨렛 몰개로다   지나가는 물결에의 모래로다.
    즈시삿 ᄇᆞ라나   모습이야 바라보나
    누리 모ᄃᆞᆫ 갓 일혼디여   세상 모든 것 잃은 처지여.

이제 신충이 태자 승경과 잣나무를 두고 맹세한 약속이 무엇인지 훤히 드러났다. 그것은 상록수인 '잣나무가 가을에도 말라 떨어지지 않듯이' 그처럼 변함없이 나도 '그대를 아름다이 여겨 나가겠다.'고, 아버지 성덕왕 대에 누리던 영화를 계속하여 누릴 수 있게 해 주겠다고 한 것이다.

그리고 '하였으므로' 일어나 절하고 '우러러 보아 왕위에 오르는 데에 협조하였으나', 아마도 진골 출신 고위 귀족이었을 신충은 귀족 회

의의 구성원이었을 것이고, 그 회의는 상대등이 주재하여 전원 찬성하여 의결하는 화백 제도를 채택하고 있었으므로, 태자 승경의 즉위를 달가워하지 않는 아우 헌영을 미는 세력들을 설득하여, 성덕왕의 사후에 그 성덕왕이 책봉한 태자 승경을 즉위시키는 것이 도리라고 설득하여, 즉위하는 데에 지대한 공헌을 하였을 것이다.

그러나 그렇게 약속하던 '그 낯빛이 변한 겨울'을 지나면서, 즉위한 효성왕이 공신들을 상 줄 때 여러 사정에 의하여 신충을 공신록에 넣지 못하고 상을 주지 못한 일이 벌어진 것이다. 왜? 무엇 때문에 효성왕은 신충을 공신록에 넣지 못하였을까? '만기 앙장(萬機鞅掌)'하느라 바빠서 거의 '각궁'을 잊어버릴 뻔하였을까? 그렇게 생각할 사람은 아무도 없을 것이다.

그 겨울에 그는 '달이 그림자를 내리는 못 가'의 '일렁이며 흐르는 물결에' 보일락 말락 존재감 없는 존재가 되어, 조정에 함께 있어 새 임금 효성왕의 '모습을 바라보기는 하지만', 순원의 후계 세력을 추종하는 사람들의 그늘에 가리워 왕의 모습을 제대로 보지 못하는, 그리하여 자신의 의사를 관철시키지 못하는 '세상 모든 것을 잃은 처지'가 된 것이다.

그런데 『삼국유사』는 이 8개의 행을 소개하고 '후구는 잃어 버렸다[後句亡]'고 끝내고 있다. 이 '후구망(後句亡)'은 뒤에 제9행, 제10행이 있었으나 전해 오지 않는다는 뜻으로 알려져 있다. 이 노래가 원래는 10행 향가인데 지금은 8행만 전해 온다는 말이다. 그러나 노래의 내용과 형식은 그렇지 않다는 데에 문제가 있다. 이 노래의 연 구성은 아주 이상하게 되어 있다.

10행 향가가 4행-4행-2행으로 연[stanza]이 구분된다는 것은 이 분야의 상식이다. 모든 10행 향가가 이렇게 연 구분이 된다. 그런데 이 노래 는 8행만 남아 있고 끝에 '後句亡(후구망)'이라고 되어 있어서 10행중 두 행이 없어져서 8행만 남은 것으로 처리되어 왔다.

그런데 문제는 없어진 두 행이 어느 것일까 하는 것이다. 이 문제는 아직까지 제기된 적이 없다. 모두 '후구'를 9행과 10행이라고 보았기 때문에 '후구망'은 당연히 제9행, 제10행이 망실된 것을 의미한다고 보 았다. 그러나 앞에서 말한 대로 해독한 내용 전체를 모아 놓고 보면 그 연 구성이 매우 이상함을 알 수 있다.

이것은 망실된 두 개의 행이 꼭 제9행, 제10행이 아닐 수도 있음을 뜻한다. 여기서는 이를 중심으로 이 노래의 구성상의 특징을 밝히고 그 구성에 따라 노래의 내용을 파악하기로 한다.

[2] 망실 행 추정

먼저 10행 향가인 이 노래의 4행-4행-2행에서 마지막 2 행이 망실되 었다고 생각해 보자. 그러면 남은 8개의 행이 4행-4행으로 나누어져야 한다. 즉 2개 연으로 이루어져야 하는 것이다. 그래서 전체 노래를 두 개의 연으로 나누어 보면 (7)과 같다. 그러나 우리의 기대와는 달리 지 금 남아 있는 8개 행은 4행-4행으로 나누어지기 어려운 구조를 가지고 있다.

(7) a. 갓 됴흔 자시시   질 좋은 잣나무가
       구슬 안들 무릇디매   가을에 아니 말라 떨어지매
       너를 아름다비 너겨 녀리로다   너를 아름다이 여겨 가겠다

ᄒᆞ시ᄆᆞ론	하시므로
울월던 ᄂᆞ치 가시시온 겨스레여	우러르던 낯이 변하신 겨울에여.

b.
ᄃᆞ라리 그르메 ᄂᆞ린 못 ᄀᆞᆺ	달이 그림자 내린 못 가의
녈 믌겨렛 몰개로다	지나가는 물결에의 모래로다.
즈시삿 ᄇᆞ라나	모습이야 바라보나
누리 모ᄃᆞᆫ갓 일혼ᄃᆡ여	세상 모든 것 잃은 처지여.

(7a)는 더 이상 나누어지기 어려운 내용으로 되어 있다. 제1행은 주부, 제2행은 서술부가 되어 '질 좋은 잣나무가/ 가을에 아니 말라 떨어지므로'라는 하나의 절을 이룬다. 그리고 그것은 제3행 '너를 아름다이 여겨 가겠다.'는 약속의 증거물이 된다. 설화 내용으로 볼 때 이 시행(詩行)은 실제로 태자 승경이 잣나무 아래서 신충과 더불어 바둑을 두면서 미래를 설계할 때 말한 내용을 시어화한 것이다. 태자가 한 말을 직접 인용한다면 (8)과 같은 모습이 될 것이다.

(8) 질 좋은 잣나무가 가을에 아니 말라 떨어지듯이 경을 아름다이
여겨 가겠소이다.

무엇인가를 걸고 자신의 약속이 변하지 않을 것임을 맹서하고 싶은데 바로 곁에 잣나무가 우뚝 서 있는 것이다. 잣나무 아니라 큰 바위가 있었다면 그 바위를 걸고서라도 자신의 변하지 않을 마음을 내어 보이고 신충에게 지지해 줄 것을 호소하고 간절히 바라고 있는 것이 태자 승경이다. 그런 태자의 말 (8)을 간접 인용하였기 때문에 대명사가 '경'에서 '너'로 바뀌어 있는 것이다. 20여 세의 젊은 태자가 연로한 원로

조정 대신에게 '너'라는 대명사를 사용하는 것은 역적으로 몰린 범죄자를 국문할 때나 사용하는 말이다. 점잖게는, 아니 부탁을 할 때는 '경'이라고 하지 않는가?

이 '너'를 잣나무라고 하는 사람들을, 어떻게 역사를 올바로 읽고, 설화를 제대로 해석하고, 문학 작품을 감상할 줄 아는 사람이라고 할 수 있겠는가? 하물며 직접 화법, 간접 화법을 연구하고 직접 화법을 간접 화법으로 전환할 때 부사어와 대명사와 시제, 그리고 경어법을 상황에 맞게 바꾸고, 거기에서 더 나아가 자유 간접 화법이라는 것이 있어 전체는 간접 화법이지만 그 속의 일부는 이렇게 직접 화법 때의 말을 약간 바꾸거나 바꾸지 않은 채로 사용하고, 중세 한국어 문헌의 인용문은 거의 모두 자유 간접 화법이고, 등등을 다 생각해야 하는 국어학을 전공한 사람이라고 할 수 있겠는가?

이 시의 제3행 속의 인용된 문장이 '너를 아름다이 여겨 녀리로다.'로 '하라 체'의 청자 대우 등급으로 맺어져 있는 것은 이 문장이 간접 인용되었기 때문이다. 신충은 태자의 말을 간접 인용하고 있다. 그러면 원래의 태자의 말인 (8)에서 '경'이라는 청자를 가리키는 높임의 명사는 엄밀한 의미에서는 1인칭인 '나'로 바꾸어야 한다. 그것을 '나'로 바꾸어야 완전한 간접 인용이 된다. 그런데 그렇게 바꾸지 않은 것이 자유 간접 화법, 반(半) 간접 화법이다.

그러므로 이 '汝多支'을 '너다히, 너다이, 너같이, 너처럼'으로 해독하고 '너'를 '잣나무'라고 하는 것은 '支(복)'을 '支(지)'로 잘못 읽었을 뿐만 아니라, '多(다)'의 중국 고전에서의 용법에 따른 '아름다이 여기다'라는 훈을 모르고 한 것일 뿐 아니라, 이 시행이 태자 승경이 신충에게 잣나무를 두고 맹서하며 약속한 말이라는 설화 내용을 모르고 하는 말이다.

그러나 더 중요한 것은 (7a)가 하나의 연을 이룬다는 것이다. 이렇게 '질 좋은 잣나무가/ 가을에 아니 말라 떨어지매/ 너를 아름다이 여겨 가겠다.'까지는 『삼국유사』 권 제5 「피은 8」 「신충 괘관」 조에서 태자 승경이 '嘗謂曰 他日若忘卿 有如栢樹[일찍이 일러 말하기를, 훗날 만약 경을 잊는다면 유여백수하겠다.'고 한 말을 신충이 시 속에 끌어온 것이다.[12] 이 전체가 하나의 문장으로서 더 이상 나누어질 수 없는 내용을 지니고 있다. 그 뒤의 '하시므로'는 인용 동사이다. 이 4개 행 속에는 태자 승경이 신충에게 맹약한 내용과 그에 따라 '우러르던 낯이'까지에는 '신충이 일어나 절하였다[信忠興拜].'는 내용이 들어 있기 때문에 절대로 연이 나누어지지 않는다. 따라서 전반 4개 행은 더 이상 나눌 수 없는 완전한 하나의 의미 단락을 이루어 하나의 연[stanza]를 이루는 데 손색이 없다.

따라서 이제 남은 4개의 행이 하나의 연으로 묶이어야, 망실된 행이 제9행, 세10행이라고 할 수 있게 된다. 그런데 그 다음 남은 4개 행 즉, 다시 쓴 (7b)도 하나의 연을 이룰 수 있을까? 누가 보아도 그렇지 않다. (7b)를 면밀히 들여다보면 제5행부터 제8행까지가 하나의 단락을 이루고 있지 못함을 알 수 있다.

    (7') b. 드라리 그르메 ᄂᆞ린 못 ᄀᆞᆺ   달이 그림자 내린 못 가의

---

12) '有如(유여)'는 『詩經(시경)』 「王風(왕풍)」 편의 賦(부) 「大車(대거)」에 나오는 말이다. 제2장에서 자세히 논의한 바대로 '有如曒日(유여교일)'은 '밝은 해를 두고 맹세한다.'는 관용구로 사용된다.

널 믌겨랫 몰개로다　　　　흘러가는 물결에의 모래로다.
즈시삿 브라나　　　　　　모습이야 바라보나
누리 모든 갓 일혼ᄃᆡ여　　세상 모든 것 잃은 처지여.

(7b)는 두 개의 서로 다른 내용으로 이루어져 있다. 제5행과 제6행에서 하나의 내용 진술이 끝나고 있다. '달이 그림자 내린 못 가의/ 흘러가는 물결에의 모래로다.'는 그것으로 완결된 내용이다. 더 이상 다른 말이 따라 나올 필요가 없다. '달이 그림자를 내린 못 가의/ 흘러가는 물결에 어리는 모래'는 아마도 시의 화자를 '모래'라는 보조관념으로 은유적으로 표현한 것으로 보인다.

그리고 그 다음 두 행은 '모습이야 바라보나/ 세상 모든 것 잃은 처지여.'이다. 앞의 두 행과 관계없이 독립적으로 하나의 내용을 이룬다. '임금의 모습은 바라보나' 권력 실세들로부터 따돌림을 당하여, '세상 모든 것을 잃은 자신의 처지'를 나타내고 있는 것이다.

(7b)의 4개 행은 하나의 연을 이루지 못한다. 하나의 연으로 묶이기 어려운 내용으로 되어 있는 것이다. 이는 마지막 2개 행이 그 앞의 행들과 구분되어 별개의 연을 이룬다는 것을 의미한다. 그러면 그 연은 결국 10행 향가의 마지막 두 행일 수밖에 없다. 이는 다시 이 노래에는 마지막 두 행이 남아 있다는 말을 한 것이 된다. 이것은 망실된 행이 마지막 두 행, 즉 제9행과 제10행이 아니라는 말이다. 제9행과 제10행이 남아 있다면 이제 망실된 행은 어느 행 어느 행일까?

제7행의 '즈시삿[모습이야]'는 목적어가 특수조사 '-이야'에 의하여 초점화되어 감탄의 효과를 가져 오고 있다. 이 행은 '아아 모습이야 바라보지만'에 가까운 의미를 지닌다. 그러면 10행 향가의 제9행의 첫머리, 주로 감탄사 '아아으'가 오는 자리에 해당한다. 다시 말하면 현재의 제7행의 첫머리는 10행 향가의 9행의 첫머리와 같은 것으로 볼 수 있다. 그러면 제7행이 원래 시의 제9행이고, 제8행은 원래 시의 제10행으로 보이는 것이다.

현재의 제8행 '세상 모든 것 잃은 처지여.'는 더 이상 어떤 시어가 뒤따라오기 어려울 정도로 완결된 시상을 보이고 있다. 세력이 미약한 태자 승경의 편을 들어 그를 왕위에 올렸지만 왕의 아우를 미는 권력자들로부터 소외되어 공신의 등급에 들지 못하여 상을 받지도 못하고 따돌림 당하는 자신의 처지를 후회하고 원망하는 심정을 다 말해 버린 것이다. 높은 지위에 있지만 줄을 잘못 선 탓에 실권을 가지지 못하고 겉도는 자신의 처지를 더 이상 표현할 여지가 없다. 그러므로 이 뒤에 또 다른 행이 연결되어 있다면 그것은 사족이 되고 만다.

그리고 나서 전체를 다시 보면, 제1행으로부터 제4행까지는 이미 논의한 대로 나누어질 만한 곳이 없다. (7a)의 4개 행이 그대로 하나의 의미 단락을 이루면서 제1연이 되고 있는 것이다.

(7') a. 갓 됴흔 자시시   질 좋은 잣나무가
     ᄀᆞᄉᆞᆯ 안ᄃᆞᆯ ᄆᆞᄅᆞ디매   가을에 아니 말라 떨어지매
     너를 아름다ᄫᅵ 너겨 녀리로다   너를 아름다이 여겨 가겠다
     ᄒᆞ시ᄆᆞ론   하시므로
     울월던 ᄂᆞ치 가시시온 겨스레여 우러르던 낯이 변하신 겨울에여.

그런데 (9)에 다시 쓴 제5행과 제6행이 매우 이상하다. 특히 제6행의 '녈 믌겨렛 몰개로다[흘러가는 물결에의 모래로다.]'는 전체로써 하나의

서술어가 되고 있다. 이렇게 평서법 정동사 어미로 끝나면 그 곳에서는 큰 의미 단락이 지어져 하나의 연을 이루게 된다. 여기서 하나의 연이 끝나야 하는 것이다.

(9) 제5행: 드라리 그르메 느린 못 ᄀ   달이 그림자 내린 못 가의
     제6행: 녈 믌겨렛 몰개로다   흘러가는 물결에의 모래로다.

더욱이 '모래(이)로다'는 서술어이기 때문에 당연히 그 서술어의 주어가 있어야 한다. 즉 '무엇이 모래인지'를 찾아야 한다. '모래'는 아마도, 신충이 자신의 위치가 '달밤의 못 가의 흘러가는 물결'에 어른거려 '보일 듯 말 듯'하는 '모래'라고 은유한 말일 것이다. 그러면 그 '모래(이)로다'의 주어는 '내 신세가' 정도가 되는 신충을 뜻하는 말이 들어 있는 명사구가 되어야 한다.

제1행~제4행은 하나의 연으로 종결되어 있다. 그러므로 그 속에는 '모래로다'의 주어가 있을 수 없다. 바로 앞 제5행 '드라리 그르메 느린 못 갓'에서 찾을 수밖에 없다. '달'이 모래의 주어가 될 수 있는가? 불가능하다. 달은 '달이 그림자 내린'이라는 관형절의 주어이다. 그러면 '못 가'가 '모래로다'의 주어가 될 수 있는가? '못 가의'는 '모래'를 수식하는 관형어이지 주어가 될 수 없다. 따라서 현재 전해져 온 대로는 (9)에서 '모래로다'의 주어가 없는 셈이다.

그 주어는 무엇일까? '모래로다'의 주어는 내용상으로 보면 노래의 화자[신충]의 처지이다. 자신의 처지가, 조정에 있지만 뜻을 펴지 못하는 한직에 있거나, 고위직에 있어도 뜻이 받아들여지지 않는 위치에 있어, 흐르는 물결에 어른어른 보일 듯 말 듯한 처지임을 표현하고 있는

것이다. 그것도 '달이 그림자를 내린 밤중의 못 가의', '흘러가는 물에 어른거리는' "모래" 같은 존재 가치밖에 없다는 것을 말한다. 어떤 강대한 세력의 견제에 걸려 임금을 바라보기만 할 뿐, '왕이 되면 그대를 아름다이 여겨 가리라.'고 하던 태자 시절의 왕과 잣나무 아래에서 맺은 맹약이 실현될 수 없는 처지에 왕과 시의 화자 신충은 놓였던 것이다.

그러므로 현재의 이 노래의 제5행 앞에는 '모래로다'의 주어가 되는, 시의 화자의 처지가 포함된 명사구가 있어야 한다. 그 명사구를 포함하는 행과 또 하나의 행이 원래의 제5행, 제6행이 되고 현재의 제5행과 제6행은 제7행, 제8행이 되어 이 네 개의 행이 제2연을 이루게 된다.

여기에 덧붙여서 제1행, 제3행, 제7행이 6음절로 되어 있어야 한다는 김완진(1979)의 '三句六名(삼구육명)'의 가설을 고려하면, 제3행이 '너를 아름다비' 정도로 끝나고 '흐시므론'은 그 다음 행으로 내려가는 것이 좋다.13) 그리고 제7행과 제8행의 행 구분도 '드라리 그르메'와 '느린 못 갓 널 믈겨랏 몰애로다'로 조정되어야 할 필요가 있다. 이 정도가 이 노래에 대한 시 형식 논의의 모두이다. 이제 이 노래는 원래 (10)과 같은 모습을 가진 것이 된다.

(10) a. 갓 됴흔 자시시   질 좋은 잣나무가
　　　 ᄀ술 안들 ᄆᆞᆯ디매   가을에 아니 말라 떨어지매
　　　 너를 아름다비/ 너겨 녀리로다   너를 아름다이/ 여겨 가겠다

---

13) 한시(漢詩)의 부(賦)의 형식을 표현하는 말에 앞에서 본 '八章 章四句', '三章 章四句'라는 말이 있다. '전체가 8연(으로 되어 있고) 각 연(이) 4행(으로 되어 있다.)', '전체가 3연(으로 되어 있고) 각 연(이) 4행(으로 되어 있다.)'는 뜻이다. '三句六名(삼구육명)'은 향가의 형식을 말하는 것이고, '章四句'처럼 '세 개의 구가 여섯 음절로 되어 있다.'는 뜻으로 해석된다.

      ᄒᆡ시ᄆᆞ론 울월던 ᄂᆞ치 가시시온   하시므로 우러르던 낯이 변하신
      겨ᄋᆞ레여   겨울에여.

  b. ○○○ ○○○   ○○○ ○○○
      ○○○○ ○○○○   ○○○○ ○○○○

     ᄃᆞ라리 그르메/ ᄂᆞ린 못ᄀᆞ의   달이 그림자/ 내린 못가의
     흐르는 믌결의 몰개로다.   흐르는 물결의 모래로다.

  c. 즈시사 ᄇᆞ라나   모습이야 바라보나
     누리 모ᄃᆞᆫ 갓 일흔 ᄃᆡ여.   세상 모든 것 잃은 처지여.

그러면 이제 이 노래는 제1행~제4행까지가 전해져 오고, 제5행, 제6행이 망실되었으며, 제7행~제10행까지가 전해져 온다는 결론에 이르게 된다.

[3] 시의 내용

이 노래의 내용은 '임금 곁에 있기는 하지만 세상사 뜻대로 못하는 보잘 것 없는 처지'가 된 데 대한 후회와 체념이 들어 있다. 그 임금은 제2장과 (10)에서 본 대로, 앞으로 왕이 되면 '질 좋은 잣이/ 가을에 아니 말라 떨어지듯이' '너를 아름다이 여기겠다.'고 중용하기를 '잣나무'를 두고 맹세하였다. 그런데 무슨 사정이 있어서인지 임금은 가을이 가고 겨울이 지나 즉위하여 공신들에게 상을 줄 때 자신의 즉위를 도와준 신충에게 상을 주지 {않았다, 못하였다}.

그리하여 '우러러 절하던 낯이 변해 버린 겨울에', '달이 그림자를 내

린 밤중의 못 가의', 일렁이며 '흐르는 물결에' 보일 듯 말 듯 어른거리는 모래처럼 '자신의 처지가' 보잘 것 없어진 것을 한탄하고 있다. 사라진 2개 행은 어떤 내용일까? 즉, '모래로다'의 주어는 어떤 내용일까?

'○○○ ○○○/ ○○○○ ○○○○' 2행 14자 정도의 향찰로 적혀 있었을 이 내용은, 결국 '나는 좋은 임금 모시고, 온 힘을 다하여 보필하려 하였는데' 정도의 내용을 가지는 것이다. 그런 마음을 가졌던 자신의 뜻을 펴지 못할 만큼 조정은 새 임금의 즉위를 달갑지 않게 생각하는 사람들로 차 있고, 즉위 후에 공신을 봉하고 상을 주는 데서부터 권력 쟁투가 시작되어 왕과 왕의 아우가 대립하고 있는 상황이 되어 버린 것이다. 그리고 이미 사망한 왕비의 아들인 새 왕은 이 정치적 상황을 타개해 나갈 능력을 갖추지 못한 나약한 인물이었을 것이다.

그리하여 세력이 약한 왕은, 아우 헌영을 미는 세력에게 치여서 '달이 그림자 내린' 것 같은 어두운 정국에서 뜻대로 정사를 펼치지 못하고 자신의 즉위를 도운 신충 같은 중신들을 '못 가의 흐르는 물에 어른거려 보일 듯 말 듯한' '모래' 같은 신세로 둘 수밖에 없는 사정이 된 것이다. 그래서 그는 '모습이야 바라보나/ 세상 모든 것 잃은 처지여'이라고, 자신의 처지를 한탄하면서 후회하고 있는 것이다.

이 시의 내용 속에는, 스스로 벼슬을 그만 두고 冠(관)을 벽에 걸고, 속세를 등지고 피은(避隱)하였다는 '괘관(掛冠)'에 관한 말이 전혀 없다. 그 내용은 오로지 '태자가 즉위하는 데에 도와주었으나 공신들에게 상을 줄 때 자신을 빠뜨린 데 대한 원망'과 '그렇게 될 수밖에 없었던 정치적 상황을 한탄하고 후회하는 심정'을 표현한 것이다. 그리고 그럴 수밖에 없는 사정을 '흘러가는 물결[왕 주변을 에워싼 세력]' 때문에 보일 듯 말 듯한 '모래 같은[권력 배분에서 배제된] 자신'이라는 말로 표현하고 있다. '임금의 모습은 바라보지만 뜻을 펴지 못하는 자신의 억울한 처지'를 표현한 이 시를 신충은 전략적 전환의 수단으로 이용하여 작을 높여 받고 녹을 더 올려 받았다. 그 후 무력한 효성왕을 배신하고 헌영의 편으로 돌아갔다. 아니 이미 이 시를 지을 때부터 그의 마음은 이미 헌영에게로 향하여 있었을 것이다. 아니 더 심하게 말하면 '이 시는 그 후회로 말미암아 효성왕을 떠나 헌영에게로 가기 위한 전략적 전환의 증거로 자신의 심정을 순원파에게 넌지시 전달한 것'에 다름 아닐지도 모른다.

이렇게 무력하고 무능한 임금을 태자라는 이유로 밀었던 신충은 곧 이대로는 정국을 운영할 수 없음을 깨달았을 것이다. 즉, 다음과 같은 마음을 갖게 된 것이다. 이 임금 효성왕, 즉 요석공주에 의하여 간택된 외손부 엄정왕후의 아들인 이 왕은, 이미 요석공주와 어머니 엄정왕후가 사망하였고, 또 외가의 무력함으로 인하여 제대로 임금 역할을 할 수 없을 것이다.[14] 거기에다가 왕비 박 씨의 친정 또한 세력도 인물도 없어서 든든한 후원자가 되지 못한다. 이 왕은 외가도 처가도 변변찮은 처지인 것이다. 이런 왕을 모시고 있는 것은 미래가 없다.

그에 비하여 왕의 아우 헌영은 어머니가 김순원의 딸 소덕왕후로서 비록 그 어머니가 이미 사망하였지만 막강한 외가의 세력을 등에 업고 있다. 비록 승경이 태자로 책봉될 때, 헌영이 어리고 아우이어서 아버지

---

14) '효성왕이 소덕왕후의 아들인가, 엄정왕후의 아들인가?' 하는 것이 이제 이 시대를 이해하는 데에 핵심 문제라는 것을 알 수 있다. 이에 따라 '효성왕과 경덕왕이 동복 형제인가, 아니면 이복형제인가?'가 결정된다. 효성왕이 소덕왕후의 아들이 아님을 제7장에서 자세히 논의한 것은 이 까닭이다.

성덕왕이 형 승경을 태자로 책봉했지만 배경 세력으로는 형보다 아우가 더 낫다. 737년 2월 성덕왕이 승하하였을 때는 그 당시 태자였기 때문에 어쩔 수 없이 승경을 지지하여 즉위시켰다. 그렇지만 역시 즉위 후에 헌영의 외가 세력들에게 눌려서 제대로 임금 노릇을 할 수 없고 논공행상도 제 뜻대로 못하고 있다.

그리하여 그는 효성왕 즉위년[737년] 3월경 효성왕을 지지한 것을 후회하고 체념하는 시를 짓고, 이 '잣나무 황췌 사건'을 통하여 헌영을 미는 김순원 집안과 손을 잡았을 것이다. 그리하여 효성왕 3년[739년] 정월 중시를 제수 받고, 2월에 왕제 헌영에게 파진찬[4등관위명]을 제수하도록 돕고, (박 씨 왕비의 거취가 불투명한 채) 3월에 김순원의 손녀, 진종 각간의 딸 혜명을 왕비로 들이는 일을 도왔을 것이다. 이 일을 중시인 그가 김순원 집안과 손잡고 추진하였을 것이다. 이 일에 순응하여 효성왕이 아버지 성덕왕처럼 김순원 집안의 입맛에 맞게 고분고분 정사를 펴나가고 원만하게 혼인 생활을 하였으면 서로 다 좋았을지도 모른다. 그러나 박 씨 왕비를 어떻게 했는지 불투명한 채 새 왕비를 맞이한 효성왕은, 사망하였을 어머니 엄성왕후에 대한 심리적 콤플렉스까지 겹쳐서 정상적인 임금 노릇을 하지 못했던 것으로 보인다.

아마 효성왕이 새 왕비 혜명을 찾지 않았을 가능성이 크다. 그리고 효성왕은 후궁에게 빠져 들었다. 이에 혼인 후 2개월 만에 혜명왕비는 더 이상 참지 못하고 시동생이자 고모의 아들인 헌영을 5월에 태자로 책봉하도록 친정과 합의하였을 것이다. 마침 부군 제도가 있어 아들이 없는 왕은 그 아우를 부군으로 봉하여 태자 역할을 하게 되어 있었다. 역시 이 하수인 역할도 신충이 하였을 것이다. 이제 헌영이 태자가 되어 여차하면 왕위를 물려 받을 만반의 준비가 갖추어졌다.

혜명왕비는 친정 집안사람들과 모의하여 효성왕의 총애를 받고 있는 후궁을 죽였다. 이에 효성왕 4년[740년] 8월 그 후궁의 아버지 파진찬 영종이 모반하였다. 그는 주살되었다.[15] 효성왕 6년[742년] 5월 효성왕은 승하하였다. 그리고 화장당하여 동해에 산골되었다.

[4] '각궁'은 골육상쟁을 상징한다

승경은 아버지 성덕왕 사후 왕위가 어디로 갈 것인지 두려워하고 있다. 승경은 왜 왕위를 계승하는 데에 자신이 없었을까? 승경이 정상적으로 왕위를 계승할 수 있는 굳건한 태자 지위에 있었다면 있을 수 없는 일이다. 승경은 왕이 되기 어려운 처지에 있다. 왜 그럴까?

그가 『삼국사기』 효성왕 즉위 시[737년 2월]의 기록대로 성덕왕의 두

---

15) 이 후궁이 전 왕비 박 씨일 것이고, 그 아버지 파진찬 영종이 『삼국유사』의 혜명왕비의 아버지 진종 각간과 이름이 비슷하니 동일인일 것이라는 김수태(1996), 또는 『삼국유사』가 영종을 진종으로 잘못 적었다는 박해현(2003)의 상식 이하의 주장에 근거하여, 이현주(2015:254)는 진종은 박 씨 왕비의 부이고 김순원은 혜명왕비의 부라고 하고 있다. 그나마 이현주(2015:255)는 영종이 파진찬인 것으로 보아 진골 출신으로 김 씨일 것으로 추정하고 이 후궁이 박 씨 왕비와는 다른 인물이라고 쓰고 있다. 그러면 진종도 각간으로 되어 있으므로 그도 진골 귀족이고 김 씨일 가능성이 크다. 거듭 분명히 말한다. 『삼국사기』 권 제9 「효성왕」, 3년[739년] 3월의 '이찬 순원의 딸 혜명을 들여 왕비로 삼았다[納伊湌順元女惠明爲妃].'는 기록에서 '순원'은 '진종'의 오식이다. 『삼국유사』 「왕력」, 「효성왕」, 조의 '왕비는 혜명왕후로 진종 각간의 딸이다[妃惠明王后眞宗角干之女].'가 옳은 것이다. 나이가 전혀 맞지 않는다. 순원은 늦어도 아버지 선품이 사망한 644년보다 더 전에 태어났어야 한다. 그러므로 효성왕이 혜명과 재혼하는 739년에는 96세 이상이 된다. 96세 이상의 노인의 딸이 왕비로 간택되었다는 것은 상식에 어긋난다. 혜명왕비의 아버지는 진종이고, 순원은 혜명왕비의 조부이다. 이 생각을 전혀 하지 못하고 있다. 사리를 정확히 판단해야 한다. 순원은 소덕왕후의 아버지이고 혜명왕비의 할아버지이다. 그러면 성덕왕 후반기에서 효성왕 대를 거쳐 경덕왕 대까지의 권력 실세가 자의왕후의 친정 김순원 집안이라는 명확한 진실이 드러난다. 더 이상 불합리한 사고에서 헤매고 있을 일이 아니다.

번째 왕비 소덕왕후의 아들이라면 있을 수 없는 일이다. 경덕왕 즉위 시[742년 5월]의 기록대로 경덕왕이 효성왕의 동모제라면 이렇게까지 되지는 않았을 것이다. 그는 소덕왕후의 아들이 아닐지도 모른다. 그러면 누구의 아들일까? 그는 제7장에서 논증한 대로 성덕왕의 첫 번째 왕비 엄정왕후의 아들이다. 따라서 김순원의 외손자가 아니라 김원태의 외손자이다.

그렇다면 그에게는 강력한 라이벌이 있다. 누가 라이벌인가? 아우이다. 승경에게는 헌영이라는 아우가 있다. 그의 동생 헌영은 어머니가 분명히 소덕왕후이다. 친형제도 무섭지만, 이복형제의 경우 그 두려움은 더욱 더 크다. 소덕왕후는 당대 최고의 권력 실세 김순원 집안의 딸이다. 헌영의 외할아버지가 김순원이다. 그의 외삼촌, 외사촌들은 아버지와 할아버지를 이어 권력 실세로 군림하고 있었다. 이 집안은 자의왕후의 친정 집안으로 진흥왕의 아들 구륜, 그 아들 선품, 그 아들 순원, 그 아들 진종으로 이어져 왔다. 그리고 지금은 김순원의 손자인 충신, 효신이 그 대표 인물이다. 자의왕후의 여동생 운명의 남편이며 선품의 사위인 김오기[김대문의 아버지]는 681년 8월 '김흠돌의 모반' 때 호성장군 진공의 군대를 쳐부수고 월성에 유혈 입성한 신문왕의 친위 쿠데타 군의 총사령관이다. 김흠돌의 모반을 진압한 일등 공신이라 할 것이다. 헌영의 결혼 후로는 그의 처가도 이찬 순정의 집안으로 고위 귀족 집안이다.

승경이 이복동생 헌영에게 불안을 느낄 수밖에 없게 되어 있는 것이다. 그가 태자가 되는 데에는 아버지 성덕왕의 뜻이 많이 작용한 것으로 보인다. 그런데 그 아버지가 지금 숨이 턱에 차서 오늘, 내일 하고

있다. 신충 아니라 어느 누구의 도움이라도 청할 수밖에 없는 곤경에
몰린 것이다.

(11a)에서 보듯이 잣나무가 시들었다. (11b)에서 왕의 말은 "정사에
바빠 '角弓(각궁)'을 잊을 뻔하였구나."이다. 잊은 핑계 치고는 어색하다.
그리고 '각궁[물소 뿔로 만든, 길이 잘 든 활]'이라는 말도 의미심장하
다. (11c)는 공신 등급에 넣고 작록을 더 얹어 주었더니 잣나무가 되살
아났다고 하였다.

(11) a. 신충이 원망하여 노래를 지어 잣나무에 붙였더니 나무가 갑
       자기 시들었다[忠怨而作歌 帖於栢樹 樹忽黃悴]. 왕이 이상히
       여겨 사람을 시켜 조사하게 하였더니 노래를 가져 와서 바쳤
       다[王怪使審之 得歌獻之].
    b. 크게 놀라 말하기를[大驚曰], 만기를 앙장하느라 거의 각궁을
       잊을 뻔하였구나[萬機鞅掌幾忘乎角弓].
    c. 이에 그를 불러 작록을 주니 잣나무가 다시 살아났다[乃召之
       賜爵祿 栢樹乃蘇]. <『삼국유사』 권 제5 「신충 괘관」>

(12)의 『삼국사기』 「효성왕」, 3년 조에는 중시 '의충'이 사망하여 '이
찬 신충'을 중시로 삼았다고 하였다.

(12) 효성왕 3년[739년] 봄 정월 할아버지, 아버지 묘를 참배하였다
    [三年 春正月拜祖考廟]. 중시 의충이 사망하였다[中侍義忠卒].
    이찬 신충으로 중시를 삼았다[以伊飡信忠爲中侍]. <『삼국사
    기』 권 제9 「신라본기 제9」 「효성왕」>

그러므로 효성왕 즉위 직후인 이 시를 지을 때에는 신충이 당연히 '이찬'보다 낮은 관등인 '소판(蘇判)'이었을 가능성이 있고, 직책은 병부령, 승부령과 같은 장관급의 자리에 있었을 것이다.

그렇다면 효성왕은 왜, 즉위한 뒤에 공신들에게 상을 줄 때 신충을 빠트렸을까? 그것은 '각궁(角弓)'이라는 말에서 단서를 찾을 수 있다. 이 「신충 괘관」 조의 핵심 내용은 '각궁'이라는 말에 압축되어 있다. 이 말을 자세히 아는 것, 그것이 효성왕 승경과 경덕왕 헌영의 관계를 알기 위한 요체이다.

「角弓(각궁)」은 『詩經(시경)』 「小雅(소아)」 편의 부(賦)의 이름이다.16) 이 시는 주 나라가 망해 가던 시기 늙은 신하들이 두 왕자를 각각 옹립하여 동주와 서주를 세우고 반목하고 싸우느라 여러 공경들이 갈피를 잡지 못하고 인륜이 무너지는 망조가 든 나라 상황을 풍자한 것이다. 시의 내용은 제2장에서 전문을 본 바 있다. 중요한 일부만 보면 (9)와 같다[번역 필자].

> (13) 騂騂角弓[길 잘 든 뿔활도] 翩其反矣[줄 늦추면 뉘집어지네] 兄弟昏姻[형제 친인척] 無胥遠矣[멀리하지 말지어다]/ ―중략― / 此令兄弟[이 의좋은 형제들] 綽綽有裕[너그럽고 겨르롭게 지내지만]/ 不令兄弟[우애 없는 형제들은] 交相爲癒[서로가 배 아파하네]/ ―중략― /老馬反爲駒[늙은 말 도로 망아지 되어] 不顧其後[뒷일 생각 않고] 如食宜饇[남보다 배 불리 먹으려 하고] 如酌孔取[더 많이 마시려 하네]/ 無教猱升木[잔나비에게 나무 타는 법 가르치지 말래] 如塗塗附[진흙에 진흙 바르는 꼴이리니] 君子

---

16) 제2장을 참고하기 바란다. 반복하여 실어 두는 것은 이 '각궁'이라는 단어가 「원가」의 핵심 단어라고 보기 때문이다.

有徽猷[군자 빛나는 도 지녔으면] 小人與屬[소인들 이를 따르리]/ —중략— /雨雪浮浮[눈비 펄펄 내리지만] 見晛曰流[햇빛 보면 녹아 흐르는데] 如蠻如髦[그대 오랑캐 같이 하니] 我是用憂[나는 늘 이것이 근심이라네].

이 시는 기원 전 771년 주 나라의 두 왕자가 동주의 평왕과 서주의 휴왕으로 병립하여 형제 사이에 골육상쟁을 벌이는 바람에 신하들이 우왕좌왕하고 인륜이 무너지는 세태를 풍자한 것이다. 주 유왕이 후궁 포사에게 빠져 포사의 아들 백복을 태자로 봉하자, 원래의 태자 의구의 외할아버지 신후가 견융을 불러들여 유왕과 백복을 살해한 뒤, 의구를 왕으로 옹립하여 평왕으로 삼고 낙읍으로 천도하여 동주를 세우자, 괵공 한이 원래의 수도 호경에서 또 다른 왕자 여신을 옹립하여 휴왕으로 삼고 서주를 세웠다. 10여 년 계속된 이왕병립(二王竝立)으로 형제 사이에 싸우느라 신하들도 싸우고 백성들도 본받을 모범이 없어 인륜이 무너지는 현실을 풍자한 것이다.

'각궁을 잊을 뻔하였다.'는 형제 사이에 싸우고, 신하들이 서로 싸우는 '각궁(의 교훈)을 잊고 있었다.'는 것이다. 즉, 아우 세력과의 권력 분배 문제로 서로 다투었던 것이다. 이왕병립까지는 아니더라고 왕의 눈치를 보아야 할지, 왕의 아우나 그 아우의 외사촌들의 눈치를 보아야 할지, 신라의 신하들은 형제 사이인 동주의 평왕과 서주의 휴왕이 대립하여 이러지도 저러지도 못하는 주 나라 신하들과 같은 상황에 놓였던 것이다.

그것을 보여 주는 것이 효성왕 재위 시의 (14)와 같은 기록이다.

(14) a. 효성왕 3년[739년] 2월 왕의 아우 헌영을 제수하여 파진찬으로 삼았다[二月 拜王弟憲英爲坡珍湌]

b. 동 3년 3월 이찬 순원의 딸 혜명을 들여 비로 삼았다[三月 納伊湌順元女惠明爲妃]

c. 동 여름 5월 파진찬 헌영을 책봉하여 태자로 삼았다[夏五月 封波珍湌憲英爲太子]

d. 동 가을 9월 완산주에서 흰 까치를 바쳤다[秋九月 完山州獻 白鵲]. 여우가 월성 궁중에서 울어 개가 물어 죽였다[狐鳴月 城宮中 狗咬殺之].

e. 동 4년 봄 3월 당은 사신을 파견하여 부인 김 씨를 책봉하여 왕비로 삼았다[四年 春三月 唐遣使冊夫人金氏爲王妃]. <『삼국사기』 권 제9 「신라본기 제8」 「효성왕」>

아우 헌영을 파진찬[4등관위명]으로 삼고, 순원의 손녀, 진종의 딸 혜명을 왕비로 삼고, 아우 헌영을 태자로 삼는다. 그리고 새 왕비가 들어온 지 1년이나 지난 그 이듬해 봄 3월에 당 나라는 부인[제후의 배우자] 김 씨 혜명을 왕비로 책봉하였다. 보통은 사신이 가는 데 2달, 오는 데 2달 4개월 정도면 가고 온다. 사신이 가는 것도 늦어졌고 오는 것도 늦어졌을 것이다. 당 나라도 상당히 고심하였을 것이다. 모든 왕비의 책봉 사실이 이렇게 또박또박 적히지도 않는다. 당장 성덕왕의 두 번에 걸친 혼인에 대하여 당 나라가 왕비를 책봉하였다는 기사는 『삼국사기』에 없다. 그 전전 왕 신문왕의 두번째 혼인 후에도 당나라의 왕비 책봉 기사는 없다. 이렇게 효성왕의 경우 두 왕비의 책봉을 다 적어 둔 『삼국사기』의 편자도 이 일을 만만치 않은 일로 본 것임에 틀림없다.

이렇게 아우 헌영을 부각시키고 태자로까지 책봉하여 효성왕을 궁지에 몰아넣으면서 새 어머니 소덕왕후의 친정 조카딸인 혜명과 강제(?) 혼인까지 강행하는 그 사이에, (14d)와 같이 '흰 까치[상서로움의 예징?]'를 바치는 기록이 있는가 하면 어쩐지 불길한 예감을 주는 여우의 울음소리와 그 여우를 물어 죽이는 개의 기록이 들어 있는 것이 의미심장하기만 하다. 월성 대궁에 갇힌 효성왕의 고립무원의 처지가 안타깝게도 훤히 보인다. 신하들, 중시 신충, 순원, 순원의 아들 진종, 순원의 손자 충신, 효신 등은 어디서 무슨 일을 하고 있었을까? 모두 이복동생 헌영의 편들이다. 형 편은 없는 세상인 것이다.

이것이 일연선사가 『삼국유사』 권 제5 「피은 제8」 「신충 괘관」 조에서 '신충'이라는 인물의 '변절과 노회한 작록 탐함'에서 하고 싶었던 이야기의 진정한 뜻이다. 일연선사는 결코 '신충'의 '피은'에 대하여 말한 것이 아니다. '괘관'은, 그리고 '피은'은 대내마 이순의 이야기이지 이찬 신충의 이야기가 아니다.[17)]

요약하면 효성왕은 즉위 후에 왕권을 온전히 행사할 수 없는 처지에 있었다. 왜 효성왕은 왕권을 제대로 행사할 수 없었는가? 또 다시 우리는 어쩔 수 없이 통일 신라사의 미로를 헤맬 수밖에 없는 처지에 놓였었다. 그러나 이 제8장이 국어국문학과가 할 수 있는 일의 모두이다. 나머지 일은 역사 연구가 할 수밖에 없다. 이제 선무당 같은 역사 연구자가 다시 무딘 칼을 갈아야 할 대목에 들어선 것이다. 하지 않아도 되는 일인데—. 그것이 앞에서 본 제3장부터 제7장까지의 탐구 결과이다.

---

17) 이 일연선사의 편찬 의도가 제대로 읽히는 데에 얼마나 긴 세월이 흘렀는가? 이 사실이 제대로 이 노래의 작품 감상에 반영되고, 교육에 반영되려면 또 얼마나 세월이 흘러야 할 것인가? 아예 묻히고 말겠지.

제 9 장
시(詩)는 시대의 아픔을 반영한다

시(詩)는 시대의 아픔을 반영한다

1. 향가는 서정시이지만 서사적 배경을 가진다

『맹자』「만장장구(萬章章句)」의 한 대목을 보기로 한다. (1)에서 '其世'는 무엇을 뜻하는가? '그의 세상', '그의 시대'를 의미한다.

(1) 맹자가 만장에게 일러 가로되[孟子謂萬章曰], 한 고을의 선한 선비라면 한 고을의 선한 선비를 벗하고, 한 나라의 선한 선비라면 한 나라의 선한 선비를 벗하며, 천하의 선한 선비라면 천하의 선한 선비를 벗한다[一鄕之善士 斯友一鄕之善士 一國之善士 斯友一國之善士 天下之善士 斯友天下之善士]. 천하의 선한 선비를 벗하는 것으로 만족하지 못하면 또 옛 사람을 숭상하여 논하니 <u>그 사람이 쓴 시를 암송하고 그 사람이 쓴 책을 읽는다. 그러고서도 그 사람을 몰라서야 되겠는가</u>[以友天下之善士 爲未足 又尙論古之人 頌其詩 讀其書 不知其人 可乎]. 이로써 <u>그가 산 세상[시대]</u>를 논하게 되니 이것이 곧 숭상하여 벗한다는 것이다[是以論其

世也. 是尙友也] <『맹자』「만장장구」>

옛날의 훌륭한 인물이 지은 시(詩)를 외고 책을 읽고 고사를 논평하며, 그 사람이 산 시대적 배경을 논하여야 그 사람을 숭상하여 벗한다는 말이 된다.

詩가 시대적 배경과 그 시대 사람 삶의 실제를 모르고도 작품 그 자체만으로 이해하고 감상할 수 있는 것이라고? 시는 지은 이의 정서를 표출한 것이고 그 정서는 인류 보편적인 것이므로 시대와 나라와 민족을 넘어서 공감을 불러일으키는 것으로 역사적 실제와 직접 연결 짓는 것은 무리한 일이라고? 그런 시는 현대의 전업 시인들이 사회와 사람 삶과 역사적 현실에 눈 감고 자신의 흥에 겨워 읊조리는 사랑과 실연과 그리움을 노래하는 순수 서정시에나 통하는 말이다.[1]

옛날에는 전업 시인들이 없었다. 모든 선비들이, 지식인들이 시를 지을 수 있었고, 누구나 특별한 계기를 당하여 그 일을 소재로 자신의 소회를 읊었다. 아이가 태어나면 기쁨을 표하고 아이의 장래를 축복하는 시를 지었고, 혼인을 맞으면 새 부부의 금슬과 앞날의 행복을 비는 시를 지었으며, 회갑을 맞으면 또 거기에 맞추어 건강과 장수를 비는 시를 지었다. 사람이 죽으면 그 사람의 생시의 공덕을 찬양하고 추모하는

---

1) 이런 말들은 저자의 향가 관련 논문들을 심사한 분들의 심사 의견들이다. 문학을 전공하는 분들의 처지에서는 오로지 향가 창작의 역사적 배경과 정치적 갈등의 추구에만 골몰하는 저자의 연구 태도가 옳지 않다는 충고를 하고 싶었을 것이다. 그러나 지금까지 그런 방향의 연구가 제대로 되어 있지 않다는 것을 생각하면, 한 사람쯤은 이런 일에 미치는 것도 필요하다. 다른 방향의 연구는 다른 분들이 잘 하고 있으니까. 문학을 연구하는 분들이 향가의 정치적, 시대적 배경에 관심이 없듯이 저자는 향가의 문학적 미를 논하는 데에 관심이 없다. 저자는 시의 문학적 미보다는 시의 정치적, 역사적 교훈이 훨씬 더 중요하다고 생각한다. 저자는 역사를 논하는 것이고 그것도 인문학적 역사가 아니라 사회과학적 역사를 논하는 것이다.

만사(輓詞)나 만가(輓歌)를 지어 휘장에 써서 장대 끝에 달아 휘날리며 장례를 치렀고, 제사가 닥치면 돌아가신 분을 추모하며 생시의 덕과 인품을 찬양하는 제가(祭歌)를 지어 그리워했다. 그런 것이 시이고 향가이다.[2] 향가는 1000년도 더 되는 세월을 견디며 살아남은 시이다. 그 시들에 어찌 시대와 사회와 인간 삶의 고뇌가 배어 있지 않겠는가? 어찌 10년도 못 가서 사라져 버릴 현대의 가볍고 엷은 몽환 속의 독백 같은 시와 같겠는가?

신라의 향가 가운데 「모죽지랑가」는 죽지 장군의 장례를 당하여 그 죽음을 슬퍼하고 일생을 돌아보며 추모하는 만가(輓歌)이고, 「찬기파랑가」는 김군관 장군의 제삿날, 이러지도 저러지도 못하는 정치적 처지에서도 끝까지 전우들을 배신하지 않은 그의 지조를 찬양하고, 억울하게 죽은 그의 결백함을 돌아보며 눈물 흘리는 제가(祭歌)이며, 「원가」는 배신자 신충이 효성왕을 버리고 왕의 배다른 아우 헌영을 지지하는 방향으로 정치적 처지를 바꾸어 헌영을 지지하는 세력에게 자신의 변심을 알리기 위하여 지은 정략가(政略歌)이다.

이렇게 개인의 삶이 들어 있고, 시대적 배경이 분명하며, 그 시대의 역사 기록에서 정확하게 확인되는 사건들을 배경으로 하는 서사적 배경을 가진 서정시는, 그 시가 지어진 시대의 역사적 실제를 모르고는 아무 것도 이해할 수 없고 아무 것도 설명할 수 없다. 『시경』의 시 300편이나, 당, 송 시대의 시들을 보라. (2)의 두보의 시 한 편만 읽어 보라.

---

2) '님을 위한 행진곡'을 1970년대 후반의 유신 독재, 5.18 민주화 운동, 1980년대의 권위주의적 군사 정권 등 그 노래 창작의 배경이 된 시대적 상황으로부터 떼어내어 서정시로 해석한다고 해 보아라. 세상이 웃을 것이다. 신라 중대 암군들이 양장, 현신들을 마구 죽인 암울한 시대를 배경으로 하는 몇몇 향가도 이와 같다. 그것이 서정시만이 아닌 것은 '님을 위한 행진곡'이 그렇지 않은 것과 같다.

(2) 贈衛八處士[위씨 여덟째 처사에게 드리는 시] 杜甫[번역 : 저재]

人生不相見(인생불상견)　　사람 살며 만나지 못함이여

動如參與商(동여삼여상)3)　　삼성과 상성 같이 움직이네.

今夕復何夕(금석부하석)　　오늘 저녁은 또 어떤 저녁인고

共此燈燭光(공차등촉광)　　이 등촉의 빛 함께 하게 되었구나.

少壯能幾時(소장능기시)　　젊고 건장한 때 얼마나 되리

鬢髮各已蒼(빈발각기창)4)　　구렛나루 머리털 각기 이미 세었구나.

訪舊半爲鬼(방구반위귀)　　옛 친구 찾아보니 반은 귀신 되었으니

驚呼熱中腸(경호열중창)　　놀라 울부짖으며 창자 속이 타는구나.

焉知二十載(언지이십재)　　어찌 알았으리, 헤어진 지 이십 년에

重上君子堂(중상군자당)5)　　다시 그대 집에 오르게 될 줄을

昔別君未婚(석별군미혼)　　옛날 헤어질 적엔 총각이더니

兒女忽成行(아녀홀성행)　　이제 자녀가 줄을 이루었구나.

怡然敬父執(이연경부집)　　기쁘게 아버지 친구를 맞아

問我何方來(문아하방래)　　어디서 오셨는지 묻고

問答未及已(문답미급기)　　물음에 답 미처 끝나기도 전에

兒女羅酒漿(아녀나주장)　　자녀들이 술과 술국 벌여 놓았네.

夜雨剪春韭(야우전춘구)　　밤 비 속 봄 소울6) 베어다 무치고

---

3) 左傳 子産曰[『춘추좌씨전』에서 자산이 가로되], 昔高辛氏有二子 伯曰閼伯 季曰實沈[옛적에 고신 씨가 아들이 둘 있었으니 형은 알백이고 아우는 실심이었다. 居於曠林 不相能也[광림에 살았는데 서로 사이가 좋지 않았다. 帝遷閼伯于商 主辰爲商星 遷實沈於大夏 主晉爲參[천제가 알백을 상 땅에 옮겨서 辰를 주하는 상 별로 삼고, 실심을 대하로 옮겨서 晉를 주하는 삼 별로 삼았다. 二星不相得 各居一方[두 별이 서로 사이가 좋지 않아 각기 다른 방향에 위치하였다. 人之離別 不得聚會者似之[사람이 이별하여 능히 만나지 못하는 것이 이와 비슷하다. 자고로 형제 사이에는 사이가 안 좋은 것이 정상적이다.

4) 武帝 秋風辭[무제의 추풍사에], 少壯幾時兮[젊고 건장함이 언제였던가. 奈老何[늙어감을 어찌할꼬] 하였다.

5) 王仲宣 詩[왕중선 시에], 高會君子堂[최고의 모임은 그대 집에서의 것이라 하였다.

新炊間黃粱(신취간황량)　새로 지은 따스한 밥 기장이 섞이었네
主稱會面難(주칭회면난)　주인은 얼굴 보기 어려움을 말하고
一擧累十觴(일거루십상)　한 참에 열 잔이나 거푸 권 하는구나.
十觴亦不醉(십상역불취)　열 잔을 다 마셔도 취하지가 않으니
感子故意長(감자고의장)　그대의 정 오램에 감동했기 때문이리
明日隔山岳(명일격산악)　날 밝아 큰 산 사이 두고 또 떠나면
世事兩茫茫(세사양망망)　세상 일 양 쪽 다 앞으로 어이 될란고

두보의 이 시를 당 나라 현종 시기의 '안사(安史)의 난'과 연관시키지 않고 어떻게 이해하고 감상할 수 있겠는가? 전란으로 가족이 뿔뿔이 흩어져 떠돌다가 옛 친구의 집을 빙문하여, 죽은 친구의 아들을 마주하고 술 열 잔, 밥 한 끼 대접받고, 날이 밝으면 다시 만날 기약 없는 걸음을 떠나야 하는 민초들의 삶을 노래하고 있는 시이다.

두보의 시에 붙은 중국 주석서들의 주석들을 보라. 우리 나라의 『두시 언해(杜詩諺解)』의 인명, 지명, 고사성어에 우리 선조들이 붙인 주석들을 보라. 얼마나 자세하게 시시콜콜한 중국의 역사에 관하여, 고사에 관하여, 인물에 관하여, 심지어 지명에 관하여 설명하고 있는가? 향가에 관하여, 『삼국유사』의 배경 설화에 관하여 그렇게 자세한 주석서를 만든 적이 있는가? 지금이라도 더 늦기 전에 그 주석서를 만들고 설명해 두어야 한다.[7]

---

6) '부추'의 충청도, 전라도 말이다. 경상도에서는 '소풀'이라고 한다. '정구지'라는 말은 이 시에서 보는 '전구(剪韭)'에 우리 말 '지'[김치의 다른 말, '단무지', '가죽지', '마늘쫑지'의 '지'이다.]를 붙인 단어라는 것이, 생시의 정요일 선생이 부추전을 안주로 하여 막걸리를 마실 때마다 하던 말이다. 그 정 선생이 그립다. 정년하면 보만재 연구실을 만들어 혼자 하기 벅찬 이런 작업을 함께 하기로 약속해 놓고, 무엇이 급하여 이 힘든 일을 나 혼자에게 맡겨 놓고 그리 빨리 훌쩍 떠났을까?
7) 우리 죽으면 우리 아이들은 한자, 한문을 몰라서 아무 것도 못하고 중국의 학자, 일본

바로 그 시대이다. 신라의 이 향가들이 지어진 시대는 바로 그러한 시대이다. 그런데 신라의 이 시들은 훨씬 더 정확한 메시지를 담고 있는 시로서 내용이 명백한 시들이다. 이런 시들을 그 시대 사람 삶의 실제를 모르고 어찌 이해할 수 있겠는가? 해독을 제외하고, 지금까지의 70여 년에 걸친 「원가」에 대한 문학적 연구가 모두 헛일이 된 이유는 바로 그 시의 창작 배경을 철저히 탐구하지 못했기 때문이다. 다시 말하여 「원가」의 역사적 배경에 대한 연구가 제대로 이루어지지 않았기 때문이다. 이 신라 시대의 시에 대한 연구는 불행히도 역사 기록에 밀착되지 못하고, 다시 말하여 사람 삶의 진실을 떠나 허공에서 공상가들의 헛된 동어반복의 대상이 되었을 뿐이다.

「원가」의 창작 시기는 『삼국유사』의 기사 그대로 효성왕 즉위년[737년]이다. 창작 동기는 고위 원로 정치인 신충이 '태자 승경을 지지하여 즉위시킨 것을 후회하고, 왕을 원망하는 시를 지어 작록을 올려 받고 효성왕의 이복아우 헌영을 편드는 쪽으로 전향하려 하는' 전략적 전환의 뜻을 표현한 것이다. 736년 가을, '훗날 경을 잊으면 이 잣나무가 증거가 될 것이다.=훗날 경을 잊기 않기를 이 잣나무를 걸고 맹서한다.'는 맹약 아래 신충은 원래의 파벌을 떠나 대의명분상으로 왕이 될 가능성이 큰 태자 승경의 편에 섰다. 그러나 737년 2월 효성왕 즉위 후 공신들을 상 줄 때 승경이 즉위한 것을 달가워하지 않는 헌영의 외가, 김순원 집안 세력의 반대로 신충은 공신의 등급에 들지 못하여 상을 받지 못하였다. 이는 논공행상의 실세가 신충을 배제하였음을 의미한다.

의 학자에게 이런 일에 대하여 연구 용역을 주게 될 것이다. 무서운 일이다. 이런 날이 오기 전에 한자를 아는 마지막 세대가 할 일을 다 해야 한다. 후속 세대를 기르는 일이다.

논공행상의 실세는 태자 승경이 즉위하는 것을 원하지 않았다. 그들은 태자의 이복아우 헌영이 즉위하기를 원했다. 헌영이 그들의 고모가 낳은 친 고종사촌이기 때문이다. 그러나 737년 2월 제33대 성덕왕이 승하하였을 때 태자인 승경의 즉위를 막을 도리도 없다. 여기서 태자 승경을 지지하는 약한 세력과 그의 이복아우 헌영을 지지하는 강력한 세력이 대립하고 있었음이 엿보인다. 일단 대의명분은 태자인 승경에게 있었지만, 생모가 아간 원태의 딸 엄정왕후일 것으로 보이는 승경은 외가나 처가가 약하여 지지하는 세력이 너무 약하였다. 이에 비하여 새 왕비 소덕왕후의 아들임이 분명한 헌영은, 외할아버지 김순원이 각간이고, 외숙부 김진종이 각간이며, 장인인 순정도 이찬이어서 왕실 방계인 외가와 처가를 중심으로 한 강력한 지지 세력을 형성하고 있었다.[8]

2. 삼국 통일 후 진골 귀족 세력을 거세한 것이 아니다

화랑 출신 고위 귀족들이 왜 죽고, 왜 축출되있는가? 왕권 강화를 위하여 진골 귀족 세력을 거세하였다고? 합당한 답이 아니다. 진덕여왕을 마지막으로 이미 서라벌에 성골은 없다. 성골도 없는 세상에서 누가 진골 귀족 세력을 거세하는가? 육두품이 하는가? 왕당파가 한다고? 그 왕당파는 진골이 아니고 무엇인가?

---

8) 이는 마치 조선조 숙종 때의 후계자 경쟁과 비슷한 양상을 보인다. 장희빈의 아들 경종은, 어머니가 사사되고 남인이 실각한 고립무원의 상황에서, 양모이지만 외가가 영빈 이 씨 집안이고 처가[장인 서종제가 영의정 달성 서 씨 서종태 집안인 아우 연잉군과 왕위 계승전을 벌이고, 즉위 후에는 무자할 것으로 예측되어 아우 연잉군을 세제로 책봉할 수밖에 없었다. 이 상황과 효성왕이 처했던 상황이 매우 비슷하다.

통일 신라의 왕권이야 제30대 문무왕 때 제일 강했다. 그 뒤로 제대로 된 왕권을 행사한 왕이 한 명이라도 있는가? 세월이 갈수록 왕권은 약화되어 갔고 못난 왕만 배출되었다. 제31대 신문왕이 고종사촌 누이와의 사이에서 태어난 혼외자 이홍, 보ㅅ내, 효명 때문에 왕비 김흠돌의 딸과 가정불화를 겪고 결국 장인 '김흠돌의 모반'으로 숱한 화랑 출신 장군들을 주륙한 후 왕비를 폐비시키고 정부 김흠운의 딸을 새 왕비로 들인 683년 이래, 그 혼외자들인 제32대 효소왕, 제33대 성덕왕이 제대로 된 왕권을 행사하기나 했는가? 그 성덕왕의 두 번에 걸친 혼인으로 생긴 이복형제 엄정왕후의 아들 제34대 효성왕, 소덕왕후의 아들 제35대 경덕왕이 제대로 된 왕권을 행사하였는가? 고종사촌 형에게 시해 당한 남장 여인 제36대 혜공왕은 언급할 것도 없다. 그 많은 화랑 출신 장군들을 죽이고 강화한 왕권이 그 정도밖에 안 되었는가? 진골 귀족 세력 거세, 그것은 당연히 의심해 보아야 하는 주제이다.

백제와 고구려가 당 나라에 의하여 멸망한 후 서라벌에서 일어난 일은, 전쟁이 끝났으니 무력을 걷어내고 문치가 꽃을 피우는 왕권 중심의 중앙 집권 국가로 가자는 것과는 전혀 관계없는 일이다. 681년[신문왕 즉위년] 8월 8일의 일은 진골 귀족이 진골 귀족 세력을 거세하는 것이다. 그러므로 거세한 주체와 거세된 대상을 밝혀야 한다.

거세한 주체는 신문왕과 김흠운의 딸 사이에서 677년[문무왕 17년]에 혼전, 혼외자로 태어난 이홍을 지지하는 세력이다. 거세된 대상은 폐비된 왕비 김흠돌의 딸과 인척 관계에 있어서 김흠돌과 함께, 이홍이 왕위를 계승하는 것을 차단하려는, 그리하여 차라리 신문왕과 김흠운의 딸을 죽이려는 생각을 했을지도 모르는 신문왕의 장인 제27세 풍월주 김흠돌, 상대등 겸 병부령 제23세 풍월주 김군관, 제26세 풍월주 진공, 김흠돌의 매부 흥원, 제30세 풍월주 김흠돌의 사위 천관 등이다. 그들은 신문왕의 첫 왕비 김흠돌의 딸을 지지하는 세력이다.

신문왕이 첫 왕비 김흠돌의 딸을 폐비시키고 김흠운의 딸을 새 왕비로 들이는 것은 김흠운의 딸이 이미 677년에 낳은 왕자 이홍의 존재 때문이다. 그것은 『삼국사기』 권 제8 신문왕 즉위년 기사와 687년[신문왕 7년] 2월의 '원자 출생', 691년 3월 1일의 '왕자 이홍 태자 책봉'에 다 암시되어 있다. 그리고 거기에 『삼국유사』의 682년 기사인 「만파식적」에 나오는 태재[효소대왕], 692년의 기사 「혜통항룡」에 나오는 효소왕의 왕녀, 692년의 기사 「효소왕대 죽지랑」에 나오는 모량리인 관직, 승직 불허 및 원측법사 승직 불수여를 고려하고, 성덕왕의 오대산 진여원[지금의 상원사] 개창 기사인 「대산 오만 진신」의 '효소왕이 16세인 692년에 즉위하여 26세인 702년에 승하하였고, 성덕왕이 702년에 22세로 즉위하였다.'는 명시적인 기록을 종합하여 생각하면 모든 것이 다 훤히 보인다.

그 후 효소왕이 '경영의 모반'으로 10년 만에 승하하고, 중이 되어 오대산에 가 있던 아우 성덕왕이 즉위하여 원비 엄정왕후의 거취가 불투명한 채로 김순원의 딸 소덕왕후와 혼인함으로써 처가인 자의왕후의 친정 집안에 왕권을 능멸당하였다. 이러한 정치적 상황에서 엄정왕후의 아들인 효성왕이 소덕왕후의 아들인 헌영과의 경쟁에서 살아남기 위하여 몸부림치는 가운데에 「원가」가 탄생하였고, 결국 '영종의 모반' 후에 효성왕이 승하하여 경덕왕에게 왕위가 넘어가게 된 것이다.

이것을 가지고 '효소왕이 687년 2월에 출생한 신문왕의 원자로서 6

세에 왕위에 올랐으며 16세에 승하하였고, 성덕왕이 효소왕의 이복형이
거나 12세에 즉위하였을 것이다.' '김흠돌의 모반은 신문왕의 왕권 강
화에 대하여 반발하는 진골 귀족 세력을 거세한 것이다.' '경영의 모반
은 효소왕의 왕권 강화에 반대한 진골 귀족을 거세한 것이다.' '성덕왕
은 성정[일운 엄정]왕후를 폐비시키고 김순원의 딸 소덕왕후를 계비로
들여 후반기에 전제 왕권의 극성기를 누렸다.' 등등의, 그 동안의 신라
중대 정치사 연구 논저들의 주장은 전혀 논증되지 않는 허언이다.

혼외자 이홍 때문에, 신문왕은 김흠운의 딸을 새 왕비로 들이기 위하
여 '김흠돌'을 죽이고 첫 왕비 김흠돌의 딸을 폐비시켰다. 이것이 681
년 8월 8일 서라벌에서 벌어진 역사적 사건의 진실이다. 이 사건이 '김
흠돌의 모반'으로 축출된 화랑 출신 고위 귀족 죽지(竹旨)의 장례식이나
소상 때 지어졌을 만가(輓歌) 「모죽지랑가」의 창작 배경이다. 이것이
681년 8월 28일 자진당한 김군관의 제삿날인 8월 28일에 지어졌을 제
가(祭歌) 「찬기파랑가」의 창작 배경이다. 그리고 「원가」의 창작 배경은,
그 이후 전개된 신라 중대 정치 권력 투쟁사에서 요석공주와 김순원[자
의왕후의 동생]의 대립 아래에 형성된, 요석공주 후계 세력을 잇는 효성
왕[요석공주가 선택한 김원태의 딸 엄정왕후의 아들] 대 자의왕후 후계
세력을 잇는 경덕왕[김순원의 딸 소덕왕후의 아들]이라는 이복형제 사
이의 골육상쟁이다. 이것이 통일 신라, 즉 신라 중대에 대한 가장 정상
적인 역사 해석이고, 향가에 대한 문학적 이해이며, 그 노래들에 대한
국어학의 가장 합리적인 해독 결과와 합치하는 정치사적 해석이다.

지금까지 저자가 사용한 논거 가운데 필사본 『화랑세기』에서 가져온
것은 김순원이 파진찬[해간] 선품의 아들이라는 것과 김흠돌, 김흠운이

김유신의 누이 정희와 달복의 아들이고 김흠돌이 김유신의 딸 진광의 남편이라는 것이다. 그런데 이것들은 그 당시의 정치적 상황으로 보아 거의 사실인 것으로 보인다. 문무왕의 맏아들 소명전군이 조졸하여 둘째 이하 아들인 정명이 태자로 책봉되고 형의 약혼녀인 김흠운의 딸과의 사이에 이공전군을 낳았다는 것은 『화랑세기』에는 명시적으로 기록되어 있다. 그런데 이것도 『삼국사기』와 『삼국유사』의 관련 기록들을 면밀하게 검토하면 사실인 것으로 판명된다. 그 외의 것은 모두 『삼국사기』와 『삼국유사』에서 가져 온 것이다. 자의왕후가 파진찬 선품의 딸이라는 것은 『삼국사기』 권 제6 「문무왕」 즉위년[661년] 조의 기사에 명명백백하게 적혀 있고, 『삼국유사』의 「왕력」에도 자의왕후가 '선품 해간'의 딸이라고 분명하게 적혀 있다. 『삼국유사』의 그 보배 같은 기사들을 믿지 않고, 『삼국사기』의 기록을 잘못 읽고, 『삼국사기』의 기록 가운데 오식이 난 것을 고칠 줄도 모르고, 필사본 『화랑세기』의 정보를 위서라는 이유로 무시하는 현대 한국의 신라 중대 정치사 연구는 필연적으로 좌초할 수밖에 없다.9) 위서(僞書)란 저술과 출간 과정이 밝혀지지 않은 책이라 한다. 필사본 『화랑세기』가 위서라고 하여 진실이 아니라는 것은 어불성설이다.10)

---

9) 진실이 아닌 주장들을 하고 있기 때문이다. 진실을 파악하지 못한 것은 한문으로 된 사료들을 제대로 읽어 낼 능력을 갖추지 못하였기 때문이다. 언제까지나 『삼국유사』는 믿을 수 없는 야담이고 『삼국사기』는 한 군데도 틀림없는 정사이며, 효소왕이 신문왕의 원자이고 6세에 즉위하여 16세에 사망하였으며, 성덕왕이 효소왕의 이복형이거나 아니면 12세에 즉위하였을 것이며, 혜명왕비가 순원의 딸이며, 성정왕후와 엄정왕후가 같은 사람이며---. 헤아릴 수 없이 많은 틀린 신라 중대 정치사의 중요 명제들이 통용되는지 지켜볼 일이다.

10) 진실인지 아닌지 검토하여 어떤 것은 진실이고 어떤 것은 진실이 아닌지 밝혀야 하는 것이지 무시하는 것은 올바른 태도가 아니다.

신문왕 즉위 시의 이 '김흠돌의 모반' 때에는 신목왕후의 어머니 요석공주가 자의왕후와 동맹 관계를 맺고 있었다. 그렇기 때문에 자의왕후의 아우인 김순원도 김흠돌의 딸인 신문왕의 첫 왕비를 내보내고, 683년[신문왕 3년] 5월 7일에 김흠운의 딸을 새 왕비로 들이는 데까지는 요석공주와 손잡고 있었을 것이다.

그러나 691년[신문왕 11년] 3월 1일 '왕자 이홍'을 태자로 책봉할 때는 이 동맹 관계가 깨어진 것으로 보인다. 왜냐하면 684{687}년 신문왕과 신목왕후[정실 왕비] 사이에서 원자 사종이 출생하였기 때문이다. 이 상황에서 태자를 책봉할 때 요석공주는 신문왕과 신목왕후의 혼외자인 '왕자 이홍'을 지지하였을 것이다. 그러나 김순원은 법적 정통성이 확보된 원자를 밀었을 것이다. 왜냐하면 누나 자의왕후가 사망한 후 요석공주, 신목왕후 쪽으로 급격히 기우는 권력의 쏠림 현상이 있었을 것이고, 그 속에서 김순원이 살아남기 위해서는 혼외자 이홍에게 전 생애의 명운을 걸었던 이 모녀를 견제할 필요가 있었기 때문이다.11) 이때 김순원은 요석공주와 맞섰을 것이다.

그리고 692년 7월 신문왕이 사망하고 효소왕이 즉위하였다. 효소왕이 즉위한 후 김순원 측은 요석공주 측과 타협점을 찾았을 것이다. 그것은 원자 김사종을 부군으로 삼을 것을 요청하는 것이다. 이로써 효소

---

11) 김순원의 처지에서는, 이홍이 왕이 되면 자형 김오기가 자의왕후와 더불어 목숨을 걸고 '김흠돌의 모반'으로 뒤집은 김유신 후계 세력, 김흠돌의 세력을 꺾은 것이 수포로 돌아갈 우려가 있기 때문이었다. 김유신 후계 세력의 대표 문명왕후는 요석공주에게는 법적 어머니이고 자의왕후에게는 시어머니이다. 어차피 문무왕 사후에는 문명왕후, 김흠돌 세력은 자의왕후 세력에게 꺾이게 되어 있다. 이를 이용한 것이 요석공주이다. 요석공주와 신목왕후의 영향을 강하게 받는 이홍은 김순원이 뜻대로 할 수 없는 사람이다. 아무래도 요석공주의 영향을 덜 받은 원자가 왕위에 오르는 것이 요석공주 세력을 견제하는 데 도움이 될 것이었다.

왕 이후의 왕위는 사종에게로 가는 것으로 정해졌다. 왕위로부터 멀어지고 부군이 동궁[월지궁]에 자리 잡자 신문왕과 신목왕후의 두 번째 아들인 보ㅅ내와 세 번째 아들인 효명은 693년 8월 5일 오대산으로 입산하였다.[12] 그로부터 태화 원년인 진덕여왕 즉위 2년[648년, 정관 22년]은 정확하게 45년 전이다.

효소왕은 696년[효소왕 5년] 20세에 성정왕후와의 사이에서 왕자 수충을 낳았다. 그리고 700년 수충이 5살쯤 되었을 때, 요석공주, 신목왕후, 효소왕은 수충을 태자로 책봉하려는 움직임을 보였을 것이다. 원자 사종을 지지하는 경영과 순원은 이에 항의하였을 것이다. 684{687}년에 출생한 신문왕의 원자 사종은 700년에 17{14}세이다. 경영은 원자 사종의 장인이었을 가능성이 크다. 이에 700년 5월 경영과 순원은 효소왕과 신목왕후에 반대하여 반란을 일으켰다. 이것이 '경영의 모반'이다. 경영은 주륙되었고 중시 순원은 파면되었다. 이 반란으로 신목왕후가 사망하였다. 효소왕도 다쳐서 702년 7월 사망하였다. 이에 요석공주는 원자 사종을 부군에서 폐위하였다.

3. 「원가」 창작의 정치적 지형

702년 7월 26세인 효소왕이 승하하자, 요석공주, 개원 등 국인들은

---

12) 『삼국유사』 권 제3 「탑상 제4」 「명주 오대산 보ㅅ내 태자 전기」에서 '태화 원년[648년] 8월 5일 입산하였다.'는 기사에서 입산 연도는 자장법사의 오대산 게식 시기와 관련하여 오산된 것으로 틀린 것이다. 두 왕자가 입산한 해는 648년으로부터 45년 후인 693년이다. 그리고 8월 5일이라는 날짜는 다른 이유가 없는 한 믿어도 되는 날짜이다.

정쟁의 핵이었던 효소왕의 아들 수충과 신문왕의 원자 사종을 제치고, 오대산에 가서 중이 되어 있던 신문왕의 셋째 아들 효명을 데려와서 즉위시켰다. 이 이가 제33대 성덕왕이다. 이 역사적 사실을, 성덕왕의 오대산 진여원[상원사] 개창 사실을 기록한 『삼국유사』 권 제3 「탑상 제4」의 「대산 오만 진신」과 「명주 오대산 보ㅅ내태자 전기」가 이 세상에서 유일하게 보여 준다. 이 기록은 효소왕의 사망 사건과 그 후 성덕왕의 왕위 계승 과정에 대한 둘도 없는 명시적 기록이다.13) 『삼국사기』의 효소왕 사후 성덕왕 즉위 시의 기록에는 아무 것도 적혀 있지 않다. 따라서 『삼국사기』는 어차피 결함이 많은 사서이고 액면 그대로 믿어서는 안 되는 이긴 자의 기록을 적어 놓은 것에 지나지 않는다.14)

---

13) 이 기록은 그 동안 신빙성이 없는 것으로 취급되어 역사 연구 자료로서의 가치를 인정받지 못하고 철저히 외면되어 왔다. 그러나 서정목(2013, 2014a, b, 2015a, e 등)에서 밝혀진 대로 이 두 기록은 글자의 결락과 사소한 혼동만 제외하면 이 시대의 왕위 계승 과정과 정치적 상황에 대하여 완벽하게 증언하고 있다. 특히 '정신태자(淨神太子)'를 '정신의 태자'로 번역하고, 일연선사가 효소(孝昭)와 효명(孝明)을 혼동하고 있다는 것을 알고, '與(여)' 자와 '太子(태자)'가 결락된 것만 보충하면, 성덕왕의 즉위와 관련된 『삼국사기』의 다른 여러 사항과 조금도 어긋나지 않는다. 특히 '효소왕이 16세에 즉위하여 26세에 승하하였다.'는 기록은 그가 677년생이어서 신문왕과 신목왕후가 혼인한 683년 5월 7일보다 6년 전에 태어난 혼외자임을 명백하게 보여 주고 있다. 그런 경우 『삼국사기』는 절대로 '원자(元子)'로 기록하지 않는다(서정목(2015e) 참고). 그리하여 684{687년 2월}에 태어난 신문왕과 신목왕후의 넷째 아들 사종(嗣宗)이 '원자'로 기록되었다. 김사종의 아들이 지렴(志廉)이다.
14) 저자는 『삼국사기』가 경우에 따라 필요도 없는 일은 잔뜩 기록해 놓고 막상 중요한 일은 기록하지 않은 간교한 사서라고 본다. 예컨대 성덕왕의 즉위 과정을, 왜 그 중요한 일을 기록하지 않았을까? '경영의 모반' 후 신목왕후가 죽고 효소왕이 승하하고, 그 뒤에 그의 아우가 슬쩍 양상군자처럼 왕위에 오르는데 그 과정을 하나도 기록하지 않다니, 그것이 중요하지 않다고 판단하였을까? 그렇다면 그들은 역사적 사건의 경중을 판단할 능력이 없는 사람들이다. 그것이 중요한 데도 불구하고 몰라서 못 적었거나 일부러 안 적은 것이다. 몰랐다는 것은 말이 안 된다. 오대산 진여원[상원사]에는 저렇게 성덕왕의 오대산 입산과 수도 생활과 서라벌에서의 왕위 쟁탈전을 쓴 기록이 남아 있었다. 그 기록을 일연선사가 진정한 역사가답게 『삼국유사』에 적어서 남겨 둔 것이다. 그리고 지금도 오대산 상원사에 가면 그 이야기가 전설처럼

성덕왕이 오대산에서 서라벌에 왔을 때 월성의 대궁에는, 26세로 승하한 형 효소왕의 왕비 성정왕후와 그의 아들 수충이 살고 있었다. 성덕왕에게는 형수와 조카이다. 외할머니 요석공주는 성덕왕에게 형수와 조카를 책임지게 하였다. 그 관계는 형수는 정확하지 않지만, 조카는 자신의 아들처럼 현대식으로 표현하면 입양하여 양자로 키웠을 것이다. 형이 죽으면 아우가 형수와 조카를 책임지는 것이 신라의 풍습이었다. 동이(東夷)족 고구려, 부여에 형사취수(兄死娶嫂)라는 제도가 있었음은 널리 알려진 일이다. 서융(西戎)에 속하는 흉노족의 후예 신라 왕실에 그런 제도가 있었을 것은 당연히 짐작할 수 있는 일이다. 그것은 중앙아시아 유목민의 전통이기도 하다. 성덕왕은 수충을 양자로 하여 형수와 함께 외할머니 요석공주의 영향 아래 월성 대궁에서 살았다.

성덕왕은 704년[성덕왕 3년] 봄 국인들[요석공주 등 태종무열왕의 자녀들]의 절대적 영향 아래 그 당시에는 아간[6등관위명]이었으나[15] 나중에는 소판[3등관위명]으로 승부령을 맡았던 김원태의 딸과 혼인하였다. 이 왕비가 엄정(嚴貞)왕후이다. 이 집안은 그렇게 강한 세력을 지니고 있지 않았다. 요석공주는 문명왕후, 자의왕후의 친정 집안의 위세를 경험한 후 왕의 처가가 너무 세력이 크면 왕실이 위축된다는 것을 뼈저리게 느끼고 효소왕, 성덕왕의 왕비를 고를 때 그 집안들을 피한 것으로 보인다. 문명왕후 친정인 김유신의 집안은 681년 8월의 사위 '김흠돌의 모반' 이후 아들 김삼광, 김원정은 건재하였지만 왕비를 배출하는 데까지는 나아가지 못하였다. 자의왕후의 친정 집안 동생인 김순원은

전해져 오고 있다. 저자는 그들이 일부러 숨긴 것으로 생각한다. 거기에 속은 것이 현대 한국의 신라 중대 정치사 연구 논저들이다.
15) 『삼국유사』 권 제1 「왕력」에 엄정왕후기 원태 아간의 딸이라 한 것을 말한다.

700년 5월의 '경영의 모반'에 연좌되어 실제로 왕비를 배출하기 어려운 상황이었다.

승려이었다가 왕이 된 24세의 성덕왕은 언제쯤 첫아들을 낳았을까? '바로'라고 보아야 정상적이다. 704년 성덕왕과 혼인한 엄정왕후는 705년쯤 맏아들을 낳았을 것이다. 7세 이하의 무복지상(無服之殤)으로 조졸하였다. 성덕왕의 원자가 기록에 남지 못한 까닭이다. 그리고 707년경 둘째 아들 중경을 낳았을 것이다. 그리고 710년 경 셋째 아들 승경을 낳았을 것이다. 중경은 성덕왕의 맏아들이 아니다. 그러니 태자로 책봉될 때 '왕자 중경'으로 적혔지 '원자 중경'으로 적히지 않은 것이다. 무엇보다도 그의 이름이 그가 맏아들이 아님을 웅변하고 있다. '다시, 거듭 重', '경사 慶', 그는 '다시 온 경사'이다. 첫 번째 경사가 있었다. 맏아들이 이미 출생하였다는 말이다. 그의 이름은 아마도 '원경(元慶)'이었을 것이다.

성덕왕은 아버지의 원자인 아우 사종, 형 효소왕의 아들인 양자 수충과 자신의 아들들인 중경, 승경의 왕위 계승권 때문에 머리가 아팠다. 요석공주는 신문왕과 자신의 딸 신목왕후의 장손인 수충이 태자가 되어 왕위를 이어받기를 바랐는지도 모른다. 그러나 엄정왕후는 이를 용납할 수 없었다. 할 수 없이 성덕왕은 714년 2월 양자 수충을 당 나라로 숙위 보내었다. 자신의 양자인 수충에게 왕자라는 타이틀을 붙여서. 물론 원자라는 단어를 사용하지는 못하였다. 역사 기록에 그가 '왕자 김수충'이라고 남은 이유이다. 당 나라 현종은 장차 신라의 왕이 될 가능성이 큰 수충을 융숭하게 대우하였다.

효소왕의 친아들이며 성덕왕의 양아들인 수충이 당 나라에 숙위 가 있는 사이에 성덕왕은 715년 12월 중경(重慶)을 태자로 책봉하였다. 숙부 성덕왕에게 한 번 왕위를 도둑맞았고, 이제 또 사촌 중경에게 태자 지위를 도둑맞게 된 아들 수충을 두고 있는 제32대 효소왕의 미망인 성정왕후는 요석공주, 성덕왕, 엄정왕후에게 불같이 항의하였을 것이다. 716년[성덕왕 15년] 3월 성정왕후는 궁에서 쫓겨났다. 성정왕후가 출궁될 때 성덕왕은 많은 예물을 주고 있다. 강신공의 구택을 사서 주고, 풍족한 재물을 위자료로 주어 나가 살게 한 것이다. 이 일은 성정왕후의 출궁이 중경의 태자 책봉과 관련이 있었음과 성정왕후의 아들 수충에게 왕위 계승권의 정당성이 있었음을 암시하는 것으로 보인다. 이 태자 중경은 '왕자 중경'으로 적히고 '원자 중경'으로 적히지 않았다. 그는 맏아들이 아닌 것이다.

사촌 동생 중경이 태자로 책봉되고 어머니 성정왕후가 대궁에서 쫓겨나자 당 나라에 가 있던 수충은 717년 9월에 귀국하였다. 와서 보니 태자 중경이 사망하고 없었다. 717년 6월 태자 중경이 사망한 것이다. 그의 시호가 효상태자(孝殤太子)이다. 殤은 '일찍 죽을 상'이다. 많아야 10살 정도에 죽은 하상(下殤)이었다. 이 상황에서 수충은 큰 소리를 낼 수도 없었을 것이다. 성성왕후와 제32대 효소왕 사이의 아들인 수충은 엄정왕후와 제33대 성덕왕 사이의 셋째 아들인 승경과 더불어 후속될 태자 책봉 과정을 지켜보며 경쟁하고 있었다.

그런데 그의 귀국으로부터 2년 정도 지난 719년 말에 성덕왕의 재혼 문제가 논의되기 시작하였다. 상대는 김순원의 딸이었다. 김순원은 자의왕후의 동생으로 요석공주의 정적이었다.[16] 새 왕비가 아들을 낳으면

---

16) 김순원은 700년[효소왕 9년] 5월의 경영의 모반 때 중시에서 파직되었다. 성덕왕의 외할머니 요석공주와 대립하고 있었을 것이다. 신문왕비 신목왕후가 700년 6월 1일

또 그 아들도 경쟁 대상이 될 수밖에 없이 되었다. 이제 이 왕위 계승전에서 성정왕후와 효소왕의 아들인 수충이 이길 가능성은 거의 없어졌다. 서라벌에 있으면 언젠가는 모반의 주동 인물로 지목받아 복주되게 되어 있다.

그런데 그에게는 황제 현종을 위시하여 숙위[인질]가 있던 당 나라에서 사귄 친구들이 있었다. 719년 24세에 수충은 고국을 등지고 당 나라로 떠났다. 남쪽 항로를 택하여 절강성(浙江省)에 도달한 그는 김교각(金喬覺)이라는 이름으로 안휘성(安徽省) 지주(池州) 청양(靑陽)의 구화산(九華山)에 머물면서 수도하여 794년 음력 7월 30일 99세로 열반하였다. 그의 제자들은 그 3년 후에 그의 시신에 금을 입혀 등신불로 만들어 '육신보전(肉身寶殿)'에 모셨고, 사람들은 오늘날까지도 김교각을 지장보살의 화신으로 추앙하고 있다. 그의 나이 99세를 기념하여 중국에서는 1999년 9월 9일 99미터의 동상 건립 기공식을 갖고 착공하여 2013년 8월에 동상을 완공하였다. 그 김교각 스님이 남긴 시 한 수 (3)이 『당시집(唐詩集)』에 실려 있다.

(3) 送童子下山[동자 하산함을 보내며] 김교각 [번역 : 저자

空門寂寞汝思家 텅 빈 절집 적막하여 그대 옛집 생각 터니
禮別雲房下九華 운방에 절, 이별하고 구화산을 내려가네
愛向竹欄騎竹馬 대 난간 사랑하여 죽마처럼 타고 놀더니
懶於金地聚金沙 황금의 땅 금모래 모으기도 싫증났구나.
漆瓶澗底休招月 옻 칠한 병 물 바닥에 달 찾아올 일 없고

사망하였다. 이 반란으로 죽었을 것이다. 효소왕도 702년 7월에 승하하였다.

烹茗甌中罷弄花 차 달인 단지 속에 아름다운 꽃 필 일 없네
好玄不須頻下淚 부처 법 좋아하면 자주 눈물질 일 없느니
老僧相伴有煙霞 늙은 중 내[烟]와 노을[霞] 있어 서로 벗하리.

  '그대 옛집 생각 터니, 운방에 절로써 이별하고 구화산을 내려가네.'
가 가슴을 저민다. 호랑이에 물리어 온 아이를 거두어 동자로 두었더니
그도 옛집 생각하여 구화산을 내려갔다. 텅 빈 절간에 홀로 앉아 돌아
갈 고향, 고국마저 잃어버리고 왕위를 숙부와 사촌동생에게 빼앗긴 효
소왕의 왕자 수충은 무엇에 마음을 붙이고 몸을 의지하여 75년을 버티
었을까? 불법, 오로지 그 불법에 의지하여 삶을 지탱한 것일까?

  짐짓 '옻 칠한 병 물 바닥에는 달 비칠 일 없고, 차 달인 다기에는 꽃
이 피지 않는다.'고 하며, '부처 법 사랑하면 자주 눈물질 일 없다.'고
한다. 얼마나 자주 울어 보아야 저 경지에 도달할 수 있을 것인가? 병
속 물에야 달이 비취지 않고 다기에야 꽃이 피지 않으련만, 부처 법만
으로써 어찌 그 눈물을 다 거둘 수 있었겠는가? 연하(煙霞)가 있어 늙은
중의 벗이 되고 노승은 다시 연하의 벗이 되어 세월을 이겨 나간다. 연
하가 어느 여인의 이름일까? 부질없는 불경한 생각을 하면서, 지옥에
있는 모든 중생들을 다 구제한 뒤에야 비로소 성불하겠다는 서원(誓願)
을 지은 지장보살님이라면, 영원히 지옥에서 벗어나지 못할 이 중생마
저 용서하시리라 어깃장을 놓는다.

  720년 3월에 소덕왕후가 대궁으로 들어왔다. 소덕왕후가 왕비로 간
택되었다는 것은 태자 중경의 사망 후에 그의 어머니 엄정왕후와 성덕
왕의 외할머니 요석공주가 사망하였음을 뜻한다. 엄정왕후가 사망하지
않았으면 새 왕비가 들어올 필요가 없고, 요석공주가 살아 있었으면 김

순원의 딸이 왕비로 들어오는 것을 용납하였을 리가 없기 때문이다. 이 때 국인들의 핵심인 신목왕후의 어머니[요석공주]가 사망하였을 것이다. 남편 김흠운이 전사한 655년 정월에 20세였다고 보면 요석공주는 719년 85세쯤 된다.

724년[성덕왕 23년] 봄에 이 경쟁에서 엄정왕후의 아들 승경(承慶)이 태자로 책봉되고, 12월 소덕왕후가 사망하였다. 승경은 기록상으로는 소덕왕후의 아들로 되어 있지만 그것은 법적 어머니를 적은 것이고 생모는 엄정왕후이다. 엄정왕후는 요석공주가 간택한 아간 김원태의 딸이다. 이름과 나이 등 모든 것이 승경이 소덕왕후의 아들이 아님을 증명해 준다. 소덕왕후는 겨우 5년 동안 왕비의 자리에 있었다. 그녀의 아들임이 확실한 왕자는 헌영[경덕왕]이다. 그런데 헌영에게는 743년[경덕왕 2년] 12월 당 나라에 사신으로 파견되는 왕제가 있었다. 그리고 성덕왕에게는 나중에 제37대 선덕왕이 되는 김양상의 어머니 사소부인이 있다. 이들이 소덕왕후의 소생이라면 헌영의 형인 승경은 절대로 소덕왕후의 아들일 수 없다. 헌영의 아우와 누이의 출생년도는 정확하게 추산되지 않는다. 소덕왕후가 724년 12월에 사망하였으니 성덕왕의 이 3남매는 720년 말부터 724년 12월 이전의 4년 사이에 태어났다는 것만 확실하다.

태자 승경은 성덕왕의 선비(先妃) 엄정왕후의 아들이다. 그의 이름은 '이을 承, 경사 慶'으로 '중경이 태어난 뒤에 이어진 경사'이다. 이 이름과, 소덕왕후가 5년밖에 왕비의 지위에 있지 않았다는 것이 승경이 소덕왕후의 아들이 아니라 엄정왕후의 아들임을 증명한다. 소덕왕후는 5년 동안에 헌영, 그의 아우, 사소부인 등 3남매를 낳은 것이 최대한이므로 헌영의 형인 승경을 낳았을 리가 없는 것이다. 그 밖에도 수많은 이유들로 이 책에서는 성덕왕의 두 번째 태자 승경[효성왕]이 소덕왕후의 아들이 아니라 엄정왕후의 아들이라는 것을 확정지었다. 태자 승경을 지지하는 세력은 엄정왕후 세력으로 범요석공주 세력이다. 효성왕이 된 승경은 요석공주 후계 세력이다. 엄정왕후의 친정은 아버지가 아간 급일 때 왕비로 간택된 것으로 보아 그렇게 큰 세력을 형성하고 있지는 않았을 것으로 보인다.

이에 비하여 경덕왕이 된 헌영은 성덕왕의 후비(後妃) 소덕왕후의 아들이다. 소덕왕후는 김순원의 딸이다. 경덕왕 헌영은 김순원의 외손자로서 자의왕후의 후계 세력이다. 헌영을 지지하는 세력은 소덕왕후의 아버지 김순원의 세력으로 범자의왕후 세력이다. 성덕왕의 아들로서 왕이 된 이 두 사람의 왕자는 이복형제인 것이 틀림없다. 이것이 신충이 「원가」를 창작한 근원적 정치 지형이다.

전혀 근거가 없는 것은 아니지만 비교적 저자의 상상력이 많이 적용된 가설은 신충이 의충과 형제로서 이들이 김대문의 아들들이라는 것이다. 그들은 '선품-운명/김오기-대문-신충/의충'으로 이어지는 집안으로 자의왕후의 여동생 운명의 시댁이다. 김오기는 예원의 아들이라고 한다. 김오기는 681년 8월 북원 소경의 군대를 거느리고 서라벌로 와서 '김흠돌의 모반'을 진압하였다. 신문왕의 이모집 사람들이다. 이들이 '선품-자의/순원-소덕/진종-혜명/충신/효신'으로 이어지는 진외가 세력과 손잡고, 요석공주 후계 세력인 효성왕을 제거하고 자기들의 고모의 아들인 헌영을 경덕왕으로 즉위시켰다. 그 전 737년 성덕왕의 병환이 위중해졌을 때 태자 승경과 신충이 손을 잡고 태자를 즉위시키기로 하였다. 그러나 헌영을 지지하는 세력의 반대로 효성왕은 신충을 공신에 넣지 못하였다. 이로 하여 신충의 「원가」가 창작되었다. 왜 신충이 효성왕을 지지하다가 헌영의 편으로 도로 갔는지는 모른다. 그것이 제일 흥미롭고 섬세한 관찰이 필요한 부분이다. 치열한 당파 싸움에서 형제가 노론, 소론으로 나뉘어 가문을 유지하기 위한 보험을 드는 방식인가 하고 상상해 보았지만 그러기엔 왕권이 너무 약하였다. 아니 왕권이라 할 것도 없었다. 신라 중대는 그 시대를 전제 왕권의 시대라고 보는 한국사학계의 통설이 전혀 통하지 않는 세상이다. 왕권이 작용한 흔적도 없다.

성덕왕은 728년[성덕왕 27년]에 아우 김사종을 당 나라에 사신으로 보내었다. 이 김사종은 신문왕의 원자로 신목왕후의 넷째 아들이다. 그는 효소왕 때에 부군으로 있다가 700년 '경영의 모반' 때 부군에서 폐위되었다. 그리고 24살 때 경주의 군남사로 출가하여 승려가 되어 있었다. 728년에는 성덕왕의 왕자로 태자 승경과 7살 정도의 헌영이 있었다. 성덕왕은 45세 정도의 아우를 숙위로 보내었다. 그가 사천성 성도의 정중사에서 수행하여 선종의 일파인 정중종을 창시한 무상선사(無相禪師)가 되었다. 무상선사의 삼구 설법은 (4)와 같다.

(4) 삼구 설법(三句說法) 김무상

무억(無憶) : 과거에 대하여 일절 추억하지 말라.
무념(無念) : 현재에 대하여 일체의 분별과 걱정을 하지 말라.
막망(莫妄) : 미래에 대하여 일체의 망상을 하지 말라.

중국의 기록에는 그가 762년에 79세로 앉은 채 열반하였다고 한다.

그러면 그는 684년생이다. 이것이 문제가 될까? 그것은 아무 문제가 안된다. 『삼국사기』권 제8 신문왕 7년[687년] 2월의 원자 출생 기록이 오류가 있는 것으로 보인다. 본인이 밝혔을 나이에 토대를 두고 사망년도부터 역산하였을 그 쪽의 기록이 옳을 것이다. 1115년[고려 인종 23년]에 완성된 『삼국사기』는 이것저것 우리나라 사서와 중국 측의 사서 속의 기록들을 모아서 읽어 보고 꿰어 맞추어 편찬한 사서이다. 그리고 이 일들이 있었던 때로부터 무려 500여 년이나 흐른 뒤에 편찬되었다. 정확할 리가 없다.

중국에서는 이 무상선사를 500 나한의 455번째 나한으로 꼽는다. 중국의 무상선사에 관한 기록에 그가 사천성 성도로 안사의 난을 피해 온 당 현종을 다시 만났다고 하고, 『삼국사기』권 제9 성덕왕 27년[728년]의 기록에 김사종이 당 현종을 만나 자제[아들 지렴?]의 국학 입학을 청하였다고 하니 무상선사와 김사종이 동일 인물임에 틀림없다. 할머니 측천무후의 딸들인 고모 태평공주 등을 죽이고 권력을 차지한 당 현종과 외할머니 요석공주 때문에 두 번씩이나 부모의 혼외자인 형 효소왕과 성덕왕에게 왕위를 빼앗긴 신문왕의 원자인 이 스님, 왕자 출신 이 두 인물은 권력의 무상함과 피비린내 나는 권력투쟁의 쓰고 단 맛에 동병상련한 것일까?

그리고 733년[성덕왕 32년] 지렴이 당 나라로 숙위를 떠났다. 신문왕의 원자, 그리고 그의 아들 지렴, 그리고 효소왕의 아들 수충, 모두 왕위 계승 서열이 성덕왕보다 앞서는 인물들이다. 그들이 결국 왕위를 계승하지 못하고 당 나라로 망명한 것이다. '성덕왕이 진골 귀족 세력을 거세하고 전제 왕권의 극성기를 누렸다.'고 하는 현대 한국의 국사학자들이 꿈에도 생각하지 못하는, 부당한 권력 승계로 통치의 정당성을 상실하고 먼 친척인 김순원의 아들, 손자들을 중심으로 하는 신하들의 세력에 짓눌리어 김유신, 태종무열왕, 문무왕이 이룩한 동방의 거대 제국 통일 신라를 말아먹고 있는 신문왕과 그 아들 효소왕, 성덕왕, 그리고 성덕왕의 아들 효성왕, 경덕왕, 경덕왕의 아들 혜공왕의 신라 중대가 향가 「원가」 때문에 이렇게 그 속살을 드러내고 말았다. 그래서 문학 작품은 위대하고 무서운 것이다. 저자가 그런 향가 작품들을 골라 「원가」 와 함께 『삼국유사』에 실어 둔 일연선사의 안목에 감탄하는 까닭이다. 오늘 날의 역사도 먼 훗날 문학 작품들이 증언할 것이다.

이런 사실에 대한 암시가 『삼국유사』에 남아 있고, 신라 왕자 출신의 두 스님, 정중종의 무상선사와 지장보살의 화신 김교각에 대한 기록이 중국의 불교 사서에 남아 있다. 그리고 『삼국사기』에도 왕자 김수충과 성덕왕의 왕제 김사종, 왕질 김지렴이라는 이름이 해당 시기에 정확하게 기록되어 있다. 그러나 『삼국사기』는 성덕왕의 즉위 과정에 대해서 직접적으로는 한 마디도 기록하지 않았다. 왜 그랬을까? 신라의 『국사』 그 자체가 이긴 자의 기록이기 때문에 성덕왕의 왕위 계승의 부당성에 대한 암시가 될 만한 기록은 추호도 남기지 않은 것이다. 아무리 적지 않고 증거를 인멸하여도 제대로 역사를 보는 눈을 피해 갈 수는 없다.

이제 문무왕의 여동생 요석공주와 문무왕의 왕비 자의왕후, 정확하게 시누이와 올케가 키운 세력이 730년대의 후반기 성덕왕 만년에, 부왕 사후의 왕위 계승을 두고 골육상쟁을 벌이는 구도가 만들어졌다. 성덕왕의 배다른 아들 둘이 목숨을 건 싸움을 벌이게 된 것이다. 이복형 태자 승경으로 대표되는 세력과 이복동생 왕자 헌영으로 대표되는 두 세력의 대립이 성덕왕 말년의 정치 구도였다. 「각궁(角弓)」은 두 왕자들의 싸움에서 이 눈치 저 눈치 보며 변절을 거듭한 신충의 처지를 가장 잘 상징하는 공자의 『시경(詩經)』의 교훈이다.

주 나라 유왕(幽王)은 후궁 포사(褒姒)에 빠져 그 아들 백복(伯服)을 태자로 삼고 전 태자 의구(宜臼)를 폐태자하였다. 이에 의구의 외할아버지 신후(申侯)는 견융(犬戎[흉노의 일파])을 불러들여 호경(鎬京)을 함락시키고 유왕과 백복을 죽이고 포사를 끌고 갔다. 서융 오랑캐들은 여자가 부족했던 것이다. 그리고 신후는 자신의 외손자 의구를 평왕(平王)으로 옹립하고 낙읍으로 천도하여 동주(東周)를 세웠다.

견융이 폐허화시킨 옛 수도 호경에는 괵공(虢公) 한(翰)이 다른 왕자 여신(余臣)을 휴왕(携王)으로 옹립하여 서주(西周)를 세웠다. 이후 10여 년 간 동주 평왕과 서주 휴왕의 두 왕이 병립하여 신하들은 이 눈치 저 눈치 보면서 기회주의자가 되었고, 백성들은 형제 사이의 골육상쟁으로 인륜이 무너지는 것을 한탄하였다. 이것이 『시경』 「각궁」의 교훈이다. 효성왕은 「각궁」의 교훈을 잊었다고 말한 것이다.

신충은 (5)와 같은 노래를 지어, 누군가를 시켜서 궁정의 잣나무에 붙이고 뿌리에 소금을 뿌려서 잣나무를 시들게 하였을 것이다. 공신의 등급에 들지 못하여 상을 받지 못한 처지에서, 효성왕을 지지한 것을 후회하고 효성왕을 원망함으로써, 정치적 처지의 전략적 전환을 하겠다는 심정을 암시하는 시를 쓴 것이다. 즉, 정치적 공작을 한 것이다.

(5) 갓 됴흔 자시이   질 좋은 잣나무가
　　구슬 안둘 모ᄅ디매   가을에 아니 말라 떨어지매
　　너를 아름다뵈 너겨 녀리로다   너를 아름다이 여겨 가겠다

| 흥시무론 울월던 느치 가시시온 | 하시므로 우러르던 낮이 변하신 |
| 겨스레여. | 겨울에여. |

○○○ ○○○	○○○ ○○○
○○○○ ○○○○	○○○○ ○○○○
드라리 그르메	달이 그림자
ᄂ린 못곳 흐르는 믌결의	내린 못가의 흐르는 물결의
몰개로다.	모래로다.

| 즈시사 ᄇ라나 | 모습이야 바라보나 |
| 누리 모ᄃᆫ 갓 일흔 디여. | 세상 모든 것 잃어버린 처지여. |

효성왕은 이를 김순원 세력에 대한 원성으로 여론화하여 헌영을 미는 세력으로부터 양보를 얻어 내었을 것이다. 그리하여 신충을 공신 등급에 넣어 작을 높이고 녹을 더 올려 주었다. <u>신충은 잣나무 아래 소금을 걷어내고 물을 흠뻑 주었을 것이다.</u> 시들던 잣나무가 되살아나는 경우는 이런 경우밖에 없다.

헌영을 지지하는 김순원 집안 세력은 이것을 신충이 속내의 변함을 드러낸 것이라고 보고 신충에게 상을 주는 일에 동의하였을 것이다. 신충은 이 노래로써 승경을 지지하였던 것을 후회하고 전략적 전환을 꾀하여 헌영을 미는 김순원 집안의 세력으로 옮겨가려 하였다. 신충과 순원 세력은 합의하였을 것이고 그 합의의 내용은, 순원의 손녀 혜명을 효성왕의 왕비로 들이고, 헌영을 태자[부군]으로 책봉하여 유고 시에 왕위를 승계하는 정략을 짜는 것이었다. 이제 어차피 효성왕은 언젠가는 이복아우에게 왕위를 넘길 수밖에 없게 되었다. 그런데 그것은 그의 죽음을 전제로 하는 것이다.

신충은 공신으로 등급을 받고 녹을 올려 받은 때로부터 2년 후인 효성왕 3년[739년] 1월에 승진하여 이찬으로서 중시가 되었다[이후 744년[경덕왕 3년] 1월까지 만 5년간 중시로 재임]. 이복동생 헌영을 미는 김순원 집안과 신충 등 변절한 신하들과의 치열한 싸움 끝에 여러 사건을 겪고 효성왕은 742년 승하하였다. 시해일 가능성이 배제되지 않는다. 신충은 효성왕과 태자[부군] 헌영의 이 싸움에서 다시 헌영 측에 가담하여 중시 직을 유지하였고, 경덕왕 16년[757년] 1월 상대등까지 되었다. 그리고 6년이나 최고위직인 상대등으로 있다가 경덕왕 22년[763년] 8월 기상 이변에 대한 책임을 지고 면직되었다.

그는 결코 스스로 벼슬을 버리고 세상을 피하여 은둔한 사람이 아니다. 그는 변절하여 태자 승경을 도왔고, 보상이 없자 「원가」와 '잣나무 황췌'의 정치 공작으로 공신 등급에 들었으며, 또 이 세력 다툼에서 효성왕을 배신하고 세력이 더 큰 헌영 쪽에 가담함으로써 이름, 신충(信忠[믿음직스럽고 충성스럽다는 말])을 부끄럽게 한 사람이다. 이를 보여 주는 것이 『삼국유사』 권 제5 「피은 제8」 「신충 괘관」의 서로 대립했던 '두 조정에서 총애가 현저하였다[由是寵現於兩朝].'고 한 따끔한 일침이다.

신충은 누구일까? 어느 집안사람일까? 일연선사가 신충을 비판하는 춘추 필법으로 이 기록을 남긴 것이라면 그는 그 당시의 최고 실권자 그룹에 들어야 한다. 이 시기 신라 천하의 최고 실세는 자의왕후의 친정 김순원-진종-충신/효신 집안이다. 이 집안에서 자의, 소덕, 혜명의 세 왕비가 배출되었다. 그 집안과 가장 가까운 집안은 자의왕후와 김순원의 누이 운명/김오기-대문 집안이 있다. 신충은 이 집안의 후예일 것이다. 경덕왕의 계비 만월부인의 사망한 아버지 김의충은 신충의 형제일 것이다. 이 신충과 의충은 김대문의 아들들로서 김오기의 손자들이다. (6)과 같이 이어지는 문무왕의 처제 운명와 동서 김오기의 집안, 그리고 신문왕의 이모집이다. 신문왕과 김대문이 이종4촌이므로 성덕왕과 신충, 의충은 6촌이다.

(6) 진흥-구륜-선품-자의/운명/순원-대문-신충/의충

운명과 순원의 후손들에서 운명의 손자인 신충이 승경[효성왕]의 편에 서고 순원의 손자인 충신, 효신이 헌영[경덕왕]의 편에 섰다. 그들은, 어차피 태자로 책봉된 승경이니, 즉위 후에 순원의 손녀 혜명과 혼인하여 말을 잘 들으면 그대로 가고, 말을 안 듣고 뜻대로 되지 않으면 효성왕을 시해하고 헌영을 즉위 시키겠다는 이중 전략을 쓴 것인지도 모른다.

결국 신라는 인척 세도에 끝없이 시달린 왕국이다. 대부분의 국인(國人)은, 나라의 주인인 권력 실세로서 왕의 할머니나 어머니, 외할머니 그리고 그와 아주 가까운 친인척들이다. 그 결과 왕이 아들이 없거나 못난 아들만 둔 채 승하하여, 그 사위나 자형이 왕위를 이은 것이 석탈해 임금과 미추 임금, 실성 임금이며, 그 결과 외손자가 왕위를 잇게 된 것이 눌지왕의 외손자 법흥왕, 법흥왕의 외손자 진흥왕, 진평왕의 외손자 태종무열왕인 것이다.

그런데 이러한 제도는, '왕이 죽으면 왕의 어머니가 자신의 직계 비속인 아들, 손자, 외손자, 사위 가운데에서 가장 뛰어난 자를 후계자로 정한다.'는 유목 민족의 초원의 원리를 따르고 있는 것으로 해석된다. 이때 형 왕이 죽어서 아우 왕이 그 권력을 승계하게 되면 형수와 조카

를 책임져야 한다는 것이 이른바 '형사취수(兄死娶嫂)'의 풍습이다. 그것이 뭐 이상한 일인가? 형수를 아내로 삼는 것이야 이상하지만, 그것만 빼고 현대 한국 사회에서도 웬만한 집안에서는 형이 죽으면 아우가 조카와 재가하지 않은 형수를 보살피는 것이 미덕이지 않았는가?

이때 아우의 아들이 그 다음 대를 잇는 것이 옳은가, 아니면 죽은 형의 맏아들인 종손이 그 다음 대를 책임지는 것이 옳은가 하는 문제가 제기되는 것이다. 주공처럼 중국식 유교의 가르침을 따르면 아예 아우가 나서서는 안 되고 장손인 조카가 모든 것을 책임져야 하는 것이고 아무런 문제도 생기지 않는다. 장손이 못났으면 그 대에서 말아먹으면 그만이다. 그러나 철저히 초원의 룰을 따르면 항상 힘센 자가 책임을 져야 하니 만인 대 만인의 투쟁만 있을 따름이지 문제는 안 생긴다. 이두 문화가 교차하는 지점, 전통적인 초원의 룰과 새로 들어온 유교의가르침 때문에 통일 신라가 괴로움을 당한 것이다.

그러나 중국도 별 수 없었다. 여러 제국의 흥망성쇠가 정통성을 가진 통치권에 힘센 자가 도전하여 뒤집어엎는 것으로 요약되는 것이다. 인간이 탐욕의 동물이라는 것을 인정하는 한 이것이 인간 삶의 본 모습이다. 나라든, 단체든, 개인이든 힘을 길러야 하는 까닭이다. 힘 없는 자는 정당할 수 없다. 정당한 자들은 모두 힘 있는 자들이었다.

4. 「원가」의 교훈

이런 세력 다툼은 어떻게 귀결되는가? 인간의 역사에서 그 수많은 세력 다툼의 결과는 결국 누가 좋은 후계자를 잘 길렀는가에 의하여 판가름 난다. 후계자를 잘 선택하여 후계자들의 경쟁에서 이긴 편이 모든 것을 차지하고, 자신들의 불의(不義), 부도덕, 불신의(不信義) 그런 모든 것을 덮고, 진 자를 불의하고 부도덕하고 믿을 수 없는 자로 적게 된다. 우리가 보는 모든 역사 기록은 그런 것이다. 그래서 절대로 이 비열한 인간의 싸움에서는 지면 안 되는 것이다. 진 자는 흔적 없이, 아무리 억울해도 그 사연은 가슴에 품고 효성왕처럼 무덤도 없이 사라진다.

요석공주의 후계 세력은 누구였을까? 설총? 알 수 없다. 그가 무슨 힘을 발휘하였는지. 김 씨도 아닌 설 씨이고, 무사도 아니고, 화랑도 아닌 것 같고, 기껏 이두, 향찰이나 만지작거린 그가 어머니를 뒤이어, 누나를 뒤이어, 생질들인 효소왕, 성덕왕, 그리고 성덕왕의 아들들인 중경, 효성왕 승경을 위하여 무슨 힘을 쓸 수 있었을지 알 수가 없다. 속수무책의 백면서생이었을 것이다. 그렇다고 요석공주의 형제들, 인문, 문왕, 지경, 개원, 노단, 마득, 거득 등이 무슨 후계자들을 남겨 누이의 후손들을 보살펴 주거나 했겠는가? 그들의 후손들이 신라 왕실에서 무슨 역할을 했는지 전혀 기록이 없다. 그것은 그들이 패배하였기 때문이다.

그런데 자의왕후의 후계 세력은 어떻게 되었는가? 자의왕후의 동생 김순원은 700년 5월의 '경영의 모반'으로 한 번 꺾인 뒤 와신상담하여, 20여 년이 지나서 요석공주와 성덕왕의 원비 엄정왕후가 죽자 말자, 720년[성덕왕 19년] 3월에 자신의 딸 소덕왕후를 성덕왕의 계비로 들인다. 그뿐만 아니다. 성덕왕이 엄정왕후의 아들 승경을 태자로 책봉하고, 그 후 소덕왕후가 왕비가 된 지 5년 만에 죽자, 다시 그들은 소덕왕후의 아들 헌영을 왕위에 올리기 위한 계책을 세운다. 그 중심에 신충이 있고「원가」가 있다.

737년 엄정왕후와 소덕왕후라는 두 왕비를 두었던 성덕왕이 위독하여 왕자들 가운데 누가 다음 왕위를 이을지가 초미의 문제가 되었다. 성덕왕은 큰아들 승경을 태자로 책봉하여 두었다. 그러나 엄정왕후의 아들인 승경은 태자비 박 씨 집안과 외가 김원태 집안의 힘이 너무 약하였다. 이에 비하여 소덕왕후의 아들인 헌영은 외가가 막강한 자의왕후의 친정 김순원 집안이었다.

김순원 집안은, 왕비 박 씨가 어떻게 되었는지 아무 기록이 없지만 왕비를 어떻게(?) 하고, 739년[효성왕 3년] 3월 김순원의 아들 김진종의 딸인 혜명을 효성왕의 계비로 넣는다. 그리고 바로 그 해 5월에 소덕왕후의 아들 헌영을 효성왕의 태자[부군]으로 책봉하게 한다. 그들은 원대한 계책을 세운 것이다. 언제든 왕을 시해하고 그 동생을 즉위시킬 준비가 된 것이다. 김충신은 당 나라에 가서 오랫동안 황제 곁에서 숙위하면서 국제적 감각을 익히고 우군(友軍)을 확보하였다.

그리고 자의왕후의 여동생 운명의 집안, 김오기의 집안은 아들 김대문이 아버지를 이어서 『화랑세기』를 저술하여 자신들의 거사가 정당함을 말하였다. 김대문의 아들 신충은 태자 승경의 즉위를 도와 효성왕 편에 서 보았다. 그는 곧 '이것이 아니라'는 판단을 하고 헌영의 편을 들고 있던 진외가의 6촌 충신, 효신의 편으로 돌아갔다. 이것이「원가」가 지어진 직접적 정치 지형이다.

이러려면 사람도 많아야 하고, 권세도 세어야 하며, 재력도 있어야 한다. 무엇보다 출중한 인재들이 필요하다. 그 인재는 문무를 겸한 장수들이어야 하지 설총 같은 책상물림이어서는 안 된다. 김충신, 효신이 그들이다. 거기에다 김대문, 의충, 신충이 가세하였다.

요석공주가 사망한 후로는 신라 천하에 김순원, 그의 매부 김오기의 후계 세력을 견제할 집안이 사실상 없었다. 그들은 자의왕후의 친정 집안으로 681년 8월의 신문왕 즉위 시의 '김흠돌의 모반'을 진압한 공으로 40여 년 권력의 핵심에 있었다.

제31대 신문왕과 신목왕후의 아들인 제32대 효소왕과 제33대 성덕왕은 요석공주의 외손자이다. 두 왕 모두 외할머니의 절대적 영향 아래 왕위에 올랐다.

효소왕은 691년 3월 1일 원자인 아우 사종을 물리치고 태자로 봉해졌다. 이것이 그의 정통성에 문제를 제기한다. 그는 정명태자와 김흠운의 딸 사이에서 677년에 혼외로 태어나서 원자가 아니다. 681년 아버지가 왕이 되고 683년에 어머니와 정식 혼인을 한 뒤에 684{687}년에 태어난 원자 사종에게 왕위 계승 서열이 뒤지는 것이다. 그는 692년 7월 아버지 신문왕 사후 왕위에 올랐다. 그리고 할머니 자의왕후의 친정 집안 세력의 지지를 받고 있는 아우 사종을 부군으로 삼았다. 그러나 696년 효소왕과 성정왕후 사이에서 왕자 수충이 태어나자 700년 5월 아우 사종을 지지하는 세력으로부터 모반 당하고 702년 승하하였다.

성덕왕은 형 효소왕이 즉위하고 아우 사종이 부군으로 임명되자 형 보ㅅ내와 함께 693년 8월 5일 오대산으로 숨어들어 중이 되었다. 그런데 702년 효소왕이 갑자기 승하하여 외할머니에 의하여 모셔져 와서 역시 아우 사종과 조카인 효소왕의 아들 수충을 물리치고 왕위에 올랐다. 당연히 그는 원자 사종, 효소왕의 왕자 수충보다 왕위 계승 서열이 뒤진다. 성덕왕은 704년 외할머니 요석공주가 간택한 엄정왕후와 혼인하였다. 둘 사이에 원경, 중경, 승경이 태어났다. 원경은 일찍 죽고 중경은 태자로 책봉되었다가 10살 정도에 사망하였다.

엄정왕후의 거취가 불분명한 채로 요석공주가 세상을 떠나고 나서 성덕왕은 김순원의 딸 소덕왕후와의 두 번째 혼인으로 자의왕후 친정의 사위가 되었다. 소덕왕후가 헌영을 낳았다. 승경이 724년 태자로 책봉되었고 소덕왕후는 사망하였다. 736년 가을에 「원가」가 지어졌고 737년 2월 승경이 제34대 효성왕으로 즉위하였다.

효성왕도 원비 박 씨의 거취가 불분명한 채로, 법적 어머니인 소덕왕후의 친정 조카딸 혜명왕비와 혼인하여 그 집안의 사위가 되었다. 그러나 효성왕은 이 혜명왕비와 틀어졌고 그로부터 그의 불행이 시작되었다. 그는 혜명왕비와 혼인한 후 2개월 만에 이복동생 헌영을 태자로 책봉해야 하는 치욕적 곤경에 몰린다. 영종의 딸인 후궁에게 빠져 혜명왕비를 소박하였기 때문이다. 혜명왕비는 친정 족인들과 모의하여 그 후궁을 죽였다. 여인의 질투가 오뉴월에 서리를 내리게 한다는 말이 실증되었다. 왕비의 친정 족인들은 왕비의 오라버니 김충신, 효신이다. 이에 후궁의 아버지 영종이 왕비의 종당들을 원망하여 모반하였다. 후궁의 아버지가 무슨 모반할 힘이나 있었겠는가? 억울함을 호소하다가 모반한 것으로 몰렸을 것이다. 이 '영종의 모반'을, 현존 신라 중대 정치사 논저들은 효성왕이 왕권을 강화하기 위하여 진골 귀족 세력을 거세한 것이고, 효성왕이 영종의 모반을 진압하였다고 쓰고 있다. 인간의 삶, 특히 남녀의 애증(愛憎)에 관한 근본적인 성찰이 없었기 때문이다. 인간의 삶을 떠난 역사 기술은 진실일 수 없다.

어찌하여, 왕비가 족인들과 모의하여 후궁을 죽이고 그 후궁의 아버지가 왕비의 종당들을 원망하여 반란을 일으켰는데, 그것을 진골 귀족인 후궁의 친정 아버지 영종이 왕권에 도전한 것으로 해석했는가? 왕권에 도전한 자들, 효성왕의 왕권에 도전한 자들은, 이복아우 헌영을 파진찬으로 삼게 하고, 자신들의 집안 딸인 혜명을 왕비로 들이게 하고, 이복동생 헌영을 태자로 봉하게 하고, 그렇게 왕권을 능멸한 김순원 집안의 김진종, 충신, 효신, 신충 그 자들이지 않은가? 정의의 편에 설 생각을 모기 눈물만큼이라도 해 보았으면 그렇게 쓰지는 않았을 것이다. 결국 혜명왕비의 투기에 의하여 효성왕은 30여 세의 나이에 죽음을 맞이하고 화장당하여 동해에 산골되었다. 그가 후궁을 총애하여 불러들인 자업자득인가? 첫째 왕비 박 씨의 거취가 불분명한 채, 이복아우의 외사촌 누이를 새 왕비로 맞아야 했던 효성왕의 처지를 생각해 보면 꼭 그런 것만도 아니다. 그 억울함을 제대로 기술해야 하지 않겠는가? 앞뒤 사정을 적은 기록들을 전혀 읽어보지 않고 연구하였기 때문이다.

효성왕은 헌영을 지지하는 김순원 집안 세력에게 거세(시해?)되고 결국 김순원의 친외손자인 헌영이 즉위하여 경덕왕이 되었다. 이 과정에서 창작된 시가 이 책에서 논의한 「원가」이다. 그 경덕왕의 아들 혜공왕 건운은 여자로 태어날 운명이었지만 왕자로 둔갑한 사람이다. 그와 그의 어머니 만월부인[경수태후]가 정사를 그르쳐 상대등 고종사촌 김양상에게 시해되었다. 그 김양상이 즉위하여 제37대 선덕왕이 되었다. 그는 성덕왕의 외손자로서 그의 어머니는 성덕왕의 딸 사소부인이고 아버지는 김효방이다. 사소부인의 어머니가 소덕왕후일 가능성이 있다. 김효방은 당 나라 사신으로 가서 김충신과 숙위[인질] 살이를 교대하려 했으나 죽었다. 그를 대신하여 숙위 간 성덕왕의 조카가 김사종의 아들인 김지렴이다. 선덕왕이 즉위함으로써 다시 외손자가 즉위하는 경우가 되었지만, 그것은 외할머니[소덕왕후]가 선택한 경우가 아니라 찬탈한 경우이다.

이 책은 현대 한국의 신라 중대 왕실을 중심으로 하는 정치사 연구가 역사적 진실로부터 매우 멀리 벗어나 있다는 것을 포착하고, 그 병인(病因)이 『삼국유사』의 상징화된 기사들을 역사 연구 자료로서의 신빙성이 없는 야담으로 취급한 것이라는 진단을 하였다. 그리고 『삼국유사』에 대한 편견은 역사 연구자들이 한문을 제대로 읽지 못하여 문헌 자료를 올바로 해석하지 못한 데서 초래된 것으로 판정하였다. 나아가 현재의 신라 중대 정치사 연구물들은, 놀랍게도 『삼국사기』조차 제대로 읽지 못하여 엉망진창의 어지러운 논의가 난마같이 얽혀 있는 중병을 앓고 있는 것으로 판결하였다.

그리하여 이 책은 그 신라 중대 정치사 연구의 병(病)에 대한 처방의 한 시범(示範)으로, 『삼국사기』의 기사를 면밀하게 읽어 정확하게 번역하고 그에 토대를 두고 역사의 세부 사항들(details)을 점검하면서, 『삼국유사』와 『삼국사기』, 필사본 『화랑세기』, 그 외 중국측 사서들의 기사들을 유기적으로 연결하여 창의적 상상력으로 해석함으로써 역사적 진실에 더 가까이 다가갈 수 있음을 제시하였다. 특별히 왕과 왕비, 그리고 왕자들, 등장 인물들의 나이를 정확하게 계산하는 것이 매우 중요하고, 원자와 장자, 왕자, 태자, 원비, 차비, 선비, 후비, 부군 등등 인물들을 가리키는 용어들의 개념을 정밀하게 가다듬는 것이 매우 긴요한 일임을 강조하였다.

세상에 돌아다니는 온갖 초원의 정보들을 유목민처럼 다 수렵, 활용하여 재현해 낸 이 책의 신라 중대사는, 광복 후 70여년 동안 신뢰하기 어려운 기록들로 가득 찬 『삼국사기』에만 갇혀서 『삼국유사』를 불신하고, 위작인지 진서를 필사한 것인지 모르지만 그러나 상당한 진실을 담고 있는 필사본 『화랑세기』를 통째로 무시하는 기존의 신라 중대사와 매우 다르다. 국문학과의 신라 중대사가 진실에 더 가까울지, 국사학과의 그것이 진실에 더 가까울지 그것은 후손들이 판정할 것이다. 저자의 이 날선 비판으로 말미암아 통일 신라 왕실 중심의 정치사에 대한 연구가 손가락 끝만 보는 연구가 아니라 손가락이 가리키는 달을 바라보는 사람 삶에 대한 진정하고도 제대로 된 연구로 승화될 수 있기를 바란다. 이 「원가」 한 수만 잘 읽어도, 왕과 신하 사이의 충, 불충, 선비와 후비의 자식들 사이의 갈등, 왕비와 후궁 사이의 투기, 형 왕자와 아우 왕자 사이의 경쟁, 시기와 반목, 신하들과 왕실 사이의 눈치 보기, 신하들끼리의 세력 다툼, 왕실 구성원이기도 하고 신하이기도 한 먼 촌수의 아저씨와 할아버지, 그리고 할아버지 왕의 처가, 아버지 왕의 처가, 왕자의 외가와 처가 등 모든 친인척 관계, 그런 것들이 얼마나 관리하기 힘든 일인지 알 수 있을 것이다. 이것은 오늘날도 마찬가지로서 사가(私家)에서도 두루 볼 수 있는 일이다. 제왕적으로 군림하던 집안 어른이 돌아가시고 나면 왜 형제들이, 친인척들이 등을 돌리고 재산 다툼의 골육상쟁에 빠져드는지를 이보다 더 분명하게 설명해 줄 수 있는 사례가 따로 없다. '내 자식들만은 안 그러리라. 내 형제들은 우애가 있을 것이다. 내 인척들은 점잖을 것이다.'고 착각하지 말라. 어떤 경우에도 예외가 없다.

이 노래가 우리에게 주는 역사적 교훈은 『시경』의 「각궁」이 주는 교훈과 같다. 형과 아우가 싸우면 그 집안은 망한다는 것이다. 주 나라가 그로 하여 망하였고, 통일 신라가 그로 하여 망하였다. 그리고 우리 주변에도 그로 하여 망하고 있는 집단이 도처에 있다. 알면서도 어쩔 수 없이 싸우게 되어 있다. 『향가 모죽지랑가 연구』에서 말하였듯이 모든 것은 탐욕에서 출발한다. 인간은 끝없는 탐욕을 가진 동물이다. 그 탐욕이 인간의 본성이라는 것을 인정하고 싸우더라도 잘 싸우는 사람들이 사는 이 세상에는 없는 그런 세상을 꿈꾼다.

김사종과 김수충, 아니 김무상 선사와 김교각 지장보살이 간 세상이 그 세상이다. 그러나 현대 한국에는 당 나라가 없고 미국, 캐나다가 있다. 미국이 지장보살의 연하(煙霞)를 마련해 주겠는가? 캐나다가 무상선사의 '무억, 무념, 막망'을 깨닫게 해 주겠는가? 그러길 간절히 바란다.

그리고 마지막으로 덧붙여야 할 가장 중요한 말 한 마디, 그것은 '이 책의 제목 『요석』은 매우 위험하다.'는 것이다. 이 긴 스토리의 배후에 숨어 있을 것으로 보고 얽어 놓은 구성에서 가장 핵심적인 인물 요석 공주, 그러나 그 공주가 그러한 일을 했다는 직접적 증거는 아무 데도 없다. '국인(國人)', 이 시대의 나라의 주인이 누구인지 진혀 알 수 없는 것이다. 김대문과 그의 후손들에 의하여 정리되어 전해졌을 이 시대의 역사, 통일 신라의 역사는 철저히 이긴 자의 관점에서, 그리고 남자들의 관점에서 자기들에게 불리한 사연은 모두 지우고 기록된 것이다. 특히 『삼국사기』가 그러한 기록에서 벗어나지 못하였다.

『삼국유사』는 이와는 달리 세 기록에서 그 숨은 사연을 넌지시 내보이고 있다. 「효소왕대 죽지랑」이 '조정 화주'라는 이름 아래 자의왕후의 여동생 운명의 위력을 보여 주었고, 「대산 오만 진신」이 '국인'이라는 이름 아래 요석공주는 감추면서 그 공주의 형제들의 역할을 명백하게 기록하였으며, 「원효불기」에서 요석궁에 홀로 된 공주가 있었다고 말하고 있다. 그리고 『삼국사기』는 「열전」, 「설총조」에 「화왕계」를 실어 둠으로써 신문왕과 설총이 매우 가까운 관계였음을 보여 주었다. 그러나 필사본 『화랑세기』는 아예 모두 드러내어 놓고 적고 있다. 소명전군이 조졸하여 정명이 김흠운의 딸과의 사이에 이공전군을 낳았으며, 자의왕후의 명에 의하여 북원 소경[원주]의 김오기 군대가 서라벌에 와서 김흠돌의 모반을 진압하였고, 등등이다.

그러나 어떻든 이 세 책의 어디에서도 '요석공주'가 이 시대 정치 권력의 숨은 배후 세력이라는 직접적 증거가 보이지는 않는다. 신목왕후의 어머니, 신문왕의 빙모, 효소왕과 성덕왕의 외할머니, 그는 정말 누구이며 어떤 일을 했을까? 다시 신라사의 미로를 헤맬 수밖에 없는 처지가 되었다.

국사편찬위원회(1998), 『한국사 9』 「통일신라」, 탐구당.

권중달 옮김(2009), 『자치통감』 22, 도서출판 삼화.

김성기(1992), 「원가의 해석」, 『한국고전시가작품론 1』 백영 정병욱 선생 10주기 추모 논문
　　집, 집문당.

김수태(1996), 『신라 중대 정치사 연구』, 일조각.

김열규(1957), 「원가의 수목(栢) 상징」, 『국어국문학』 18호, 국어국문학회.

김열규, 정연찬, 이재선(1972), 『향가의 어문학적 연구』, 서강대 인문과학연구소.

김완진(1972), 『15세기국어 성조의 연구』, 서울대 박사학위논문.

＿＿＿＿(1977), 「삼구육명에 대한 한 가설」, 『심악 이숭녕 선생 고희기념 국어국문학논총』,
　　탑출판사.

＿＿＿＿(1980), 『향가 해독법 연구』, 서울대 출판부.

＿＿＿＿(2000), 『향가와 고려 가요』, 서울대 출판부.

김원중 옮김(2002), 『삼국유사』, 을유문화사.

김재식(블로그), http://blog.naver.com/kjschina

김종우(1971), 『향가문학론』, 연학사.

김종권 역(1975), 『삼국사기』, 대양서적.

김준영(1979), 『향가문학』 개정판, 형설출판사.

긴태식(2011), 「'모왕'으로서의 신라 신목태후」, 『신라사학보』 22호, 신라사학회.

김희만(2015), 「신라의 관등명 '잡간(찬)'에 대한 검토」, 『한국고대사탐구』 19집, 한국고대사
　　탐구학회.

노덕현(2014), 정혜(正慧)의 세상 사는 이야기, 7. 무상선사 : 사천 땅에서 동북아 불교 법맥
　　을 지키다, 현대 불교 2014. 3. 28.

박노준(1982), 『신라 가요의 연구』, 열화당.

박정진(2011), 「박정진의 차맥, 23. 불교의 길, 차의 길 1. 한국 문화 영웅 혜외수출 1호, 정중
　　무상선사」, 세계일보 2011. 10. 24.

박해현(2003), 『신라 중대 정치사 연구』, 국학자료원.

서재극(1975), 『신라 향가의 어휘 연구』, 계명대 출판부.

서정목(2013), 「모죽지랑가의 시대적 배경 재론」, 『한국고대사탐구』 15호, 한국고대사탐구학

회.

_____(2014a), 『향가 모죽지랑가 연구』, 서강학술총서 062, 서강대 출판부.

_____(2014b), 「효소왕의 출생 시기 관련 기록 검토」, 『진단학보』 122, 진단학회.

_____(2015a), 「『삼국유사』의 '정신왕', '정신태자'에 대한 재해석」, 『한국고대사탐구』 19호, 한국고대사탐구학회.

_____(2015b), 「찬기파랑가에 대한 새로운 생각」, 제49회 구결학회 전국 학술대회 발표논집, 구결학회.

_____(2015c), 「『삼국유사』 소재 「대산 오만 진신」과 「명주 오대산 보ㅅ내 태자 전기」에 대한 검토」, 제24회 시학과 언어학회 전국 학술대회 발표논집, 시학과 언어학회.

_____(2015d), 「「원가」의 창작 배경과 효성왕의 정치적 처지」, 『시학과언어학』 30호, 시학과언어학회.

_____(2015e), 「『삼국사기』의 '원자'의 용법과 신라 중대 왕자들」, 『한국고대사탐구』 21호, 한국고대사탐구학회.

성호경(2008), 『신라 향가 연구』, 태학사.

신동하(1997), 「신라 오대산 신앙의 구조」, 『인문과학연구』 제5집, 동덕여대 인문과학연구소

신종원(1987), 「신라 오대산 사적과 성덕왕의 즉위 배경」, 『최영희선생 화갑기념 한국사학논총』, 탐구당.

안병희(1987), 「국어사 자료로서의 「삼국유사」」, 『「삼국유사」의 종합적 검토』, 한국정신문화연구원.

_____(1992), 『국어사 자료 연구』, 문학과지성사.

양주동(1942/1981), 『증정 고가연구』, 일조각.

양희철(1997), 『삼국유사 향가 연구』, 태학사.

유창균(1994), 『향가비해』, 형설출판사.

이기동(1998), 「신라 성덕왕대의 정치와 사회-'군자국'의 내부 사정」, 『역사학보』 160. 역사학회.

이기문(1961), 『국어사 개설』, 민중서관.

_____(1970), 「신라어의 「복」(동)에 대하여」, 『국어국문학』 49-50 합병호, 국어국문학회.

_____(1971), 「어원 수제」, 『해암 김형규 박사 송수기념 논총』, 일조각.

_____(1972), 『개정 국어사 개설』, 민중서관.

_____(1998), 『신정판 국어사 개설』, 태학사.

이기백(1974), 「경덕왕과 단속사, 원가」, 『신라 정치사회사 연구』, 일조각.

_____(1986), 「신라 골품체제하의 유교적 정치이념」, 『신라 사상사 연구』, 일조각.

_____(1987), 「삼국유사 탑상편의 의의」, 『두계 이병도 선생 구순기념 사학논총』, 지식산업

사.

이병도 역(1975), 『삼국유사』, 대양서적.

이병도, 김재원(1959/1977), 『한국사, 고대편』, 진단학회, 을유문화사.

이숭녕(1955/1978), 「신라시대의 표기법체계에 관한 시론」, 『서울대 논문집』 2. 『국어학연구선서』 1, 탑출판사.

이영호(2003), 「신라의 왕권과 귀족사회」, 『신라문화』 22, 동국대 신라문화연구소

_____ (2011), 「통일신라시대의 왕과 왕비」, 『신라사학보』 22, 신라사학회.

이재선 편저(1979), 『향가의 이해』, 삼성미술문화재단.

이재호 역(1993), 『삼국유사』, 광신출판사.

이현주(2015), 「신라 중대 효성왕대 혜명왕후와 '정비'의 위상」, 『한국고대사탐구』 21호, 한국고대사탐구학회.

이종욱(1999), 『역주해, 화랑세기』, 소나무.

정렬모(1947), 「새로 읽은 향가」, 『한글』 99., 한글학회.

_____(1965), 『향가연구』, 사회과학원출판사.

정 운(2009), 「무상, 마조 선사의 발자취를 찾아서, 2. 사천성 성도 정중사지와 문수원」, 『법보 신문』 2009. 11. 09.

조범환(2008), 「신라 중고기 낭도와 화랑」, 『한국고대사연구』 52. 한국고대사연구회.

_____(2010), 「신목태후」, 『서강인문논총』 제29집, 서강대 인문과학연구소

_____(2011a), 「신라 중대 성덕왕대의 정치적 동향과 왕비의 교체」, 『신라사학보』 22집, 신라사학회.

_____(2011b), 「왕비의 교체를 통해 본 효성왕대의 정치적 동향」, 『한국사연구』 154집, 한국사연구회.

_____(2012), 「화랑도와 승려」, 『서강인문논총』 제33집, 서강대 인문과학연구소

_____(2015), 「신라 중대 성덕왕의 왕위 계승 재고」, 『서강인문논총』 제43집, 서강대 인문과학연구소

지헌영(1947), 『향가여요신석』, 정음사.

홍기문(1956), 『향가해석』, 조선민주주의인민공화국 과학원.

오구라 신페이(1929), 『향가 급 이두의 연구』, 경성제국대학.

서기	신라왕 연 월 일	일어난 일
540	진흥왕 원년	법흥왕 승하/진흥왕(7세, 법흥왕 외손자(부 : 입종갈문왕) 즉위
545	6. 7부터	거칠부 등이 국사 편찬 시작
553	14. 7	신주 설치(현 경기도 광주, 군주 김무력)
554	15. 7	백제 성왕 전사
562	23. 9	이사부, 사다함 가야 반란 진압
566	27. 2	왕자 동륜을 태자로 책봉
572	33. 3	왕태자 동륜 사망
576	37. 봄	원화[화랑의 시최 창설
	37. 7	진흥왕 승하
576	진지왕 원년	진지왕(진흥왕 차자 사륜(또는 금륜)) 즉위
579	4. 7. 17	진지왕 승하(비궁 유폐로 추정). '도화녀 비형랑' 설화
579	진평왕 원년	진평왕(동륜태자 자, 진흥왕 장손) 즉위
595	17	김유신 출생
622	44. 2.	이찬 김용수(진지왕 왕자)를 내성사신으로 삼음
625	47	김법민(문무왕, 부 김춘추, 모 문희) 출생
629	51. 8	대장군 김용춘(진지왕 왕자), 김서현, 부장군 김유신 고구려 낭비성 공격
632	54. 1	진평왕 승하
미상		천명공주 김용수와 혼인
미상		서동 '서동요' 창작
미상		선화공주 백제 서동(무왕)에게 출가, 의자왕의 모는 사택 집안 출신으로 추정
미상		융천사 '혜성가' 창작
632	선덕여왕 원년	선덕여왕(진평왕 장녀(천명공주 출가 후 가장 어른 딸)) 즉위
635		요석공주(부 김춘추, 모 보희(?)) 출생 추정
636	5. 5	옥문곡(여근곡)에 잠복한 백제군 격살
	5	자장법사 입당
640	9. 5	자제들을 당 나라 국학에 입학시킴

671	11. 1	김예원(김오기의 부)를 중시로 삼음
673	13. 7. 1	김유신 사망
674	14. 1	당 고종 김인문을 신라왕으로 삼고 신라 공격
676	16. 2	의상대사 부석사 창건
677	17	효소왕(왕자 김이홍(부 정명태자, 모 김흠운과 요석공주의 딸)) 출생
678	18. 1	북원 소경(원주) 설치, 김오기(부 김예원, 자의왕후 여동생 운명 남편)을 진수시킴
679	19. 8	이찬 김군관(거칠부 증손자) 상대등 삼음
	19	왕자 보천(보스내 태자(부 정명태자, 모 김흠운과 요석공주의 딸) 출생 추정
681	21	성덕왕(효명태자(부 정명태자, 모 김흠운과 요석공주의 딸), 융기, 흥광) 출생
	21. 7. 1	문무왕(56세) 승하, 대왕암에 장례
미상		광덕 '원왕생가' 창작
681	신문왕 원년 7. 7	신문왕(31세 추정, 정명태자, 문무왕 태자, 차자, 장남) 즉위
	8	김군관 상대등 겸 병부령 면직 추정, 진복을 상대등으로 삼음
	8. 8	김흠돌의 모반, 흠돌, 진공, 흥원 복주, 왕비(김흠돌의 딸) 폐비
	8. 28	김군관, 천관 자진 시킴
682	2. 5. 2	'만파식적' 설화 시작, 신문왕 이견대에서 용을 봄
	2. 5. 16	만파식적과 흑옥대 얻음
	2. 5. 17	태자 이홍(6세) 말을 타고 기림사 뒤 용연에 옴
683	3. 5. 7	신문왕과 신목왕후(김흠운과 요석공주의 딸) 혼인
684	4	무상선사(김사종, 신문왕의 원자로 추정) 출생
687(?)	7. 2	원자 출생(? 김근질 출생으로 추정)
689	9	달구벌 천도 계획 세움(미실행)
691	11. 3. 1	왕자 이홍(15세) 태자 책봉
692	12. 7	신문왕(42세 추정) 승하
692	효소왕 원년 7	효소왕(16세, 신문왕의 태자, 이홍(이공), 원자 아님, 부모 혼인 전 출생) 즉위
		당 측천무후 효소왕을 신라왕으로 책봉
		효소왕과 성정왕후 혼인 추정, 원자 김사종 부군 책립 추정
	가을	'효소왕대 죽지랑', 부산성에서 익선의 죽지랑 모욕 사건 발생
	11월경	원측법사 제자 도증 귀국 천문도 바침
	미상	'혜통항룡' 조의 정공의 버드나무 절단 반대 사건 발생

720	19. 3	이찬 김순원의 딸을 왕비로 삼음, 엄정왕후 사망 추정(비궁 유폐(?) 추정)
	19. 8. 28	충담사 '찬기파랑가'(김군관 제삿날 제가 추정) 창작 추정
721		왕자 헌영(모 소덕왕후) 출생 추정
723		왕제 출생 추정
724	23. 봄	왕자 승경(15세 추정, 부 성덕왕, 모 엄정왕후로 추정) 태자 책봉
	23. 12	사소부인(37대 선덕왕 김양상의 모, 김효방의 아내) 출생 추정
	23. 12	소덕왕후 사망(출산 후유증으로 추정)
726	25. 4	김충신 당 하정사 파견
	25. 5	왕의 아우 김근질 당에 파견, 낭장 받고 귀국
728	27. 7	왕의 아우 김사종(45세, 신문왕 원자 추정, 효소왕 때 부군에서 폐위, 경주 군남사에 출가한 승려, 당 나라에서 정중종을 창시한 무상선사가 됨) 당 숙위, 과의 벼슬 받음
733	32. 7	발해가 말갈과 더불어 당 나라 등주 침공
	32. 12	왕의 조카 김지렴(김사종의 아들로 추정) 당 파견, 홍려소경원외치 벼슬 받음
735	34. 1	김의충(경덕왕 장인)을 하정사로 당에 파견, 귀국 시 대동강 이남 땅을 받아 옴
736	35. 가을	태자 김승경 김신충(김대문의 자, 병부령으로 추정)과 궁정 잣나무 아래서 바둑 두며 맹약
737	36. 2	성덕왕 승하
미상		견우노인 '헌화가' 창작
737	효성왕 원년. 2	효성왕(18세 추정, 성덕왕의 셋째 아들 김승경, 모 엄정왕후로 추정) 즉위
		김신충 '원가' 창작
		아찬 의충 중시로 삼음
738	2. 2	당 현종 효성왕을 신라왕으로 책봉
	2. 4	당 사신 형숙이 노자 '도덕경' 등을 바침
739	3. 1	중시 의충이 사망, 이찬 신충을 중시로 삼음
	3. 2	왕의 아우 헌영을 파진찬으로 삼음
	3. 3	이찬 진종(순원은 잘못)의 딸 혜명을 왕비로 삼음
	3. 5	왕의 아우 파진찬 헌영을 태자로 책봉
740	4. 3	당 나라가 김 씨(혜명) 왕비를 책봉
	미상	왕비가 족인들과 모의 효성왕이 총애하는 후궁을 죽임

미상		희명 '도천수관음가' 창작
765	혜공왕 원년 6	혜공왕(8세, 경덕왕 적자, 모는 서불한 김의충 딸 만월부인 경수태후) 즉위
766	2. 1	해가 둘 나타남
768	4. 봄	당 대종 혜공왕을 신라왕으로 책봉, 만월부인 김씨 대비로 삼음
	4. 7	일길찬 대공의 모반(33일 동안 궁궐 포위)
769	5. 3	임해전에서 잔치
770	6. 8	대아찬 김융 모반 주살
774	10. 9	이찬 김양상(성덕왕 외손자, 부 김효방, 모 성덕왕녀 사소부인)을 상대등으로 삼음
775	11. 6	이찬 김은거 모반 주살
	11. 8	이찬 염상과 시중 정문이 모반 주살
780	16. 1	이찬 지정 모반
	16. 4	상대등 김양상(혜공왕의 고종사촌)이 이찬 김경신과 더불어 군사를 일으켜 지정을 죽임
		혜공왕 승하['삼국사기': 이때 왕이 후비와 함께 난병들에게 해를 입었다. '삼국유사': (왕이) 결국 선덕왕과 김양상(경신의 잘못)에게 시해 당하였다.

이하 신라 하대

780	선덕왕 원년	선덕왕(김양상, 성덕왕의 외손자, 김효방과 사소부인의 아들, 혜공왕의 고종사촌)

서정목

1948년 11월 15일[음력 10월 15일] 경남 창원 진해 웅동 출생
1965년부터 마산고등학교, 1968년부터 서울대학교 문리과대학과 대학원 국어국문학과
　　　수학, 문학박사(1987)
1975년 3월부터 양정고등학교, 1979년 3월부터 강원대학교 사범대학, 1981년 3월부터
　　　고려대학교 문리대학 근무
1983년 3월부터 2014년 2월까지 서강대학교 근무 후 정년퇴직, 명예교수로 추대
1989-1990년 Harvard Yenching Institute 방문교수
1991년부터 4년간 국립국어연구원 어문실태연구부장
2005년 3월부터 2년간 한국언어학회 부회장
2009년 3월부터 2년간 국어학회 회장
2013년 10월부터 현재까지 문화체육관광부 국어심의회 위원장

주요 관심 영역: 한국어 통사론, 문법사, 향가
저서: 국어 의문문 연구(1987, 서울대 박사학위 논문 '경남방언의 의문문에 대한 연구'
　　와 동일). 국어 통사 구조 연구 1(1994). 문법의 모형과 핵 계층 이론(1998). 변
　　형과 제약(2000). 국어국문학 연구의 반성, 쟁점, 그리고 전망(2002, 3인 공저).
　　의문사 의문문의 통사와 의미(2008, 7인 공저). 향가 모죽지랑가 연구(2014). 한
　　국어 어미의 문법(2014, 11인 공저).
역서: 변형문법이란 무엇인가(1984, 3인 공역). 변형문법((1990, 3인 공역). GB 통사
　　론 강의(1992).
주요 논문: 문말앞 형태소의 통사적 지위(2014), 한국어 어미의 문법. The WH-Scope
　　of Embedded Questions in Korean(2006), *Harvard Studies in Korean Linguistics* 2.
　　Topicalization and Focusing in Korean(2002), *Selected Papers from the twelfth
　　Conference on Korean Linguistics*. 현대국어 '오오체' 어미의 형태론적 해석(2001),
　　형태론 3-2. 국어 경어법의 변천(1993), 한국어문 2. 국어의 구절 구조와 엑스-
　　바 이론(1993), 언어 14-2. 계사 구문과 그 부정문의 통사 구조(1992), 안병희 선
　　생 회갑기념논총. 한국어 동사구의 특성과 엑스-바 이론(1991), 김완진 선생 회
　　갑기념논총.

요석(瑤石)

초판1쇄 발행 2016년 4월 19일

지 은 이 서정목
펴 낸 이 최종숙

책임편집 이태곤
편   집 문선희 박지인 권분옥 이소정 오정대 고혜인
디 자 인 안혜진 이홍주
마 케 팅 박태훈 안현진

펴 낸 곳 글누림출판사 / 서울시 서초구 동광로46길 6-6(반포4동 577-25) 문창빌딩 2층(우 06589)
전   화 02-3409-2055 FAX 02-3409-2059
이 메 일 nurim3888@hanmail.net
홈페이지 http://www.geulnurim.co.kr
등   록 2005년 10월 5일 제303-2005-000038호

ISBN 978-89-6327-333-4 93810

정가 45,000원

* 이 도서의 국립중앙도서관 출판예정도서목록(CIP)은 서지정보유통지원시스템 홈페이지(http://seoji.nl.go.kr)와
  국가자료공동목록시스템(http://www.nl.go.kr/kolisnet)에서 이용하실 수 있습니다.(CIP제어번호: CIP2016007267)